파우스트 박사 1

Doktor Faustus

세계문학전집 244

파우스트 박사 1

Doktor Faustus

토마스 만

임홍배, 박병덕 옮김

민음사

날이 저물고, 불그레한 하늘은
지상의 모든 생명에게 하루의 고달픈 일을
놓고 쉬라 하는데, 나 홀로

힘들고 고통스러운 방랑의 길을
떠나기 위해 마음의 준비를 하고 있었다.
내 기억은 이 모든 것을 틀림없이 기록하리라.

아, 뮤즈여! 지고의 지성이여! 날 도우소서!
아, 내가 본 것을 기록하는 기억이여,
여기서 그대의 고귀함을 드러내 다오!

─단테, 『신곡』 「지옥편」 제2곡 중에서

1

나는 작고한 아드리안 레버퀸의 생애에 관해 이야기하고자 한다. 그는 너무나 끔찍하게 운명의 모진 시련을 겪으며 상승했다 추락한 천재적인 음악가로, 이 글은 경애하는 그의 생애를 최초로 서술한 잠정적 전기(傳記)이다. 이야기를 시작하기에 앞서 먼저 나 자신과 내가 처한 상황에 관해 몇 마디 할까 한다. 그렇다고 나 자신을 전면에 내세우고 싶은 뜻은 전혀 없음을 분명히 밝힌다. 내 이야기를 먼저 하려는 것은 오직 독자를 배려해서일 뿐이다. 독자라기보단, 미래의 독자라고 하는 편이 옳을 것 같다. 왜냐하면 내 원고가 어떤 기적이라도 일어나서 사방에서 위협받는 요새인 유럽을 벗어나 우리가 처한 말 못할 고립무원의 상태에 관해 실낱같은 소식이나마 외부 세계에 전달하지 못하는 한, 지금 이 순간에도 내 글이 공개되어 빛을 보게 될 가능성은 조금도 없기 때문이다. 부연하자면 오직 한 가지 이유, 즉 독자들이 내친김에 이 글을 쓰는 사람이 누구고 무엇을 하는 사람인지 알고 싶어 할 거라는 점을 고려해, 이처럼 글머리에 내 개인적인 문제에 관해 몇 가지 사항을 적고자한다. 물론 그렇게 해서 과연 이 글을 쓰는 사람이 믿을 만한지, 즉 내가 어느 모로 보나 이런 일을 맡기에 적합한지 의심스러워하는 독자들이 생길 수 있음을 모르는 것은 아니다. 내가 이 작업을 맡게 된 동기 역시 적합한 자질을 타고났기 때문이라기보다는 오히려 내 마음이 끌려서일 것이다.

앞에 쓴 글을 대강 훑어보니 숨 막히는 불안감이 엄습한다. 이 작업을 시작하는 나의 심정이 그렇다. 레버퀸이 죽은 지 두 해가 지난 오늘, 그가 깊은 어둠에 갇혀 있다가 완전한 암흑 속으로 사라진 지 두 해째가 되는 오늘, 1943년 5월 23일, 나는 하느님의 품에서 쉬고 있을(오, 제발 그러기를!) 불행한 친구의 전기를 쓰려고 이자르 강변의 프라이징*에 있는 낡고 비좁은 서재에 앉아 있다. 나는 뭔가를 전달해야겠다는 조바심과 이런 일을 하기에는 부적합하다는 두려움을 동시에 느끼고 있다. 나는 자제력이 강하고, 이렇게 말해도 무방하다면, 건전하고 인도적인 성품을 지닌 사람이다. 조화롭고 합리적인 것을 추구하는 천성을 지닌 나는 순수 예술에 대해서도 일가견이 있는 학자로서, 비올라 다모레**를 연주할 줄도 안다. 고대라틴어 문학의 대가들을 연구하는 데 전념해 온 나는 『비개화주의자들의 서한』***이 나온 시대에 활동한 독일 인본주의자들,

---

* 독일 뮌헨 북쪽 외곽에 있는 소도시.
** 16~17세기에 사용된 옛 현악기.
*** 중세 스콜라 철학자들의 경직된 학문을 풍자하기 위해 몇몇 인문주의자들이 형편없는 라틴어로 쓴 글.

예컨대 로이힐린*, 크로투스 폰 도른하임**, 무티아누스***, 그리고 에오반 헤세**** 같은 인본주의자들의 후예임을 기꺼이 자처하며, 학문적인 의미에서 뮤즈의 아들이라 해도 좋을 것이다. 악마적인 것이 삶에 미치는 영향을 부인하긴 어렵지만, 나는 언제나 악마적인 것을 나와는 본질적으로 무관한 것이라고 생각해 왔고, 본능적으로 악마적인 것을 나의 세계관에서 배제해 왔다. 또한 무모하게 악의 세력들과 관계를 맺고 싶다거나, 오만하게 그 세력들을 지상 세계로 불러내고 싶은 충동은 느껴 본 적이 없고, 설령 그 세력들이 먼저 나를 유혹하며 접근한다 하더라도 추호도 거기에 응할 생각은 없었다. 나는 이런 신념을 지키기 위해 어떤 이념들은 포기했고, 또 유복한 생활을 포기하는 대가도 치렀다. 우리 독일의 역사를 이끌어 가는 정신과 요구들이 나의 신념과 합치될 수 없다는 사실이 입증되자 나는 일찌감치 내가 아끼던 교사직을 주저 없이 포기했던 것이다. 나는 그러길 잘 했다고 생각한다. 그러나 보기에 따라서는 나의 도덕적 편협함 때문이라고 할 수도 있을 이런 단호한 태도는, 지금 착수한 이 일에 과연 내가 소명 의식을 느낄 자격이 있는지 나 스스로가 품고 있는 의혹을 더 짙게 해 줄 뿐이다.

펜을 드는 순간 나를 당혹스럽게 하는 어떤 단어가 불쑥 튀어나왔다. 그것은 '천재'라는 단어로, 내가 말하고자 했던 것

---

* Johannes Reuchlin(1455~1522). 르네상스 시대의 독일 인본주의 사상가.
** Crotus von Dornheim(1480?~1539?). 독일의 인본주의 사상가.
*** Conradus Mutianus Rufus(1471?~1526). 독일의 인본주의 사상가.
**** Eoban Hesse(1488~1540). 르네상스 시대의 독일 시인이자 인본주의 사상가.

은 작고한 친구의 천부적인 음악적 천재성이다. 그런데 이 '천재'라는 단어는, 조금 지나친 감이 있긴 해도 확실히 고귀하고 조화롭고 인도적이고 건전한 뉘앙스와 특성을 지닌 말처럼 들린다. 일찍이 하늘이 내려 준 신적인 재능의 은총을 입어 천재성을 발휘하고 있다고 주장하는 것은, 물론 나 같은 사람에게는 전혀 들어맞지 않는다. 그렇다고 천재성이 발휘되는 영역에 지레 겁을 먹고 물러설 이유도 없고, 또 다정하게 우러러보며 존경심을 가지고 천재의 활동 영역에 대해 허물없이 이야기하거나 다루어서는 안 될 이유도 없다. 내 생각에는 그렇다. 그러나 예나 지금이나 결코 부인할 수 없는 사실은 이 찬란한 영역에 악마적인 것과 비합리적인 것이 불안하게 관여하고 있고, 이 영역과 암흑 세계 사이에는 감지하기 힘든 일종의 전율을 불러일으키는 어떤 유대 관계가 항상 존재한다는 것이다. 바로 그렇기 때문에, 내가 이 영역을 가리켜 '고귀하다.'라거나 '인도적이고 건전하다.'라거나 혹은 '조화롭다.'라고 단정적으로 말하면 딱 들어맞지는 않는다는 것도 부인할 수 없다. 설령 타고난 재능에 죄와 병의 낙인이 찍히고 끔찍스러운 매매 계약을 이행한 후천적이고 타락하기 쉬운 천재가 아니라, 그 천재성을 신으로부터 선사받았거나 또는 운명으로 타고난 순수한 진짜 천재의 경우라도 사정은 마찬가지일 것이다. 나는 다소 고통스러운 결단으로 이런 구분을 제시한다.

이 대목에서 나는 서투른 서술 기법과 자제심을 잃은 서술 태도에 대해 부끄러움을 느끼면서, 앞서 하던 이야기를 중단하고자 한다. 만일 아드리안이 교향곡을 작곡한다면 그런 주제를 이처럼 성급하게 꺼내지 않고 교묘하게 숨긴 채, 거의 포착

할 수 없는 방식으로 멀리서부터 차근차근 접근하는 방식으로 제시했을 것이다. 어쩌면 내 입에서 무심코 나온 그런 말들이 모호한 암시가 되어 독자의 마음을 움직이고 있는데도 정작 나 자신은 무분별이나 서투른 조급함이라 생각하는 것인지도 모르겠다. 나 같은 사람에게는 목숨처럼 소중하고 절실한 대상을 작곡가의 입장을 취해서 그처럼 유희하듯이 다룬다는 것이 지극히 어려운 일이며 거의 뻔뻔스럽다는 느낌마저 든다. 바로 그 때문에 나는 조급하게 순수한 천재와 불순한 천재를 구별한 것이지만, 그런 구분을 인정하면서도, 동시에 그 구분이 과연 정당한 것인지 즉각 자문하게 된다. 사실 나는 체험을 통해 어쩔 수 없이 이 문제에 긴장하면서 줄곧 골몰하지 않을 수 없게 되었다. 그 결과, 때로는 끔찍스럽게도 내가 감당할 수 있는 사고의 영역 밖으로 내몰려서, 심지어 나의 재능이 '불순한' 영역으로 고양되는 듯한 느낌을 받을 때도 있었던 것이다. 다시 이야기를 중단해야겠다. 내가 천재에 대해, 그리고 어느 경우든 악마의 영향을 받는 천재의 본성에 대해 이야기하게 된 까닭은 결국 내가 이 일에 필요한 적성을 갖추고 있는가 하는 나 자신의 의혹을 밝히기 위해서였을 뿐이라는 생각이 문득 들기 때문이다. 이런 양심의 가책을 느낄 때마다 나는 그것을 물리치기 위해 늘 끌어들이는 추억이 있다. 즉, 내 삶에서 수많은 세월을 이 글의 주인공인 천재적인 인물과 친하게 지냈고, 어릴 적부터 그와 잘 알고 지냈으며, 그의 성장과 운명의 증인 역할을 해 왔고, 그리고 미미하나마 그의 창작 활동에 보조 역할을 하는 것도 나에게 할당된 몫이었던 것이다. 그런 추억이 이번에도 내가 양심의 가책을 물리칠 수 있도록 효력을 발휘해 주었으면 좋겠다. 셰익스피어의 희극 『사랑의 헛수고』를 장난스럽게 각색한 레버퀸의 청년기 희가극 대본을 써 준 것도 바로 나였고, 그로테스크한 오페라 조곡인 「로마인 이야기」와 오라토리오* 「요한 묵시록」의 가사 마무리 작업에도 내가 관여한 바 있다. 이런 사정이 내가 이 전기를 쓸 수 있는 하나의 이유, 아니 충분한 이유라고도 할 수 있다. 게다가 나는 정말 소중한 기록도 갖고 있다. 그 기록들은 고인이 건강했던 시절, 이런 표현이 뭣하다면, 비교적 그리고 법적으로 온전했던 시절에 다른 누구도 아닌 바로 나에게 유언처럼 남겨 준 것으로서, 나는 그 기록에 근거하여 이 이야기를 써 나갈 것이며, 그중에서 필요한 부분들은 그대로 이 이야기에 끼워 넣을 생각이다. 하지만 그 기록을 공개하는 것은 이번이 처음이자 마지막일 것이다. 이런 행위가 비록 인간의 척도로는 용인될 수 없을지라도 하느님 앞에서는 지당한 것으로 용납될 것이다. 나는 그 친구를 사랑했기 때문이다. 두려움과 친밀감, 연민과 경탄을 동시에 느끼면서. 하지만 그가 나의 감정에 조금이라도 응답해 주길 기대하지는 않았다.

그는 나의 감정에 응답해 주지 않았다. 사실이 그랬다. 물론 그가 남긴 작곡 스케치와 일기장을 내게 넘기는 문서에는 나의 양심적이고 성실한 태도와 나무랄 데 없이 꼼꼼한 태도를 존중하는 신뢰감이 표현되어 있기는 하다. 다정하고도 정에 치우치지 않은 그런 어조가 나로서는 자비롭다고까지 하고 싶

---

* 16세기 무렵 로마에서 시작한 종교 음악. 성경의 장면을 음악과 함께 연출한 교회극에서 발달해 오페라 요소가 가미되었다.

다. 하지만 그것이 사랑이었을까? 도대체 이 친구가 누구를 사랑한 적이 있던가? 한때 어떤 여인을 사랑했을지도 모른다. 마지막에는 어떤 아이를 사랑했을지도 모른다. 그리고 어느 자리에서나 모든 사람의 호감을 사는 경박스러운 한 멋쟁이 친구를 좋아한 적도 있지만, 짐작컨대 그 친구한테 마음이 끌린다는 바로 그 이유 때문에 그를 다시 떠나 보냈으며 결국에는 죽음으로 몰아넣었다. 도대체 그가 누구에겐들 마음을 열어 준 적이 있으며, 일찍이 누군가를 자신의 삶 속으로 들여놓은 적이 있었던가? 그것은 아드리안에게는 있을 수 없는 일이었다. 단언하건대 그는 사람들의 충심을 알아차리지도 못한 채 그저 건성으로 받아들였다. 주변에서 어떤 일이 벌어지고 있으며 자기가 어떤 사람들과 있는지조차 알아챈 적이 거의 없을 만큼 그의 무관심은 정도가 심했다. 또 그가 함께 이야기를 나누는 상대방의 이름을 부르는 일도 드물었다. 이런 사실들로 미루어 보면 그가 상대방의 이름을 몰라서 그랬을 거라고 짐작되지만, 정작 상대방은 정반대로 생각하곤 했다. 그의 고독은 심연에 견줄 수 있을 것이다. 사람들이 그에게 보여 주는 감정들을 흔적도 없이 가라앉히고 마는 심연. 그의 주위에는 냉기가 감돌았다. 그 역시 언젠가 어떤 섬뜩한 맥락에서 사용한 바 있는 이 단어를 떠올리는 내 심정은 어떻겠는가! 낱말 하나하나는 삶의 경험에서 연유하는 고유한 뉘앙스를 지니게 마련인데, 낱말들은 그로 인해 일상적인 의미로부터 완전히 동떨어지게 되고, 그 끔찍한 뜻을 깨우치지 못한 사람은 전혀 이해할 수 없는 무시무시한 기운을 불러일으키기도 하는 것이다.

2

나는 문학 박사 제레누스 차이트블롬이다. 내 신상을 이처럼 뒤늦게 밝히게 된 것이 나 스스로도 불만스럽기는 하지만, 이야기의 진행상 지금 이 순간까지는 내 신상을 이야기에 끼워 넣을 형편이 못 되었다. 1883년에 태어났으니까 지금 내 나이는 예순 살이다. 나는 메르제부르크 행정구에 속해 있는 잘레 강변의 카이저스아셰른에서 사 남매 가운데 장남으로 태어났다. 레버퀸도 바로 그 도시에서 줄곧 학창 시절을 보냈으므로, 그 도시의 특색을 좀 더 자세히 묘사하는 일은 그의 학창 시절을 언급할 때까지 미루어도 좋을 것이다. 나와 이 대가의 인생 행로는 여러 면에서 겹치므로, 그렇지 않아도 가슴이 벅찰 때 저지르기 쉬운 조급함을 피하기 위해, 우리 두 사람을 함께 묶어서 이야기하는 편이 좋을 것 같다.

여기서는 단지 내가 어느 정도 교육을 받은 평범한 중산층 집안에서 태어났다는 사실 정도만 언급하는 것이 좋겠다. 나의 아버지 볼게무트 차이트블롬은 그 일대에서는 가장 유명한 약사였다. 카이저스아셰른에는 다른 약방이 하나 더 있긴 했지만 '복된 사도(使徒)'라는 상호를 달고 있는 차이트블롬 약방만큼은 신뢰를 얻지 못했으며, 우리 약방과는 전혀 경쟁 상대가 되지 않았다. 우리 집안은 가톨릭을 믿었는데, 그 도시에는 가톨릭 신자가 얼마 되지 않았다. 주민의 대부분은 루터파에 속해 있었다. 어머니는 독실한 신자로서 성실하게 종교적인 의무를 다했다. 반면, 아버지는 틀림없이 시간에 쫓겨서 그랬을 테지만 어머니보다 종교적 의무를 소홀히 하는 편이었다. 그렇다고 해서 교인들과의 유대를 거부한 것은 결코 아니었다. 사실 이러한 유대는 정치적인 의미도 지니고 있었다. 특기할 만한 것은 실험실과 약방 위층에 자리 잡은 우리 집 응접실에 우리 교회의 사제인 성직 고문관 츠빌링 신부 외에 카를레바흐 박사라는 유대교 랍비도 출입했다는 사실이다. 보통의 신교도 집안 같았으면 이런 일은 여간해서 가능하지 않았을 것이다. 외모가 더 준수한 쪽은 로마 가톨릭교회 신부였다. 그렇지만 주로 아버지의 견해에 근거한 것일 수도 있는 내 인상에는, 작은 키에 수염을 길게 기르고 키파*를 쓴 탈무드 학자 쪽이 학식과 종교적 통찰력 면에서 다른 신앙을 가진 동료를 훨씬 능가하는 것으로 보였다. 그리고 그 인상은 오랫동안 변하지 않았다. 어린 시절의 이런 체험 때문일 수도 있고, 또한 날카로운 안목으로 레버퀸의 작품을 받아들이는 유대인 사회의 개방적인 태도 때문일 수도 있는데, 나는 유대인과 유대인 문

---

* 유대교인들이 쓰는 모자.

제를 다루는 데 있어 우리의 총통*과 그의 충복들에게 전적으로 동조할 수 있었던 적이 단 한 번도 없었거니와, 또한 그런 사실이 내가 교사직을 포기하는 데 영향을 미치지 않았다고도 할 수 없다. 물론 전형적인 유대 혈통의 인물들이 내 앞길을 가로막을 때도 있긴 했는데, 뮌헨의 재야 학자 브라이자허가 바로 그런 경우다. 황당할 정도의 반감을 불러일으키는 그런 사람들의 특징에 대해서는 적당한 대목에 가서 밝힐 생각이다.

내가 가톨릭 집안 출신이라는 사실은 당연히 나의 내면세계를 형성하는 데에 영향을 끼쳤지만, 그런 종교적 색채가 내 인문주의적인 세계관과 모순되지는 않았다. 다시 말해 일찍이 사람들이 '최고의 예술과 학문'으로 일컬었던 인문주의를 향한 나의 애정에는 변함이 없었다. 나를 이루고 있는 이 두 가지 요소, 즉 가톨릭 신앙과 인문주의적인 세계관은 항상 서로 완벽하게 조화를 이루었던 것이다. 분열하기 훨씬 이전의 단일한 기독교 세계의 갖가지 유적과 기념 건축물이 남아 있는 고도(古都)의 환경에서 성장한 나 같은 사람이라면 그런 조화는 무난히 유지될 수 있을 것이다. 물론 카이저스아셰른은 종교개혁의 본거지 한가운데에 자리 잡고 있다. 즉, 아이스레벤, 비텐베르크, 크베들린부르크, 그리마, 볼펜뷔텔, 그리고 아이제나흐 등의 도시들로 이루어진 '루터파 지역'의 심장부에 자리 잡고 있는 것이다. 이런 사실은 루터교 신자인 레버퀸의 정신세계를 이해하는 데 도움이 되며, 그가 원래 택했던 진로가 신학

---

* 히틀러.

이라는 사실과도 무관하지 않다. 하지만 나는 종교개혁을 하나의 가교에 견주고 싶다. 즉, 스콜라 철학 시대로부터 자유로운 사고를 존중하는 우리 시대까지를 이어 줄 뿐만 아니라, 그와 동시에 우리 시대를 중세와 이어 주는, 어쩌면 그보다 훨씬 더 멀리 소급하여 교회의 분열에 영향을 받지 않고 밝은 마음으로 교양을 사랑하던 가톨릭적인 전통 이전으로 이어지는 그런 가교 말이다. 대개의 경우 나는 성모(聖母)를 '주피터의 양부모'*라고 부르던 바로 그 황금시대가 집처럼 편안하게 느껴진다.

내 인생에서 빼놓을 수 없는 더 중요한 사실은 부모님이 나를 김나지움에 보냈다는 것인데, 바로 그 학교에서 레버퀸 역시 나보다 두 학년 아래에서 수업을 받았다. 15세기 후반에 세워진 그 학교는 내가 입학하기 얼마 전까지만 해도 '평신도 형제회 학교'라는 이름으로 불렸다. 그러나 그런 이름이 시대에 뒤쳐진 것 같고 현대적인 사고를 하는 사람들에겐 약간 우습게 느껴져서 곤란하다는 이유 하나만으로 학교는 그 이름을 버리고 이웃 교회의 이름을 따서 '보니파치우스 김나지움'으로 개명했다. 금세기 초 이 학교를 졸업하자 나는 이미 김나지움 시절부터 어느 정도 두각을 나타낸 바 있는 고전어 공부에 매진했다. 나는 기센, 예나, 라이프치히 대학에서, 그리고 1904년부터 1905년까지는 할레 대학에서 고전어 공부에 몰두했는데, 바로 그 무렵 레버퀸 역시 그곳 대학에 다니고 있었다는 것은

---

* 점성술에서 주피터가 사람의 정신을 밝고 명랑하게 해 준다고 하는 생각과 연관되어 여기서는 '정신을 밝고 명랑하게 키워 주는 모태'라는 뜻.

단순한 우연의 일치가 아니었다.

　평소에도 자주 그랬듯이 지금도 나는 고전어 문학에 대한 흥미와 인간이 지닌 아름다움과 이성이 지닌 존엄에 대한 생생하고 사랑스러운 감정 사이에 존재하는 신비로운 내적 연관성을 잠시 음미해 보고자 한다. 그 연관성은 고전어 문학 연구의 영역이 '인문학'으로 불리고 있다는 사실에서 잘 드러난다. 그리고 언어에 대한 열정과 인간에 대한 열정 사이의 긴밀한 정신적 유대가 교육 이념을 통해 성공적으로 완성되고, 후세 교육을 맡을 사람의 자격이 거의 자명하게 어문학자에 대한 자격 규정에 바탕을 두고 있다는 사실 역시 그런 연관성을 뒷받침해 준다. 자연 과학을 하는 사람도 물론 교사가 될 수는 있겠지만, 결코 훌륭한 인문학자와 같은 수준, 같은 의미에서의 교육자일 수는 없을 것이다. 그리고 음(音)의 언어(음악을 이렇게 불러도 무방하다면)는 어쩌면 더 내면적일지는 모르지만, 이상하게도 명확하게 분절되지 않은 언어인 까닭에 인문 교육의 영역에는 포함되지 않는다고 할 수 있다. 물론 음악이 고대 그리스에서 교육에 기여했고, 폴리스의 공공생활 전반에 이바지했다는 사실을 모르는 바 아니다. 하지만 내 생각에 음악은 그 논리적이고 도덕적인 엄격함(그 덕분에 어쩌면 음악이 다채롭게 표현될 수 있는지도 모르지만)에도, 영계(靈界)에 속하는 것처럼 보인다. 그리고 나로서는 과연 이성과 인간사의 영역에서 그런 영계가 무조건 믿을 만한 것인지 장담할 수 없다. 그럼에도 내가 그 세계를 진심으로 좋아한다는 사실은 인간의 본성과 떼어 놓을 수 없는 모순들 가운데 하나다. 그런 모순을 유감스러워하든 즐거워하든 간에 말이다.

이런 문제는 나의 관심사에서 벗어난 것이다. 하지만 딱히 벗어난 것이라고 할 수도 없다. 인간 교육의 고귀한 정신세계와 위험을 무릅써야만 접근할 수 있는 저 영계 사이에 과연 명확한 경계선을 그을 수 있는가 하는 문제에 대해 나는 지나칠 정도로 관심을 갖고 있기 때문이다. 인간 활동의 그 어떤 영역이, 아무리 순수하고 품위 있고 선의를 지닌 것이라 할지라도, 하계(下界)가 가진 힘의 영향을 전혀 받지 않을 수 있단 말인가? 그렇다. 거듭 말하지만 과연 인간사의 어떤 영역이 하계와의 생산적인 접촉을 전혀 필요로 하지 않을 수 있단 말인가? 본성상 온갖 악마적인 것과는 거리가 먼 사람에게도 이런 생각이 반드시 합당치 않다고 할 수는 없다. 그런 생각은 내가 대학 졸업 시험을 마친 뒤 마음씨 좋은 부모님 덕분에 거의 일 년 반에 걸쳐 이탈리아와 그리스로 수학여행을 다니던 도중 어느 순간부터 줄곧 뇌리를 떠나지 않았다. 당시 나는 아크로폴리스에서 신전(神殿)이 있는 거리 쪽을 내려다보고 있었는데, 거리에서는 신비주의를 신봉하는 교도들이 사프란 줄기로 몸을 장식하고서 야쿠스*의 이름을 중얼거리며 줄지어 가고 있었다. 그때 나는 예배 의식의 현장을 지켜보면서 돌을 쌓아 올려 세운 플루토**의 신전 가장자리, 즉 에우불레우스***의 관할 구역 안에 서 있었다. 바로 그 순간 나는 어떤 예감에 사로잡혀, 올림피아의 그리스 정신으로 하계의 신들에게 예배를 드리는 이 신비주의 의식에서 충만한 생명감을 느꼈다. 그리고

---

* 열정과 도취의 신 디오니소스의 다른 이름.
** 고대 그리스 신화 속 저승의 신.
*** 고대 그리스 신화 속 저승 세계 또는 저승의 왕.

뒷날 나는 자주 강단에서 김나지움 졸업반 학생들에게, 원래 문화란 두려운 암흑세계의 힘을 신들에 대한 예배 의식을 통해 경건한 질서 속으로 순치시키는 것이라고 설명하곤 했다.

여행에서 돌아온 나는 고향의 김나지움으로 발령을 받았다. 그때 나는 스물여섯 살의 청년이었다. 모교이기도 한 그곳에서 나는 몇 해 동안 기초적인 라틴어와 그리스어, 그리고 역사 과목을 가르쳤다. 그 후 1914년 바이에른에 있는 학교로 전근을 갔다가 다시 지금의 거주지인 프라이징으로 옮겨 와서는 김나지움 교사이자 신학 대학 강사로서, 앞에서 말한 과목들을 가르치며 이십 년 이상 만족스럽게 지내 왔다.

나는 카이저스아셰른으로 발령된 직후 일찌감치 결혼을 했는데, 인생살이의 관습에 순응하여 질서를 찾고 싶은 마음에 결혼을 결심했던 것이다. 인생의 황혼길을 걷고 있는 오늘날까지도 나를 뒷바라지하고 있는 착한 아내 헬레네는 욀하펜 집안 출신으로, 작센 공국(公國)의 츠비카우에서 나와 같은 분야에 봉직하고 있던 어떤 중년 교수의 딸이었다. 그리고 독자의 웃음거리가 될 각오를 하고 내가 고백하고 싶은 사실은 이 청순한 아가씨의 헬레네라는 이름에서 느껴지는 사랑스러운 울림이 나의 선택에 적지 않은 영향을 미쳤다는 것이다. 그런 이름은 일종의 성스러움을 의미하는데, 그 성스러움의 순수한 마력은 도저히 뿌리칠 수 없는 것이다. 설령 그 이름을 가진 여성의 외모가 이름이 지닌 품격에 비해 평범하고, 그나마도 젊음의 매력이란 덧없이 지나가 버리는 것이기에 일시적으로 유지되는 것이라고 할지라도 말이다. 우리는 바이에른 증권 회사의 레겐스부르크 지점 대리로 있는 한 성실한 청년과 이미 오래전에 결혼한 우리의 딸에게도 헬레네라는 이름을 지어 주었다. 나의 사랑스러운 아내는 그 아이 말고도 아들 둘을 더 낳았다. 그리하여 나는 평정심을 잃지 않는 한도 내에서 아버지라면 누리게 되는 기쁨과 치러야 하는 근심을 두루 맛보았다. 솔직히 고백하면 내 아이들은 모두 성장기의 어느 시절에도 특별히 매력적인 구석은 없었다. 내 아이들은 아드리안의 조카로 말년에 그가 애지중지했던 네포무크 슈나이데바인처럼 귀여운 아이의 아름다움에는 도저히 견줄 수 없었는데, 나 자신부터가 그런 시도를 할 생각은 추호도 하지 않았다. 지금 두 아들 가운데 하나는 민간 우체국에서, 다른 하나는 군대에서 그들의 총통에게 봉사하고 있다. 조국의 폭력에 대한 나의 서먹서먹한 태도 때문에 내 주위에 어떤 공허감이 감돌았듯이, 이 젊은 아들들 역시 적막한 부모 집과 그저 느슨한 관계를 유지하고 있을 뿐이다.

3

　레버퀸 집안은 잘레 강 줄기를 따라 더러는 슈말칼덴 지방에서, 더러는 작센 지방에서 수공업과 농장 경영을 통해 번창했던 가문의 후손이었다. 그중에서도 아드리안의 가계(家系)는 오버바일러라는 촌락에 속하는 부헬 농장에 몇 세대 전부터 자리 잡고 있었다. 부헬은 바이센펠스 역 근처에 있는데, 카이저스아셰른에서 기차로 사십오 분 걸리는 이 역에서 부헬까지 가려면 누군가가 탈것을 끌고 마중을 나와야 했다. 부헬 농장은 그 주인에게 대농 또는 부농이라는 지위를 안겨 줄 정도로 넓었으며, 거기에는 100여 모르겐*의 경작지와 목초지, 촌락에서 공동으로 관리하는 부속지인 수목림, 그리고 석조 기반에 목조로 세워진 살기 좋은 살림집이 한 채 있었다. 그 살림집은 헛간이며 가축 우리와 더불어 탁 트인 사각형을 이루고 있

---

* 옛 독일의 토지 면적 단위. 1모르겐은 약 4000제곱미터.

었는데, 그 사각형에 둘러싸인 공터 한가운데에 6월이면 무성한 잎사귀로 뒤덮이는 보리수 고목 한 그루가 초록색 벤치에 둘러싸인 채 우람하게 서 있던 정경이 지금도 눈에 선하다. 그 아름다운 나무는 농장의 마차들이 오가는 데 다소 방해가 되었던 모양인데, 그 집을 상속받게 될 아들이 젊은 시절에는 실용적인 이유를 들어 그 나무를 잘라 버리자고 부친에게 줄기차게 대들다가, 정작 자신이 농장 주인이 된 후에는 자기 아들의 집요한 요구를 묵살하고 그 나무를 보호했다고 한다.

　1885년 꽃피는 계절에 요나탄 레버퀸과 엘스베트 레버퀸 부부의 둘째 아들로 부헬 저택의 위층에서 태어난 아드리안은 어린 시절 그 보리수 그늘 아래에서 자주 낮잠과 놀이를 즐겼을 것이다. 지금은 틀림없이 집주인이 되어 있을 그의 형 게오르크는 다섯 살 위였다. 그리고 같은 터울로 누이동생 우르줄라가 태어났다. 나의 부모님도 카이저스아셰른에서 레버퀸 집안과 교류하는 사이였다. 두 집안은 오래전부터 각별히 친한 사이였으므로 우리는 연중 좋은 철에 수많은 일요일 오후를 그 직영 농장에서 함께 보내곤 했다. 도시에서 온 우리는 레버퀸 부인이 대접해 주는 그 고장의 정성어린 선물을 감사하는 마음으로 즐겼다. 달콤한 버터를 바른 단단한 호밀빵, 황금빛 꿀, 크림 속에 든 맛있는 딸기, 파란 우유통에 담아 흑빵 가루와 설탕을 흩뿌려 놓은 응유(凝乳) 등등. 아드리라는 애칭으로 불리던 아드리안이 아주 어리던 시절만 해도 그의 조부모는 아직 옛 집에 머물러 계셨다. 경제권은 자식 세대가 완전히 쥐고 있었지만 할아버지는 저녁 식탁에서만큼은 그들 틈에 끼어들어 모두가 공손히 귀 기울이는 가운데 이가 빠진 입으로 불평을 늘어놓곤 했다. 거의 동시에 세상을 뜬 이 두 노인의 모습에 관해 내가 기억하고 있는 것은 거의 없다. 그와 반비례해서 그분들의 자식과 며느리인 요나탄 레버퀸과 엘스베트 레버퀸의 모습은 그만큼 더 선명하게 눈앞에 떠오른다. 그분들 또한 내가 어린아이에서 김나지움 학생으로, 그리고 대학생으로 성장해 감에 따라 그 모습이 변해 갔던 것이지만, 오로지 세월만이 이해하는 눈에 띄지 않는 작용으로 인해 청춘의 모습에서 노쇠한 모습으로 변해 버렸다.

요나탄 레버퀸은 훌륭한 독일인의 전형이었다. 즉, 도시에서는 이제 더 이상 거의 찾아볼 수 없을뿐더러, 오늘날 이 세계에 대해 가슴 졸이게 하는 난폭함으로 우리의 인간형을 대표하는 사람들 가운데서는 확실히 발견할 수가 없는 그런 전형적인 독일인이었다. 시골에서만 파묻혀 살아온 듯한 느낌을 주는 그에겐 지나간 시대들의 흔적이 몸에 배어 있었으며, 30년 전쟁* 이전 시대의 독일 사람 같은 인상을 풍겼다. 내가 성장하면서 이미 세상 돌아가는 이치를 대강은 분간할 줄 알게 된 눈으로 그를 관찰했을 때 그런 생각이 들었다. 관자놀이의 핏줄이 튀어나오고 윤곽이 뚜렷한 둥근 이마 양쪽으로는 거의 손질하지 않은 잿빛 금발이 흘러내렸는데, 유행에 뒤쳐져 보이고 숱이 많은 긴 머리카락은 목덜미까지 내려와 있었으며 작고 잘생긴 귀를 지나 금발의 턱수염으로 이어져 있었다. 턱수염은 턱뼈와 턱 그리고 입술 아래 움푹 팬 부분에 덤불처럼

---

* 1618년부터 1648년까지 삼십 년 동안 독일을 중심으로 유럽 여러 나라 사이에서 벌어진 종교 전쟁.

무성하게 자라 있었다. 둥근 아랫입술은 약간 아래로 늘어진 짧은 콧수염 밑으로 상당히 튀어나와 있었는데 그 입술이 짓는 미소는 입술과 마찬가지로, 반쯤 미소 짓고 있는 약간 수줍어하는 듯한 깊은 시선을 지닌 푸른 눈과 아주 매력적인 조화를 이루고 있었다. 코는 콧마루가 가느다란 멋진 매부리코였고 광대뼈 아래로 수염이 나지 않은 뺨 부위는 깊게 그늘져 있어서 다소 야윈 인상이었다. 그는 억센 목덜미를 거의 다 드러내 놓고 다녔으며 도회풍의 평상복은 좋아하지 않았다. 사실 그런 옷은 그의 외모와도 어울리지 않았을뿐더러, 가볍게 주근깨가 나 있는 거칠고 메마른 두 손과는 특히 그랬다. 그는 회의에 참석하러 읍내로 갈 때면 한쪽 손에 지팡이를 움켜쥐고 있었다.

의사라면 아마도 그의 시선에 감춰져 있는 초조함이라든가 예민하게 떨리는 관자놀이에서 편두통의 징후를 알아보았을 것이다. 실제로 요나탄은 편두통을 앓고 있었으나 심한 정도는 아니었다. 그저 한 달에 한 번, 하루 정도 앓을 뿐이었고 일하는 데는 거의 지장이 없었다. 그는 파이프 담배를 즐겼는데, 그의 파이프는 뚜껑이 달리고 자기로 만들어진 보통 길이의 것이었다. 시가나 궐련의 담배 연기가 흩어지지 않은 채 그대로 있는 것에 비하면 훨씬 기분 좋은, 독특한 고급 담배 향기가 아래층 방들의 공기 중에 가득 스며 있었다. 그 밖에 그는 잠을 청하는 술로 메르제부르크 산(産) 맥주를 한 잔씩 즐겼다. 그가 물려받은 집과 농장이 눈 속에 고요히 파묻혀 있는 겨울 저녁이면 그가 책을 읽는 모습을 볼 수 있었는데, 그가 주로 읽는 책은 집안 대대로 내려오는 부피가 큰 성경책이었다. 돼지

가죽을 압착하여 만든 표지에 가죽 덮개로 포장된 그 성경책은 1700년경 브라운슈바이크에서 공작의 허가로 인쇄된 것으로 마르틴 루터 박사의 '성령이 충만한' 서문과 주석이 붙어 있었다. 그뿐만 아니라 각종 필사본의 요약, 데이비드 폰 슈바이니츠*라는 사람의 역사적이고 교훈적인 운문 주석도 나란히 실려 있었다. 이 성경책에 대해서는 전설이랄까, 아니 오히려 상당히 확실한 소문이 전해 내려오고 있었는데, 러시아의 표트르 황제의 아들과 결혼했던 브라운슈바이크볼펜뷔텔의 왕녀가 이 책의 임자였다는 것이다. 그러나 결혼 후에 그녀는 마치 자기가 죽은 것처럼 꾸며서 장례식까지 치르게 했는데, 그러는 사이에 마르티니크로 도주하여 거기서 어느 프랑스 사람과 결혼했다고 한다. 우스운 일에 남달리 예민한 감수성을 가진 아드리안은 그의 부친이 성경책을 읽다가 고개를 든 채 생각에 잠긴 부드러운 시선으로 들려주곤 했던 그 이야기를 상기하며 그 후에도 나와 함께 자주 웃어 대곤 했다. 그의 부친은 그 이야기를 들려주고 나서는 이윽고 그 성스러운 인쇄물이 지닌 다소 추잡한 스캔들의 내력에 전혀 동요됨이 없이, 슈바이니츠의 운문 주석이나 '폭군에 대한 솔로몬의 지혜' 같은 대목으로 다시 되돌아가곤 했다.

그의 독서는 종교적인 성향 외에도 또 다른 경향을 띠고 있었는데, 옛날 같으면 '자연 원소의 탐구'라고 할 법한 것이었다. 말하자면 그는 소규모의 몇 가지 도구를 가지고 자연 과학이

---

* David von Schweinitz. 18세기 초 미국에서 모라비아 교회를 설립한 목회자 중 한 사람.

나 생물학 혹은 어쩌면 화학이나 물리학 연구까지도 했던 것인데, 때때로 나의 부친이 자신의 약제 실험실에서 가져온 재료로 그에게 도움을 주기도 했다. 그런데 아드리안 부친의 그런 연구 경향을 가리켜 '자연 원소의 탐구'라는 명칭을 붙이는 것은 비난받을 소지가 없지 않지만*, 그럼에도 지금은 잊혀진 이런 명칭을 고른 것은 그의 연구가 예전 같으면 마법에 빠진 것으로 의심받았을 법한 일종의 신비주의적 경향을 띠었기 때문이다. 말이 나온 김에 덧붙이자면, 종교적 영성을 중시했던 과거의 한 시대가 자연의 비밀을 탐구하려는 정열을 그처럼 불신했던 이유를 나는 언제나 충분히 이해하고 있었다. 신에 대한 외경심 때문에 그런 정열은 금지된 것을 함부로 받아들이는 행위라고 간주되었던 것이다. 신의 피조물인 자연과 생명을 도덕적으로 타락한 영역으로 간주한다는 것은 자기모순임에도 말이다. 자연 자체가 기묘하게 마술적인 영역을 넘나드는 현상들을 낳고 종잡을 수 없는 변덕을 부리며 반쯤 숨겨져 있으면서 이상야릇하게 불확실한 것을 가리키는 암시들로 가득 차 있기 때문에, 겸손하게 스스로 삼가는 경건한 사람이라면 자연과 관계 맺는 것이 무모하게 한도를 넘어서는 행위라고 보았을 법하다.

아드리안의 아버지가 저녁 무렵이 되어 외국산 나비류와 해양 동물에 관한 원색의 생물 도감을 펼치면 우리는, 그러니까 그의 아들들과 나 그리고 레버퀸 부인까지도 가죽 등받이에

---

* 근세 초기까지 신의 창조물인 자연의 비밀을 탐구하는 것은 이단 행위로
  간주되었다.

머리 받침대가 달려 있는 의자 너머로 그것들을 종종 들여다보곤 했다. 그는 그 책에 그려져 있는 굉장하고 기묘한 것들을 집게손가락으로 가리켜 보이곤 했다. 어두운 색에서 밝은 색까지 갖가지 색깔이 다채롭고 이리저리 펄럭이며 날아다니는, 까다로운 예술적 취향으로 무늬가 그려지고 매끈한 모양이 갖춰진 열대 지방의 나비들이었다. 환상적인 아름다움을 뽐내며 덧없는 일생을 마감하는 이 나비들 중 몇몇은 열대지방 원주민들에겐 말라리아를 옮기는 악귀로 여겨지기도 한다. 그런 나비들이 발하는 꿈결처럼 아름답고 찬란한 하늘빛은 요나탄 레버퀸이 우리에게 가르쳐 준 바에 의하면 전혀 실제 색깔이 아니고 다른 표피 기관을 통해 날개에 반사된 것으로서, 말하자면 교묘하게 광선을 굴절시키고 대부분의 빛을 차단함으로써 가장 밝은 파란빛만 우리 눈에 비치도록 하는 미세 구조의 결과라고 했다.

"보세요. 그럼, 그건 속임수로군요?"

레버퀸 부인의 목소리가 아직도 생생하게 들리는 것 같다.

"푸른 하늘색이 속임수란 말이오?"

등을 보이고 앉아 있던 남편이 그녀를 돌아보며 대꾸했다.

"당신은 푸른 하늘색이 어떤 색소에서 나오는 것인지도 모르지 않소."

사실 이 글을 쓰면서, 나는 아직도 내가 엘스베트 부인, 게오르크, 그리고 아드리안과 함께 그의 아버지가 앉은 의자 뒤쪽에 선 채, 이야기를 하는 동안 내내 책을 가리키던 그분의 손가락을 따라 책에 있는 그림들을 훑어 가고 있는 듯한 기분이다. 거기에는 비늘 가루가 하나도 붙어 있지 않고 유리처럼 투명한 날개를 가진 작은 나비과(科)의 나방들이 그려져 있었는데, 그 날개는 금방이라도 깨질 듯한 유리처럼 보였으며, 날개 속을 꿰뚫고 지나는 것은 오직 그물 모양의 어두운 색 혈관들뿐인 것 같았다. 그런 종류의 나방은 속이 훤히 들여다보이는 벌거벗은 모양을 하고 짙은 잎사귀의 그늘을 좋아하는 까닭에, '헤태라 에스메랄다'*라고 불린다. 헤태라는 날개에 보랏빛과 장밋빛의 짙은 반점이 하나 있을 뿐 그 밖에는 아무것도 보이지 않아서, 날아갈 때는 마치 바람에 날리는 꽃가루처럼 보인다. 그다음에는 나뭇잎 모양의 나비가 있었는데, 날개의 윗면은 완벽하게 조화를 이룬 색채의 삼화음을 뿜내고 있었으며, 그 아랫면은 믿을 수 없을 만큼 나뭇잎과 흡사했다. 형태와 엽맥(葉脈)뿐만 아니라 조그마한 흠, 대롱대롱 매달린 물방울, 사마귀 모양의 균사체, 그 밖의 여러 가지 것들이 나뭇잎을 그대로 빼다 박은 듯이 보였다. 이 약삭빠른 생물이 높다랗게 날개를 접고서 나뭇잎들 사이에 내려앉으면 주위의 나뭇잎들과 완전히 똑같아져서 자취를 감추기 때문에 아무리 탐욕스러운 적이라 해도 식별할 수가 없었다.

요나탄은 세세한 결함까지 그대로 닮으려 한 이런 약삭빠른 보호색 모방에서 받은 감동을 우리에게 전달하려고 애썼는데, 그의 노력이 성과가 없지는 않았다.

"이 곤충은 어떻게 그런 일을 해냈을까?"

아마 그는 이렇게 물었던 것 같다.

---

* 날개가 무색 투명한 나비 종의 하나. 17장에 등장하는 창녀의 모티프로 연결된다.

"자연은 어떻게 이 곤충을 통해 그런 일을 하는 것일까? 이 곤충이 스스로 관찰하고 생각해서 그런 속임수를 쓰는 것이라고 할 수는 없으니까. 자연은 자신이 만들어 낸 잎사귀를 정확히 알고 있거든. 그 잎사귀의 완전무결함뿐만 아니라 작고 평범한 결함이나 볼품없는 측면까지도 알고 있으며, 그래서 장난스러운 호의를 베풀어서 자연은 그 잎사귀의 외양을 다른 곳에다가, 그러니까 자신이 만든 나비의 날개 아래쪽에 다시 만들어 놓는 것이란다. 그러면 자연 스스로가 만들어 놓은 또 다른 피조물들은 깜빡 속고 말지. 그런데 하필이면 바로 이 곤충이 다른 것들보다 훨씬 약삭빠르게 이득을 보는 것일까? 그리고 이 곤충이 날개를 접고 쉬고 있을 때면 영락없이 잎사귀와 똑같다는 것은 물론 이 곤충의 생존 목적에는 딱 들어맞지만, 도마뱀이나 새들이나 거미처럼 이것을 쫓아다니는 굶주린 무리들의 입장에서 본다면, 이 곤충은 먹이가 되도록 정해져 있는데도, 이것이 마음만 먹으면 그 무리들이 아무리 눈에 불을 켜도 찾아낼 수 없으니, 이치에 맞지 않는 것이 아닐까? 너희들이 나한테 이런 질문을 할 것 같아서 내가 미리 하는 것이란다."

앞에서 말한 나비는 자신을 보호하기 위해 주위와 동화되어 제 모습을 보이지 않게 할 수 있었다. 그런데 생물 도감을 몇 장 더 넘기자, 정말 뻔뻔스러울 만큼 멀리서도 눈에 잘 띄게 모습을 드러냄으로써 자기 보호라는 똑같은 목적을 달성하는 나비류도 있다는 것을 알게 되었다. 그런 나비들은 유별나게 클 뿐만 아니라 눈에 띄게 화려한 빛깔과 무늬를 갖고 있었다. 레버퀸의 아버지가 설명한 대로 그 나비들은 언뜻 보기에

도전적인 모습으로 여봐란듯이 유유하게 날아다니지만 그것은 아무도 건방지다고 말할 수 없는 유유자적이고, 거기엔 오히려 우울한 분위기마저 깃들어 있다. 그 나비들은 결코 자신을 숨기지 않고 날아다니는데도 원숭이나 새나 도마뱀 따위의 어떤 동물도 눈길 한번 주지 않는다. 어째서 그럴까? 그 나비들은 구역질이 날 만큼 혐오스럽기 때문이다. 그리고 나비들이 눈에 띄는 아름다운 자태로 느릿느릿 유유하게 돌아다님으로써 바로 그 혐오스러움을 넌지시 알리기 때문이기도 하다. 그 나비들의 분비물은 맛과 냄새가 아주 역겨워서, 어쩌다 잘못하여 그 나비들 중 한 마리를 잡아먹으려 했던 놈은 바로 그 순간 온갖 역겨운 표시를 보이며 입에 물었던 것을 토해 내야 할 정도인 것이다. 그 나비들을 잡아먹을 수 없다는 사실은 온 자연계에 잘 알려져 있다. 그래서 그 나비들은 안전하다. 슬프게도 안전한 것이다. 우리는 그때 요나탄의 의자 뒤에서 이런 종류의 안전함이란 기쁘게 자랑할 수 있는 것이라기보다는 오히려 수치스러운 게 아닐까 하고 속으로 생각했다. 그런데 결론은 어떠했던가? 다른 종류의 나비들, 즉 분명히 잡아먹을 수 있는 나비들까지도 앞의 나비류와 마찬가지로 화려한 보호색으로 치장한 채 느릿느릿 다른 동물이 접근하지 못하도록 우울하고 안전하게 날아다닌다는 것이었다.

이런 이야기를 듣고는 아드리안이 재미있다고 몸을 흔들며 눈물이 찔끔 나오도록 깔깔대는 바람에 나도 덩달아 배꼽을 잡고 웃지 않을 수가 없었다. 하지만 레버퀸의 아버지가 "쉿!" 하며 우리를 꾸짖었는데, 그것은 그가 이 모든 것을 조심스럽고 경건한 태도로 관찰해 주기를 바랐기 때문이다. 그처럼 신비로울 만큼 경건한 태도로 임하는 그는 어떤 조개껍질에 새겨진 해독하기 힘든, 일종의 문자를 관찰하기도 했다. 그때 그는 물론 네모난 대형 돋보기를 사용했으며, 우리도 그 돋보기를 마음대로 이용할 수 있게 해 주었다. 확실히 이런 피조물들, 소라나 조개를 관찰하는 일은 큰 의미가 있었다. 적어도 요나탄이 인도하는 대로 생물 도감의 그림들을 관찰할 때는 그런 느낌이 들었다. 조개껍질의 나선형이나 둥근 모양들은 한결같이 확고하고 대담하면서도 섬세한 형식 감각으로 빚어져 있었고, 장밋빛 입구와 갖가지 모양의 안쪽 면은 무지갯빛을 내는 파엔차* 도자기의 현란함을 방불케 했다. 이 모든 것이 그 속에 살고 있는 점액질의 생물체가 스스로 만들어 낸 작품인 것이다. 적어도 조물주를 끌어들이지 않고 자연이 자생적으로 만들어 낸다고 생각을 하면 그렇게 보이는 것이다. 창조주가 상상력이 풍부한 공예가이자 야심적인 도예가라고 상상한다면 뭔가 석연치 않으므로, 이 경우 장인(匠人)의 역할을 하는 중간신(中間神), 즉 데미우르고스**를 끌어들이고 싶은 생각이 간절하기 마련이다. 내가 말하고 싶은 것은 이 귀중한 조개껍질들이, 바로 그 껍질에 의해 보호를 받는 속살이 만들어 낸 산물이라는 사실이며, 그 점이 당시에는 가장 놀랍게 생각되었다는 것이다.

요나탄의 아버지는 우리에게 이런 말을 한 적이 있다.

"팔꿈치나 늑골을 더듬어 보면 쉽게 알 수 있는데, 태어날

---

* 이탈리아의 도자기 산지.

** 플라톤이 우주의 창조주라고 생각했던 신의 이름으로 '조물주'라는 뜻.

때부터 이미 너희 몸 속에 단단한 뼈대와 골격이 만들어져 있어서, 그것이 너희의 살과 근육을 안전하게 지탱해 주고, 너희는 그 골격을 몸속에 지닌 채 이리저리 끌고 다니는 거란다. 그 골격이 너희를 이리저리 끌고 다닌다고 말하면 이상하겠지. 그런데 이 소라들에게서는 사정이 바뀐 거지. 이 피조물들은 단단한 부분을 뼈대가 아니라 바깥쪽에 집으로 만들어 놓았으니까. 단단한 부분이 내부에 있는 것이 아니라 외부에 있다는 사실, 틀림없이 바로 그 때문에 아름다운 거야."

우리 꼬마들, 즉 아드리안과 나는 그처럼 눈에 드러나 보이는 외양의 화려함에 대해 아드리안의 아버지가 그렇게 말하는 것을 들으며 반쯤 웃는 얼굴로 서로를 우두커니 바라보았던 것 같다.

이 외양의 아름다움이라는 것은 때로는 심술궂은 것이었다. 그도 그럴 것이 매력적인 균형을 갖춘, 마치 핏줄 같은 연홍색 또는 흰색 반점이 있고 황갈색이 감도는 어떤 종류의 소라는 그 독성으로 악명이 높았기 때문이다. 부헬 농장의 주인이 말한 바에 따르면, 요컨대 생명의 경이로운 영역에서는 어느 정도 불분명함이나 환상적인 모호함을 배제할 수가 없다는 것이었다. 사람들은 그 화려한 모양의 피조물을 제각기 다른 용도로 사용했는데, 거기에는 이상하게도 늘 서로 상반되는 관점이 작용했다. 외양이 화려한 그 피조물은 중세 시대에는 마녀의 부엌과 연금술사의 지하실 상비 품목에 속했으며, 독약이나 미약(媚藥)을 담기에 적합한 용기(容器)로 알려져 있었다. 그런가 하면 미사를 드릴 때는 성체와 성유물을 담는 상자로, 심지어는 성찬용 잔으로도 사용되었다. 독(毒)과 미(美), 독과 마술,

그뿐 아니라 마술과 예배 의식 등 얼마나 많은 것들이 여기서 서로 관계를 맺고 있는가. 우리 자신이 그런 것을 생각해 내지는 못했으나, 요나탄 레버퀸의 설명을 들으면서 우리는 막연하게나마 그런 느낌을 받았다.

이제 레버퀸의 아버지가 흥분을 감추지 못했던 저 신비한 문자에 관해 말하자면, 그것은 뉴칼레도니아 산(産) 보통 크기의 조개껍질 위에 나타나 있었는데, 흰색 바탕 위에 엷은 적갈색으로 세밀하게 그려져 있었다. 마치 붓으로 그린 듯한 그 문자들은 가장자리 쪽으로 가면서는 순전히 장식적인 필법으로 변해 가고 있었으나, 둥글게 솟은 표면의 대부분에서는 세밀하고 복잡한 모양이 아주 분명하게 어떤 의미를 전달하려는 듯한 표시를 드러내고 있었다. 내 기억으로 그 문자들은 고대 동양 문자, 예컨대 고대 아람어의 글씨체와 매우 흡사했는데, 실제로 나의 아버지는 상당한 장서를 구비한 카이저스아셰른 시립 도서관에서 비교 연구가 가능한 고고학 서적들을 친구에게 빌려다 주기도 했다. 하지만 이 연구는 전혀 성과가 없었거나, 혹은 성과가 있었다 해도 헷갈리고 모순된 것이었기 때문에 결국 헛수고가 되고 말았다. 우리에게 그 수수께끼 같은 그림을 가리키면서 요나탄은 우울한 표정으로 그 점을 시인했다.

"이 기호의 의미를 철저하게 밝혀내는 것은 불가능하다고 판명되었단다. 유감스럽게도 그렇게 되었단다. 이 기호들은 우리의 이해를 벗어나 있는데, 괴롭지만 아마 앞으로도 계속 그럴지도 모르겠다. '이해를 벗어나다.'라는 말은 '속을 드러내다.'라는 말의 반대말이야. 그러니까 우리에겐 풀 열쇠가 없는 이 암호들을 자연이 순전히 장식을 위해, 자신이 만든 피조물의 껍질에 그려 놓았을 거라는 얘기를 난 결코 믿지 않는단다. 장식과 의미는 언제나 병행해 왔고, 고대 문자 역시 장식과 의미 전달에 동시에 사용되었으니까. 그러니까 아무도 여기에 어떤 뜻이 전해져 있지 않다고는 못 해! 이해할 길이 없는 의사 전달이라는 모순 속에 빠져 보는 것도 재미있단다."

그것이 정말로 비밀 문자라고 치면, 요나탄은 자연이 틀림없이 자연 자체의 힘으로 생겨난, 체계화된 고유의 언어를 구사하고 있다고 생각했던 것일까? 모름지기 자연이 스스로를 표현하기 위해 인간이 만들어 낸 언어를 택할 까닭은 없으므로 그런 생각을 한 것일까? 그러나 어린애였던 그 당시에도 이미 나는 인간세계의 바깥에 있는 자연은 근본적으로 문자가 없는 세계라는 사실을 분명히 알고 있었으며, 바로 그 점이 내게는 자연의 무시무시함을 나타내는 것으로 보였다.

확실히 레버퀸의 아버지는 사색가였고 명상가였다. 그리고 내가 이미 말한 대로 그가 연구에 열중하는 태도는(실제로는 단지 몽상적인 사색에 불과할지라도 '연구'라는 말을 붙일 수 있다면) 늘 특정한 방향으로, 말하자면 신비적이거나 예감에 찬 반(半)신비적인 방향으로 기울었다. 내 생각에는 자연 연구에 몰입하는 사람의 사고는 거의 필연적으로 그런 방향으로 쏠리는 것 같다. 자연을 실험 대상으로 삼고, 자연을 자극하여 갖가지 진기한 현상들을 유발하고, 실험을 통해 자연의 작용을 발가벗김으로써 자연을 '시험에 들게' 하는 온갖 모험은 마술과 관계가 있으며 확실히 마술의 영역에 빠져드는 것이고 그 자체가 일종의 '악마의 짓'이라는 것, 옛날에는 그렇게 확신했던 것이다. 만약 누군가 나에게 묻는다면 이 믿음은 존중할 만한 것이라고 대답하겠다. 우리가 요나탄에게 들어서 알게된 사실이지만, 100여 년 전 비텐베르크의 어떤 사람은 눈에 보이는 음악의 실험 장치를 고안해 냈다고 하는데, 당시 사람들이 과연 그 사람을 어떤 눈으로 바라보았을지 나는 알고 싶다. 우리는 이따금 그런 실험을 구경할 수 있었다. 아드리안의 아버지가 마음대로 쓸 수 있었던 몇 안 되는 물리 실험 장치 중에는, 중심부가 축에 고정된 채 자유자재로 회전하는 둥근 유리판이 있었는데, 그 유리판 위에서 놀라운 일이 펼쳐졌다. 그러니까 요나탄이 유리판 위에 고운 모래를 뿌리고, 유리판의 가장자리를 낡은 첼로 활로 위에서 아래로 문질러서 판을 진동시키면, 그 진동에 따라 자극을 받은 모래가 놀라울 만큼 섬세하고 다양한 모양으로 아라베스크 무늬를 이루며 이리저리 질서 있게 밀려갔던 것이다. 명확한 것과 비밀스러운 것, 규칙적인 것과 기이한 것이 매력적으로 함께 나타나는 그 시각적 음향 효과는 우리 어린애들의 마음을 사로잡았다. 하지만 우리의 마음에 들었기 때문만이 아니라, 실험을 하는 사람에게 기쁨을 주기 위해서도 우리는 이따금 그 시각적인 음악을 보여 달라고 조르곤 했다.

요나탄 레버퀸은 성에도 좋아했다. 그래서 하늘에서 내린 수정들이 부헬 저택의 조그만 시골식 유리창을 뒤덮는 겨울날이면 그는 안경을 끼지 않고 돋보기를 가지고 성에의 구조를 반 시간 동안이나 깊이 관찰할 수 있었다. 나는 만일 그 생성물이 마땅히 그래야 하는 대로 서로 대칭을 이루는 가운데 엄격히 수학적이고 규칙적인 모양을 하고 있었더라면 특별하지도 않을 것이며, 그런 것 정도는 무시해 버릴 수도 있었을 거라고 말하고 싶다. 그런데 그 성에가 어떤 기만적인 뻔뻔스러움으로 식물의 모양을 모방한다는 것, 즉 놀랄 만큼 아름답게 양치류의 잎이나 풀, 꽃받침, 꽃술 등과 깜쪽같이 똑같은 모양을 하고 있다는 것, 성에가 얼음이라는 재료로 유기체를 흉내 내는 장난을 한다는 바로 그 점을 요나탄은 그냥 지나칠 수 없었던 것이다. 또한 바로 그 때문에 그는 줄곧 다소 못마땅한 듯하면서도 동시에 경탄하면서 고개를 설레설레 젓곤 했던 것이다. 그의 의문은 이 요술 같은 물질들이 식물계의 형태보다 먼저 형성된 것일까, 아니면 식물계를 뒤따라 모방한 것일까 하는 것이었다. 그의 대답은 어느 쪽도 아니라는 것이었다. 그것은 나란히 함께 만들어진 것이라고 했다. 창조를 꿈꾸는 자연이 여기저기에서 똑같은 것을 꿈꾸는 것이며, 모방이라고 이야기할 수 있다면 그것은 분명 상호 모방일 뿐이라는 것이었다. 흙에서 나는 소산물들은 유기체의 심층적 현실을 경험하고 있는 반면에 성에는 순전히 겉모양뿐이라는 이유로, 그 소산물들을 원형(原形)이라고 내세울 수 있는가? 그러나 성에의 겉모양은 식물의 그것 못지 않게 복잡한 재료들이 함께 어우러져 이루어진 결과였다. 내가 요나탄 레버퀸을 제대로 이해했다면, 그는 생물계와 이른바 무생물계가 하나라는 사실에 몰두했던 것이다. 그것은 말하자면, 두 영역 사이에 지나치게 엄격한 경계선을 긋는 것이 후자, 즉 무생물계를 잘못 대하는 것이라는 생각이었다. 두 영역이 실제로는 서로 넘나들고 있기 때문에, 전적으로 생물 속에만 간직되어 있어서 생물학자가 무생물을 모델로 해서는 연구할 수 없는 그런 순수 자연의 본질적인 능력이라는 것은 실제로는 존재하지 않는다는 것이었다.

우리는 이른바 '포식성 액체'를 관찰함으로써 생물계와 무생물계가 복잡하게 서로를 모방한다는 사실을 알게 되었다. 요나탄은 우리가 보는 앞에서 여러 차례 포식성 액체를 실험했다. 어떤 종류였는지 정확히 기억나지는 않지만 아마 클로로포름이었던 것 같다. 파라핀유나 식물성 기름, 혹은 어떤 재료로 만들어졌든 간에 액체 방울은 어디까지나 액체 방울일 뿐이지, 동물도 원생동물도 아니고 결코 아메바 같은 것일 수도 없다는 것이다. 그런 액체 방울이 식욕을 지니고 있고 양분을 섭취하며 맛있는 것은 삼키고 먹기 싫은 것은 내뱉을 줄 안다고 생각하는 사람은 아무도 없을 것이다. 그런데 우리가 관찰한 액체 방울은 바로 그런 모습을 보여 주었다. 그 액체 방울은 저 혼자서 물컵 속에 매달려 있었는데, 아마도 요나탄이 가는 주사기로 그 속에 집어넣었을 것이다. 그가 보여 준 실험은 다음과 같은 것이었다. 그는 가느다란 실 모양의 작은 유리 막대에 미리 셸락*을 칠해 놓고, 그 유리 막대를 핀셋의 양 끝으로 집어 액체 방울 가까이로 가져갔다. 그가 한 일은 그것뿐이었으며 나머지 일은 액체 방울이 알아서 해냈다. 액체 방울의 표면에 임산부의 배 모양으로 미세한 돌출부가 생기더니, 액체 방울은 그 돌출부를 통해 유리 막대를 세로로 자기 몸속에 집어넣었다. 그와 동시에 노획물을 완전히 감싼 채 유리 막대의 양 끝이 자기 몸 밖으로 튀어나오지 않도록 몸을 길쭉하게 늘여서 서양배[梨] 모양으로 변하더니, 이윽고 놀랍게도 서서히 다시 둥글게 돌기 시작하여 처음에는 달걀 모양이 되었는

---

* 동물성 수지의 일종으로, 니스 제조에 쓰인다.

데, 그것은 유리 막대에 칠해진 셸락을 다 빨아 먹고 자기 몸속에 고루 나눠 주기 위해서였다. 이 일이 끝나자 액체 방울은 서둘러 다시 본래의 둥근 모양으로 되돌아오더니, 깨끗이 핥은 유리 막대를 자기 몸의 둥근 표면 바깥으로, 주위의 물속으로 다시 밀어냈다.

내가 그런 광경을 지켜보면서 유쾌했다고 할 수는 없지만 거기에 사로잡혔다는 것만은 시인하지 않을 수 없으며, 아드리안 역시 마찬가지였을 것이다. 그는 그런 광경을 보면 언제나 몹시 웃고 싶어 하면서도 다만 아버지의 엄숙함을 생각하여 웃음을 참기는 했다. 어쨌거나 액체 방울의 그런 식욕에서는 우스꽝스러운 점도 눈에 띄었다. 하지만 도저히 믿을 수 없는 도깨비 장난 같은 어떤 자연 생성물의 경우에는 전혀 우스꽝스러운 느낌을 가질 수 없었는데, 아드리안의 아버지가 아주 진기한 방법으로 배양에 성공해 우리는 그 자연 생성물을 관찰할 수 있었다. 나는 그 광경을 도저히 잊지 못할 것이다. 그 광경이 펼쳐진 현장인 플라스크는 사분의 삼이 묽은 점액질의 물, 즉 희석된 물유리로 채워져 있었다. 모래가 깔린 용기 밑바닥으로부터 온갖 빛깔의 배양물들로 이루어진 그로테스크한 작은 풍경이 위로 올라오려고 애쓰고 있었다. 그것은 해초와 버섯, 고착 폴립*, 이끼류, 조개류, 덩이뿌리, 작은 나무 혹은 나뭇가지들, 더러는 사지(四肢)마저 연상시키는 푸른색, 초록색, 갈색의 싹들로 이루어진 혼란스러운 식물이었다. 그것은 난생처음 보는 놀라운 광경이었는데, 경탄을 자아내는 현란한

---

* 강장동물에 붙어서 사는 미생물.

외양 때문이라기보다는 오히려 몹시 침울한 느낌을 주었기 때문이다. 레버퀸의 아버지가 그 배양물을 어떻게 생각하느냐고 물었을 때 우리가 머뭇거리며 아마 식물일 거라고 답하자, 그는 이렇게 응답했다.

"아니다, 이것은 식물이 아니란다. 다만 식물처럼 움직일 뿐이지. 그렇다고 해서 얕잡아 보지는 마라. 이것들이 이렇게 움직이고, 그러기 위해 몹시 애쓴다는 것, 바로 그 사실이야말로 존중할 만한 점이란다."

알고 보니 그 배양물은 전적으로 무기물로 만들어진 것으로, '복된 사도' 약방에서 가져온 재료들을 이용해 만들었던 것이다. 물유리 용액을 붓기 전에 요나탄은 용기 바닥에 깔린 모래에다 내 기억이 맞다면 크롬산칼륨과 황산동으로 이루어진 여러 가지 결정체를 뿌렸고, 이런 파종에 의해 '삼투압'이라는 물리적 작용이 일어난 결과로 이 애처로운 작물이 자라나기 시작했으며, 그러자 작물을 돌보는 사람은 곧 거기에 대해 한층 절박하게 우리의 동정심을 요구했다. 말하자면 그는 이 고통에 찬 생명의 모방자들이 빛을 갈망한다는 사실, 즉 생물학에서 말하는 '굴광성'을 지니고 있다는 사실을 우리에게 보여 주었던 것이다. 그는 우리를 위해 삼면을 가린 배양기를 햇볕이 드는 곳에 내놓았다. 그러자 유리 용기에서 햇볕이 들어오는 면을 향해 이 무리들 전체, 즉 버섯, 음경처럼 생긴 폴립, 잣나무, 해초, 반쯤 만들어진 사지가 기분 좋은 따스함을 갈망하며 순식간에 기울어져 그쪽 유리 면에 정말로 꼭 달라붙어 떨어질 줄 몰랐다.

"그렇지만 저것들은 죽은 것이란다."

이렇게 말하는 요나탄의 눈에는 눈물이 글썽거렸다. 그러는 중에도 아드리안은 웃음을 참느라고 몸을 들썩거렸다.

그것이 과연 웃어야 할 일인지 울어야 할 일인지 나로서는 독자의 판단에 맡길 수밖에 없다. 다만 내가 말하고 싶은 것은 이런 도깨비 장난은 전적으로 자연의 작용이며 그것도 특히 방자하고 무엄한 인간에게 유혹을 당한 자연의 작용이라는 것 이다. 위엄 있는 인문학의 영역 안에 있으면 그런 도깨비 장난 의 위험에서는 벗어나 있는 것이다.

4

그렇지 않아도 앞 장이 너무 길어진 데다 아드리안의 사랑하는 어머니, 즉 부헬 농장 안주인에 대해 몇 마디로나마 경의를 표하기 위해서라도 새 장을 여는 것이 좋겠다. 일반적으로 사람들이 그러듯 어린 시절에 대해 느끼는 고마움의 표현으로, 혹은 그녀가 우리한테 차려 준 맛있는 간식 등을 떠올려서 그녀의 모습을 미화할 수도 있을 것이다. 하지만 나는 평생 엘스베트 레버퀸보다 더 매력적인 여인은 보지 못했다고 단언한다. 소박하고 이지적이며 나무랄 데 없는 그녀의 인품을 존경하거니와, 나의 존경심은 아들의 천재성이 어머니의 생명력 넘치는 건강한 성품에 크게 힘입었다는 확신에서 비롯된 것이다.

그녀 남편의 잘생긴 옛날 독일풍 머리를 바라보는 것에 못지 않은 즐거움으로 나는 무척이나 기분 좋고 독특하며 균형이 잘 잡힌 그녀의 모습을 한참 동안 바라보곤 했다. 아폴다

지방 태생인 그녀는 독일에서 간혹 볼 수 있는 브루넷* 계통이었지만, 족보로 따져 봤을 때 남쪽 나라의 혈통이 섞였다고 추정할 만한 근거는 없었다. 그녀의 얼굴 생김새가 독일적인 투박한 분위기를 풍긴다고 반론을 펼 수도 있겠지만, 갈색 피부와 검은 머리카락, 그리고 차분하고 다정한 눈매 때문에 그녀는 이탈리아 여인으로 착각될 소지가 다분했다. 그녀는 길지 않은 계란형 얼굴에 턱이 갸름했고, 콧등이 살짝 치솟은 코의 곡선이 썩 매끄럽지는 않았으며, 다소곳한 입은 입술이 가늘지도 두껍지도 않았다. 귀를 반쯤 가린 머리카락은 내가 성장하는 동안 서서히 은빛으로 변해 갔는데, 아주 바싹 당겨 빗어서 거울처럼 반들거렸으며, 이마 위쪽의 가리마 때문에 흰 두피가 그대로 드러나 보였다. 그래도 가르마에서 벗어난 몇 가닥의 머리카락이 귀 앞쪽으로 우아하게 흘러내렸는데, 늘 그랬던 것은 아니므로 일부러 그랬던 것도 아닌 듯하다. 우리가 어린 시절에만 해도 숱이 많았던 땋은 머리를 시골풍으로 머리 뒤로 말아 올리고 있었는데, 축제일에는 거기에 색깔이 있는 리본을 꽂기도 했다.

남편과 마찬가지로 그녀 역시 도회풍의 옷은 거의 입지 않았다. 귀부인 티가 나는 옷차림은 그녀에게 어울리지 않았던 반면에 시골풍의 반정장을 입은 모습은 누군지 금방 알아볼 수 있을 만큼 아주 돋보였다. 그녀는 몸에 꼭 맞게 손수 만든 치마에다 일종의 주름 미더**를 입고 있었는데, 모나게 파진 미

---

* 머리털이 검고 피부와 눈동자가 갈색인 백인 여성. 남유럽 지역에 많다.
** 독일 여성들이 입는 코르셋 모양의 조끼.

더 위로 약간 짤막하고 옆으로 딱 바라진 목 부위와 가슴의 윗부분이 드러나 보였고, 거기에 단순한 모양의 가벼운 금 펜던트가 반짝였다. 그녀의 갈색 손은 노동으로 단련되었지만 그렇다고 거칠지도 않았고 지나치게 가꾸지도 않았으며, 오른손에는 결혼반지를 끼고 있었다. 그녀의 손길을 바라보노라면 인간적으로 의롭고 믿음직스러운 느낌을 받아서 기분이 좋았다. 그리고 굽이 낮은 편한 신발에, 보기 좋은 복사뼈를 감싸는 초록색이나 갈색의 털 양말을 착용한 잘생긴 발 역시 걸음걸이가 반듯하고 너무 크지도 작지도 않아서 보는 이를 즐겁게 했다. 그 모든 것이 다 마음에 들었다. 하지만 그녀가 지닌 가장 아름다운 점은 듣기 좋은 메조소프라노의 목소리였다. 튀링겐 사투리가 살짝 섞인 말씨는 유달리 사람의 마음을 끌었다. 그렇다고 '애교 있는' 목소리는 아니었다. '애교 있다.'라는 말은 뭔가 일부러 꾸미는 태도를 뜻할 수도 있기 때문이다. 그 목소리의 매력은 그 안에 깃들어 있는 어떤 음악성에서 나온 것인데, 그 음악성은 평소에는 속에 감춰져 있었다. 엘스베트가 딱히 음악에 정성을 기울이지는 않았기 때문이다. 다시 말해 그녀는 음악을 신봉한다고 공식 석상에서 고백하지는 않았다. 거실 벽에 장식용으로 걸어 놓은 기타를 잡고 몇몇 화음을 치면서 거기에 맞춰 어떤 노래의 한두 소절을 콧노래로 부르는 경우는 있었지만, 결코 본격적인 노래에는 끼어들지 않았다. 그렇지만 그녀가 발전 가능성이 있는 아주 훌륭한 음악적 소양을 갖추고 있는 것은 분명했다.

어떻든 나는, 비록 그녀가 말하는 내용이 언제나 아주 단순하고 소박한 것뿐이긴 했지만, 그렇게 아름답게 이야기하는 목소리를 일찍이 들어 본 적이 없다. 그리고 내 생각이긴 하지만 이 자연스럽고 본능적으로 미적 감각을 지닌 좋은 목소리가 모계를 닮은 아드리안의 귀를, 그가 태어난 순간부터 감동시켜 왔다는 사실은 상당히 중요한 의미를 지닌다. 이런 사실은 내가 그의 작품에 나타나 있는 믿기 힘들 정도의 놀라운 음감을 해명하는 데 도움이 된다. 물론 똑같은 이점을 누린 그의 형 게오르크는 그의 인생을 형성하는 데 그런 이점으로부터 이렇다 할 영향을 받지 못했다는 사실을 들어 쉽게 이의를 제기할 수도 있을 것이다. 어쨌든 게오르크는 아버지 쪽을 더 많이 닮았던 반면, 아드리안의 육체는 어머니 쪽에서 더 많이 물려받았다. 하지만 다시 보면 꼭 그렇다고만은 할 수 없는 것이, 아버지한테서 편두통 증세를 물려받은 쪽은 게오르크가 아니라 아드리안이었던 것이다. 그러나 이제는 세상을 떠난 내 소중한 친구의 전체적인 용모는 갈색 피부며 눈매, 입과 턱의 모양 등 여러 가지 세세한 점들까지 모두 어머니 쪽에서 물려받은 것이었다. 그 점은 특히 그가 말끔히 면도를 하고 다니던 동안에, 말하자면 그가 말년에 턱수염을 길러서 아주 딴사람처럼 보이기 전까지는 분명하게 드러났다. 어머니 쪽의 까만 눈동자와 아버지 쪽의 하늘색 눈동자가 하나로 뒤섞여 있는 그의 홍채는 어두운 청회색이었고, 그에 따라 작은 금속성 반정(斑晶)과 함께 동공 주위에 녹청색 테가 나타나 보였다. 그리고 언제나 내가 속으로 확신하고 있었던 것은 그의 양친의 눈이 서로 대조를 이루면서도 그 빛깔이 그의 눈 속에 들어와 하나로 혼합되어 있음으로 해서 그의 미적 판단이 이리저리 흔들렸으며, 생애 내내 그는 갈색 눈과 파란색 눈 중 어느 쪽 눈을 더 좋아해야 할지를 결정하지 못했다는 것이다. 그를 매혹했던 것은 양극단의 색깔, 즉 속눈썹 사이에서 반짝거리는 새까만 타르빛 아니면 연한 파랑이었다.

부헬 농장에 일거리가 별로 없는 계절에는 일꾼이 많지 않았다. 다만 추수기 때에나 인근에 사는 주민들을 불러들여 숫자가 불어났는데, 그들에게 가장 큰 영향력을 행사한 사람은 엘스베트 부인이었다. 내가 제대로 보았다면 그들 사이에서 그녀는 남편보다 막강한 권위를 누렸다. 농장 일꾼들 중 몇몇의 모습은 아직도 내 눈에 선하다. 예를 들면, 바이센펠스 역에서 우리를 데려오기도 하고 다시 그곳으로 데려다 주기도 했던 마부 토마스의 모습이 떠오르는데, 그는 애꾸눈으로 유난히 마르고 키가 컸지만 등에 커다란 혹이 달린 곱사등이었다. 그는 곱사등 위에 꼬마 아드리안을 자주 태우곤 했다. 나중에 우리의 대가(大家)가 내게 자주 단언했던 바로는, 그 곱사등은 아주 실용적이고 편안한 좌석이었다고 한다. 그 밖에도 외양간을 돌보던 하네라는 이름의 하녀가 생각난다. 그녀는 출렁거리는 가슴에 늘 더러운 맨발을 하고 다녔는데, 자세한 이유는 더 따져 봐야겠지만 어쨌든 아드리안은 그녀와 친하게 지냈다. 그리고 낙농장을 관리하는 루더 부인이 있었는데, 과부인 그녀는 늘 두건을 쓰고 다녔고 아주 근엄한 표정을 짓고 있었다. 그녀가 그런 표정을 지은 것은 그것이 자신의 이름*으로부터 자신을 지켜 주는 데 한몫을 한다는 이유도 있었지만, 그

---

* '루더(Luder)'라는 단어에는 '썩은 고기', '더럽고 불쾌한 것', '화냥' 등의 뜻이 있다.

녀가 맛 좋기로 정평이 나 있는 캐러웨이 치즈를 만들 줄 안다는 자부심 때문이기도 했다. 농장 안주인이 우리를 직접 데려가지 않을 때면 루더 부인이 암소 축사로 우리를 데려가곤 했다. 기분 좋은 그곳에서 그녀가 의자에 구부리고 앉아 소젖을 짜며 문지르는 손길 밑에서 우유가 유리 그릇 속으로 흘러내렸다. 미지근한 거품이 이는 우유에서는 사람에게 이로운 짐승인 암소의 냄새가 풍겼다.

아드리안은 열 살 무렵까지 들과 숲, 연못과 언덕으로 이루어진 단순한 시골 풍경에 둘러싸여 어린 시절을 보냈다. 그토록 자주 그와 나를 하나로 맺어 주었던 원초적인 시골 풍경이 아니었더라면 분명히 나는 그 시절에 대한 상세한 추억들 속으로 빠져들지는 않을 것이다. 그때 우리는 친한 사이가 되어 서로 말을 트고 지내기 시작했으므로 틀림없이 그도 편안하게 내 이름을 불렀을 것이다. 이제 더 이상 그가 내 이름을 부르는 것을 들을 수 없게 되었지만, 당시 여섯 살이나 여덟 살쯤 되었을 우리는 서로를 애칭으로 불렀다. 내가 그를 '아드리'라는 애칭으로 불렀듯이 그 역시 나를 '제레누스' 혹은 그냥 '제렌'이라 불렀을 것이다. 그런데 언제라고 꼬집어 말할 수는 없지만, 이미 학창 시절 초기에 그가 나에게 말을 걸 때 이름으로 부르지 않고 성으로 불렀던 것만은 분명하다. 나도 그와 마찬가지로 성을 부르며 대꾸한다는 것이 너무 딱딱해서 도무지 불가능한 일처럼 생각되었지만 말이다. 아무튼 사실이 그러했는데, 하지만 내가 불만을 표시하고 싶어서 그를 이름 아닌 성으로 불렀던 적은 없었다. 다만 한 가지, 나는 그를 '아드리안'이라고 불렀는데 그가 피치 못할 사정으로 내 이름을 불러야 할 경우 그는 오직 '차이트블롬'이라는 나의 성만 불렀다는 것은 짚고 넘어가야 할 듯하다. 그렇지만 이미 나에게는 익숙한 것이 되어 버린 이 기이한 사실은 제쳐 두고 다시 부헬의 추억으로 돌아가 보기로 하자.

농장을 지키는 개는 희한하게도 '주조'라는 이름으로 불렸다. 혈통이 다소 천한 브라케 종(種)인 그 개는 아드리안의 친구이자 나의 친구이기도 했다. 먹을 것을 가져다주면 얼굴에 온통 웃음기가 번지긴 했으나 낯선 사람들에게 전혀 위험하지 않은 것도 아니었다. 낮에는 온종일 개집에 묶여 먹이통 옆에서 집 지키는 여느 개와 다름없는 생활을 하다가 조용한 밤이 되면 겨우 사슬에서 풀려나 농장 주위를 배회하곤 했다. 아드리안과 나는 황당한 옛날이야기를 떠올리며 돼지우리 안에 있는 지저분한 돼지 떼를 들여다보기도 했다. 그 이야기에 따르면 금빛 속눈썹이 달린 작고 엉큼한 푸른 눈에 사람과 같은 색깔의 비곗살 몸뚱이를 가진 이 지저분한 가축은 간혹 어린 새끼들을 잡아먹기도 한다는 것이었다. 우리는 그 돼지들의 언어인 저음으로 꿀꿀거리는 소리를 억지로 흉내 내 보기도 했고, 어미 돼지의 젖꼭지에 몰려든, 한 배에서 태어난 발그스름한 새끼 돼지들을 자세히 관찰하기도 했다. 우리는 닭들이 철망 뒤에서 적당히 알맞은 소리를 내면서 간혹 신경질적인 울음소리를 내지르며 느긋하게 노닥거리는 모양을 보고 재미있어했다. 그리고 집 뒤에 있는 꿀벌 통들을 조심스럽게 찾아가기도 했다. 수집 선수인 이 벌들 중 한 마리가 사람의 코 언저리에서 갈피를 못 잡고 윙윙거리다가 마침내 어리석게도 사람을 쏠 때면, 참을 수 없는 것은 아니지만 그래도 얼얼한 통증이 따른다는 걸 우리는 익히 알고 있었다.

아드리안과 함께 채소밭에서 잘 익은 구스베리 열매를 핥아 먹거나 들판의 승아 열매를 맛보았던 기억도 떠오른다. 어떤 꽃들의 줄기에선 맛있는 즙을 빨아 먹을 줄도 알았다. 그리고 숲 속에 드러누워 도토리를 깨물어 보거나 길가 덤불에서 햇볕에 익은 자줏빛 딸기를 따서 그 짜릿한 즙으로 어린 날의 갈증을 달래기도 했다. 당시만 해도 우리는 아직 어린애였다. 순진무구함의 골짜기로부터 황량하고 무시무시한 고지(高地)로 비상했던 아드리안의 운명을 생각하며 과거를 돌아보자니, 나 자신의 감정 때문이 아니라 아드리안 때문에 마음이 울렁인다. 그것은 한 예술가의 삶이었으며 그토록 가까이에서 그 삶을 지켜보는 일이 소박한 사람인 나의 몫으로 주어졌던 까닭에, 인간의 삶과 운명에 대해 내가 가졌던 모든 감정은 그 예외적 인간의 존재 방식에 집중되어 있었다. 아드리안과의 우정 덕분에 그의 예외적 존재 방식이 나에게는 모든 인간 운명의 형성 과정을 보여 주는 하나의 본보기로 여겨졌다. 즉, 그의 존재 방식은 생성, 발전, 숙명이라고 부르는 어떤 것에 사로잡히게 되는 고전적 계기로 여겨지는 바, 아닌 게 아니라 실제로 그럴지도 모른다. 왜냐하면 예술이란 평생토록 실제적이고 현실적인 것에 길들여진 사람들에 비해 자신의 어린 시절에 더 충실하다고 할 수는 없더라도 더 가깝게 머물러 있게 마련이며, 현실적인 부류의 사람들과는 달리 어린 시절의 몽상적이고 순수하고 인간적이며 유희적인 상태에 계속 머물러 있기를 고집한다고 말할 수 있을 것이다. 그렇다 하더라도 예술가가 자신의 순결한 어린 시절로부터 나중의 예견하지 못한 어떤 과정에 접어드는 도정은 보통 사람들의 경우에 비하면 훨씬 모험으로 가득 차 있어서, 그것을 지켜보는 사람에게는 더욱 충격적인 것이다. 그래서 한때는 자신도 어린아이였다는 생각이 유발하는 눈물 어린 비애가 보통 사람에겐 예술가에 비해서 절반도 못 미치는 것이다.

그렇더라도 간절히 바라건대 독자 여러분은 내가 여기서 감정을 실어 이야기한 것을 전적으로 서술자인 나의 탓으로 돌리고, 레버퀸이 그런 뜻으로 말한 거라고는 생각하지 않기를 바란다. 나는 내 마음에 드는 어떤 낭만적인 견해에 머물러 있는 구식 인간이다. 예술가적인 것과 시민적인 것이 서로 격렬하게 대립한다는 생각 역시 그러한 낭만적 견해들 중의 하나이다. 아드리안이라면 아마 앞에서 한 말에 대해 냉정하게 반대했을 것이다. 그가 애써 반대할 만한 가치가 있는 것이라고 생각했다면 말이다. 그도 그럴 것이 그는 예술과 예술가 기질에 대해 극도로 냉담하고 반동적이며 신랄한 견해를 가졌고, 그런 것을 내세워 행세하며 잠시 동안 세상의 호감을 사기도 했던 저 '낭만적인 허풍'을 너무나 싫어했다. '예술'이니 '예술가'니 하는 말이 나올 때 그의 표정에 역력하게 드러났듯이, 그는 심지어 그런 말을 듣는 것조차 싫어했던 것이다. 그는 '영감(靈感)'이라는 말에 대해서도 마찬가지로 거부 반응을 보였다. 그래서 그와 함께 있을 때면 사람들은 '영감'이라는 말을 피해야만 했고, 부득이한 경우에는 '착상'이라는 말로 대신했다. 그는 '영감'이라는 말을 증오하고 경멸했다. 이 말을 하면서도 그의 증오와 조소가 생각나 지금 나는 내 원고 앞에 놓여 있는 압지에서 손을 떼어 두 눈을 가리지 않고는 견딜 수 없다. 아, 그런 증오와 조소는 아드리안이라는 사람과 무관하게 오로지 시대정신의 변화로 인한 결과라고 하기에는 너무나 고통스러운 것이었다. 물론 내가 기억하기로는 그런 변화가 미치는 영향이 이미 그가 대학생 시절 언젠가 나에게 했던 말에서도 드러나긴 했다. 즉, 지난 세기들의 사고방식과 생활 습관으로부터 벗어나는 것을 동시대인들보다 더 괴로워했던 적은 인류 역사상 일찍이 없었으므로 19세기는 틀림없이 무척 아늑한 세기였을 거라고 했던 것이다.

부헬 농장에서 불과 십 분 거리밖에 안 되는, 수양버들에 둘러싸인 연못을 나는 이미 스쳐 지나가듯 언급한 적이 있다. 그 연못은 '쿠물데'*라고 불렸는데, 그건 아마 그 장방형의 생김새 때문에, 그리고 소들이 물을 마시기 위해 즐겨 그 연못가로 모여들었기 때문인 것 같다. 그런데 그 연못의 물은 왠지 모르지만 무척 차가워서, 햇빛을 받기 시작한 지 한참이 지난 오후가 되어야만 우리는 연못에서 목욕을 할 수 있었다. 우리가 즐겨 다녔던 연못 주위의 언덕길은 삼십 분 정도 걸리는 산책 길이었다. 그 언덕은 분명히 아주 옛날부터 엉뚱하게도 '시온 동산'**이라 불렸는데, 겨울철에는 물론 내가 거기까지 가본 적은 별로 없지만 썰매를 타기에 아주 좋았다. 여름에는 언덕 꼭대기에 둥그렇게 둘러서 있어 그늘을 드리워 주는 단풍나무들과 마을에서 공동으로 비용을 들여 만든 공용 벤치와 함께, 그곳은 바람이 잘 통하고 전망이 좋은 휴식처를 제공해

---

* '암소의 여물통'이라는 뜻.
** 예루살렘에 있는 성산(聖山).

주었다. 나는 일요일 오후 저녁 식사 전에 레버퀸 집안 사람들과 함께 자주 그곳에서 즐거운 시간을 보내곤 했다.

그런데 나는 이제 다음과 같은 이야기를 하지 않을 수 없다. 나중에 아드리안이 어른이 되어 자리 잡고 살던 때, 즉 오버바이에른 지방의 발츠후트 인근에 위치한 파이퍼링에 있는 슈바이게슈틸 집안에 영주처를 정했을 때, 그곳 주위의 풍경과 집 구조는 그의 어린 시절의 그것과 기묘하게 닮아서 마치 어린 시절의 환경을 그대로 옮겨 놓은 것 같았다. 다시 말해 그의 만년의 인생 무대는 어린 시절의 그것을 신기하게 모방하고 있었던 것이다. 파이퍼링(혹은 페퍼링이라고도 했는데, 그것은 지명의 철자가 확정되어 있지 않았기 때문이다.)에도, 물론 그 이름은 '시온 동산'이 아니라 '롬 언덕'이었지만 공용 벤치가 설치되어 있는 언덕이 있었고, 뿐만 아니라 거기에도 사는 집으로부터 '쿠물데'와 거의 똑같은 거리에 물이 무척 차가운 '클라머'라는 연못이 있었다. 그 밖에 집, 농장 그리고 가족관계까지도 부헬의 그것과 정확히 일치했다. 뜰에는 나무가 한 그루 자라고 있었다. 약간 방해가 되긴 했지만 역시 분위기를 고려하여 그대로 두고 있던 그 나무는 보리수가 아니라 느릅나무였다. 물론 나는 슈바이게슈틸 집안의 건축 양식과 아드리안 생가의 그것 사이에는 특징적인 차이점도 있었음을 인정한다. 슈바이게슈틸 저택은 두꺼운 벽, 깊숙이 팬 아치형 창문과 벽감(壁龕), 그리고 약간 곰팡내 나는 복도가 있는 건물로 예전에는 수도원이었다. 하지만 부헬의 집이 그랬듯 그 집의 아래층도 집주인의 파이프 담배 연기로 가득 차 있었고, 그 집의 주인과 그의 아내인 슈바이게슈틸 부인은 아드리안에게 '부모' 역할을 하기도 했다. 말하자면, 남편은 긴 얼굴에 과묵하고 생각이 깊고 차분한 성격의 농부였고, 그의 부인은 이미 나이가 들어 몸이 불긴 했지만 그래도 몸매가 균형 잡히고 활달하고 정력적이며 유능한 농부의 아내로, 단단히 동여맨 머리와 손발이 예뻤다. 그들에게는 게레온(게오르크가 아니다.)이라는 장성한 아들이 있었는데, 그는 농장 일에 매우 진취적인 생각을 갖고 있어 새로운 기계의 도입에도 신경을 쓰는 젊은이였다. 게레온보다 나중에 태어난 클레멘티네라는 딸도 있었다. 파이퍼링의 농장을 지키는 개도 마찬가지로 웃을 줄 알았는데 '주조'가 아니라 '카슈펄'이라고 불렸다. 적어도 원래는 그렇게 불렸다. 그 집에 하숙하던 아드리안은 그 개의 원래 이름에 대해 나름대로 생각을 갖고 있었는데, 아드리안의 영향을 받아서 카슈펄이라는 이름은 점차 순전히 옛 추억이 되어 버리고 그 개 자신도 마침내는 '주조'라는 이름에 더 잘 따르게 되었다. 내가 바로 그런 변화의 과정을 지켜본 증인이다. 그 집안에 둘째 아들은 없었지만, 그러나 그 때문에 양쪽 집의 환경적 유사성이 덜해졌다기보다는 오히려 더 강조되었다. 과연 누가 둘째 아들 역할을 했는가를 생각해 보면 그 이유를 쉽게 짐작할 수 있을 것이다.

양쪽 집안의 전반적인 유사성이 자꾸 생각나긴 했지만 그렇다고 내가 이 문제에 대해 아드리안과 이야기해 본 적은 없다. 처음부터 그런 이야기는 하지 않았고, 그러다 보니 나중에는 이야기하고 싶지도 않게 되었다. 사실 그런 유사성을 좋게 생각한 적은 한 번도 없었다. 아주 어린 시절을 그대로 재현해 놓은 곳을 거주지로 택한다는 것, 아주 오래전에 이미 다 겪었던 어린 시절로 돌아간다는 것, 또는 적어도 어린 시절과 외적으로 똑같은 환경으로 돌아간다는 것은 어린 시절에 대한 애착을 나타내는 것일 수도 있지만, 한편으로는 한 인간의 정신 생활이 그만큼 불안정하다는 뜻도 되는 것이다. 레버퀸의 경우 더더욱 의아스러웠던 것은, 내가 지켜본 바로는 부모와의 관계가 각별히 친밀하거나 다정했던 것 같지는 않았고, 사실 그는 눈에 띄게 힘들어하는 기색도 없이 이미 일찍부터 부모님 집을 떠났던 터이기 때문이다. 그럼에도 일부러 어린 시절의 환경으로 되돌아간 것은 순전히 장난이었을까? 나는 그렇게 생각할 수 없다. 그 모든 것은 오히려 내가 아는 어떤 사내를 상기시키는데, 그는 겉으로 보기에는 건장했고 수염도 길렀지만 매우 예민한 사람이어서 곧잘 앓곤 했다 그런데, 그렇게 몸이 아프면 꼭 소아과 의사한테만 진찰을 받으려고 했다. 게다가 그가 믿고 찾는 의사란 체격이 너무 작아서 노골적으로 말하면 성인 진찰에는 어울리지 않는 까닭에 오직 소아과 의사밖에 될 수 없을 것 같은 그런 사람이었다.

그 사내나 의사가 이 이야기에서 다시 등장하지 않는 한 그들에 관한 일화를 언급한 것은 결국 내 이야기가 옆길로 샜다는 뜻임을 스스로 밝히는 것이 좋겠다. 미리 이야기하고 싶은 충동에 못 이겨 이 대목에서 벌써 파이퍼링과 슈바이게슈틸 집안에 대해 언급한 것이 의심할 바 없이 나의 실수라면, 내가 독자에게 부탁하고 싶은 것은 그런 변칙을 내가 흥분한 탓으로 보아 달라는 것이다. 사실 그런 흥분이 이 전기를 쓰기 시작했을 때부터 줄곧 나를 사로잡고 있다. 벌써 여러 날 동안 이 원고지들과 씨름해 왔다. 그러나 내가 문장의 균형을 잡고 내 생각에 맞는 표현을 찾으려고 애쓰고 있기는 하나 그렇다고 흥분 상태가 지속되지 않으리라는 생각은 하지 말기를 바란다. 평소에는 아주 반듯한 나의 글씨가 떨리고 있다는 사실에서도 그런 흥분 상태가 잘 드러나고 있다. 게다가 나는 나의 글을 읽는 독자들이 시간이 지남에 따라 이런 영혼의 전율을 이해하게 될 뿐 아니라, 마침내는 독자들도 계속 냉담한 태도를 유지하지는 못할 것이라고 믿는다.

한 가지 빠뜨린 이야기가 있다. 아드리안의 나중 거주지인 슈바이게슈틸 집안에도, 물론 놀랄 만한 사실은 못 되지만, 젖가슴이 출렁거리고 늘 더러운 맨발을 하고 다니며 가축우리를 돌보는 하녀가 있었다. 그런데 가축우리를 돌보는 모든 하녀들이 서로 닮았듯이 그녀 역시 부헬의 하녀와 닮았고, 이름은 발푸르기스였다. 그러나 내가 여기서 이야기하고자 하는 것은 그녀가 아니라 그녀의 원형(原型)인 하녜에 관해서다. 하녜는 노래 부르기를 좋아했고 우리 어린애들과 함께 짧은 노래를 연습하곤 했기 때문에, 꼬마 아드리안은 그녀와 친한 사이였다. 참으로 이상하게도 엘스베트 레버퀸은 목소리가 고운데도 일종의 결벽증 때문인지 노래를 멀리했지만, 짐승처럼 고약한 냄새를 풍기는 하녜는 목청껏 노래 부르기를 즐겼다. 하녜는 밤이면 보리수 아래 벤치에서 풍부하고 듣기 좋은 저음의 목소리로 온갖 민요나 군가 혹은 유행가들을 우리에게 불러 주었는데, 대부분 감정이 잔뜩 실리고 무시무시한 특징이 있는 노래여서 우리는 그 가사와 멜로디를 금방 익힐 수 있었다. 그러고 나서 함께 노래를 부를 때면 그녀는 원래 성부보다 3도를 낮춰서 부르다가 갑자기 제멋대로 5도와 6도까지 목소리를 낮추면서 우리한테는 고음부를 맡긴 채 자신은 저음부를 고집했는데, 그 목소리가 몹시 튀어서 귀에 거슬렸다. 그러면서 그녀는 먹을 것을 받았을 때의 주조와 정말 똑같이 얼굴에 환한 웃음을 짓곤 했는데, 그것은 마치 우리에게 그 화음의 즐거움을 맛보게 해 준 자신의 진가를 알아 달라고 채근하는 것 같았다.

여기서 '우리'라는 것은 아드리안과 나, 그리고 이미 열세 살이 된 게오르크를 말하는데, 그때 아드리안은 여덟 살, 나는 열 살이었다. 누이동생 우르줄라는 노래 연습에 참여하기에는 아직 너무 어렸다. 사실 이 일종의 성악에는 노래를 부르는 우리 네 사람 중에서도 하나는 거의 남아도는 형편이었다. 가축 우리를 돌보는 하녀 하네는 우리가 무턱대고 함께 불러 대는 합창을 일종의 성악 수준으로 높여 줄 수 있었다. 그녀는 우리에게 이른바 돌림노래라는 것을 가르쳐 주었다. 물론 아이들이 가장 많이 부르는 노래들, 이를테면 「오, 얼마나 행복한가, 저녁이면 나는」, 「노랫소리 울린다」 같은 노래들, 그리고 뻐꾸기와 당나귀에 관한 노래들이었다. 우리가 그런 노래들을 즐겨 부른 해 질 녘의 시간들은 나에게 의미심장한 추억으로 남아 있었다. 아니, 그 추억들이 나중에 가서 좀 더 큰 의미를 지니게 되었다고 하는 편이 오히려 낫겠다. 내가 알기로는 바로 그런 시간들을 통해 나의 친구 아드리안은 여러 사람이 한 소리로 같이 부르는 단순한 합창보다는 다소나마 더 인위적인 진행 체계를 갖춘 '음악'을 처음 접하게 되었기 때문이다. 돌림노래에는 동일한 노래를 일정한 소절(小節)의 사이를 두고 선창자를 뒤따라 부르는 시간적 간격이 있다. 하네는 노래가 이미 진행되어 선창자가 노래를 끝까지 부른 것은 아니고 일정한 소절만 끝낸 상태에서, 다시 말해 다음 사람이 뒤따라 들어가야 할 순간에 우리의 옆구리를 찌르며 빨리 그렇게 하라고 재촉하곤 했다. 돌림노래는 서로 다른 멜로디의 소절을 동시에 부르게 되어 있었지만, 그 멜로디가 서로 엉켜서 뒤죽박죽이 되지 않았다. 선창자를 따라 합류한 사람이 선창자가 불렀던 소절을 다시 부를 때의 그 멜로디는 선창자가 부르고 있는 다음 소절의 멜로디와 한 음 한 음 아주 기분 좋게 잘 어울렸다. 이 선창자가 「오, 얼마나 행복한가, 저녁이면 나는」이라는 노래를 부른다고 가정해 보자. 거듭 반복되는 '종소리 울리네'까지 순조롭게 부르고 나서 그 종소리를 설명해 주는 '땡 땡 땡'을 시작한다. 그러면 이 소절은 두 번째 사람이 막 시작한 소절인 '안식에 이르면'뿐만 아니라, 옆구리를 쿡쿡 찔려 세 번째 들어온 사람이 처음부터 다시 부르기 시작하는 '오, 얼마나 행복한가'의 첫머리에도 베이스를 깔아 주는 역할을 했다. 그러고 나서 세 번째 사람이 새로 갓 부르기 시작한 첫 소절을 벗어나 둘째 소절의 멜로디에 이르게 되면, 맨 처음의 선창자는 셋째 소절, 즉 종소리를 설명해 주고 베이스를 깔아 주는 '땡 땡 땡'을 두 번째 들어온 사람에게 넘겨주는 식으로 진행되었다. 우리들 중 네 번째 가수인 하네가 맡은 파트는 부득이 다른 한 사람이 맡은 파트와 중복될 수밖에 없었다. 아무튼 그녀는 한 옥타브 낮춰서 웅얼거리거나, 아니면 아직 노래가 시작되기도 전에 베이스를 깔아 주거나, 또는 다음 사람이 부를 멜로디의 앞 단계를 미리 '랄랄라'라는 곡조로 줄곧 흥얼거리면서 중복 효과를 높이려고 애썼는데, 노래가 계속되는 내내 전혀 싫증을 내지 않았다.

이처럼 우리는 언제나 시간적 간격을 두고 제각기 다른 멜로디로 노래 불렀지만, 그럼에도 각자가 부르는 멜로디는 다른 사람들의 그것과 기분 좋게 어울렸다. 그것은 '동시에' 함께 부르는 노래에서는 찾아볼 수 없는 우아한 짜임새와 조화를 이루었다. 우리는 그 조화로운 울림이 마음에 들었지만 그 울림의 본질과 원인을 캐묻지는 않았다. 그리고 여덟 살인가 아홉 살이었던 아드리안 역시 그것을 따지지는 않았던 것 같다. 그는 경탄하기보다는 오히려 조롱하는 듯한 짤막한 웃음을 터뜨렸는데, 마지막 '땡 땡 땡'이 저녁 공기 속에 울려 퍼질 즈음이면 그의 웃음소리를 들을 수 있었다. 나 역시 나중에야 그 웃음소리가 어떤 의미를 담고 있는가를 잘 알게 되었다. 그 웃음은 그가 짤막한 노래들의 구성 방식을, 그러니까 멜로디의 시작 부분이 둘째 소절로 이어지면서 시퀀스*를 이루고 셋째 소절이 이 두 소절 양쪽 모두에 베이스를 깔아 주는 역할을 한다는 아주 단순한 구성 원리를 간파했다는 뜻이 아니었을까? 우리들 중에 어느 누구도 가축 돌보는 하녀의 지휘 아래 그때 우리가 이미 비교적 높은 수준의 음악, 즉 15세기에 발견된 것이 분명한 다성부(多聲部) 음악**의 영역에서 즐거움을 만끽하며 놀고 있었다는 사실을 명확하게 알고 있지는 못했다. 그러나 아드리안의 웃음소리를 돌이켜 생각해 보면서, 뒤늦게나마 나는 그 웃음 속에 뭔가를 아는 전문가 특유의 조롱이 섞여 있다는 것을 알게 되었다. 그 웃음소리는 이후에도 언제나

---

* 같은 형태의 곡이 되풀이되는 현상.

** 서로 독립된 선율을 가진 두 개 이상의 성부가 동시에 어울려 이루어지는 대위법적 음악 형식.

그를 따라다녔다. 나중에 극장이나 음악회에서 그의 옆자리에 앉을 때면 나는, 기교상의 트릭이나 청중이 알아채지 못하는 음악 구조의 내부에서 일어나는 재치 있는 경과나 가극의 대사 속에 들어 있는 교묘한 지적인 풍자 같은 것이 그에게 기이한 느낌이 들게 할 때마다 그 웃음소리를 들었던 것이다. 어린 시절 그의 그런 웃음소리는 전혀 나이에 걸맞지 않았거니와 성인이 되고 난 다음의 웃음소리와 벌써부터 거의 똑같았던 것이다. 그것은 답답하다는 듯이 머리를 뒤로 젖히고 동시에 코와 입으로 가볍게 한숨을 토해 내며 경멸하는 듯 웃는 차가운 웃음이었다. 아니면 기껏해야 "그거 괜찮군, 익살스럽고 신기하고 재미있어!"라고 말하고 싶어 하는 듯한 그런 웃음이었다. 하지만 그러면서도 그의 눈은 먼 곳을 응시하며 무엇인가를 찾는 듯했으며, 금속성의 반점이 어린 그 눈의 음영은 점점 깊어만 갔다.

5

방금 마무리된 장 역시 내 취향대로 쓰다 보니 너무 길어지고 말았는데, 과연 독자가 끈기 있게 참아 냈을지 스스로 되묻지 않을 수 없다. 나 자신에게는 물론 여기 쓰고 있는 말 한 마디 한 마디가 뜨거운 관심의 표현들이지만, 그렇다고 해서 아무 상관도 없는 다른 사람들까지도 동조해 줄 거라고는 기대할 수 없으므로 매우 자제하지 않으면 안 된다. 그런데 무엇보다도 내가 잊지 말아야 할 것은 내가 지금 이 순간을 위해서, 그리고 레버퀸에 관해 아직 아무것도 알지 못하고 따라서 그에 관한 자세한 사정을 알고 싶어 할 수조차 없는 독자들을 위해서 글을 쓰고 있는 게 아니라, 어느 한 시대를 위해서 이 글을 쓰고 있다는 사실이다. 그러니까 나는 일반 대중의 관심을 끌기 위한 전제 조건들이 완전히 달라지고 확실히 훨씬 더 유리해지는 어느 시기, 즉 이 충격적인 삶에 관한 상세한 사정들이 능숙하게 제시되든 서투르게 제시되든 간에 그것을 알고 싶어 하는 욕구가 선택의 여지없이 절실해질 어느 시기를 위해 이 기록을 준비하고 있다.

언젠가는 그런 시점이 올 것이다. 넓고도 비좁은, 숨 막히는 혼탁한 공기로 가득 찬 우리의 감옥이 열릴 때, 다시 말해 현재 광분하고 있는 전쟁의 소용돌이가 어느 쪽으로든 종말을 맞을 때 말이다. 그런데 '어느 쪽으로든'이라니! 내가 그런 생각을 하다니 끔찍하다. 독일인은 숙명적으로 그런 소름 끼치는 심적 상태에 빠져드는 것이다. 하지만 사실 나는 전쟁의 두 갈래 결과 중 한쪽만을 염두에 두고 있다. 나는 독일 시민으로서의 양심을 거슬러서 어느 한쪽 결과만을 믿고 의지하고 있다. 끊임없는 공공 선전을 통해 독일의 패배는 궁극적으로 모든 것을 초토화하는 끔찍스러운 결과를 야기할 거라는 생각이 우리 모두의 뇌리에 깊이 새겨졌기 때문에, 우리는 세상의 무엇보다도 독일의 패배를 두려워하지 않을 수 없다. 그럼에도 우리 국민 중 일부가 독일의 패배보다 더 두려워하는 것은 바로 독일의 승리이다. 어떤 사람들은 그런 생각이 죄를 짓는 것이라고 느끼지만, 그렇지 않고 아예 솔직하고 단호하게 그런 생각을 하는 사람들도 있다. 내가 이 두 부류 중에 과연 어느 쪽에 속할지는 감히 단언하기 어렵다. 아마도 나는 변함없이 그리고 뚜렷한 의식으로, 그러나 동시에 끊임없는 양심의 가책을 느끼며 독일의 패배를 바라는 제3의 부류에 속할 것이다. 나의 소원과 소망은 독일군의 승리에 반대하지 않을 수 없다. 왜냐하면 독일군이 승리하면 내 친구의 작품은 사장될 것이며, 아마도 100년 동안은 금지와 망각의 굴레가 씌워져서 결국 때를 놓치고 후대에 가서나 역사적 존경을 받게 될 것이기 때문이다. 바로 이것이 내가 조국에 반역하는 태도를 취하는 동기이며, 나는 이런 동기를 여기저기 흩어져 있는, 두 손의 손가락으로도 충분히 다 헤아릴 수 있는 소수의 사람들과 공유하고 있다. 그러나 나의 정신 상태는 너무나 어리석고 천박한 관심을 가진 사람들을 제외하고는 우리 민족 전체의 운명이 되어 버린 정신 상태의 한 특이한 변형에 지나지 않는다. 나는 우리 민족의 운명이 일찍이 전례 없는 심각한 비극에 처해 있다고 보는 성향에서 자유롭지 못하다. 물론 이미 다른 민족들의 경우에도 자기 민족을 위해서, 그리고 인류 전체의 미래를 위해서 조국의 몰락을 어쩔 수 없이 원했던 사례가 있다는 것을 알고는 있다. 그러나 독일인의 특성 중에 우직함과 경건함, 신의와 충성심을 생각해 볼 때, 우리의 경우에는 그런 딜레마가 유례 없이 첨예화되었다고 믿고 싶다. 그렇기에 그리도 선량한 민족을, 확신하건대 다른 어떤 민족의 경우보다 견디기 어려웠을 그러한 정신 상태로 몰아가서 구제불능으로 소외시키고 있는 자들에 대해 깊은 통분을 금할 수 없다. 불행하게도 어쩌다가 내가 쓰고 있는 이 기록들의 내용을 알게 된 내 아들들이 마음 약하게 사정을 보아주는 걸 단호히 거부하고서 어쩔 수 없이 게슈타포*에게 고발하는 상황을 상상만 해도, 우리가 빠져들게 된 갈등의 심연을 다름 아닌 일종의 애국적 자부심을 가지고 헤아려 볼 수가 있는 것이다.

앞의 장도 길어진 데다가 애초에는 좀 짧게 다루려고 했던 이 새로운 장 역시 길어져서 또다시 부담을 주고 말았다는 사

---

* 나치 정권의 비밀경찰.

실을 나는 너무나 잘 알고 있다. 이렇게 길어진 것은 나의 심리 상태와 무관하지 않다. 앞으로 닥쳐올 일이 두려워서 이야기를 지연하거나 돌려서 말하고 싶어 하는 것은 아닌지, 혹은 은근히 그런 기회를 노리고 있는 것은 아닌지 의심한다면 굳이 부인하지는 않겠다. 의무감과 애정 때문에 착수한 이 과제를 내심으로는 두려워하기 때문에 번거로운 격식을 차리면서 우물쭈물 머뭇거릴 거라는 추측의 여지를 허용함으로써, 나는 나 자신의 정직함을 독자들에게 증언하고자 한다. 그러나 어떤 것도, 나 자신의 약점마저도 이 작업을 계속하는 데 방해가 되지는 못할 것이다. 내가 아는 한 아드리안이 처음으로 음악의 영역을 접하게 된 것은 바로 가축우리의 하네와 함께 부른 우리의 돌림노래를 통해서였는데, 이제 그 이야기를 다시 계속해 보기로 하자. 성장기의 소년 시절에 그가 부모와 함께 오버바일러에 있는 마을 교회로 일요일마다 예배를 보러 갔다는 사실을 나는 물론 알고 있다. 예배일에는 한 젊은 음악도가 바이센펠스에서 오곤 했는데, 그는 교회에 모인 사람들이 노래 부를 때 작은 오르간으로 전주와 반주를 해 주었으며, 신도들이 교회에서 떠나갈 때도 조심스럽게 즉흥곡들을 연주했다. 그러나 나는 거의 한 번도 예배에 참석하지 못했는데, 우리는 대개 아침 예배가 끝난 뒤에야 부헬 농장에 도착했기 때문이다. 다만 내가 말할 수 있는 것은 아드리안의 어린 감수성이 그 청년의 능숙한 연주에 어떤 형태로든 감동을 받았다는 이야기를 들은 적도 없다는 사실이다. 그보다 더 믿기 힘들겠지만 도대체 음악이라는 현상 자체가 아드리안의 관심을 끌었다고 추론할 만한 이야기도 들은 적이 없었다. 내가 아는 한 아드리안은 그 당시는 물론 그 후 몇 년 동안에도 음악에 어떤 주의도 기울이지 않았으며, 음악의 세계와 관련이 있다는 것을 자기 스스로 감추고 있었다. 그런 사실에서 우리는 그의 정신적 자제력을 엿볼 수 있거니와, 또한 생리학적 해석도 이끌어 낼 수 있을 법하다. 사실상 그는 열네 살이 되었을 무렵에야, 그러니까 사춘기가 시작되어 어린아이의 순진무구한 상태에서 벗어난 무렵에야 비로소 카이저스아셰른에 있는 그의 숙부 집에서 제 손으로 피아노를 쳐 가며 음악을 실험해 보기 시작했기 때문이다. 게다가 바로 이 시기는 그가 유전적인 편두통으로 고통받기 시작할 때였다.

그의 형 게오르크의 장래는 확고하게 농장 상속자로 정해졌다. 애초부터 그의 형은 그런 운명을 전적으로 수긍하며 살아왔다. 부모에게는 차남이 과연 어떻게 될 것인가 하는 문제는 그가 드러낼 적성과 재능에 따라 결정되어야 할 미해결의 숙제로 남아 있었다. 그런데 그 당시 놀라웠던 것은 아드리안이 틀림없이 학자가 될 거라는 생각이 일찍부터 그의 부모나 우리 모두의 뇌리에 박혀 있었다는 점이다. 어떤 분야의 학자가 될지는 분명하지 않았지만, 그 소년의 전반적인 정신적 태도나 자기 의사를 표명하는 방식, 겉으로 드러나는 단호한 태도, 그리고 그의 시선과 얼굴 인상마저, 예를 들면 나의 아버지까지도 레버퀸 가의 줄기에서 나온 이 싹이 '보다 고귀한' 일을 할 소명을 타고났으며, 그 가문 최초로 학자가 될 것임을 의심할 수 없게 만들었다.

그런 생각이 굳어지는 데 결정적인 역할을 한 것은 아드리안이 초등 교육 수업을 뛰어나다고 할 수 있을 만큼 재빠르고 손쉽게 소화해 냈다는 사실이다. 그는 초등 교육 수업을 집에서 받았는데, 요나탄 레버퀸이 자식들을 시시한 공립학교에 보내지 않았던 것이다. 내 생각에 그렇게 한 결정적인 이유는 사회적인 자부심 때문이라기보다는 오버바일러 소작농의 자식들과 함께 공부하는 보통 교육보다는 더 세심한 교육을 받게 하려는 진지한 소망 때문이었던 것 같다. 아직 젊고 다정다감한 교사는 언제나 주조를 무서워했지만, 자기 공부를 끝낸 뒤에는 레버퀸 집안의 아이들을 가르치기 위해 부헬까지 왔다. 겨울에는 토마스가 썰매에 태워 데려오기도 했다. 그는 열세 살난 게오르크에게 좀 더 폭넓은 교육에 필요한 모든 기초 지식을 거의 다 가르쳐 주고 난 다음, 여덟 살 난 아드리안의 교육을 맡게 되었다. 그런데 바로 이 미헬젠 선생이야말로 아드리안을 '반드시' 김나지움과 대학까지 보내야 한다고 큰 소리로 흥분해서 주장했던 첫 번째 사람이었다. 미헬젠 선생은 이렇게 명석한 두뇌를 가진 아이를 본 적이 없고, 이런 아이를 위해 전력을 다해 학문의 고지(高地)에 이르는 길을 열어 주지 않는다면 도무지 면목이 서지 않을 거라고 했다. 미헬젠 선생은 신학교 학생 같은 태도로 자기 생각을 말하며 '천재' 운운하기까지 했는데, 극히 초보적인 학업 능력을 천재와 결부시킨다는 것은 어느 정도 속이 들여다보이는 겉치레 칭찬의 측면이 있긴 했지만, 어쨌든 자신의 놀라운 심경을 그런 말로 표현했던 것만은 분명하다.

물론 내가 그 수업에 참석한 적은 없고 그저 전해 들어서 알았을 뿐이지만, 수업 시간에 아드리안이 어떤 태도를 보였을지는 쉽게 상상할 수 있다. 자기 자신도 아직 소년 같은 데가 많고 또 자기가 가르칠 내용을, 때로는 격려하면서 때로는 심하게 꾸짖으면서, 애는 쓰지만 잘 이해하지 못하는 학생들의 머릿속에 집어넣는 데 익숙한 가정교사에게 아드리안의 태도는 때때로 기분 상하게 하는 측면이 분명 있었을 것이다. 나는 그 젊은 선생이 간혹 "네가 벌써 모든 걸 다 안다면 나는 그냥 가도 되겠구나."라고 말했던 것을 지금도 생생하게 기억한다. 그의 제자가 실제로 '모든 걸 이미 다 알고' 있는 것은 물론 아니었다. 하지만 아드리안의 수업 태도에는 그런 구석이 없지 않았는데, 그것은 순전히 아드리안이 재빠르게, 이상하리만큼 우월하고 뛰어나게, 정확하면서도 손쉽게 파악하고 습득했기 때문이다. 선생은 그가 그런 기미를 보이면 즉시 칭찬을 그만두었는데, 그처럼 명석한 두뇌를 가진 학생은 겸손한 마음가짐을 잃을 위험이 있고 쉽사리 오만에 빠질 거라고 느꼈기 때문이다. 알파벳으로부터 구문(構文)과 문법에 이르기까지, 수열(數列)과 곱셈 나눗셈에서부터 비례법과 간단한 비율 계산에 이르기까지, 그리고 짧은 시들의 암기에서부터 운문 같은 것은 즉석에서 곧바로 매우 정확하게 이해하고 습득했으니 암기라고 할 것까지도 없었지만, 지리나 향토지(鄕土誌)에서 나온 주제들에 관해 일련의 생각들을 작문하는 데 이르기까지, 아드리안의 그런 태도는 언제나 똑같았다. 즉, 아드리안은 한 귀로 듣다가는 고개를 돌려 버리면서, 마치 "예, 좋아요, 그만하면 잘 알겠어요. 됐어요. 그다음으로!"라고 말하는 듯한 표정을 지어 보였던 것이다. 가르치는 사람으로서는 그런 태도가 불쾌했을 것이다. 분명 그 젊은 선생은 "무슨 당치도 않은 생각을 하는 거야! 노력을 하라니까!" 하고 외치고 싶은 생각이 간절했을 것이다. 하지만 굳이 그럴 필요도 없는데 어떻게 노력하라는 말인가?

이미 말했듯이 나는 그 수업에 참여한 적이 없다. 그렇지만 미헬젠 선생이 전수해 주는 지식들을 나의 친구가 뭐라 규정하기 어려운 태도로, 말하자면 보리수 아래서 그가 수평적으로 이어지는 아홉 소절의 멜로디를 세 소절씩 수직으로 겹쳐 묶어서 배열하면 조화롭고 입체적인 선율을 만들어 낼 수도 있다는 사실을 받아들일 때와 근본적으로 똑같은 태도로 받아들였다고 생각하지 않을 수 없다. 그 선생은 라틴어를 좀 할 줄 알았는데, 아드리안에게 라틴어를 가르치다가 말고 이 열 살의 소년은 김나지움 5학년 수준은 못 되어도 4학년 정도의 수준으로 조숙하다고 단언하기도 했다. 그러니 자기는 더 가르쳐 줄 게 없다는 말이었다.

그리하여 아드리안은 1895년 부활절 무렵에 집을 떠나, 원래 명칭이 '평신도 형제회 학교'인 보니파치우스 김나지움에 입학하기 위해 도시로 왔다. 카이저스아셰른에서 명망 있는 시민인 그의 숙부 니콜라우스 레버퀸이 그를 자기 집으로 받아들일 용의가 있다고 밝혔던 것이다.

6

잘레 강변에 자리 잡은 내 고향 도시는, 외국 사람들이 알기 쉽게 설명하자면 할레 시보다 약간 더 남쪽으로 내려가서 튀링겐 지방에 위치하고 있다. 나는 방금 하마터면 '있었다.'라고 말할 뻔했는데, 그럴 정도로 너무 오랫동안 고향 도시를 떠나와 있어서 그곳에 대한 기억이 아득하기 때문이다. 그렇지만 그 도시의 탑들은 여전히 같은 자리에 솟아 있고, 폭격의 피해로 탑들의 건축학적인 조형이 얼마나 손상되었는지 알고 싶지는 않지만, 만약 손상되었다면 그 건축 양식의 역사적인 매력 때문에라도 더할 수 없이 안타까운 노릇이다. 이런 말을 어느 정도 태연하게 덧붙일 수 있는 것은 우리 국민 중 적지 않은 수의 사람들과 함께, 심지어는 극심한 타격을 받고 고향까지 잃어버린 사람들과 함께 나는 우리 스스로 지은 죄의 대가를 치르고 있을 뿐이라고 생각하기 때문이다. 설혹 우리가 지은 죄보다 더 무서운 벌을 받아야 한다 하더라도 "바람을 심어 회오리바람을 거두리라."*라는 말이 실감날 것이다.

헨델의 도시이자 상업 도시인 할레, 성(聖)토마스 교회의 합창 지휘자 바흐의 도시인 라이프치히, 바이마르나 데사우, 그리고 마그데부르크 역시 고향 도시에서 멀리 떨어져 있지 않았다. 하지만 인구 2만 7000명에 교통 요지인 카이저스아셰른은 완전히 자족적인 생활권을 이루고 있으며, 독일의 어느 도시나 그렇듯 유서 깊은 문화적 중심지임을 자부하고 있다. 이 도시는 기계, 피혁, 방직, 기계 부품, 화공, 그리고 도정업 같은 다양한 산업으로 살아가고 있다. 이 도시의 문화사 박물관에는 잔인한 고문 도구들을 진열해 놓은 전시실이 하나 있었고, 2만 5000권의 장서와 5000권의 필사본이 비치된 도서관도 있었다. 그 필사본들 중에는 두운시(頭韻詩)로 쓰인 두 권의 주문서(呪文書)도 있었는데, 몇몇 학자들이 인정한 바로는 그 주문서가 메르제부르크의 주문**보다 훨씬 오래된 것이라고 한다. 풀다 지방 방언으로 쓰인 그 문헌은 내용으로 보더라도 비가 내리기를 기원하는 약간의 주문만 있을 뿐 전혀 해롭지 않은 것이었다. 그 도시는 10세기에, 그리고 12세기 초부터 14세기까지 주교(主教) 관할 구역이었다. 그 도시에는 또한 성(城)과 대성당이 있고, 대성당 안에는 아델하이트*** 왕비의 손자이자 테오파노**** 왕비의 아들인 황제 오토 3세의 묘지가 있다. 오토 3세는

---

* 구약 성경 「호세아」 8장 7절에서 인용한 구절.
** 고대 독일어로 된 연대 및 작자 미상의 주문서로, 고대 게르만 민족의 생활상을 알 수 있는 가장 오래된 문헌으로 알려져 있다.
*** Adelheid . 신성 로마 제국의 황제 오토 1세의 황후.
**** Theophano . 오토 2세의 황후.

스스로를 로마의 황제이자 작소니쿠스*라 칭했는데, 그것은 그가 작센 사람이 되고 싶었기 때문이 아니라, 스키피오**가 아프리카누스라는 별명을 얻었던 것과 같은 의미에서, 그러니까 그가 작센을 정복했기 때문에 그랬던 것이다. 오토 3세는 1002년에 로마에서 추방당한 뒤 울화병으로 죽고 말았는데, 그의 유해가 독일로 옮겨져서 카이저스아셰른 대성당에 안장되었던 것이다. 그것은 그 자신의 취향과는 정반대로 취해진 조치였다. 그는 독일인의 자기혐오를 보여 주는 전형적인 인물로서, 평생 동안 자기가 독일인이라는 사실에 수치를 느끼며 괴로워했기 때문이다.

고향 도시에 대해 나는 이제 차라리 과거 시제로 말하고 싶은데, 왜냐하면 내가 이야기하는 것은 우리가 청소년 시절에 겪은 카이저스아셰른이기 때문이다. 이 도시에 대해 말할 수 있는 것은 겉모양이나 분위기가 중세적 요소를 고스란히 간직하고 있었다는 것이다. 오래된 교회들, 잘 보존된 민가나 곡물 창고들, 목재 대들보가 벽면 바깥으로 드러나 보이고 층들이 툭 튀어나온 건물들, 담에 둘러싸이고 지붕이 뾰족한 둥근 첨탑들, 나무가 빽빽이 서 있고 매끈한 포석(鋪石)이 깔린 광장들, 높은 지붕 위의 종탑들, 그 아래로는 로지아***가 있고, 두 개의 널찍한 첨탑이 건물 정면의 1층까지 내려오는, 고딕과 르네상스 양식이 혼합된 건축 양식으로 지어진 시청, 이와 같은

---

* '작센 지방 사람'이라는 뜻.
** Publius C. Scipio. 고대 로마의 장군이자 정치가. 2차 페니키아 전쟁 때 아프리카를 정복하고 '아프리카누스'라는 별명을 얻었다.
*** 한쪽 벽이 없는 복도나 발코니.

것들이 생활 속에서 과거와 끊임없이 결속되어 있다는 감정을 불러일으킨다. 그리하여 이 도시는 일찍이 스콜라 학파에서 시간의 초월 상태를 일컬어 말한 '영원한 현재'*라는 유명한 문구를 대변하는 것처럼 보인다. 300년 전이나 900년 전이나 변함이 없는 장소의 동일성이 그 위를 지나가면서 많은 것들을 계속 변화시키는 시간의 흐름에 맞서 자기 지위를 고수하고 있는 것이다. 한편, 시간적으로 결정적인 다른 요소들은 경건한 마음에서, 즉 시간에 대한 경건한 반항과 경건함에 대한 자부심에서 과거의 기억과 위엄을 그대로 지닌 채 정지해 있는 것이다.

그런데 이것은 단지 도시의 외관에서 받는 인상일 뿐이다. 이 도시의 대기 중에는 뭔가 15세기의 마지막 몇 십 년 동안에 살았던 사람들의 감정 상태에서 형성된 어떤 분위기, 쇠락해 가는 중세의 히스테리나 정신적 전염병 같은 것이 잠복해 있는 듯한 분위기가 있었다. 평범한 실용성을 갖춘 현대 도시에 관해 이런 이상한 이야기를 하는 것이 대담하다는 느낌을 줄지도 모르겠다. 하지만 이 도시는 현대적이지 않은 오랜 고도로서, 이 도시의 연륜은 과거가 현재로 나타나서 현재와 겹쳐진 과거일 뿐이다. 그러므로 히틀러 유겐트**처럼 중세의 간질병을 연상케 하는 해괴한 집단적 히스테리나, 어떤 황당한 인물이 세속적 기준으로 이단 사상들을 단죄하고 십자가의 기적 같은 현상을 약속하며 신비주의로 국민을 우롱하는 환상

---

* 절대적 신성을 체험하는 매 순간 속에 영원이 깃들어 있다고 보는 사상.
** 1933년에 히틀러가 청소년들에게 나치 정권의 신조를 가르치고 훈련하기 위해 만든 조직.

적인 공산주의 설교가 이곳에서 갑자기 번질지도 모른다고 생각할 수도 있었다. 물론 그런 사태가 벌어지지는 않았다. 어떻게 그런 사태가 벌어질 수 있겠는가? 경찰이 시대를 거스르지 않고 시대의 질서를 존중한다면 결코 그런 사태는 용납하지 않을 것이다. 그럼에도 경찰이 오늘날 그 모든 것을 묵인하는 까닭은 무엇인가? 다름 아니라 그런 사태를 다시금 허용하는 이 시대의 대세를 거스르지 않기 위해서인 것이다. 확실히 이 시대는 은밀히, 아니 공공연하고 아주 의식적으로 삶의 진정함과 소박함을 의심스럽게 만들고, 어쩌면 전적으로 잘못된 불행한 역사적 사태를 초래할 기이한 자기도취에 빠져 있다. 말하자면 이 시대는 아득한 옛 시대로 되돌아가서 뭔가 불길하고 근대정신에 먹칠을 하는 분서(焚書) 따위의 상징적인 행위들을 열광적으로 되풀이하고 있다. 책을 불태우는 것 이외의 다른 행위들에 대해서는 아예 입에 담기조차 싫다.

한 도시가 그처럼 복고적인 정신병에 침윤되고 섬뜩한 심리 상태에 빠져드는 현상을 특징적으로 보여 주는 것은 다름 아닌 수많은 기인과 괴짜와 무해무익한 반(半)정신병자들이다. 그들은 이 도시에 살면서 도시의 낡은 건축물들과 마찬가지로 이 도시의 상징물 일부가 되어 버린 것이다. 그들과 짝을 이루는 것은 아이들, '젊은 사내 녀석'들인데, 그 아이들이 그들을 뒤쫓아 다니면서 조롱하기도 하고 미신적인 공포심에서 그들로부터 달아나기도 하는 것이다. 과거 어느 시대에 어떤 유형의 '노파'는 무조건 마녀로 의심받았다. 그런 의심은 순전히 외모가 고약하다는 이유로 생겨난 것이지만, 바로 그런 의심의 영향 때문에 진짜처럼 만들어져 대중의 환상에 딱 들어맞는 형태로 완성되었던 것이다. 키가 작고 백발이 성성하며 등이 구부러진 데다 심술궂은 모습, 진물이 흐르는 눈, 매부리코와 얇은 입술, 위협적으로 치켜든 지팡이, 거기에다 고양이나 부엉이 혹은 말하는 새를 데리고 있었을 것이다. 카이저스아셰른에도 늘 그런 사례들이 있었는데, 그중에서도 가장 잘 알려지고 사람들이 가장 많이 놀리면서도 무서워한 것은 '지하실의 리제'였다. 그렇게 불린 까닭은 그 노파가 놋쇠 대장간 골목의 어느 지하실에 살았기 때문이다. 그 노파의 행동거지가 대중의 선입견에 딱 들어맞았고, 그래서 아무 영문도 모르는 사람조차도 그녀와 마주치거나, 특히 꼬마들이 뒤쫓아갈 때 노파가 저주의 욕설을 퍼부으며 아이들을 내쫓을 때면 갑자기 소름이 끼칠 정도였다. 물론 그녀에게는 분명 아무런 잘못이 없었는데 말이다.

또 사람들이 거침없이 입에 올리는 말이 하나 있는데, 그것은 우리 시대의 체험에서 생겨난 것으로 '민족'이라는 말이다. 개명한 사람이라면 이 말 자체와 그 개념이 언제나 낡은 것이고 우려할 만한 뜻을 지닌 것이며, 대중들에게 '민족'이라는 말만 들먹이면 그들을 유혹해 시대착오적인 죄악을 저지르게 할 수 있다는 것을 잘 알고 있다. 신, 인류, 혹은 정의의 이름으로도 벌어지지 못했을 온갖 일들이 우리의 눈앞에서, 혹은 바로 우리 눈앞에서는 아닐지라도 '민족'의 이름으로 얼마나 많이 자행되었던가! 그러나 민족이라는 것은 어디까지나 민족일 뿐이다. 적어도 민족의 속성 중에서 어떤 측면, 바로 시대착오적인 측면에 있어서는 그러하다. 그래서 놋쇠 대장간 골목의 사람들과 그 주위 사람들, 선거일에 사회민주당에 표를 찍었던 사람들도 다 똑같이, 지상에는 살 곳을 구하지 못한 불쌍한 노파에게서 뭔가 악마적인 것을 볼 수 있었고, 그 노파가 다가올 때면 마녀의 사악한 눈초리로부터 보호하기 위해 자기 자식들을 붙잡을 수도 있었던 것이다. 그런 노파가 다시금 화형을 당하는 일은 그 평계가 다소 바뀌긴 했어도 오늘날에도 결코 상상할 수 없는 일만은 아니다. 이 민족은 당국이 설치한 처형대의 울타리 뒤편에 서서 그저 구경만 할 뿐이지 결코 반항하지는 않을 것이다. 나는 민족에 관해 이야기하고는 있는데 그런 식의 낡은 민족적인 요소는 우리 모두에게 잠재해 있다. 그리고 내 생각을 솔직히 이야기하면 나는 종교가 그런 위험한 요소를 안전하게 가두어 둘 최적의 수단이라고는 생각하지 않는다. 내 생각에는 그런 경우 도움이 되는 것은 오직 문학인 듯하며, 자유롭고 아름다운 인간의 이상인 인문학일 듯하다.

다시 카이저스아셰른의 별난 사람들 이야기로 돌아가 보자. 그곳에는 나이가 분명치 않은 한 남자가 살고 있었다. 그는 누군가가 갑자기 자기를 부르면 그때마다 한쪽 발을 높이 쳐들고 경련하는 듯한 춤 동작을 보이는 사람이었는데, 서글프고 못난 표정으로 마치 용서라도 구하듯이, 떠들어 대며 자기를 뒤쫓아 다니는 거리의 아이들에게 웃음을 흘리곤 했다. 그런가 하면 완전히 옛날 옷차림을 하고 다니는 마틸데 슈피겔이라는 여자가 있었다. 그녀는 옷자락이 바닥에 끌리는 주름진 옷차림에 머리는 '플라두스' 식으로 난발을 하고 다녔다. 플라두스라는 말은 프랑스어의 '플뤼트 두스'*라는 말에서 와전된 우

---

* flûte douce. '감미로운 선율의 플루트'라는 뜻.

스꽝스러운 단어인데, 원래는 '알랑거림'이라는 뜻이지만 여기서는 머리 장식과 더불어 유난히 곱슬곱슬하게 지진 머리 모양에 붙인 이름이다. 그녀는 화장도 했지만 남자를 유혹하려는 것과는 거리가 멀었고, 그러기엔 너무 멍청했다. 그녀는 공단으로 지은 옷을 입힌 못생긴 개를 데리고 거드름을 피우며 온 도시를 싸돌아다녔다. 마지막으로 소액의 연금 이자로 살아가는 퇴직자가 한 사람 있었는데, 검붉은 사마귀코에 집게손가락에는 인장(印章)이 달린 굵직한 반지를 낀 그의 원래 이름은 슈날레였다. 하지만 아이들은 그를 '튀델뤼트'라고 불렀다. 그것은 그가 말끝마다 아무 뜻도 없는 '튀델뤼트'라는 말을 덧붙이는 괴상한 버릇을 가지고 있었기 때문이다. 그는 곧잘 기차역으로 가곤 했는데, 화물 열차가 떠날 때면 맨 뒤칸의 지붕자리에 앉아 있는 사람을 보고 "굴러 떨어지지 마라. 굴러 떨어지지 마라, 튀델뤼트!"라고 주의를 주곤 했다.

이 우스꽝스러운 기억들을 이 이야기에 끼워 넣자니 점잖지 못하다는 느낌이 들지 않는 것은 아니다. 하지만 이 도시의 명물이라 할 수도 있는 그런 인물들이야말로 우리 도시의 심리적인 풍경을 단적으로 보여 주는 것이었다. 바로 그 도시가 아드리안이 대학에 입학하기 전까지 팔 년 동안 청소년기를 보낸 무대였다. 팔 년이라는 기간은 또한 나에게도 해당되었으니, 나는 같은 시기를 그의 곁에서 보냈던 것이다. 나이 차이가 있어서 내가 그보다 두 학년이 빨랐다고는 하지만, 쉬는 시간이 되면 우리는 대개 각자의 급우들과는 떨어져서 담벼락으로 둘러막힌 운동장에서 함께 시간을 보냈으며, 오후에도 서로의 공부방에서 만났다. 그가 우리의 '복된 사도' 약방으로 오거나,

아니면 내가 파로키알 가(街) 15번지에 있는 그의 숙부 집으로 찾아가거나 했다. 레버퀸의 숙부 집에 있는 유명한 악기 창고는 그 집의 중이층(中二層)*에 자리 잡고 있었다.

---

* 특히 르네상스 및 바로크 건축 양식에서 1층과 2층 사이나 지붕 바로 밑에 있는 천장이 낮은 층.

7

레버퀸의 숙부 집은 카이저스아셰른의 상업 지구인 시장 거리나 곡물 시장에서 떨어져 있는 조용한 곳에 자리 잡고 있었다. 도로가 포장되어 있지 않은 성당 근처의 외진 거리에서 니콜라우스 레버퀸의 집은 단연 돋보였다. 창(窓) 모양으로 돌출해서 지은 지붕 밑 방들을 제외하고 4층인 그 집은 16세기에 지어진 것으로, 지금 주인의 조부 때 구입한 것이다. 현관 위의 2층 전면에 다섯 개의 창문이 나 있었고, 3층에는 덧창이 달린 창문이 네 개밖에 없었는데, 그 층에서부터 거실들이 자리 잡고 있었다. 그리고 바깥으로는 회칠을 하지 않고 장식이 없는 지층 위로 목재 장식이 시작되었다. 석재 복도에서부터 상당히 높은 곳에 위치한 중간 층계참을 지나고 나면 계단이 널찍해졌다. 그래서 여러 지방, 예컨대 할레나 심지어 라이프치히에서도 온 방문객이나 상인들은 그들이 바라는 목표 지점인 악기 창고까지 올라가기가 쉽지는 않았으나, 내가 이제 보여

주려 하는 바대로, 가파른 계단을 오르더라도 확실히 가 볼 만한 가치가 있는 공간이었다.

젊은 나이에 부인을 여의고 홀아비로 지내던 니콜라우스는 아드리안이 나타나기 전까지는 오래전부터 그곳에 거주해 온 가정부 부체 부인과 하녀 한 명, 그리고 브레치아에서 온 루카 치마부에라는 이름의 이탈리아 청년과 함께 그 집을 지키고 있었다. 실제로 청년은 13세기 마돈나 화가*와 같은 성(姓)을 갖고 있었다. 그는 바이올린 만드는 일을 돕는 조수이자 제자이기도 했다. 레버퀸의 숙부는 바이올린 제작자이기도 했던 것이다. 그는 아무렇게나 흘러내린 다듬지 않은 잿빛 머리칼에, 수염이 없고 인정 많게 생긴 얼굴, 아주 심하게 튀어나온 광대뼈, 조금 긴 매부리코, 표정이 풍부한 큰 입, 다정함과 총기로 번득이는 눈을 가진 사람이었다. 집에 있을 때면 그가 늘 바르헨트 직(織)으로 만든 주름 잡힌 작업복을 윗단추까지 채워서 입고 있는 것을 볼 수 있었다. 자식이 없는 그는 너무 넓은 자기 집에 나이 어린 친척을 맞아들인다는 것을 기뻐했던 것 같다. 아드리안의 수업료는 부헬에 있는 형이 부담했지만, 아드리안에게 숙식을 제공해 주는 대가로는 한 푼도 받지 않았다는 이야기를 들은 적도 있다. 그는 아드리안에게 뭔가 기대에 찬 시선을 보내면서 완전히 친자식처럼 생각했다. 그리고 너무나 오랫동안, 앞서 언급한 부체 부인과 도제(徒弟) 루카로만 이루어져 왔던 가부장적 형태의 식탁 자리를 아드리안이 채워 줌으로

---

* 이탈리아 피렌체파의 대표 화가로, 마돈나(성모 마리아)를 그린 벽화 작품으로 유명한 치마부에(Giovanni Cimabue, 1240?~1302?)를 가리킨다.

써 허물없는 가족적인 자리로 만들어 준 사실에 흡족해했다.

서툰 독일어로 기분 좋게 이야기하는 남유럽의 다정다감한 젊은이 루카는 만약 고향에 남아 있었더라면 자기 분야에서 계속 수련을 쌓을 최상의 기회를 가질 수도 있었을 것이다. 그런데 그가 카이저스아셰른으로 아드리안의 숙부를 찾아왔다는 사실이 의아스럽게 생각될지도 모르겠지만, 어떻든 그것은 니콜라우스 레버퀸이 사방으로 맺어 온 거래 관계의 범위가 얼마나 폭넓은 것인지를 보여 주었다. 그는 독일에서 악기 제조의 중심지인 마인츠, 브라운슈바이크, 라이프치히, 바르멘 등의 지역뿐만 아니라 런던, 리옹, 볼로냐, 그리고 뉴욕까지 포괄하는 외국의 악기상들과도 거래를 하고 있었던 것이다. 그는 이 모든 지역들로부터 교향악에 필요한 악기들을 입수했는데, 그것들 중에서도 질적으로 최고일 뿐 아니라 아무 데서나 쉽사리 구할 수 없는 완벽한 악기들을 포함한 명품들을 보유한 것으로 명성을 날리고 있었다. 그래서 독일 어디에서든 바흐 축제가 열리기만 하면 파로키알 거리에 있는 그 오래된 집은 먼 길을 찾아온 단골손님 음악가의 방문을 받았다. 스타일에 맞는 연주를 하려면 이미 오래전부터 관현악에서는 쓰지 않는 저음의 오보에, 즉 오보에 다모레가 필요했고, 그 단골손님은 원하기만 하면 바로 즉석에서 그 애조 띤 악기를 시험해 볼 수 있었다.

중이층의 그 악기 창고에서는 간혹 전체 옥타브를 시험해 보는 소리들이 온갖 음색으로 울려 퍼지곤 해서 절묘하고 사랑스럽고 문화적인 매력을 간직한 장면을 제공하고, 마음속에 음향의 환상이 끓어오르게 했다. 아드리안의 숙부가 피아노 전문 산업에 양도한 피아노를 제외하고, 콧소리를 내는 악기, 굉음을 울리는 악기, 딸랑거리는 악기, 꽝꽝 울리는 악기 등 소리 내고 울리는 모든 종류의 악기가 거기에서 보급되었다. 그 밖에 귀여운 실로폰 모양의 '첼레스타'라는 건반 악기도 있었다. 노란색이나 갈색 래커 칠이 된 매혹적인 바이올린들은 유리 진열장 안에 걸려 있거나, 아니면 악기 형태에 따라 마치 미라의 관처럼 만들어진 상자 속에 들어 있었는데, 손잡이 부분을 은도금한 날씬한 활들은 그 상자 덮개에 부착되어 있었다. 정교하게 다듬어진 모양으로 보아 첫눈에 크레모나 산(産)이라는 것을 알아볼 수 있는 이탈리아 제와 티롤, 네덜란드, 작센, 미텐발트 등지에서 만든 것, 그리고 레버퀸 자신의 작업장에서 만든 제품도 있었다. 안토니오 스트라디바리* 덕에 완벽한 모양을 갖추게 된, 선율이 풍부한 첼로도 즐비했다. 그리고 첼로의 전신이라 할 악기로, 약간 옛 작품에서는 아직도 그에 버금가는 대접을 받고 있는 6현의 비올라 다 감바**도 있었고, 브라체***와 바이올린의 또 다른 사촌인 비올라 알타****도 언제나 볼 수 있었으며, 평생 그 일곱 줄에서 내 손이 떠나지 않았던 나의 비올라 다모레도 거기에 있었다. 나의 비올라 다모레 역시 파로키알 거리의 그 집에서 나온 것인데, 내가 견진성사(堅振聖事)를 받을 때 부모님이 선물로 사 주신 것이다.

---

* Antonio Stradivari(1644~1737). 이탈리아의 유명한 바이올린 및 현악기 제작자. 그가 제작한 바이올린을 그의 이름을 따서 '스트라디바리우스'라고 일컫는다.
** 낮은 음역을 맡는 비올라의 일종.
*** '팔로 연주하는 비올라'라는 뜻의 이탈리아어 viola da braccio에서 유래했으며, 17세기 말 이후에는 비올라를 가리킨다.
**** 비올라의 개량종 중 하나.

그곳에는 보통 바이올린과 대형 바이올린, 움직이기 힘든 더블 베이스의 다양한 견본들이 진열되어 있었다. 더블 베이스는 장엄한 레시터티브*에 사용될 수 있는데, 그 피치카토** 주법은 어떤 팀파니를 치는 것보다 더 잘 울리며, 더블 베이스에 플라졸레트***의 마력이 숨겨져 있다는 것은 도무지 믿기 힘들 정도였다. 목관악기 중에서 그것과 짝을 이룰 만한 것으로 더블 바순이 있었는데, 이 악기는 더블 베이스와 마찬가지로 16음보식(音步式)으로, 다시 말해 원래 음표가 가리키는 것보다 한 옥타브 낮은 소리를 낼 수 있었다. 더블 바순은 저음부를 힘 있게 보강하는 역할을 하는데, 그 동생뻘인 스케르초 바순의 두 배 크기로 만들어진 것이었다. 내가 그 악기를 스케르초 바순이라 부르는 이유는 원래 소리가 약하고 떨리는 듯이 익살스러워서, 저음을 낼 수 있는 힘을 제대로 갖추고 있지 못하기 때문이다. 그렇지만 그 구불구불한 취주관은 얼마나 멋지며, 그 조성판(調聲瓣)과 지렛대는 얼마나 근사한가. 또한 목가풍의 오보에, 구슬프게 들리는 잉글리쉬 호른, 낮은 셀류모 음역****에서는 유령의 울음소리 같은 음울한 소리를 내지만, 고음으로 올라가면 은빛 광채를 발하는 밝은 음을 낼 수도 있는, 조성판이 많은 클라리넷, 테너 클라리넷, 그리고 베이스 클라리넷이 있었다. 제각기 맵시대로 대가들의 충동을 자극했던, 고도로 발전된 기술로 만들어진 이 목관악기 무리를 바라보는 것

---

* 오페라나 오라토리아 등에서 대사를 말하듯 노래하는 형식. 서창(敍唱).

** 활로 줄을 긋는 대신 현을 손끝으로 퉁기는 현악기 연주 기법.

*** 현악기로 플루트와 비슷한 소리를 내는 연주 기법.

**** 클라리넷의 최저 음역.

은 참으로 매력적이었다.

이 모든 것들이 우단에 고이 둘러싸인 채로, 레버퀸의 숙부 재산으로 진열되어 있었다. 그 밖에도 너도밤나무, 그레나딜 목재, 흑단, 상아 혹은 순은으로 만들어져서 다양한 기관(器官)으로 여러 가지 효과를 내는 횡적(橫笛)들이 있었고, 그것들과 유사한 악기로 찢어지는 듯한 소리를 내는 피콜로*가 있었다. 피콜로는 오케스트라의 모든 악기가 함께 어우러진 합동 연주에서 날카로운 음높이를 유지하고, 도깨비불의 윤무(輪舞) 속에서, 불의 마법 속에서 춤출 줄도 알았다. 그리고 해맑은 신호와 기운찬 노래와 간장을 녹이는 가곡을 만들어 내는 멋진 트럼펫과, 복잡하게 생긴 밸브식 호른, 날렵하고 힘찬 소리를 내는 글리산도 트럼본 및 피스톤 식 코넷 같은 낭만주의 음악의 사랑을 받은 악기들을 거쳐, 무겁게 저음을 깔아 주는 커다란 베이스 튜바**에 이르기까지 반짝거리며 빛나는 금관악기 무리가 자리하고 있었다. 쇠뿔처럼 좌우로 돌려지는, 아름답게 구부러진 한 쌍의 청동 루네***처럼, 박물관에서나 볼 수 있는 진귀한 악기들도 레버퀸의 숙부네 악기 창고에서 볼 수 있었다. 그렇지만 당시의 어린 눈으로 볼 때, 오늘날 기억 속에서 다시 보아도 마찬가지지만, 그중에서 가장 재미있고 멋졌던 것은 타악기들을 한데 모아 진열해 놓은 것이었다. 일찍이 어린 시절에 크리스마스트리 아래에서 우리가 어린애 장난감처럼 여기거나 꿈속에서나 볼 수 있는 것으로 알았던 악기들이 그곳에

---

* 밝고 날카로운 음색을 내는 작은 플루트.
** 금관악기의 하나로 3~5개의 판(瓣)을 가진, 장중한 저음을 내는 대형 나팔.
*** S자형의 놋쇠 나팔.

서는 위엄 있고 훌륭하게 다른 목적으로 전시되어 있었기 때문이다. 그곳의 작은북은 우리가 여섯 살 적에 치고 놀던, 온갖 색깔의 목재와 양피지와 가는 끈으로 만들어 금방 못 쓰게 되는 작은북과 얼마나 달라 보였던가! 그 작은북은 목에 걸 수 있게 만든 것이 아니었다. 아래쪽 판은 양가죽으로 만든 줄로 팽팽하게 당겨져 있었고, 오케스트라에서 사용하기 편하게 세 발 달린 철제 받침 위에 비스듬히 나사로 꽉 죄어져 있었다. 우리가 어린 시절에 갖고 놀던 것보다 훨씬 더 좋은 북채 역시 가장자리 테두리에 꽂혀 있어서 한번 쳐 보고 싶은 유혹을 불러일으켰다. 또한 거기엔 철금(鐵琴)*도 있었는데, 어린 이용으로 만들어진 그 비슷한 악기를 치면서 우리는 어릴 적에 「새 한 마리 날아서 온다」라는 노래를 연습한 적이 있다. 그런데 지금 이 철금은 자물쇠가 달린 아름다운 상자 안에, 세심하게 조율된 금속판들이 이중으로 나란히 가로 막대에 달려 마음대로 치도록 놓여 있었다. 그것들을 치기 위해서는 안을 댄 상자 뚜껑에 보관되어 있는 매우 섬세한 금속 망치를 사용해야 했다. 한밤중에 공동묘지에서 벌어지는 해골들의 춤을 연상하게끔 만들어진 듯한 실로폰은 수많은 가로 막대로 이루어진 반음계 실로폰이었다. 그리고 두들겨 박아 만든 커다란 원통형의 큰북과 가죽으로 싼 북채가 있었다. 또한 놋쇠로 만든 팀파니도 있었는데, 베를리오즈**는 그런 팀파니를 열여섯 개나 동원하는 관현악을 작곡한 적도 있다. 그 작곡가는 아

---

* 강철제 음판을 조율해 실로폰처럼 배열한 악기.
** Louis H. Berlioz(1803~1869). 프랑스의 작곡가.

직 니콜라우스 레버퀸이 취급하는 나사식 팀파니를 알지 못했던 것이다. 나사식 팀파니는 나사를 돌려서 쉽게 음높이를 조절할 수 있었다. 우리가 그것을 갖고 짓궂은 장난을 했던 것을 나는 아직도 잘 기억하고 있다. 우리는(아니, 나만 그랬던 것 같다.) 팀파니 막(膜)을 계속 두드리며 장난을 쳤는데 그사이 마음씨 좋은 루카가 음을 조율했다. 그러면 요란한 소리가 나면서 이상한 글리산도 주법*이 연출되었다. 그리고 심벌즈도 있었는데, 심벌즈를 만들 줄 아는 것은 중국 사람이나 터키 사람뿐이다. 그들만이 벌겋게 달아오른 청동을 단련하는 비법을 알기 때문이다. 심벌즈 연주자는 심벌즈를 치고 나서 안쪽 면이 청중에게 보이도록 의기양양하게 높이 쳐든다. 그 밖에도 굉음을 내는 징, 집시들의 탬버린, 한쪽 모서리가 트여 있고 쇠막대로 치면 밝게 울리는 트라이앵글, 현대식 심벌즈, 그리고 속이 오목하게 들어가서 손에 쥐고 딸그락 소리를 낼 수 있는 캐스터네츠가 있었다. 그 모든 장중한 흥겨움 위에 금빛 찬란한 구조물인 에라르** 식 페달 하프가 우뚝 솟아 있는 것을 본다면, 말없이 수백 가지의 형태로 아름다운 화음을 예고하는 그 파라다이스의 매력, 즉 소년이었던 우리를 마법처럼 빨아들인 숙부의 악기 창고가 지닌 매력을 이해할 것이다.

우리? 아니다. 나에 관해서만, 내가 매혹당하고 즐거워했던 것에 관해서만 이야기하는 편이 더 낫겠다. 그런 감정에 관해 얘기하면서 내 친구까지 끌어들일 엄두가 나지 않는다. 왜냐하

---

* 비교적 넓은 음역을 빠르게 미끄러지듯 소리 내는 주법. 활주(滑奏).
** Sébastien Érard(1752~1831). 프랑스의 악기 제조자.

면 그는 이제 그 모든 것들에 일상적으로 익숙해져서 그 집의 아들처럼 되었다는 것을 드러내고 싶어 했거나, 아니면 대체로 차가운 자신의 성격을 드러내는 방식으로 그 모든 화려한 악기들 앞에서 아무렇지도 않다는 듯이 어깨를 으쓱해 보였기 때문이다. 경이에 찬 나의 감탄을 대개는 짤막한 웃음으로 일축하거나 그저 "그래, 멋져."나 "재미있는 것들이지.", "사람들은 그렇게들 생각하지."가 아니면 "막대 사탕보다는 이런 악기를 파는 게 낫겠지." 하는 식으로 대꾸할 뿐이었다. 이따금 우리가 도시의 지붕들과 성안의 연못과 옛날의 분수가 근사하게 내려다보이는 그의 다락방에서 나와서 내 소원에 따라, 거듭 강조하지만 언제나 내 소원에 따라 잠시 악기 창고로 내려갈 때면, 젊은 치마부에가 우리와 함께 갔다. 그것은 추측컨대 한편으로는 우리를 감시하기 위해서, 또 한편으로는 즐겁게 안내인이나 인도자 겸 해설자 역할을 하기 위해서였던 것 같다. 우리는 그에게서 트럼펫 이야기를 들었다. 황동관을 균열 없이 휘게 하는 기술이 알려지기 전까지는 여러 개의 곧은 금속관들을 구형의 이음쇠로 짜 맞추는 식으로 만들어야 했다는 것이다. 다시 말해 처음에는 역청과 콜로포늄 수지를, 나중에는 납을 부어 넣은 후 그것을 다시 불 속에 녹여서 만드는 방법이 알려지게 되었다는 것이다. 그는 또한 악기는 어떤 재료로 만들어졌는지, 말하자면 재료가 금속인가 나무인가 하는 문제와는 전혀 상관없이 모양새와 크기에 따라 소리를 낸다는 주장에 대해서도 논할 수준이 되었다. 어떤 감정가들은 플루트가 나무로 만들어졌든 상아로 만들어졌든, 혹은 트럼펫이 황동으로 만들어졌든 은으로 만들어졌든 그 문제는 대수롭지 않다고 주장한다는 것이었다. 그는 자기 스승, 즉 아드리안의 숙부는 바이올린 제작자로서 재료와 목재와 니스 칠 같은 것의 중요성을 잘 알고 있어서 그런 주장에 반대하며, 플루트 소리만 듣고 그게 무슨 재료로 만들어졌는가를 확실히 알아낼 수 있다고 했다. 루카는 그러고 나서 이탈리아인답게 잘생긴 자그마한 손으로 플루트를 연주했다. 플루트는 유명한 거장 쿠반츠* 이래 최근 150년 동안 크게 변화되고 개선되었는데, 뵘** 의 원통형 플루트는 감미롭게 울리는 옛날의 원추형 플루트에 비해 더 힘차게 울렸다. 그는 우리에게 클라리넷과 바순의 운지법(運指法)을 가르쳐 주었다. 열두 개의 열린 음마개와 네 개의 닫힌 음전이 부착되고 일곱 개의 구멍이 나 있는 바순은 호른의 소리와 아주 잘 어울렸다. 그 밖에도 그는 여러 악기들의 음역과 그것을 다루는 법 따위를 가르쳐 주었다.

지금 생각해 보면 아드리안은 루카가 시범 삼아 가르쳐 준 것들을 의식적으로든 아니든 간에 적어도 나만큼은 주의 깊게 관찰했으며, 거기서 내가 얻을 수 있는 것보다 더 많은 유용한 도움을 얻었을 것이다. 그것은 의문의 여지가 없다. 그렇지만 그는 아무런 내색도 하지 않았을뿐더러, 그 모든 것들이 어쩌면 그와 관련이 있거나 혹은 앞으로 관련이 있게 될지도 모른다는 느낌을 드러낼 만한 어떤 흥분된 모습도 보이지 않았다. 아드리안은 루카에게 질문하는 일은 나한테 맡기고 나를 그 조수와 함께 있게 내버려 둔 채 자신은 한쪽 옆으로 떨어

---

* Johann J. Quantz(1697~1773). 독일의 플루트 연주자이자 제작자.
** Theobald Böhm(1794~1881). 독일의 플루트 연주자이자 제작자.

져 있으면서, 루카가 설명해 주는 악기가 아닌 다른 악기를 쳐다보곤 했다. 나는 그가 일부러 그랬다고 말하고 싶지는 않으며, 또한 당시 우리들에겐 음악이란 니콜라우스 레버퀸의 악기 창고에 있는 단순한 형태의 악기들 이상의 것이 아니었다는 점을 잊고 있는 것도 아니다. 물론 그때 우리는 이미 실내악을 살짝 접하긴 했다. 나는 아주 이따금씩만 참석했고 아드리안도 늘 참석했던 것은 아니었지만, 매주 혹은 격주로 아드리안의 숙부 집에서 실내악 연주회가 열렸다. 그 연주회에는 대성당의 오르간 연주자이자 후에 아드리안의 스승이 될 말더듬이 벤델 크레추마어와 보니파치우스 김나지움의 성악 선생이 있었는데, 이들과 함께 아드리안의 숙부는 정선된 하이든과 모차르트의 사중주곡을 연주했다. 그럴 때면 숙부는 제1바이올린을, 루카 치마부에는 제2바이올린을, 크레추마어는 첼로를, 그리고 성악 선생은 비올라를 맡았다. 남자들만의 그런 즐거운 오락에서 그들은 맥주잔을 자기 옆 마룻바닥에다 놓고 아마 담배까지 입에 물고 있었던 것 같다. 그런데 그 연주는 사이사이 음향 속에 섞여 이상하게도 무미건조하고 낯설게 들리는 말들이 끼어들거나, 또 대개는 성악 선생의 잘못으로 음악이 헝클어져 활을 딱딱 치면서 다시 박자를 맞추는 일이 생길 때면 중단되곤 했다. 우리는 심포니 오케스트라 같은 진짜 연주회를 한 번도 들어 보지 못했다. 따라서 아드리안이 악기의 세계에 전혀 무관심했던 것도 그런 사정 때문이라고 추측할 법도 했다. 아무튼 아드리안 자신은 악기에 무관심한 이유를 그렇게 단정지었다. 그러나 정작 내가 말하려는 것은 그가 음악을 피해서 자신을 숨겼다는 사실이다. 마치 훗날의 불행을 예감이라도 하듯 아드리안은 오래도록 자신의 운명을 피해 한사코 몸을 숨기려 했던 것이다.

어쨌든 어느 누구도 한동안은 아드리안이라는 소년을 음악과 결부하여 생각해 보려고 하지 않았다. 그가 학자가 될 것이라는 생각이 그들의 뇌리에 박혀 있었고, 그런 생각은 그가 김나지움에서 수석을 차지하자 점점 굳어져 갔다. 다만 고학년으로 올라가서부터는, 그러니까 열다섯 살이 되던 해부터는 성적이 약간 흔들렸는데, 그것은 편두통 증세가 나타나기 시작했기 때문이었고, 그 때문에 그는 필요한 수업 준비에 지장을 받았다. 그러나 아드리안은 자기에게 요구되는 것들을 쉽게 감당했다. '감당했다.'라는 말은 온당치 않은 듯하다. 그런 요구들을 충족하는 것은 그에게 식은 죽 먹기였기 때문이다. 그럼에도 그는 선생님들의 귀여움을 받지 못했다. 내가 이따금 관찰한 바로는 선생님들은 그를 귀여워하지 않았고, 오히려 은근히 역정을 내면서 심지어 그를 굴복시키려고 했다. 그것은 그가 거만하게 보였기 때문만은 아니었다. 바꾸어 말하면, 그가 자기 실력에 지나친 자부심을 갖고 있었기 때문이 아니라 오히려 그런 자부심을 겉으로 드러내지 않았기 때문이었다. 바로 그 점이 그의 오만함이었던 것이다. 아드리안의 오만함은 뚜렷하게 자신이 손쉽게 해낼 수 있는 것들을 향한 것이었고, 또한 가르치는 교사들에게 위엄과 동시에 생계 수단을 만들어 주는 여러 가지 교과목들을 향한 것이었다. 자신이 맡은 교과목이 뛰어난 재능을 가진 학생에게 냉대받는 것을 보고 교사들이 탐탁하게 여겼을 리가 만무한 것이다.

나는 선생님들과 상당히 친근한 편이었다. 그렇다고 전혀 이상할 까닭은 없었다. 머지않아 나 역시 그들과 같은 직업을 갖게 될 터였고, 사실 이미 진지하게 그런 의도를 알린 적이 있기 때문이다. 나 역시 모범생이었다고 자부할 수는 있지만, 내가 그럴 수 있었던 것은 다만 학과에 대한 애정, 특히 고전어와 고대의 시인과 작가에 대한 흠모가 나의 능력을 일깨워 주고 넓혀 주었기 때문이다. 반면에 아드리안은 기회가 있을 때마다 학교 공부 따위에는 아무 관심이 없고 그저 심심풀이로할 뿐이라는 것을 은연중에 내비쳤고, 나한테는 아예 노골적으로 그런 심중을 털어놓았다. 나로서는 선생님들도 언젠가는 그 사실을 알게 될 것 같아서 불안했다. 이로 인해 내가 마음을 졸인 것은 그의 앞날이 걱정되었기 때문은 아니었다. 타고난 재능이 있으니 앞날을 걱정할 필요는 없었다. 내가 불안했던 이유는 도대체 그에게 무관하지 않고 심심풀이가 아닌 것은 무엇일까 하는 의구심이 들었기 때문이다. 나는 그 '주된 관심사'가 무엇인지 알 수 없었는데, 그것은 사실상 알아차리기 어려웠다. 당시 학교생활이란 곧 삶 자체였다. 말하자면 학교생활이 인생을 보장해 주는 셈이었다. 학교생활의 관심사라는 것은 각자의 삶에서 가치 있는 것들을 펼쳐 나가기 위해 필요로 하는 시야를 확보해 주는 법이다. 그 가치들이 아무리 상대적인 것이라 할지라도 그 가치들을 척도로 삼아 각자의 성격과 능력을 입증할 수 있는 것이다. 하지만 인간적으로 볼때, 오직 그 가치들의 상대성을 미처 깨닫지 못하는 상태에서만 그럴 수 있다. 절대적인 가치에 대한 믿음은, 그 믿음이 비록 환상적인 것이라 할지라도 내가 보기엔 삶의 기본 조건이라 생각된다. 그 반면, 내 친구는 지레 상대적인 가치라고 단정한 가치들의 기준으로 자신의 재능을 하찮게 여겼고, 그러다 보니 상대적인 가치들을 굽어볼 수 있는 기준점을 찾지 못했던 것이다. 불량 학생들은 얼마든지 있었다. 그런데 아드리안은 우등생이면서도 불량 학생 특유의 태도를 보였다. 나는 그래서 괴롭기도 했지만, 그래도 그런 점이 놀랍고 매력적으로 보이기도 했으며, 그 때문에 점점 더 그에게 빠져들었다. 그런 과정에는 물론 까닭 모를 고통이나 절망 같은 것도 뒤섞여 들었다.

아드리안은 학교에서 가르쳐 주는 것과 요구하는 것을 한결같이 비웃고 경멸했다. 그러나 하나의 예외가 있었다는 것을 인정하지 않을 수 없다. 나는 별로 두각을 나타내지 못한 수학 과목에 그가 눈에 띄게 흥미를 보였던 것이다. 수학 과목에서 취약한 내 약점은 어문학 분야에 몰두함으로써 그럭저럭 메워졌다. 나는 어떤 분야에서 뛰어난 실력을 발휘하기 위해서는 우선 대상에 대한 공감이 있어야 한다는 사실을 제대로 깨닫게 되었다. 따라서 내 친구의 경우에도 적어도 수학에서만큼은 그런 전제 조건이 충족된 것을 보고 정말 기쁘게 생각했다. 수학은 응용 논리학이면서도 순수하고 고차적인 추상 단계에 머물면서, 인문학과 실용 학문 사이에서 독보적인 중간적 위치를 차지하고 있다. 아드리안이 수학에서 얻는 만족감에 대해 나에게 이야기해 준 바에 따르면, 결국 그는 그 중간적 위치를 고차적이고 지배적이고 보편적인 것으로 여겼거나, 아니면 그 스스로 표현했듯이 "참된 것"으로 여겼던 것이다. 그가 무엇을 '참된 것'이라고 이야기하는 말을 듣는다는 것은 정말 기쁜 일이었다. 그것은 하나의 닻이요 확실한 발판이었으니, 그의 '주된 관심사'가 무엇일까 자문했던 것이 아주 헛되지만은 않았던 셈이다.

"너는 게으름뱅이야." 하고 당시 그는 나에게 말했다. "그런 것을 좋아하지 않다니. 위계질서를 통찰하는 것이 결국 최고야. 질서가 전부지. 「로마서」 13장에 보면 '하느님이 주신 것은 모두 위계가 있나니'라는 구절이 있잖아."라고 말하고는 그는 얼굴이 빨개졌고, 나는 깜짝 놀라 그를 바라보았다. 그가 종교적 심성을 지녔다는 사실을 들킨 셈이기 때문이다.

아드리안의 신상에 관한 문제는 늘 그런 식으로 들통이 나고야 말았다. 그에 관한 모든 것은 그렇게 느닷없이 속내가 드러나서 그를 당혹스럽게 만들었다. 그러면 그는 얼굴이 빨개지고, 한편 상대방은 도대체 왜 여태 그것을 알아차리지 못했을까 하고 이마라도 치고 싶어지는 것이었다. 또한 그는 단순히 의무와 강요에 의해서가 아닌 진지한 열성으로 대수(代數)를 즐겼고, 재미 삼아 대수표를 갖고 놀았으며, 미지수를 확인하라는 말이 떨어지기도 전에 먼저 이차 방정식을 풀었다. 내가 아주 우연히 그가 그런 것을 하고 있는 현장을 목격했을 때도 그는 처음에는 별것 아니라는 투로 이야기하고 나서야 비로소 앞서 말한 것들을 인정했다. 그보다 앞서 또 다른 사실을 발견했는데, 물론 전혀 새로운 사실을 발견했다는 뜻은 아니며 그것에 대해서는 내가 이미 언급한 바 있다. 그는 남몰래 독학으로 건반과 화음, 조바꿈과 오도권(五度圈)*을 깨우쳤으며, 악보나 운지법도 모르면서 자기가 알아낸 화음의 기본 요소들을

---

* 어떤 음에서 위나 아래로 완전 5도씩 세어 가면 12음 전부를 한 바퀴 돌게 되는 음들의 배열 관계.

가지고 온갖 종류의 조바꿈을 연습해, 리듬이 일정치는 않으나 아무튼 화음을 만들어 냈다. 내가 그런 사실을 알게 된 것은 그가 열다섯 살 때였다. 어느 날 오후 그의 방을 찾아갔더니 그는 방에 없었다. 한참 후에 나는 눈에 잘 띄지 않게 거실 복도에 놓인 하모늄* 앞에 앉아 있는 그를 발견했다. 아마도 한순간 나는 문간에 선 채로 그에게 귀를 기울였던 것 같다. 하지만 그러고 있는 게 께름칙해서 나는 안으로 들어서면서 무얼 하고 있느냐고 물어보았다. 그는 하모늄 바람통을 멈추고 건반에서 양손을 떼더니 얼굴을 붉히고 웃으면서 말했다.

"게으름은 모든 악덕의 근원이야. 그냥 심심해서. 심심하면 이따금 여기서 서툴게라도 하모늄을 치곤 하거든. 낡은 바람통이 이렇게 버려져 있긴 하지만, 아무리 보잘것없어도 갖출 건 다 갖췄거든. 이것 봐, 신기하지? 물론 물건 자체야 신기할 게 없지만. 이 모든 것들이 어떻게 서로 엉켜 돌아가는가를 혼자 힘으로 처음으로 깨우치고 나면 그게 신기하단 말이야."

그러고는 그는 한 화음을 울려 보았다. 전부 흑색 건반을 쳤는데, 즉 올림 바, 올림 가, 올림 다에 이어서 마단조를 추가하여 이 화음의 정체를 드러냈다. 즉, 바장조처럼 보이는 화음이 사실은 5도 화음인 나장조에 속한다는 것을 보여 주었다. "이런 음들은 그 자체로는 아무런 음조도 갖고 있지 않아. 모든 것은 관계야. 그 관계가 서로 얽혀서 질서가 생겨나는 거지."라고 그는 설명했다. 억지로 올림 사 음과 화음을 이룸으로써 나장조에서 마단조로 옮아 가는 가 음은 계속 그런 질서를

---

* 오르간과 같은 형태의 악기로, 음색이 오르간보다 명쾌하다.

만들어서 가장조와 라장조 및 사장조를 거쳐 다장조를 만들었으며, 반음 낮춤표가 붙은 음조를 이루었다. 그럼으로써 그는 반음계의 열두 음 중 어느 것을 기초로 하든지 독특한 장음계 혹은 단음계를 이룰 수 있다는 것을 보여 주었다.

"아무튼 이런 것들은 옛날 이야기야. 이런 생각이 떠오른 것은 이미 오래전부터야. 자, 이렇게 하면 더 멋지게 되지!"

그러면서 그는 소위 3도 화음, 즉 나폴리 식 6도 화음을 사용하여 훨씬 간격이 떨어진 음들끼리 조바꿈을 해 보이기 시작했다.

그가 그런 것들을 뭐라고 부르는지 제대로 알고나 있었는지 모르겠지만, 그는 되풀이해서 말했다.

"관계가 가장 중요해. 그 관계를 좀 더 엄밀히 말하자면 '애매성'이라고 할 수 있지."

애매성이라는 단어의 뜻을 증명하기 위해 그는 어느 음조에도 속하지 않는 일련의 화음들을 실제로 들려주면서, 사장조 안에서 올림 바 음이 되는 바 음이 빠질 경우에 다장조와 사장조 사이의 애매한 화음이 울린다는 것을, 그리고 바장조 안에서는 내림 나 음이 되는 나 음이 빠질 경우에 그것이 다장조인지 아니면 바장조인지 분간하기 힘들다는 것을 내게 가르쳐 주었다.

"내가 뭘 발견했는지 알아? 음악의 체계는 애매하다는 사실이야. 아무 음이나 이렇게도 저렇게도 이해할 수 있다는 말이야. 반음 올리거나 반음 내린 것으로 말이야. 그리고 만일 영리한 사람이라면, 그런 애매함을 유익하게 써먹을 수가 있어."

요컨대 그가 같은 조의 자리바꿈을 대체로 파악하고 있다는 사실이 드러났고, 또한 조바꿈을 하는 재주나, 조바꿈을 위해 자리바꿈을 이용하는 따위의 재주도 모르지는 않았다는 것이 밝혀진 셈이다.

이유는 설명할 수 없지만 나는 놀라는 정도를 넘어서 감동했을 뿐 아니라 충격까지 받았다. 그의 얼굴은 달아올라 있었는데, 학교 공부를 할 때나 대수 문제를 풀 때도 그런 적은 없었던 것이다.

내가 또 다른 것을 보여 달라고 애원까지 했지만 그가 "실없는 소리, 실없는 소리 마!"라며 딱 잘라 거절했을 때, 나는 일종의 안도감을 느꼈다. 도대체 어떤 안도감이었을까? 그 안도감은 내가 그의 전반적인 무관심을 얼마나 자랑으로 여겨 왔으며, "그것은 신기해."라는 말을 통해 그가 보여 주었던 무관심이 실은 가장에 불과했다는 사실을 내가 얼마나 분명하게 느꼈는가를 깨우쳐 주었기 때문인지도 모른다. 나는 열정이 움트는 것을 예감했다. 아드리안의 열정이! 내가 기뻐해야만 옳았을까? 오히려 나는 부끄럽기도 하고 불안하기도 했다.

나는 아드리안이 아무도 보는 사람이 없다고 생각되면 음악 연습을 한다는 사실을 알게 되었다. 하지만 그 악기가 사람들 눈에 띄는 곳에 있는 만큼, 그런 사실이 오랫동안 비밀로 유지될 수는 없었다. 어느 날 그의 숙부가 그에게 말했다.

"얘야, 요즘 들리는 얘기로는 네가 연습을 한두 번 한 게 아니더구나."

"무슨 말씀이세요, 니코 숙부님?"

"녀석, 시치미 떼기는! 너 음악을 하잖니."

"도대체 무슨 말씀이세요!"

"그렇게 감추는 것은 바보 같은 짓이다. 어떻게 네가 바장조에서 가장조로 조바꿈했는지, 정말 재주가 좋구나. 그래, 그게 재미있니?"

"왜 그러세요, 숙부님!"

"그래, 알겠다. 너한테 하고 싶은 말이 있다. 아무도 봐 주지 않는 그 낡은 악기를 그러지 않아도 네 방으로 들여놓을 참이다. 언제든지 원하면 손에 닿을 수 있게 말이다."

"정말 고마운 말씀이지만, 숙부님, 그런 수고까지 하실 필요는 없어요."

"수고하는 만큼 기쁨은 더 커지겠지. 참, 한 가지 더 얘기할게 있다. 너는 피아노 개인 교습을 받게 될 거다."

"정말이에요, 니코 숙부님? 피아노 개인 교습이라고요? 어쩐지 '지체 높은 집안의 따님'이 된 기분인데요."

"그래, '지체 높은 집안'이야 그럴 수도 있겠다만, 꼭 '따님'만 그런 건 아니지. 크레추마어한테 배우면 제법 괜찮을 거다. 그런다고 해서 그 사람이 우리를 창피하게 만드는 일은 없을 거야. 그 사람하고는 오랜 친구 사이니까. 너는 이제 네가 꿈꾸는 환상의 성을 쌓아 올리기 위한 기반을 얻게 될 거다. 내가 그 사람과 상의해 보마."

아드리안은 교정에서 이 대화를 그대로 다시 나에게 들려주었다. 그때부터 아드리안은 매주 두 번씩 벤델 크레추마어에게 개인 교습을 받게 되었다.

8

당시만 해도 기껏해야 이십대 후반으로 아직 젊었던 벤델 크레추마어는 미국 펜실베이니아 주에서 독일계와 미국계 부모 사이에서 태어났으며, 그곳에서 음악 교육을 받았다. 그러나 그는 일찌감치 자신의 조부모가 이민을 떠나온 곳이자 자신의 뿌리뿐 아니라 그의 예술의 뿌리가 있는 유럽으로 돌아왔다. 어디를 가든 한두 해 이상 머무는 법이 없는 방랑 생활 중 카이저스아셰른에 오르간 연주자로 왔던 것이다. 이곳에서의 역할도 그에겐 그저 하나의 일화일 뿐으로, 그전에도 다른 일화들이 있었다. 그는 이곳에 오기 전에 스위스의 어느 시립 극장에서 지휘자로 활약하기도 했다. 그 후에는 또 다른 일화들이 이어질 참이었다. 게다가 그는 오케스트라 작곡가로서도 뛰어나서 「대리석상」이라는 오페라를 상연하기도 했는데, 그 작품은 여러 극장에서 호평을 받았다.

둥그런 두상에 짧게 다듬은 콧수염, 때로는 생각에 잠긴 듯하고 때로는 급히 서두르는 듯한 눈초리에 눈웃음을 짓는 갈색 눈을 가진, 별로 눈에 띄지 않는 외모의 이 땅딸막한 사내는 카이저스아셰른의 정신 내지 문화생활을 위해서 하늘이 내려 준 선물과도 같은 존재였을 것이다. 물론 카이저스아셰른에 그런 생활이 있기나 했다면 말이다. 그의 오르간 연주 솜씨는 노련하고 뛰어났지만, 그 일대에서 그의 진가를 알아볼 안목이 있는 사람은 다섯 손가락으로 꼽을 수 있는 정도였다. 그렇긴 하지만 입장료 없이 주일 오후에 열리는 교회 연주회는 상당한 숫자의 사람들을 끌어들였다. 그 연주회에서 크레추마어는 미하엘 프레토리우스*, 프로베르거**, 북스테후데***, 그리고 바흐의 오르간 음악은 물론이고 헨델과 하이든의 전성기 사이에 나온 온갖 종류의 기이한 작품들을 연주했다. 아드리안과 나도 그 연주회에 단골로 참석했다. 그는 또한 '복지 회관' 강당에서 한 계절 내내 지칠 줄 모르고 피아노를 직접 쳐 가면서 설명을 해 주고 화가식(畵架式) 칠판에다 분필로 그림까지 그려 가며 강연회도 열었다. 그러나 이 강연회는 적어도 겉으로 보기에는 완전히 실패작이었다. 실패의 이유는 첫째로 우리 지방 사람들이 원래 강연이란 걸 좋아하지 않았고, 둘째로 강연 주제가 일반적인 것이라기보다는 오히려 기분 내키는 대로 설정한 특이한 것이었으며, 셋째로 더듬거리는 말씨가 무척 듣기 거북했기 때문이다. 그의 더듬대는 말투는 때로는 애가 타

---

* Michael Pretorius(1571~1621). 독일의 작곡가이자 음악 이론가.
** Johann J. Froberger(1616~1667). 독일의 오르간 연주자이자 작곡가.
*** Dietrich Buxtehude(1637~1707). 스웨덴 태생으로 독일에서 활동한 오르간 연주자이자 작곡가.

게 하고 때로는 웃음을 자아낼 뿐 아니라, 지적인 강연 내용으로부터 주의를 엉뚱한 데로 돌려 그가 또다시 병적으로 경직되지나 않을까 하는 초조한 긴장 상태로 만들기 십상이었다.

말을 더듬는 증세는 유난히 심해서 이미 진행될 만큼 진행된 상태였다. 그는 풍부하고 집중적인 사고력의 소유자로서 자신의 생각을 전달하기 위해 정말 열성을 다했기 때문에 안타까움이 더했다. 그가 하는 말은 간혹 듣는 사람이 그의 고통을 잊고 무시할 수 있을 정도로 믿어지지 않을 만큼 가볍게 춤추듯이 흘러가기도 했다. 그렇지만 유감스럽게도 듣는 사람들이 당연하다는 듯이 줄곧 예상하던 대로, 어쩔 수 없이 파국의 순간이 닥쳐오면 그는 마치 고문이라도 당하는 사람처럼 얼굴이 빨개지곤 했다. 치찰음(齒擦音)에 막혀서 입을 크게 벌리고 마치 증기 기관차가 증기를 내뿜는 듯한 요란한 소리로 발음하거나, 혹은 순음(脣音)과 씨름하느라 두 볼을 불룩하게 하고서 입술은 소리 없이 폭발하는 듯한 단음절의 속사포를 쏘아 대곤 했다. 아니면, 마침내 수습할 수 없는 혼란에 빠져서 입을 깔때기 모양으로 하고서 숨을 몰아쉴 때는 마치 물 밖으로 나온 물고기처럼 헐떡거리면서 눈물 젖은 눈으로 웃어 보이기까지 했다. 사실 그 자신은 그것을 하나의 우스개로 여기는 듯했지만, 모두가 그런 모습을 위안으로 삼을 수는 없는 노릇이었다. 정도는 다르지만 청중들이 강연을 회피해서 몇 번인가는 자리를 지키고 듣는 사람이 대여섯 명에 불과한 적도 있었다. 나의 부모님과 아드리안의 숙부, 젊은 치마부에와 우리 둘, 그리고 여자 고등학교의 학생 몇 명이 전부인 적도 있었는데, 그 여학생들은 연사가 말을 더듬을 때마다 어김없이 킥

킥거리곤 했지만 그렇다고 탓할 수도 없는 노릇이었다.

크레추마어는 어차피 입장료로는 충당되지 않는 강당 임대료와 조명 비용을 자기 주머니를 털어서라도 지불할 각오가 되어 있었지만, 나의 부친과 니콜라우스 레버퀸은 복지회의 임원회를 통해 결손을 보전할 수 있도록 조치를 취했다. 아니, 그보다는 오히려 이 강연이 교육상 중요하고 공익에 도움이 된다는 명분을 내세워서 강당 임대료를 포기하게 만들었다. 그것은 호의적인 배려였다. 기대와는 달리 일반인들이 강연에 참석하지 않아서 강연이 공공의 복지에 미치는 효과란 사실 논란의 여지가 있었다. 그 이유는 이미 말했듯이 강연에서 다루는 주제가 지나치게 전문적이었던 탓도 있다. 벤델 크레추마어가 영어로 거듭 밝힌 자신의 원칙은 타인의 관심이 아니라 자기 자신의 관심이 중요하며, 따라서 관심을 불러일으키는 일이 중요하다는 것이었다. 그는 관심을 불러일으키는 일이 저절로 가능할 수도 있지만, 관심을 확실하게 불러일으키기 위해서는 우선 스스로가 어떤 일에 확고한 관심을 가져야 한다고 주장했다. 그러니까 어떤 문제에 관해 관심을 갖고 이야기하면 다른 사람들의 관심을 끌지 않을 수 없으며, 그렇게 관심을 확산시켜서 전에 없던 예상 밖의 관심을 창출하게 되므로, 그것은 기존의 관심에 영합하는 것보다 훨씬 가치 있는 일이라고 했다.

우리 청중이 그에게 그의 원칙을 시험해 볼 기회를 거의 주지 않은 것은 매우 유감스러운 일이었다. 하지만 텅 비어 있는 낡은 강당 안에서 그의 발치에 있는 지정석을 지켰던 우리 몇몇은 그의 원칙을 완벽하게 입증한 셈이었다. 그는 우리로선 거의 생각해 보지도 않았던 문제들로 우리를 꼼짝 못하게 만들고 그런 문제들에 주의를 기울이게 했다. 나중에는 그 끔찍한 더듬거림조차도 자극적으로 우리의 관심을 사로잡으려는 그의 열정의 표현쯤으로 생각되었던 것이다. 그러다가 파국의 순간이 닥치면 우리 모두는 종종 위로하듯 그에게 고개를 끄덕여 주었고, 어른들 가운데 한두 사람은 "그래, 그렇지." "아주 좋아." 혹은 "괜찮아." 같은 말로 그를 안심시키기도 했다. 그러면 그가 사과하는 뜻으로 명랑하게 웃음을 짓는 동안에 마비가 풀렸고, 한참 동안은 이상하리만큼 유창하게 다시 강연을 계속했다.

그의 강연 주제는 무엇이었던가? 이를테면 그는 '왜 베토벤은 피아노 소나타 작품 111번에서 제3악장을 쓰지 않았는가?' 하는 문제에 대해 꼬박 한 시간이나 이야기할 수 있는 사람이었다. 그것은 분명히 논할 만한 가치가 있는 주제이기는 했다. 하지만 그런 주제가 복지 회관에 게시되거나 카이저스아셰른 《철도 신문》 광고에 게재되었다고 가정하면, 그것이 과연 얼마나 대중의 호기심을 불러일으킬 수 있을지는 미지수였다. 분명히 사람들은 왜 작품 111번이 두 악장만으로 이루어졌는지 알고 싶어 하지는 않을 것이다. 물론 강연에 참석해 설명을 들었던 우리는 비록 문제의 소나타를 그때까지만 해도 전혀 알지 못했지만 더없이 흡족한 저녁 시간을 보낼 수 있었다. 바로 그런 강연을 통해 우리는 그 작품을 알게 되었고, 그것도 아주 정확히 알게 되었다. 크레추마어가 마음대로 사용할 수 있었던 소형 피아노로(그랜드 피아노의 사용은 허용되지 않았다.) 비록 잡음이 섞이긴 했지만 훌륭하게 그 곡을 들려주었기 때문이다. 그리고 곡을 들려주는 사이사이에 그 작품에 담긴 정신을,

그리고 다른 두 작품과 함께 그 작품을 작곡하던 당시의 상황을 아주 박진감 있게 분석해 설명했으며, 제1악장에 대응되는 제3악장을 왜 생략했는가에 대한 베토벤의 해명을 신랄한 위트로 자세하게 이야기해 주었다. 베토벤은 조수가 그런 질문을 하자 시간이 없어서 아예 제2악장을 좀 길게 늘렸노라고 태연하게 답했다는 것이다. 시간이 없다니! 게다가 '태연하게' 그런 말까지 했다니. 그런 식의 답변이 질문자에 대한 경멸을 담고 있다는 점이 분명하게 언급되지는 않았지만, 그것은 정당한 경멸이었다. 이제 연사는 1820년경 베토벤의 처지를 얘기해 주었다. 당시 베토벤의 청각은 걷잡을 수 없는 소모성 질환 때문에 이미 제 기능을 할 수 없게 되었으며, 이젠 자기 작품을 지휘하는 것조차 불가능하게 되었다는 사실이 밝혀졌다고 한다. 그 무렵 이 유명한 작곡가는 작곡을 전혀 할 수 없게 되었고, 창작력이 고갈되어 대작을 쓸 수 없어서 만년의 하이든처럼 스코틀랜드 풍의 가곡이나 쓰고 있다는 소문도 나돌았다. 그런 이야기를 들려주면서 연사는 그런 소문이 나돌게 된 이유는 베토벤의 이름이 붙은 유명한 작품이 이삼 년 전부터는 전혀 세상에 나오지 않았기 때문이라고 했다. 그러나 뫼틀링에서 여름을 보내고 빈으로 돌아온 늦가을에 베토벤은 단 한 번도 악보 노트에서 눈을 떼지 않고 단숨에 세 개의 피아노곡을 써냈고, 자신의 정신 상태가 멀쩡하다고 안심시키기 위해 후원자인 브룬스비크 백작에게 그런 사실을 알렸다는 것이다. 그러고서 크레추마어는 바로 그 소나타 다단조에 관해 말했는데, 사실 그 작품은 자체로 완결되고 정신적 균형이 갖춰진 작품이라 보기 어려우며, 당시의 비평가와 다른 사람들에게도 풀기 어려운 하나의 미학적 수수께끼가 ·되었다고 했다. 크레추마어의 말에 따르면, 존경하는 음악가가 완숙기에 이르러 심포니와 피아노 소나타와 클래식 현악 사중주를 최고의 경지로 끌어올렸지만, 그의 친구들과 숭배자들은 그런 경지까지는 이해하지 못했다는 것이다. 그의 마지막 시기의 작품들에서 사람들은 분해되고 소외되어 낯설고 무시무시한 것 속으로 고양되는 과정에 직면하여 이 극단적인 초월 현상 앞에서 우울한 심정이 되었다고 한다. 바로 그런 점에서 그들은 베토벤이 과거에 추구했던 경향이 퇴화하고 지나친 심사숙고와 과도한 엄밀성 및 음악적 과학성이 나타난다고 보았던 것인데, 그런 요소들이 때로는 이 소나타의 제2부를 이루는 기괴한 변주곡에 포함된 아리에타 주제 같은 아주 단순한 소재에까지도 적용되었다는 것이다. 갖가지 리듬이 대비되면서 펼쳐지는 온갖 운명과 숱한 세계를 헤쳐 나가면서 제2악장의 주제가 점점 확대되어 마침내는 그 자체를 벗어나, 피안이나 추상 세계라 할 수도 있을 아득한 높이로 사라진다고 보았던 것이다. 마찬가지로 베토벤의 예술 세계 또한 실제 이상으로 확대되어, 깜짝 놀라서 쳐다보는 인간의 눈앞에서, 그럭저럭 살 만한 전통적인 영역으로부터 벗어나 순전히 개인적인 영역 혹은 절대성 속에 고통스럽게 고립되어 있는, 청각의 사멸로 말미암아 감각계로부터도 고립되어 있는 자아의 세계로 고양되었다는 것이다. 그리하여 영적인 세계에 홀로 존재하는 군주인 그에게 가장 호의적인 동시대인들조차 오직 낯선 전율밖에 느끼지 못했으며, 사람들은 그 소름 끼치는 고지(告知)를 그저 순간적으로만 그리고 예외적으로만 이해할 수 있었을 것이라고 했다.

크레추마어는 거기까지는 괜찮았다고 했다. 그렇지만 전적으로 괜찮다는 말은 아니었고, 단서를 덧붙였다. 그의 말에 따르면, 사람들은 음악의 다성적(多聲的) 객관성과 대립되는 무제한적 주관성과 급진적인 화음의 표현 욕구를 그저 개성의 문제로만 생각하는 경향이 있지만, 화음의 주관성과 다성적인 객관성은 명심해서 구분해야 한다고 했다. 그런데 사람들은 그런 균형과 대립이 이 경우에는 후기의 걸작들과 달리 전혀 조화를 이루지 못했다고 보았다는 것이다. 사실 베토벤은 만년보다는 중기에 훨씬 더 주관적이었지만, 그렇다고 '사적'이었다는 말은 아니다. 중기의 베토벤은 당시 음악계에 널리 퍼져 있던 일체의 관습적이고 형식적인 허식을 개인적인 표현과 주관적인 역동성으로 용해하고자 하는 생각에 골몰하고 있었다고 한다. 베토벤의 마지막 피아노 소나타 작품 다섯 편을 놓고 보면, 만년에 그가 관습에 대해 취한 태도는 형식 언어의 독특한 섬뜩함에도 불구하고 이전과는 딴판으로 훨씬 더 온건하고 호의적이었다고 한다. 주관적인 것에 의해 아무런 변화나 영향도 받지 않은 채, 관습적인 요소들이 후기 작품에 자주 무미건조하게, 마치 기진맥진한 것처럼 자포자기의 상태로 나타나는데, 그런데도 그것이 어떤 개인적인 모험보다 더 섬뜩하게 느껴질 정도로 당당한 효과를 발휘한다는 것이었다. 그런 형식 속에서 주관적인 것과 관습적인 것은 일종의 새로운 관계를, 죽음에 의해 결정되는 어떤 관계를 맺게 된 것이라고 크레추마어는 말했다.

죽음이라는 말이 나오자 크레추마어는 격하게 말을 더듬었다. 첫 철자에 꼼짝없이 걸려든 그의 혀는 입천장에 달라붙은 채 마치 기관총 소리 같은 발음을 연발했으며, 그와 동시에 턱 전체가 마구 떨렸다. 그러다가 이윽고 혀가 안정을 되찾아 모음을 발음할 수 있게 되었는데, 그 모음을 듣고서야 그가 무슨 말을 하려고 했는지 겨우 알아차릴 수 있었다. 그 단어를 알아듣게 되었을 때, 사람들은 평상시에는 연사를 도와주려는 흔쾌한 심정으로 아직 그의 입속에서 웅얼거리는 말을 가로채어 그에게 큰 소리로 알려주기도 했지만, 그 상황에서는 바람직하지 않아 보였다. 그는 스스로 해내야 했고, 또 해냈다. 그는 설명하기를, 위대함과 죽음이 만나는 곳에서 관습에 치우친 객관성이 생겨나며, 그 객관성은 그 우월함에 있어서 가장 오만한 주관주의를 훨씬 능가하는 것이라고 했다. 왜냐하면 정점에 도달한 전통을 이미 극복한 전적으로 개인적인 것은 바로 그 객관성 속에서 스스로를 그 자신 이상으로 확장시키고, 그리하여 위대하고 신비한 신화적 세계, 집단적 세계로 들어서는 것이기 때문이라고 했다.

그는 우리가 과연 말뜻을 제대로 알아들었는지는 묻지 않았고, 우리 역시 그것을 자문해 본 적은 없다. 우선 듣는 것이 중요하다는 그의 말에 우리는 전적으로 동의했다. 그는 자신이 말하고 있는 특정 작품, 즉 피아노 소나타 111번을 앞에서 언급한 내용에 비추어 고찰해야 할 것이라고 말했다. 그러고는 피아노에 다가가 앉더니 악보도 보지 않고 제1악장과 매우 인상적인 제2악장까지 전곡을 연주해 주면서, 중간 중간에 큰 소리로 주석을 달기도 하고, 음악적 기법에 충분히 주의를 기울일 수 있도록 열정적으로 노래까지 불러 주었다. 그 모든 것이 때로는 매혹적으로 때로는 재미있는 볼거리로 보이기도 했으며, 몇 안 되는 청중들은 줄곧 그것을 즐겁게 받아들였다. 그는 아주 힘찬 탄주법(彈奏法)을 구사해서 강음부(强音部)에서는 특히 세게 쳤기 때문에, 중간 중간에 삽입하는 설명을 청중이 알아듣게 하려면 고함을 질러야 했으며, 연주하는 내용을 다시 강조하기 위해 목청을 높여야 했다. 두 손이 연주하는 것을 입으로 따라 했던 것이다. 격렬하게 상승하는 제1악장의 첫 악센트 부분을 연주할 때는 '딩딩 — 뎅뎅 — 땅땅' 하는 소리를 냈고, 아름다운 멜로디의 악절을 고음의 가성(假聲)으로 따라 부르기도 했다. 그 덕분에 마치 사나운 폭풍우가 몰아치는 하늘에서 구름 사이로 언뜻 부드러운 햇살이 내비치듯 간혹 작품의 분위기가 환하게 밝아졌다. 마침내 그는 손을 무릎 위에 얹고 잠시 쉬다가 "이제 나옵니다."라고 말하면서 변주곡 악장, 즉 '아다지오 몰토 셈플리체 에 칸타빌레'*를 연주하기 시작했다.

과연 아리에타 주제곡이 나오기 시작했다. 목가적이고 천진난만한 느낌과는 전혀 어울리지 않게 온갖 모험과 운명을 암시하는 대목이었다. 열여섯 소절로 구성된 그 주제곡의 모티프는 처절한 절규를 연상케 하는 전반부 마지막 부분으로 집약될 수 있었다. 그 곡은 단 세 개의 음표, 즉 팔분음표와 십육분음표와 4분음표로 이루어져 있었는데, 바로 다음과 같이 음절이 나뉘어져 있었다. "푸른 하늘", "사랑의 번민", "아-안녕" 혹은 "모-옥초지", 그것이 전부였다. 이 부드러운 표현, 음울한 형식과 더불어 리듬과 선율의 대위법이 계속 이어졌다. 거장이

---

* '소박하게 노래하듯이 아주 느리게' 연주하라는 뜻.

축복과 동시에 저주를 내리고 냉기와 열기, 차분함과 황홀경이 수정처럼 투명하게 하나로 융화되는 영역, 즉 너무나 밝은 세계와 칠흑 같은 암흑의 세계로 내던졌다 들어올렸다 하는 그 모든 것을 사람들은 광대하고 놀랍다거나 생소할 만큼 웅대하다고 일컬을 것이다. 그런 곡조에는 어떤 이름도 붙일 수 없거니와, 그런 곡에는 원래 이름이 없는 것이다. 그리고 크레추마어는 그처럼 인상적인 변화 과정을 들려주면서, 게다가 아주 격렬하게 "딤다다!" 하고 건반을 두드리면서 노래까지 불렀고, 그렇게 노래를 부르는 사이에도 큰 소리로 "연이은 전음(顫音)입니다!"라고 외쳤다.

"장식구와 카덴차*입니다! 아직도 관습적인 요소가 남아 있는 것을 들으셨지요? 자, 이, 이제 어, 언어에서, 미, 미사여구가 여, 영영 사라지는 게 아니고 오히려 미사여구에서 주, 주관적인 자제심의 외피가 사라지는 것입니다. 예술의 외, 외피는 마, 마침내, 내던져 버렸습니다. 예, 예술은 언제나 예, 예술의 외피를 던져 버립니다. 딤다다! 자, 들어 보세요. 이 부분에서는 푸가만큼이나 무거운 멜로디가 어, 얼마나 우세한가 말입니다! 그것이 정적(靜的)으로 됩니다. 단조로워져요. 라 음이 두 번 세 번 차례로 이런 화음이 나옵니다. 딤다다! 자, 주의해서 들어 보십시오. 여기서 어떤 일이 벌어지고 있는가를."

너무나 복잡한 음악을 들으면서 동시에 사이사이 끼어드는 고함 소리까지 함께 듣기란 무척 힘들었다. 우리 모두는 바

---

* 악곡의 끝이나 단락에서 일정한 화음을 맞추어서 곡을 마치는 효과를 내는 기법.

짝 긴장해서 몸을 웅크린 채 양손을 무릎 위에 모아 쥐고 크레추마어의 두 손과 입을 번갈아 쳐다보면서 알아들으려고 애썼다. 이 악장의 특징을 보여 주는 것은 베이스와 소프라노 사이의 커다란 간격, 그리고 피아노를 치는 왼손과 오른손 사이의 넓은 간격이다. 그리고 어느 순간 극한적인 상황이 닥쳐오자, 그 빈약한 모티브는 외롭고 쓸쓸하게 아찔한 심연 위에서 떠돌고 있는 것 같았다. 곡의 그러한 진행 과정은 아득하게 숭고한 느낌을 불러일으켰고, 이어서 과연 곡이 어떻게 전개될까 하는 조바심과 불안한 놀라움이 뒤따랐다. 그러나 그런 느낌이 채 가시기도 전에 다시 많은 변화가 일어났다. 그런 느낌이 가라앉는 사이에 비통함과 고집, 집착과 도도함을 떠올리게 하는 선율이 이어졌고, 그러다가 다시 전혀 뜻밖에도 부드럽고 다정다감한 감동이 생겨났다. 온갖 우여곡절을 거친 끝에 그 모티프가 작별을 고하면서 완전한 작별의 신호와 인사로 바뀌었고, 이어서 '라―사―사' 음 모티프에 가벼운 변화가 일어났다. 즉, 멜로디가 조금 확장되었던 것이다. 다 음이 울린 후에 라가 오고, 그 뒤에 올림 다가 이어졌다. 그래서 이제부터는 "푸르-은 하늘" 혹은 "모-옥초지"가 아니라 "오- 그대 푸른 하늘이여!", "푸르-은 목초지" 혹은 "안녕-영원히"와 같은 식으로 음절이 나뉘어진다. 이 덧붙은 올림 다 음은 너무나 감동적인 위안을 주면서도 부드러운 애조를 띠었다. 마치 고통스럽고도 사랑스럽게 머리카락을 쓰다듬어 주고 뺨을 어루만져 주는 것 같고, 또한 고요하고 그윽한 작별의 시선 같은 느낌을 불러일으켰다. 그 모티프는 끔찍스럽게 이리저리 혹사한 곡의 구성을 넘치는 인간성으로 축복해 주면서 청중에게 작별 인사를 했다. 그 영원한 작별의 인사는 눈물겹도록 청중의 가슴에 파고들었다. 마치 "이제 고통을 이-잊어요!"라고 말하는 듯한 작별이었다. "저희 안에 계신 하느님은-위대하셨으니", "모든 것은-한낱 꿈에 불과하였네", "부드러운 마음으로-내게 머물러주오." 이윽고 곡이 뚝 끊겼다. 빠르고 날카로운 셋잇단음표가 무리 없는 결미(結尾)를 향해 치닫는데, 다른 많은 작품들도 그렇게 끝날 수 있을 듯했다.

그러고서도 크레추마어는 피아노에서 몸을 돌려 연단으로 돌아오지 않았다. 그는 우리를 향해, 우리와 똑같은 자세로 몸을 앞으로 굽히고는 두 손을 무릎 사이에 얹은 채로 그대로 회전의자에 앉아 있었으며, 왜 베토벤이 작품 111번에 제3악장을 쓰지 않았는가 하는 주제의 강연을 몇 마디로 끝맺었다. 이 곡을 실제로 들어 보면 그 의문이 저절로 풀린다는 것이었다. 그렇게 작별을 고한 후에 어떻게 다시 제3악장을 계속할 수 있겠냐는 것이었다. 이 소나타는 웅대한 제2악장에서 끝을 맺었으며, 그런 결말은 이제 돌이킬 수 없다는 것이었다. 그리고 자신이 '소나타'라고 말할 때 그것은 다단조로 된 이 소나타 작품만이 아니라 한 장르나 전통적인 예술 형식으로서의 소나타 일반을 가리킨다고 했다. 소나타라는 양식 자체가 이 곡에서 끝났으며, 자신의 운명을 다했고 목적지에 다다랐으며, 그 이상으로는 더 나아갈 수 없으므로 폐지되고 해체되었으며 작별을 고했다는 것이다. 올림 다 멜로디의 힘을 받은 '라ㅡ사ㅡ사'로 이어지는 모티프의 작별 인사는 또한 이런 의미에서의 작별이었으며, 그것은 그 작품만큼이나 위대한 작별, 소나타로부터의 작별이었다는 것이다.

그러고서 크레추마어는 약하긴 하지만 길게 이어지는 박수 갈채를 받으며 퇴장했고, 우리 역시 그 새로운 사실에 마음이 무거워져 깊은 생각에 잠긴 채 자리를 떠났다. 우리 대부분은 늘 그래 왔던 대로 외투와 모자를 걸치고 강연장을 나오면서 그날 저녁에 인상깊게 들었던 대목, 즉 제2악장의 주제곡을 작별을 고하는 형식으로 저마다 흥얼거렸다. 그러고도 한참 동안 청중들이 흩어져 사라져 간 먼 골목길로부터 "아-안녕", "안녕-영원히", "저희 안에 계신 하느님은-위대하셨으니" 같은 노랫소리가 밤의 정적을 뚫고 메아리처럼 울려 퍼지는 것이 들렸다.

말더듬이 선생의 베토벤 강연을 들은 것이 그때가 마지막은 아니었다. 얼마 후에 그는 다시 베토벤 강연을 했다. 이번에는 '베토벤과 푸가'라는 제목이었다. 나는 그 테마 역시 정확히 기억하고 있거니와, 그 장면은 지금도 눈에 선하다. 사실 지난번과 마찬가지로 이번에도 '복지 회관' 강당에 많은 인파를 끌어모을 만큼 매력적인 주제가 아니라는 것은 잘 알고 있었다. 그렇지만 우리 소그룹은 이날 저녁에도 더없이 유익하고 즐거운 시간을 가졌다. 우리는 저 대담한 혁신자에 반대하고 질투하는 자들이 베토벤은 푸가를 작곡할 줄 모른다고 주장했다는 이야기를 들었다. 그들은 "그는 푸가를 한 번도 작곡하지 못했어."라고들 말했고, 그 말이 무슨 뜻인지를 잘 알고 있었다. 왜냐하면 위엄 있는 이 예술 양식은 베토벤 당시에는 여전히 대단히 존중받고 있었고, 그래서 어떤 작곡가든 푸가를 완벽하게 소화해 내지 못하면 음악의 법정에서 은총받지 못했을 뿐 아니라, 작곡을 위탁하는 당대의 유력 인사들이나 세도 있는 군주를 만족시킬 수 없었기 때문이다. 에스터하지* 공(公)은 이 훌륭한 예술 양식의 각별한 애호가였다고 한다. 하지만 그에게 헌증하기 위해 작곡한 다장조의 미사곡에서 베토벤은 푸가를 쓰려다가 성공하지 못했는데, 그것은 순전히 사교적으로도 결례일 뿐 아니라 예술적으로도 용납되지 못할 결점으로 생각되었다는 것이다. 그리고 오라토리오 「감람산의 예수」에서는 도대체 푸가의 흔적조차 보이지 않았다고 한다. 푸가로 구상하기에 안성맞춤인 작품이었는데도 말이다. 작품 59번의 세 번째 사중주에 들어 있는 푸가 같은 빈약한 시도로는 이 거장이 대위법에는 형편없다는 주장을 반박할 수 없었는데, 권위 있는 음악계의 그런 주장에 더욱 힘을 실어 준 증거 사례는 「에로이카」 교향곡에 들어 있는 장송 행진곡**이나 가장조 심포니***의 알레그레토****에 들어 있는 푸가 풍의 악절들이라고 했다. 그리고 라장조의 첼로 소나타 작품 102번의 마지막 악장이 '알레그로 푸가토'*****라 명명되자 비난과 야유가 빗발치듯 했다고 크레추마어가 말했다. 사람들은 그 작품 전체가 도대체 알아들을 수도 없을 정도로 모호하다고 비난했다고 한다. 크레추마어가 보기에도 최소한 스무 소절은 엄청나게 혼란스러운데, 그것은 주로 지나칠 정도로 강하게 채색된 변조(變調) 탓이며, 그래서 베토벤이 엄격한 양식을 구사할 줄 모르는 사람이라고

---

* 중세 때부터 헝가리 일대에 터전을 잡은 유서 깊은 귀족 가문.
** 「에로이카」의 제2악장.
*** 제7번 교향곡.
**** 제7번 교향곡의 제2악장.
***** '알레그로 풍의 푸가'라는 뜻.

결론지을 수 있을 정도라고들 했다는 것이었다.

나는 이와 관련된 서술을 잠시 중단하고자 한다. 그것은 오로지 강연자가 다루는 예술 세계의 문제나 상황들에 대해 당시까지는 우리가 전혀 조망할 수 없었고, 그의 강연을 듣고서야 언제나 위태위태한 그의 말씨를 통해 비로소 어렴풋하게나마 짐작할 수 있었다는 사실을 환기시키기 위해서이다. 또한 우리는 강연자가 피아노 앞에 앉아서 들려주는 설명과 연주 외에 그의 말을 가늠할 수 있는 방법이 없었음을 이야기하기 위해서이다. 그래서 우리는 동화를 듣는 어린애들처럼 막연히 환상에 들떠서 그 모든 이야기에 귀를 기울였다. 동화를 이해하지 못하더라도 아이들의 어린 마음은 꿈결처럼 어떤 예감을 불러일으키는 동화를 통해 풍요롭게 자라나게 마련이다. 사실 '푸가', '대위법', '에로이카', '지나치게 채색된 변조', '엄격한 양식'이니 하는 것들은 우리에게는 한결같이 뜬구름처럼 막연한 말들이었다. 그렇지만 우리는 아주 즐겁게, 눈을 크게 뜨고서 귀를 기울였다. 마치 나이에 어울리지 않는 불가해한 이야기를 들을 때의 어린아이들처럼, 자신들에게 가깝고 알아듣기 적당한 이야기들에서 얻는 기쁨보다 훨씬 더 큰 기쁨을 맛보았다. 이런 방식으로 배우는 것이 가장 집중적이고 가장 자랑스럽고 아마도 가장 유익한 배움의 방식, 그러니까 뭔가를 예측하고 광범위한 무지를 뛰어넘어서 배우는 방식이라고 한다면 과연 사람들이 믿으려 할까? 교육자인 내가 이런 말을 하지 않는 것이 좋겠지만, 그러나 젊은이들은 그런 방식을 유달리 좋아한다는 사실을 나는 이제야 비로소 깨닫게 되었으며, 그렇게 뛰어넘은 공백은 시간이 지남에 따라 저절로 채워지게 된다고 생각한다.

그러니까 우리가 들은 바로는 베토벤이 푸가를 작곡할 줄 모른다는 소문이 났다는 것이다. 이제 그런 악의적인 소문이 과연 어디까지 사실인가 하는 의문이 제기되었다. 베토벤은 그런 소문을 뒤집으려고 고심했던 게 분명했다. 그는 나중에 피아노곡에 여러 차례 푸가를, 그것도 3성부로 도입했다. 「피아노 포르테를 위한 소나타」뿐 아니라 내림 가장조로 시작하는 「피아노 소나타」에도 그랬다. 한번은 자기가 지키지 않았던 규칙들을 사실은 잘 알고 있다는 것을 과시하기 위해 '다소 자유로운 형식으로'라는 말을 삽입했다. 어째서 그가 푸가를 소홀히 했는지, 독단적이어서 그랬는지 아니면 몰랐기 때문인지는 여전히 논란거리로 남아 있다. 그러고서 위대한 푸가 서곡인 작품 124번과 「장엄 미사」의 '글로리아'*와 '크레도'**에서 장엄한 푸가가 등장했다. 결국 이 위대한 투사는 천사와의 싸움에서도, 비록 허리에 치명상을 입긴 했지만 여전히 승자라는 사실을 증명해 보인 것이다.

크레추마어는 우리에게 섬뜩한 이야기를 하나 들려주었는데, 그 이야기는 우리 마음속에 투쟁의 신성한 시련과 고통받는 작곡가에 대해 결코 잊지 못할 끔찍한 인상을 남겼다. 때는 1819년 한여름이었다. 당시 베토벤은 뫼틀링의 하펜 가에서 「장엄 미사」를 작곡하고 있었는데, 매 악장이 예상보다 훨씬 더디게 완성되었다. 그래서 작곡을 마치기로 한 시한인 이듬해 3월까지, 즉 루돌프 대공의 올뮈츠 대주교 부임 날까지 완

---

* 「장엄 미사」의 제2악장 '영광'.
** 「장엄 미사」의 제3악장 '믿음'.

성할 수 없을 것 같아서 절망하고 있었다. 어느 날 오후 두 명의 음악가 친구가 그를 방문했는데, 집 안에 들어서자마자 그들은 놀라운 일을 겪게 되었다. 바로 그날 아침 뜬눈으로 밤을 새운 베토벤의 두 하녀가 집을 나갔는데, 전날 밤 1시쯤에 온 집안을 선잠에서 깨운 대소동이 벌어졌기 때문이었다. 그날 저녁 베토벤은 푸가가 포함된 '크레도'와 밤늦도록 씨름하고 있었고, 부엌에 차려진 저녁 식사는 들 생각조차 하지 않았다. 이제나저제나 헛되이 부엌에서 기다리던 두 하녀는 자연의 본능에 못 이겨 마침내 잠이 들고 말았다. 그런데 12시에서 1시 사이에 베토벤이 식사를 달라고 하려니까 두 하녀는 잠들어 있고 음식은 이미 차갑게 식어 딱딱하게 굳어 있었다. 그래서 그는 하녀들이 잠들어 있다는 생각은 하지 못한 채 격하게, 더구나 자신의 고함 소리를 듣지 못하는 까닭에 더더욱 격하게 분통을 터뜨렸다. "도대체 단 한 시간도 자지 않고 기다려 줄 수 없단 말이야?"라며 연이어 벼락같은 고함을 질러 댔다. 그러나 한 시간이 아닌 대여섯 시간이나 기다린 데다 자존심이 상한 하녀들은 동이 틀 무렵 그토록 못된 주인을 버리고 집을 떠나고 말았다. 그래서 베토벤은 그날 점심은 물론이고, 전날 점심 이후로는 아무것도 먹지 못했던 것이다. 대신에 그는 두문불출하고 푸가가 들어 있는 '크레도'와 씨름만 하고 있었다. 두 신봉자들은 그가 작업하는 소리를 굳게 닫힌 문을 통해 알아들을 수 있었다. 귀가 먼 그는 '크레도'에 매달려서 노래 부르고 울부짖고 발을 쾅쾅 구르고 있었다. 그것을 문가에서 엿듣는 사람들은 피가 얼어붙을 정도로 정말 섬뜩했다고 한다. 엿듣던 사람들이 잔뜩 겁을 먹고 문가에서 떠나려는 순간, 방문이 활짝 열리더니 문턱에 서 있는 베토벤의 모습이 보였다. 과연 어떤 모습이었겠는가? 너무나 무시무시한 모습이었다. 옷은 아무렇게나 걸친 채 얼굴 표정은 일그러져 있어서 공포심을 자아냈으며, 엿듣던 사람들의 얼빠진 듯 멍한 눈을 노려보는 그의 표정은 마치 적의에 찬 대위법의 온갖 유령들과 사생결단의 일전을 치르기라도 한 것 같았다. 처음에 그는 알아들을 수 없는 말을 중얼거리더니 이윽고 자기에게 일어났던 소동에 대해, 모두가 도망가 버렸고 자기를 굶게 내버려 두었다고 비난하는 불평을 털어놓았다. 그들은 그를 진정시키려고 애썼다. 그중 한 사람은 옷매무새를 제대로 고쳐 주었고, 또 한 사람은 음식점으로 달려가 원기를 회복시켜 줄 음식을 시켰다. 그 미사곡은 그로부터 삼 년이 지난 뒤에야 완성되었다.

우리는 그 곡을 알지 못했고, 다만 그 곡에 관해 들었을 뿐이다. 그러나 알지 못하는 위대한 작품에 관해 듣는 것만으로도 교육적인 가치가 있을 수 있다는 사실을 누가 부정할 수 있겠는가? 물론 어떤 식으로 이야기되는가 하는 전달 방식이 많은 것을 좌우하는 것은 사실이다. 벤델 크레추마어의 강연이 끝나고 집으로 돌아올 때 우리는 마치 그 미사곡을 들은 듯한 기분이었다. 밤을 새우고 굶주림에 지친 채 문턱에 서 있는 거장의 모습이 우리의 마음에 새겨져서 그런 환각을 불러일으켰을 것이다.

'베토벤과 푸가'에 대한 크레추마어의 강연은 그런 내용이었다. 그의 강연은 우리가 집으로 가는 길에 나눈 몇몇 대화의 소재를 제공했으며, 또한 서로 침묵하게 하는 소재가 되기도 했다. 때로는 순식간에 사라져 버리고 때로는 무섭게 달라붙기도 하는 말로서 우리의 영혼 속에 파고들었던 그 새로운 것, 먼 것, 위대한 것에 대해 막연하게나마 곰곰이 생각해 볼 계기를 제공했던 것이다. '우리의 영혼'이라고 했지만 물론 내가 말하려는 것은 오직 아드리안의 영혼이다. 내가 무엇을 알아듣고 이해했는가는 전혀 중요하지 않다. 그날 집으로 돌아가는 도중이나 다음 날 학교에서 알게 된 사실인데, 그에게 주로 인상적이었던 것은 크레추마어가 종교의 시대와 문화의 시대를 구분한 것이었다. 그리고 예술의 세속화, 즉 종교로부터 예술이 분리된 것은 단지 피상적이고 에피소드적인 성격의 것이라는 크레추마어의 견해도 아드리안에게 인상적이었다. 일 년 후면 최상급 학년이 되는 아드리안은 그 연사가 분명히 말하지는 않았지만 자기 마음속에 불씨를 지펴 놓은 어떤 생각에 사로잡혀 있었다. 그러니까 예술이 종교로부터 분리되고 해방되어 고독한 개인적 영역이나 자기 목적적인 문화의 영역으로 상승함으로써 본래는 예술과 관계없는 엄숙함과 절대적 진지함 및 번민의 격정을 예술에게 부담으로 안겨 주었다는 것이다. 문턱에 서 있던 베토벤의 무시무시한 모습에서 그런 요소가 나타나 있는데, 그렇다고 그런 측면이 반드시 예술이 계속 짊어져야 할 운명이나 예술의 영속적인 정신적 본질이 될 필요는 없다는 것이었다. 사람들이 그 어린 친구의 이야기를 직접 들었더라면! 예술의 영역에서 아직은 실질적인 현실 경험을 거의 하지 못한 채 진공 속에서 조숙한 언어들을 구사하면서, 그는 오늘날 예술이 조만간 본래의 영역으로 복귀할 거라는 상상의 나래를 펼쳤다. 즉, 예술은 현재의 역할로부터 벗어나 더 고귀한 합일에 봉사하는 더욱 겸손하고 행복한 역할로 복귀할 것이라고 했다. 하지만 다시 옛날처럼 반드시 교회와 합일할 필요는 없다는 것이었다. 그러면 도대체 무엇과 합일해야 하는가에 대해서는 말하지 못했다. 그러나 문화의 이념은 역사적으로 볼 때 하나의 일시적인 현상이므로, 그것이 다시 다른 것속에 휩쓸려 들어갈 수 있고, 또 앞으로 다가올 시대가 문화의 이념을 수용하기에 반드시 적합한 시대는 아닐 수도 있다는 등의 생각들이 그가 크레츄마어의 강연에서 얻은 결론이었다.

"그렇지만 문화의 반대 개념은 야만이잖아."

내가 그의 말에 참견했다.

"자, 내 말 들어 봐. 야만이 문화의 반대 개념이 되는 것은 단지 문화가 우리에게 심어 준 어떤 사고방식 속에서만 그럴 뿐이야. 그런 사고방식에서 벗어나면 문화의 반대 개념은 전혀 다른 어떤 것이거나 무엇도 반대 개념이 아닐지도 몰라."

나는 루카 치마부에의 흉내를 내어 "산타 마리아!"라고 외치면서 가슴에 성호를 그었다. 그는 짧게 웃음을 터뜨렸다. 그는 다시 이렇게 말했다.

"문화의 시대라고 하기엔 우리 시대에는 문화에 관한 말들이 너무 많은 것 같지 않아? 정작 문화를 소유한 시대라면 도대체 문화라는 말을 이렇게 헤프게 입에 올리기나 했을지 의문이야. 소박함이나 무의식, 자명함이 우리가 문화라고 이름을 붙인 본질의 첫 번째 기준처럼 생각되거든. 우리한테 결여되어 있는 것은 바로 이 소박함이야. 그런데 이 소박함의 결핍은, 결핍이라는 말을 써도 괜찮다면 아주 고도의 문화와도 잘 어울렸던 본래의 야만성을 우리로부터 차단하고 있어. 말하자면 우리는 교양의 단계에 있는 것이지. 물론 의심할 여지없이 매우 칭찬할 만한 상태이긴 하지만, 우리가 다시 문화의 능력을 갖기 위해서는 훨씬 더 야성적으로 되어야만 한다는 것 역시 의심할 여지가 없는 사실이야. 사람들은 기술이니 편리함이니 하는 것으로 문화에 대해 말만 할 뿐이지 정작 문화를 갖고 있지는 않아. 나는 오늘날의 단선율적(單旋律的) 음악*의 규약이 곧 옛날의 대위법적 다성부 음악의 문화와는 반대되는 음악의 교양 상태라고 보는데, 너는 이런 생각에 동의하지 않겠지?"

그런 말을 함으로써 그는 나를 놀리기도 하고 화나게도 했지만, 그가 하는 말은 대부분 다른 사람들의 말을 그저 흉내 낸 것이었다. 그는 그렇게 주위 모은 말들을 자기 것으로 소화하여 다시 개성적으로 만들어 내는 재주가 있었다. 흉내 내는 말에서 다른 사람의 말에 의존한 유치한 부분을, 전부는 아닐지라도 우스꽝스럽게 들릴 만한 표현들을 모두 가려낼 줄 알았다. 또한 그는 '음악과 시각'이라는 제목의 크레추마어의 강연에 대해 많은 논평을 했는데, 활발하게 이야기를 주고받으면서 우리가 논평을 했다는 표현이 옳을지도 모르겠다. 아무튼 그 강연 내용 역시 대단한 관심을 끌 만한 것이었다. 제목이 말해 주듯 우리의 연사는 그 강연에서 음악이 어느 정도까지 시각에, 아니 시각에도 의존하는데, 음악이 종이 위에 기록된다는 사실부터가 그렇다고 자세히 설명해 주었다. 한때 선과 점으로 음의 움직임을 대충 표기했던 옛날의 네우마 악보** 이래로 계속해서 점점 더 정교하게 발달한 악보를 통해서 음악

---

* 주선율에 대해 다른 선율이 반주 역할을 하도록 되어 있는 화성적 음악.
** 중세 초기의 악보.

은 종이에 기록되었다는 것이다. 그리고 그가 보여 준 증거는 매우 흥미진진했는데, 마치 음악을 제대로 배우려는 사람이나 느낄 법한 내밀한 흥미를 불러일으켰던 것이다. 음악에서 쓰이는 은어 역시 일부는 청각이 아닌 시각에서, 즉 음표 모양에서 유래하는 것이라고 했다. 이를테면 '오키알리'* 혹은 '베이스 안경'이라는 말이 쓰였는데, 그것은 저음부의 멜로디를 이루는 분산 화음은 이분음표를 둘씩 묶어 표기하므로 안경 모양을 닮았기 때문에 붙은 이름이라고 했으며, 가까운 음들끼리 위아래로 겹쳐 눌린 모양으로 일정한 간격으로 이어지는 화음은(그는 칠판에다 그림을 그려 보여 주었다.) '구두약 얼룩무늬'라고 불리기도 했다는 것이다. 그는 순전히 시각적인 형태로만 표기한 음악이 있다고 하면서, 전문가는 악보의 모양만 보아도 곡에 담긴 정신과 가치에 대해 결정적인 인상을 받을 수 있다고 장담했다. 한번은 그에게 이런 일이 있었다고 한다. 언젠가 자신이 작곡한 어설픈 습작이 그의 방 책상 위에 펼쳐져 있었는데, 때마침 자기를 찾아온 한 친구가 방 안으로 들어서면서 "아니 이런! 형편없는 곡이잖아!"라고 외쳤다는 것이다. 그리고 모차르트 총보(總譜)는 음역이 분명하고 악기들이 미적으로 잘 배분되어 있으며 선율의 흐름이 재치 있고 변화무쌍하게 전개되기 때문에, 악보를 볼 줄 아는 사람이면 그 시각적 형상만으로도 엄청난 희열을 느낄 수 있다고 했다. 그는 소리를 들을 수 없는 청각 장애자도 이 성스러운 시각적 형상에서 틀림없이 기쁨을 얻을 것이라고 장담했다. '눈으로 들을 줄 아

---

* 이탈리아어로 '안경'이라는 뜻.

는 능력은 사랑의 섬세한 재치'라는 셰익스피어 소네트의 한 구절을 인용하고 나서 어느 시대에나 작곡가들은 귀보다 글을 읽는 눈에 호소하는 많은 비밀을 그들의 악보에 집어넣었을 것이라고 주장했다. 가령 네덜란드 다성부 음악의 거장들은 다양한 목소리가 교차하는 수많은 작품에서 악보를 뒤에서부터 거꾸로 읽어도 하나의 성부가 다른 성부와 같아지도록 대위법을 구성했다고 한다. 그럴 경우 청각적인 울림과는 크게 상관이 없기 때문에 그런 곡을 듣고 즐긴 사람은 극소수였고, 틀림없이 전문가들이 눈으로 보고 즐겼을 거라고 했다. 그래서 오를란두스 라수스*는 「가나에서의 결혼식」에서 여섯 개의 물항아리를 나타내기 위해 여섯 음률을 사용했는데, 그런 것은 청각보다는 시각을 통해 더 잘 확인될 수 있다는 것이다. 그리고 요아힘 폰 부르크**는 「성 요한 수난곡」에서 예수의 뺨을 때린 '한 사람의 종자'를 표시하기 위해 단 하나의 음표를, 그리고 '그와 함께 다른 두 사람'이 있음을 표시하기 위해 다음 소절에는 두 개의 음표를 넣었다는 것이다.

크레추마어는 이처럼 귀보다는 눈에 호소하며 어느 정도는 귀를 속이는 피타고라스적인 농담을 여러 가지 들려주었고, 이따금 음악은 그런 데로 빠지기도 한다는 이야기를 해 주었다. 그는 마지막 분석의 결과로, 음악의 근본적인 비감각성 혹은 반감각성, 은밀한 금욕적 성향을 이유로 들었다. 사실상 음악은 모든 예술 중에서도 가장 정신적이라는 것이었다. 그런 사

---

* Orlandus Lassus(1530~1594). 벨기에 작곡가로 본명은 롤랑 델라트르 (Roland Delattre).
** Joachim von Burck(1546~1610). 네덜란드 작곡가.

실은 음악 안에서는 내용과 형식이 유례를 찾아보기 힘들 만큼 서로 얽혀서 완전히 합치된다는 점에서 확실히 입증된다고 했다. 물론 '음악은 청각에 호소한다.'라고 할 수 있지만 그것은 단지 제한된 범위 내에서만, 즉 청각이 다른 감각 기관과 마찬가지로 정신적인 것을 받아들이는 보충 수단인 한에 있어서만 그렇게 말할 수 있다는 것이었다. 어쩌면 음악의 가장 깊은 소망은 들리지도 보이지도 느껴지지도 않고, 다만, 가능하다면 감각이나 심지어 감정까지도 넘어선 곳에서, 순수 정신 세계에서 인식되고 관조되는 것일지도 모른다고 크레추마어는 말했다. 그렇지만 음악이 감각계에 얽매여 있는 한, 원하지 않으면서도 바보 파르치팔*의 목에 가냘픈 욕망의 팔을 감아야 하는 쿤드리** 같은 여인처럼, 매우 강력하고 유혹적인 감각화를 위해 노력하지 않을 수 없다는 것이었다. 감각화를 가장 강하게 구현한 것은 오케스트라인데, 거기서는 음악이 청각을 통해 모든 감각을 촉발하는 듯하고, 음(音)의 영역에서 얻는 즐거움과 색채 및 후각의 영역에서 얻는 즐거움을 혼합하는 아편과 같은 역할을 한다고 했다. 여기서 음악은 아주 당연히, 유혹적인 여인으로 가장한 속죄하는 여인이 된다는 것이다. 그런데 여기에 한 악기가 음악의 한 가지 구현 수단으로 등장한다. 물론 그것을 통해 음악을 들을 수 있게 되지만 반쯤은 비감각적으로, 거의 추상적인 방법으로 듣게 되며 따라서 음악의 정신적인 본질에 묘하게 들어맞게 된다고 했다. 그 악기가 바로

---

* 중세 유럽의 전설에 나오는 기사이자, 바그너의 가극 「파르치팔」의 주인공.
** 「파르치팔」에 나오는 추녀.

피아노인데, 다른 악기들과 같은 의미의 악기가 전혀 아니라고 했다. 그 이유는 여기에는 모든 전문적인 요소들이 배제되어 있기 때문이라고 했다. 물론 그것이 다른 악기들처럼 독주에 사용될 수도 있고 대가가 되기 위한 수단이 될 수도 있지만, 그것은 예외적인 경우이며 아주 엄밀하게 말하면 잘못된 사용이라는 것이었다. 정당하게 평가하자면 피아노는 그 정신에 있어서 음악을 직접적이며 독립적으로 표현해 주며, 따라서 사람들은 마땅히 피아노 치는 법을 배워야 한다는 것이었다. 그렇지만 피아노 수업은 마땅히, 적어도 본질적으로 궁극적인 목적과 최초의 동기가 전문적인 숙달을 위한 것이어서는 안 되며 오히려 수업은……

"음악을 위한 것이지요!" 하고 구석 자리에 앉은 청중 가운데 한 사람이 외쳤다. 우리의 연사가 앞에서는 그렇게 자주 썼던 그 마지막 단어를 말하지 못하고 첫 음절에 걸려서 웅얼거리고만 있었던 것이다.

"물론입니다!"

그는 말이 막힌 상태에서 해방되어 물을 한 모금 꿀꺽 마시고는 퇴장했다.

그런데 이제 내가 그를 다시 등장시키더라도 양해해 주기 바란다. 벤델 크레추마어가 우리에게 들려준 네 번째 강연이 나의 관심을 끌었기 때문이다. 사실 이 강연을 제외하느니 차라리 앞에서 서술한 강연들 중에 하나를 빼고 언급하지 않았을 것이다. 이번에도 내 얘길 하자는 게 아니며, 이번 강연만큼 아드리안에게 깊은 인상을 준 것은 없었다.

그 강연의 제목은 정확히 기억나지 않는다. '음악의 기본 요소'이거나 '음악과 그 기본 요소' 혹은 '음악적 기본 요소' 또는 그와 비슷한 제목이었다. 어쨌거나 그 강연에서는 음악에서 기초가 되는 것, 원시적이거나 원초적인 것의 개념이 주로 다루어졌다. 뿐만 아니라, 음악이 여러 세기를 거치는 동안 고도로 복잡하고 풍요롭고 섬세하게 진전된 경이로운 역사적 창조물로 성장해 오긴 했지만, 그렇다고 그 종교적인 경향을 버린 것은 결코 아니라는 생각을 밝혔다. 그런 종교적 경향을 통해 음악은 최초의 시작 상태를 기리고, 그것을 경건하게 불러내며, 요컨대 음악의 기본 요소들을 돋보이게 한다는 것이었다. 그럼으로써 하나의 우주에 비유될 만한 음악은 본래의 특성을 찬미하는 것이라고 크레추마어는 말했다. 음악의 기본 요소들이야말로 세계를 이루는 최초의, 그리고 가장 단순한 초석이기 때문이라는 것이었다. 그와 유사한 비유를 젊은 시절을 갓 넘긴 어느 철학적인 예술가가(그가 말하려는 작곡가는 이번에도 바그너였다.) 「니벨룽겐의 반지」에 들어 있는 천지 창조의 신화에서 음악의 기본 요소와 이 세계의 기본 요소를 하나로 일치시킴으로써 재치 있게 사용했다고 한다. 바그너는 만물의 시초에는 자체의 음악이 깃들어 있으며, 그것은 시작의 음악이자 동시에 음악의 시작이기도 하다고 생각했다는 것이다. 이를테면 굽이쳐 흐르는 라인 강 깊은 곳에서는 내림 마장조의 3화음과 기본 7화음이 울려 퍼지는데, 그러한 음들을 바탕으로 원시 암층(岩層)의 마름돌이 세워져서 신들의 성곽이 축조되었다는 것이다. 바그너는 웅대한 스타일로 재치 있게 음악의 신화를 통해 세계의 신화를 동시에 표현했고, 그러면서 음악을 사물에 관련짓고 다시 사물이 음악을 통해 표현되도록 하여 사물과 음악을 동시에 느낄 수 있도록 하나의 도구를 창조해 냈던 것이다. 비록 결국에는 순수 음악가인 베토벤이나 바흐의 예술에 나타나는 기본 요소들에 비해 다소 과장된 재치를 부리긴 했지만, 바그너는 의미심장하게 웅장한 양식을 구사했다. 예컨대 바흐의 첼로 조곡의 서곡, 역시 내림 마장조로 되어 있고 기본 3화음을 기초로 만들어진 그 서곡에 비하면 그렇다는 것이다. 바그너는 안톤 브루크너*를 염두에 두었다. 그는 3화음을 단지 나란히 배열하기만 하는 방식으로 오르간이나 피아노를 위한 유쾌한 곡을 만들었다고 한다. 브루크너는 "이렇게 단순히 3화음을 이어 놓은 것보다 더 친근감 있고 멋진 곡이 있을까? 마치 영혼을 깨끗이 씻는 것 같은 느낌이야!"라고 외쳤다고 한다. 이런 생각이야말로 음악이 원래의 기본 요소로 복귀해 음악의 시원(始原)을 찬미하는 경향을 입증하는 것이라고 크레추마어는 말했다.

강연자는 확신에 차서 이야기를 계속했다. 언제든 처음부터 다시 시작할 수 있고, 이미 흘러가 버린 자신의 문화사나 수세기에 걸쳐 이룩된 것을 굳이 알 필요도 없이 무(無)로부터 새롭게 자신을 발견하고 창조할 수 있다는 것이야말로 이 진귀한 예술의 본질에 속한다는 것이었다. 그러면서 음악은 음악사 초기와 똑같은 원시 단계들을 통과하며, 주류 음악사에서 떨어져 홀로 세상에 아랑곳하지 않은 채 단기간에 놀라운 경지의 독특한 아름다움에 도달하게 된다는 것이었다. 그런 다음 강

---

* Anton Bruckner(1824~1896). 바그너와 비슷한 시기에 활동한 오스트리아 작곡가.

연자는 한 가지 이야기를 들려주었는데, 그 이야기는 재미있고 이상하게도 그의 강연 내용에 꼭 들어맞는 것이었다.

18세기 중엽, 크레추마어의 고향 펜실베이니아에는 재세례 파*의 경건한 신도들이 모여 사는 독일인 촌락이 번성했다. 그들 가운데 신앙으로 존경받는 지도적인 구성원들은 독신으로 살았고, 그 때문에 '외로운 형제자매들'이라는 이름으로 추앙 받았다. 대다수 사람들은 정결하고 경건한 모범적인 자세로, 고되고 엄격히 절제하는 건전한 생활과 헌신과 고행으로 정진 하는 생활 방식을 결혼 생활과 병행할 수 있었다. 그들의 거주 지역은 둘로 나뉘어 있었는데, 하나는 랭커스터 구에 있는 '에 프라타'**였고, 다른 하나는 프랭클린 구에 있는 '스노힐'이었다. 주민들은 모두 경외하는 마음으로 그들의 지도자이자 목자로 서 정신적인 아버지인 그 교단의 창시자를 존경했는데, 그는 바이셀***이라는 사람으로, 하느님에게 귀의하는 진정한 신앙과 영적인 지도자이자 인간적 통치자의 특성을 겸비한 성품을 지 녔고, 열성적인 신앙심과 단호한 열정을 갖추었다.

요한 콘라트 바이셀은 팔츠 주의 에베르바흐에서 아주 가난 한 부모 밑에 태어나, 일찍이 고아가 되었다. 그는 빵 굽는 기 술을 익혔고 직공으로 떠돌아다니던 중에 경건주의자들 및 재

---

* 독일의 종교개혁 무렵에 출현한 열성적 교파로, 교회는 의식적으로 신앙을 고백한 사람의 집단이므로 유아 세례를 받은 사람도 다시 세례를 받아야 한다고 주장했다.

** 미국 남서부에 있는 항구 도시.

*** Johann Conrad Beissel(1691~1768). 독일에서 태어나 미국으로 건너가 에프라타에서 재세례파를 창시하고 에프라타 수도원을 세웠다.

세례파 추종자들을 알게 되었다. 그리하여 그에게 잠복해 있던 기질, 즉 유별나게 진리에 봉사하려 하고 자유롭게 신을 증거하고자 하는 기질이 그의 내면에서 눈뜨게 되었다. 그리하여 그는 독일에서는 이단으로 알려져 있는 영역에 위태로울 만큼 가까워졌다. 서른 살이 된 그는 더 이상 견디기 힘든 유럽을 떠나기로 결심하고 미국으로 건너갔다. 그는 거기서 얼마 동안 독일인 마을과 개척촌의 여러 지역을 전전하며 직조공 일을 했다. 그리고 다시 종교적인 귀의 충동에 사로잡혀서 내면의 부름을 좇아 황야에서 전적으로 고독하고 검소하게 오직 하느님만을 생각하는 은둔 생활에 들어갔다. 그런데 일이 묘하게 되느라고, 사람들로부터 도망친다는 것이 오히려 도망자를 사람들 속으로 밀어 넣는 결과가 되었다. 이내 자신을 숭배하고 따르는 추종자들과 자신의 고립을 모방하는 무리에 둘러싸이게 되었던 것이다. 그리하여 세상에서 고립되기는커녕 그는 뜻밖에도 순식간에 한 집단의 지도자가 되었고, 그 집단은 급속히 '제7일 재세례파'라는 하나의 독립적인 교단으로 발전했다. 그는 자신이 아는 한 결코 지도자의 자리를 탐낸 적이 없고, 오히려 자신의 소망이나 의도와는 반대로 그런 자리에 부름을 받은 만큼 더욱더 그 교단에 대해 절대적인 명령을 내렸다.

바이셀은 단 한 번도 이렇다 할 교육을 받은 적이 없었다. 하지만 이 선각자는 독학으로 읽고 쓰는 것을 깨우쳤고, 그의 정서는 신비로운 감정과 생각에 기울어 있었으므로, 그 결과 그는 자신의 지도자 역할을 주로 문필가 겸 시인의 자격으로 수행하면서, 자신을 따르는 자들의 영혼에 양식을 주었다. 조용한 시간이면 그는 형제자매들을 교육하고 그들의 예배를 풍요롭게 하기 위한 교훈적인 산문과 성가를 직접 썼다. 그의 도도한 문체는 보이지 않게 힘을 발휘했고, 성경 구절에 대한 은근한 암시와 비유 및 일종의 에로틱한 상징까지 담고 있었다. 안식일에 관한 논설인 「경이로운 신비의 체험」, 그리고 아흔아홉 편으로 된 『신앙의 신비에 대한 잠언집』이 그 시작이었다. 그 뒤를 이어 일련의 찬송가들이 출판되었는데, 그것들은 잘 알려진 유럽 찬송가의 곡조에 따라 부를 수 있게 만들어진 것들로서 「하느님을 사랑하고 예찬하는 찬송」, 「야곱이 싸운 곳과 기사의 장소」, 그리고 「시온주의자들의 예배 언덕」 같은 제목의 곡들이었다. 이 조그마한 모음집들은 이삼 년 후에 개정 증보되어 에프라타의 '제7일 재세례파'의 공식적인 성가집으로 합쳐졌고 「외롭고 버림받은 멧비둘기. 기독교 교회의 찬송집」이라는 감미롭고 애상적인 제목을 달게 되었다. 판(版)을 거듭하여 출판될 때마다 그 교파의 열성적인 신도들, 즉 독신인 사람이나 결혼한 사람, 남자나 그보다 많은 숫자의 여자들에 의해 점점 더 두꺼워지면서 그 공식 성가집은 제목을 바꾸곤 했는데, 한번은 『천국의 기적에 대한 유희적 명상』이라는 제목으로 나오기도 했다. 마침내 그 책은 적어도 770곡 이상의 찬송가를 포함하게 되었으며, 그중에는 엄청난 분량의 절(節)을 가진 노래도 있었다.

　그의 성가들은 노래로 부르기 위한 것이었지만, 악보는 빠져 있었다. 그것은 옛날 가락에 새로운 가사를 붙인 것이었고, 여러 해 동안 그런 상태로 사용되었다. 그때 요한 콘라트 바이셀에게 새로운 계시와 시련이 닥쳤다. 그는 시인과 예언자의 역할에 작곡가 역할까지 독점하지 않고는 직성이 풀리지 않았던 것이다.

얼마 전부터 에프라타에서는 루드비히라는 음악에 능한 청년이 음악 학교를 운영하고 있었는데, 바이셀은 그의 음악 수업에 청강생으로 참석하기를 즐겼다. 그때 바이셀은 음악이 종교적인 영역을 확장하고 충족하기 위한 가능성들을 제공한다는 것을 발견했음이 틀림없고, 루드비히 선생은 그런 가능성을 꿈에도 생각하지 못했다. 이 놀라운 사내는 재빨리 결심을 굳혔다. 이미 오십대 중반으로 결코 한창 나이라고 할 수 없는 그는 자신의 특수한 목적에 유용한 나름의 음악 이론을 만드는 작업에 착수했다. 그는 음악 선생을 무시하고 그 일을 전적으로 혼자 힘으로 해냈다. 그의 시도는 성공을 거두어 얼마 후에 그는 그 지역의 종교 생활에서 음악을 가장 중요한 요소로 만들게 되었다.

그가 생각하기에 유럽에서 건너온 찬송가 곡조는 그의 어린 양들에게 도움이 되기에는 너무 억지스럽고 지나치게 복잡하고 기교적이었다. 그는 그것을 새롭게 고치려 했으며, 그들의 소박한 영혼에 어울리고 실제로 노래 부르면서 완전히 소화할 수 있는 음악을 실현하고자 했다. 의미 있고 유익한 선율의 규범이 대담하리만큼 빠르게 마무리되었다. 그는 각 음계에는 '주인'과 '종'이 있어야 한다는 생각을 고수했다. 그는 3화음을 모든 음계의 중심 선율로 정하고 이 화음에 속하는 음들을 '주인'으로, 음계의 다른 나머지 음들을 '종'이라고 명명했다. 어떤 가사에서 강세가 놓인 음절들은 언제나 '주인'으로, 그리고 강세가 없는 음절들은 '종'으로 표시하도록 했다.

화성(和聲)에 대해서는 약식 절차를 사용했다. 그는 있을 수 있는 모든 음조에 해당하는 화음 색인을 만들어 냈으며, 그 덕분에 누구나 4성부 혹은 5성부로 무난히 자기만의 노래를 만들 수 있게 되었다. 그리하여 마을에서는 정말로 금세 작곡 붐이 일게 되었고, 얼마 가지 않아 '제7일 재세례파' 신도들 가운데, 남자든 여자든 쉽사리 스승을 본받아 작곡을 하지 못하는 사람이 없었다.

그 정력적인 사내가 자신의 음악 이론 중에서 아직 마무리 짓지 못한 것은 리듬의 문제였다. 그는 그것까지 해결함으로써 엄청난 성공을 거두었다. 그는 주의 깊게 음악으로써 단어의 억양을 추적했는데, 강세가 있는 음절에는 다소 긴 음표를, 강세가 없는 음절에는 다소 짧은 음표를 갖다 붙이는 일이었다. 음가(音價)들 사이의 확고한 관계는 그의 머릿속에 떠오르지 않았으며, 바로 그 때문에 상당히 융통성 있는 박자를 유지할 수 있었다. 그 시대의 모든 음악이 같은 길이의 반복적인 박자, 즉 소절로 작곡되었다는 사실을 그는 알지 못했을뿐더러, 그런 데는 신경도 쓰지 않았다. 그러나 이런 무지랄까 무관심이 오히려 그에게는 도움이 되었다. 왜냐하면 유동적인 리듬 때문에 그의 작품들 중 몇몇은, 특히 산문에 곡을 붙인 것들은 비상한 효과를 낼 수 있었기 때문이다.

바이셀은 자신의 모든 목표를 추구하던 것과 꼭 같은 견인불발의 정신으로, 일단 발을 내디딘 음악의 영역을 개척하고야 말았다. 그는 자신의 생각들을 이론으로 집성한 다음 그것을 『멧비둘기』 성가집 서문으로 실었다. 그는 부단한 작업을 통해 『예배 언덕』의 모든 시들에 곡을 붙였고, 그들 중 상당수는 두 번 세 번 작곡되었으며, 일찍이 그 스스로 쓴 모든 찬송가와 남녀 학생들의 가사에도 곡을 붙였다. 그는 거기에 만족하지 않고 성서에서 직접 따온 구절들을 소재로 음역이 좀 더 넓은 일련의 합창곡을 썼다. 그는 마치 성경의 전부를 직접 자신의 방식대로 바꿀 심산인 것 같았다. 그는 능히 그런 생각을 품을 만한 인물이었다. 그 일이 이루어지지 못했다면 그것은 단지 그가 자신의 창작곡을 실제로 불러 보고 연습하고 음악 수업을 하는 데에 대부분의 시간을 바쳐야만 했기 때문인데, 바로 그런 분야에서 그는 정말 보기 드문 성과를 거두었다.

에프라타의 음악은 외부 세계에서 받아들이기에는 지나치게 유별나고 기이하며 고집스러웠기 때문에 '제7일 재세례파' 독일인 교파의 세력이 시들해진 무렵에는 사실상 잊히고 말았다고 크레추마어는 말했다. 그렇지만 그 음악에 관한 전설적인 얘기들이 수십 년 동안 어렴풋하게 기억되어 왔으므로, 그것이 얼마나 독특하고 감동적인 음악이었는지를 대강은 알 수 있다고 했다. 성가대에서 울려 나오는 목소리는 섬세한 기악곡을 방불케 했을 것이며, 듣는 사람의 마음속에 천상의 경건함과 부드러운 마음을 불러일으켰으리라는 것이었다. 모든 곡을 가성(假聲)으로 불렀으며, 노래 부르는 사람들은 입을 거의 열지도, 입술을 움직이지 않고서도 놀라운 음향적 효과를 냈을 거라고 했다. 그리하여 말하자면 목소리는 예배당의 그리 높지 않은 천장까지 솟아올랐다가는 메아리가 되어 다시 아래로 내려와, 모인 사람들의 머리 위를 마치 천사들처럼 떠다녔을 것이다. 그것은 인간에게 익숙한 어떤 것에도, 기존의 어떤 교회 찬송가와도 닮지 않은 것이었다고 했다.

크레추마어는 자기 부친이 젊었던 시절에만 해도 그런 노래들을 자주 들을 수 있었는데, 나이가 들어서 가족들한테 그런 이야기를 해 줄 때면 아버지는 언제나 눈물을 글썽이곤 했다고 말했다. 당시 스노힐 근처에서 여름을 보내고 있던 그의 아버지는 안식일이 시작되는 어느 금요일 저녁에 그 신도들의 예배당을 구경하기 위해 말을 타고 넘어갔었는데, 그 후 금요일 해 질 무렵만 되면 그 노랫소리를 듣고 싶은 충동에 못 이겨서 말에 안장을 얹고 노래를 듣기 위해 5킬로미터를 달려갔다고 한다. 그가 들은 노래는 세상의 어떤 것에도 비할 수 없이, 형언할 수 없이 아름다웠다는 것이다. 크레추마어의 아버지는 자신이 영국과 프랑스 그리고 이탈리아의 오페라 극장에도 가 보았지만, 거기서 들은 것은 어디까지나 귀를 위한 음악이었던 반면에 바이셀의 음악은 영혼 깊숙이 울려 왔으며 더도 덜도 아닌 천상의 느낌 바로 그것이라고 했다는 것이다.

"정말 위대한 예술이지요. 시대와 그 시대의 큰 흐름에서 멀리 떨어진 채, 이처럼 독특한 개인의 작은 역사를 전개하고, 사람들에게 잊혀진 사잇길을 통해 그토록 독자적인 최고의 축복에 도달할 수 있었으니 말입니다."라고 말하며 크레추마어는 강연을 마쳤다.

나는 이 강연이 끝나고 아드리안과 내가 어떻게 집으로 돌아갔는가를 바로 엊그제 일처럼 기억하고 있다. 비록 서로 많은 말을 주고받지는 않았지만 우리는 오랫동안 헤어지기가 싫어서 내가 그의 숙부 집까지 그를 데려다 주자 그가 다시 나를 약방까지 데려다 주었으며, 그런 후에도 나는 또 그를 파로키알 가까지 배웅했다. 우리는 물론 전에도 자주 그랬다. 우리 둘은 외딴 두메산골의 혈기왕성한 독재자인 바이셀이라는 사람에 대해 흥겹게 이야기를 나누었는데, 그의 음악 개혁은 테렌티우스*의 작품에 나오는 '멀쩡한 정신으로 바보짓 하기'라는 구절을 생각나게 한다는 데 의견의 일치를 보았다. 그렇지만 그 묘한 인물에 대한 아드리안의 태도는 나의 태도와는 뚜렷하게 달라서 나는 이내 그 인물 자체보다 아드리안의 태도에 더 관심이 끌렸다. 아드리안은 그 인물을 조소하면서도 그런 태도에 얽매이지 않고 그를 정당하게 평가하는 것을 중시했다. 호의적인 평가와 조건부의 동의, 반쯤 경탄하면서도 웃으며 조롱할 여지를 남겨 두는 식으로 거리를 유지할 권리를('특권'이라는 표현을 피하자면) 중시했던 것이다. 반어적으로 거리를 취해야 한다는 요구, 그리고 확실히 사물보다는 인간을 존중하는 차원에서의 객관성 요구는 내게 대체로 대단한 오만의 표시로 여겨졌다. 당시 아드리안처럼 나이도 어린 사람이 그런 태도를 취한다는 것은 불안하고 주제넘는 일이며, 영혼의 건강에 대해 근심을 불러일으키기에 알맞은 것이었다. 사람들도 나의 이런 말에 동의할 것이다. 물론 그런 태도는 좀 더 소박한 정신을 가진 친구가 보기에는 매우 인상적이기도 했는데, 게다가 나는 아드리안을 사랑했기에 그의 오만함까지도 함께 사랑했던 것이며, 어쩌면 그런 태도 때문에 그를 사랑했는지도 모른다. 그렇다. 그의 오만함이야말로 내가 평생 그를 향해 가슴에 품어 왔던 지독한 사랑의 주된 동기였던 것이다.

"상관하지 마."

양손을 외투 주머니에 넣은 채 가스등을 휘감은 겨울 안개

---

* Publius Terentius Afer(BC 195?~BC 159?). 고대 로마의 희극 작가.

속에서 양쪽 집 사이를 왔다 갔다 하는 도중에 그가 말했다.

"그 작자를 상관하지 말라고. 나는 그가 마음에 들거든. 적어도 그는 질서 감각이 있어. 사실 유치한 질서라도 전혀 없는 것보다는 나으니까."

"네가 진심으로 그렇게 터무니없고 독단적인 질서를, 그처럼 유치한 합리주의를 옹호하려 하는 건 아니겠지. 그렇게 주인이니 하인이니 하는 것을 만들어 낸 치 따위를 말이야. 바이셀이 만든 찬송가들이 어떻게 들렸을지 생각해 봐. 강세가 있는 음절은 모두 3화음 중의 한 음이라니!"

"어쨌든 감상적이지는 않잖아. 오히려 엄격하게 법칙을 지키는 것이지. 나는 그 점을 높이 사는 거야. 너는 그 '종들의 음'을 자유로이 사용하면 네가 법칙보다 더 중시하는 환상이 활동할 여지가 많다는 것으로 자위를 하렴."

'종들의 음'이라는 말에 웃지 않을 수 없었던 그는 몸을 앞으로 굽히고 걸어가면서 축축하게 젖은 보도를 향해 웃어 댔다. 그러고는 이렇게 말했다.

"물론 아주 우스워. 하지만 너도 한 가지는 인정할 거야. 말하자면 법칙이란, 어떤 법칙이든 냉각 효과가 있거든. 그런데 음악은 아주 많은 고유 온도를 갖고 있지. 나는 그걸 말과 암소의 체온이라고 말하고 싶어. 그래서 음악은 온갖 종류의 법칙적인 냉각 효과를 사용할 수 있고, 나는 언제나 그것을 요구해 왔지."

나는 그의 말에 시인했다.

"어느 정도 그럴지도 모르지. 하지만 어쨌거나 바이셀이라는 사람이 그런 것들을 입증하기에 적절한 사례는 아니야. 아주 불규칙하고 감정에 내맡겨진 그의 리듬은 적어도 그의 멜로디의 엄격성과 평형을 유지하고 있다는 사실을 너는 잊고 있어. 그런데 그다음에 그는 노래 스타일을, 천장까지 올라갔다가 정정한 가성 속에서 천사처럼 내려오는 스타일을 만들어 냈지. 그런 스타일은 분명 매혹적이었을 거야. 그리고 이전에는 분명히 고리타분한 냉각 효과를 통해 음악으로부터 빼앗았던 그 암소의 온기를 음악에 돌려주었을 거야."

"아마 크레추마어 같으면 '금욕적 냉각 효과'라고 하겠지. 그런 점에서 바이셀은 지극히 옳았어. 음악은 언제나 감각적으로 되는 것에 대해 미리 정신적인 참회를 하거든. 옛날 네덜란드 사람들은 신의 영광을 찬미하기 위한 음악을 아주 난삽하게 만들었고, 그래서 모든 음악은 자꾸만 딱딱하게 되었어. 너무나 비감각적이고 순전히 머릿속에서 계산해서 쥐어짜 낸 것이 되고 말았지. 그리고 그들은 그것을 참회의 고행으로 노래 부르게 했지. 생각해 낼 수 있는 것 가운데 가장 따뜻한 발성 기관인 사람의 목소리에 실어서 말이지……."

"정말 그렇게 생각해?"

"그렇게 생각 못 할 게 뭐야! 사람의 목소리는 그 따뜻함으로 치자면 소리를 내는 다른 어떤 무기체의 소리에도 비할 바가 아니지. 물론 사람의 목소리가 추상적일 수도 있지. 말이 되는지 모르겠지만, 추상적인 인간이라는 말이지. 그렇지만 그것은 대개는 옷을 벗은 육체가 추상적인 것과 같은 종류의 추상성이야. 그래, 이를테면 여자의 외음부 같다고나 할까."

나는 당황하여 입을 다물었다. 나는 우리의 인생, 아니 그의 인생에서 아득한 과거를 떠올렸다. 그가 말했다.

"네가 생각하는 음악은 그런 것이지.(마치 음악이 그의 관심사가 아니라 나의 관심사라도 되는 듯이 음악에 대한 판단을 나한테 맡기겠다는 식의 그런 말투에 나는 화가 치밀었다.) 바로 그게 네가 생각하는 음악이야. 음악은 늘 그랬지. 음악의 엄격성이란, 혹은 네가 음악 형식의 도덕성을 뭐라고 부를지 모르지만, 실제 음향에 매혹당한 것을 감추기 위한 변명이 분명해."

바로 그 순간, 나는 아드리안보다 내가 더 나이가 들었고 더 성숙했다고 느꼈다. 내가 대꾸했다.

"신이 내린 선물까지는 아니더라도 우리가 인생에서 얻는 소중한 선물인 음악에 모순된 요소들이 있다고 해서 짓궂게 들춰내려고 해서는 안 돼. 그런 모순은 단지 음악의 본질이 풍요롭다는 것을 입증하는 것일 뿐이야. 음악을 사랑해야만 해."

"사랑이 가장 강렬한 감정이라고 생각하니?"

"그럼 사랑보다 더 강렬한 감정이 있다고 생각해?"

"그럼. 흥미가 더 강렬한 감정이지."

"네 말은 아마도 동물적인 따스함이 제거된 그런 사랑을 뜻하는 것이겠지?"

"그런 정의(定義)에 합의하기로 하자!"

이렇게 말하며 그는 웃었다.

"잘 가!"

우리는 다시 레버퀸의 집에 당도했고, 그가 대문을 열었다.

9

나는 앞에서 썼던 이야기를 굳이 되돌아보지 않겠다. 그리고 방금 쓴 장에 얼마나 많은 지면을 할애했는지 굳이 헤아려 보지도 않겠다. 전혀 예기치 못한 불상사이긴 하지만, 기왕에 예상에서 빗나간 일로 자신을 책망하면서 변명을 늘어놓아 봤자 부질없는 노릇이다. 크레추마어의 강연들 하나하나에 따로 한 장(章)씩 할애했더라면 그런 불상사를 피할 수도 있었을 테고 또 그랬어야만 하지 않았을까 하는 양심의 가책에 대해서는 나로서는 그렇지 않다고 대답할 수밖에 없다. 한 작품의 독립된 부분들은 각기 나름의 비중을 지닌 내용을 담고 있어야 한다. 다시 말해, 전체를 이해하는 데 도움이 되는 일정한 의미를 담고 있어야 하며, 그런 의미의 비중은 적어도 내가 평가하기에는 오직 전체로서의 강연들과 관련된 것이지 개개의 강연들과는 관계가 없다.

그런데 내가 크레추마어의 강연들을 그토록 중시하는 이유는 무엇일까? 어째서 그 강연들을 이처럼 상세히 묘사할 생각이 들었단 말인가? 그 이유를 밝히는 것이 이번이 처음은 아니며, 이유는 간단하다. 즉, 아드리안이 당시에 그 강연들을 들었고, 그 강연들이 그의 지성을 자극하고 정서 속에 침전하여 그의 상상력에 소재를 제공했다는 점이 바로 그 이유이다. 그런 소재를 자양분이라 불러도 좋고 아니면 자극이라 불러도 좋다. 자양분이 되었든 자극이 되었든 결국 같은 말이기 때문이다. 어쩔 수 없이 독자 역시 그런 과정의 증인이 되어야 할 것이다. 왜냐하면 내가 서술의 대상으로 삼은 인물의 학창 시절까지, 즉 경청하면서 배우고 때로는 눈을 반짝이며 때로는 무엇을 알아차린 듯이 앞으로 헤쳐 나아가는 시절까지, 인생과 예술을 새로 시작하는 초보자의 시기까지 거슬러 올라가지 않고서는 그에 대한 전기를 쓸 수 없고, 어떤 정신적 실체로 구성된 존재를 제대로 묘사할 수 없기 때문이다. 그리고 특별히 음악에 관해 말하자면, 내가 원하고 있고 또 애쓰고 있는 것은 독자가 음악을 완전히 그 친구가 보는 것과 똑같은 방식으로 보게 하는 것이다. 나의 영면한 친구가 그랬던 것과 똑같이 독자가 음악에 교감을 하도록 말이다. 그러기 위해서는 그의 스승이 얘기했던 말들을 떠올리는 것이 결코 무시할 수 없는 불가결한 방편이라 생각된다.

그래서 물론 좀 괴상하긴 했던 지난번 강연에 관한 장을 그냥 건너뛰거나 빠뜨리고 읽은 실수를 범한 독자들에게는, 농담 삼아 로렌스 스턴*이 가상의 여성 독자에게 한 것과 같은 조

* Laurence Sterne(1713~1768). 영국의 소설가.

치를 취해야겠다는 생각이 든다. 즉, 그 여성 독자는 말참견을 하다가 자신이 때때로 작품에 주의를 기울이지 않았다는 사실이 들통나게 되었는데, 그러자 작가는 그 독자가 작품의 이야기 중에 군데군데 모르고 있는 빈틈을 메울 수 있도록 다시 앞부분으로 돌아가서 이야기하곤 했던 것이다. 그런 식으로 작품을 좀 더 제대로 파악한 다음에 다시 독자 그룹에 합류한 그 여성은 환대를 받았다.

이런 일화가 떠오르게 된 것은 아드리안이 김나지움 졸업반 시절에, 다시 말해 내가 이미 기센 대학을 다니던 무렵에, 벤델 크레추마어의 영향을 받아 당시에는 인문학의 영역 밖에 있던 분야인 영어를 혼자서 공부했기 때문이다. 그는 대단히 흡족한 기분으로 스턴의 작품을 읽었으며, 그 오르간 연주가가 정통해 있었고 열광적으로 숭배하는 셰익스피어의 작품들도 읽었다. 셰익스피어와 베토벤은 크레추마어의 정신세계에서 만물을 비춰 주는 쌍둥이 성좌를 이루고 있었다. 그리고 크레추마어는 두 거장의 창작 원칙과 방법에서 주목할 만한 친화성과 일치점을 제자에게 보여 주는 것을 아주 좋아했다. 이것은 나의 친구에 대한 그 말더듬이 선생의 교육적 영향력이 단순히 피아노 선생으로서의 역할을 훨씬 넘어서 있었다는 사실을 보여 주는 하나의 사례다. 그는 피아노 선생으로서 간단한 초보적 지식들을 가르쳐야 했는데, 이상하게도 어울리지 않게 그는 피아노 수업에 곁들여서, 아드리안에게 문학의 위대한 걸작들을 접하게 해 주었던 것이다. 그는 아드리안이 세계 문학의 광대한 영역에 눈을 뜨게 해 주었는데, 호기심이 일어나도록 미리 알려 줌으로써 엄청나게 광활한 영국과 프랑스와 러시아의 소설 세계로 그를 끌어들였고, 셸리*와 키츠**, 횔덜린***과 노발리스****의 서정시에 몰두하도록 자극했으며, 만초니*****와 괴테, 쇼펜하우어와 마이스터 에크하르트******를 읽게 해 주었다. 아드리안의 편지를 통해, 또는 방학이 되어 내가 집에 왔을 때는 직접 그의 이야기를 통해, 나는 그가 탐독한 독서의 성과들을 함께 공유할 수 있었다. 그런데 그의 총명한 재능을 익히 알고는 있었지만, 이런 서적들을 너무 일찍 접하는 것이 아직은 어린 나이의 그에게 과도한 부담이 되지 않았을까 하는 생각 때문에 이따금 걱정이 되기도 했다는 사실을 나는 부인하지 않겠다. 물론 이런 책들이 그의 졸업 시험 준비에 큰 도움이 되었다는 것은 의심의 여지가 없었다. 그는 시험에 합격했으나 남의 일인 양 심드렁하게 말했다. 그 무렵 그는 창백해 보일 때가 종종 있었다. 유전적인 편두통이 음울하게 그를 짓눌러 오는 날에만 그런 것은 아니었다. 분명히 그는 잠을 너무 적게 자는 듯했다. 밤 시간을 독서에 할애해야 했기 때문이었을 것

---

* Percy B. Shelley(1792~1822). 영국의 낭만주의 시인.

** John Keats(1795~1821). 영국의 낭만주의 시인.

*** Friedrich Hölderlin(1770~1843). 독일의 시인. 젊은 시절에는 초기 낭만주의 시인들, 헤겔 등과 긴밀하게 교류하면서 천재적인 재능을 발휘했으나, 서른여섯 살부터 나머지 반생을 심각한 정신 질환으로 정신 병원에 감금된 채 보내야 했다. 여기에 열거하는 셸리, 키츠, 노발리스 역시 조숙한 천재성과 비운의 요절로 널리 알려진 시인들인데 반해, 다음에 열거되는 괴테와 만초니는 천수를 누리고 생시에 이미 고전의 대가로 영예를 누린 점에서 흥미로운 대조를 이룬다.

**** Novalis(1772~1801). 초기 독일 낭만주의 시인이자 소설가.

***** Alessandro Manzoni(1785~1873). 이탈리아의 시인이자 극작가.

****** Meister J. Eckhart(1260?~1327?). 중세 독일의 신비주의 철학자.

이다. 나는 서슴없이 크레추마어 선생에게 이런 우려를 털어놓으면서, 내가 아드리안을 대할 때 그랬듯이 이 친구한테서 정신적으로 자극하기보다는 억제해야 할 어떤 기질을 발견하지 못했느냐고 물어보았다. 그렇지만 그 음악가는 나보다 훨씬 나이가 많았음에도, 지식에 굶주려서 자기 몸을 돌보지 않는 젊은이와 한 통속이 되어 신체의 건강에는 일종의 이상주의적인 냉담함과 무관심을 보이는 그런 사람이었다. 그는 '신체적 건강함'이라는 것을, '비겁함의 소치'라는 표현을 피하자면 속물적인 가치로 간주했던 것이다.

크레추마어가 말했다.(그가 말을 더듬어서 내가 제대로 반박할 수도 없었지만, 그런 장애의 묘사는 생략하기로 하겠다.)

"그래, 자네는 건강을 위하는지 모르지만, 당연히 예술이나 정신은 건강과는 별 상관이 없어. 아니, 어느 정도까지는 건강과는 대립된다고 할 수 있지. 어쨌든 건강에는 개의치 않는단 말일세. 조숙한 독서는 하지 말라고 경고하는 주치의 입장에서 보면 독서란 평생토록 조숙한 것으로 여겨지겠지만, 나는 그런 주치의 역할에는 적합하지 않아. 게다가 내가 보기에는 재능이 있는 젊은이를 언제까지나 '미숙한' 상태로 붙잡아 두려고 하면서 말끝마다 '넌 아직 그런 책을 읽기에는 너무 어려.'라고 하는 것보다 더 미련하고 야만적인 처사는 없을 듯하네. 어쨌든 본인이 알아서 판단할 일이지! 어떻게 해서든 그 친구 스스로 헤쳐 나가게 해야지. 그 친구가 고리타분한 독일 시골의 껍질을 깨고 나오려면 앞으로도 상당한 시간이 걸릴 거야. 그건 너무 당연하지."

그 말을 듣는 순간 나는 뭔가 꺼림칙한 느낌이 들고 카이저스아셰른의 묘한 분위기가 연상되면서 화가 났다. 나 역시 주치의 노릇을 할 입장은 분명히 아니었다. 게다가 나는 크레추마어가 피아노 선생 역할이나 어떤 특수한 기교를 훈련하는 역할에는 결코 만족하지 않는다는 것도 잘 알고 있었고, 뿐만 아니라 그가 수업의 일차적 목표인 음악 자체도 예술이나 사상이나 문화의 다른 분야들과 관계 없이 일면적으로만 추구할 때는 인간적으로 기형적인 전문 기술로 여긴다는 사실까지도 나는 너무나 잘 알고 있었다.

아드리안이 들려준 모든 이야기에 비추어 볼 때 성당 근처에 자리 잡은 크레추마어의 낡은 관사에서 열린 피아노 수업의 절반 이상은 사실상 철학이나 문학에 관한 대화로 일관되곤 했다. 그럼에도 내가 아직 그와 함께 학교에 다니던 동안에는 말 그대로 하루가 다르게 변화하는 그의 발전을 지켜볼 수 있었다. 그는 혼자 힘으로 악지법(握指法)이나 음조를 익혔기 때문에 자연히 그의 첫출발은 속도가 빨랐다. 그가 음계 연습을 착실히 하긴 했지만, 내가 알기로는 피아노 교습서 따위는 사용하지 않았다. 반대로 크레추마어는 그에게 단순한 찬송가와(피아노에서 울려 나오는 그 찬송가는 매우 기묘한 느낌을 주었다.) 팔레스트리나*가 작곡한 4성부의 성가를 연주하게 했다. 그 성가는 약간 긴장된 멜로디와 카덴차를 도입하여 순수한 화음의 조화를 이루고 있었다. 그러다가 얼마 후에는 바흐의 서곡 소품과 푸가들, 역시 바흐의 2성부로 된 인벤션** 작품

---

* Giovnanni P. Palestrina(1525?~1594). 이탈리아의 종교 음악 작곡가.
** 다성악의 기교를 발휘한 즉흥곡.

들과 모차르트의 경쾌한 소나타, 그리고 1악장으로 된 스카를 라티*의 소나타들을 연주하게 했다. 게다가 크레추마어는 아드리안을 가르치기 위해 자기가 직접 소품들과 행진곡 그리고 무도곡들을 작곡하기까지 했는데, 그중에는 독주곡도 있었고 이중주곡도 있었다. 이중주에서 음악적인 비중은 저음부에 있었고, 제자가 맡은 파트인 고음부는 아주 가볍게 처리되었다. 그래서 제자의 입장에서는 전체적으로 볼 때 자신의 능력보다 더 성숙한 기교를 갖추어야 가능한 창작에 주도적으로 참여한다는 만족감을 얻을 수 있었다.

어느 모로 보더라도 아드리안에 대한 이런 교육은 마치 왕자 교육 같은 느낌을 주었다. 아드리안과 대화를 나누던 중에 나는 비꼬듯이 이런 말을 했던 것과, 또한 그가 특유의 웃음을 터뜨리며 못 들은 체하고 고개를 돌리던 모습도 기억난다. 그는 분명히 그런 수업 방식에 대해 스승에게 감사하고 있었다. 즉, 크레추마어는 자기 제자가 전반적인 정신 발달의 단계에서 볼 때 이처럼 뒤늦게 착수한 분야에서도 초보적인 학습은 거칠 필요가 없다는 점을 고려했던 것이다. 크레추마어는 이 총명한 젊은이가 음악에서도 진도가 빨랐고 옹졸한 선생이라면 쓸데없는 짓이라고 금지했을 분야들에도 관심을 갖는 것을 싫어하지 않고 오히려 두둔하기까지 했다. 아드리안은 음표를 익히자마자 바로 협화음을 실험하는 작곡을 시작했던 것이다. 끊임없이 음악의 문제들을 생각한 다음에는 마치 장기의 수를 풀듯이 해결해 내곤 하던 당시 그의 광적인 집착은 걱정

---

* Alessandro Scarlatti(1660~1725). 이탈리아의 교회 음악 작곡가.

스러울 정도였다. 이처럼 기교상의 어려운 문제들을 고안하고 해결하는 과정 자체가 이미 작곡이라고 속단할 위험이 다분했기 때문이다. 그는 화음을 반음계씩 조옮김 하지도 않고 음의 연결이 경직되지 않게 하면서도 가능한 한 좁은 공간에서 반음계의 모든 조를 포함하는 협화음들을 서로 결합하는 실험에 몇 시간씩 몰입했다. 혹은 매우 심한 불협화음을 만들어 놓고는, 그것을 협화음으로 풀어내는 온갖 방식들을 곧잘 고안해 냈다. 하지만 그 협화음 자체에 서로 어울리지 않는 음들을 너무 많이 포함하고 있었기 때문에 그가 찾은 해결책들은 서로 아무런 상관도 없었고, 그래서 마법의 암호처럼 들리는 기묘한 울림이 가장 동떨어져 있는 음과 음조들을 서로 연결해 주었다.

어느 날 간단한 화성학을 배우던 이 초보자는 혼자 힘으로 발견한 대위법을 크레추마어에게 선보여서 그를 기쁘게 했다. 어느 것이든 고음부 혹은 저음부가 될 수 있는, 말하자면 서로 교환될 수 있는 동시적인 두 개의 음부(音部)를 그에게 읽어 보였던 것이다. 그런데 크레추마어는 이렇게 말했다.

"이런 것뿐 아니라 혹시 삼중 대위법을 찾아냈더라도 자네 혼자만 간직해 두게. 나는 자네가 조급해지는 걸 원치 않아."

실제로 아드리안은 많은 것을 혼자만 간직하고 있었는데, 마음이 느슨해진 순간에나 겨우 나를 그의 사색에 동참시켜 주었다. 특히 조화, 교환 가능성, 수평과 수직의 일치와 같은 문제를 깊이 파고들었다. 내가 보기에 그는 금방 놀랍게 능숙한 솜씨를 발휘하여 멜로디를 만들어 냈는데, 그가 발견한 음들은 해당 멜로디의 질서 안에서 배열되는 동시에 다른 복잡한 선율들과 연결될 수 있는 특성을 지녔다. 혹은 그 반대로 서로 다른 멜로디가 나란히 병행하는 다성적인 멜로디를 만들어 내기도 했다.

그는 그리스어 시간과 삼각법 시간 사이에 윤이 나는 학교 벽돌담에 기댄 채 자신이 여가 시간에 골몰했던 마술적인 생각들을 내게 들려주곤 했다. 무엇보다도 그의 마음을 사로잡은 생각은 하나의 음정이 화음의 체계로 넘어가는 변화, 수평에서 수직으로의 변화, 그리고 순차적인 것에서 동시적인 것으로의 변화에 관한 생각들이었는데, 여기서 가장 중요한 원칙은 동시성이라고 주장했다. 음조 자체가 가깝거나 멀리 떨어진 배음(倍音)과 더불어 화음을 이루며, 음계라는 것은 음을 수평적인 순서로 분석하여 배열한 데 불과하기 때문이라는 것이었다.

"그렇지만 여러 음으로 구성된 본래의 화음은 사정이 다르지. 어떤 화음은 계속 발전된 형태로 나아가려는 경향이 있어. 그렇게 발전을 시켜야, 다시 말해 다른 화음으로 조바꿈을 해야 비로소 각각의 부분들이 독자적인 성부를 이루거든. 그러니까 여러 음조들을 화음으로 결합해서 생겨나는 것은 성부의 진행 결과일 뿐이고, 화음을 이루는 음에서는 각각의 음 자체를 존중해야지 화음 자체를 존중해서는 안 돼. 화음이 성부의 진행 과정에서 다성적 음악으로 구현되지 못하면 오히려 주관적이고 자의적인 것으로 경멸해야 해. 화음의 화성적 요소가 즐거움을 주는 게 아니라 화음 자체가 곧 다성적인 음악이고 화음을 이루는 음들이 곧 성부거든. 분명히 말할 수 있는 건, 화음이 불협화음으로 될수록 각각의 음이 성부를 이룰 가능성이 커지고 화음의 다성적 성격이 더 뚜렷해진다는 것이지. 불협화음은 화음의 다성적인 품위를 가늠하는 척도야. 어떤 화음이 더욱 강하게 불협화음이 될수록, 서로 상충하면서 낯선 방식으로 작용하는 음을 더 많이 내포할수록 그만큼 더 다성적인 특성을 갖게 되며, 함께 울리는 동시성 속에서 각각의 음은 더욱 분명하게 성부의 독특한 특색을 지니게 되거든."

나는 익살스러운 기분과 불길함을 동시에 느끼면서 머리를 끄덕이며 그를 한참 동안 바라보았다. 그러다 마침내 말했다.

"너는 성공할 거야!"

"내가?"

특유의 못 들은 척하는 태도로 그가 대꾸했다.

"정말이지 나는 음악에 관해 말하고 있어. 나 자신에 대한 이야기가 아니라고. 나라는 인간과 음악은 어느 정도는 별개의 문제지."

과연 그는 그 차이를 고수했다. 그는 음악에 대해 말할 때면 자신과는 무관한 어떤 힘, 자신에게 개인적으로는 영향을 주지 않는 어떤 경이로운 현상에 관해 말했으며, 비판적인 거리를 두고 어느 정도는 위에서 내려다보듯이 말했다. 그는 음악에 관해 말했고, 그즈음 몇 해 동안에, 그러니까 내가 그와 함께 학교를 다니던 마지막 해와 내가 대학에 들어가 보낸 첫 학기 동안에, 그의 음악적인 경험이나 음악을 주제로 다룬 세계 문학에 대한 지식이 급속히 확장되었다. 그가 아는 것과 할 수 있는 것 사이의 간격이 그가 강조한 저 차이를 두드러지게 할 때면 그는 그만큼 더 많이 이야깃거리를 갖게 되었다. 그가 피아니스트로서 슈만의 「어린이 정경」이나 베토벤의 두 개의 소나타 소품 49번 같은 작품과 씨름하고, 음악도로서는 주제부가 화음의 가운데에 놓이도록 아주 과감하게 합창곡의 주제를 선율로 나타내고 있는 동안에, 다른 한편으로 그는 고전주의 이전, 고전주의, 낭만주의, 그리고 후기 낭만주의와 현대의 작품들을 버거울 정도로 순식간에, 비록 일관성은 없지만 개별적으로는 밀도 있게 섭렵했던 것이다. 그것은 물론 크레추마어를 통해서였다. 크레추마어 자신이 음으로 만든 모든 것에 심취해 있었던 만큼 아드리안처럼 명석한 제자에게 스타일과 민족적 특성과 전통적인 가치 및 개인적인 매력이 넘쳐 흐르고, 미적 이상의 역사적인 변화와 개별적인 변화가 무궁무진한 다채로운 세계를 보여 주지 않고는 배기지 못했다. 그의 수업은 피아노 시범 연주를 통해 이루어졌다. 수업 시간 내내, 그리고 수업 시간을 연장하면서까지 크레추마어는 줄곧 제자에게 시범 연주를 해 주었고, 그런 수업은 수백 수천 가지 방식으로 끊임없이 계속되었다. 그러면서 뭐라고 외치고, 논평을 하고, 특징들을 설명했다. 이것은 그의 '공개 강연'에서 익히 알려진 방식이지만, 사실 이보다 더 가슴 조이고 박진감 넘치며 배울 게 많은 시범 연주는 들을 수 없을 터였다.

카이저스아셰른 사람이 음악을 들을 기회가 극히 드물었다는 것은 두말할 필요도 없는 사실이다. 니콜라우스 레버퀸의 집에서 즐길 수 있는 실내악이나 성당의 오르간 연주가 아니었다면 우리는 실제로 전혀 그런 기회를 갖지 못했을 것이다. 명연주자나 지휘자가 있는 교향악단이 순회 중에 어쩌다 길을 잘못 들어 이 소도시까지 찾아오는 경우는 거의 없었다. 그런데 이제 크레추마어가 뛰어들어서 생생한 연주를 통해, 잠정적이고 암시적인 형태로나마 내 친구의 무의식적이고 숨겨진 교양 욕구를 채워 주었던 것이다. 당시 그의 어린 감수성을 가득 채운 음악적인 체험은 마치 폭포수가 쏟아져 내리듯 너무나 풍성했다. 나중에 아드리안이 음악에 대한 욕구를 스스로 부정하고 속으로 감춘 시기가 찾아왔는데, 그때는 전보다 훨씬 더 유리한 기회가 제공되었음에도 이전에 비해 음악을 훨씬 적게 받아들였다.

아무튼 그의 음악 체험은 선생이 그에게 클레멘티*와 모차르트, 하이든의 작품들을 예로 들어 소나타의 구성 방식을 설명하는 것으로 아주 자연스럽게 시작되었다. 그러나 얼마 되지 않아 선생은 다시 오케스트라 소나타, 심포니로 나아갔다. 양 눈썹을 모으고 놀라서 입을 벌린 채 주시하며 열심히 경청하는 아드리안에게 선생은 피아노 연주를 통해 너무나 풍요롭고 다양한 형태로 감각과 정신에 호소하는 절대 음악의 창작 형식이 다양한 시대의 음악가들을 거치면서 겪어 온 변화들을 보여 주었다. 또한 브람스, 브루크너, 슈베르트 등 근현대 작곡가의 기악곡들, 그리고 사이사이에 차이콥스키, 림스키코르사코프, 드보르자크, 베를리오즈, 세자르 프랑크**, 샤브리에***의 기악곡들을 연주해 주었으며, 그와 동시에 큰 소리로 설명을 함으로써 피아노로부터 오케스트라 연주를 상상하도록 끊임없이 자극했다. 그가 큰 소리로 말했다.

"첼로―칸틸레네****, 그것은 마치 이끌려 가듯이 해야 돼! 바

* Muzio Clementi(1752~1832). 이탈리아의 피아니스트이자 작곡가.
** César A. Franck(1822~1890). 프랑스의 오르간 연주자이자 작곡가.
*** Alexis E. Chabrier(1841~1894). 프랑스의 작곡가.
**** '가창풍으로' 연주하라는 뜻.

순 ― 솔로! 그리고 플루트 소리에는 꾸밈음을 첨가해! 이건 트럼본이지! 여기서 바이올린이 시작되는 거야! 총보(總譜)에서 찾아 읽도록! 거기에 있는 트럼펫 ― 팡파르*는 생략하겠어! 손이 둘밖에 없으니까!"

그는 할 수 있는 것은 모두 했다. 두 손을 모두 사용하고 쉰 소리로 고함을 지르며 가창(歌唱)을 덧붙였는데, 그 음악성과 열광적이면서도 정확한 표현은 마음을 사로잡았다. 여러 곡을 때로는 따로 떼어 놓고 때로는 서로 비교하면서 그의 이야기는 종횡무진으로 진행되었다. 우선 그의 머릿속에는 무궁무진한 것이 들어 있어서, 한 가지 생각이 떠오르면 그와 동시에 또 다른 생각이 스치곤 했기 때문이다. 그러나 무엇보다 그가 비교하고 연관성을 발견하고 영향을 입증하고 문화의 상호 관계를 드러내는 데 주력했기 때문이다. 그는 어떻게 프랑스가 러시아에, 이탈리아가 독일에, 그리고 독일이 프랑스에 영향을 미쳤는가를 제자가 분명히 깨우치도록 열성을 다해 몇 시간씩 설명했으며, 그런 가르침에서 기쁨을 찾았다. 구노**가 슈만에게서 물려받은 것, 세자르 프랑크가 리스트***에게서 물려받은 것, 드뷔시가 무소르크스키****에게 의지했던 것, 그리고 댕디*****와 샤브리에가 어떤 점에서 바그너를 이어받았는가 하는 문제들을 제자에게 설명했다. 차이콥스키와 브람스처럼 전혀 상이한 기

---

* 축하 의식이나 축제 때 쓰는 트럼펫의 신호.
** Charles F. Gounod(1818~1893). 프랑스의 작곡가.
*** Franz Liszt(1811~1886). 헝가리의 피아니스트이자 작곡가.
**** Modest P. Musorgskii(1839~1881). 러시아의 작곡가.
***** Vincent d'Indy(1851~1931). 프랑스의 작곡가.

질을 가진 인물들이 단지 동시대인이라는 이유만으로 어떻게 상호 연관성을 갖게 되는가를 보여 주는 것도 이 가르침의 일부였다. 그는 전자의 작품들에서와 마찬가지로 후자의 작품들에서도 그런 연관성이 발견될 만한 대목을 제시했다. 그가 매우 존경하는 브람스의 음악에서는 고풍스러운 것, 즉 옛날 교회 음악과의 연관성을 제시하고, 어떻게 이 경건한 요소가 브람스에게서 음울한 풍요로움과 어두운 충만함을 표현하는 수단으로 활용되었는가를 보여 주었다. 그는 바흐를 두드러진 사례로 끌어들이면서, 어떻게 그런 유형의 낭만주의에서 다성적인 원칙이 다채로운 변용의 원칙을 진지하게 받아들였다가는 다시 물리쳤는가를 깨우쳐 주었다. 하지만 그것은 아직 진정한 음의 독립성, 즉 진정한 다성적 음악은 아니라고 했다. 바흐의 경우에도 분명히 아니었는데, 물론 성악 시대의 대위법 기법이 그에게 전승된 것으로 볼 수는 있지만, 그래도 바흐는 선율 구성에 뛰어난 재능을 타고난 음악가였을 뿐이라는 것이었다. 그렇지만 평균율 피아노곡의 대가라는 점에서는 바흐도 다성적 음악에 도달했으며, 그의 대위법적 선율은 화음으로 구성된 헨델의 '알 프레스코'*와 마찬가지로 근본적으로 구식의 다성적 요소와는 아무런 상관이 없다는 것이다. 그의 평균율 피아노곡은 현대 음악의 선율이 변용될 수 있는 모든 가능성의 전제라고 했다.

아드리안은 바로 이런 견해들에 대해서 특히 예민한 반응을 보였는데, 나와 이야기를 나누면서 그런 생각들을 조롱했다.

"바흐가 고민했던 것은 선율에서 의미로 충만한 다성적 음

_____

* '야외 분위기가 느껴지게'라는 뜻.

악이 과연 어떻게 가능하겠는가 하는 문제였어. 바흐보다 나중에 등장한 음악가들이 고민한 문제는 이와 다르지. 그들은 오히려 '다성적 느낌을 주는 화음은 과연 어떻게 가능한가?' 하는 문제를 고민했거든. 특이한 현상이지! 마치 단일 화음으로 이루어진 음악이 다성적인 음악에 대해 양심의 가책이라도 느끼는 식이니까 말이야."

스승에게 많은 이야기를 듣고 자극을 받은 아드리안이 때로는 스승의 개인 장서에서, 때로는 시립 도서관에서 빌려 온 총보들을 읽게 되었다는 것은 두말할 필요도 없다. 내가 예고 없이 그를 방문할 때면 그는 곧잘 그런 공부를 하고 있었고, 기악 편성에 관한 책을 볼 때도 있었다. 오케스트라 각각의 악기가 지배하는 음역에 관한 정보들이 (그렇지 않아도 악기를 매매하는 숙부한테는 양자(養子)나 다름없는 그이니 그런 정보는 충분히 접하고 있었겠지만) 수업 시간에 쏟아져 나왔다. 또한 크레추마어는 짤막한 고전적 작품, 이를테면 베토벤과 슈베르트의 피아노곡을 관현악으로 편곡하고, 또한 가곡의 피아노 반주를 기악으로 편성해 보라는 숙제를 주기도 했던 것이다. 말하자면 크레추마어는 그런 연습을 통해 아드리안의 약점이나 기악 편성의 실수를 지적하면서 고쳐 주곤 했다. 바로 그 무렵 아드리안은 상당히 빈약한 서막을 거친 뒤 슈베르트에 이르러 놀랍게 도약하고 드디어 슈만, 로버트 프란츠*, 브람스, 후고 볼프**, 그리고 말러***를 통해 어디에도 비할 바 없는 민족적 승리를 구가하게 된 독일 예

---

* Robert Franz(1815~1892). 독일의 작곡가.
** Hugo Wolf(1860~1903). 오스트리아의 작곡가.
*** Gustav Mahler(1860~1911). 오스트리아의 작곡가이자 지휘자.

술가곡의 찬란한 문화를 처음으로 접하게 되었다. 그것은 실로 굉장한 체험이었다! 나도 운이 좋아서 그 체험의 현장에 함께 참석할 수 있었다. 가령 슈만의 「달밤」 같은 가곡에서 2도 음정의 반주를 통해 느껴지는 다감한 감수성은 마치 진주나 기적과 같았다. 거장 슈만이 아이헨도르프*의 시에 곡을 붙인 다른 작품들도 있었다. 그중에서 어떤 작품은 영혼의 온갖 낭만주의적인 위험과 위협을 마법의 주문으로 불러내서는 '조심하라! 눈을 뜨고 깨어 있으라!' 하는 섬뜩한 도덕적인 경고로 끝을 맺었다. 누구보다도 풍성한 운율을 지녔다고 아드리안이 늘 칭송해 온 음악가 멘델스존이 영감을 불어넣은 「노래의 날개 위에」와 같이 마음에 쏙 드는 작품도 있었다. 이 모든 것은 얼마나 풍요로운 대화거리인가! 나의 친구는 가곡 작곡가인 브람스의 경우 무엇보다도 성경 구절에 곡을 붙인 「네 편의 엄숙한 노래」에서 특유의 엄격하고 새로운 스타일을, 특히 「오, 비통한 죽음이여!」라는 노래의 종교적인 아름다움을 높이 평가했다. 그리고 항상 어슴푸레한 황혼의 느낌을 불러일으키고 죽음과 닿아 있는 천재성을 보여 주는 슈베르트의 가곡에서는, 반쯤밖에 드러나지 않은, 그러나 피할 수 없는 고독의 운명이 최고도로 표현된 구절들을 즐겨 찾았다. 예를 들면 슈미트 폰 뤼베크**의 가곡에서 노래를 부르는 사람의 괴짜다운 풍모가 유감 없이 드러나는 "나는 산에서 내려오네."라는 구절, 그리고 「겨울 나그네」***에서

---

* Joseph von Eichendorff(1788~1851). 독일 낭만주의 시인이자 소설가.
** Schmidt von Lübeck(1766~1849). 독일의 작곡가. 인용된 구절은 「나그네의 저녁 노래」라는 가곡의 첫 구절.
*** 슈베르트의 연작 가곡 「겨울 나그네」.

"다른 나그네가 가는 길, 나도 마다할 이유 없네."라는 유명한 구절 같은 것인데, 「겨울 나그네」는 다음과 같이 심금을 울리는 구절로 시작된다. "사람들을 두려워할 / 어떤 짓도 나는 저지르지 않았네." 나는 아드리안이 이 구절을 결구인 "어리석은 욕망이 / 나를 거친 벌판으로 몰아 대는가?"와 함께 선율을 암시하며 혼자 흥얼대는 것을 들은 적이 있는데, 그때 그의 눈에서 눈물이 흘러내리는 것을 보면서 느꼈던 당혹감을 잊을 수 없다.

아드리안이 만든 기악곡에는 당연히 감각적인 체험이 결여되어 있었고, 그래서 크레추마어는 그런 결함을 극복하도록 도와주려고 애썼다. 성 미카엘 축일*과 크리스마스 휴가 중에 그는 아드리안과 함께 (물론 숙부의 동의를 얻어서) 그것이 무엇이 되었든 오페라나 음악회 공연을 보기 위해 메르제부르크, 에르푸르트, 바이마르에 이르기까지 인근의 여러 도시로 여행을 떠났다. 그리하여 아드리안은 그저 부분을 발췌해 듣거나 악보로만 개관해 온 것을 직접 들을 기회를 갖게 되었다. 그렇게 하여 그는 「마술피리」**의 천진하고도 진지한 느낌을 주는 비의적(秘義的)인 신비로움, 「피가로의 결혼」***의 위협적인 느낌, 베버****의 유명한 오페레타 「마탄의 사수」에 나오는 클라리넷의 깊은 마성(魔性), 「한스 하일링」*****이나 「방랑하는 네덜란드

---

* 9월 29일.
** 모차르트의 2막 가극.
*** 모차르트의 4막 가극.
**** Carl Maria von Weber(1786~1826). 독일 낭만파의 시조라 불리는 작곡가.
***** 독일의 작곡가 하인리히 마르쉬너(Heinrich Marschner, 1795~1861)가 작곡한 리브레토 풍의 가극.

인」*의 그것과 비슷한 형태의 고통스럽고 음울하고 소외된 고독감을, 그리고 마지막 장(章)이 시작되기 전에 연주되는 다장조의 위대한 서곡**이 들어 있는 「피델리오」***의 숭고한 인간미와 인간애를 자신의 영혼 속에 가두어 놓고 싶어 했던 것이다. 이런 것들은 사람들이 알아차릴 수 있었듯이, 그의 어린 감수성에 영향을 미친 그 어떤 것보다도 그를 경탄하고 심취하게 만들었다. 외지에서 저녁을 보낸 이후 여러 날 동안 그는 어디를 가든 3번 교향곡****의 악보를 가지고 다니면서 들여다보곤 했다.

"이봐, 아마 사람들은 내가 이걸 알아낼 거라고 기대하지는 않았겠지. 정말 완벽한 작품이야! 물론 고전주의의 기준에서 그렇다는 말이지. 세련되지는 않았지만, 위대한 작품이야. 위대하기 '때문에' 세련되지는 않았다고 말하려는 것은 아니야. 세련된 위대함이라는 것도 있으니까. 세련된 위대함이 사실은 더 친숙한 것이지. 위대함이 어떤 것이라고 생각해? 위대한 것을 정면으로 마주 보면 마음이 불안하다는 것을 알게 되었어. 그것은 담력을 시험하는 일이야. 위대한 것의 시선을 감히 견뎌 낼 수 있을까? 견뎌 낼 수 없을 거야. 위대한 것에 압도되지. 자네에게 말하지만, 음악에는 확실히 특이한 점이 있다는 것을 갈수록 더 인정하고 싶어져. 어떤 최고의 힘이 표현되는데, 전혀 추상적이지 않으면서도 대상이 없어. 순수 속에서, 맑은 천공(天空) 가운데서 드러나는 힘이야. 도대체 세상 어디에

---

* 북구 전설을 바탕으로 한 대본에 바그너가 곡을 붙인 가극.
** 「피델리오」의 서곡인 「레오노레」.
*** 베토벤이 작곡한 유일한 가극.
**** 베토벤의 3번 교향곡 「영웅」.

서 그런 일이 일어날 수 있겠어! 우리 독일인은 철학에서 '그 자체(an sich)'라는 용어를 끌어 와서 늘상 그 말을 사용하지. 굳이 형이상학을 염두에 두지 않으면서도 말이야. 그런데 음악이 바로 그런 거야. 음악이야말로 에너지 '그 자체'거든. 관념으로서가 아니라 실체로서 그렇단 말이야. 거의 신(神)에 대한 정의(定義)에 견줄 만해. 신의 모상(模像)이라고나 할까. 그런데도 이런 것이 금지되지 않았다니 그저 놀라울 뿐이야. 아마 금지되었을지도 모르지. 적어도 조심스럽게 대할 필요가 있어. 그저 '신중히 생각해 볼 만하다.'라는 뜻으로 하는 말이야. 자, 보라고. 가장 힘차고 변하기 쉽고 긴장된 일련의 사건들과 움직임들이, 오직 시간 속에서 시간을 분절하고, 채우고, 조직하는 것만으로 이루어져 있다가, 외부로부터 반복적으로 들려오는 트럼펫의 신호를 통해 갑자기 단번에 줄거리에 적합한 것으로 반전하게 되거든. 그 모든 것이 고귀하고 위대한 의미를 담고 있어. 재치가 있으면서도 차분한 느낌을 주지. 저 '아름다운' 대목에서도 그래. 튀지도, 지나치게 화려하지도 않고, 음색이 자극적이지도 않아. 뭐라고 형언할 수 없이 거장다운 느낌을 줄 뿐이야. 그 모든 것을 자유자재로 구사하는 방식은 어떤 주제로 나아가면 다른 주제는 버려져 소멸되고, 그렇게 사라지는 가운데서도 새로운 것이 준비되어서 완벽한 형상으로 결실을 맺고, 그리하여 비어 있거나 느슨한 부분은 단 한 군데도 없게 되지. 또한 리듬은 마치 털갈이를 하듯이 바뀌면서 고조되고, 사방에서 흘러 들어오는 것을 받아들여서 황홀하게 부풀어 올랐다가, 마침내 당당한 승리로 터져 나오게 되지. 바로 그 승리, 승리 '그 자체'로 말야. 그런 것을 단지 아름답다는 말로 표현하고 싶지는 않아. 아름답다는 말에는 언제나 다소 반감을 느껴 왔거든. 아름답다는 말은 정말 멍청한 느낌을 주고, 그런 말을 하면 나태해지고 욕정적인 감정에 빠진단 말이야. 그것은 아름답다기보다는 '좋다.'라고 할 수 있어. 너무나 좋아. 더 이상 좋을 수도 없고, 아마 더 이상 좋아져서도 안 되겠지……."

그는 그렇게 말했다. 그의 말투는 지적인 자제심과 가벼운 흥분이 뒤섞인 것으로, 나는 뭐라고 말할 수 없이 찡한 느낌을 받았다. 찡한 느낌이 들었던 까닭은 그가 자신의 말에서 흥분한 티가 난다는 걸 의식하고는 감정이 상해서 불쾌감을 드러냈기 때문이다. 그러니까 아직도 소년처럼 수줍게 떨리는 목소리를 의식하고, 스스로 못마땅해서 얼굴을 붉히며 고개를 돌렸던 것이다.

당시 그는 너무나 열성적으로 음악에 관한 지식을 받아들였고 흥분된 상태로 음악 수업에 몰두하는 생활을 하고 있었다. 하지만 그 후 몇 년 동안은 음악 수업을 완전히 중단한 것처럼 보였는데, 적어도 겉으로 보기에는 그랬다.

10

 김나지움의 마지막 시절인 졸업반 학년 동안 레버퀸은 필수 과목도 아니고 나도 공부하지 않았던 히브리어를 최우선으로 배우기 시작했다. 그럼으로써 그가 장차 어떤 방면의 직업을 계획하고 있는지가 드러났다. 그의 속내가 '들통난' 것이다.(의도적으로 나는 이 표현을 다시 한번 쓰는데, 이미 앞에서도 그가 우연히 지나가는 말처럼 자신의 종교적 성향을 무심코 드러냈던 순간을 언급하면서 이런 표현을 사용한 적이 있다.) 말하자면 그가 신학을 공부할 계획이라는 사실이 들통난 것이다. 졸업 시험이 다가오자 장차 공부할 전공을 결정해야 했는데, 그는 결단을 내렸다고 밝혔다. 숙부와 상의하면서 신학을 공부하겠다는 결심을 밝히자 숙부는 눈이 휘둥그래져서 "브라보!"라고 외쳤다. 그리고 부헬의 부모님에게도 그 사실을 알리자 그분들은 더더욱 반겼다. 나한테는 이미 그전에 그런 결심을 밝힌 바 있었다. 그때 그는 신학 공부를 실제로 성직자가 되기 위한 준비로서가 아니라 학자의 길을 걷기 위한 과정으로 생각한다는 이야기도 해 주었다.

그런 이야기를 듣고 나는 일종의 안도감을 느꼈던 것 같다. 안심이 되었던 게 사실이다. 그가 예비 목사나 주임 목사, 혹은 심지어 총회 위원이나 총회장이 될 거라는 생각은 도무지 달갑지 않았기 때문이다. 적어도 그가 우리와 같은 가톨릭 신자이기만 했더라면! 그랬더라면 쉽게 상상할 수 있듯이 그가 성직의 여러 단계를 거쳐 고위 성직까지 올라갈 거라고 전망할 수 있었을 테고, 나로서는 그런 쪽이 더 행복하고 그럴듯해 보였을 것이다. 그러나 실용적인 것과는 무관한 신학을 택하겠다는 결심 자체도 나에게는 다소 충격이었으며, 그래서 그가 나에게 그런 결심을 털어놓았을 때 내 얼굴빛이 변했던 것 같다. 왜 그랬을까? 그가 도대체 다른 어떤 길을 선택해야 했을지는 나로서도 말할 수 없는 처지였다. 내가 보기에는 도무지 그 어떤 것도 그에게는 흡족할 것 같지 않았다. 다시 말해 시민적이고 실용적인 쪽의 직종은 어떤 것이든 그에게 합당할 것 같지 않았다는 말이다. 아무리 눈을 씻고 둘러보아도 실제적인 활동에 종사하는 그 어떤 직종도 그에게 적합한 것은 없었다. 내가 그를 존중하는 마음은 절대적이었지만, 그럼에도 그가 오만함 때문에 그런 선택을 했을 거라는 확신이 들자 오싹한 느낌이 들었다.

이따금 우리는 철학이 학문의 여왕이라는 데에 의견을 같이했다. 같이했다기보다는 흔히 듣게 되는 그런 견해에 동조했다는 편이 맞을 것이다. 철학은 이를테면 악기 중에서 오르간이 차지하는 것과 같은 위치를 학문들 중에서 차지한다고 우리는 확신했다. 철학은 학문들을 개관하고 정신적으로 총괄하며, 모든 탐구 영역의 결과들을 정돈하고 정화시켜서, 그 결과들을 삶의 의미를 해명하고 척도가 되는 세계관 내지 종합적 인식으로 만들어 내고, 우주에서 인간이 차지하는 위치에 대한 직관적 통찰을 보여 주는 것이다. 내 친구의 장래에 관해, 그에게 어울리는 '천직(天職)'에 관해 곰곰이 생각하다 보면 결국 나는 늘 이와 비슷한 생각들을 하게 되었다. 내가 그의 건강을 염려하게 했던 다방면에 걸친 그의 열성적인 노력, 그리고 비판적인 논평을 유발한 그의 체험 욕구가 그의 소망에 정당성을 부여했다. 독보적인 박학다식과 세상의 지혜를 겸비한 삶의 방식, 가장 보편적인 정신을 구현하는 삶의 방식이 그에게 꼭 어울리는 것으로 보였지만, 나의 상상력이 그 이상으로 나아가지는 않았다. 그런데 나는 그 친구가 남몰래 전혀 내색조차 하지 않고 정진해 왔다는 사실을 알게 되었다. 그는 자신의 결심을 아주 조용하게 표나지 않는 말들로 표현했던 것이다. 결국 그는 나의 존중심이 무색할 정도로 나의 예상을 훨씬 뛰어넘어 정진해 왔다는 사실을 알게 되었다.

하기야 철학조차 시녀나 보조 학문, 대학식으로 말하자면 '부전공' 정도로 격하시키는 분야가 있긴 한데, 그것이 신학이다. 앎에 대한 욕구가 고양되어 존재의 근원인 최고 본질에 대한 직관, 그리고 신과 신의 역사에 대한 가르침이 이루어지는 곳, 바로 거기에 학문적 위엄의 최고봉으로 지고의 인식 영역이, 사상의 정점이 자리 잡고 있을 것이다. 그런 욕구에 사로잡힌 지성의 소유자는 바로 신학을 가장 숭고한 목표로 삼는다. 가장 숭고하다고 하는 까닭은, 신학의 영역에서는 이를테면 나 자신이 선택한 학문인 고전어 문학이나 역사학뿐 아니라 다른 모든 세속적인 학문들까지도 신성한 것의 인식에 봉사하기 위한 단순한 도구가 되기 때문이다. 또한 신학에서 가장 겸손하게 추구해야 하는 목표는 성경 말씀에 따르자면 '어떤 이성보다 더 숭고하고', 신학에서 인간의 정신은 어떤 전공 지식이 그에게 부과하는 것보다 더 경건하고 독실하게 자신을 구속해야 하기 때문이다.

아드리안이 나에게 자신의 결심을 알려 주었을 때 이런 생각들이 나의 뇌리를 스쳤다. 만일 그가 영적으로 자신을 극복하고자 하는 충동 때문에, 다시 말해 모든 방면에서 모든 것을 쉽게 파악하고 우월감으로 잘못 길들여진 자신의 차가운 지성을 스스로 종교적인 테두리 안에 가두고 종속시키고자 하는 욕구 때문에 그런 선택을 한 것이라면 나는 그의 결심에 찬성했을 것이다. 만일 그랬더라면 언제나 그에 대해 까닭 모를 근심이 생기는 것도 진정시킬 수 있었을 것이고, 깊은 감동까지 받았을 것이다. 내세에 대한 직관적 인식은 지성의 희생을 요구하며, 그렇게 자신을 희생하는 지성이 강하면 강할수록 틀림없이 그만큼 더 크게 존중받을 것이기 때문이다. 하지만 나는 사실 내 친구의 겸손을 믿지 않았다. 나는 그의 자부심을 믿었고, 그의 자부심을 자랑스럽게 여겨 왔던 만큼 그가 신학을 공부하기로 결심한 근원적인 동기는 바로 그 자부심 때문이라는 것을 믿어 의심치 않았다. 그리하여 나는 기쁨과 불안이 뒤섞인 상태에서 전율했고, 그가 이야기하는 동안 내내 전율에 휩싸여 있었다.

그는 나의 혼란스러운 심경을 알아차렸고, 내가 제삼자, 즉 그의 음악 선생을 생각해서 그러는 거라고 여기는 것 같았다.

"너는 분명히 크레추마어 선생님이 실망할 거라고 생각하고 있구나. 그분은 내가 온전히 예술에만 헌신하기를 바란다는 걸 잘 알고 있어. 이상하게도 사람들은 다른 사람을 언제나 자기 길로 끌어들이고 싶어한다니까. 모든 사람들을 다 만족시켜 줄 수는 없는데 말이야. 하지만 나는 음악이 역사적으로 예배 의식을 통해 신학의 영역에 깊이 관여했다는 사실을 그분에게 환기하도록 하겠어. 음악이 수학이나 물리학 혹은 음향학의 영역에 관여한 것보다도 신학의 영역에 관여한 것이 더 실질적이고 예술적이기까지 하다는 것을."

아드리안은 크레추마어 선생에게 그런 말을 하겠다는 의사를 밝힘으로써 실은 나에게 그 말을 한 셈이었다. 나도 그 점을 알아차렸다. 그리고 혼자 있을 때 그의 생각을 거듭 머릿속에 떠올려 보았다. 신이나 신학과의 관계에서 확실히 여타의 세속적 학문들과 마찬가지로 예술, 특히 음악은 봉사하고 보조하는 성격을 띤다. 그리고 이런 생각은 우리가 언젠가 예술의 운명에 관해 토론했던 내용과 관련이 있었다. 우리는 예술이 예배 의식으로부터 해방되어 온 문화적인 세속화 과정은 예술의 입장에서 유리한 것일 수도 있지만 다른 한편 유감스럽게도 부담이 될 수도 있다는 이야기를 나눈 적이 있었던 것이다. 그런 맥락에서 아드리안이 신학을 선택한 동기는 분명해 보였다. 그러니까 그가 선택한 직분의 전망에 비추어 말하자면, 음악이 지금보다 행운을 누렸던 시대에 예배 의식과의 유대 속에서 차지하고 있던 위치로 음악을 다시 끌어내리고 싶은 소망이 그의 선택에 영향을 미쳤던 것이다. 그는 세속적인 다른 분야들과 마찬가지로 음악 역시, 자신이 대가로서 몸 바치려는 영역보다는 낮은 것으로 보려 했다. 나도 모르게 그의 속마음이 내 머릿속에 선명하게 떠올랐다. 그것은 모든 예술과 학문이 겸손하게 헌신하는 자세로, 신의 지위에 오른 신학에 경배를 드리는 거대한 제단을 그린 일종의 바로크 풍 그림의 어떤 장면을 떠올리게 했다.

내가 떠올린 그런 환상을 아드리안에게 이야기하자 그는 큰 소리로 웃었다. 당시에 그는 기분이 무척 좋아서 농담을 곧잘 했는데, 거기에는 그럴 만한 이유가 있었다. 학교를 졸업한 후 우리가 성장한 도시의 껍질이 부서지고 이 세계가 우리에게 열려서 마침내 자유를 예감하며 비상하려는 순간이야말로 우리 일생에서 가장 행복한 순간, 혹은 가장 흥분과 기대에 찬 순간일 것이기 때문이다. 아드리안은 크레추마어와 함께 인근의 좀 더 큰 도시로 음악 여행을 두어 차례 하는 동안 이미 외부 세계를 맛보았다. 마녀들과 기인들과 악기 창고, 그리고 황제의 유해가 안치된 대성당이 있는 도시 카이저스아셰른은 이제 그를 떠나 보낼 것이다. 그리고 그는 오로지 이곳을 다시 찾을 때에나, 다른 세계를 아는 사람처럼 미소를 지으며 이 도시의 골목들을 다시 돌아보게 될 것이다.

과연 그랬을까? 카이저스아셰른이 그를 놓아준 적이 있을까? 그가 가는 곳마다 이 도시가 함께 따라다녔으며, 그가 어떤 결단을 내릴 때마다 언제나 이 도시가 미리 결정을 내린 것은 아니었을까? 자유란 무엇인가! 무엇에도 얽매이지 않는 초연한 상태만이 자유로운 것이다. 개성이 강하게 드러나는 것은 결코 자유로운 것이 아니다. 그것은 이미 뭔가에 의해 각인되고 결정되고 구속된 상태이다. 내 친구가 신학을 공부하겠다고 결심하도록 만든 것은 바로 '카이저스아셰른'이 아니었을까? 틀림없이 아드리안 레버퀸과 이 도시가 함께 신학을 선택했을 것이다. 나중에 나는 내가 예상한 것도 바로 그것이 아닐까 하고 자문해 본 적이 있다. 훗날 그는 작곡에 몰두했다. 그가 작곡한 음악이 아주 대담하긴 했지만, 그렇다고 과연 '자유로운' 음악, 온 세상 사람들이 모두 즐길 수 있는 음악이라고 할 수 있을까? 그렇지 않았다. 그것은 단연코 그 무엇에서 벗어나지 못한 사람의 음악이었다. 이 도시의 분위기는 아드리안의 음악 속에 독특하고도 익살스러운 방식으로 너무나 은밀하게 얽혀 있었다. 교회 지하의 납골당 분위기를 연상케 하는 모든 대목 하나하나가 속속들이 카이저스아셰른의 음악이었던 것이다.

이미 말한 대로 그 무렵 아드리안은 무척 들떠 있었다. 어찌 안 그랬겠는가! 필기시험 성적이 좋았기 때문에 구두시험을 면제받은 그는 모든 사람의 격려에 감사하며 선생들에게 작별을 고했던 것이다. 선생들은 평소에 학과 공부를 무시하고 경멸하는 듯한 그의 태도에 은근히 모욕감을 느끼긴 했지만, 그가 선택한 전공을 존중하여 그런 모욕감을 드러내지 않았다. 포메른* 출신으로 '공동생활의 형제 학교'의 근엄한 교장 선생이자 그리스어와 중세 고지(高地) 독일어, 그리고 히브리어를 가르쳤던 스토이엔틴 박사는 작별 당시 개인적으로 아드리안을 불러 그가 선택한 전공 분야에 대해 충고하는 것을 잊지 않았다.

"잘 가게. 주님의 가호가 함께 하길 비네, 레버퀸! 진심으로

---

* '포메라니아'의 독일식 지명. 북해 연안의 북독일 지방.

축복하네. 자네는 어떻게 생각할지 모르지만, 이 축복의 말이 요긴하게 쓰일 때가 있을 걸세. 자네는 뛰어난 재능을 타고났어. 물론 자네 자신도 잘 알고 있겠지. 모를 리가 있겠나? 자네는 만물의 근원이신 천상의 하느님이 자네에게 그런 재능을 주셨다는 것도 알고 있지. 자네가 그분을 위해 재능을 바치고자 하니까 말일세. 자네의 생각은 지당한 걸세. '자연의 공덕'으로 타고난 재능은 하느님이 우리 인간을 위해 베푸신 것이지, 결코 우리 자신의 것이 아닐세. 그리스도의 적은 오만 때문에 파멸한 자로서, 우리에게 그런 사실을 잊게 하려고 애쓴다네. 그자는 사악한 손님이요, 으르렁거리는 사자로서 누구를 옭아 넣을까 하고 찾으며 돌아다닌단 말일세. 자네는 어느 모로 보나 그런 자의 술책을 경계할 이유가 있는 사람들 중의 하나일세. 이것은 말하자면 하느님의 은총을 받은 자네에게 바치는 찬사일세. 부디 자만하지 말고 겸손하길 바라네. 자만은 모든 은총을 내리신 분에 대한 배은망덕이자 파멸의 지름길이라는 사실을 늘 명심하기 바라네."

그 훌륭한 교육자는 그렇게 말했는데, 나는 훗날 바로 그분 밑에서 김나지움 교사로 봉직하게 되었다. 아드리안은 부활절 무렵 부헬 농장에서 들과 숲으로 산책하던 길에 웃음을 지으며 당시의 대화 내용을 나에게 들려주었다. 졸업 시험을 마친 후 그는 부헬 농장에서 몇 주일을 자유롭게 보낼 기회를 가졌는데, 마음씨 좋은 그의 부모님이 아들의 말벗이 되어 달라고 나를 초대했던 것이다. 우리가 천천히 거닐며 나누었던 대화나 스토이엔틴 교장 선생의 충고, 특히 그분이 작별 인사 때 언급한 '자연의 공덕'이라는 말에 대해 나누었던 이야기들을 나는 지금도 생생하게 기억한다. 아드리안은 교장 선생님이 괴테의 말에서 그 표현을 인용한 것이라고 했다. 괴테는 '자연의 공덕'이라는 말을 즐겨 썼고 이 화제를 곧잘 꺼냈다고 한다. 괴테는 '자연'과 '공덕'이라는 말의 역설적인 결합을 통해 '공덕'이라는 단어에서 윤리적 특성을 제거했고, 그 반면 자연적이고 천부적인 것을 도덕의 영역을 넘어서는 고귀한 덕목으로 끌어올리고자 했다는 것이다. 그런 이유에서 괴테는 언제나 타고난 재능에 결함이 있는 자들이 요구하게 마련인 겸손해야 한다는 주장에 반대하여 '구걸하는 자들만이 겸손하다.'라고 단언했다는 것이다. 하지만 스토이엔틴 교장 선생님은 괴테의 말을 다분히 실러의 의미에서 사용했다는 것이다. 즉, 실러는 자유를 가장 중요한 관건으로 보았기 때문에 타고난 재능과 개인적인 공덕 내지 행운을 분명하게 분리시켰다는 것이다. 교장 선생님 역시 자연 혹은 타고난 재능을 하느님의 것, 하느님의 공덕이라 규정짓고, 우리가 그분 앞에 겸손해야 한다고 말했으니 실러와 마찬가지라는 것이었다. 이제 곧 대학 신입생이 될 아드리안은 풀 줄기를 입에 문 채 이렇게 말했다.

"그런 작가들은 문제를 복잡하게 조합하는 사고방식을 갖고 있지만, 우리는 그런 사고를 함부로 할 수 없어. 어떤 것을 원하면서 늘 또 다른 것도 원하지. 모든 것을 가지려고 한단 말이야. 그들은 상반되는 사고 원리와 존재 원리를 위대한 인격을 통해 대담하게 드러내 보일 수가 있었어. 하지만 그러고는 모든 것을 뒤섞어서 어떤 원리의 특징들을 다른 원리의 의미에서 사용하고, 자유와 우월성을, 이상주의와 자연적인 소박함을 하나로 묶을 수 있다고 생각한단 말이야. 하지만 그런 것은 도저히 가능할 것 같지 않아."

"그들은 바로 그 두 가지를 내면에 가지고 있어. 그렇지 않고서야 그 두 가지를 동시에 드러낼 수는 없잖아. 우리는 풍요로운 민족인 셈이지."

"복잡한 민족이야. 그러니까 다른 민족들에게는 당혹스러운 존재이지."

그는 자기 생각을 고수했다.

당시 시골에서 한가로운 몇 주일을 보내는 동안 우리가 그처럼 철학적인 문제를 파고든 적은 별로 없었다. 당시 그는 형이상학적인 대화보다는 우스갯소리나 얼토당토않은 이야기를 꺼내기 일쑤였다. 우스꽝스러운 것에 민감한 반응을 보이는 그의 감수성, 우스꽝스러운 것에 대한 그의 요구, 걸핏하면 웃음을 참지 못해 눈물을 찔끔거리면서 웃어 대는 버릇, 이 모든 것을 나는 이미 앞에서 말한 바 있다. 그리고 만일 독자가 그런 방자함을 그의 성격과 하나로 연결하지 못했다면, 내가 그의 모습을 잘못 전달한 탓이다. 내가 말하고자 하는 것은 유머가 아니다. 유머라는 것은 그의 성격에 적용하기에는 너무 미적지근하고 온건한 표현이기 때문이다. 오히려 툭 하면 웃음보를 터뜨리는 그의 버릇은 일종의 도피 방편, 즉 그의 비상한 재능의 산물인 생활의 긴장을 다소 호방하게, 나로서는 썩 마음에 들지도 편안하지도 않게 해소시키는 방편으로 보였다. 이제는 지나가 버린 학창 시절과 학우들 가운데 전형적인 익살꾼들을 떠올리면서 그는 실컷 웃을 기회가 생겼던 것이다. 게다가 언젠가 다른 소도시로 가서 오페라 공연을 보았던 문화적 체험들도 그의 우스갯거리가 되었는데, 그는 그 오페라들을 즉흥적으로 흉내 내면서 어김없이 익살스러운 요소들을 가미했지만, 그렇다고 해서 공연된 작품 자체의 품위를 손상한 것은 아니었다. 그리하여 「로엔그린」*에 등장하는 하인리히 왕이 웃음거리가 되었다. 하인리히 왕은 배가 불룩하고 안짱다리인 데다, 수염은 양말처럼 생겼고, 둥글고 검은 입에서는 듣기 괴로운 저음의 목소리가 울려 나왔다. 아드리안은 그 인물 때문에 배꼽을 잡고 웃어 댔다. 이것은 아드리안이 웃음을 못 참는 이유를 보여 주는 너무나 구체적인 사례일 뿐이다. 하지만 그가 웃음을 터트리는 계기는 근거도 없고 허무맹랑한 것이었다. 그리고 솔직히 말하면 나는 그가 웃을 때마다 그를 부축하느라 고역을 치렀다. 나는 그가 웃는 것을 그다지 좋아하지 않았고, 그가 웃느라 정신을 못 차릴 때면 바로 그 자신이 들려줘서 알게 된 어떤 이야기를 떠올리지 않을 수 없었다. 그것은 아우구스티누스**의 『신국(神國)』에 나오는 이야기다. 노아의 아들이자 마법사 조로아스터***의 아버지인 햄은 태어날 때 웃은 유일한 인간이었다고 전해지는데, 태어날 때 웃는다는 것은 악마의 도움으로만 가능했을 거라는 이야기였다. 그 이야기는 내 기억에 집요하게 자리 잡아 수시로 생각나곤 했다. 하지만 그것은 어쩌면 정작 마음에 걸리는 또 다른 사실에 따라다니는 부차적인 이야기에 불과했을지도 모른다. 나는 속으로 아드리안을 지나칠 정도로 심각하게 관찰하고 있었고 불안하게 마

---

* 바그너의 낭만 가극.

** Aurelius Augustinus(354~430). 초기 기독교 시대의 신학자.

*** Zoroaster(BC 628?~BC 551?, 고대 그리스어로는 자라투스트라). 고대 페르시아의 예언자로, 자기 이름을 딴 조로아스터교(배화교)의 창시자.

음을 졸이고 있었던 까닭에 그의 그런 방자함을 이해할 수 없었던 것이다. 어쩌면 나 자신이 천성적으로 무뚝뚝하고 경직된 사람이어서 그의 심정을 제대로 헤아리지 못했는지도 모른다.

훗날 아드리안이 라이프치히에서 알게 된 영문학자이자 문필가인 뤼디거 쉴트크납은 그의 이런 기분을 잘 맞출 줄 아는 동반자가 되었는데, 그래서 나는 그 사내에게 늘 일종의 질투심을 느끼곤 했다.

11

잘레 강변에 자리 잡은 도시인 할레는 신학의 전통과 문학 그리고 교육학의 전통들이 여러 가지 면에서 뒤섞여 있는 곳이었다. 그런 특징은 무엇보다 이 도시의 수호성자라고 일컬어지는 역사적인 인물 아우구스트 헤르만 프랑케*에게서 발견되는데, 이 경건한 교육자는 이 도시에서 17세기 말, 그러니까 대학이 설립된 직후에 여러 학교와 고아원으로 이루어진 유명한 '프랑케 재단'을 몸소 창립했고, 그 영향력을 바탕으로 하여 종교적 관심을 인문학 및 언어학적 관심과 결합하였다. 루터의 성경 수정본으로서 최고의 권위를 자랑하는 칸슈타인 성경 연구소 역시 신앙과 성경 연구를 결합하고 있었다. 그 밖에도 당시 할레 대학에서는 탁월한 라틴어 학자인 하인리히 오시안더가 그 영향력을 행사하고 있었는데, 나는 그 밑에서 공부하기

---

* August H. Francke(1663~1727). 독일의 신학자이자 교육자.

를 갈망하였다. 아드리안에게 들은 바로는 한스 케겔 교수의 교회사 강의는 원래의 전공 범위를 넘어서 방대한 세속 학문과 역사적 소재를 다루고 있었다. 역사학을 첫 번째 부전공으로 공부할 생각을 하고 있던 나는 그 강의의 도움을 받고 싶었다.

그러므로 내가 예나 대학과 기센 대학에서 각각 두 학기씩을 공부한 후 모교인 할레 대학으로 다시 돌아가서 지적 자양분을 얻기로 결심한 데는 나름의 훌륭한 지적 배경이 작용했던 셈이다. 무엇보다도 내가 생각하기에 할레 대학은 비텐베르크 대학과 같은 대학이라는 장점을 갖고 있었다. 실제로 두 대학은 나폴레옹 전쟁이 끝나고 다시 문을 열면서 하나로 통합되었다. 내가 아드리안에게 달려갔을 때 그는 이미 반년 전부터 그 대학에 다니고 있었다. 물론 나의 결심에는 그가 이 대학에 다니고 있다는 개인적인 이유가 크게, 아니 결정적으로 작용했다는 사실을 부인할 수 없다. 아드리안은 입학한 지 얼마 안 되어, 분명히 어떤 고독감이나 고립감 때문이었겠지만 자기가 있는 할레 대학으로 와 달라고 나에게 요청하기까지 했던 것이다. 그의 부름에 응하기까지는 두세 달이 더 걸리긴 했지만, 나는 단번에 그의 요청에 응할 마음의 준비가 되어 있었으며, 사실 그가 굳이 나를 부를 필요조차 없었을지도 모른다. 그의 가까이에 있으면서 그가 어떻게 해 나가는지, 얼마나 발전했는지, 대학의 자유로운 공기 속에서 그의 재능이 얼마나 펼쳐졌는지를 보고 싶은 소망 때문에, 그리고 매일 그와 왕래하면서 생활하고 가까이서 그를 주시하고자 하는 소망 때문에, 아마 나는 저절로 그에게로 이끌려 갔을 것이다. 그 밖에도 앞서 말한 바와 같이 공부와 관련된 실질적인 이유들도 있었다.

나는 친구와 함께 두 해 동안 할레에서 젊은 시절을 보냈다. 물론 간혹가다가 그의 양친이 경영하는 농장이 있는 카이저스아셰른에서 방학을 보낼 때면 할레를 떠나기도 했다. 여기서는 지면의 제약 때문에 그 시절을 김나지움 시절과 마찬가지로 제한해서 묘사할 수밖에 없다. 그 시절이 과연 행복했을까? 그렇다. 자유롭게 정진하고 신선한 감각으로 무언가를 탐색하면서 삶의 진수를 축적한 시기였기에 그 시절은 행복했다. 더구나 죽마고우인 그의 성장 과정과 삶의 문제가 나 자신의 문제보다 더 근본적으로 나의 관심을 끌었기에 그의 곁에서 보낸 시절은 행복했다. 내 삶의 문제는 단순했기 때문에 많은 생각을 바칠 필요가 없었고, 단지 이미 정해져 있는 해답을 찾기 위한 전제 조건들을 성실하게 노력해서 준비하기만 하면 되었다. 그러나 내 친구의 문제는 더 고차원적인 것이었고, 어떤 의미에서는 수수께끼 같은 것이어서 나 자신의 발전에 대한 염려와는 별도로 언제나 많은 시간과 정신적인 노력을 기울여야 했다. 그리고 내가 늘 미심쩍어하는 '행복'이라는 말을 그 시절에 사용하기를 주저한다면, 그것은 그와 함께 생활하면서 그가 나의 연구 영역 안으로 끌려 들어온 것보다는 내가 그의 연구 영역으로 끌려 들어간 측면이 훨씬 더 컸기 때문이며, 또한 신학적인 분위기를 호흡하는 것이 나를 짓누르고 정신적인 혼란을 야기했기 때문이다. 몇 세기 전부터 할레 대학의 지적 공간은 인문주의 교육에는 해로운 종교적인 논쟁으로 들끓고 있었다. 그런 분위기에서 나는 내 학문적인 선조의 한 사람인 크로투스 루비아

누스*라도 된 듯한 느낌을 받았는데, 그는 1530년경 할레의 성
직자 회의 의원이었으며, 루터는 그를 '쾌락주의자 크로투스'
혹은 '두꺼비 박사** 마인츠 추기경의 식객'이라고도 불렀다. 루
터는 심지어 '악마의 종자 노릇을 하는 교황 족속'이라는 말도
서슴지 않았는데, 그런 점에서 루터는 비록 위대한 인물이긴
했어도 어쨌든 성마르고 거친 사람이었다. 나는 종교개혁이 크
로투스 같은 인물들에게 안겨 준 가슴 졸이는 불안감에 항상
공감했는데, 그들은 종교개혁을 주관적인 독단이 교회의 객관
적 규약 및 질서를 침해하는 것으로 생각했던 것이다. 크로투
스는 최고의 교양을 쌓은 사람답게 평화를 사랑하는 마음을
지니고 있었고, 분별 있게 종교개혁과 화해할 용의를 보였으
며, 성찬배(聖餐杯)의 복원에도 굳이 반대하지 않았는데, 물론
나중에 그로 인해 몹시 곤경에 처하게 되었다. 즉, 그의 상관인
알브레히트 대주교***는 할레에서 양종 배수 성찬식****을 행하는
것을 두고 아주 가혹한 처벌을 내렸던 것이다.

　관용의 정신, 문화와 평화에 대한 사랑은 광신(狂信)의 화
염을 견디지 못하게 마련이다. 할레는 최초로 루터파 감독관
이 있었던 곳이다. 1541년에 그곳으로 온 유스투스 요나스*****는

---

* Crotus Rubianus(1480~1545). 종교개혁 시대 독일의 인문주의자이자 가톨
　릭 신학자. 본명은 Johannes Jäger.
** '심보가 고약한 인물'이라는 뜻.
*** 신도들에게 면죄부를 팔아서 종교개혁의 직접적인 원인을 제공한 마인
　츠의 대주교.
**** 성체로서의 빵과 성혈로서의 포도주를 모두 쓰는 성찬식.
***** Justus Jonas(1493~1555). 종교개혁가로 루터와 함께 비텐베르크 대학
　신학 교수를 지냈다.

멜란히톤*과 후텐**처럼 인문주의 진영에서 종교개혁 진영으로 전향한 사람들 가운데 하나로, 에라스뮈스***를 괴롭혔다. 그러나 로테르담의 현자로 일컬어지던 에라스뮈스를 더욱 괴롭힌 것은 루터와 그의 추종자들이 고전 연구를 혐오했기 때문인데, 루터는 고전 연구를 별로 하지 않았지만, 그럼에도 고전 연구를 정신적인 반란의 진원이라고 여겼던 것이다. 그러나 당시 세계 교회의 내부에서 일어난 사건, 즉 객관적 속박에 대항하는 주관적 자의(恣意)의 반란은 100여 년 후 개신교 내부에서 되풀이될 운명이었다. 어떤 거지라도 당연히 거기에서는 빵한 조각 구걸할 엄두도 못 낼 경직된 정통 신앙에 대항해 경건한 감정과 내면의 신성한 기쁨을 주장하는 개혁 운동, 즉 경건주의 운동이 일어난 것이다. 할레 대학이 설립되던 무렵 경건주의는 신학부 전체를 장악했다. 오랫동안 그 도시에서 아성을 지킨 경건주의는 또한 한때 루터 사상이 그랬듯 교회의 혁신, 즉 이미 전반적인 무관심 속에서 몰락해 가는 신앙에 새로운 활기를 불어넣으려는 개혁 운동이기도 했다. 그러나 나 같은 사람의 입장에서 보면 이미 무덤으로 가는 자의 생명을 자꾸만 다시 구원하려는 운동이 문화적인 관점에서 볼 때 과연 환영받을 만한 일인지 의문을 갖게 되고, 또 종교개혁가들이

---

* Phillipp S. Melanchton(1497~1560). 독일의 신학자이자 루터의 종교개혁 운동에 가담한 인문주의자.
** Ulrich von Hutten(1488~1523). 루터의 종교개혁을 열렬히 지지한 독일의 인문주의자.
*** Desiderius Erasmus(1469~1536). 네덜란드의 인문주의자로 종교개혁 자체는 지지했으나 루터와 논쟁해 신교와 구교 양쪽으로부터 공격을 받았다.

란 오히려 퇴행적인 인물 내지 불행을 퍼트리는 자들로 간주되어야 하지 않을까 하고 의심하게 된다. 마르틴 루터가 교회를 치유하려 하지만 않았던들 확실히 인류는 끝없이 피를 흘리고 소름 끼치도록 자기의 살점을 뜯어먹지 않아도 되었을 것이다.

앞에서 한 말을 근거로 사람들이 나를 전적으로 비종교적인 인간으로 간주한다면 그것은 달갑지 않은 일이다. 나는 그런 사람이 아니다. 오히려 나는 할레 출신의 신학자로 종교를 '무한한 것에 대한 감성과 취향'이라고 정의하고 인간에 내재해 있는 '핵심적 구성 요건'이라 불렀던 슐라이어마허*와 같은 생각을 갖고 있다. 말하자면 종교에 관한 학문은 철학적인 명제와 관련된 것이 아니라 인간 내면의 영적인 문제와 관련되어 있다는 것이다. 그런 생각은 신에 대한 본체론**적 증명을 연상케 하는데, 그것은 내가 늘 가장 좋아했던 학설로서, 절대자에 대한 주관적 인식으로부터 절대자의 존재를 추론해 내는 것이다. 그런 증명은 다른 것들과 마찬가지로 이성의 권능 앞에서는 통하지 않는다는 것을 칸트는 힘찬 어조로 설명했다. 그러나 학문은 이성이 없이는 성립될 수 없고, 따라서 무한한 것과 영원한 신비에 대한 감각을 하나의 학문으로 만들어 내려 한다는 것은 근본적으로 상이한 두 영역을, 끊임없이 혼란을 야기하는 좋지 않은 방법으로 억지로 합치려는 것이라 하겠다. 내가 결코 낯설게 느낀 적이 없는 신앙심이란 종파에 연루된 현실 종교와는 다른 어떤 것이다. 인간의 감성이 무한한

---

* Friedrich E. Schleiermacher(1768~1834). 독일의 신학자이자 철학자.
** 인간은 신에 대한 직관적인 인식을 가졌으며, 이것이 모든 인식의 기초가 된다는 학설.

것을 추구한다는 사실은 신앙이나 예술 혹은 자유로운 명상의 영역에 양도하는 편이 낫지 않을까? 심지어는 우주학, 천체물리학, 이론물리학 등이 피조물의 비밀을 탐구하는 데 완전히 종교적으로 헌신할 수 있도록 엄밀한 학문의 영역에라도 양도하는 편이 나을 것이다. 적어도 무한한 것을 추구하는 인간 심성을 따로 정신과학으로 분리하여 교리 체계를 구축하고 그 신봉자들이 문장의 술어(述語) 하나 때문에 서로 피 터지게 싸우는 것보다야 낫지 않을까? 그 열광적인 본성에 걸맞게 경건주의는 경건한 신앙과 학문을 날카롭게 구분하고자 했으며, 학문적인 영역의 그 어떤 움직임이나 변화도 신앙에 영향을 미칠 수는 없다고 주장했다. 하지만 그것은 착각이었다. 어느 시대를 막론하고 신학은 원하든 원치 않든 간에 그 시대의 학문 조류에 의해 규정되어 왔으며, 언제나 그 시대의 아들이 되고자 했던 것이다. 비록 시대적 여건이 신학의 그런 가능성을 점점 더 축소해서 무정부 상태의 궁지로 몰아대긴 했지만 말이다. 신학처럼 그 이름만 들어도 16세기나 12세기의 아득한 과거로 되돌아간 느낌을 받는 분야가 또 있을까? 학문적 비평에 적응해도, 양보를 해도 아무런 소용이 없다. 결국 학문과 계시 신앙을 절반씩 섞어 놓은 잡탕이 될 뿐이고, 자포자기 상태로 치닫게 될 뿐이다. 정통 신앙 자체도 교리를 이성적으로 증명하려고 시도함으로써, 이성을 종교적인 영역으로 끌어들이는 과오를 범했다. 계몽사상의 압박에 짓눌린 신학은 사람들이 신학에서 들춰내는 불쾌한 모순들을 논박하면서 신학을 옹호해야 했다. 그리하여 오직 그런 모순들을 신학에서 제거하기 위해 계시 신앙에 위배되는 정신을 너무나 과도하게 받아들임으로써 결국 신앙을 포기하는 결과를 자초하고 말았다. 때는 바야흐로 '이성적으로 신을 공경하는' 시대였으며, 볼프* 가 할레에서 "모든 것이 마치 현자의 돌**과 같은 이성의 시험 을 받아야 한다."라고 외치던 신학자의 시대였다. 성서에서 '도 덕적인 개선'에 도움이 되지 않는 것은 모조리 쓸모가 없다고 단언하고, 교회와 그 가르침의 역사에서는 오직 혼란의 희극만 을 볼 수 있을 뿐이라는 해석을 내리던 시대였다. 하지만 그런 경향이 지나치게 강해지자 중재 신학이 등장했다. 그것은 정통 신앙과, 그리고 그 합리성 때문에 언제라도 문란해질 경향을 갖고 있는 자유주의 신앙 사이에서 다소 보수적인 중간 입장 을 취하고자 했다. 이때부터 '구제'와 '포기'라는 두 개념이 '종 교에 관한 학문'의 생명을 규정지어 왔다. 그 개념들은 둘 다 어쩐지 시한부의 성격을 띠고 있는데, 그로써 신학은 시한부 로 연명할 수 있게 된 것이다. 신학은 그 보수적인 형태로는 계 시 신앙과 전통적인 성경 해석을 고수하면서 성경에 입각한 신 앙의 요소들 가운데 구제해야 할 것들은 '구제'하고자 했다. 다 른 한편 신학은 세속적인 역사학의 역사적이고 비판적인 방법 을 자유롭게 수용함으로써 신학의 가장 중요한 내용들, 즉 기 적에 대한 믿음, 그리스도론의 주요 부분들, 예수의 육체적인 부활 및 그 밖에도 많은 부분들을 '포기'하고 학문적 비판의 몫으로 넘겨준 것이다. 이성의 강요에 못 이겨 이성과 위험스러 운 관계를 맺고, 그런 타협으로 인해 언제라도 몰락할 위험이

---

* Christian Wolff(1679~1754). 18세기 독일 계몽기의 대표적 철학자.
** 연금술 및 신비주의 사상에서 물질을 귀금속으로 바꾸는 힘이 있다고 알 려진 영묘한 돌.

있는 학문이란 도대체 어떤 학문인가? 내가 생각하기에는 '자유 신학'이라는 것은 '나무로 만들어진 무쇠' 같은 형용 모순이다. 문화를 긍정하고 시민 사회의 이상에 기꺼이 적응하고자 하는 자유 신학은 종교적인 것을 인간적인 박애 정신의 한 가지 기능으로 전락시키며, 종교성의 본질인 몰아경(沒我境)과 패러독스를 윤리적인 진보성으로 희석하는 것이다. 그러나 종교적인 것이 단순히 윤리적인 것 속에서 발현되지는 않기 때문에, 그 결과 학문적인 사고와 본래의 신학적인 사고는 다시 분리된다. 이제 자유 신학의 학문적인 우월성이 당연하다고들 하지만, 그 신학적 입지는 협소하다. 즉, 자유 신학의 도덕주의와 인본주의에는 인간 실존의 악마적인 성격에 대한 통찰이 결여되어 있는 것이다. 자유 신학은 세련된 것이긴 하지만 깊이가 없고, 인간의 본성과 삶의 비극성에 대해서는 근본적으로 보수 신학의 전통이 더 많은 것을 이해하고 있으며 그런 이유에서 진보적인 시민 사상에 비해 문화에 대해서도 더 깊고 중요한 관계를 맺고 있다는 것이었다.

여기서 신학적 사유가 비합리적인 철학 조류들에 의해 잠식당하고 있다는 사실을 분명히 알 수 있다. 비합리주의 철학의 영역에서는 이미 오래전부터 비논리적인 것, 생명, 의지 혹은 충동, 그리고 얼마 전부터는 악마적인 것 역시 중심 주제가 되어 왔다. 그와 동시에 중세 가톨릭 철학 연구의 부활, 즉 신(新)토마스 철학*과 신(新)스콜라 철학으로의 전환이 관찰된

---

* 19세기 후반에 스콜라 철학 중에서도 토마스 아퀴나스 철학의 부흥을 꾀한 철학 운동으로, 교황의 비호하에 시도되었다.

다. 물론 이렇게 하여 자유주의적 색채를 제거한 신학은 보다 깊은 심오함과 빛나는 광채를 되찾을 수 있을지도 모른다. 그리고 부지불식간에 신학의 이름과 결합되어 온 고대의 미학적 개념들을 좀 더 올바르게 재평가할 수도 있을 것이다. 하지만 미풍양속에 익숙해진 인간 정신은 그것을 시민적이라 부르든 아니면 그저 '미풍양속'이라 부르든 간에, 그와 동시에 섬뜩한 감정을 억누를 수 없다. 왜냐하면 비합리적인 생의 철학과 결합된 신학은 바로 그런 본성 때문에 악마의 학문이 되어 버릴 위험이 있기 때문이다.

이 모든 것을 말하는 이유는 오로지 내가 할레에 체류하면서 아드리안을 따라다니며 그가 대학에서 수강하는 강의들에 임시 청강생으로 참석했을 때 이따금씩 내 마음에 일었던 불안감이 무엇인지를 설명하기 위해서일 뿐이다. 그는 가슴 졸이는 나의 불안감을 전혀 이해하지 못하는 것 같았다. 그는 강의에서 언급되고 세미나에서 토론된 바 있는 신학적인 문제들에 대해 나와 즐겨 이야기를 나누면서도 정작 핵심적인 이야기, 즉 여러 학문들 중에서 신학이 차지하는 의심스러운 위치와 관련되는 대화는 모두 피했기 때문이다. 내 근심스러운 심정에 비춰 보면 무엇보다 우선적으로 이야기되어야 하는 것들이었다. 이런 사정은 강의에서도 마찬가지였으며 그의 학우들, '빈프리트' 기독교 학생회 회원들과의 교제에서도 마찬가지였다. 그는 외적인 이유들 때문에 빈프리트 서클에 가입했고, 나도 이따금 손님으로 참석했다. 이 점에 관해서는 아마 나중에 언급할 기회가 있을 것이다. 여기서는 다만 이 젊은이들에 관해서만 말해 두고자 한다. 더러는 창백한 수험생 모습이었고, 더러는 농부처럼 건장한 모습이었으며, 더러는 훌륭한 학문적인 환경에서 자란 특징을 지닌 걸출한 인물들도 있었다. 이들 역시 신학도였고, 신을 기뻐하는 마음을 지닌 품행 단정한 신학도로서 처신했다. 그러나 가족의 전통에 그냥 기계적으로 순종한다면 몰라도 그렇지 않은 경우 과연 어떻게 신학자가 될 수 있으며, 또 현대와 같은 정신적 상황 속에서 어떻게 이 직업을 택하겠다는 생각을 할 수 있었을까? 이런 문제들에 대해 그들은 속내를 털어놓지 않았다. 그렇다고 그런 문제가 궁금하다고 해서 내 쪽에서 캐묻는 것도 무례하게 따지는 것처럼 보였을 것이다. 아무튼 그처럼 근본적인 문제들은 술자리에서 술기운 덕분에 거리낌 없이 해방된 마음 상태일 때 물어보아야 대답을 들을 가망도 있을 것이다. 그러나 당연한 이야기이지만 빈프리트 회원들은 결투뿐 아니라 '술을 퍼마시는 것'도 자제하는 장점을 갖고 있었다. 늘 정신이 말짱한 그들이 자신들을 비판하고 혼란스럽게 하는 근본적인 질문들을 받아들일 리 없었다. 그들은 국가와 교회가 성직자를 필요로 한다는 사실을 알고 있었고, 그 때문에 그 길을 밟을 준비를 하고 있었던 것이다. 그들에게 신학이란 이미 기정 사실로, 역사적으로 주어진 것이었다.

나는 아드리안도 신학을 그런 식으로 받아들인다는 것을 인정할 수밖에 없었다. 어린 시절까지 거슬러 올라가는 우리의 우정에도 불구하고 다른 신학도들과 마찬가지로 아드리안 역시 어떤 절실한 질문은 나에게 거의 허용하지 않았고, 그것이 고통스럽기는 했지만 어쩔 수 없는 노릇이었다. 그의 그런 모습은 사람들이 좀처럼 자기에게 다가오지 못하게 하는 거리감을 갖게 했고, 그와의 친교에는 뛰어넘을 수 없는 한계가 있음을 확인시켜 주었다. 하지만 나는 그가 의미심장하고 그다운 직업을 선택했다고 말하지 않았던가. 나는 그것을 '카이저스아셰른'이라는 이름으로 설명하지 않았던가. 아드리안의 전공 분야에 관한 문제가 나를 괴롭힐 때면 나는 그 도시와 결부해서 설명하고자 했다. 나는 스스로에게 우리 두 사람 모두, 나는 인문주의자로서 그는 신학도로서 우리가 자라 온 고색창연한 독일 변두리의 진짜 후예들이 분명하다고 말하곤 했다. 그리고 우리의 새로운 생활 환경을 둘러볼 때마다 나는 활동 무대가 확장되기는 했어도 본질적으로 변한 것은 없다는 사실을 발견하곤 했다.

12

할레는 비록 대도시는 아니었지만 그래도 20만 이상의 주민이 사는 비교적 큰 도시로, 온갖 대규모 현대 산업이 발달했으나 적어도 우리가 거주하는 도심만은 유서 깊고 고색창연한 특색을 그대로 간직하고 있었다. 대학생들의 표현을 빌리자면, 나의 '구멍가게'*는 한자 가(街)의 모리츠 교회 뒷골목에 자리 잡고 있었는데, 그 골목 역시 카이저스아셰른의 골목과 마찬가지로 아득한 과거의 분위기를 간직하고 있었다. 아드리안은 두 해 동안 시장터 근처 합각머리 지붕** 주택의 벽물림칸***이 있는 방에 세 들어 살았다. 관리의 미망인인 어느 중년 부인이 주인으로 있는 그 집에서는 광장, 중세식 시청, 고딕식의 마리

---

* '하숙방'을 뜻하는 학생 속어.
** 건물 측면이 시옷 자 모양의 지붕.
*** 침대를 놓을 수 있게 벽에 움푹 파인 공간.

아 교회가 내려다보였고, 성당의 둥근 탑들은 '탄식의 다리'*
를 연상케 하는 건축물로 연결되어 있었다. 역시 고딕식의 이
채로운 건축물인 '붉은 탑'이 홀로 서 있는 것이 보였고, 롤랑**
과 헨델의 동상이 보였다. 방은 정돈되어 있지 않았고, 네모난
소파 탁자 위의 붉은 플러시*** 덮개는 사치스러운 부르주아 티
가 났는데, 그 탁자 위에는 책들이 놓여 있었고, 그는 매일 아
침 거기서 밀크 커피를 마셨다. 그는 소형 피아노를 한 대 빌려
와서 방 설비를 마쳤는데, 그 피아노 위는 그가 직접 쓴 악보
들로 뒤덮여 있었다. 그 위쪽 벽에는 산술(算術) 동판화가 제도
용 못으로 부착되어 있었다. 그것은 그가 어떤 고물상에서 찾
아낸 마방진(魔方陣)이라는 것으로, 모래시계, 나침반, 저울, 다
면체, 그리고 다른 상징들과 함께 뒤러****의 판화 「멜랑콜리아」
에서도 볼 수 있는 그런 형상들이었다. 거기에는 1부터 16까
지의 아라비아 숫자가 네모 칸에 나뉘어 적혀 있었는데, 오른
쪽 아래 칸에는 1이, 왼쪽 위 칸에는 16이 적혀 있었다. 마술처
럼 신기해 보이는 그 마방진은 세로나 가로나 대각선, 어떻게
더하든 그 합이 항상 34가 되었다. 합한 수가 항상 같다는 마
술 같은 결과가 어떤 배열 원칙에 기인하는지 도무지 밝혀낼
수는 없었지만, 아드리안은 그 판화를 피아노보다 눈에 잘 띄
는 자리에 두었기 때문에 자꾸만 눈길이 갔다. 그의 방에 들어

---

* 원래 베네치아에 있던 다리로, 죄수가 법정에서 형무소로 갈 때 이 다리를
지나갔다고 한다.
** 프랑스 최고(最古)의 무훈시(武勳詩) 「롤랑의 노래」에 등장하는 중세 기사.
*** 길고 부드러운 털이 있는 벨벳 모직의 일종.
**** Albrecht Dürer(1471~1528). 르네상스 시대의 독일 화가.

갈 때마다 나는 그 마방진을 가로로, 대각선으로, 혹은 세로로 잽싸게 훑어보면서 합한 수가 왜 똑같지 않으면 안 되는가를 생각하곤 했던 것 같다.

일찍이 '복된 사도' 약방과 그의 숙부 집 사이를 오갔던 것과 마찬가지로 우리는 서로의 숙소를 왕래했다. 극장이나 음악회, 아니면 '빈프리트' 모임을 마치고 귀가하는 저녁에도 그랬고, 한 사람이 다른 사람을 대학까지 따라갈 때도, 또 등교하기 전에 강의 노트를 비교하기 위해 만났던 아침에도 그랬다. 첫 신학 시험에서 정규 시험 과목인 철학은 우리 둘의 수강 과목 중 겹치는 것이었다. 그리고 우리 둘은 당시 할레 대학의 빛나는 존재 가운데 하나였던 콜로나트 노넨마허의 강의를 들었는데, 그는 매우 활기차고 재치 있게 소크라테스 이전의 철학, 이오니아 학파의 자연 철학, 아낙시만드로스, 그리고 아주 폭넓게 피타고라스에 관한 강의를 했으며, 그와 동시에 아리스토텔레스에 관한 내용도 많이 삽입했다. 피타고라스적인 세계 해석은, 스타기리트*를 모르고선 거의 알 수가 없었기 때문이다. 그때 우리는 필기를 하고, 깔끔하게 면도한 그 교수의 얼굴에 번진 미소를 이따금씩 쳐다보며, 엄격하고 경건한 정신을 지닌 피타고라스의 우주론적인 초기 사상에 귀를 기울였다. 피타고라스는 그가 본래 정열을 품고 있던 수학, 추상적인 비례, 수(數)를 세계의 구성 원리로 끌어올렸고, 정통한 전문가로서 대자연을 탐구했으며, 처음으로 대자연을 대담하게 '우주'라고, 질서 및 조화라고, 천체의 초감각적인 분위기를 풍

---

* 아리스토텔레스. 그의 출생지인 스티기라에서 따온 별명이다.

기는 중간 체계라고 말했다. 존재와 도덕적 위엄을 구성하는 총괄 개념으로서의 수와 비례, 거기에서 미적인 것, 정밀한 것, 도덕적인 것이 장엄하게 총화를 이루어서 하나의 이념으로 형성되었다는 학설은 너무나 감명 깊었다. 그 이념의 권위는 종교적인 갱생을 추구하는 비의적(秘儀的)인 학파인 피타고라스 학파가 '아우토스 에파'*라는 권위에 엄격히 따르고 말없이 순종하도록 고무했던 것이다. 나는 그 강의 중에 서툰 짓을 했던 스스로가 부끄럽기 짝이 없다. 나도 모르는 사이에 아드리안 쪽을 바라보고 그의 표정을 읽어 내려 했던 것이다. 하지만 그가 그런 나의 시선에 짜증난다는 듯이 얼굴을 붉히며 외면했기 때문에 결국 나는 서툰 짓을 한 셈이었다. 그는 자신에게 다가오는 시선을 좋아하지 않았으며, 그런 시선에 마주 응답하기를 단호히 거부했다. 그런 성품을 잘 알면서도 내가 왜 언제나 그의 표정을 살피는 것을 그만둘 수 없었는지 나로서도 이해가 되지 않는다. 아무튼 그처럼 경솔한 짓을 한 탓에 나는 내가 말없이 시선을 보냄으로써 직접 암시를 줬던 문제들에 관해 나중에 솔직하고 객관적으로 이야기할 가능성마저 놓치고 말았다.

내가 유혹을 억누르고 그가 요구한 분별을 지킬수록 사정은 더 좋았다. 노넨마허의 강의가 끝난 후 귀가하는 중에 우리는 피타고라스의 세계관을 역사적 매개자의 역할을 통해 알게

---

* Autòs épha. 그리스어로 '스승께서 이렇게 말씀하셨다.'라는 뜻. 피타고라스 학파의 제자들이 논쟁을 할 때 걸핏하면 이 말을 앞세워서 스승의 권위로 상대방을 논박하려 한 데서 유래하며, 후대에는 권위에 대한 맹목적인 추종을 가리키는 말로 쓰이게 되었다.

해 주고 수천 년 동안이나 영향을 미쳐 온 불멸의 사상가에 대해 얼마나 훌륭한 대화를 나누었던가! 아리스토텔레스의 질료와 형상에 관한 학설은 우리를 매혹했다. 그 학설에 따르면 잠재적 가능성으로서의 질료는 자기실현을 위해 형상으로 나아가려는 충동을 지니고 있으며, 형상이란 역동적으로 활동하면서도 그 본질이 변하지 않는 어떤 것, 즉 정신이자 존재자의 영혼이다. 그리고 형상은 존재자가 자기실현과 자기완성을 위해 현상으로 드러나기를 촉진한다. 따라서 엔텔레케이아*는 영원의 일부로서 사물에 활력을 불어넣고 사물 속에 스며들어서 유기체 속에서 형체를 이루고 나타나서 유기체의 활동을 좌우하고, 유기체의 목적을 인지하고 그 운명을 감독한다. 노넨마허는 이런 직관에 대해 매우 훌륭하게 인상적으로 설명했으며, 아드리안은 이례적으로 감동을 받은 듯한 기색을 보였다. 아드리안이 말했다.

"만약 신학이 영혼은 신으로부터 생겨났다고 설명한다면, 그것은 철학적으로 옳은 설명이지. 왜냐하면 개별 현상에 형상을 부여하는 원리로서의 영혼은 곧 모든 존재 일반의 순수한 형상의 일부이고, 영원히 스스로 생각하는 생각, 즉 우리가 '신'이라고 일컫는 것에서 생겨나는 것이니까……. 아리스토텔레스의 엔텔레케이아가 뜻하는 바를 이해할 것 같아. 그것은 개체의 생명을 지켜 주는 천사이자 수호신으로, 개체는 그 수호신의 정신적 활동을 기꺼이 신뢰하지. 기도라고 하는 것은

---

* 아리스토텔레스 철학에서 가능태로서의 질료가 그 목적하는 형상을 실현하도록 추동하는 원동력.

본래 이런 신뢰를 환기하거나 서약하는 신고식이야. 그렇지만 기도라 부르는 게 옳은데, 바로 우리가 기도를 통해 부르는 것은 근본적으로 신이기 때문이지."

나는 다만 아드리안의 천사가 지혜롭고 진실되기를 바랄 뿐이었다. 아드리안 옆에서 이 강의를 듣는 것이 얼마나 좋았던가! 내가 규칙적이지는 않지만 아드리안 때문에 들었던 신학 강의는 나에게 회의적인 만족을 주었고, 나는 그가 몰두하고 있는 것으로부터 멀어지지 않겠다는 이유 하나만으로 임시 청강생으로 참석했다. 신학 대학생의 강의 요강을 보면 처음 몇 년 동안은 교리 해석과 역사적인 성격의 과목, 즉 성서학, 교회사 및 교리사, 종파학(宗派學)에 비중을 두고, 중간 단계에는 계통학(系統學), 즉 종교 철학, 교리학, 윤리학, 변론학이 포함되며, 마지막 단계에는 실제적인 교과목, 즉 전례학(典禮學), 설교론, 문답 교시법(教示法), 사제학(司祭學), 그리고 교회법과 더불어 전도학(傳道學)이 있다. 그렇지만 대학의 자유는 개인적인 취향에 많은 여지를 허용했으며, 아드리안도 그런 자유를 이용해 순서를 바꾸어 처음부터 계통학에 달려들었다. 물론 이 분야에서 그의 계산에 가장 들어맞는 전반적인 지적 관심을 느꼈기 때문이기도 하지만, 또한 계통학을 강의하는 에렌프리트 쿰프 교수가 신학부 전체에서 가장 흥미진진한 강의를 했기 때문이다. 모든 학년의 학생들이, 신학부가 아닌 학생들까지도 그의 강의에 몰려들었다. 우리가 케겔 교수한테서 교회사 강의를 들었다고 말한 적이 있지만, 그의 강의 시간들은 무미건조한 편이었고 지루한 케겔 교수는 쿰프 교수와는 도무지 상대가 될 수 없었다.

쿰프 교수는 학생들이 말하는 '걸물'의 전형이었다. 나 역시 그의 기질에 감탄을 금치 못했지만, 그렇다고 그를 좋아하지는 않았다. 아드리안이 이 교수를 은근히 비꼬기는 했지만, 그의 대담한 태도에 별 흥미를 느끼지 못했다는 말은 도무지 믿기 어려웠다. 쿰프 교수는 생김새부터가 '걸물'다웠다. 그는 장신에 몸집이 크고 뚱뚱했으며, 손은 비대했고 목소리는 우렁찼으며, 아랫입술은 연설을 많이 한 탓인지 앞으로 약간 튀어나와 있었다. 쿰프 교수가 대개는 자신이 저술한 교재에서 강의 내용을 그대로 따온다는 것은 사실이었다. 그러나 그는 예스러운 어법으로도 명성을 날렸는데, 프록코트를 뒤로 한껏 젖힌 채 두 손은 바지 주머니에 찔러 넣고는 널찍한 교단 위를 뚜벅뚜벅 왔다 갔다 하면서 강의 중에 옛날식 말들을 쏟아내곤 했다. 그런 어투는 즉흥적이고 질박하고 유쾌해서 그 근사하고 고색창연한 어법 때문에 학생들로부터 대단한 인기를 얻었다. 그의 말투는 그 자신이 했던 말을 그대로 인용하자면, 어떤 것을 '독일어'로 또는 '가식 없는 훌륭한 옛날 독일어'로, 즉 명확하고 당당하게 말하는 것이었으며, '세련된 독일어로 솔직히 털어놓는' 그런 것이었다. '조금씩'이라고 하는 대신 '점진적으로'라고 한다든가, '바라건대' 대신에 '원하옵건대'라고 한다든가, 성경을 '성스러운 문집'이라고 하는 식이었다. '일이 틀어졌다.'라는 뜻으로는 '뒤죽박죽이 되었다.'라고 했다. 그가 보기에 어떤 사람이 학문적으로 오류에 빠져 있으면 "쓰레기 더미 속에서 사는군." 하고 비꼬았고, 품행이 좋지 않은 사람한테는 '들짐승처럼 방탕한 자'라고 했으며, '소도 비빌 언덕이 있어야 비빈다.'라느니, '될 성부른 나무는 떡잎부터 알아본다.'라느니 하는 속담을 즐겨 썼다. '어렵쇼!' '굉장하군!' '맙소사!' 또는 '아이고, 머리야!' 같은 감탄사도 자주 썼는데, 특히 그가 마지막 말을 쓸 때면 언제나 박수갈채가 쏟아졌다.

신학적 관점에서 보면, 쿰프 교수는 이미 언급한 바 있는 자유 신학의 비판적인 성향이 가미된 중도 보수주의의 대변자였다. 소요학파다운 즉흥 연설로 당사자가 이야기해 준 바로는, 학창 시절 그는 독일 고전문학과 철학을 열성적으로 파고들었고, 괴테와 실러의 '주요' 작품들은 거의 외다시피 했다. 그러고는 지난 세기 중반의 각성 운동과 관계 있는 모종의 체험을 하게 됐는데, 죄와 정죄(淨罪)에 관한 사도 바울의 복음이 그를 심미적인 인문학으로부터 돌아서게 했다고도 말했다. 그리하여 바울의 영혼이 겪은 다마스쿠스에서의 운명적 체험*을 제대로 평가하려면 신학자의 길로 가야겠다는 결심을 굳혔다고 한다. 당시 쿰프는 우리 인간의 사고는 불완전하며 죄 씻음을 필요로 한다고 확신했으며, 그의 자유주의도 그런 신념에 바탕을 둔 것이었다. 그런 이유에서 그는 교리주의가 바리새파**의 독선주의를 품고 있다고 보았던 것이다. 따라서 그는 일찍이 데카르트가 그랬듯이, 교리 비판을 위해 전혀 상반되는 길로 들어섰다. 물론 그의 경우와는 달리 데카르트에게는 의식과 사유의 자기 확신이 모든 스콜라 철학적 권위보다 더 타당

---

* 원래 기독교도를 탄압하는 데 앞장서던 바울은 기독교도들을 잡기 위해 다마스쿠스에 갔다가 눈이 머는데, 성령의 은총으로 개안하면서 회심해 그리스도가 하느님의 아들임을 선포한다. 신약 성경 「사도행전」 9장 참고.
** 기원전 2세기에 일어난 유대교의 한 종파로서 모세 율법의 엄격한 준수와 종교적 순수함을 강조했다.

한 것처럼 보였고, 바로 그 점이 신학적 해방과 철학적 해방의 차이였다. 쿰프는 신에 대한 건전한 믿음과 기쁨 속에서 그의 본분을 다했고, 그의 강의를 듣는 우리 학생들에게 그것을 '독일어로' 재현해 보였다. 그는 바리새파와 교리주의에 반대했을 뿐 아니라 형이상학에도 반대했으며, 전적으로 윤리적이고 인식론적인 방향으로 나아갔다. 윤리에 바탕을 둔 인간의 전형을 알리는 고지자(告知者)로서 세속과 신앙을 분리하는 경건주의에 강력히 반대했고, 오히려 세속의 기쁨을 즐기고 건전한 향락을 마다하지 않았다. 그리고 문화를, 특히 독일 문화를 긍정했는데, 기회 있을 때마다 자신이 루터의 기질을 가진 순수한 국수주의자임을 자처했다. 그에게는 '남방계에서 굴러들어온 놈'이라는 말이 가장 지독한 욕이었는데, 외국인 티를 내며 사고하거나 가르치는 사람을 비하하는 말이었다. 그럴 때면 화가 나서 얼굴을 붉히며 "악마가 그런 자에게 똥을 쌀지어다, 아멘!" 하고 덧붙이기까지 했다. 그러면 다시 학생들의 우렁찬 박수를 받았다.

말하자면 그의 자유주의는 교리에 대한 인문주의적 회의에 바탕을 둔 것이 아니라, 인간 사유의 신빙성에 대한 종교적인 회의에 바탕을 두고 있었다. 때문에 그는 독실한 계시 신앙을 방해받지 않고 유지했을 뿐 아니라, 악마와의 친밀하고도 긴장된 관계 역시 유지할 수 있었다. 그가 과연 악마의 존재를 어디까지 믿었는지는 알 수 없고 알고 싶지도 않지만, 대체로 신학이 있는 곳에는, 특히 신학이 에렌프리트 쿰프처럼 음침한 천성의 소유자와 결합하면 악마 역시 그 모습을 드러내고 신의 형상을 보완하는 제 몫을 주장할 것이다. 현대의 신학자는 악마를 '상징적으로' 받아들인다고 흔히들 말한다. 그렇지만 내가 생각하기에 신학이란 도대체 현대적일 수 없고, 바로 그 점이 신학의 커다란 장점일 수도 있다. 그리고 상징에 관해 말하자면, 어째서 지옥이 천국보다 더 상징적으로 간주되어야 하는지 납득할 수 없다. 어쨌든 보통 사람들이 그렇게 생각한 적은 없었다. 물론 보통 사람들에게는 고상하고 장엄한 것보다는 노골적이고 외설적이며 유머러스한 악마의 모습이 더 가깝게 느껴지기는 한다. 그리고 쿰프는 그런 의미에서는 보통 사람이었다. 그는 고풍스러운 말을 즐겨 썼는데, 그가 '화염과 유황의 동굴'에 대해 말할 때면 반쯤은 농담처럼 들리기도 했지만 평범하게 '지옥'이라고 하는 것보다는 훨씬 설득력 있게 들렸고, 전혀 상징적으로 말한다는 인상을 주지 않았다. 오히려 분명하게 '가식이 없는 훌륭한 독일어'로 말하는 것 같은 인상을 주었다. 악마에 대해서도 다르지 않았다. 학문을 하는 사람, 즉 학자로서의 쿰프는 성서 신앙에 대한 합리적인 비판을 용인했고, 적어도 드물게는 지적인 정직함을 보이며 많은 것을 '포기' 했던 것이다. 그러나 그는 사기꾼이자 사악한 적이 근본적으로 다름 아닌 이성을 통해 주로 활동하고 있다고 보았으며, 이성이라는 말을 할 때마다 "악마가 사기꾼과 살인자가 아니란 말인가!"라는 말을 덧붙이곤 했다. 그는 악마의 이름을 직접 부르기 싫어했고, 항간에서 부르는 식으로 '귀신'이나 '요괴' 혹은 '요마'라고 고쳐서 불렀다. 그러나 반쯤은 겁먹고 반쯤은 농담조로 꺼려하면서 악마를 다른 이름으로 바꾸는 태도에는 악마의 실재를 인정하는 듯한 불쾌한 여운이 남아 있었다. 그 밖에도 그는 '유혹의 성자'니 '화염 도사'니 '뚜쟁이'니 '음험한 마귀'니 하면서 악마에 대한 적절하고도 기이한 표현을 자유 자재로 구사했으며, 이런 표현들 역시 신의 반대자를 향한 그의 지극히 개인적이고 흥분된 태도를 드러냈다.

아드리안과 나는 쿰프 교수 댁을 몇 차례 방문한 연고로 두 번씩이나 그의 가족이 모인 자리에 초대되어, 그와 그의 부인, 그리고 눈에 띄게 불그스레한 뺨을 가진 두 딸과 함께 저녁 식사를 할 기회가 있었다. 물결무늬로 땋은 두 딸의 머리는 너무 야무지게 잡아맨 탓에 머리에서 붕 뜬 채로 비스듬히 내려져 있었다. 우리가 조심스럽게 접시 위로 몸을 굽히고 있는 동안 두 딸 중 하나가 성호를 긋고 기도를 했다. 그러자 가장인 쿰프 교수는 신과 세계, 교회, 정치, 대학, 그리고 예술과 연극에까지 관계되는 다양한 화제를 늘어놓으면서 열심히 먹고 마시기 시작했다. 그것은 그가 세속의 기쁨이나 건전한 문화의 향락을 결코 반대하지 않는다는 것을 나타내는 훌륭한 사례였다. 우리한테도 과감하게 함께 들기를 권하고, 신의 선물인 양의 허벅다리 고기나 모젤 산(産) 토끼 꼬리 고기를 부끄럽게 여기지 말라고 자꾸만 권하곤 했다. 그리고 맛있게 배불리 식사한 후에는 놀랍게도 벽에 걸린 기타를 집어 들더니 탁자를 등지고 다리를 포갠 채 기타 소리에 맞춰서 쩌렁쩌렁한 목소리로 「방랑은 방앗간지기의 기쁨이라네」, 「뤼초의 거칠고 대담한 사냥」, 「로렐라이」, 그리고 「그래서 우리는 즐거워」 같은 노래들을 불렀다. 그러고는 어김없이 「주색 가무를 좋아할 줄 모르면 평생 바보라네」라는 노래가 나왔다. 그는 우리가 보는 앞에서 뚱뚱한 부인의 허리를 잡고 이 노래를 불렀던 것이다. 그러고는 통통한 집게손가락으로 식당의 침침한 구석을 가리켰다. 식탁 위에 떠도는 갓등의 불빛이 그쪽으로는 전혀 미치지 않았던 것이다.

"보게나! 저기 구석에 그놈이 서 있어! 앵무새 같은 놈, 비방을 일삼는 놈, 음울한 악령이 말이야! 우리가 식사하고 노래 부르며 하느님 안에서 기뻐하는 것을 그놈은 참을 수 없는 모양이지! 그 지독한 악당이 아무리 교활하고 이글거리는 불화살을 가졌다 해도 우리를 해치지는 못할 걸세! 꺼져라!"

그는 벼락같은 고함을 지르고는 흰 빵 하나를 집어서 침침한 구석으로 내던졌다. 이 싸움이 끝나자 그는 다시 기타를 집어 들고 「진정 기쁜 마음으로 방랑하려는 자는」이라는 노래를 불렀다.

이 모든 것은 경악스럽기까지 했는데, 아드리안 역시 자존심 때문에 감히 스승의 명예를 더럽히지는 않았지만, 그렇게 느꼈을 거라고 생각한다. 어쨌든 악마와의 싸움이 끝나고 길거리에 나섰을 때 그는 발작적인 웃음을 터뜨렸고, 그 웃음은 대화의 화제를 자꾸 다른 쪽으로 돌림으로써 아주 서서히 진정되어 갔다.

13

나는 간교한 이중적 성격 때문에 다른 누구보다도 내 기억에 또렷이 새겨져 있는 다른 한 선생에 대한 기억을 더듬어 몇 마디 덧붙이고자 한다. 그는 에버하르트 슐렙푸스라는 강사였는데, 당시 그는 두 학기 동안 할레 대학에서 강의를 하고는 어디로 갔는지는 모르겠지만 시야에서 사라지고 말았다. 슐렙푸스는 키가 작은 편으로 왜소한 체격에 목 언저리를 금속 단추로 채운 검은 케이프*를 외투 대신 걸치고 다녔다. 그 밖에도 그는 예수회 수도사들이 쓰고 다니는 것과 비슷한 둘둘 말린 테두리가 달린 모자를 쓰고 다녔는데, 학생들이 길거리에서 그에게 인사를 하면 모자를 벗으며 "안녕하신가!"라고 인사를 받는 버릇이 있었다. 내 기억에는 그가 실제로 한쪽 발을 질질 끌며 걸었던 것 같지만 확실치는 않다. 그가 걸어가는 것

---

* 소매가 없는 외투 대용 겉옷.

을 볼 때마다 내 관찰에 분명한 확신을 가질 수 없었기 때문에 그가 딱히 발을 끌며 걸었다고 볼 수는 없고, 오히려 그의 이름 때문에* 그런 느낌이 들었다고 생각하고 싶다. 두 시간이나 계속되는 그의 질질 끄는 강의의 성격을 떠올려 보아도 그런 생각은 어느 정도 확실해 보인다. 당시 강의 제목이 무엇이었는지는 정확히 기억나지 않지만 희미하게 기억나는 강의 내용에 비춰 보건대 '종교 심리학' 정도가 아니었을까 싶은데, 아마 그런 제목이었던 것 같다. 그 강의는 아주 독특했고 시험 필수과목도 아니었는데, 지적이고 다소 급진적인 성향의 극소수 학생 열두어 명 정도만 이 과목을 수강했다. 더 많은 학생들이 수강하지 않는다는 것이 의아했는데, 슐렙푸스의 강의 내용은 널리 호기심을 불러일으킬 만큼 자극적이었기 때문이다. 어떻든 여기서 분명히 드러나는 것은 자극적인 것도 정신적인 문제와 연관될 때는 인기가 없다는 사실이었다.

나는 신학이란 본성상 악마론으로 기울기 쉬우며, 특정 상황에서는 언제라도 악마론으로 기울게 마련이라고 이미 말한 바 있다. 슐렙푸스는 이런 사실을 입증해 주는 본보기라고 할 수 있었다. 그의 방법론은 매우 진보적이고 지적이기는 했으나, 악마적인 세계 해석과 신에 대한 해석은 심리학으로 채색된 것이었다. 따라서 현대 학문의 테두리 안에서도 수용될 수 있었고, 확실히 구미가 당길 만한 것이었다. 게다가 젊은이들을 완전히 감동시킬 듯한 그의 강의 방식도 한몫을 했다. 그는 완전히 자유자재로, 크게 힘들이지 않고, 그렇다고 쉬지도 않

---

* 독일어로 '슐렙푸스'는 '발을 질질 끄는 사람'이라는 뜻.

으면서 바로 인쇄에 들어가도 될 만큼 완벽하고 다소 반어적인 어법으로 말했다. 강단의 정면에 있는 의자가 아닌 난간 옆쪽에 반쯤 기대어 앉은 자세로 엄지손가락은 펴고 다른 손가락들을 무릎 위에 올려놓고 깍지를 낀 채 말했는데, 그럴 때면 짧게 기른 갈라진 턱수염이 위아래로 움직였고, 턱수염과 뾰족하게 말린 작은 콧수염 사이로 작고 날카로운 치아들이 드러나 보였다. 쿰프 교수가 악마와 황당한 방식으로 교제하는 것도 슐렙푸스가 신에게서 떨어져 나온 파멸의 화신, 즉 악마에게 부여하는 심리학적인 현실성에 비하면 어린애 장난에 불과했다. 슐렙푸스는, 감히 이렇게 표현해도 된다면 변증법적으로 신성 모독을 신적인 것 안으로, 지옥을 최고천(最高天)* 안으로 받아들였다. 또 극악무도한 것을 신성한 것과 함께 태어난 필연적인 보완물이라고 설명했으며, 신성한 것을 끊임없는 악마적인 유혹, 거의 저항할 수 없는 신성 모독적인 도발이라고 설명했다.

이런 주장을 그는 인간의 삶이 완전히 종교의 지배를 받던 고전적 시대인 기독교 중세, 특히 중세 말엽 몇 세기 동안의 종교 생활을 근거로 입증하고자 했다. 그 시대에는 종교 재판관과 죄인, 종교 재판관과 마녀 양쪽 모두 하느님을 배신하는 행위, 즉 악마와의 계약이나 추악한 교제라는 사실에 관해 완전히 의견이 일치했다는 것이다. 그 경우 신성불가침의 것이 오히려 신성 모독의 충동을 자극한다는 것이 핵심적인 문제였

---

* 고대인이 생각했던 다섯 단계의 하늘나라 가운데 하나로, 신들이나 천사가 있는 곳.

다. 그것은 성모 마리아를 믿지 않는 이단자들이 '뚱뚱한 여인'* 같은 표현을 썼던 데서도 확인할 수 있고, 그 밖에 아주 상스러운 농담이나 혐오스러운 음담에서도 찾아볼 수 있었다. 악마의 사주를 받은 그들은 미사 도중에 몰래 이런 말들을 지껄이곤 했다. 슐렙푸스 박사는 기도하는 자세로 양손을 모아 쥔 채 문자 그대로 그런 장면들을 재현해 보였다. 내 취향에 맞지 않으므로 그런 장면을 여기에 옮기지는 않겠지만, 그렇다고 취향을 무시하고 학문을 존중한 그의 처사를 비난하는 것은 아니다. 다만 학생들이 양심에 거리낌 없이 그런 말들을 공책에 받아 적는 모습이 기이해 보였을 뿐이다. 슐렙푸스의 주장에 따르면 이 모든 것은, 즉 악과 악인조차도 신의 신성한 실존으로부터 필연적으로 흘러나온 것이요, 불가피한 부속물이었다. 마치 악덕이 그 자체로 생겨난 것이 아니라 덕을 더럽힘으로써 생겨난 것이고, 덕이 없다면 악덕은 그 뿌리를 잃게 될 거라는 식이었다. 바꿔 말하면 악덕은 창조 행위 자체에 내재해 있는 죄를 지을 가능성, 즉 '자유'를 누리는 데서 비롯된다는 것이었다.

그런 생각은 신의 전능함과 자비로움에 모종의 논리적 불완전성이 내재해 있음을 뜻한다. 신이 자신으로부터 자유롭게 해 주어서 이제는 신의 바깥에 존재하는 피조물이 아예 죄를 지을 수 없게 하지는 못하기 때문이다. 달리 말하면 피조물은 처음부터 신을 배반할 수 있는 자유 의지를 타고났다는 뜻도 될 것이다. 그렇다면 신의 창조는 불완전한 것이며, 신의 본

---

* '임신한 여인'이라는 뜻.

질에 어긋나는 것이므로 아예 창조가 아니라는 논리도 성립될 것이다. 신에게 내재하는 논리적 딜레마는 신이 피조물인 인간과 천사에게 선택의 자율성, 즉 자유 의지를 부여함과 동시에 죄를 짓지 못하게 하는 자질을 함께 부여하지 못했다는 데 있는 것이다. 따라서 경건함과 미덕은, 신이 피조물에게 보장해 준 자유를 선하게 사용하거나 전혀 사용하지 않는 데에 있는 셈이다. 물론 슐렙푸스의 말에 따르면, 자유를 사용하지 않을 때는 신의 바깥에 있는 피조물의 실존적인 약화, 즉 삶의 밀도가 감소되는 결과가 초래될 터였다.

자유. 슐렙푸스의 입에서 나온 이 말은 얼마나 기묘하게 들렸던가! 물론 그 단어는 그의 말에서 분명히 종교적인 색채를 띠고 있었다. 그는 신학자로서 말했고, 결코 자유에 대해 모욕적으로 말하지 않았으며, 신이 의도한 생각에 귀속되어야 할 고결한 의미로 사용했다. 신은 인간과 천사에게서 자유를 빼앗기보다는 그들을 죄악에 노출시키는 쪽을 선택한 것이다. 결과적으로 자유란 인간 본성의 선한 의지와는 반대되는 것이 되는 셈이다. 말하자면 자유란 자신의 의지에 따라 신에게 충성을 지켜도 좋고 아니면 악마들과 함께 행동하여 미사에서 입에 담지 못할 말을 수군거려도 그만인 그런 자의적인 것이었다. 이것이 종교 심리학을 근거로 자유에 대해 내린 정의였다. 그렇지만 자유는 또한 이미 다른 의미에서, 신앙과는 그다지 관련이 없지만 어쨌든 사람들을 열광하게 만드는 다른 의미에서 인류의 삶과 역사의 투쟁에서 분명 어떤 역할을 해 왔다. 내가 이 전기를 쓰고 있는 바로 지금, 광란의 전쟁이 진행 중이고 파렴치한 독재가 횡행하는 지금도 비록 나 자신은 뒷

전에 물러나 있지만 난생 처음으로 자유의 의미가 무엇인지 어렴풋이 떠오르는 우리 독일 민족의 영혼과 사고에서도 자유는 그 어떤 역할을 하고 있다. 물론 대학 시절에는 우리의 생각이 거기까지는 미치지 못했다. 우리가 대학생이던 시절에는 자유라는 것이 그렇게 절박한 문제가 아니었다. 슐렙푸스 박사는 자신의 강의 범위를 벗어나지 않는 한도 내에서 자유라는 말에 의미를 부여하고 다른 의미는 제쳐 놓으려 했던 까닭에, 다급한 문제로는 보이지 않았던 것이다. 차라리 그가 자유의 다른 의미들을 제쳐 두고 순수하게 종교 심리학적인 파악에만 심취해 자유의 다른 의미들은 까맣게 잊고 있다는 인상만 받았더라면 얼마나 좋았을까! 나는 그가 자유의 다른 의미들을 잊은 것이 아니라는 느낌을 떨칠 수 없었다. 그리고 자유에 대한 그의 신학적인 정의는 '현대적인' 정의, 즉 세속화된 정의와 대립되는 극단적 변증론*의 성격을 지니고 있었으며, 수강생들에게 그런 생각을 주입하려는 것처럼 보였다. 그는 이렇게 말하려는 듯했다. 자, 우리도 자유라는 단어쯤은 알고 있고, 우리 마음대로 자유를 사용할 수 있다, 그러니 마치 자유가 너희 나라 사전에만 있고 너희들이 생각하는 자유만이 합리적이라는 듯이 말하지 마라. 어떻든 자유란 아주 대단한 어떤 것이다. 하느님이 인간으로 하여금 하느님을 배반하는 사태를 막아 내지 못한, 창조 자체의 제약과 관련된 것이다. 자유란 죄를 지을 수 있는 자유이며, 경건함이란 자유를 주어야만 했던 하느님에 대한 사랑으로 자유를 사용하지 않는 데

---

* 신의 존재와 신앙의 문제를 이성적으로 논증하고 옹호하는 방법론.

있다는 것이었다.

내가 완전히 착각한 것이 아니라면, 그런 식으로 어딘가 편향되고 사악한 생각이었다. 요컨대 그런 생각은 나를 괴롭혔다. 나는 어떤 사람이 모든 것을 가지려 하고 적이 할 말을 자기가 하며, 그 말을 뒤틀어서 개념의 혼란을 일삼는 것을 좋아하지 않는다. 오늘날 그런 일은 너무도 대담하게 자행되고 있으며, 내가 은거하게 된 주된 이유도 거기에 있다. 어떤 사람들은 자유니 이성이니 인간성이니 하는 것들에 대해서 말할 자격이 없다. 그런 말들의 순수성을 지키기 위해서도 그런 말을 사용하지 말아야 한다. 그런데 슐렙푸스 역시 다름 아닌 인간성에 대해 말했다. 물론 '신앙의 고전적인 몇 세기'에 해당되는 의미로 인간성을 논했는데, 그는 그런 세기의 정신적 분위기를 자신의 종교 심리학의 바탕으로 삼고 있었다. 분명히 그의 관심사는 인간성이 자유로운 정신의 산물도 아니고 그 이념이 인간 정신이나 자유의 이념에 포함된 것도 아니며, 심지어 종교 재판 역시 가장 감동적인 인간성에 의해 고무되었다는 주장을 납득시키려는 데 있었다. 그는 예의 '고전적인' 시대에 어떤 여자가 체포되어 재판을 받고 화형에 처해졌다는 이야기를 했다. 그녀는 꼬박 여섯 해 동안이나 매주 세 번씩, 주로 신성한 시간에, 그것도 남편이 자는 바로 옆에서 몽마(夢魔)*와 정을 통했다는 것이다. 그는 그녀가 그렇게 칠 년이 지난 후에는 육체와 영혼을 가지고 악마의 곁으로 가겠다는 일종의 계약을 맺었다고 했다. 하지만 그녀는 운이 좋아서 그 기한이 다 되기

---

* 중세 마녀사냥에서 마녀와 정을 통한다고 여겨졌던 악마.

직전 하느님이 사랑을 베풀어 그녀에게 종교 재판을 받게 하셨다는 것이다. 가벼운 심문에도 그녀는 모든 것을 자백하고 감동적인 고백을 했으며, 비록 자신이 석방될 수 있다 하더라도 오직 악마의 힘에서 풀려나기 위해 단호히 화형대를 택하겠노라고 분명히 밝히며, 스스로의 의지로 죽음을 받아들였다고 한다. 그녀는 더러운 죄악에 예속된 삶에 너무나 구역질을 느꼈으며, 재판관과 죄인의 일치된 생각은 아름다운 문화의 단호한 의지를 보여 주는 것으로, 그녀의 영혼이 마지막 순간 불로써 악마로부터 구제받고 신의 용서를 받아 흡족해하는 마음에서 따뜻한 인간성이 드러난다는 것이었다.

슐렙푸스는 이 이야기로 우리를 흥분시켰는데, 심지어 바로 이런 것이 인간성의 가능한 의미일 뿐 아니라 본래적인 의미라고까지 주장했다. 앞에서 이야기한 사례를 정신의 자유와 비슷한 다른 용어로 설명한다거나 말도 안 되는 미신이라고 하는 것은 가당치 않다는 것이었다. 그러나 슐렙푸스는 미신이라는 말 역시 자신이 편리한 대로 써먹었다. 게다가 이 말의 참 뜻을 전혀 몰랐던 '고전적' 세기를 다시 들먹였다. 그의 주장에 따르면 앞의 이야기에서 몽마와 정을 통한 그런 여자야말로 그릇된 미신에 빠졌다는 것이다. 그녀는 하느님과 믿음을 저버렸으니, 그게 바로 미신이 아니고 뭐냐는 거였다. 다시 말해 정말로 귀신이나 몽마 따위가 존재한다고 믿은 쪽이 미신이 아니라, 마치 페스트를 전염시키듯이 그런 세력과 내통하고 오직 하느님에게만 바랄 수 있는 것을 그들에게서 바라는 것이 곧 미신이라는 것이었다. 인류의 적이 속삭이며 유혹을 할 때 쉽게 속아 넘어가는 것이 미신이라는 것이었다. 그가 생각하는 미신이라는 개념에는 온갖 주문과 노래, 무술(巫術), 온갖 종류의 마술, 악덕과 범법, 유전성 편타 도착증(鞭打倒錯症)*, 마술적 환각 등이 포함되어 있었다. '미신'이라는 개념을 그런 식으로 규정할 수도 있었고, 또 실제로 그렇게 규정되어 있었다. 인간이 어떻게 말들을 사용하고, 그 말로써 어떤 생각들을 하는지를 보면 정말 우습지 않은가!

당연히 슐렙푸스 강의의 상당 부분을 차지한 신정론(神正論), 즉 세상에 악이 존재하더라도 하느님의 정당함을 변호하는 변신론(辯神論)**에서는 성스러움과 선함과 악의 변증법적 결합이 중요한 역할을 했다. 악은 우주의 완전성에 기여했으며, 악이 없다면 우주가 완전하지 못할 것이기에 하느님은 악을 허용한 것이고, 하느님은 완전하기 때문에 그런 완전함을 원한다는 주장이었다. 완전한 선이라는 의미가 아니라 모든 측면을 포함한다는 의미에서, 모든 존재의 상호 강화라는 의미에서, 선이 있음으로 해서 악은 더 악하고 악이 있음으로 해서 선은 더욱 선한 것이 된다. 사실 선이 없다면 악은 도대체가 악이 아닐 것이요, 악이 없다면 선 또한 전혀 선이 아닐지도 모른다. 사람들이 이런 식의 논의를 제기할 수도 있을 것이다. 적어도 아우구스티누스는 악의 기능이 선을 더욱 분명히 드러내는 것이며, 선은 악과 비교될 때 비로소 그만큼 더 좋은 것으로 입증되고 찬양될 것이라고 했던 것이다. 물론 여기에 만약 하느님이 악이 생기기를 원한다고 믿는다면 그것은 위험한 생각이

---

* 흑사병이 창궐하던 중세 시기에 채찍으로 자기 몸을 때리며 고행의 방랑을 했던 수도사들의 집단적 자기 학대증.
** 악의 존재가 신앙의 단련과 세상의 구원을 위해 예정된 섭리라고 보는 학설.

라는 토마스 아퀴나스의 경고가 끼어든다. 하느님은 그런 것을 원하지 않을뿐더러 악이 생겨나지 않기를 원하지도 않으며, 원함도 원하지 않음도 없이 악의 지배를 허락하는데, 물론 그것은 분명히 완전함을 위함이라는 것이다. 그러나 하느님이 선을 위해 악을 허용한다고 주장한다면 그 또한 착각이라는 것이다. 왜냐하면 우연히 주어지는 속성을 통해서가 아니라 그 자체를 통해 '선하다'는 이념에 부합하지 않는다면, 어떤 것도 선하다고 볼 수 없기 때문이다. 어쨌든 여기서 절대적 선함과 아름다움, 즉 추악함과 무관한 아름답고 선한 것의 문제, 비교될 수 없는 절대적 가치의 문제가 제기된다고 슐렙푸스는 말했다. 비교할 수 없는 것은 어떤 척도로도 헤아릴 수 없으며, 그 가볍고 무거움이나 크고 작음의 문제는 논의될 수 없다고 했다. 그러면 선함과 아름다움은 배제되어 무(無)와 매우 흡사한, 어쩌면 무보다 더 나을 것이 없는 가치 없는 존재가 되어 버릴지도 모른다.

우리는 그런 이야기들을 공책에 받아 적었다. 그럼으로써 다소 위안받은 심정으로 공책을 집에 가지고 올 수 있었는지도 모른다. 그리고 우리는 슐렙푸스의 강의 내용에 다음과 같은 말을 덧붙였다. 피조물의 수난이라는 관점에서 보면 하느님의 참된 정당성은 악으로부터 선을 만들어 내는 그분의 능력에 있다. 하느님의 영광을 위해 이런 속성은 온전히 실증되어야 하며, 만일 하느님이 피조물을 죄악에 내맡기지 않았다면 이 속성은 계시될 수 없을 것이다. 이 경우, 하느님이 악과 죄, 번민과 악덕으로부터 만들어 낸 선은 이 우주에 생기지 않았을 것이며, 천사들이 찬미가를 부를 필요가 줄어들었으리라.

물론 그 반대로, 역사가 끊임없이 가르쳐 주듯 선으로부터 많은 악이 발생했으며, 그리하여 하느님은 이것을 피하기 위해 선을 저지하지 않을 수 없었고, 결국은 세계의 존립을 불허할 수도 있었다. 그렇지만 이것은 조물주인 하느님의 본질에 위배되므로 지금처럼 악이 들끓는 세계를 만들어 낸 것이다. 말하자면 부분적으로는 악마의 세력을 용인했다는 것이다.

우리가 들은 강의가 원래 슐렙푸스 자신의 견해인지 아니면 그의 주된 관심사가 다만 신앙의 '고전적' 세기의 심리학을 우리한테 알려 주는 것일 뿐이었는지는 분명치 않았다. 그러나 그는 그런 심리학에 거의 전적으로 공감하는 태도를 취하지 않고는 분명히 신학자가 될 수 없었을 것이다. 어째서 더 많은 젊은 친구들이 그의 강의에 매력을 느끼지 못하는지 내가 궁금해했던 이유는, 인간의 삶에 미치는 악마의 힘이 언급될 때마다 성적인 요소가 중요한 역할을 했기 때문이다. 어떻게 안 그럴 수가 있었겠는가? 성적인 영역의 악마적인 성격은 '고전적 심리학'의 주요 부분을 이루었다. 고전적 심리학에서 성적 영역은 악마에게 유리한 시합장이었고, 하느님의 반대편, 즉 적과 유혹자를 위해 주어진 영역이었다. 하느님은 인간의 다른 어떤 행위보다 성교에 대해 마녀의 세력을 더 크게 용인했기 때문이다. 성교 행위가 외관상 음탕스럽다는 까닭도 있겠지만, 무엇보다도 이 행위를 통해 아담의 타락이 원죄로서 온 인류에게 유전되어 왔기 때문이다. 미적으로 혐오스러운 짓으로 낙인 찍힌 성교 행위는 원죄의 표현인 동시에 매개체였다. 악마가 특별히 여기에 더 많이 자유로운 손길을 뻗쳤다는 것은 얼마나 놀라운 일인가? 천사가 토비아스에게 "쾌락을 탐하는 자들에게는 악마가 득세할 것이니."*라고 말한 데는 그럴 만한 이유가 있었던 것이다. 악마의 세력은 사람의 요부(腰部)에 자리 잡고 있다는 것이다. 그리고 이것은 복음 선포자가 "힘센 자가 자기 집을 지키면 그의 재산은 안전하리라."** 하고 말한 대목에도 암시되어 있으며, 이 대목은 명백하게 성적인 암시로 해석되었다.*** 숨겨진 말들에는 언제나 그런 뜻이 숨어 있었으며, 경건한 사람들은 밝은 귀로 이런 대목의 의미를 제대로 알아차렸다는 것이다.

그런데 다름 아닌 하느님의 성스러운 사도들에게서 천사의 경고가, 적어도 '마음의 평온'만 놓고 보자면, 늘 너무 미약한 힘만 발휘했다는 것은 정말 놀라운 일이다. 성스러운 믿음의 조상들에 관한 책인 성서는, 비록 그들이 온갖 육체적 쾌락에 저항하긴 했어도, 믿기 어려울 만큼 많은 여자에 대한 음욕의 유혹을 받았다는 보고들로 가득 차 있는 것이다. "그래서 내가 자만하지 않도록 하느님께서 내 몸에 가시를 주셨다. 그것은 사탄의 하수인으로, 나를 줄곧 찔러 대어 내가 자만하지 못하게 하시려는 것이었다."****라는 「고린도서」에 나오는 한 구절 또한 그와 같은 고백의 말이었다. 이 복음서를 쓴 사도 바울

---

* 15세기 마녀사냥의 교본처럼 널리 알려진, 야콥 슈프렝거(J.Sprenger) 신부와 교황청 심문관 하인리히 인스티토리스(H. Institoris) 신부가 작성한 『마녀재판』(1487)이라는 책에서 마치 성경에서 인용한 양 나오는 구절.

** 신약 성경 「누가복음」 11장 21절에서 인용.

*** 성경의 문맥에서는 아무리 힘센 자라도 더 힘센 자, 즉 사탄이 침입하면 무사하지 못하므로 하느님의 힘에 의지해야 한다는 뜻인데, 이 구절의 '재산'을 아내로 해석해 성적인 암시로 이상하게 풀이했다는 뜻.

**** 신약 성경 「고린도후서」 12장 7~8절 참고.

은 이런 말을 통해 뭔가 다른 뜻, 즉 간질병이나 그 비슷한 것들을 말하려 했는지도 모르지만, 경건한 믿음을 가진 자들은 나름의 방식대로 이것을 해석했으며, 결국은 그들이 옳게 해석한 것처럼 보였다. 그들의 본능이 정신적 시련을 성(性)의 악마와 연관지었다면* 아마도 잘못 짚지는 않았을 것이다. 사람들이 저항한 유혹은 물론 죄가 아니라 덕성의 시험이었을 뿐이다. 그렇지만 죄와 유혹의 경계를 긋기는 힘들지 않았을까? 유혹이란 벌써 우리들의 핏속에 있는 죄악이 날뛰는 것이었으며, 욕정은 이미 악에 몸을 바치는 상황이 아니었던가? 여기서 다시 선과 악은 변증론적으로 통일된다. 유혹 없이는 경건함을 생각할 수조차 없으며, 죄가 무서웠기 때문에, 인간의 잠재적인 죄 때문에 경건함은 제자리를 찾을 수 있다는 것이다.

그런데 유혹은 누구에게서 유래했는가? 유혹 때문에 저주받아야 할 자는 누구인가? 유혹은 악마한테서 유래한다고 사람들은 쉽게 말해 왔다. 유혹의 근원은 악마였지만, 저주는 유혹의 대상에게 돌아갔다. 유혹의 도구인 그 대상은 여자였다. 물론 동시에 여자는 신성의 도구이기도 했다. 날뛰는 음욕이 없다면 신성함도 없을 테니 말이다. 그렇지만 그 대가로 여성은 되로 주고 말로 받은 꼴이 되었다. 다음 사실은 상당히 주목할 만하고 의미심장하다. 비록 인간이 두 가지 형태로 성적

---

* 사도 바울은 간질 같은 정신적 고통을, 자만하지 말라고 하느님이 일부러 내린 시련이라고 보았으나, 성적인 욕망 자체를 사탄과 결부하는 '경건한' 사람들은 그런 정신적 시련도 음욕 때문에 생기는 것이라고 억지 해석을 했다는 뜻. 또한 '몸에 돋은 가시'를 남성의 성기와 연관시켰다는 의미도 함축하고 있다.

인 존재임에도, 악마가 여자보다는 오히려 남자의 요부(腰部)에 자리 잡았다는 것이 더 타당함에도, 육욕과 성적 굴복에 대한 온갖 저주는 여자에게 전가되었으며, 그리하여 "미인이란 암퇘지의 코에 걸린 금반지와도 같다."*라는 말이 나올 정도였던 것이다. 이와 비슷한 얼마나 많은 말들이 여자를 상대로 진지하게 언급되어 왔던가! 그것은 육체적 욕망에 보편적으로 해당되는 말임에도 여자한테만 전가됨으로써 남자의 정욕까지도 여자의 책임으로 처리된 것이다. 그래서 이런 말까지 나오게 된 것이다. "여자를 가까이 하는 것은 차라리 죽는 것보다 더 괴로웠으니, 선량한 여성도 육욕에는 굴복하고 만다."**

그렇다면 이렇게 반문할 수도 있었을 것이다. 그렇다면 선량한 남자라고 해서 그런 정욕에 빠지지 않았단 말인가? 성자라고 해서 특별히 달랐을까? 그러나 그런 의혹은 지상의 온갖 정욕의 대변자인 여성의 탓으로 돌려졌다. 성적인 욕망은 여성의 영역이라는 것이었다. 여성(femina)이라는 말은 '신앙(fides)'과 '모자람(minus)'이 합성된 것으로 '모자라는 신앙'을 뜻한다. 그러니 어떻게 여성이 이 세상에 들끓는 음탕한 마귀들과 친하지 않을 것이며, 그런 세력과 교제하고 마술을 일삼았다는 혐의를 모면할 수 있었겠는가? 아내를 철석같이 믿는 남편이 잠자고 있는 현장에서, 그것도 여러 해 동안이나 몽마와 농탕을 쳤다는 여자야말로 그 본보기인 것이다. 물론 몽마가 전부는 아니고 마녀도 있었다. 실제로 그 '고전적인' 시대에 타락

---

* 『마녀재판』에 나오는 구절.
** 『마녀재판』에 나오는 구절.

한 어떤 젊은이는 마녀의 '우상'*을 끼고 살았다고 한다. 결국 그는 우상의 질투를 호되게 치러야만 했다. 몇 년 후에 청년은 진심보다는 필요 때문에 어떤 정숙한 여자와 결혼했지만, 끝내 그녀와 몸을 섞지는 못했다. 늘 우상이 부부 사이에 끼어들어서 훼방을 놓았다는 것이다. 그리하여 심사가 뒤틀린 아내는 당연히 청년을 떠났고, 그는 평생 동안 그 심보 사나운 우상에 만족해야만 했다는 것이다.

그 시대의 또 다른 어떤 청년에게 가해진 제약은 당시의 심리적인 상황을 훨씬 더 잘 보여 준다고 슐렙푸스는 말했다. 문제의 청년은 아무런 죄도 없는데 마녀의 유혹 때문에 이상한 심리 상태에 빠져들었으며, 거기에서 빠져나오기 위한 수단이 너무나 비극적이었다고 한다. 슐렙푸스가 제법 재치 있게 들려주었던 그 이야기를, 아드리안과 함께 공부했던 시절을 회상하는 의미에서 여기에 간단히 끼워 넣고자 한다.

15세기 말경 콘스탄츠 부근의 메어스부르크에 하인츠 클뢰프가이셀이라는 순박한 청년이 살고 있었다. 그는 통을 만드는 일을 했는데, 체격이 건장했다. 그는 홀아비로 사는 어느 종지기의 외동딸인 베르벨이라는 처녀와 남몰래 사랑하는 사이였으며, 그녀를 아내로 맞고 싶어 했다. 하지만 서로 사랑하는 두 남녀의 소망은 클뢰프가이셀이 가난한 총각이라는 이유로 처녀 아버지의 반대에 부딪히고 말았다. 종지기는 우선 그가 번듯한 사회적 지위를 가져야만, 그러니까 통을 만드는 직종에서 장인(匠人)에 오른 후에야 자기 딸을 주겠다는 것이었다. 하지

---

* 여기서는 '여성 인형'이라는 뜻.

만 서로 사랑하는 남녀는 연정을 이기지 못해 때가 되기도 전에 이미 부부의 관계를 갖게 되었다. 매일 밤 종지기가 종을 치러 나가면 클뢰프가이셀은 몰래 베르벨의 방으로 들어갔으며, 연인을 품에 안고 있으면 서로가 이 세상에서 가장 눈부신 존재처럼 느껴졌다.

그런데 이런 사랑이 계속되던 어느 날 청년은 다른 쾌활한 동료들과 함께 콘스탄츠에 가게 되었다. 성당 헌당식을 기념하는 대목장이 선 그곳에서 그들은 하루 나절을 즐겁게 보내고 나서, 저녁이 되자 호기가 발동해서 뒷골목의 여자들에게 가기로 작정을 했다. 클뢰프가이셀은 마음이 내키지 않아 동행하지 않겠다고 했다. 하지만 짓궂은 친구들은 그를 애송이라고 놀려 댔고, 마침내는 그가 정상이 아니고 몸에 이상이 있을 거라는 식의 모욕적인 조롱까지 하게 되었다. 다른 친구들 못지 않게 독한 술을 들이켠 데다가 이런 모욕을 견디지 못한 청년은 못 이기는 체 "흠, 그렇지 않을걸." 하고는 친구들과 한패가 되어 사창가로 갔다.

그런데 거기서 청년은 어떤 표정을 지어야 좋을지 모를 정도로 지독한 창피를 당했다. 너무나 뜻밖에도, 헝가리 여자와 함께 있는 동안 전혀 일을 치를 수 없었던 것이다. 말하자면 그는 그 여자한테는 사내 구실을 할 수 없었다. 그는 그 때문에 화가 머리끝까지 치밀었고, 걱정도 되었다. 매춘부는 그를 비웃었을 뿐 아니라, 짚이는 바가 있다는 듯이 고개를 설레설레 저었다. 틀림없이 뭔가 잘못되었을 것이다, 낌새가 이상하다, 당신처럼 건장한 사내가 갑자기 성적 불구가 되었다면 아마 악마에 홀렸기 때문일 것이다, 그에게 누군가가 주문을 걸었을 거라는 등의 말을 했다. 그 밖에도 여러 가지 생각나는 대로 말을 쏟아 냈다. 그는 친구들에게 이 일이 새어 나가지 않도록 여자한테 많은 돈을 주고 나서 풀이 죽어서 집으로 돌아왔다.

그는 염려가 되지 않은 것은 아니지만 가능한 한 빨리 베르벨과 밀회를 가졌고 종지기가 종을 울리는 동안 그들은 쾌락의 시간을 보냈다. 그리하여 그는 젊은 사내로서의 명예가 되살아나는 것을 확인하고 나서야 만족했다. 그에게 오직 한 사람만이 중요하다면 그녀 이외의 사람이 그에게 문제 될 리 있겠는가? 하지만 지난번의 실패 이래로 그의 마음은 편치 않았으며, 그리하여 한번 더 시험해 보기로 했다. 진심으로 사랑하는 그녀를 딱 한 번만 속이기로 한 것이다. 그는 몰래 자신과 더불어 그녀까지도 시험할 기회를 노렸다. 자신의 성적 불능을 추호도 의심하지 않았던 그는 온 영혼을 바쳐 사랑하는 여인에게 은근히 설레고도 불안한 마음으로 혐의를 두지 않을 수 없었던 것이다.

그는 배가 튀어나온 데다 약골인 어느 술집 주인의 지하 술창고에서 술통의 느슨해진 굴렁쇠를 조이는 일을 맡게 되었다. 아직 팔팔한 주인 마누라도 그가 일하는 것을 보러 내려왔다. 그런데 그 여자가 그의 팔을 쓰다듬더니 자신의 팔과 견주어 보며, 자기를 퇴짜 놓지는 못할 거라는 듯한 표정을 지어 보였다. 그러나 이번에도 마음으로는 아무리 원해도 육체가 전혀 말을 듣지 않자 그는 마음이 내키지 않으며 바쁜 데다가 금방이라도 그녀의 남편이 계단을 내려올 거라고 둘러대고는 줄행랑을 놓을 수밖에 없었다. 이로써 그는 화가 난 표정으로 비웃는 여자에게, 건장한 사내라면 절대 지지 않았을 빚을 지고 말았다.

그는 깊이 상심했고, 혼란에 빠졌다. 그러나 자기 자신에 대해서만 의혹을 가진 것은 아니었다. 첫 번째 실패 이래로 그의 마음속에 생겨난 의혹이 이제는 그를 완전히 압도했다. 자신이 악마에게 홀렸다는 것은 의심의 여지가 없어 보였다. 한 불쌍한 영혼의 구제와 그의 육체의 명예가 위기에 처하게 되자 그는 신부님을 찾아가 고해실 칸막이 너머로 자초지종을 털어놓았다. 즉, 자신은 마술에 걸렸으며, 오직 한 여자를 제외하고는 사내 구실을 할 수 없으니 어떻게 된 영문인지 모르겠다고, 혹시 기독교에서는 이런 수치스러운 경우를 치료할 수 있는 자비로운 처방을 알고 있느냐고.

그런데 당시 그 나라에는 이와 유사한 여러 가지 경박한 풍습과 죄악과 악덕 외에도 마녀들이 퍼뜨리는 페스트가 인류의 적인 악마의 책동으로 만연해 신성을 모독하고 있다는 속설이 널리 퍼져 있었고, 이런 사태를 엄격하게 감독하는 일이 신부의 의무였다. 남자들의 가장 좋은 힘이 마법에 걸리는 따위의 재앙에 너무도 익숙한 신부는 클뢰프가이셀의 참회를 상급 권위자에게 알렸고, 결국 종지기의 딸이 체포되어 심문을 받았다. 하느님과 사람들 앞에서 정식으로 부부가 되기 전에 애인을 도둑맞지 않도록 애인의 정조에 신경을 쓰던 그녀는 목욕탕 하녀로 일하는 노파한테서 특효약을 얻어 냈다고 자백했다. 그 약은 세례를 받지 않고 죽은 갓난아이의 몸에서 추출한 지방(脂肪)으로 만들었다는 연고였다. 그녀는 애인을 포옹하는 동안 몰래 그의 등에 일정한 모양으로 그것을 발랐다. 그가 그녀 곁에 꼭 붙어 있도록 하기 위해서였다. 그리하여 목욕탕 하녀도 심문을 받게 되었다. 하지만 노파가 완강히 부인하는 바람에 원래 교회에서는 허용되지 않는 심문 수단을 동원할 재량을 가진 일반 법정에 넘겨졌다. 그리하여 몇 가지 강압적인 조치를 취하자 예상했던 사실들이 백일하에 드러났다. 실제로 노파는 악마와 계약을 맺었다고 했다. 그 악마는 발 모양이 염소처럼 생긴 수도승의 모습으로 노파에게 나타나서는, 신의 존재와 기독교 신앙을 끔찍스러운 비방으로 부정하도록 그녀를 설득했다. 그 대신 악마는 노파에게 사랑의 연고뿐 아니라 여러 가지 다른 수치스러운 만병통치약을 제조하는 방법도 가르쳐 주었다. 그중에는 문지르기만 하면 어떤 나무라도 마녀와 함께 허공으로 떠오르게 하는 그런 지방도 있었다. 악마가 노파와 계약을 맺은 자세한 정황은 거듭되는 고문을 통해 조금씩 드러났으며, 그것은 머리칼을 곤두서게 하는 내용들이었다.

이제 간접적으로 유혹을 당한 종지기 딸에게 문제 되는 것은 그런 저주받은 처방을 받아서 사용함으로써 그녀 자신의 영혼이 얼마나 시련을 당했는가 하는 것이었다. 불행하게도 노파는 악령이 자신에게 많은 사람을 개종시키는 임무를 부과했다고 자백하고 말았다. 그녀가 악령의 능력을 이용해 사람들을 악령에게 유인해 가면 그 대가로 악령은 그녀를 영겁의 심판의 불꽃으로부터 안전하게 지켜 줄 것이며, 그렇게 부지런히 일해 주면 지옥의 불꽃을 막을 석면의 갑옷으로 무장시켜 줄 거라고 약속했다는 것이다. 노파의 이런 자백은 베르벨을 파멸로 몰아넣었다. 베르벨의 영혼을 영겁의 저주에서 구해 내고, 그녀의 몸을 제물로 바침으로써 악마의 손아귀에서 영혼을 되찾게 해야 할 필연성이 명백해진 것이다. 그렇지 않아도 악덕이 만연해서 본보기를 보일 필요가 절실하던 터라 두 마녀, 즉

늙은 마녀와 젊은 마녀는 광장에서 나란히 화형에 처해졌다. 마귀에게 홀린 하인츠 클뢰프가이셀은 정신을 잃고 기도문을 중얼거리며 구경꾼들 틈에 섞여 있었다. 연기에 질식되어 이상하게 쉬어 버린 애인의 절규가 그에게는 캑캑거리며 억지로 그녀한테서 빠져나가는 악마의 목소리처럼 들렸다. 그때부터 이전까지 그를 짓누르던 불만은 해소되었다. 즉, 애인이 죽자마자 그의 남성적 능력은 회복되었던 것이다.

나는 이 해괴한 이야기를, 슐렙푸스식 강의의 정신적인 특징을 보여 주는 이 이야기를 결코 잊은 적이 없으며, 이 이야기를 회상할 때마다 흥분을 가라앉힐 수 없었다. 당시에 우리들 사이에서는, 즉 아드리안과 나 사이에서는 물론이고 '빈프리트' 모임의 토론에서도 이 이야기는 다양하게 거론되었다. 그러나 자신의 선생들이나 그들의 강의에 관해서 언제나 담담한 태도로 입을 다물고 있던 아드리안이나 그의 학과 동료들에게는 클뢰프가이셀 이야기가 내가 느끼는 만큼의 흥분을 불러일으키지는 못했다. 나는 오늘날까지도 그 인물을 생각하면 호흡이 거칠어지고, 그야말로 망나니라고 부르고 싶어진다. 그 멍청한 인간이 왜 그런 불평을 했을까? 무엇 때문에 그 작자는 다른 여인네한테 자신의 물건을 시험해 보았단 말인가? 그자에게는 사랑하는 여인이 있었고, 너무 사랑한 나머지 다른 여자들한테는 냉담해지고 '불능'이 되기까지 했는데 말이다. 한 여자를 사랑할 수 있는 능력을 지녔다면 족하지 다른 여자들한테 '불능'인들 무슨 상관인가? 이것은 확실히 체면을 앞세워 성(性)을 잘못 길들인 사례의 표본이다. 사랑이 없으면 성적 활동이 위축되는 것은 자연스러운 이치고, 마찬가지로 사랑이 있으면 성적 활동이 살아나는 것도 자연스러운 이치다. 물론 베르벨이 하인츠를 비끄러매고 '제약'하기는 했다. 그러나 그것은 악마의 묘약을 통해서가 아니라 사랑의 매력을 통해서, 그리고 상대를 매혹시키려는 의지를 통해서였다. 그런 의지로써 그녀는 그를 사로잡았고, 다른 여자들의 유혹으로부터 그를 지켜낸 것이다. 비록 남자 입장에서 사태를 관찰할 때 더 분명하고 정당한 판단이 가능하긴 하겠지만, 그리고 사랑 때문에 오만한 생각에 빠져들어서 어리석게도 자신이 마술에 걸려든 거라고 생각했겠지만, 마술 연고에 대한 그녀의 믿음 때문에 심리적으로 그런 수호력이 강화되었고 총각의 본성에 더 큰 영향력을 줄 수 있었다는 사실은 얼마든지 인정할 용의가 있다. 그렇지만 또한 이런 관점은 영적인 것에 내재하는 어떤 자연적인 기적의 힘, 즉 유기적이고 물질적인 것을 결정하고 변화시키면서 영향력을 행사하는 어떤 능력이 있다는 것을 일깨워 준다. 물론 두말할 것도 없이 슐렙푸스는 클뢰프가이셀의 경우에 관한 해석에서 이른바 마술적 측면을 고의적으로 강조했다.

슐렙푸스는 겉보기에는 인문주의적 의미에서, 흔히 암흑의 시대로 일컬어지는 그 수백 년 동안 인간 육체의 선택받은 조건에 관해 품었던 이른바 숭고한 이념을 들춰내기 위해 그렇게 했다. 그들은 인간의 육체를 지상의 다른 모든 재료의 결합보다 고귀하다고 여겼을 것이며, 영적인 것을 통한 변화의 가능성에서 나타나는 육체의 우월성을, 물질적인 서열 가운데 차지하는 높은 지위를 알아차렸을지도 모른다. 육체는 공포와 분노 때문에 식기도 하고 뜨거워지기도 하며, 비통한 나머지 여위기도 하고 기쁨으로 꽃피기도 하며, 단지 메스꺼운 생각만 해도 부패한 음식물과 같은 심리적인 작용을 불러일으킬 수 있으며, 접시에 담긴 딸기를 보고도 알레르기성 피부가 짓무르기도 한다. 실제로 병과 죽음은 순전히 정신적인 작용의 결과일 수도 있다. 그렇지만 육체를 물리적으로 변화시키는 영적인 능력에 대한 통찰로부터 인간의 풍부한 경험으로 뒷받침되는 확신, 즉 다른 사람의 영혼 역시 고의적으로, 다시 말해 악마를 통해서, 타인의 육체를 변화시킬 수 있다는 확신에 이르는 데는 불과 한 걸음의 차이밖에 없다. 달리 말하면, 이로써 마술이 현실성을 지니고 악마의 영향과 신들림이 현실성을 지닌다는 생각은 확고해졌으며, 사악한 시선, 즉 바실리스크*의 살인적인 눈에 관한 전설에 집약된 복잡한 현상들은 이른바 미신이라는 영역에서 분리되었다. 어떤 불순한 영혼이 의도적이든 아니든 간에 단순히 시선으로 다른 영혼들에게, 특히 어린아이들에게 육체적으로 해악을 미친다는 사실을 부인한다면 그것은 처벌하는 자의 비인간적인 행위가 되었을 것이다. 본래 섬세하게 마련인 어린아이들은 특히 그런 눈의 해독에 걸려들기 쉬웠을 테니까 말이다.

슐렙푸스는 그의 특이한 강의에서 그런 이야기들을 했다. 그의 강의가 특별했던 것은 재치가 있으면서도 재고해 볼 여지를 남겼기 때문이다. '재고할 여지가 있다.'라는 것은 훌륭한 말이다. 나는 언어와 문학에 대한 연구에서 언제나 이 말의 중요성을 높이 평가해 왔다. 이 말은 문제의 대상에 대해 관심을 가질 것을 요구하는 동시에 기피할 것을 요구하기도 하는데,

---

* 그리스 신화에서 사람을 노려봄으로써 죽인다고 전해지는 독사.

아무튼 매우 조심스럽게 다루어야 한다는 뜻을 함축한다. 즉, 어떤 문제든지 인간에 관해 생각해 볼 만한 가치와 불명예스러운 면을 동시에 보여 주는 이중성을 띠고 있는 것이다.

거리에서 혹은 대학 복도에서 슐렙푸스와 마주치면 우리는 경의를 표하며 인사하곤 했다. 그것은 그의 강의가 높은 지적 수준으로 시시각각 우리에게 불러일으킨 경의였지만, 오히려 그는 모자를 벗어 우리보다 더 낮게 내리며 "안녕들 하신가!" 하고 인사를 받곤 했다.

14

수(數)의 신비는 나의 관심사가 아니다. 나는 언제나 가슴 졸이며, 아드리안이 일찍부터 남몰래 수의 신비에 집착하는 성향이 뚜렷하다는 것을 알아차렸다. 일반적으로 꺼림칙하고 불길하다고 여겨지는 13이라는 숫자가 바로 앞의 장(章)에 붙은 것은 비록 고의는 아니었지만, 그렇다고 단지 우연이라고 생각하고 싶지도 않다. 그렇다고 해도 이성적으로 생각해 보면 물론 우연히 그렇게 되었을 뿐이다. 할레에서 경험한 그 모든 복잡한 대학 생활은 근본적으로는 크레추마어의 강연에 비하면 더 자연스러운 통일성을 이루고 있었지만, 언제나 중간 휴식이나 새로운 장을 기다리는 독자를 고려해 여러 개의 장으로 분산했을 뿐이기 때문이다. 그렇지만 작가로서의 양심에만 따르자면 군이 그렇게 나눌 필요도 없었다. 내 생각에 우리의 이야기는 여전히 11장에 머물러 있으며, 무엇인가를 고백하고 싶은 생각 때문에 슐렙푸스 박사의 이야기에 13이라는 숫자를 붙였을 뿐이다. 그런데 나는 이 숫자로 그에게 호의를 베푼 셈이다. 정말이다. 어디 그뿐인가. 할레 대학 시절을 회고하는 이야기 전체에 13이라는 숫자를 붙일 수도 있었다. 이 도시의 신학적 인 분위기가 나에게는 이롭지 않았으며, 내가 잠시나마 아드리 안의 공부에 관여한 것은 여러 가지 위화감을 느끼면서도 우 리의 우정을 위해 바친 하나의 희생이었다고 말할 수 있기 때 문이다.

'우리'의 우정? 차라리 '나'의 우정이라고 하는 편이 낫겠다. 그는 쿰프 혹은 슐렙푸스의 강의를 들을 때, 내게 옆에 붙어 있어 달라고 하지도 않았고, 나 자신의 수강 신청서에 들어 있 는 강의를 빼먹으면서까지 그의 수업 시간에 와 달라고 이야 기한 적도 없기 때문이다. 그것은 전적으로 내 마음이 내켜서, 그가 듣는 수업을 나도 듣고 그가 받아들이는 수업 내용을 나 도 알고 싶은 소망, 요컨대 그에게 주의를 기울이고 싶은 열망 을 억누를 수 없기 때문이었다. 그것은 내가 하지 않으면 안 될 일처럼 생각되었다. 비록 특별한 목적은 없었다 할지라도, 내가 여기서 말하고자 하는 바는 본래 고통스러운 생각이 뒤 섞여 있는 상태, 즉 절박한 심정과 무목적성이 뒤섞여 있는 상 태이다. 가까이서 지켜보면서도 변화시키거나 영향을 줄 수도 없는 한 사람의 삶과 마주하고 있다는 것을 나는 잘 알고 있 었다. 친구의 삶에 비상한 주의를 기울이고 그 곁을 떠나지 않 겠다는 충동은, 그의 젊은 시절의 인상을 전기로 기록하는 것 이 언젠가는 나의 임무가 될지도 모른다는 예감과 맞물려 있 었다. 내가 대학 시절의 정황을 기록한 것은 할레에서 나에게 특별히 신통한 일이 없었다는 것을 밝히기 위해서가 아니라,

벤델 크레추마어가 카이저스아셰른에서 행한 강연을 그토록 상세히 서술했던 것과 똑같은 이유에서인 것이다. 다시 말해 독자를 아드리안의 정신적인 체험에 대한 증인으로 끌어들이는 것이 나의 소임이기 때문이다.

같은 이유에서 나는 뮤즈의 아들들인 우리 젊은 대학생들이 함께 여행했던 경험을 독자에게 들려주고자 한다. 할레에서 날씨가 좋은 계절이면 우리는 여행을 가곤 했다. 나는 아드리안과 동향인이고 친한 친구인 데다 비록 신학도는 아니지만 신학에 대단한 관심을 보이는 듯했던 까닭에, '빈프리트' 기독교 학생회 모임에서 환대를 받는 손님으로 여러 번 이 모임에 끼어들 기회가 있었으며, 시골의 푸른 자연 속에서 여행을 즐길 수 있었다.

그런 여행은 우리 둘이 참석하지 못한 채 이루어지는 경우도 자주 있었다. 아드리안은 결코 열성적인 회원이 아니었고, 회원이라고 해서 곧이곧대로 그 단체의 정신을 익히고 동참하지는 않았기 때문이다. 물론 그가 같이 어울려 주는 정도의 호의는 보이고 체면치레는 했기 때문에 '빈프리트' 회원들의 마음에 들긴 했다. 하지만 여러 가지 핑계로, 주로 편두통을 구실 삼아 주점에서 열리는 회합에 간혹 불참했으며, 일 년이 지난 후에는 칠십여 명이나 되는 많은 회원들과 허물없이 지내기는 힘들게 되었다. 그래서 마침내는 그들과의 교제에서 서로 말을 놓는 친근한 호칭조차 그에게는 눈에 띄게 어색해졌고, 점점 모임에서 자주 실언을 하는 지경에 이르고 말았다. 그럼에도 그는 그들의 주목을 끌었고, 거의 예외적이라고 할 만큼 드물게 그가 뮈체 주점에서 담배 연기가 자욱한 별실로 들어설 때면 "어이!" 하고 그를 부르는 소리가 들리곤 했다. 그런 호칭에는 외톨이인 그를 놀리는 어조가 섞여 있긴 했지만 반가움의 표시이기도 했다. 회원들은 신학과 철학에 관한 토론에 그가 참여하는 것을 높이 평가했기 때문이다. 그가 토론을 이끌지는 않았지만 종종 논쟁을 통해 관심을 끌곤 했던 것이다. 특히 음악에 대한 그의 식견이 큰 도움이 되었다. 모임에서 으레 부르게 되어 있는 돌림노래에서 그는 다른 친구들보다 완벽한 음조로 피아노 반주를 해서 모임의 분위기를 돋울 수 있었던 것이다. 게다가 모임의 총무인 바보린스키의 요청으로 바흐의 탄주곡, 베토벤이나 슈만의 곡 중에서 한 악장 등을 독주곡으로 연주해 좌중을 즐겁게 하기도 했다. 바보린스키는 키가 크고 대체로 시선은 눈꺼풀이 부드럽게 덮고 있었으며 휘파람을 부는 듯한 입 모양을 한 브루넷이었다. 그렇지만 벤델 크레추마어가 복지 회관에서 우리에게 가르쳐 주었던 요령부득의 악기를 연상시키고 둔탁한 음향을 내는 피아노에 그가 자청해서 다가앉아 자유롭게 실험적인 연주에 심취한 적도 여러 번 있었다. 말하자면 회합이 열리기 전에 모임의 회원들이 모두 나타나기를 기다리는 동안 그가 들어오는 모습은 아주 특이했다. 그는 황급히 인사를 하고, 때로는 외투도 벗지 않은 채 심각하게 찌푸린 표정으로 모임에 참석한 유일한 목표라도 되는 듯이 곧장 피아노로 다가앉아서는 세차게 건반을 두드리기 시작했던 것이다. 그럴 때면 그는 음정이 바뀌는 것에 맞추어 눈썹을 높이 치올리면서 음을 결합하고 준비하고 해결하는 방법을 실험해 보기도 했다. 아마도 오는 도중에 생각해 두었던 곡이었을 것이다. 그런데 그가 피아노를 향해 달려드는 이런 행동에는 휴식이나 피난처를 찾는 듯한 심정이 엿보였다. 마치 그 방과 방을 채운 사람들이 그를 성가시게 하기라도 하는 듯이, 그가 속해 있는 낯선 땅에서, 혹은 자기 자신으로부터 벗어나 피난처를 찾기라도 하듯이 말이다.

그러고서 그는 어떤 특정한 악상에 몰입해 그것을 변화시키고 느슨하게 펼쳐 보이기도 하며 연주를 계속했다. 그러면 그를 둘러싼 사람들 중 누군가가, 예컨대 윤기 흐르는 금발을 중간 길이로 기른 수험생 타입의 학생인 키 작은 프로프스트가 다음과 같이 묻곤 했다.

"그게 어떤 곡이지?"

"아무것도 아니야."

연주자는 귀찮다는 듯이 머리를 설레 저으며 그렇게 대답했다.

"어째서 아무것도 아니야? 분명히 연주를 하고 있잖아?"

프로프스트가 되물었다.

"환상의 세계를 헤매는 중이야."

키가 큰 바보린스키가 설명했다.

"환상의 세계를 헤맨다고?"

프로프스트는 정말 놀란 듯이 소리치고는 새파란 눈으로 아드리안을 뚫어지게 바라보았다. 마치 아드리안이 고열(高熱)로 뜨거워질 거라고 생각하는 것 같았다.

모두가 폭소를 터뜨렸다. 아드리안 역시 모아 쥔 양손을 건반에 올려놓고 그 위로 몸을 구부린 채 함께 웃었다.

"오, 프로프스트, 어쩌면 그렇게 멍청하냐!"

바보린스키가 말했다.

"지금 이 친구는 즉흥 연주를 하는 거라고, 모르겠어? 바로 지금 그 곡을 생각해 냈단 말이야."

"어떻게 그렇게 많은 음들을 왼손, 오른손으로 한꺼번에 생각해 낼 수 있지?"

프로프스트가 물러서지 않고 말했다.

"게다가 어째서 그것이 아무것도 아니라고 할 수 있어? 분명히 뭔가를 연주하고 있으면서 말이야? 도대체 존재하지도 않는 어떤 것을 연주할 수는 없잖아?"

"오, 천만에. 아직 존재하지 않는 것도 연주할 수가 있지."

바보린스키가 부드럽게 말했다.

그리고 도이칠린이라는 친구가, 그러니까 땅딸막한 몸집에다 이마에 머리칼을 늘어뜨린 콘라트 도이칠린이 덧붙여 했던 말도 아직 생생하게 기억난다.

"한때 모든 것은 무(無)였지, 순진한 프로프스트. 그 무에서 나중에 뭔가 생겨 나오는 거지."

"여러분한테, 에, 너희들한테 장담하는데, 정말 아무것도 아니었어. 어떤 의미에서든 말이야."

아드리안이 말했다. 이제 그는 웃느라고 굽혔던 자세에서 몸을 바로 펴지 않을 수 없었다. 그때 나는 그의 얼굴에서 그가 마음이 편치 않다는 것을 읽어 낼 수 있었다. 자신의 정체가 드러났다고 느끼고 있었던 것이다. 하지만 이어서 도이칠린이 창조성에 관해 상당히 흥미진진한 토론을 오랫동안 주도적으로 진행했던 기억이 난다. 그 토론에서는 문화, 전승, 계승, 관습, 전범(典範) 등을 통해 감수해야 했던 제약들이 논의되었다. 인간의 창조 행위라는 것은 결국 신적인 존재의 힘이 멀리서부터 효력을 미친 것이고 전능한 창조의 메아리이며, 창조적 영감은 당연히 천상에서 온다는 것이 신학적으로 인정되었다는 논의도 없지 않았다.

아주 부수적인 이야기이긴 하지만, 그 밖에도 내 마음에 든 것이 있었다. 즉, 세속 학문을 공부하는 처지였지만 그 모임에 출입이 허용된 나 역시 이따금 그들이 요청하면 비올라 다모레를 연주함으로써 그들의 대화에 기여할 수 있었다는 것이다. 그러니까 그 모임에서는 음악이 존중되었다. 그들은 막연히 원칙적으로는 음악이 신성한 예술이라고 생각했던 것이다. 그것은 마치 자연을 대할 때처럼 낭만적이고 경건한 태도였다. 음악, 자연, 그리고 기쁨에서 우러나오는 경건함은 빈프리트 모임에서 서로 밀접하게 연관된 절대적 이념들이었다. 그리고 내가 '뮤즈의 아들들'이라고 한 말은 여러 면에서 신학생들에게는 어울리지 않는 듯하지만, 경건하고 구속받지 않는 정신과 미에 대한 날카로운 직관이 결합된 모습을 지켜보면 그런 말이 타당하다는 생각도 들었다. 이제 다시 화제를 돌려 이야기하고자 하는 자연으로의 여행도 그런 정신에서 나온 결과였다.

우리가 할레에서 네 학기를 보내는 동안 그들은 두세 번 단체 행동을 했는데, 바보린스키가 칠십여 명의 회원 모두를 소집했던 것이다. 이 행사에 아드리안과 나는 한 번도 참석하지 않았다. 그렇지만 서로 친숙한 개별적인 그룹들은 여행을 함께 하기로 결정했고, 우리 두 사람도 몇몇 훌륭한 친구들과 어울려서 몇 차례 동행했다. 우리는 총무와 건장한 도이칠린, 둥게르스하임, 칼 폰 토이트레벤, 그리고 후프마이어, 마태우스 아르츠트, 샤펠러 등의 몇몇 젊은이들 틈에 끼었다. 나는 이 이름들을 기억하고 있고, 또한 이름 주인의 대강의 인상까지 기억하고 있지만, 여기서 그것까지 묘사할 필요는 없을 것이다.

모래흙이 많은 평야 지대인 할레 근교는 경치가 그저 그랬다. 그렇지만 기차로 두세 시간을 달려 잘레 강 상류로 거슬러 올라가면 경관이 근사한 튀링겐 지방에 이르게 된다. 우리는 거기에서, 대개는 나움부르크나 혹은 아드리안의 어머니 고향인 아폴다에서 철도를 떠나 배낭과 우비를 갖추고 자유분방한 젊은이답게 도보 여행을 시작했다. 여행은 여러 날 계속되었다. 그러는 동안 우리는 시골 여인숙에서 식사를 하고, 울창한 숲 가장자리 혹은 맨땅에서 야영을 하기도 했으며, 여러 날 밤을 농장의 짚더미 속에서 보내며 동이 트기를 기다렸다. 아침이 되면 흐르는 샘 옆에 있는 기다란 물통에서 세수를 하고 목을 축이기도 했다. 그렇게 잠시 도시를 떠나 자유로운 생활을 즐기면서도 금방 다시 익숙하고 '자연스러운' 안락한 시민 생활로 되돌아갈 수 있다고 확신하면서, 우리는 시골의 원시적인 환경과 대지의 품에서 정신적인 편력을 했다. 그처럼 내키는 대로 긴장을 풀고 단순한 생활을 추구하다 보면 대개 억지로 자연 경관을 즐기는 체하는 티가 나서 우스꽝스럽게 보이기 쉽다. 우리는 그런 느낌을 익히 알고 있었다. 우리가 잠을 자기 위해 짚더미를 좀 구해 달라고 찾아갔던 농부들 중 상당수는 우리에게 호감을 가지면서도 비웃는 듯한 태도로 우리를 훑어보았다. 그런 비웃음까지도 기분 좋게 받아들일 만큼 우리는 아직 젊었다. 과연 젊음은 시민적인 것과 자연적인 것을 적절히 이어 주는 유일한 가교 구실을 했거니와, 원래 대학 시절이 시민 생활에 편입되기 전에 온갖 낭만을 만끽할 수 있는 시절이라고 할 수도 있을 것이다. 야영지의 한쪽 구석에서 희미하게 타오르는 마구간 등불 아래에서 당시 생활이 지닌 문제점에 관해 토론을 했을 때 언제나 정력적인 사고를 펼치는 도이칠린은 그런 식으로 말했다. 그는 젊은이가 젊음을 논한다는 것은 정말 한심하다는 말을 빠뜨리지 않았다. 자기 자신을 평가하고 탐구하는 생활 양식은 바로 그렇게 함으로써 일정한 형식을 잃고 해체되며, 스스로를 의식하지 않는 존재만이 참된 실존을 갖는다는 것이었다.

반론이 제기되었다. 후프마이어와 샤펠러가 반론을 제기했고, 토이트레벤 역시 동의하지는 않았다. 언제나 연륜만이 젊음을 평가하고 젊음은 낯선 관찰의 대상자로만 용인되어 객관적인 정신에 관여할 수 없는 것처럼 되는 편이 차라리 나을지도 모른다고 그들은 말했다. 그러나 젊음 자체가 문제가 될 때는 역시 관심을 갖고 청년으로서 청년에 관해 말할 수 있어야 한다는 것이었다. 결국 삶의 감각이라고 일컬어지고 자의식과 같은 그 무엇이 있어서, 만일 그로 인해 삶의 형식이 해체되기라도 한다면 고양된 삶은 도무지 불가능해진다고 했다. 쥐라기나 백악기의 죽은 바다 파충류처럼 아무런 의식도 없이 몽롱하게 사는 것은 아무 소용이 없고, 오늘날에는 의식을 가지고 남에게 뒤지지 않게 살아야 하며, 뚜렷한 자각을 갖고 고유한 자기 삶의 형식을 추구해야 한다는 것이었다. 젊음이 그런 존재로 인정받기까지는 실로 오랜 세월이 소요되었다는 것이다.

"그런데 그런 '인정'을 가능하게 한 것은 젊음이라기보다는 오히려 교육에 의해서야. 다시 말해 나이 든 사람들이 가능하게 만든 것이지. 어린이를 존중하는 세기라 일컬어지고 여성

해방이 창안되기도 한 시대, 독립적인 삶의 형식을 열성적으로 긍정하는 시대, 대체로 매우 불안한 이 시대에 어느 날 갑자기 젊은이들도 인정받게 된 것이지."

아드리안이 말하는 소리가 들렸다.

"아냐, 레버퀸."

후프마이어와 샤펠러가 말했고, 다른 사람들도 이들을 지지했다. 그 점에서는 아드리안이 틀렸다는 것, 적어도 대부분은 틀렸다는 것이다. 비록 세상에 젊음을 인정해 줄 분위기가 전혀 없지는 않다 하더라도, 스스로의 젊음을 자각하고 세상에 맞서서 자기 주장을 관철한 것은 젊은이들 자신의 삶의 감각이라는 것이었다.

"전혀 그렇지 않아."

아드리안이 말했다. 세상이 젊은이들을 인정하지 않을 이유가 없다는 것이었다. 이 시대에는 "나는 독특한 삶의 감각을 갖고 있다."라고 말하기만 하면 깍듯이 존중을 받을 수 있기 때문에, 젊은이들은 하나도 힘들이지 않고 거저 인정받게 되었다는 것이다. 젊은이들과 이 시대가 서로를 이해한다고 한들 아드리안은 거기에 반대할 의사는 없다고 했다.

"왜 그렇게 냉소적이지, 레버퀸? 오늘날 시민 사회에서 젊은이들이 자신의 권리를 인정받고 이 발전의 시대에 스스로의 품위를 인정받는 것이 좋다고 생각하지 않아?"

"오, 그야 물론. 그렇지만 여러분은, 에, 자네들은, 에, 우리는 이런 생각에서 출발했어……."

아드리안의 말은 폭소로 중단되었다. 그의 말이 꼬였기 때문이다. 다음과 같이 말한 친구는 아마 마태우스 아르츠트였던 것으로 기억된다.

"제대로 말했어, 레버퀸. 근사한 점층법이야. 처음에는 우리를 '여러분'이라 불렀고, 그 다음엔 '자네들', 마지막으로 '우리'란 말이 나왔지. 자네 같은 골수 개인주의자가 그런 식으로 말하려면 혀가 빠지도록 힘들겠지."

아드리안은 개인주의자라는 말을 받아들이려 하지 않았다. 그건 완전히 잘못된 말이고, 자기는 전혀 이기주의자가 아니며, 전적으로 공동체를 인정한다고 했다.

"아마 이론상으로는 그럴지도 모르지. 아드리안 레버퀸이 오만하지 않다면 말이야."

아르츠트가 대꾸했다. 그는 아드리안이 젊은이들에 관해서도 마치 자신은 거기에 속하지 않은 듯이 오만하게 말하고, 젊은이들 틈에 섞여서 순응할 줄 모른다고 했다. 아드리안은 도대체 겸손을 모르기 때문에 그렇다는 것이었다.

그렇지만 여기서 문제가 되는 것은 겸손이 아니라 그 반대로 각성된 삶의 감각이라고 아드리안이 받아넘겼다. 그러자 아드리안의 말을 끝까지 들어 보자고 도이칠린이 제의했다. 이에 아드리안이 말했다.

"더 이상 할 말은 없어. 젊은이는 시민적으로 성숙한 어른보다 자연과 더 가까운 관계에 있고, 이를테면 남자에 비해 여자가 더 자연에 가깝다고도 할 수 있는 그런 생각에서 우리는 출발했어. 하지만 나는 그런 생각에 동의하지 않아. 젊은이가 특별히 자연과 친밀한 관계에 있다고 생각하진 않아. 오히려 젊은이들은 자연에 대해 훨씬 더 수줍어하고, 냉담하고, 본질적으로 낯설어하지. 사람은 나이를 먹어야 비로소 자신의 자연적인 요소에 익숙해지고, 자연에 대해 서서히 안정감을 얻게 되지. 젊은이야말로, 어느 정도 성숙한 젊은이라 하더라도 오히려 자연에 경악하고, 자연을 경멸하고 적대적인 태도를 취하지. 자연이란 무엇인가? 숲이나 초원? 산과 들, 나무들, 호수, 아름다운 경치? 내 생각에 젊은이는 나이가 들어 안정된 사람보다는 자연을 보는 시야가 훨씬 좁아. 젊은이가 자연을 보고 즐거워서 고양되는 일은 거의 드물지. 젊은이는 내향적이고 정신적이어서 감각적인 것을 기피한다네. 내 생각에는 그래."

"그건 우리가 증명할 수 있어. 여기 짚더미 속에 있는 우리 방랑자들, 내일이면 우리는 튀링겐 숲으로 올라가고, 아이제나흐로, 그리고 바르트부르크로 가고 싶어 하거든."

아마도 등게르스하임이 이렇게 말했던 것 같다.

그러자 다른 친구가 또 끼어들었다.

"자넨 늘 '내 생각에는'이라고 말하는데, 사실은 '내 경험에 의하면'이라고 말하고 싶은 것이겠지."

아드리안이 대답했다.

"자네들은 나를 비난하는군. 내가 젊음에 관해 나 자신은 빼놓고 오만하게 이야기한다고 말이지. 그렇다면 지금 당장 나 자신을 너희들의 위치로 바꾸어야겠는걸."

그러자 도이휠린이 말했다.

"레버퀸은 젊음에 관해 독자적인 생각을 갖고 있어. 그렇지만 그는 명백히 젊음을 하나의 독특한 삶의 형식으로, 그 자체로서 존중되어야 할 것으로 간주하고 있기도 해. 그게 중요해. 나는 단지 젊은이 스스로 젊음에 대해 논하는 것에는 반대해서 말했을 뿐이야. 그로 인해 삶의 직접성이 해체된다면 문제라는 것이지. 하지만 자의식이 삶을 강화하기도 해. 그리고 이런 의미에서, 다시 말해 이러한 중용의 한도 안에서, 나는 그런 논의를 좋게 생각하지. 젊음에 대한 생각이야말로 우리 독일 민족의 특권인 동시에 장점이지. 다른 민족들은 그런 것을 거의 모르거든. 그들은 젊음 자체의 의미를 거의 모르는 거나 다름없어. 그래서 나이 든 층으로부터 존중받고 중시되는 독일 청년의 태도에 경탄하는가 하면, 여느 시민과는 다른 옷차림에도 놀란다니까. 그들이 어떻게 생각하든 무슨 상관이야. 독일의 젊은이는 다름 아닌 젊은이로서 민족 정신 자체를, 독일 정신을, 젊고 전도양양한 정신을 대표하지. 미숙하다고 말하려면 하라지. 그럼 어때! 독일의 업적은 늘 일종의 힘찬 미숙함에서 유래했지. 우리가 괜히 종교개혁을 일으킨 민족인가! 종교개혁 역시 미숙함에서 유래한 작품이었거든. 오히려 성숙한 쪽은 르네상스 시대의 피렌체 시민들이었지. 그들은 교회에 가기 전에 마누라한테 이렇게 말했다네. '교회에서 노상 틀린 소리를 하더라도 들어줘야지 어쩌겠어!' 하지만 루터는 그렇게 성숙하지 않았기 때문에 오히려 과감히 새롭게 정화된 신앙을 도입한 거야. 정말 독일인답게 말이야. 성숙이 궁극의 목표라면 어디 살맛이 나겠나! 우리는 미숙한 가운데서도 성숙한 세계의 많은 부분을 혁신하고 개혁할 걸세."

도이칠린의 말이 끝나자 한동안 침묵이 흘렀다. 분명히 그들의 마음속에는, 자기가 젊고 나라가 젊다는 느낌이 요동쳤으며, 그것은 일종의 격정으로 고양되었을 것이다. '유능한 미숙함'이라는 말은 분명히 대다수를 들뜨게 했을 것이다.

그런데 침묵을 깨고 아드리안이 했던 말이 지금도 기억난다.

"어째서 자네 말대로 우리가 그렇게 미숙하고 젊은지 모르 겠는데. 젊은 민족이라니. 우리 민족도 다른 민족만큼이나 역 사가 깊지 않은가. 어쩌면 우리가 다소 뒤늦게 하나로 뭉쳐 공 통의 민족의식을 형성했다는 역사적 사실만 가지고 아주 젊다 는 생각을 할 수 있을지는 모르겠지만."

그러자 도이칠린이 대답했다.

"그런 게 아니야. 최고의 의미에서의 젊음이란 정치나 역사 와는 아무 상관도 없어. 그것은 일종의 형이상학적 재능, 본질 적인 어떤 것, 구원이자 숙명이란 말이지. 독일 특유의 창조성, 독일인의 본성에 깃든 끝없는 방랑벽도 모른단 말인가? 이런 표현이 가능하다면, 독일인은 영원한 학생, 여러 민족들 틈바 구니에서 영원히 편력하는 학생이라고나 할까……."

"그리고 독일인이 일으킨 혁명들은 세계사의 꼭두각시 놀음 이었지."

아드리안이 짤막하게 웃으며 끼어들었다.

"아주 재치 있는 말이야, 레버퀸. 프로테스탄티즘을 믿는 자 네가 그런 위트 있는 말도 할 줄 안다니 놀랍군. 내가 젊음이 라 일컫는 것은 필요에 따라서는 더 진지하게 생각할 수도 있 지. 젊음이란 원초적인 것, 삶의 원천에 가까이 머무르는 것, 그리고 수명이 다한 문명의 질곡을 박차고 일어설 수 있는 용 기라 할 수 있어. 다른 사람에게서 삶의 용기를 앗아 간 어떤 것을 위해 다시 자연 상태로 잠수해 들어갈 수 있는 과감성이 지. 젊음의 용기, 그것은 '죽어서 이루어라.'*라는 정신이요, 죽

---

* 괴테의 후기 작품 『서동시집』에 들어 있는 시의 한 구절.

음과 거듭남을 아는 것이지."

그러자 아드리안이 말했다.

"그런 것이 독일적인 본성이란 말이지? 원래 거듭남이라는
말은 이탈리아에서 통용되었어.* 그리고 처음으로 프랑스에서
'자연으로 돌아가라.'**라는 뜻으로 소개되었지."

도이칠린이 대꾸했다.

"전자는 문화 쇄신 운동이었고, 후자는 감상적인 전원극(田
園劇)이었어."

아드리안은 자기 생각을 굽히지 않았다.

"그런데 바로 그 전원극을 시발점으로 프랑스 혁명이 가능
했지. 그리고 루터의 종교개혁은 르네상스를 윤리와 종교의 영
역에 적용해 이식한 것에 불과해."

"종교의 영역이라. 종교적인 것은 어느 모로 보나 고고학적
인 복원이나 비판적인 사회 혁명과는 약간 다르지. 종교성, 그
것은 아마 젊음 자체인지도 몰라. 그것은 개별적인 삶의 직접
성과 용기와 깊이라 할 수 있지. 현존재의 자연성과 악마성을
충만한 생기 속에서 남김 없이 경험하고 살아 낼 수 있는 의지
와 능력 말이야. 키르케고르는 우리의 의식에 다시 그런 생각
을 심어 주었지."

"자네는 종교성이 독일인 특유의 천성이라고 생각하나?"

아드리안이 물었다.

"내가 종교성에 부여하는 의미로는 물론 그렇지. 정신적인

---

* 재생, 즉 거듭남을 뜻하는 '르네상스' 문화가 이탈리아에서 만개했다는 뜻.
**루소의 사상을 집약한 유명한 문구.

젊음, 자발성, 신념, 그리고 뒤러 식으로 죽음과 악마 사이를 헤집고 다닌다는 등의 의미로는 말이야."

"그러면 성당의 나라인 프랑스는? 왕을 가장 독실한 기독교 인이라 일컫고, 또한 보쉬에* 같은 신학자나 파스칼을 배출한 나라 아닌가?"

"그것은 옛날 이야기지. 몇 세기 전부터 프랑스는 역사상 유럽에서 가장 반기독교적인 나라가 되었어. 독일은 그 반대야. 레버퀸, 자네도 그 점을 익히 느끼고 잘 알 걸세. 만일 자네가 아드리안 레버퀸만 아니라면, 다시 말해 종교적이기에는 너무나 영리하고 젊음을 즐기기에는 너무 냉담하지만 않다면 말일세. 교회 안에서는 얼마든지 영리함이 통하지만, 신앙의 영역에서는 어림도 없거든."

"정말 고맙네, 도이칠린."

아드리안이 웃으며 말을 이었다.

"에렌프리트 쿰프 교수처럼 옛날식 어투로 말하면, 자네는 전혀 가식 없이 나를 제대로 보았군. 나 역시 교회 안에서도 기를 펴지 못할 것 같은 예감이 들긴 하지만, 내가 영리하지 않았다면 신학도가 되지 않았으리라는 것은 분명해. 물론 자네들 중에서 가장 재능 있는 친구들은 키르케고르도 읽었고, 진리를, 윤리적인 진리까지도 완전히 주관적인 것으로 옮겨 놓았으며, 어떤 집단생활도 꺼려 하고 있다는 것은 알고 있어. 하지만 자네들이 키르케고르 식으로 교회와 기독교를 분리하는

---

* Jacques-Bénigne Bossuet(1627~1704). 교황권에 맞서 프랑스 교회의 독립을 주장한 신학자.

급진적인 사고에는 동의할 수 없네. 그런 사고는 분명히 오래 지속되지는 못할 학생 시절의 특권일 뿐이야. 물론 오늘날 교회는 세속화되고 시민 사회의 일부가 되었지. 말하자면 신앙생활에 객관적인 규율을 부과하고 불만을 해소해 주거나 외부의 영향을 차단하기도 하는 제도로서 요새처럼 공고한 질서가 되었네. 그렇지만 교회가 없으면 신앙생활은 주관에 빠져서 황폐해지고 엄청난 혼란을 초래하게 되지. 상상할 수 없을 정도로 섬뜩한 세계, 마성(魔性)이 범람하는 세계가 되고 말아. 교회와 종교를 분리하면 자칫 종교적인 것과 광기의 구별을 포기하는 꼴이 되고 말지……."

"뭐라고, 이봐!"

여럿이 동시에 아드리안의 말을 끊었다. 하지만 동조하는 친구도 있었다.

"이 친구의 말이 옳아!"

마태우스 아르츠트가 자기 입장을 숨기지 않고 말했다. 그는 사회 문제에 관심이 많은 기독교 사회주의자였기 때문에 '소치알아르츠트'*라는 별명이 붙은 친구로서, 기독교는 원래 정치 혁명이었는데 엉뚱하게 도덕적으로 되어 버렸다는 괴테의 말을 곧잘 인용하곤 했다. 그는 그 자리에서도 기독교는 정치적으로, 즉 사회적으로 되지 않으면 안 된다며 레버퀸의 주장이 옳은 이유를 설명했다. 그것이야말로 종교적인 것이 규율을 갖추기 위한 유일한 참된 방법이며, 종교적인 것이 변질되는 과정을 레버퀸은 과히 틀리지 않게 얘기했다는 것이다. 기독교

---

* Sozialarzt. 원래는 '사회 구호에 종사하는 의사' 혹은 공의(公醫)라는 뜻.

가 사회적으로 되는 것이야말로 사회적으로 결집된 종교성, 즉 기독교 사회주의의 구현인 바, 왜냐하면 종교와 사회의 정당한 결합이 모든 문제의 관건이며, 신의 뜻에 순종하는 구속은 사회적인 구속과 하느님이 제시한 사회 완성의 과제와 결합됨으로써 합일되어야 하기 때문이라는 것이었다. 그가 말했다.

"제발 내 말을 믿어. 책임감 있는 산업 대중의 성장, 국제적인 산업 국가의 성장에 모든 것이 달려 있어. 그것이야말로 언젠가는 참되고 정당한 유럽 경제 사회를 형성할 수 있지. 뭔가를 이루려는 모든 열망은 거기서 비롯되고, 지금 벌써 그 싹이 움트고 있어. 새로운 경제 조직을 기술적으로 실현하기 위해, 뿐만 아니라 자연의 질서에 얽매인 생활 상태를 단호히 청산하기 위해, 또한 새로운 정치 질서를 수립하기 위해서 말이야."

나는 이 젊은이들의 대화를 실제 있었던 그대로, 표현된 그대로 옮겨 적고 있다. 그런 표현들은 당시 지식층의 관용어에 속했고, 그들은 그런 관용어에 담긴 허세를 털끝만큼도 의식하지 못했다. 오히려 그들은 너무나 느긋하고 흡족한 기분으로 자연스럽게 그런 말들을 툭툭 던지곤 했다. 잘난 척하는 까다로운 말들을 아무렇지도 않게 노련하게 구사했던 것이다. '자연의 질서에 얽매인 생활 상태'니 '신의 뜻에 순종하는 구속'이니 하는 말들을 즐겨 썼다. 그런 말도 좀 더 쉽게 표현할 수 있었겠지만, 그러면 그것은 정신과학의 언어가 되지 못했을 것이다. 그들은 곧잘 '본질적인 문제'를 제기했고 '성역', '정치적인 영역', '학문의 영역', '구조 원칙', '변증법적 긴장 관계', '존재론적인 일치' 같은 거창한 문제들을 논하곤 했다. 이제 도이칠린은 양손으로 뒷머리를 받친 채 아르츠트가 말한 경제 사회의 발생 근원에 관해 그런 식의 본질적인 문제를 제기했다. 그에 의하면 경제 사회의 발생 근원은 다름 아닌 경제적인 이성이며, 이 개념만이 경제 사회를 대표할 수 있다고 했다.

"우리는 이 점을 분명히 해야 하네, 마태우스. 그러니까 경제 사회 조직이 추구하는 사회적 이상은 계몽주의적이고 자율적인 사고에서, 간단히 말해서 합리주의에서 유래한단 말이야. 그 합리주의는 아직까지 초이성적이거나 비이성적인 권력의 힘으로는 전혀 파악되지 않았어. 자네는 인간의 소박한 통찰이나 이성을 바탕으로 정의로운 질서를 발전시킬 수 있을 거라고 믿고 있어. 그러면서 '정의롭다.'라는 말과 '사회에 유익하다.'라는 말을 동일시하고 있다. 그리고 그런 데서 새로운 정치 질서가 나오리라고 생각하고 있지. 그렇지만 경제적인 영역은 정치적인 영역과는 판이하게 다르단 말이야. 그리고 경제적인 효용의 문제를 생각하다 말고 엉뚱하게 역사와 관련된 정치 의식의 문제로 곧장 넘어가는 것은 도대체 말이 안 돼. 자네가 그런 혼동을 하다니 납득할 수 없어. 정치 질서는 국가와 관련되어 있는데, 국가라는 것은 효용의 원칙에 의해 좌우되는 권력이나 지배 형태가 아니야. 정치의 영역을 대표하는 것은 가령 기업의 대표나 노동조합의 서기가 대표하는 것과는 다른 것이란 말일세. 이를테면 명예와 권위가 그런 것이지. 그러니까 경제 영역에서 활동하는 사람들에겐 반드시 그런 가치들에 상응하는 존재론적인 담보가 필요하지는 않다는 것이지."

이에 아르츠트가 말했다.

"이봐, 도이췰린, 무슨 소릴 하는 거야. 우리가 현대 사회학을 배운 이상 국가 역시 효용의 기능에 따라 움직인다는 것쯤은 익히 알고 있지 않은가. 법의 판결이 있는 곳에서만 치안은 보장되지. 그리고 우리가 대체로 경제의 시대에 살고 있다고 본다면, 여기서 경제적인 것이란 이 시대가 지닌 역사적인 특성에 불과해. 국가 자체가 경제의 사정을 올바르게 인식하고 이끌어 갈 수 없다면 명예와 권위라는 것도 아무 소용이 없지."

도이췰린은 이 말에 수긍했다. 그러나 효용의 기능이 국가의 '본질적인' 토대라는 생각은 부인했다. 국가의 정당성을 확보하는 것은 최고 통치권자와 국가 주권이며, 따라서 국가의 주권은 개개인의 권리나 가치 평가에 구애받지 않고 존속한다는 것이다. 국가의 주권은 '사회 계약'이라는 명분과는 아주 상반되게도 개개인에 '우선하여 존립'하기 때문이다. 말하자면 초개인적인 관계는 개인과 마찬가지로 독자적인 존립 근거를 갖고 있으며, 따라서 경제인으로서의 개개인은 국가에 관해 아무것도 이해하지 못한다는 것이었다. 개개인은 국가의 선험적인 기초를 전혀 이해하지 못하기 때문이다.

그러자 토이트레벤이 다음과 같이 말했다.

"분명히 말하면 나는 아르츠트가 옹호하는 사회와 종교의 결합에 공감하지 않는 것은 아니야. 어떻든 전혀 없는 것보다야 낫지. 또 아르츠트가 사회와 종교의 정당한 결합이 최우선의 관건이라고 한 것도 옳아. 그런데 정당한 결합이 되기 위해서는, 다시 말해 종교적이면서 정치적이기도 하려면, 민족적이어야 해. 내가 문제 삼는 것은 과연 경제 사회를 기반으로 해서 새로운 민족의식이 형성될 수 있느냐 하는 거야. 루르 지방*

---

* 독일 남서부의 산업 지대.

을 한번 생각해 보자고. 거기엔 사람들이 많이 몰려 있지만 그렇다고 새로운 민족의식이 형성되지는 않았거든. 열차를 타고 로이나에서 할레까지 한번 가 보게! 열차에는 임금 문제라면 훤히 꿰고 있는 노동자들이 무더기로 타고 있지. 그렇다고 그들의 공동체 활동에서 뭔가 힘찬 민족정신 같은 것을 이끌어 낼 수 있을까? 그들의 대화에서 그런 것은 기대할 수 없어. 경제의 영역에서는 아무것도 만들어 내지 못한다는 한계가 점점 더 분명히 드러나고 있단 말일세……."

"그런데 민족이라는 것 역시 한계가 분명해."

또 다른 친구가 말했다. 후프마이어 아니면 샤펠러였던 것 같은데, 확실히 누구였는지는 잘 생각나지 않는다.

"우리 신학도들은 대중이 영원불변의 어떤 것이라는 생각을 용인해선 안 돼. 뭔가에 열광할 수 있다는 것은 좋은 일이지. 뭔가를 믿고 싶어 하는 마음은 젊은이들에겐 자연스러운 일이야. 그렇지만 그것은 유혹이기도 해. 그리고 자유주의가 몰락하고 있는 오늘날 도처에서 믿음과 사회의 새로운 결합이 벌어지고 있는데, 그 실체가 과연 무엇인가는 면밀히 관찰해야만 해. 그런 현상이 과연 참된 것인지, 믿음과 사회의 결합으로 생겨난 대상들이 과연 현실적인 것인지, 아니면 '허구적'이라는 표현을 군이 피한다면 이데올로기적 대상들을 단지 '명목상'으로 만들어 내는 낭만적 구조물일 뿐인지. 나는 민족을 신성시하거나 국가를 유토피아처럼 보는 것은 명목상의 결합에 불과하다고 생각해. 나는 그런 현상이 두려워. 그런 것들을 신봉하는 것, 요컨대 독일이라는 조국을 신봉하는 것은 전혀 설득력이 없어. 그것은 개개인의 인격적 실체나 자질과는 전혀 아무 상관이 없으니까. 인격이나 자질 따위는 안중에도 없단 말일세. 가령 어떤 사람이 '독일'을 예찬하는 말로 자신의 귀속감을 밝혔다고 가정해 보세. 그런 사람이 과연 한 개인의 인격과 자질로써 본연의 독일 정신을 얼마나 구현하고 있으며, 또 세상에서 독일적인 생활 양식이 요구하는 바에 얼마나 충실할 수 있는가 하는 따위의 문제는 개인적으로는 전혀 입증할 필요도 없고 또 어느 누구도 그런 걸 입증하라고 요구할 권리도 없단 말일세. 심지어 당사자 자신조차도 말이야. 이것이 내가 말하는 '명목주의'야. 아니, 명목숭배주의라고 하는 편이 낫겠군. 그리고 내 생각에 이것은 이데올로기적인 우상 숭배야."

그러자 도이칠린이 말했다.

"좋아, 후프마이어. 자네가 한 말은 전부 옳아. 여하튼 자네의 비판으로 우리가 문제의 핵심에 좀 더 가까이 접근하게 된 것만은 인정하네. 나는 마태우스 아르츠트의 생각에 반대했지. 경제적인 영역에서 통용되는 효용의 원칙에 우선권을 부여하는 것이 나로서는 마땅치 않기 때문일세. 그렇지만 신에게 귀의하는 것, 즉 일반적으로 말하면 종교적인 것 자체는 특정한 대상에 얽매이지 않은 채 어떤 형식만을 존중하는 것이라는 점, 그것이 세속의 경험으로 충족되거나 적용되거나 입증될 필요가 있다는 점, 그리고 신에 대한 순종을 통해 실천되어야 한다는 점에서는 아르츠트의 견해에 전적으로 동의해. 그런데 이 대목에서 아르츠트는 사회주의를 택했고, 칼 토이트레벤은 민족을 택했지. 이것이야말로 오늘날 우리가 직면한 양자택일의 문제야. 자유라는 말이 무용지물이 된 이래 이데올로기가 너무 양산되었다는 주장을 나는 부인하네. 실제로는 종교적인 순종과 종교적인 실현이라는 두 가지 가능성밖에는 없어. 그것이 바로 사회적 차원의 가능성이자 민족적 차원의 가능성이야. 그런데 불행하게도 두 가지 가능성 모두 미심쩍은 위험의 소지를 내포하고 있어. 그것도 아주 심각하게. 후프마이어는 민족에 대한 신봉이 흔히 아무 내용도 없는 명목주의에 불과하고 개개인의 실체와는 아무 상관도 없다는 것을 아주 적절하게 밝혔어. 좀 더 일반화해서 덧붙이자면, 어떤 대상이 생명감을 고취한다고 해서 덥석 거기에 달려드는 것은 무의미한 일이야. 만일 그런 대상이 개개인의 삶에서는 아무 의미도 없으면서 광신적인 희생의 죽음 같은 것을 요구하는 열광을 부추긴다면 말일세. 진정한 희생이 될 수 있도록 그 가치와 질을 담보할 수 있는 기준은 두 가지야. 무엇을 희생하느냐, 그리고 무엇을 위해 희생하느냐 하는 게 관건이지. 자신의 위대한 인격 속에 독일 정신을 구현한 인물 중에는 자의적인 판단에 빠지지 않고 남들이 다 인정해 주는 진정한 희생의 사례들이 있음을 우리는 알고 있네. 하지만 그런 경우에도 민족을 무조건 신봉한 예가 없지 않았을 뿐 아니라, 거꾸로 민족을 맹렬히 거부한 예도 있었지. 그런 경우에는 자신의 존재 기반과 신앙 사이의 갈등이 결국 비극적 희생을 초래한 셈이지……. 오늘 저녁에는 민족적 결속이라는 문제는 이 정도로 해 두자고. 그런데 사회적 결속의 난점도 있지. 경제 영역에서 모든 것이 최대한 잘 통제된다고 해도, 삶의 의미를 실현하고 품위 있는 삶을 영위하는 문제는 여전히 숙제로 남게 되거든. 오늘날의 상황이 꼭 그렇지. 언젠가 우리는 세계 경제를 석권하게 될지도 몰라. 그렇게 되면 집단주의의 완벽한 승리가 되겠지. 그러니까 내 말은, 그렇게 되면 자본주의 체제의 속성상 야기되는 사회적 파국과 그로 인한 인간의 상대적 불확실성은 사라질 거라는 뜻이지. 다시 말해 인간의 생존을 위협하는 요소에 대한 마지막 기억까지도 잊을 수 있고, 그와 더불어 무릇 정신적인 문제라는 것도 사라지게 될 거란 말이지. 그렇게 되면 대체 더 살아야 할 이유가 뭐냐고 자문하게 될 걸세……."

"자넨 자본주의 체제가 지속되기를 바라는가, 도이칠린? 그래야 인간 생존의 위협을 상기시켜 줄 수 있다는 건가?"

아르츠트가 물었다.

"아니, 그런 걸 원치는 않아, 아르츠트. 인간의 삶에 온통 널려 있는 그런 비극적인 이율배반을 지적하자면 얼마든지 할 수 있겠지."

도이칠린이 불쾌한 듯이 대답했다.

"군이 지적할 필요도 없지. 정말 절망적인 상황이야. 종교적인 사람이라면 이 세상이 정말 자비로운 신의 뜻대로만 만들어진 작품인지 아니면 다른 것이 끼어든 합작품인지 물어보아야 할 걸세. 그럼 과연 누구하고 합작한 거냐, 그건 군이 말하지 않겠네."

둥게르스하임이 한숨을 내쉬며 말했다. 그러자 토이트레벤이 끼어들었다.

"다른 나라의 청년들도 과연 이렇게 한가롭게 이율배반이니 하는 문제들에 골몰하고 있는지 궁금하군, 그래."

"거의 안 하지. 그들은 정신적으로 훨씬 단순하고 편한 생활을 하지."

도이칠린이 내뱉듯이 대답했다.

"러시아의 혁명적인 청년들은 예외로 해야 할걸. 내가 제대로 알고 있다면, 러시아 청년들은 지칠 줄 모르는 열띤 논쟁을 벌이고 엄청난 변증법적 긴장을 경험하고 있어."

아르츠트가 말했다.

"러시아 사람들은 깊이는 있지만 형식을 몰라. 서구인은 형식은 있지만 깊이가 없고. 이 둘을 모두 가진 것은 우리 독일인뿐이야."

도이췰린이 격언이라도 외우듯 말했다.

"그래, 그것이 일종의 민족적 아집이 아니라면, 그럴 수도 있겠지!"

후프마이어가 웃으며 말했다.

"그것은 단지 어떤 이념에의 집착일 뿐이야." 도이췰린이 단언했다. "내가 말하려는 것은 어떤 이념적 소명이라는 거야. 우리에게 부과된 의무는 너무나 엄중해서 지금까지 우리가 이행해 온 의무 정도로는 전혀 감당할 수 없어. 다른 민족에 비해 우리 민족에겐 존재와 당위의 괴리가 훨씬 더 크단 말이야. 당위 자체가 워낙 높이 설정되어 있으니까."

그러자 등게르스하임이 경고했다.

"어쨌든 민족적인 것에 얽매이지 말아야 해. 문제는 현대인의 보편적 실존과 관련되어 있다는 것을 직시해야 돼. 과거에는 기존의 획일적인 질서에 순응함으로써 존재의 생생한 확신을 얻을 수 있었지. 물론 내가 말하는 것은 세속적 속성이 강한 질서이긴 하지만, 그 세속적 질서라는 것도 하느님 말씀으로 계시된 진리를 일정하게 지향했었지. 그런데 그러한 질서가 붕괴되고 근대 사회가 형성된 이래로 인간과 사물에 대한 우리의 관계는 무한히 뒤틀리고 복잡해져서 온통 불확실성과 문제점만 남게 되었고, 그리하여 진리를 도모하는 일이 체념과 절망으로 끝날 위험에 처하게 되었어. 이처럼 지리멸렬한 상태에서 벗어나 새로운 질서를 수립할 힘의 계기를 찾으려는 노력들이 지금 한창이야. 물론 특히 우리 독일인들에게 그런 노력이 심각하고 절박하게 요구된다는 것도 인정해야겠지. 그리고 다른 민족들 역시 그들이 처한 역사적 숙명을 묵묵히 참고만 있지는 않을 거야. 그들이 우리보다 더 강하거나, 아니면 더 어리석거나 둘 중 하나일 테니까……."

"더 어리석지."

토이트레벤이 단언했다.

"자넨 그렇게 생각하나, 토이트레벤? 하지만 만일 우리가 역사와 심리학이 뒤얽혀 있는 그런 문제를 날카롭게 의식하고 있고 또 그런 의식을 우리 민족의 영예로 여겨서 새로이 통일된 질서를 세우려는 시도를 독일 정신과 동일시한다면, 우리는 그 진실성이 의심스럽고 명백히 자만심에서 나온 어떤 신화에 우리 자신을 내맡길 생각을 하고 있는 거야. 말하자면 전사(戰士)를 숭배하는 낭만적 민족신화에 함몰되는 거야. 그것은 원시적 이단 종교를 기독교로 위장해 놓고 그리스도를 '천사의 부대를 거느린 주님'이라고 끌어들이는 꼴이야. 하지만 그렇게 날조된 지위는 틀림없이 악마의 위협을 받게 마련인데……."

그러자 도이칠린이 물었다.

"그래서 어떻다는 거야? 생명이 살아 움직이는 곳에서는 어김없이 악마의 힘이 질서의 요소와 나란히 끼어들지."

"정확히 말하자고."

샤펠러가 따지고 들었다. 후프마이어였을 수도 있다.

"악마적인 것, 독일어로는 그것을 '충동'이라고 하지. 그리고 오늘 온갖 집착의 이름으로 떠벌린 것들도 분명히 그런 충동의 결과야. 말하자면 이런저런 집착들을 함께 끼워 넣어서 낡은 관념론을 충동 심리학으로 말끔히 포장하고, 그렇게 해서 훨씬 더 실감나는 인상을 연출한 셈이지. 바로 그렇기 때문에 우리가 거론한 제품들은 사기일 수가 있단 말이야……."

이런 식의 이야기를 얼마든지 더 길게 옮겨 적을 수도 있지만, 이제 이런 대화를 옮기는 일은 여기서 끝내고자 한다. 실제로 그 대화는 끝날 줄 모르고 밤늦게까지 계속되었다. '양극적 태도', '역사의식에 투철한 분석', '초시간적 속성', '존재의 자연스러움', '논리적 변증법', '현실 변증법' 같은 말들로 끝없이 학식을 과시하며 종잡을 수 없는 방향으로 이야기를 끌고 가다가 결국 대화는 흐지부지되고 말았다. 결국 모임의 총무인 바보린스키의 권유로 모두들 잠자리에 들었다. 다음 날 아침에, 벌써 거의 아침이 되긴 했지만 제시간에 여행을 떠나기 위해서였다. 다행히 모두들 졸음을 못 이겨서 금방 잠에 곯아떨어졌고, 덕분에 밤중의 대화는 꿈에 묻혀 잊혔다. 대화 도중 한동안 아무 말이 없었던 아드리안은 잠자리에 들면서 그렇게 대화가 끝난 상황에 대하여 몇 마디 느낌을 말했다.

"그래, 잘 자. '잘 자.'라고 말할 수 있다는 것도 복이야. 토론은 언제나 잠들기 전에만 해야 해. 담요를 덮고 잠을 청하면서 말이야. 지적인 대화를 나눈 뒤에도 정신이 말짱해서 잠자리를 뒤척여야 한다면 얼마나 괴로울까!"

"대화를 피해 도망갈 속셈이군."

누군가가 중얼거렸다. 그러고는 이부자리 안에서 비로소 코고는 소리가 들렸다. 완전히 곯아떨어졌다는 것을 알리는 평온한 소리였다. 그렇게 두세 시간만 자고 나면 젊은이들은 자연에 둘러싸여 감사하는 마음으로 호흡하고 주위를 둘러보면서 동시에 하루의 일과인 신학과 철학에 대한 토론을 시작할원기를 회복하곤 했다. 그런 토론은 거의 한 번도 중단된 적이없다. 그런 토론을 통해 그들은 서로 반박을 하면서 자극을 주기도 했고, 서로 배우면서 격려하기도 했다. 때는 6월경이었다. 튀링겐 분지를 가로질러 가는 고지의 울창한 골짜기에서 재스민과 서양갈매나무의 짙은 향기가 실려 오고 있었다. 산업 시설이라곤 찾아볼 수 없는 이 포근하고 비옥한 고장에는 동네마다 목조 가옥들이 정답게 모여 있었다. 이맘때 이 지방을 가로질러 도보 여행을 한 것은 정말 소중한 체험이었다. 그러고나서는 농경 지대를 벗어나 목축이 성한 지방으로 접어들었다. 독일 가문비나무와 너도밤나무가 우거진 험준한 산악에서 우리는 전설로만 듣던 '렌슈타이크' 능선 길을 따라갔다. 그 능선 길은 베라 골짜기를 깊숙이 내려다보면서 프랑켄발트에서회르젤 강이 통과하는 도시 아이제나흐까지 뻗어 있었다. 갈수록 자연 경관은 더 아름답고 의미심장하고 낭만적인 분위기를 자아냈다. 그리하여 젊은이는 자연 앞에서 겸손해야 한다거나 혹은 지적인 토론을 하면서 잠을 청해야 한다거나 하는 아드리안의 이야기들은 아무 효력도 없게 되었다. 그 자신에 대해서조차 그런 말은 거의 효력을 잃었다. 편두통 때문에 말을할 수 없을 정도가 아니면 그는 활발하게 토론에 참여했던 것이다. 또한 비록 그가 자연 앞에서 흥분된 감탄사를 내지를 정도는 아니었고 그저 사색에 잠긴 채 다른 친구들보다 뒤에 처져서 자연을 바라보기만 했을지라도, 자연의 영상과 리듬과 숭고한 선율이 다른 친구들보다는 그의 영혼에 더 깊숙이 밀려들어 갔음을 나는 의심하지 않는다. 훗날 그의 작품에서 강렬한 지성을 말해 주는 순수하고 자유로운 미가 깃들인 여러 구절에서 나는 당시 우리가 함께했던 나날의 추억을 되살리고는 했던 것이다.

실제로 우리는 몇 주일 동안 매 시간과 하루하루를 흥분된 상태로 보냈다. 야외 생활의 상쾌한 공기, 자연 경치와 역사 유적에서 받은 인상들은 이 젊은이들을 고양시켰고, 그런 감정은 학생 시절의 호방함과 자유로운 실험 정신이 깃든 생각들로 발전해 갔다. 훗날 대학을 졸업한 후 평범한 사회인으로 고리타분한 직장 생활을 하는 상태에서는 설령 정신적인 직업에 종사하더라도 도무지 그런 기분을 낼 수 없는 것이다. 나는 자주 그들의 신학 및 철학 논쟁을 지켜보았으며, 그들 중 상당수는 훗날 언젠가는 '빈프리트' 시절을 자기 인생의 가장 위대한 부분으로 여길 거라고 상상해 보았다. 나는 그들을 관찰했고, 아드리안을 관찰했다. 아드리안은 분명히 이 시절을 그렇게 여기지 않을 거라는 확고한 선입견을 가지고서. 나는 신학생이 아닌 까닭에 그들 사이에서 손님이었는데, 아드리안은 신학생이었음에도 더욱 손님 같았다. 어째서 그랬을까? 나는 그처럼 들떠서 뭔가를 얻으려고 애쓰는 청년들과 아드리안의 실존 사이에 숙명적인 심연이 가로놓여 있음을 어렴풋이 느꼈으며, 그런 느낌에 마음이 편치 않았다. 다른 친구들이 방황과 실험을 일삼는 학창시절을 지나 이내 평범한 시민적 삶으로 들어서

서 선량하고 모범적인 보통 사람의 인생행로를 가도록 되어 있다면, 아드리안은 늘 정신적인 문제를 고민해야 하는 길을 결코 떠나지 않고 어디로 갈지도 모르는, 보이지 않는 낙인이 찍힌 삶을 살아야 하는 것이다. 나는 그의 시선, 결코 허물없이 친해지지 못하는 태도, 그리고 친구들을 '너 ─ 너희 ─ 우리'라고 어색하게 호명할 때의 자신을 억누르는 태도에서도 아드리안 스스로 다른 친구들과 자신의 그런 차이를 의식하고 있다는 인상을 받았으며, 어쩌면 다른 친구들 역시 그런 느낌을 받았을지도 모른다.

네 번째 학기가 시작될 무렵 나는 이미 아드리안이 아직 첫 시험을 치르기도 전에 신학 공부를 그만둘 생각이라는 것을 알아차렸다.

15

아드리안과 벤델 크레추마어의 관계는 결코 단절되지 않았고 느슨해진 것도 아니었다. 젊은 신학생 아드리안은 방학 때마다 김나지움 시절의 음악 스승을 만났다. 카이저스아셰른에 오면 아드리안은 그를 찾아갔고, 성당에 딸린 오르간 연주자 사택에서 이야기를 나누었으며, 레버퀸의 숙부 집에서 만나기도 했다. 그리고 아드리안의 부모님은 크레추마어 선생을 주말에 한두 번 부헬 저택으로 초대하기도 했다. 거기서 그는 한가하게 아드리안과 산책을 하거나 요나탄 레버퀸을 설득해서 클라드니 도형*과 '액체 방울' 실험을 손님에게 보여 주기도 했다. 크레추마어는 나이가 들어 가는 부헬의 바깥주인과 격의 없는 사이가 되었지만 엘스베트 부인과는 그렇지 못했다. 그렇다

---

* 고정된 평판 위에 뿌려진 모래 따위가 판의 진동에 따라서 진동하지 않는 절선(節線)의 둘레에 모여들어 이루는 도형.

고 그녀와의 관계가 불편했다는 뜻은 아니다. 다만 그가 말을 더듬기 때문에 그녀 쪽에서 신경을 쓰는 눈치였다. 그리고 아마 바로 그 때문에 그녀가 있을 때면, 특히 그녀와 마주 이야기할 때면 그는 더욱 심하게 말을 더듬었던 것으로 보인다. 그런 상황은 이상하게 여겨졌다. 프랑스에서 문학이 누리는 인기를 당시 독일에서는 음악이 누리고 있었기에, 어떤 사람이든 그가 음악가라는 사실 때문에 우리로부터 멀어지고 위축되거나 불쾌한 대접을 받거나 혹은 경멸과 조소거리가 되는 일은 결코 없었기 때문이다. 아드리안의 모친은, 아들에겐 연상의 친구인 셈인 데다 계약을 맺어 교회에서 봉사 활동을 하고 있던 크레추마어를 진심으로 존경했다고 나는 확신한다. 그럼에도 내가 그와 아드리안과 함께 부헬에서 이틀 반나절을 보내는 동안 관찰한 바로는 오르간 연주가를 대하는 그녀의 태도에서 친절함으로는 완전히 가려지지 않는 어떤 모습, 즉 마음을 터놓지 않고 마지못해 대하는 듯한 일종의 거부감이 엿보였다. 그리고 이 오르간 연주자는, 이미 말한 바와 같이 두 번이나 심하게 말을 더듬으며 대답을 하는 난처한 상황에 빠졌다. 그가 그녀에게서 불쾌감이나 불신 혹은 그와 비슷한 태도를 감지했기 때문인지, 아니면 그 스스로 지레 이 부인의 기품에 눌려서 수줍어하고 당황했던 것인지 어느 쪽이라고 단언하기는 어렵다.

나는 크레추마어와 아드리안의 어머니 사이의 독특한 긴장 관계가 아드리안과 관련이 있다고 믿어 의심치 않았다. 아드리안은 두 사람 모두 신경을 쓰는 대상이었던 것이다. 내가 그런 사정을 알아차릴 수 있었던 것은 두 사람 사이에 소리 없는 다툼이 벌어지는 동안 나는 나대로의 느낌을 가지고 양쪽 모두에 중립을 지켰기 때문이다. 어느 한쪽에 가까워지면 동시에 다른 한쪽에도 가까워졌던 것이다. 나는 크레추마어가 아드리안에게 무엇을 원했고, 그가 산책 도중에 아드리안과 어떤 이야기를 했는가를 잘 알고 있었다. 그것은 나 자신의 소망과도 부합했기에 나는 내심으로는 크레추마어 선생을 지지했다. 나와 이야기하면서도 그는 제자인 아드리안이 장차 음악가, 작곡가가 되어야 한다고 단호하고 절박하게 주장했는데, 나는 그의 생각이 옳다고 여겼다. 그는 이렇게 말했다.

"아드리안은 음악에 대해 작곡가의 안목을 갖고 있습니다. 뭔가 비결을 터득한 사람의 안목이지요. 문외한이나 적당히 즐기는 사람의 수준이 아닙니다. 그런 사람들은 보지 못하는 모티프들 사이의 관계를 찾아내고, 문답식 문제를 풀 듯이 짧은 악절의 편성을 금방 척척 풀어내고, 전체와 내적 구조를 파악하는 그의 재능을 보면서 내 판단이 옳다는 확신을 갖게 되었지요. 그 친구가 아직 직접 작곡은 하지 않고, 창작의 충동을 겉으로 드러내지 않으면서 소박하게 습작이나 하는 것까지도 장점이 됩니다. 시시한 아류 음악은 세상에 내놓지 않겠다는 자존심을 지킨다는 뜻이니까요."

나는 그의 생각에 전적으로 동의했다. 하지만 근본적으로 나는 아드리안의 모친이 자식에 대한 보호 본능에서 우려하고 있는 심정을 이해했으며, 때로는 그녀와 한편이 되어 유혹자에게 완강한 적대감을 느끼기도 했다. 부헬 저택의 거실에서 있었던 어떤 장면과 그 인상을 나는 결코 잊지 않는다. 언젠가 우리는 그러니까 아드리안과 그의 어머니, 크레추마어와 내가 한자리에 앉게 되었다. 엘스베트 여사는 음악가 선생과 이야기하고 있었다. 그는 숨이 차서 헐떡거리며 뭐라고 알아듣기 힘든 말을 지껄이느라 고생하고 있었다. 그것은 아드리안과는 전혀 상관없는 단순한 대화였다. 아드리안의 모친은 옆에 앉아 있는 아들의 머리를 독특하게 자기 쪽으로 끌어당긴 채 이야기를 하고 있었다. 그녀는 팔로 아들을 휘감고 있는 듯했는데, 그의 어깨가 아니라 머리를 껴안고 있었다. 한 손은 그의 이마에 얹고 시선은 크레추마어를 향하고 있었다. 그리고 듣기 좋은 목소리로 그에게 이야기하면서 아드리안의 머리를 자기 가슴에 기대게 했다.

그 밖에도 이런 사적인 만남을 통해 스승과 제자 사이의 관계가 계속 유지되었을 뿐 아니라 상당히 빈번히, 아마 두 주일에 한 번씩은 할레와 카이저스아셰른 사이에 편지가 오가는 식으로 지속되었다. 아드리안은 스승과 주고받은 편지에서 나눈 이야기를 때때로 나에게 들려주었고, 나는 그중에 몇 장을 직접 볼 수도 있었다. 나는 크레추마어가 피아노와 오르간 수업을 맡은 연유로 라이프치히에 있는 하제 사립 음악 학교와 관계를 맺고 있다는 사실을 1904년 성 미카엘 축일에 이미 알게 되었다. 그 학교는 이 도시의 유명한 국립 음악 학교와 더불어 당시에 명성을 얻기 시작했다. 국립 음악 학교는 그 후 십 년 동안, 뛰어난 교육자인 클레멘스 하제가 죽을 때까지, 갈수록 성장했다.(아직 그 학교가 있긴 하지만 이미 오래전부터 이렇다 할 역할을 못 하고 있다.) 다음 해 초 벤델 크레추마어는 카이저스아셰른을 떠나 새로운 자리에 부임했다. 말하자면 그때부터 할레와 라이프치히 사이에 편지가 오갔던 셈이다. 편지의 한쪽 면에만 쓰인 크레추마어의 큼직한 글씨는 휘갈겨 쓴 것인데도 뻣뻣해 보였다. 거친 노란색 종이에 쓴 아드리안의 글씨는 가지런했고, 약간 의고체였으며, 나선형으로 휘어져서 장식 서체를 쓰는 펜으로 썼다는 것을 알 수 있었다. 그는 나에게 편지 초안을 하나 보여 주었다. 그것은 암호처럼 빽빽하게 쓰여 있었고, 삽입구와 고친 부분으로 가득 차 있었다. 그렇지만 나는 일찍부터 그의 필체에 익숙해 있었기 때문에 어려움 없이 전부 읽어 낼 수 있었다. 아드리안은 크레추마어의 답장도 보여 주었다. 아드리안이 그렇게 편지까지 공개한 것은 장차 정말 작곡가가 되기로 결정하더라도 그런 결정에 내가 너무 놀라지 않도록 하기 위해서임이 분명했다. 사실 그는 아직 결단을 내리지 못했으며 심하게 망설이기까지 했다. 그의 편지에 나타나 있듯이 스스로도 미덥지 못해서 자기 생각을 가늠해 보고 있었던 것이다. 나의 조언을 원했던 것도 분명했다. 하지만 그런 결정이 갖는 위험성을 경고해 달라는 뜻이었는지 아니면 결단을 부추겨 달라는 뜻이었는지는 아무도 모를 일이었다.

아드리안이 작곡가가 되기로 결심한다고 해서 내가 놀랄 이유는 전혀 없었다. 사실 이미 결정된 사실을 어느 날 갑자기 접하더라도 나는 놀라지 않았을 것이다. 어떤 일이 준비되고 있는지 나는 알고 있었다. 물론 일이 과연 성사될 것인가는 별개의 문제이긴 했다. 하지만 내가 보기에 크레추마어가 라이프치히로 이주해 온 이래 그의 뜻이 관철될 공산이 현저히 커진 것은 분명했다.

아드리안은 옛 스승에게 보낸 편지에서 장래 진로를 바꾸어서 음악에 전념하려는 결심을 주저하게 만드는 의구심에 대해 조목조목 털어놓았다. 이미 그전에 보낸 편지에서 스승은 아드리안보다 더 단호한 태도로 자신의 뜻이 이루어지기를 거듭 희망했던 터였다. 발신자의 탁월한 능력을 말해 주는 편지에서 아드리안은 자기 자신을 비판적으로 조망하고 있었는데, 가차 없는 자조적 어투의 고백에 나는 무척 충격을 받았다. 그러면서도 아드리안은 경험 학문으로서의 신학에 실망했다는 것을 반쯤은 고백하고 있었는데, 물론 그 실망의 이유는 이 권위 있는 학문이나 대학교수들에게 있는 것이 아니라 자기 자신한테 있을 것이라고 했다. 더 낫고 바람직한 다른 어떤 진로를 선택해야 할지 도대체 모르겠다는 데서 이미 그 점이 입증된다는 것이었다. 최근 몇 년 동안 진로를 바꿀 수 있는 가능성에 대해 가끔 혼자서 궁리할 때면 김나지움 시절에 늘 흥미를 느꼈던 수학으로 바꿀까 하는 생각도 해 보았다는 것이다.("흥미를 느꼈다."라는 표현은 그의 편지에서 그대로 따온 것이다.) 그러면서도 막상 그런 생각을 하면 덜컥 겁이 나서, 정작 수학을 새로운 전공으로 선택해 전심전력을 기울이기로 작정하고 진로를 정하고 나면 수학 역시 금방 재미가 없어지고 따분해질 것이며, 마치 쇠 주걱으로 식사를 할 때처럼 성가시고 질리게 될 것 같다는 것이었다.("쇠 주걱으로 식사를" 한다는 식의 기이한 표현 역시 그의 편지에 적혀 있는 그대로 기억나서 여기에 옮겨 적은 것이다.) 그는 편지에 이렇게 썼다.

"귀하에게 숨기지 않고 제 생각을 말씀드리자면(그는 수신자에게 대개는 '선생님'이라는 존칭을 썼지만 가끔 '귀하'라는 옛날식 표현을 쓰기도 했다.), 그러니까 귀하에게 숨길 수도 없고 그렇다고 제 속에 담아 둘 수도 없는 솔직한 심정을 말씀드리자면, 귀하의 제자인 저는 지금 오갈 데 없는 곤경에 처해 있습니다. 이것은 보통 문제가 아닌데, 마냥 이런 상태로 지낼 수는 없습니다. 제 사정을 들으시면 옳거니 하고 기뻐하시기보다는 측은한 생각이 드실 것입니다."

이어서 그는 자기가 다재다능한 정신을 타고났으며, 어릴 적부터 교육이 그에게 제공한 것은 무엇이든지 별로 힘들이지 않고 이해했다고 했다. 어쩌면 너무 쉽게, 제대로 따져 볼 여지도 없이, 어떤 대상을 파악하기 위해 열성을 다해 애쓸 필요도 없이, 너무 쉽게 이해했다는 것이다. 그는 계속 이렇게 써 나갔다.

"저는 두렵습니다. 저의 친구이기도 하신 선생님, 저는 고약한 인간입니다. 저에겐 인간적인 따스함이 없습니다. 차갑지도 않고 따뜻하지도 않은 미적지근한 인간은 상종하지도 말라는 말도 있지 않습니까. 하지만 저 스스로가 미지근한 인간이라고 하긴 싫습니다. 저는 정말 차가운 사람입니다. 저 자신에 관한 판단에 있어서 저는 인간에게 축복을 내리거나 저주를 내리길 좋아하는 어떤 힘으로부터 벗어날 수 있기를 간구합니다."

그는 계속해서 이렇게 써 내려갔다.

"우스운 이야기 같지만 저는 김나지움에 다닐 때가 가장 좋았습니다. 그때는 그래도 제법 제자리를 잡고 있었습니다. 상급 과정에서는 아주 다양하게 가르쳤으니까요. 어떤 교과가 끝나면 금방 또 다른 교과가 시작되고, 그런 식으로 사십오 분마다 관점이 바뀌었거든요. 간단히 말해서 그때는 아직 전공이란 것이 없었던 셈입니다. 그런데 그 사십오 분 수업도 저에겐 너무 길었습니다. 지루했습니다. 지루함이야말로 저에겐 세상에서 제일 정나미 떨어지는 것이었습니다. 저는 아무리 더뎌도 수업이 시작된 지 십오 분만 지나면 깨우쳤습니다. 그러면 마음씨 좋은 선생님은 다른 아이들과 삼십 분 동안 입씨름을 하곤 했습니다. 어떤 작가의 작품을 강독할 때면 저는 진도보다 빨리 읽어 갔습니다. 아예 집에서 미리 읽었지요. 그런데 저는 제대로 대답을 하지 못했어요. 저는 진도가 앞서 있었고, 벌써 다음 과를 공부하고 있었으니까요. 사십오 분 내내 『소아시아 원정기』* 하나만 설명하는 것은 정말 견디기 힘들었습니다. 그러면 인내심이 한계에 이르렀다는 신호로 두통이 시작되었습니다.(그것은 그의 고질적 편두통을 말하는 것이었다.) 뭔가를 열심히 하느라고 쌓인 피로 때문에 두통이 생긴 적은 없었습니다. 짜증을 못 견뎠기 때문입니다. 차가운 마음에서 생긴 권태입니다. 저의 친구이기도 하신 선생님, 이런저런 수업을 두루 오갈 수 있던 학생의 신분에서 벗어나 특정한 어떤 학과, 어떤 전공에 얽매인 이래로 저는 정말 울화가 치밀었습니다.

그렇다고 제가 어떤 전공에도 짜증을 낸다고 생각하시진 않겠지요? 그 반대입니다. 저는 어떤 전공도 저의 분야로 선택하고 나면 싫어지는 것입니다. 그런데 음악을 선택하지 못한 것에 대해서는 정말로 애통한 심정입니다. 그러니 선생님께서는 음악에 대한 저의 이런 예외적 태도가 음악에 대한 저의 극진한 애정, 애정 고백이라 여기실지도 모르겠습니다.

그러면 선생님께서는 금방 '신학을 포기한 것은 애석하지 않느냐?'라는 의문이 드시겠지요. 물론 저는 신학에 몰두한 적이 있습니다. 하지만 신학을 가장 고귀한 학문이라 여겼기 때

---

* 고대 그리스의 역사가 크세노폰(Xenophon, BC 431~BC 350?)의 대표적 저서.

문이라기보다는, 물론 그런 이유도 있었습니다만, 저 자신이 겸
손해지고, 자신을 낮추고, 자신에게 규율을 부과하며, 저의 오
만하고 차가운 성격을 다스리고 싶었기 때문이었습니다. 요컨
대 회개하는 심정으로 선택했던 것입니다. 저는 양털로 짠 옷
을 입고 가시로 된 허리띠를 차는 금욕과 고행의 삶을 원했습
니다. 저는 일찍이 계율이 엄격한 수도원에 발을 들여놓은 선
배들이 행했던 바를 행했습니다. 물론 학문을 하는 수도원 생
활에는 불합리하고 우스꽝스러운 면도 있습니다. 이해하기 힘
드시겠지만, 그럼에도 저는 알 수 없는 두려움 때문에 수도원
식 생활을 포기하지 못했습니다. 성경을 내려놓고 예술의 길로
달아나지 못했습니다. 선생님께서는 저를 예술의 길로 인도해
주셨지만, 저는 예술을 업으로 삼지 못했던 것이 너무 원통했
는지도 모릅니다.

선생님께서는 제가 음악에 천부적 자질을 갖고 있다고 여기
시고, 음악의 세계로 가는 길이 멀지 않다는 것을 저에게 이해
시켜 주셨습니다. 제가 믿는 루터주의 신앙도 거기에 부합됩니
다. 루터주의 신앙은 신학과 음악을 서로 밀접한 영역이라 보
기 때문입니다. 게다가 제 개인적인 생각에도 음악은 신학, 그
리고 즐거운 수학과 신비스럽게 결합되어 있는 듯합니다. 요컨
대 음악은 옛날의 연금술사나 마술사의 실험이라든가 그들의
집요한 충동 같은 것을 많이 포함하고 있습니다. 그 점에서 음
악은 신학적인 특성을 지니고 있으면서 동시에 해방과 이반(離
反)의 특성도 지니고 있습니다. 하지만 신앙 자체로부터의 이
반은 아닙니다. 이반 역시 하나의 신앙적 행위입니다. 천지만물
은 주님의 품 안에서 주님의 뜻에 따라 움직이거니와, 그러한

이반 행위 역시 마찬가지입니다."

여기서 내가 인용한 편지글은 실제와 완전히 같다고 할 수는 없어도 거의 원본에 가까운 것이다. 나 자신의 기억력을 상당히 신뢰하는 데다 대부분은 편지 초고를 읽은 즉시 옮겨 적었기 때문이다. 특히 '이반'에 관해 언급한 부분이 그렇다.

그 편지에 의하면 아드리안은 자신이 적잖이 방황한 것에 대해 스승에게 송구스러워하고 있었다. 그리고 만일 그가 크레추마어 선생의 소망에 따른다면 음악 중에서 어떤 분야를 택할 것인가 하는 실제적인 문제로 넘어갔다. 그는 악기를 연주하는 재능은 이미 오래전에 현저히 상실했다고 스승에게 털어놓았다. 편지에서 그는 "시험 삼아 슬쩍 접근해 보았지만 역시 아니라는 것을 번번이 확인했다."라고 썼다. 게다가 자기는 악기를 너무 늦게 배우기 시작했다는 것이다. 그저 악기를 한번 만져나 볼까 하는 생각이 들었을 뿐이고, 그런 점에서 연주를 하고 싶은 본능적 충동은 결여되었음이 분명하다는 것이다. 그가 피아노 건반을 두드리게 된 것은 그 분야의 명인이 되겠다는 들뜬 기대 때문이 아니라 음악 자체에 대한 호기심 때문이었으며, 음악을 통해, 그리고 음악을 계기로 삼아 대중 앞에 자신을 내보여야 하는 연주자 특유의 보헤미안적인 기질이 그에게는 전혀 없다는 것이었다. 연주자가 되려면 뭔가 정신적인 전제 조건이 요구되는데, 그에게는 바로 그것이 갖춰져 있지 않다고 말했다. 말하자면 대중과 함께 사랑을 나누고 대중의 꽃다발과 환호를 받고 싶은 욕구, 요란한 박수갈채를 받으며 대중의 성원에 부응하는 제스처를 보이고 싶은 그런 갈망이 없다는 것이었다. 그는 문제의 핵심을 건드리는 표현은 피했다. 다시 말해 피아노 연주를 시작한 시기가 설령 늦지 않았다 하더라도 연주가가 되기에는 너무 수줍어하는 성격이고 자존심이 너무 강하고 너무 소심하고 고독한 성격이라는 말은 하지 않았다.

그는 이와 똑같은 문제점들이 지휘자가 되는 데도 방해가 된다며 이야기를 계속했다. 악기를 가지고 곡예를 할 수 없듯이 연미복을 입고 오케스트라 앞에서 지휘봉을 휘두르는 주인공이 될 수도 없을 것 같다고 했다. 음악 해설자가 되거나 예복을 차려입은 대변자가 되는 것은 자신의 기질에 맞지 않는다는 것이었다. 이 대목에서 그는 얼떨결에 어떤 단어를 내뱉고 말았다. 그것은 내가 바로 앞에서 적절히 삽입한 '수줍음'이라는 표현이었다. 그는 스스로를 '수줍어하는 성격'이라고 했는데, 자신의 장점을 드러내는 좋은 뜻에서 그런 표현을 쓴 것은 아니었다. 그는 자신의 수줍음이 자신에게 따뜻함이나 동정심, 사랑이 결핍된 결과라고 판단하고 있었다. 그리고 세상을 사랑하고 세상으로부터 사랑을 받는 예술가에겐 수줍은 성격은 아무 쓸모도 없다는 생각이 너무나 마음에 걸린다는 것이었다. 그렇다면 연주자의 길도 지휘자의 길도 목표가 아니라면 이제 무엇이 남을까? 그것은 당연히 음악 자체와 혼연일체가 되어 마법의 실험을 거쳐 눈부신 결과를 얻는 분야, 즉 작곡이다. 이 얼마나 멋진 선택인가! 그는 이렇게 썼다.

"저의 친구이기도 한 알베르투스 마그누스* 선생님, 귀하는

---

* Albertus Magnus(1200?~1280). 중세의 스콜라 철학자로 신학, 철학, 과학 등 여러 분야의 만물박사로 불렸다.

저를 신비한 이론으로 인도해 줄 것입니다. 분명히 그렇습니다. 저는 느낍니다. 벌써 알고 있습니다. 이미 경험을 통해 조금은 알고 있습니다. 제가 소심한 음악가가 아니라는 걸 보여 드리겠습니다. 원하든 원치 않든 작곡에 필요한 일체의 교묘한 기교를 받아들이겠습니다. 그것도 아주 쉽게 말입니다. 저의 정신은 그런 것들을 환영하고, 그런 것들을 받아들일 토대가 갖춰져 있으며, 벌써 많은 씨앗을 간직하고 있습니다. 저는 원재료를 엄선하여 마법의 솥에 담을 것입니다. 그러고는 정신과 불길로 그 재료를 수없이 여과하고 증류해서 정화시킬 것입니다. 얼마나 멋진 일입니까! 이보다 더 박진감 있고, 은밀하고, 고상하고, 심원하며 훌륭한 것이 또 있을까요? 그 어떤 것도 이처럼 제 마음을 사로잡는 것은 없습니다.

그런데 어째서 저의 내면에서 '오, 저주받을 인간이여!'*라는 경고의 목소리가 들려오는 것일까요? 이런 의혹에 조목조목 자신 있게 답할 수는 없고, 단지 이렇게 말할 수밖에 없습니다. 즉, 제가 예술에 매진하겠다고 결단을 내리기가 두려운 것은 과연 저의 천성이, 재능의 문제는 아예 제쳐 놓고라도 예술에 적합한지 의심스럽기 때문입니다. 저에겐 뭔가에 집요하게 매달리는 소박한 마음이 없기 때문입니다. 제 생각에 그런 소박한 마음이야말로 예술 정신의 요건입니다. 물론 다른 것들도 필요할 테고, 또 그런 소박함이 가장 중요한 것이라 할 수도 없겠지만 말입니다. 그 대신 제가 갖고 있는 것은 매사에 금

---

* 영국의 극작가 말로(Christopher Marlowe, 1564~1593)의 희곡 『파우스트 박사』에 나오는 구절.

방 싫증을 내는 지성입니다. 하늘에 두고 맹세하건대 저는 저의 이런 성격이 추호도 자랑이 아니라고 생각하기 때문에 오히려 분명하게 제 성격이 그렇다고 말하는 것입니다. 그리고 이처럼 싫증을 잘 내는 성격은 두통 증세와 함께 나타나는 구토 증세와도 관련이 있으며, 그 밖에도 수줍어하고 불안해하는 성격의 원인이기도 합니다. 하지만 저는 이런 성격을 다스려 갈 것입니다. 그렇게 하고야 말겠습니다. 존경하는 선생님, 보시다시피 저는 이렇게 젊습니다. 예술이 어떻다는 것도 알 만큼은 압니다. 그것도 모르고서 제가 어떻게 선생님의 제자가 되었겠습니까. 예술은 경직된 형식이나 관습, 전통, 학습, 기교, 작법 따위를 훨씬 초월해 있는 어떤 것입니다. 물론 이 모든 요소가 상당히 섞여 있다는 것도 부정할 수 없습니다. 진정한 예술적 감수성과는 관계 없는 그런 취향이 때로는 참된 예술 작품을 지탱하는 뼈대가 되기도 하고 작품의 단단한 실체가 되기도 해서 이제는 공통의 문화적 전통이 되었고 미를 창조하기 위한 관습처럼 자리 잡은 것입니다. 하지만 제 예감으로는, 불행인지 다행인지 예감하는 능력 역시 제 천성의 일부입니다만, 만일 제가 그런 관습들을 접하면 아마 수줍어하면서 얼굴이 뜨거워지고, 그로 인해 나른해지면서 두통이 생길 것 같습니다. 틀림없이 그렇게 되고 말 것입니다.

이런 저의 심정을 이해하시겠냐고 묻는다면 제 생각만 앞세운 아둔한 질문이 되겠지요. 선생님께서 모르실 리가 있겠습니까! 하지만 컨디션이 좋을 때면 아무런 문제도 없습니다. 예컨대 첼로 독주가 진행 중이라고 가정해 보겠습니다. 우울한 느낌을 자아내는 주제곡이지요. 그 곡은 세상의 무의미함에 대

해, 온갖 희비가 엇갈리는 인간사의 무의미함에 대해 우직하고
도 아주 인상적으로 묻고 있습니다. 이 수수께끼의 답을 알 수
없다는 현명한 체념과 비통한 심정을 표현하면서 얼마 동안
첼로 소리가 퍼져 나갑니다. 그러다가 적절하게 선택된 특정한
지점에 이르러, 어깨가 들먹일 정도로 깊은 호흡을 표현하면서
관악기들이 합창 송가에 합류합니다. 장엄한 감동과 화려한
화음을 동반하면서, 금관악기의 온갖 위엄과 절제된 힘에 이
끌려서 말입니다. 그리하여 이 낭랑한 선율의 주제는 거의 정
점에 다다르게 됩니다. 그러나 경제성의 원리를 고려하여 처음
에는 아직 그 정점을 피합니다. 정점을 앞두고 피해 가며, 정점
을 아끼고 유예하고 가라앉히지만, 그래도 너무나 아름답습니
다. 이제 첫 주제가 끝나고 다른 주제가 시작됩니다. 새 주제는
가요처럼 소박하고 익살스러우며, 장중하면서도 통속적이고,
얼핏 들으면 저속한 것 같지만 실은 아주 재치가 넘쳐서, 오케
스트라의 악기들을 능수능란하게 분석하고 거기에 색깔을 입
힙니다. 그리하여 곡을 해석하고 승화시키는 놀라운 능력을 보
여 줍니다. 이 가요 소품은 이제 재치 있고 귀엽게 다루어집니
다. 그것은 분해되어 하나씩 다루어지면서 변주됩니다. 그렇게
생겨나는 매력적인 음형(音形)은 중간음에서부터 바이올린과
플루트의 마술적인 높이에까지 상승합니다. 아직 거기서 약간
머뭇거리다가, 이때가 가장 듣기 좋습니다만, 이제 다시 부드러
운 음을 내는 금관악기와 앞서 등장했던 합창 송가가 주제를
넘겨받아 앞으로 나서게 됩니다. 처음에도 그랬듯이 급하게 시
작하지 않고 숨을 고르며 그 멜로디가 마치 전에 표현했던 것
을 재차 연주하는 듯이 서서히 등장합니다. 그러고는 정점을

향해 장엄하게 돌진합니다. 처음에는 교묘하게 정점을 피해 가기 때문에 듣는 이의 감정을 요동치게 하고 '아!' 하고 탄성까지 자아내는 효과가 그만큼 더 크지요. 그러다가 드디어 거침없는 베이스 튜바의 화음이 다른 악기들의 막강한 지지를 받으며 중단 없이 상승해서 정점에 도달하는 영광을 안게 됩니다. 그리고 나서는 완성된 것을 당당하고 만족스럽게 뒤돌아보면서 결말을 향해 노래 부릅니다.

제가 어째서 쾌재를 부르냐고요? 과연 이보다 더 천재적으로 기존의 전통을 활용하고 기교를 구사할 수 있을까요? 과연 다른 누가 이보다 더 절제된 감정으로 아름다움을 표현할 수 있을까요? 저처럼 버림받은 자는 이런 것에 쾌재를 부르지 않을 수 없습니다. 그것도 저음 관악기의 웅장한 소리로 '붐붐붐빵!' 하고 말입니다. 어쩌면 그와 동시에 저는 눈물을 흘릴지도 모르지만, 저는 웃음은 도저히 참지 못하거든요. 저는 일찍부터 어찌 된 셈인지 하필이면 신비스럽고 인상적인 장면에서 그만 웃음을 터트리곤 했습니다. 그처럼 우스꽝스러운 것에 너무 민감했기 때문에 오히려 엄숙한 학문인 신학 쪽으로 도망을 쳤습니다. 우스운 것을 참지 못하는 충동을 신학이 진정시켜 주리라는 희망에서 말입니다. 그런데 알고 보니 신학 쪽에도 정말 웃지 못할 일들이 널려 있더군요. 어째서 신학에서 다루는 거의 모든 것들이 저한테는 신학을 조롱하는 특이한 패러디처럼 보이는 것일까요? 또한 어째서 거의 모든, 아니 모든 예술의 방법과 관습이 오늘날에는 오직 패러디로서만 쓸모가 있다고 생각되는 걸까요? 이런 질문들은 정말 답이 뻔한 질문입니다. 저로서는 그런 문제에 대한 답변을 굳이 기대한 적도 없습니다만. 그런데 어째서 선생님은 이토록 절망에 빠져 있고 차갑기 이를 데 없는 제가 음악에 '천부적 재능'이 있다고 여기시고, 제게 음악에서, 자기 자신한테서 안식을 찾으라고 하십니까? 차라리 겸손하게 신학을 공부하며 견디게 하지 않으시고 말입니다."

아드리안이 수세적 방어 자세로 털어놓은 고백은 이러했다. 내가 크레추마어의 답장까지 갖고 있지는 않다. 그것은 아드리안의 유고(遺稿)에서 발견되지 않았다. 아드리안이 한동안은 스승의 답장 편지들을 보관하고 있었을 것이다. 그러다가 거주지를 바꿀 때, 그러니까 뮌헨이나 이탈리아, 파이퍼링으로 이사를 할 때 빠뜨렸을 것이다. 비록 당시에 아드리안의 편지 구절처럼 기록해 두지는 않았지만, 나는 아드리안의 편지와 거의 마찬가지로 정확하게 스승의 답장 내용들을 기억하고 있다. 그 말더듬이 선생은 아드리안이 자기의 부름과 충고와 인도에 따라야 한다고 역설했다. 그는 아드리안의 편지 중에 어떤 말도, 단 한순간도, 음악이 곧 그의 운명으로 결정되었다는 확신을 흔들리게 한 것은 없다고 답했다. 아드리안은 음악을 원하고 음악은 아드리안을 원하고 있는데, 정작 아드리안 자신은 약간은 겁먹고, 약간은 수줍게, 자신의 성격과 체질을 반쯤은 맞게 분석하면서, 음악 앞에서 몸을 사리고 있다는 것이었다. 마치 첫 번째로 불합리하게 선택한 전공인 신학 앞에서 몸을 사렸듯이. 그는 이렇게 말하기도 했다. "괜히 빙빙 둘러 말하지 말게, 아드리안. 그러니까 괜히 머리만 더 아픈 거라고." 아드리안이 자신의 결점이라고 하소연한 기질, 즉 우스운 것을 참지 못하는 예민한 감성 역시 지금처럼 억지로 신학에 매달리기보다는 예술을 택하면 오히려 장점이 될 거라고 했다. 인위적인 활동과는 반대로 예술은 그런 감성을 필요로 한다는 것이었다. 예술은 그가 싫다고 하는 기질을 스스로 믿고 있는 것보다, 혹은 거절하기 위한 구실로 그렇게 믿는 체하는 것보다 훨씬 더 잘 활용한다는 것이었다. 크레추마어는 아드리안의 그런 태도가 얼마나 심한 자기 비하인가 하는 문제는 굳이 따지지 않겠다고 했다. 확실히 그런 자기 비하는 예술을 비하하는 생각을 둘러서 말하는 것이라고 했다. 예술을 대중과의 야합으로, 대중의 환호에 부응하는 제스처로, 예복을 차려입은 대변자로, 감정을 요동치게 하는 자극제로 몰아붙이는 것은 다소 잘못된 생각인데, 특히 아드리안은 다분히 고의적으로 그런 생각을 하고 있다는 것이었다. 아드리안은 자신의 어떤 기질 때문에 예술을 하기에 부적합하다고 생각하지만, 오히려 그런 기질이야말로 예술에 필요하다는 것이었다. 오늘날 예술은 바로 그런 기질을 타고난 사람들을 필요로 한다는 것이다. 그리고 위트, 겉과 속이 다르게 숨바꼭질하듯 표현하는 위트야말로 아드리안이 제대로 알고 있는 것이라고 했다. 즉 차가움, '금방 싫증 내는 지성', 몰취미를 분간하는 감각, 쉽게 지치는 것, 짜증을 잘 내는 것, 혐오감, 이 모든 기질이야말로 그것과 연관된 재능을 직업으로까지 끌어올리기에 안성맞춤이라는 것이었다. 어째서 그런가? 한편으로 그런 기질은 개개인의 개성에 속할 뿐이지만 다른 한편으로는 초개인적인 본성에 속하는데, 그것은 예술의 표현 수단이 이미 오랜 역사를 거쳐 오는 동안 낡은 것이 되었고 바닥을 드러냈다는 것을 종합적으로 드러내는 감정의 표현이요, 그런 사실에 대한 권태의 표현이며, 다시 말해 새로운 길을 모색하는 징표이기 때문이라고 했다. 크레추마어는 이렇게 썼다.

"예술은 진보하게 마련인데, 그것은 개성을 통해 가능하지. 개성은 시대의 산물인 동시에 도구일세. 그리고 개성을 통해 비로소 객관적 동기와 주관적 동기가 불가분으로 결합되지. 객관적 동기가 주관적 동기의 형식을 취하는 거야. 어디에도 의지할 수 없는 고립감이나 더 이상 할 말이 없다는 느낌, 통상적인 방법으로는 불가능하다는 느낌을 치열하게 주관적으로 자각할 때 비로소 예술의 혁명적 진보와 새로운 것의 창조가 절실히 필요하다는 것을 알 수 있는 거야. 그런 관점에서 보면 겉보기에는 중요하지 않은 것, 즉 쉽게 지치는 성격이나 지적인 권태감, 창작 방법을 꿰뚫어 보았을 때의 혐오감, 사물을 삐딱하게 틀어서 보려는 고약한 성향, 우스꽝스러운 것을 참지 못하는 예민한 감수성 등이 오히려 도움이 된다네. 내가 말하려는 뜻은 예술 본연의 속성인 생의 의지와 진보의 의지는 이처럼 개개인의 무기력한 특성을 가면처럼 쓰고 나타난다는 말일세. 그런 특성을 통해 예술적 충동은 드러나고, 객관화되고, 완성될 수 있는 것이지. 너무 형이상학적인 말처럼 들리나? 이것으로 내 생각은 충분히 전달한 셈일세. 이런 생각 정도는 자네도 근본적으로 깨우치고 있는 진리라고 할 수 있지. 서두르게, 아드리안! 결단을 내려! 기다리겠네. 자네는 벌써 스무 살일세. 앞으로도 상당히 많은 기교들을 익혀야만 하네. 자네한테 뭔가 자극을 주는 일은 정말 힘이 들지. 신의 존재를 증명하는 논리에 대한 칸트의 반박을 다시 반박하느라 골치를 썩이느니 차라리 돌림노래나 푸가, 대위법을 연습하면서 머리가 아픈 편이 더 낫다네. 그 정도로 신학에 대한 정조를 지켰으면 충분하네! '정조를 지키는 것도 소중하지만 어머니가 되어야 하네, 그렇지 않으면 불모지를 가꾸는 것과 다를 바 없으니.'"

케루비니*의 「순례자」에 나오는 이 구절을 인용하면서 편지는 끝을 맺었다. 편지에서 눈을 뗀 나는 아드리안이 득의만만한 표정으로 미소 짓는 눈길과 마주쳤다.

"제법 그럴듯하게 받아넘긴 것 같지?"

그가 물었다.

"그래."

내가 대답했다.

"그는 자기가 원하는 바를 명확하게 알고 있어. 그런데 나는 내가 뭘 원하는지 제대로 모른다는 사실이 정말 부끄럽다네."

아드리안이 말했다.

"나는 자네도 안다고 생각해."

내가 말했다. 사실 나는 그의 편지에서 음악가의 길을 거부한다는 말은 전혀 발견하지 못했다. 당연히 그가 '빙 둘러대기 위해' 썼다고 믿지도 않았다. 확실히 그런 표현은 어렵게 결단을 내리고자 하는 의지를 적절히 가리키는 말이 아니다. 회의를 품고 있으면서도 결심을 굳혀 가는 그런 의지 말이다. 나는 흥분된 마음으로, 아드리안이 결단을 내릴 거라고 예상해 온 터였다. 그리고 우리 둘의 가까운 장래에 관한 최종적인 대화에서 그의 결단은 거의 내려진 거나 다름없다는 사실이 드

---

* Maria L. Cherubini(1760~1842). 주로 교회 음악을 작곡한 이탈리아의 작곡가.

러났다. 어차피 우리는 서로 다른 길을 가야만 했다. 심한 근시임에도 나는 군 복무에 적격이라는 판정을 받았고, 그 당시 막 군에 입대할 참이었던 것이다. 나는 나움부르크에 있는 제3야전포병 연대에서 군 복무를 하기로 했다. 아드리안은 체중이 너무 적어서인지, 습관적인 두통 때문인지 군 복무를 무기한 면제받았다. 그는 그런 상태로 부헬 저택에서 두세 주 동안을 더 보낼 생각이었다. 그의 말로는 진로를 바꾸는 문제로 부모님과 상의하기 위해서라고 했다. 하지만 그저 대학을 다른 대학으로 옮기는 문제 정도로만 이야기해서 부모님을 속이겠다는 의도가 엿보였다. 사실 아드리안 자신도 어느 정도 대학을 옮길 생각도 하고 있던 터였다. 아마도 그는 음악에 '좀 더 관심을 기울이고 싶으며', 따라서 김나지움 시절의 음악 선생이 활동하고 있는 도시로 가겠다고 부모님에게 말씀드릴 것이다. 신학을 포기하겠다고 말하지 않은 것만은 분명했다. 실제로 그는 다시 대학에 등록해서 철학 강의를 듣고, 그 분야에서 박사학위를 받을 작정을 하고 있었다.

1905년 겨울 학기가 시작되자 레버퀸은 라이프치히로 갔다.

16

우리의 작별이 썰렁했고 그의 방식대로 이루어졌다는 것은 말할 필요도 없을 것이다. 우리는 서로 눈길을 마주치지도 않고, 제대로 악수도 하지 못한 채 헤어졌다. 젊은 시절에 우리는 너무 자주 헤어지고 또다시 만나고 했던 탓에 새삼스레 악수를 하고 말고 할 것도 없었던 것이다. 그는 나보다 하루 먼저 할레를 떠났는데, 떠나기 전날 저녁에 우리는 빈프리트 회원들은 없는 상태에서 둘이서만 연극을 관람했다. 다음 날 아침이면 그는 떠나야 했다. 우리는 수백 번을 그렇게 헤어졌듯이, 이번에도 그냥 길거리에서 헤어졌다. 우리는 제각기 다른 방향으로 걸어갔다. 나는 간곡하게 그의 이름을 부르며 작별 인사를 하지 않을 수 없었다. 나로서는 그냥 그의 성만 부르는 것보다는 이름을 부르는 편이 자연스러운 일이었다. 하지만 그는 그렇게 하지 않았다. 그는 그저 "잘 가게!"라고 했을 뿐이다. 그는 크레추마어의 말투를, 그것도 비꼬듯이 흉내 내었다. 그는 대체로 어떤 사실이나 사람을 상기시키는 말을 그대로 흉내 내어 넌지시 빗대는 것을 유별나게 즐기는 버릇이 있었다. 게다가 내가 곧 군에 입대해 겪게 될 두려운 상황에 대해 농담조로 덧붙이고는 자기 길을 갔다.

아드리안이 당시 우리의 작별을 대수롭지 않게 여긴 데는 그럴 만한 이유가 있었다. 아무리 길어도 고작 한 해만 넘기면, 그러니까 내 군 복무 기간이 끝나기만 하면 우리는 어디에서든 다시 만날 수 있을 테니 말이다. 그렇지만 우리의 작별은 우리 삶에서 한 단락이 어느 정도 매듭된다는 의미를 지녔다. 한 시절이 끝나고 새로운 시절이 시작되었던 것이다. 아드리안은 그런 생각에 개의치 않는 듯했지만, 반면 나는 일종의 흥분과 비애를 느끼면서 그 점을 의식하고 있었다. 할레에서 그와 다시 만나게 되면서, 말하자면 나는 우리의 김나지움 시절을 좀 더 연장했던 셈이었다. 우리는 할레에서 카이저스아셰른 시절과 과히 다르지 않은 생활을 했던 것이다. 나는 벌써 대학생이었고 그는 아직 김나지움에 다니고 있었기 때문에, 그 시절을 이제 막 시작되는 변화와 비교할 수는 없었다. 당시에 나는 그가 고향 도시와 김나지움이라는 친숙한 환경에 머물러 있도록 내버려 두었고, 틈만 나면 그에게 들르곤 했다. 그러다가 이제 비로소 우리의 인생은 각자의 길로 분리된 것처럼 보였다. 우리는 각자 자기만의 길로 접어들어 생활하기 시작한 것이다. 그렇게 해서 한때 나로서는 비록 알아 봤자 아무 소용도 없을지라도, 상대방에 대해 꼭 알고 있어야 한다고 생각했던 관계, 이미 앞에서 했던 말과 같은 말로밖에 표현할 수 없는 그런 관계는 이제 끝났다. 요컨대 이제 나는 그가 무엇을 하고 무엇을 경험하는지 더 이상 알 수 없게 되었고, 더 이상 그의 곁에 가까이 있을 수 없게 되었던 것이다. 그리고 그를 주의 깊게 지켜보는 어색한 눈길도 보낼 수 없게 되었다. 물론 내가 그렇게 관찰했어도 그의 삶에서 어떤 부분도 바꿀 수는 없었다. 하지만 이제 그의 삶을 가까이서 지켜봐야 할 필요성이 가장 절실해진 순간에, 다시 말해 학자의 길을 포기하고 그 자신의 표현을 빌리자면 '성경책을 책상 밑에 내려놓고' 온전히 음악의 품에 뛰어든 바로 그 순간에 그의 곁을 떠나지 않으면 안 되었다.

아드리안의 결단은 내 마음속에 심각한 파란을 불러일으킨 의미심장한 것이었다. 그것은 어찌 보면 그간의 애매한 과도기를 청산하고 내 가슴에 추억으로 남아 있는 더 어린 시절의 공동생활과 다시 맞닿는 측면도 있었다. 말하자면 꼬마 시절에 내가 목격했던 장면, 즉 아드리안이 삼촌의 하모니카를 가지고 실험하던 당시의 시간과 맞닿아 있을지도 몰랐다. 어쩌면 그보다 훨씬 이전으로, 우리가 하녀 하네와 함께 보리수 아래서 돌림노래를 부르던 시절과 연결될지도 몰랐다. 어떻든 아드리안의 결단에 나는 흥분으로 들뜨면서도 동시에 가슴 졸이는 불안도 느꼈다. 그런 감정을 어린아이의 신체적 경험에 비유하자면, 그네를 타고 높이 오를 때의 흥분과 불안에 견줄 수밖에 없겠다. 그의 행보가 정당하고 필연적이고 제 길을 찾아가고 있다는 것, 그전에 택했던 신학은 원래의 길에서 벗어난 일탈에 지나지 않았고 그 자신의 본성에 어긋나는 잘못된 선택이었다는 것, 이 모든 것을 이제 분명히 알게 되었다. 그리고 나는 아드리안이 더 길게 망설이지 않고 진심을 고백한 것이 대견스러웠다. 물론 그런 고백을 하기까지는 설득도 필요했을 것이다. 나로서는 이런 대단한 결과를 속으로 예상하고 있었기에 굳이 그가 음악을 택하도록 설득하는 일에 가담하지는 않았다고 자신 있게 말할 수 있다. 불안과 흥분이 뒤섞인 가운데에도 그나마 그런 점이 위안이 되었다. 나는 운명을 받아들이는 태도로 "어떻게 해야 할지는 자네 자신이 잘 알 거야." 하는 정도로 그의 결단을 옆에서 지원했을 뿐이다.

내가 나움부르크에서 두 달째 군 복무를 하고 있을 즈음 아드리안이 보내온 편지를 여기에 다시 옮겨 적고자 한다. 나는 어머니가 자식한테서 이런 소식을 전해 들으면 과연 어떤 심정일까 하는 심정으로 그의 편지를 읽었다. 물론 자식이라면 의당 어머니한테 그런 소식은 전하지 않는 편이 좋겠지만 말이다. 아드리안의 답장을 받기 약 세 주 전에 나는 아직 그의 주소를 모를 때였으므로, 하제 음악 학교에 있는 벤델 크레추마어 편으로 그에게 편지를 보냈다. 그에게 나의 새로운 거친 환경에 대해 알려 주면서 나는 그가 대도시에서 어떻게 적응하고 있으며 잘 지내고 있는지, 그리고 공부는 어떻게 하고 있는지 짤막한 소식이라도 전해 달라고 부탁했다. 그가 보내온 답장을 공개하기에 앞서 나는 그의 고풍스러운 표현 방식이 당연히 뭔가를 빗대어 비꼬는 어법으로서 할레에서 겪은 우스꽝스러운 경험이라든가 에렌프리트 쿰프 교수의 말투와 관계가 있다는 것, 그와 동시에 아드리안의 개성이 드러나는 특유의 문체로서 아주 독특한 방식으로 패러디를 구사하는 성향과 특이한 내적 형식이 이면에 풍부하게 감추어져 있다는 것을 미리 말해 두고자 한다.

그가 보내온 답장은 다음과 같다.

1905년 성모 마리아 정화(淨化)의 축일*이 지난 금요일
라이프치히, 페터 가(街) 27번지

박식하고 아량이 넓은 존경하는 석사 포병 친구에게!

자네의 후의가 담긴 서신에 진심으로 감사하네. 자네의 편지
를 보니 빡빡하고 권태롭고 고단한 근황을 아주 생생하게 묘사
했더군. 이리저리 뛰어다니고 닦달을 해 대고 병기를 닦고 총
을 쏘고 하는 모습이 정말 우스꽝스럽더군. 모든 게 우스웠지
만 특히 그 하사관 말일세. 그 작자는 자네를 들들 볶아 대면
서도 자네의 높은 교육과 교양에는 경외심을 갖고 있다지. 그
래서 자네는 영내 매점에 앉아서 그자에게 시의 모든 운율을
음보(音步)와 박자까지 적어 주어야 한다면서. 그자는 그런 지
식이 정신적 고귀함의 최고봉이라고 생각한다니 말이야. 자네
가 들려준 이야기에 대한 답변으로 내가 여기서 겪은 웃지 못
할 해프닝과 꼴불견에 대해 이야기해 주겠네. 자네한테도 내
이야기가 놀랍고 우스운 것이면 좋겠네. 우선 자네한테 나의
우정과 호의를 전하면서, 자네가 그 괴로운 처지를 기쁜 마음
으로 견뎌 내길 바라 마지않네. 시간이 지나면 지금의 신세를
면하게 되겠지. 결국 제복을 입고 예비역 상사로 제대할 테니
말일세.

이곳의 생활신조는 이렇다네. "주님께 의지하라. 이웃을 보
살피고 누구한테도 폐를 끼치지 말라." 플라이세 강과 파르

---

* 2월 2일.

테 강과 엘스터 강*을 끼고 있는 이 도시 풍경이 잘레와는 사뭇 다르다는 것은 부인할 수 없네. 여기에는 많은 사람들이 모여 살거든. 70만 명이 넘지. 그러니까 애초부터 다른 사람을 이해하고 참고 살아야 한다는 뜻이지. 일찍이 니네베**에서 벌어진 죄악에 대해 예언자***가 유머와 이해심을 가졌듯이 말일세. 그 예언자는 그들의 죄를 사하면서 "10만이 넘는 사람이 사는 큰 도시가 아닌가."라고 하지 않았던가. 그러면 자네는 아마 어떻게 70만이 넘는 사람들한테 양해를 구하면서 살아야 하느냐고 생각하겠지. 더구나 이곳에 박람회****가 열릴 때면 유럽 전역뿐 아니라 페르시아와 아르메니아, 심지어 아시아의 다른 나라에서도 사람들이 구름처럼 몰려온다네. 나도 이 도시의 신참인 셈이니 이번 가을에는 한번 구경해 볼 생각이네만.

이 니네베 같은 도시가 딱히 마음에 안 드는 건 아니지만, 우리 조국에서 가장 아름다운 도시는 분명 아닐세. 카이저스아세른이 더 아름답지. 아름다운 데다 위엄도 있지. 정말 유서 깊고 조용하며, 북적대지 않으니까. 이곳 라이프치히의 건축물은 정말 화려하다네. 아주 고급 석조 건물들이지. 더군다나 사람들 입이 정말 걸어서 흥정도 하기 전에 가게에서 나와야 할 정도야. 우리처럼 얌전한 튀링겐 사람은 정신이 번쩍 든다니까. 70만 인구가 부끄러운 줄도 모르고 입심 좋게 험구를 늘어놓으면 정말 끔찍하지. 끔찍해. 그런데 천만다행으로, 무슨 악의가

---

* 라이프치히 지역을 통과하는 강들.
** 구약 성경에 죄악의 도시로 등장하는 고대 아시리아의 도시.
*** 구약 성경 「요나서」에 등장하는 예언자 요나.
**** 라이프치히의 유서 깊은 국제 도서전.

있어 그러는 게 아닌 건 분명한데, 자조적인 분위기도 섞여 있거든. 세계의 심장부에 살다 보니 오히려 그럴 만도 하겠지. 음악의 중심지요, 출판의 중심인 데다 이름 높은 대학까지 있지. 한데 대학 건물은 여기저기 흩어져 있다네. 본관은 아우구스투스 광장에 면해 있고, 도서관은 시립 음악당 옆에 있고, 그 밖의 강의 건물들은 여러 학부에 소속되어 흩어져 있어. 이를테면 산책로 옆 로테관(館)은 철학부에, 베아타 비르기니스관은 법학부에 속해 있는데 내가 사는 페터 가에 자리 잡고 있지. 나는 정거장에서 나오자마자 도시로 들어서는 첫 길목에서 마음에 드는 하숙을 발견했네. 오후 일찍 여기에 도착했지. 짐을 내려놓고 안내인을 따라 이리로 와서 빗물받이 홈통에 붙은 쪽지를 읽고 초인종을 눌렀다네. 그러고는 뚱뚱하고 입심 사나운 하숙집 아주머니와 1층 방 두 개를 놓고 담판을 벌였지. 아직 시간이 너무 일렀던 탓에 온종일 처음 도착한 기분에 젖어서 거의 온 도시를 둘러보았어. 이번엔 제대로 안내받았지. 정거장에서부터 짐을 옮겨다 준 짐꾼한테 말야. 그래서 앞에서 언급한 우스꽝스러운 일들을 접하게 되었는데, 곧 그 이야기를 들려주겠네.

뚱뚱한 주인 여자는 클라비침벨* 때문에 나를 성가시게 하지는 않았지. 여기서는 흔한 물건이니까. 사실 주인 여자의 귀에 거슬릴 일도 별로 없었어. 지금 나는 책과 필기구만 가지고 이론적인 공부를 하고 있거든. 화성론과 대위법을 주로 공부하고 있지. 순전히 독학이나 다름없어. 물론 크레추마어 선생이

---

* 15~18세기경에 사용된 피아노의 일종. 영어로는 쳄발로.

감독과 조율은 맡고 있지만 말이야. 나는 습작 삼아 써 본 것을 이틀에 한 번씩 그에게 갖다 보이고는 뭐가 잘됐고 뭐가 잘못되었는지 판정을 받고 있다네. 그는 내가 가면 무척 기뻐하면서 포옹을 해 주지. 나는 그의 신뢰를 저버리고 싶지 않아. 나는 음악 학교에는 아무 관심도 없어. 그가 가르치고 있는 그 위대한 학교, 하제의 학교 말이야. 그가 말하더군. 그 학교의 분위기는 나한테 맞지 않는다고. 그리고 나는 어디에서도 스승을 찾지 못한 교향곡의 아버지 하이든처럼 해야 한다는 거야. 하이든은 용감하게도 푹스*가 쓴 대위법 이론서인 『파르나스로 오르는 계단』과 그 시대의 다른 몇몇 음악들, 특히 함부르크의 바흐**의 음악만 가지고 기초를 쌓았다는 거야. 우리끼리 얘기지만 화성론은 정말 지겨워. 그렇지만 대위법을 공부할 때면 살맛 나지. 이 멋진 분야는 얼마든지 즐길 수 있거든. 여기에 푹 빠져서 끝도 없이 문제를 풀다 보면 기묘한 돌림노래와 푸가를 어느새 한참 써 내려가는 식이지. 선생한테 칭찬도 많이 들었네. 그것은 환상과 허구를 필요로 하는 창조적 작업이야. 일정한 주제 없이 악보와 도미노 게임을 하다 보면 바깥 세상에서 무슨 일이 벌어지든 다 잊게 된다네. 긴장, 경과음, 조바꿈, 악상의 준비와 해결 등 이 모든 것을 책으로만 배우기보다는 실제로 연습해 볼 필요가 있지. 그런데 화성론이 싫다고 해서 대위법과 화성론을 기계적으로 분리하는 건 바보짓이지. 둘은 서로 불가분으로 얽혀 있어서 어느 하나만 따로 떼어 내어

---

* Johann J. Fux(1660~1741). 오스트리아의 작곡가.
** 요한 제바스찬 바흐의 둘째 아들로, 주로 베를린과 함부르크에서 활약한 음악가 Karl P. E. Bach를 가리킨다.

서 가르칠 수는 없거든. 오직 전체만을, 다시 말해 음악을 가르칠 수 있을 뿐이지. 가르칠 능력이 있는 한은 말이야.

나는 열심히 하고 있다네. 무척 애쓰고 있지. 할 일이 태산이야. 음악 공부 말고도 대학에서는 라우텐자크 교수한테 철학사를 배우고 있는데, 그 양반은 철학의 백과사전이나 다름없어. 또 그 유명한 베르메터 교수한테는 논리학을 듣고 있다네.(그 양반은 이렇게 말하는 버릇이 있다네. "자, 이것으로 수업을 마칩니다. 자비로운 하느님이 여러분과 함께하기를. 여러분과 순결한 영혼을 지닌 모든 사람에게 하느님의 가호가 있기를." 그러고는 할레 사람들이 말하는 식으로 "주님의 충실한 종이 되기를!"이라고 인사말을 하는 거야.) 그 밖에도 웃기는 일이 많았지. 악마와 나 사이에 있었던 일을 이야기하면 자네도 귀가 솔깃할 걸세. 그렇다고 별일은 아니야. 그저 앞에서 말한 그 짐꾼 녀석이 첫날밤에 나를 유혹한 정도지. 이상한 작자였어. 그자는 몸에 띠를 두르고, 빨간 모자를 쓰고, 놋쇠로 만든 견장을 달고, 우비를 걸친 차림이었는데, 여기 사람들이 다 그렇듯이 아래턱이 튀어나오고 입이 거친 사내였다네. 그 수염 때문에 멀리서 보면 우리의 슐렙푸스 교수와 닮았더군. 차근히 생각해 보면 정말 그 교수와 닮았다니까. 아니면 그자를 보는 순간부터 내 기억 속에서 비슷해져 버렸는지도 모르지. 맥주를 많이 마신 탓인지 슐렙푸스 교수보다는 더 뚱뚱하고 힘이 세지. 나는 그가 타지에서 오는 사람들의 안내인이라 생각했고, 어깨의 견장으로 봐서 그런 사람인 것 같았네. 게다가 그는 '퓨디풀 필딩'*이라거나 '앙티키테 엑스트레망 엥테

* beautiful building(멋진 건물)을 peaudiful puilding으로 잘못 발음한 것.

레상'* 따위의 두세 마디 영어나 프랑스어 나부랭이도 흉내 낼 줄 알았거든.

보수를 흥정하고 나서 그 작자는 두 시간 동안 나한테 모든 것을 보여 주었다네. 그는 나를 이곳저곳 데리고 다녔지. 기이하게 홈이 팬 회랑이 있는 바오로 교회, 요한 제바스티안 바흐가 활동했던 토마스 교회, 그리고 바흐의 무덤이 있는 요한 교회도 가 보았네. 요한 교회에는 종교개혁 기념비가 있고, 새로 열린 피혁 전시장도 있지. 거리에는 볼거리가 많더군. 이미 말했듯이 아직 가을 대목 시장이 열리고 있었으니까. 피혁 제품을 선전하는 온갖 깃발과 두건, 그리고 그 밖의 다른 상품들이 건물 창밖으로 늘어뜨려져 있었어. 골목마다 사람들이 붐볐지. 특히 시청 부근의 도심지가 그랬어. 거기서 안내인 친구는 왕궁과 아우어바흐의 술집**, 그리고 아직 남아 있는 플라이센부르크의 탑을 구경시켜 주었어. 루터가 에크***와 논쟁을 벌였던 곳이지. 시장 뒤의 비좁은 골목도 혼잡했다네. 집들은 낡았고 지붕은 경사가 심했어. 눈에 띄지 않는 집과 골목의 미로가 이어져 있었지. 그리고 창고와 다락방들이 붙어 있었어. 이 모든 것들은 물건들로 빼곡이 차 있었고, 거기에 들끓는 사람들은 낯선 시선으로 우리를 쳐다보곤 했네. 그들은 아마 자네

* antiquités extrêmement intéressant. 프랑스어로 '매우 흥미 있는 오래된 것'이라는 뜻.
** 괴테의 『파우스트』에서 메피스토펠레스가 파우스트를 데려가서 마술을 보여 주는 술집 이름.
*** Johann Eck(1486~1543). 독일의 가톨릭 신학자로 종교개혁 당시 라이프치히에서 열린 공개 토론회에서 루터를 신랄하게 비난했다.

가 들어 보지도 못했을 그런 발음으로 뭔가 지껄이고 있었지. 정말 사람을 흥분시키는 곳이었어. 아마 세상의 맥박이 자신의 몸속에서 고동치는 것처럼 느껴질 정도였지.

점점 날이 어두워지고, 등불이 켜지고, 거리마저도 한산해졌어. 나는 피곤하고 배가 고팠다네. 그래서 안내인에게 마지막으로 음식점이나 안내해 달라고 말했지. "좋은 곳으로 모실까요?" 안내인이 눈을 깜박거리며 묻더군. 좋은 곳으로, 너무 비싸지만 않다면, 하고 답했지. 그는 중심가의 뒷골목에 있는 어느 음식점 앞으로 나를 안내하더군. 출입문으로 올라가는 계단에 놋쇠 발판이 놓여 있는 집이었어. 안내하는 친구가 달고 있는 견장만큼이나 번쩍거리는 놋쇠였지. 그리고 문 위에 달린 각등(角燈)도 그 친구가 쓴 모자만큼이나 붉었다네. 내가 품삯을 지불하니까 "맛있게 드십시오!" 하고는 가 버리더군. 나는 초인종을 눌렀지. 그러자 문이 저절로 열리고 화장한 여인이 복도로 나오더니 나를 향해 다가오지 않았겠나. 뺨이 붉은 뚱뚱한 여자였는데, 밀납 빛의 장미꽃을 달고 있었지. 그 여자는 제법 얌전하고 애교 있게, 마치 즐겁게 피리를 부는 듯한 목소리로 인사를 하더군. 오래 기다리던 사람이라도 맞는 것처럼 말이야. 그러고는 기분 좋게 휘황한 방으로 나를 안내했지. 실내에는 교직으로 짠 벽걸이 융단과 수정 샹들리에, 거울이 달린 경대, 벽에 붙인 촛대 등이 눈에 띄었는데, 비단 소파 위에는 예닐곱 명의 요정 같은 여성들이 앉아 있었지. 뭐랄까, 모르포스* 같기도 하고 유리처럼 투명한 나방 같기도 했어. 에스메

---

* 고대 그리스 신화에 나오는 꿈과 잠의 신.

랄다 나비처럼 거의 아무것도 걸치지 않은 듯 속이 비치는 옷을 입고 있었어. 번쩍거리고 올이 성긴 얇은 튈* 직(織) 의상을 걸치고 머리칼은 길게 늘어뜨리거나 짧은 곱슬머리를 하고 있었고, 얼굴에는 분을 바르고, 손목에 팔찌를 차고 있었지. 그러고는 기대에 찬 듯 촛불에 비쳐 반짝거리는 눈으로 자네를 쳐다본다고 생각해 보게.

그네들이 바라본 것은 물론 자네가 아니라 나지! 슐렙푸스 교수를 닮은 그 주정뱅이 녀석이 나를 사창가로 데려갔던 거야! 나는 가만히 서서 흥분을 감추고 있었지. 맞은편에 뚜껑이 열려 있는 피아노가 보이더군. 친구를 만난 셈이지. 피아노가 있는 쪽을 향해 양탄자 위로 걸어가서는 선 채로 화음을 두세 번 두들겨 보았지. 그 정도는 알고 있었지. 어떤 음이 금방 떠올랐는데, 다장조와 나장조로 된 조바꿈 곡으로 「마탄의 사수」의 피날레를 장식하는 「은자(隱者)의 기도」처럼 밝은 효과를 내는 반음이었어. 그 대목에는 팀파니와 트럼펫, 오보에가 등장해서 4~6도 음정의 다장조를 이루는데, 나는 그것을 나중에야 알았어. 그 당시에는 미처 몰랐지. 무심코 그냥 쳤을 뿐이야. 내 옆에 다가온 것은 스페인 식의 짧은 조끼를 입은 갈색 머리 여자였어. 입이 크고 코가 납작하고 편도(扁桃) 같은 눈을 가진 여자, 바로 에스메랄다였어. 그녀가 팔로 내 뺨을 쓰다듬더군. 나는 몸을 틀었고, 무릎으로 의자를 밀쳐 냈지. 지옥의 환락을 지나 다시 양탄자를 밟고, 얌전 빼는 마담 곁을 지나, 마루를 거쳐 계단을 내려와서 길거리로 나오고 말았네. 놋

---

* 프랑스 남부의 튈이 원산지인 얇은 비단 직물.

쇠로 된 발판은 딛지 않고서 말야.

자네가 운율을 가르쳐 준다는, 그 고함치는 하사 이야기를 해 준 것에 대한 답례로 내가 겪은 너저분한 이야기를 있었던 그대로 자네에게 들려준 걸세. 나를 위해서 기도해 주게나! 하지만 지금까지의 체험 중에는 뭐니 뭐니 해도 시립 음악당에서 슈만의 3번 교향곡을 들은 것이 가장 진국이라고 할 수 있을 거야. 이 작품이 발표되던 당시에 어느 비평가는 슈만의 '총체적 세계관'이 집약된 작품이라고 극찬을 했는데, 실제 작품과는 아무 관계 없이 요란하게 떠벌리는 소리일 뿐이어서 고전주의의 추종자들한테도 한바탕 웃음거리가 된 일이 있다네. 그럼에도 그런 호평이 나름대로 의미가 있었다고 한다면, 그것은 그런 평가 덕분에 낭만주의 음악과 음악가들의 지위가 격상되었다는 사실이지. 그 덕분에 음악이 고루한 전문 분야라거나 음악가는 거리의 악사라고 하는 등의 평판을 면하게 되었고, 음악이 그 시대의 위대한 정신세계, 보편적인 예술 운동 및 지적 활동과 접맥될 수 있었던 거야. 그런 공적을 잊어서는 안 될 걸세. 그 모든 변화의 시발점은 만년의 베토벤과 그의 다성(多聲) 음악이지. 그런데 낭만주의의 반대자들, 다시 말해서 단순한 음악의 영역에서 보편적 정신세계로 확장된 예술에 반대한 사람들이 또한 후기 베토벤에 반대하고 불만을 가졌다는 사실이 상당히 의미심장하다는 것을 알게 되었네. 자네는 이런 생각을 해 본 적이 있나? 베토벤의 후기 작품에서보다는 전성기의 작품에서 오히려 음의 분화가 더욱 뚜렷하고 색다르게 꾸준히 나타나고 있다는 것 말일세. 물론 후기 작품이 더 노련하기는 하지. 이런 새로운 판단을 내리다 보면 판단하는 사람 자신이 궁지로 몰릴 정도로 전혀 뜻밖의 진실이 드러나서 흥미진진해진다네. 헨델은 글루크*에 대해 이런 말을 한 적이 있지. "우리 집 요리사도 대위법에 대해서는 그 친구보다 더 잘 알지." 동료 음악가의 이 말을 나는 좋아한다네.

나는 쇼팽의 곡을 많이 연주해 보고 그에 관한 문헌들을 읽고 있네. 천사 같은 그의 용모가 마음에 들어. 셸리**를 연상케 하지. 아주 독특하고 신비로운 베일에 싸인 인물, 범접할 수 없는 인물, 파악하려 할수록 자꾸 멀어져 가는 인물이지. 그의 생활에는 모험이 없고, 아무것도 알리려고 하지 않고, 소재가 될 만한 경험을 거부하지. 자가수분의 산물이라 해도 좋을 그의 예술은 환상적으로 섬세하고 유혹적이면서도 고상하다네. 들라크루아***는 세심한 우정으로 쇼팽을 옹호했다지! 그는 이렇게 썼다네. "나는 오늘 저녁 당신이 오리라 기대합니다. 당신을 기다리는 이 순간이 나를 미치게 만들 지경입니다." 미술계의 바그너라 할 수 있는 그로선 충분히 할 만한 얘기가 아닌가! 하지만 화음뿐 아니라 보편적이고 정신적인 면에 있어서도 바그너를 앞선 정도를 넘어서 능가한 요소가 쇼팽에겐 한두 가지가 아니라네. 예컨대 다단조 「야상곡 작품 27」의 제1악장을 들어 보게. 그리고 다장조를 라장조로 조바꿈한 뒤에 이어지는 이중창을 들어 보게. 혼신을 쏟아부은 화음이 펼쳐지는 그런 대목은 열광적 분위기를 연출하는 「트리스탄」****의 모든 부분을

---

* Christoph W. Gluck(1714~1787). 독일의 오페라 작곡가.
** Percy B. Shelley(1792~1822). 영국의 낭만파 시인.
*** Ferdinand V. Delacroix(1798~1863). 프랑스의 화가.
**** 바그너의 악극 「트리스탄과 이졸데」.

능가하지. 피아노 반주의 유기적 결합을 보더라도 마찬가지야. 거침없이 욕망을 분출하지도 않고, 거칠게 저돌적 분위기를 연출하는 극적 효과도 없지. 하지만 쇼팽의 음악은 무엇보다 조성(調性)에 대해 반어적인 태도를 보여 주지. 희롱하는 것도 같고, 뭔가를 감추면서 부인하는 듯한 태도, 자유자재로 부유(浮遊)하면서 조소하는 듯한 태도 말이야. 점입가경이지. 흥미진진하고 매혹적이이야…….

"보라, 이 편지를!"* 하는 외침과 더불어 편지는 끝을 맺었다. "이 편지를 읽는 즉시 없애 버려야 하네."라는 추신이 붙어 있었다. 서명은 이니셜로 되어 있었는데, 이름인 아드리안의 A를 쓰지 않고 성의 이니셜인 L을 썼다.

---

* 니체의 저서 『이 사람을 보라』를 연상케 하는 구절.

17

나는 편지를 없애 버리라는 아드리안의 단호한 요구에 응하
지 않았다. 과연 누가 내 그런 결정이 우정에서 우러나온 것임
을 의심할 수 있겠는가? 쇼팽을 향한 들라크루아의 우정을 일
컬어 '사려 깊은' 우정이라고 했듯이 아드리안에 대한 내 우정
역시 그러하다. 내가 애초부터 나의 판단에 따른 것은 우선 그
편지를 후딱 읽고 나서 다시 꼼꼼히 읽으면서 문체를 따져 본
다거나 그의 심리 상태를 연구할 필요성 같은 것을 느꼈기 때
문은 아니었다. 더구나 시간이 흐르면서 그 편지를 찢어 버릴
기회도 놓치고 말았다. 나는 그 편지를 하나의 기록 문서로 간
주하게 되었는데, 폐기 명령까지 포함한 그런 기록 문서로서의
특성으로 인해 서술의 내용을 스스로 부정한 셈이었다.

편지의 전체적인 내용으로 보아 군이 말미에 편지를 없애
라는 토를 달 필요까지도 없었다고 나는 확신했다. 다만 편지
의 일부 내용, 즉 불쾌한 짐꾼 때문에 웃지 못할 바보짓을 했

던 부분을 고려해서 그런 요구를 했을 것이다. 하지만 다시 생각하면 그 부분이 곧 편지의 전부이기도 했다. 그 부분을 이야기하기 위해 편지를 썼던 셈이었다. 물론 그렇다고 나를 웃기려고 그런 이야기를 했던 것은 아니다. 의심할 여지없이 발신인은 그런 우스갯거리로 나를 웃길 수 없다는 것을 알고 있었다. 그런 의도보다는 오히려 그가 새 도시에서 받은 충격적인 인상을 완화하기 위해서였으며, 그런 이야기를 들려주기에는 어린 시절 친구인 내가 당연히 유일한 적격자였던 것이다. 나머지 이야기들은 전부 양념 정도로 들어간 것으로, 뭔가를 위장하고 핑계를 대고 본론을 지연시키기 위한 것이었고, 나중에는 마치 아무렇지도 않은 듯이 슬쩍 음악 비평으로 화제를 돌려서 본론을 덮어 버리려는 속셈이었던 것이다. 아주 적나라하게 말하면, 다른 모든 이야기는 그 '일화'로 귀착되었던 것이다. 그 일화가 처음부터 편지의 배경을 이루고 있었고, 처음 몇 줄에서 살짝 얼굴을 내밀었다가 배후로 밀려났을 뿐이다. 그 일화는 느닷없이 대도시 생활에 대한 예언자 니네베의 회의적이고 관용적인 말과 뒤섞여서 장난처럼 되어 버린 것이다. 처음으로 짐꾼을 언급한 대목에서 그 일화가 거의 나올 뻔했지만 다시 사라지고 만 것이다. 그 이야기를 제대로 하기도 전에 편지는 끝난 것처럼 보이기도 했다. 발신자는 마치 깜박 잊고 있다가 생각났다는 듯이 "별일은 아니"라며 슐렙푸스 식의 인사를 인용하고 그의 부친이 수집하던 나비 이야기를 '슬쩍' 끄집어내는 식으로 그 일화를 이야기한 셈이다. 그렇지만 이야기를 제대로 끝맺지 못한 채 다시 슈만과 낭만주의, 쇼팽에 대한 고찰로 이어졌다. 그 일화의 비중을 줄이고 다시 잊게 하려는 의도에서 그렇게 한 것이 분명했다. 아니, 어쩌면 자존심이 상해서 그런 음악적인 고찰을 통해 그와 같은 의도를 겉으로 드러내려고 했다고 보는 편이 옳을지도 모르겠다. 발신자는 수신자인 내가 편지의 알맹이 부분을 건너뛰어 읽으리라고는 생각하지 않았을 것이다.

편지를 두 번째 읽으면서 주목할 만한 현상이 금방 눈에 띄었다. 문제의 망측한 모험담을 이야기하기 전까지는 쿰프 교수식으로 옛날 독일어 문체를 익살스럽게 모방하거나 개인적으로 변형해 쓰고 있었으나, 그다음부터는 그런 문체가 슬그머니 약화되면서 마지막 페이지에 이르면 완전히 퇴색하고, 반면에 현대식 어법을 유지하고 있었던 것이다. 유혹에 빠졌던 이야기가 시작되는 대목에서 옛날식 어투가 완전히 제구실을 하는 것이었다. 나중에는 그런 어투를 포기한 것처럼 보이지만, 그것은 옛날식 어투가 마지막 대목에서 문제를 회피하는 듯한 고찰에 적합하지 않기 때문이라기보다는 오히려 그 대목에서 분위기에 어울리는 이야기를 하기 위해 그때부터 도입된 것은 아닐까? 만약 그렇다면 과연 어떤 분위기란 말인가? 굳이 말하자면 그것은 종교적인 분위기다. 이 우스꽝스러운 이야기에 어울리지 않는 말처럼 들리겠지만, 나는 종교적인 분위기라고 확신했다. 종교적인 문제와의 긴밀한 역사적 연관성을 의식했기 때문에 나에게 이런 이야기를 전해 줄 편지에 종교개혁 시대의 독일어가 채택되었던 것이다. 종교적인 문제를 의식하지 않았다면 어떻게 "날 위해 기도해 주게!"라는 말이 나올 수 있었겠는가? 결국 그 말이 나올 수밖에 없었다. 뭔가를 감추기 위해 남의 말을 인용하고, 뭔가 핑계를 대기 위해 남의 말을 패러디한 본보기라 할 만했다. 그리고 그 바로 앞에 눈에 띄는 말이 하나 더 있다. 편지를 처음 읽을 때 벌써 그 말은 내 가슴에 사무쳤고, 마찬가지로 유머와는 전혀 무관했으며, 오히려 아주 신비적인, 다시 말해 종교적인 낙인이 찍혀 있었다. 그것은 "지옥의 환락"이란 단어였다.

당시나 지금이나 내가 아드리안의 편지를 냉정하게 분석한다고 해서 내가 그 편지를 거듭 읽으면서 받았던 느낌을 오인할 독자는 거의 없을 것이다. 분석이라는 것은 냉정해 보이게 마련이다. 아무리 깊은 충격의 상태에서 분석을 했더라도 말이다. 그런데 나는 제정신이 아닐 정도로 극심한 충격을 받았다. 슐렙푸스를 닮은 주정뱅이 녀석의 파렴치한 짓거리에 너무나 분통이 터졌다. 그렇다고 내 태도가 고상한 체하는 것이라고 오해하지는 말기 바란다. 나는 결코 고상한 체한 적이 없는 사람이다. 설령 나 자신이 라이프치히에서 그런 봉변을 당했더라도 적당히 표정 관리를 할 수 있었을 것이다. 독자들은 오히려 나의 그런 분노가 아드리안의 존재와 본성을 대변해 주는 것이라는 사실을 간파할 것이다. 고상한 체한다는 것은 아드리안에게도 전혀 어울리지 않는 말이다. 그렇지만 그런 말을 굳이 쓰는 것은 저속한 행위조차도 신중하게 고려해서 그 친구를 보호하고 아끼고자 하는 소망 때문이다.

나는 아드리안이 그런 모험담을 나한테 털어놓았다는 사실 자체에 적지 않게 마음이 흔들렸다. 비록 몇 주일이 지나서야 털어놓긴 했지만, 아무튼 그의 편지는 평소에 여간해서 속을 터놓지 않는 태도를 깨뜨렸다는 것을 의미했기 때문이다. 나는 그의 과묵함을 언제나 존중해 왔다. 우리의 오랜 우정을 생각하면 아주 이상하게 들릴지도 모르겠지만, 우리가 사랑이나 섹스, 육체적인 문제에 관해서는 긴밀하게 대화를 나눈 적이 한 번도 없었던 것이다. 예술이나 문학을 소재로 이야기하는 경우를 제외하고는 단 한 번도 그런 얘기를 나눈 적이 없다. 다만 종교적인 영역에서 번민에 찬 수난을 이야기할 기회가 있을 때만 그런 화제가 우리의 대화에 끼어들었다. 그리고 그런 경우에는 아드리안 쪽이 그런 문제에 대한 객관적 지식을 말하긴 했지만, 정작 그 자신은 극히 초연한 태도를 보이곤 했다. 그와 같은 정신의 소유자가 어떻게 이런 감각적 요소를 간직하지 않을 수 있겠는가! 사실 그에게 감각적 요소가 풍부하다는 것은 예술에서 감각적 요소를 무시할 수 없다는 크레추마어의 가르침을 그가 그대로 이어받고 있다는 것으로 충분히 입증된다. 뿐만 아니라 그가 바그너에 관해 단 주석의 많은 부분, 즉 인간의 벌거벗은 육성과 옛날 성악에서 극히 기교적인 예술 형식을 통해 그런 육성을 정신적으로 보상하려는 방식 등에 관한 단상들도 그렇다. 그런 형식에는 처녀다운 순결성이 없으며, 육욕의 세계를 자유롭고 느긋하게 관찰하는 것이 특징이다. 그런데 내가 대화 중에 그런 표현이 나올 때마다 충격과 혼란과 은밀한 위축감 같은 것을 느꼈다면 그것은 '나'의 정신 상태가 아니라 '그'의 정신 상태를 말해 주는 것이었다. 심하게 말하면 그것은 마치 천사가 죄를 짓는 이야기를 듣는 듯한 기분이었다. 설령 죄를 지은 천사라 하더라도 천사를 대하는 태도에 어떤 경박함이나 파렴치함, 저속한 쾌감 따위가 끼어들 수는 없을 것이다. 그렇지만 천사에 대한 정신적인 기대를 잘 알고 있다 하더라도 그런 얘기를 들으면 기분이 상하게 마련이어서 이렇게 말하고 싶어지는 것이다. "그만하게, 친구! 그런 말을 하기에는 자네의 입이 너무 순결하고 엄격하니까."

사실 아드리안은 음탕한 육욕에 대해 유별나게 거부감을 드러냈다. 그런 것이 접근해 오기만 해도 그의 표정은 거부감과 경멸감으로 일그러진다는 것을 나는 잘 알고 있었다. 할레에서 공부하던 시절의 빈프리트 모임에서는 그런 것이 그의 섬세한 감성을 공격해 올 위험이 거의 없었다. 적어도 언어 사용에 있어서는 반듯한 신앙을 지켰기에 그런 위험 요인이 범접할 수 없었던 것이다. 여자들이나 아가씨, 연애 등이 회원들 사이에서 이야기된 적은 거의 없었다. 이 젊은 신학생들이 실제로 각자 어떻게 처신했으며, 과연 모두가 기독교식 결혼을 위해 행실을 바르게 하고 동정을 지켰는지는 나도 모른다. 나 자신으로 말하면 나는 금단의 열매를 맛본 적이 있고, 그 무렵에 서민 출신의 아가씨와, 즉 통 만드는 장인의 딸과 일고여덟 달동안 교제를 했다는 사실을 고백하겠다. 나는 그 관계를 아드리안에게 숨기느라(그가 관심을 가졌을 거라고는 생각하지도 않았지만) 애를 먹었다. 그 시절이 지나자 나는 다시 무난하게 그 여성과의 관계를 끊었다. 그 여성의 교양 수준은 밑바닥이어서 나는 지루했고, 그 여성과는 언제나 한 가지 이야기밖에 할 수 없었던 것이다. 내가 그 관계를 맺을 수 있었던 것은 피가 뜨겁게 달아올랐기 때문이라기보다는, 내가 이론적으로 신봉했던 성적인 것에 대한 고대식의 자유분방한 태도를 실천해 보겠다는 소망과 호기심, 그리고 허영심 때문이었다.

당시 나는 학생다운 치기로 성적인 문제에서 일종의 정신적 호사를 즐겼던 편이다. 그런데 성적인 문제에 대한 아드리안의 태도에는 내가 추구했던 바로 그런 요소가 전혀 없었다. 내가 말하는 것은 기독교적인 구속도 아니며, 어느 정도는 소시민적 도덕성이라 할 수도 있고 또 어느 정도는 죄를 겁내는 중세적 분위기가 풍기는 카이저스아셰른 특유의 주장을 적용하려는 것도 아니다. 그렇게 해서는 제대로 진실을 밝히기 어려울 것이며, 또한 그를 사랑으로 배려하는 마음에서 그의 행동으로 인해 내가 받을 상처에 대한 분노의 감정도 생기지 않았을 것이다. 아드리안이 '정사'에 휘말리는 일을 상상도 할 수 없고 상상하고 싶지도 않다면, 그것은 그가 순수함과 정결함, 지적인 자부심과 냉정한 아이러니 정신으로 단단히 무장하고 있었기 때문이다. 그를 갑옷처럼 둘러싸고 있는 그런 태도를 나는 지극히 소중하게 여겼지만, 그와 동시에 마음이 아프고 속으로 부끄러웠다. 육신이 살아 있는 동안에는 결코 순결함을 지킬 수 없고, 정신적 자부심도 육체적 욕망을 꺾지는 못하며, 육욕을 단호하게 거부하는 오기도 자연의 순리를 거스를 수는 없을 거라는 생각이 들자 마음이 아프고 부끄러웠던 것이다.(아드리안이 사악한 사람이었다면 마음이 아프지도 않았을 것이다.) 그리하여 우리는 인간적인 한계에 굴복하고 또 동물적인 한계에 굴복하더라도, 그런 과정이 하느님의 뜻에 따라 인간을 아끼고 아름답게 하는, 영적으로 승화된 방식으로 이루어지고, 사랑에 둘러싸여 영혼의 정화를 느끼면서 이루어지기를 바랄 수밖에 없는 것이다.

그런데 바로 내 친구와 같은 경우에는 그런 희망의 여지마저 거의 없다는 말을 굳이 덧붙여야만 할까? 내가 인간을 아름답게 하고, 사랑에 둘러싸이고, 영혼을 승화하는 작용이라고 말한 것은 영혼이 정신과 육체를 서로 이어 주는 중개자 역할을 할 때만 가능하다. 그런 영혼이 시적 상상력의 어느 경지에 도달하면 육체적 충동과 정신은 서로에게 스며들며 일종의 환상적인 방식으로 서로 화해를 하는 것이다. 말하자면 그런 삶의 단계에서는 매우 독특한 형태로 자기 성찰이 이루어지며, 고백하건대 그러는 가운데 나 자신의 인간성은 아주 엄격한 취향에 얽매이지 않으면서 흡족한 평온함을 얻게 되는 것이다. 아드리안과 같은 천성의 소유자에겐 그런 의미의 '영혼'이 부족하다. 우정을 가지고 그를 세심하게 관찰하면서 내가 알게 된 사실은 가장 당당한 정신적인 것이야말로 동물적인 본능과 벌거벗은 충동에 가장 가까이 있으며, 어처구니없이 그런 상태에 굴복할 우려가 크다는 것이다. 나 같은 사람이 아드리안과 같은 천성의 소유자에게 늘 근심과 불안을 느끼고 감내해야 하는 것은 그 때문이다. 또한 그가 나에게 들려준 고약한 모험담을 내가 꺼림칙한 상징적 사건으로 받아들이는 것도 같은 이유에서다.

나는 아드리안이 창녀 집의 문턱에 서서 뒤늦게 분위기를 알아차리고는 그를 기다리는 창녀들을 바라보고 있는 모습이 눈에 선했다. 그리고 그가 할레의 뷔체 주점에서 그랬듯이 낯선 분위기를 가로질러 아무 생각 없이 피아노로 다가가 화음을 치는 모습도 생생하게 그려졌다. 그는 피아노를 치고 나서야 어떤 음을 쳤는지 뒤늦게 생각했을 것이다. 그의 옆에 있는 납작코의 여자, '혜태라 에스메랄다'라는 나비 이름을 붙인 그 여자, 짙게 화장을 하고 스페인 식 코르셋을 입은 그 여자가 맨팔로 그의 뺨을 쓰다듬는 모습도 보였다. 공간을 가로지르고 시간을 되돌려서 나는 기어코 그 현장으로 달려가고 싶은 격렬한 충동을 느꼈다. 그 마녀를 무릎으로 밀쳐서 그에게서 떨쳐 내고 싶었다. 그가 밖으로 나오기 위해 의자를 밀쳐 냈듯이. 며칠 동안 마치 그 여자의 살이 나 자신의 뺨에 닿아 있는 것처럼 느껴졌다. 그 후로도 그의 뺨이 그 여자의 감촉으로 화끈거렸을 생각을 하니 끔찍하고 혐오스러웠다. 나로서는 그 사건이 나한테 불러일으킨 감정에 얽매이지 말고 그의 입장에서 생각할 수 있기만을 바랐지만, 아무래도 그 사건을 유쾌한 측면에서 생각할 수는 없었다. 내 친구가 어떤 천성의 소유자인가를 아주 막연하게나마 독자들에게 보여 주는 데 성공했다면, 독자 역시 나와 마찬가지로 이런 접촉이 말할 수 없이 치욕스럽고 굴욕적이고 위험하다는 것을 틀림없이 느꼈을 것이다.

아드리안이 그 전까지 어떤 여자와도 '접촉'한 적이 없다는 것은 그때나 지금이나 나의 변함없는 확신이다. 그런데 그 여자가 그를 건드렸고, 그는 도망쳤다. 분명히 말하건대 그가 도망친 것은 전혀 우습게 볼 일이 아니다. 독자가 그의 그런 태도에서 굳이 우스운 점을 찾고자 한다면, 아무리 도망쳐도 소용이 없을 거라는 씁쓸하고 비극적인 의미에서 우스울 뿐이다. 내가 보기에 아드리안은 그런 유혹에서 벗어나지 못했다. 그저 잠시 동안 자신이 유혹에서 벗어났다고 느꼈을 뿐이다. 자신의 정신적 오기가 육체적 충동과 맞닥뜨림으로써 생긴 정신적 상처에 시달렸을 것이다. 아드리안은 사기꾼이 그를 끌고 갔던 바로 그 장소를 다시 찾아갈 운명이었다.

18

나의 서술과 보고를 읽으면서 독자들은 이제 세상을 하직한 이 전기의 주인공 곁에 내가 늘 함께 있지도 않았으면서 도대체 어떻게 개별적인 사실들에 관해 그토록 정확하게 알게 되었을까 하는 의문이 들지도 모르겠다. 내가 비교적 오랫동안 그에게서 떨어져서 생활한 적이 여러 번 있었다는 것은 맞는 말이다. 예컨대 나의 군 복무 기간이 그랬다. 하지만 나는 제대를 하고 나서 라이프치히 대학에서 다시 학업을 계속했고, 그가 그곳에서 보낸 생활을 정확하게 알게 되었다. 그리고 1908년에서 1909년 사이에 고전 교육을 위한 답사 여행을 하는 동안에도 나는 그와 떨어져 있었다. 내가 여행에서 돌아온 후에는 그가 이미 라이프치히를 떠나 남부 독일로 갈 생각을 하고 있던 터여서 그때 우리가 재회한 것은 아주 잠깐이었다. 그리고 가장 오랜 격리의 시기가 이어졌는데, 그가 뮌헨에 잠시 체류한 뒤 어떤 친구, 즉 슐레지엔 출신의 쉴트크납이라는 친구와 함께 이탈리아에 머무는 동안 나는 카이저스아셰른의 보니파치우스 김나지움에서 처음으로 교사 수습 기간을 마치고 정식으로 임용되어 교직에 봉직하고 있었다. 아드리안이 오버바이에른의 파이퍼링에 거처를 정하고 내가 프라이징으로 이주한 해인 1913년에야 비로소 나는 다시 그의 곁에 다가갈 수 있었다. 물론 그 후에는 1930년의 파국에 이르기까지 십칠 년 동안 오래전에 이미 운명이 정해진 그의 삶, 즉 그의 창작 활동이 거의 중단 없이 점점 고양되는 것을 내 눈으로 지켜보게 되었다.

아드리안이 라이프치히에서 다시 벤델 크레추마어의 지도와 감독을 받기 시작하던 당시 이미 그는 음악의 초보자가 아니었다. 그는 유희적이면서도 엄격한 이 예술에서 의미심장한 독창성과 보기 드문 신비적 요소를 개척해 가고 있었다. 무엇이든 신속히 파악하는 지적 능력 덕분에 그는 악곡 작법, 형태론, 관현악 편곡 등 전통적인 분야에서 빠른 발전을 보였는데, 그의 조급한 성격이 약간의 방해가 되었을 뿐이다. 그가 할레에서 두 해 동안 신학 공부를 했다고 해서 음악을 대하는 태도가 느슨해지지는 않았고 음악 공부를 사실상 중단하지 않았다는 사실이 입증된 셈이다. 그가 특히 대위법에 관해 열성을 갖고 꾸준히 연습했다는 것은 그의 편지에도 어느 정도 드러나 있다. 크레추마어는 기악 편성 기법에 거의 더 큰 비중을 두었고, 이미 카이저스아셰른에서 그랬던 것처럼 아드리안에게 많은 피아노 음악, 소나타 악장, 현악 사중주까지도 오케스트라에 맞게 편곡하도록 했다. 그렇게 만들어진 연습곡들을 그와 함께 장시간 토론하고 비판하고 교정해 주었다. 그는 아드리안이 알지도 못하는 오페라를 골라 임의의 막(幕)에서 발췌한 피아노곡을 오케스트라로 편성하는 숙제를 내주기까지 했으며, 베를리오즈, 드뷔시, 그리고 독일과 오스트리아의 후기 낭만주의를 듣고 읽은 제자가 시험 삼아 쓴 작품을 그레트리* 또는 케루비니가 쓴 원곡과 비교하기도 해서 스승과 제자가 함께 웃을 거리를 제공하기도 했다. 당시에 크레추마어는 「대리석상」이라는 창작 오페라 작곡에 열중하고 있었는데, 그중에서 부분적으로 한두 장면을 제자가 기악곡으로 편성해 보도록 했으며, 그러고 나서는 자신의 의견이나 구상을 그에게 일러 주었다. 그런 방식은 활발한 토론의 계기가 되었다. 물론 그 토론에서 대체로 경험이 많은 스승이 더 우월한 위치에 있었다. 그렇지만 적어도 한 번은 신참 제자의 직관이 승리하기도 했다. 크레추마어가 첫눈에 엉성하고 부적절하다고 지적했던 음의 조합이 결국에는 그 자신이 의도했던 것보다 더 특색 있는 것으로 판명되었던 것이다. 그리하여 그는 다음번에 만났을 때 아드리안의 아이디어를 채택하겠다고 밝히기까지 했다.

아드리안은 그런 일을 다른 사람들이 생각하듯 그렇게 자랑스럽게 여기지는 않았다. 스승과 제자는 각자의 음악적인 직관과 의향이 근본적으로 서로 달랐다. 모름지기 예술에서 아직 배우는 처지에 있는 사람은 기교적 숙련의 측면에서 상당히 세대 차이가 나는 스승의 지도에 의존하게 마련인 것이다. 그리고 스승은 후진의 잠재적 소질을 이해하고 충고도 해 주고 꼬집기도 하되, 후진의 발전에 방해가 되지 않도록 조심하는 것이 좋다. 그런 점에서 크레추마어는 음악이 최고로 진가

---

* André E. Grétry(1741~1813). 벨기에 태생의 프랑스 작곡가.

를 발휘하는 형식은 당연히 오케스트라라고 속으로 확신하고 있었지만, 아드리안은 더 이상 그렇게 생각하지 않았다. 앞 세대들과 달리 스무 살 청년인 그는 고도로 발전한 기악 기법이 화성악적 음악관과 긴밀하게 연관되어 있다는 것을 단지 음악사의 통설 이상으로 중시했다. 그는 그런 연관성에서 음악사의 과거와 미래가 용해되어 있는 어떤 생각을 이끌어 냈다. 이를테면 후기 낭만주의 음악의 초대형 오케스트라에서 과도하게 많은 악기를 편성하는 것에 대해 냉정하게 검토한다든지, 또 화성악이 도입되기 이전 시대의 다성(多聲) 성악에서 기악이 보조적인 역할만 했던 것처럼 기악의 역할을 축소하고 응축해야 할 필요성을 제기한다든지, 훗날 그가 작곡한 「묵시록」과 「파우스트 박사의 비탄」에서 최고조로 대담하게 선보인 장르인 오라토리오와 화성악을 선호하는 성향 등 이 모든 조짐이 아주 일찍부터 그의 말과 태도에서 드러났던 것이다.

그렇다고 해서 아드리안이 크레추마어의 지도를 받는 교향악 공부를 조금이라도 게을리한 것은 아니었다. 비록 더 이상 교향악이 가장 중요하다고 생각하지는 않더라도 이미 달성된 것은 완전히 소화해야 한다는 점에서 아드리안은 스승의 생각에 동조했던 것이다. 그는 나에게 이렇게 말한 적도 있다. 교향악에 싫증이 나서 기악 편성을 배우지 않는 작곡가는, 마치 죽은 치아가 관절 류머티즘을 유발할 수도 있다는 사실이 최근 발견되었다고 해서 더 이상 치근(齒根) 치료는 연구하지 않고 옛날처럼 이발사 겸 의사 노릇을 하던 시절로 되돌아갈 궁리를 하는 치과 의사와 같다는 생각이 든다고. 그 시대의 정신적 상황을 기발하게 묘사한 이런 비유는 우리 사이에서 종종 비판적인 의미로 인용되곤 했다. 가령 정교한 치근 마취의 결과인 '죽은 치아'는 퇴조기에 접어든 교향곡의 난숙한 세련미를 가리키는 상징어가 되기도 했다. 아드리안 자신의 환상 교향곡 「바다의 불빛」도 그런 경우에 포함되었다. 그 교향곡은 쉴트크납과 함께 북해로 휴가 여행을 다녀온 후 라이프치히에서 크레추마어의 지도를 받아 가며 작곡한 것인데, 크레추마어는 이따금 그 곡을 반(半)공식적으로 공연할 기회를 만들어 주었다. 그 곡은 특별한 음화(音畵)*를 구현하고 있는데, 얼른 들어서는 이해하기 힘들 만큼 절묘하게 음을 배합해. 작곡가의 놀라운 감수성을 입증하고 있었다. 잘 훈련된 청중들은 이 젊은 작곡가가 대단한 재능으로 드뷔시와 라벨**의 노선을 계승하고 있다고 평가했다. 하지만 사실은 그렇지 않았다. 그는 평생 그런 회화적인 기교와 교향악의 능력을 시험 삼아 보여 준 이런 작품이 자신의 본령이라고는 생각하지 않았다. 그런 능력은 이를테면 피아노를 배울 때 손목을 유연하게 놀리는 연습이나 악보 정서법 연습 정도로 대수롭지 않게 여겼던 것이다. 일찍이 그는 크레추마어의 감독하에 열심히 그런 연습을 한 적이 있다. 그는 연습의 일환으로 6성부에서 8성부까지 포함하는 합창곡, 현악 오중주와 피아노 반주를 위한 세 개의 주제를 가진 푸가 등을 한 부분씩 크레추마어에게 갖다 보였고, 교향악 연습곡의 기악 편성에 관해서도 상의한 적이 있다. 또한 매우 아름답고 긴 악장이 포함된 가단조 첼로 소나타에 나오

---

* 표제 음악의 한 분야로, 장면의 정경이나 어떤 대상을 음으로 나타내어 회화적 효과를 추구하는 음악.

** Maurice J. Ravel(1875~1937). 프랑스의 작곡가.

는 주제를 브렌타노*의 시에 부친 가곡 중의 하나에도 응용한 적이 있다. 섬광 같은 음향을 울리는 「바다의 불빛」이라는 작품은 내가 보기에 한 예술가가 내심으로는 특정한 기법을 신뢰하지 않으면서도 그런 기교를 최선을 다해 구사할 수도 있다는 것을 보여 준 주목할 만한 사례였다. 그런 예술가는 특정한 기교가 이미 낡아 빠진 것이라고 판단하면서도 그것을 구사할 때는 빼어나게 해야 한다고 고집하는 것이다. 그는 나에게 이렇게 말했다.

"그것은 학습을 통해 익힌 치근 치료법인 셈이지. 나는 연쇄 상구균의 감염은 책임질 수가 없어."

그의 말에서 그가 '음화' 장르나 '자연의 분위기' 같은 것을 낡아 빠진 기교로 여긴다는 사실이 번번이 입증되었다.

교향곡의 다채로운 면모를 보여 주면서도 일체의 환상을 용납하지 않는 이 걸작은 전체적으로 보면 이미 냉철한 지성으로 예술 전반에 반어적 태도를 취하는 패러디의 특징이 은근히 배어 있었다. 그런 특징은 훗날 레버퀸의 후기 작품에서 흔히 섬뜩할 정도의 독창적인 방식으로 뚜렷이 부각된다. 그런 특징은 듣는 사람에게 찬물을 끼얹고 반감과 분노를 불러일으켰다. 그런데 그렇게 판단한 사람들은 비록 최선은 아니었다 해도 그래도 비교적 좋은 반응을 보인 축에 속했다. 안목이 천박한 사람들은 그런 특징을 그저 흥이나 돋우는 기발한 착상 정도로 생각했던 것이다. 진실을 말하면, 그의 작품에서 패러디의 요소는 그의 위대한 재능을 위협하는 불모성에 당당히

---

* Clemens Brentano(1778~1842). 독일의 후기 낭만파 시인.

맞서기 위한 하나의 방편이었다. 치명적인 위험을 무릅쓰고 진부한 것까지도 예술의 영역으로 끌어들이려는 감수성의 확장, 창작에 대한 회의와 정신적 수치심 등이 그의 재능을 위협했던 것이다. 나는 가능하면 문제의 진상을 제대로 말하고 싶다. 본래 나 자신의 말이 아니고 다만 아드리안에 대한 우정 때문에 접하게 된 말들로 이런 생각을 표현하려다 보니 제대로 말하고 있는지 정말 자신이 없고 책임감이 느껴진다. 아드리안에겐 소박함이 없다고 말하고 싶지는 않다. 결국 소박함이란 모든 존재의 바탕에 자리 잡고 있는 것이고, 아무리 복잡한 의식을 지닌 존재라 하더라도 그 바탕은 소박하게 마련이다. 강박증과 창조적 충동, 순결과 열정 사이에 개입하는 결코 단순화될 수 없는 모순, 그것이 곧 소박함이다. 예술가의 정신은 그런 의미에서의 소박함에서 생명을 얻으며, 그런 소박함이야말로 예술작품이 지난한 성숙의 과정을 거쳐 마침내 개성을 획득할 수 있는 기반이 되는 것이다. 그리고 창조적 충동과 '천부적 재능'이 다른 요소를 얕보고 자만하거나 지적 수치심을 느끼지 않도록 꼭 필요한 만큼만 우위를 점할 수 있게 배려하는 무의식적 노력, 이 본능적인 노력은 창작을 위한 순전히 기술적인 예비 학습이 처음으로 형상화의 시도와 결합되는 바로 그 순간에 활발해지게 마련이다. 물론 그러한 형상화의 시도 역시 예비 학습 기간 동안에는 어디까지나 잠정적인 준비에 지나지 않지만 말이다.

19

내가 앞에서 인용한 편지를 나움부르크에서 받고 거의 한 해가 지난 무렵 어떤 사건이 발생했다. 지금부터 그 숙명적 사건에 관해 이야기하려니 몸이 떨리고 가슴이 오그라드는 심정을 금할 수 없다. 그러니까 아드리안이 편지로 나한테 알려 준 대로 그가 라이프치히에 도착해 그 도시를 처음으로 구경한 후 한 해가 조금 더 지났을 때로, 내가 군 복무를 마치고 그를 다시 만나기 얼마 전의 일이었다. 당시 그는 겉으로는 변하지 않은 것처럼 보였지만, 사실은 이미 돌이킬 수 없는 운명의 화살에 맞은 상태라는 것을 나는 알게 되었다. 내가 문제의 사건을 전달함에 있어 그 친구를 아끼는 마음으로 공명정대한 표현을 쓸 수 있도록 아폴로 신과 뮤즈 신이라도 불러와야만 할 것 같은 기분이다. 섬세한 감성을 가진 독자를 위해, 또한 이젠 세상을 떠난 그 친구를 생각해서라도, 그리고 마지막으로는 나 자신을 위해서도 나는 그 친구를 아끼는 마음으로 쓰지 않을 수 없다. 나로서는 이런 이야기를 전달하는 것이 마치 내 개인적인 고백이라도 하는 것처럼 마음에 걸린다. 그런데 그런 방향으로 이야기하겠다고 다짐을 해도, 내가 전달하려는 이야기 자체의 고유한 특성과 나의 정신 상태는 서로 모순을 일으키고 있다. 내가 전하려는 이야기의 특성은 나처럼 고전적인 인문학 교양의 밝은 분위기와는 전혀 다른 어떤 전통에서 유래하는 것이기 때문이다. 사실 나는 과연 내가 이런 이야기를 전달하는 과제를 능히 감당할 자격이 있는가 하는 의혹을 가지고서 이 글을 쓰기 시작했다. 그런 의혹을 극복하기 위해 내가 앞에서 제시해야만 했던 논거들을 여기서 되풀이하지는 않겠다. 내가 그런 논거에 의지해 힘을 얻으면서 내가 하려는 일에 충실하겠다고 다짐하는 것으로 족하지 않겠는가.

앞서 말한 대로 아드리안은 파렴치한 안내인에게 끌려갔던 그 장소를 다시 찾아갔다. 하지만 금방 그렇게 하지는 않았다. 꼬박 일 년 동안 그는 자신이 입은 상처를 정신적 오기로 극복하고자 애썼던 것이다. 그러다가 결국 그를 덮친 음침한 육욕에 굴복하고 말았지만, 그러면서도 그는 그런 충동을 정신적으로 은폐하고 인간적으로 승화하려는 노력을 포기하지는 않았다. 그런 사실이 나에게는 늘 일종의 위안이 되었다. 특정한 개인적 목표를 향해 욕망이 '고착'되는 경우에는 아무리 거칠게 고착되더라도 반드시 그런 은폐와 승화의 성향이 따르게 마련이다. 그런 성향은 특히 욕망의 대상을 '선택'하는 순간에 드러난다. 비록 그 선택이 주체의 의지와 관계없이 욕망의 대상이 뻔뻔스러운 도발을 함으로써 이루어지더라도 말이다. 그런 충동이 인간의 얼굴을 취하자마자, 그것이 아무리 익명의 것이고 경멸스럽다 할지라도 사랑에 의해 순화되는 요소가 가미되는 것을 알 수 있다. 바꾸어 말하면 아드리안은 어떤 특정한 인물을 찾아서 그 장소를 다시 찾아갔다고 할 수 있다. 그 인물은 그의 뺨에 살을 접촉해 화끈거리게 했던, 입이 크고 짧은 조끼를 입은 바로 그 '갈색 머리의 여자'였다. 당시 그녀는 그의 피아노 곁으로 접근했고, 그는 그녀를 에스메랄다라 불렀다. 그가 다시 그곳을 찾아간 것은 그녀를 만나기 위해서였다. 하지만 그 여자는 다른 데로 떠나고 없었다.

아드리안은 끔찍할 정도로 그 여자에게 집착했다. 처음에는 자신의 의사와 무관하게 그곳을 갔던 셈이지만, 이번에는 자의로 찾아갔으나 처음과 마찬가지로 별일 없이 그 집을 나오는 수밖에 없었다. 하지만 처음 갔을 때 그를 건드렸던 그 여자의 소재는 확인할 수 있었다. 그리하여 그는 기어이 욕망을 채우기 위해 음악을 핑계로 상당히 먼 여행을 하게 되었다. 그 무렵, 즉 1906년 5월 슈타이어마르크 주(州)의 수도 그라츠 시에서 작곡가 아드리안 자신이 직접 지휘하는 「살로메」의 오스트리아 초연이 열릴 예정이었던 것이다. 그보다 몇 달 앞서 아드리안은 이 작품의 진짜 초연을 위해 크레추마어와 함께 드레스덴으로 갔다. 거기서 아드리안은 스승과 라이프치히에서 사귄 친구들에게, 운 좋게 만든 이 혁명적인 작품에서 다뤄지는 미적 영역이 결코 마음에 들지는 않지만 음악적 기교의 측면에서는, 특히 산문체 대화를 작곡한 측면에서는 흥미롭다고 하면서, 오스트리아에서 열리는 공연에서 이 작품을 다시 들을 수 있기를 바란다고 했다. 그리고 그는 혼자 여행을 했다. 과연 그가 공공연하게 떠들고 다닌 자신의 계획대로 그라츠에서 프레스부르크*로, 혹은 프레스부르크에서 그라츠로 여행을 했는지, 아니면 그라츠 체류 일정은 거짓으로 둘러대고서 헝가리 말로 포초니라고 불리는 프레스부르크만 방문한 것인지는 확인할 도리가 없다. 그러니까 프레스부르크의 어떤 집에 일찍이 그가 접촉했던 그 여자가 흘러 들어와 있었던 것이다. 그녀는 병원 치료를 받기 위해 전에 일하던 집을 떠나온 터였다. 충동에 사로잡힌 친구는 이제 새로운 장소에서 그녀를 찾아낸 것이다.

이 글을 쓰는 동안에도 손이 떨리긴 하지만, 그래도 차분하고 침착하게 내가 아는 대로 이야기해 보겠다. 이미 앞에서 언급했던 선택이라는 문제를 생각하면 어느 정도는 위안이 된다. 다시 말해 나의 소중한 친구와 그 불행한 여성은 사랑의 결합이라 할 만한 관계로 맺어져 있어서 두 사람이 하나로 결합되는 행위에 일말의 영적인 빛을 부여하는 것이었다. 물론 이런 위안의 생각은 동시에 무시무시한 다른 어떤 생각과 불가분의 관계로 얽혀 있었다. 즉, 두 사람의 관계에서 사랑과 독(毒)은 가공할 경험으로 서로 맞물려 있었는데**, 그것은 '운명의 화살'이 뜻하는 신화적 이중성이기도 했다.

그 창녀의 가련한 정감 속에 깃들어 있는 그 무엇이 나의 친구가 그녀에게 베푼 감정에 응답을 했던 것으로 보인다. 그녀는 한때 잠깐 다녀간 손님을 어김없이 기억해 냈다. 당시 그녀가 그에게 접근하여 맨팔로 그의 뺨을 쓰다듬었던 것은 여

---

* 슬로바키아의 수도 브라티슬라바의 독일식 지명.
** 이 여성과의 육체적 접촉으로 아드리안이 심각한 성병을 얻었음을 암시.

느 고객들과는 구별되는 그의 모든 점에 호감을 느꼈다는 것을 천박하게나마 애교 있게 표현한 셈이었다. 이제 그녀는 그가 자기 때문에 이곳을 찾아왔다는 것을 그의 말을 통해 알게 되었다. 그러자 그녀는 고맙다고 하면서도, "내 몸은 조심해야 한다."라고 그에게 경고했다. 그녀가 그렇게 말했다고 아드리안이 나에게 털어놓아서 알게 된 사실이다. 그녀는 그에게 주의를 주었던 것이다. 그렇다면 그녀는 매음굴에 굴러떨어져 비참한 노리개 신세로 전락하고 만 자신의 육체와는 또 다른 고결한 인간성을 지녔다고 봐야 하지 않을까? 그 불행한 여자는 자기를 갈망하는 사내에게 접근하지 말라고 경고를 했으니 말이다. 그것은 그녀가 비참한 육신의 삶을 초월해 정신적 자유를 지키고 있음을 행동으로 보여 준 것이다. 육신의 삶에 거리를 둔 인간의 행위, 감동적인 행위, 그리고 이런 표현을 해도 좋다면, 사랑의 행위인 것이다. 그런 것도 사랑이 아닐까? 사랑이 아니면 뭐란 말인가? 아드리안은 뭔가에 단단히 홀려서 감히 하느님을 시험하려 했고, 당당히 죗값을 치르겠다는 각오로 마침내는 자기도 모르게 마성(魔性)의 충동을 받아들이고자 했다. 그는 치명적 위험을 무릅쓰고 자신의 천성에 어긋나더라도 그런 충동을 과감히 받아들이고자 했다. 그래서 결국 경고를 받은 쪽이 경고를 무시한 채 그가 탐하던 육체를 기어코 차지하게 된 것이다. 그런데 사랑이 없었으면 어떻게 그런 일이 가능했을까?

그 두 사람의 육체적 결합을 생각할 때마다 나는 일종의 종교적 전율을 느끼곤 한다. 서로의 육체적 결합에서 한 사람은 구원을 포기한 셈이고, 다른 한 사람은 구원을 찾았다. 그 불쌍한 여성은 거기까지 찾아온 청년이 온갖 위험을 무릅쓰면서도 자기를 마다하지 않았기에 틀림없이 기뻤을 것이다. 그와 동시에 아마 마음이 순화되고, 자신의 처지가 회복되고 고양되는 느낌이 들었을 것이다. 그리고 상대방이 자신을 위해 과감히 베푼 것에 대한 보답으로 여성이 할 수 있는 온갖 달콤한 쾌락을 선사했을 것이다. 상대방이 자기를 잊지 않게 하려는 배려였을 것이다. 그 역시 그녀를 위해 주었다. 그는 결국 그녀를 두 번 다시 보지 못했지만, 그녀를 결코 잊지 않았다. 그리고 그녀의 이름은, 처음부터 그가 그녀한테 붙여 준 그 이름은 룬 문자*처럼 그의 작품 속에 유령처럼 떠돌게 되었다. 그것은 오직 나만 알고 있는 사실이다. 이렇게 말하면 내가 허영심에 들떠 있다고 비난할지 모르지만, 어느 날 그가 나에게 말없이 입증해 보여 주었던 어떤 발견을 여기서 떠올리지 않을 수 없다. 레버퀸은 자기 작품 속에 곧잘 신비한 공식이나 암호 같은 것을 삽입하곤 했다. 물론 그가 그런 것을 시도한 맨 처음 작곡가도, 마지막 작곡가도 아닐 것이다. 그런 시도는 원래 음악이 미신적 요소를 추구하거나 마방진(魔方陣) 같은 수(數)의 신비, 혹은 문자의 상징을 추구하는 성향을 갖고 있음을 보여 주었다. 예컨대 내 친구의 악보 중에 대여섯 개의 음표가 다발로 이어진 것이 들어 있는데, 그것은 시(h)로 시작해서 내림 미(es)로 끝나며, 그 사이에 미(e)와 도(a)가 번갈아 나타나고, 다시 눈에 띄게 자주 독특하고 우울한 분위기를 연출하는 기본 모티프가 다양한 화음과 리듬으로 이런저런 음에 배분되는 것

---

* 고대 독일의 상형 문자. 일반인들이 해독하기 힘들다는 비유.

을 볼 수 있다. 마치 기본 모티프를 축으로 하여 도는 것처럼 종종 그 순서가 바뀌기도 하고, 그리하여 기본 모티프의 핵심을 표현하는 음의 순서가 일정한 간격으로 변주되는 것이다. 이를테면 아직 라이프치히에 있을 때 브렌타노의 시에 부친 열세 편의 가곡 중에 가장 아름다운 노래들이 그런데, 가슴을 휘젓는 듯한 「오, 사랑스러운 아가씨여, 그대는 얼마나 소박한가」라는 노래 속에는 온통 그런 요소가 가득 차 있다. 그다음으로는 대담함과 절망이 매우 독특하게 혼합된, 파이퍼링에서 쓴 후기 작품인 「파우스트 박사의 비탄」이 그렇다. 이 작품의 경우에는 선율의 간격이 동시에 화음으로 나타나는 경향이 더욱 강하다.

이러한 음의 암호, 즉 시(h) — 미(e) — 도(a) — 미(e) — 내림 미(es)가 의미하는 것은 바로 헤태라 에스메랄다(Hetaera Esmeralda)였던 것이다.

라이프치히로 돌아온 아드리안은 그가 다시 듣고 싶다고 했던 그 대담하고 힘찬 오페라에 들떠서 감탄을 표명했다. 그는 실제로 다시 들었을 것이다. 그가 이 작품의 작곡자에 대해 했던 이야기가 아직 내 귀에 쟁쟁하다.

"얼마나 대단한 재능을 가진 친구인가! 주일에 태어난 아이*, 혁명아로군. 당돌하고 깜찍해. 전위 예술이 이렇게 확실히 성공한 적은 없어. 청중을 모욕하는 불협화음을 실컷 들려주고, 그러고는 마음씨 좋게 속물을 달래면서, 그렇게 나쁜 의도는 아

---

* 일요일에 태어난 아이는 영안(靈眼)이 있다고 하여 행운아로 여겨진다.

니었다고 타이른단 말이야……. 성공이야, 대성공!"

음악과 철학 공부를 다시 시작한 지 한 달이 지났을 무렵 그는 풍토병에 걸려서 의사의 치료를 받아야만 했다. 아드리안은 주소록을 들춰서 전문의 에라스미 박사를 찾아갔다. 그는 얼굴이 불그스레하고 까만 수염을 뾰족하게 길렀는데, 뚱뚱해서 몸을 잘 굽히지 못했고, 똑바로 서 있을 때조차 입술을 벌리고 그 사이로 씨근거리며 숨을 쉬어야 할 정도였다. 그런 습관적인 동작은 몸을 가누기 거북하다는 뜻이기도 했지만 또한 상대방을 경멸하는 듯한 무관심의 표현이기도 했다. 마치 "쯧쯧!" 하면서 문제를 회피하려는 듯한 태도였던 것이다. 의사는 진찰하는 동안 줄곧 그렇게 거친 숨을 몰아쉬었다. 진찰을 하고 나서는 씨근거리는 인상과는 대조적인 신중한 표정으로 상당히 오랫동안 철저한 치료를 받아야 한다고 밝혔으며, 즉시 치료에 착수했다. 사흘 후 아드리안은 치료를 계속 받기 위해 의사를 찾아갔다. 그러자 에라스미는 사흘 동안 치료를 중단하기로 하고 나흘 후에 다시 오라고 했다. 아드리안은 병 때문에 고통스러워하지는 않았고 보통 때도 대체로 아무렇지 않았다. 그가 나흘 후 예약 시간인 오후 4시경에 다시 의사에게 들렀을 때 전혀 예기치 않던 끔찍한 일이 닥쳤다.

아드리안은 의사를 찾아갈 때마다 그 도시의 어느 우중충한 건물 3층에 있는 방 앞에서 초인종을 눌렀고, 그러면 하녀가 문을 열어 주곤 했다. 그런데 이번에는 문이 열려 있었고, 거실 안에 있는 문들도 마찬가지였다. 대기실로 통하는 문, 그리고 거기서 다시 처방실로 통하는 문도 열려 있었던 것이다. 그런데 창이 둘 달린 거실, 일명 '특실'로 불리는 곳으로 들어

가는 문마저 열려 있었다. 과연 그 안에도 창문이 활짝 열려 있었고, 네 개의 커튼은 외풍에 부풀어 올라 방 안으로 말려 들어왔다가는 다시 창문 쪽으로 날려 가고를 반복하고 있었다. 방 한가운데에는 뾰족 수염이 쭈뼛 서고 눈꺼풀이 쑥 들어간 에라스미 박사가 커프스가 달린 하얀 셔츠를 입은 채 발판이 둘 달린 관(棺) 안에 술이 달린 쿠션 위에 누워 있었던 것이다.

어떻게 그런 일이 일어났는지, 어째서 죽은 사람이 거기 그렇게 혼자 바람을 맞으며 누워 있었는지, 하녀는 어디에 있으며 에라스미 부인은 어디에 있었는지, 장례를 치를 사람들이 관 뚜껑을 나사못으로 박아 봉하기 위해 집 안 어딘가에 머물러 있었는지 아니면 잠시 밖에 나가고 없는 것이었는지, 어떻게 해서 하필 그런 순간에 아드리안이 그 현장에 가게 되었는지, 이 모든 의혹은 풀리지 않은 수수께끼로 남아 있다. 내가 라이프치히로 갔을 때 아드리안은 다만 당시에 잠시 그 광경을 지켜본 후 다시 3층 계단을 내려오면서 느꼈던 혼란만을 묘사했을 뿐이다. 그는 의사의 급작스러운 죽음에 대해 더 이상 알아보지도 않았고, 그 문제에는 흥미가 없는 것처럼 보였다. 언제나 "쯧쯧!" 하는 태도부터가 벌써 심상치 않았다고 그는 말했다.

알 수 없는 거부감과 납득할 수 없는 두려움을 억누르면서 나는 이제 아드리안이 문제의 여성을 자진해서 다시 찾아갔던 일로 불행한 운명을 맞게 되었다는 사실을 털어놓지 않을 수 없다. 이틀이 지나서야 그는 의사의 죽음으로 인한 충격에서 회복되었다. 그러고는 다시 라이프치히 주소록에서 찾아낸 침발리스트 박사라는 의사의 치료를 받게 되었다. 그 의사는 시장 골목과 나란히 있는 어느 상가 건물에 살고 있었다. 아래층에는 레스토랑과 피아노 가게가 있었고, 3층의 일부를 이 의사가 거주지로 차지하고 있었다. 현관 옆 아래쪽에는 자기로 만든 문패가 눈에 띄게 붙어 있었다. 두 개의 대기실은 앵초, 보리수처럼 생긴 관상목, 종려나무 등으로 장식되어 있었는데, 그중 하나는 여성 환자를 위한 것이었다. 아드리안이 두 번째로 찾아간 그 방에는 의학 서적과 그 밖의 참고 서적, 예컨대 화보가 삽화로 들어 있는 풍속사 책 등이 꽂혀 있었다.

침발리스트 박사는 뿔테 안경을 끼고 붉은 머리카락 사이로 이마에서부터 뒷머리까지 달걀형으로 머리가 벗겨진 작은 체구의 사람이었다. 콧구멍 아래쪽에만 기른 콧수염은 당시 상류 사회의 유행이었는데, 훗날 세계적으로 유명해진 얼굴*의 장식품이 될 터였다. 그의 말투는 너저분했고, 남자들끼리나 하는 저속한 농담을 곧잘 했다. 그는 '샤프하우젠의 라인 강 폭포(Rheinfall von Schaffhausen)'라는 말을 강 이름(Rhein)에서 h를 삭제했을 때의 뜻으로, 즉 불운이나 몰락의 뜻으로 사용하기도 했다. 하지만 그런 말장난을 하면서도 정작 그 자신은 별로 우스워하지도 않았다. 말을 할 때면 입 언저리와 뺨의 한쪽이 경련을 일으키듯 위로 당겨졌고, 눈도 깜박거리며 뭔가를 말하려는 듯했다. 그의 전체적인 인상은 괴팍해 보였고, 매사에 내가 알 바 아니라는 식으로 난처해하는 시늉을 했다. 나는 아드리안이 나에게 이야기해 준 그대로 그 의사의 인상

---

* 히틀러.

을 전하는 것이다.

그런데 아드리안은 다음과 같은 일을 겪게 되었다. 아드리안이 그 두 번째 의사한테 두 번 진찰을 받고는 세 번째로 그를 찾아갔을 때였다. 층계를 오르는 도중에, 그러니까 2층에서 3층으로 오르는 층계에서 아드리안은 그 의사와 마주쳤다. 그런데 의사는 모자를 삐딱하게 젖혀 쓴 두 사람의 신체 건장한 사내 사이에 끼어서 내려오고 있었다. 계단을 오르내릴 때 발바닥만 내려다보는 사람처럼 침발리스트 박사는 눈을 내리깔고 있었다. 그의 한쪽 손목은 그를 데리고 가는 사람 중 한 사람의 손목과 수갑 및 사슬로 묶여 있었다. 눈을 치뜨고 자기 환자를 알아본 그는 시무룩하게 안면 근육을 씰룩거리며 고개를 끄덕이고는 "다음에 또 봅시다!"라고 인사를 했다. 그들과 마주칠 수밖에 없었던 아드리안은 벽에다 등을 대고 어안이 벙벙해서 그들이 지나가는 것을 지켜볼 뿐이었다. 잠시 그들이 내려가는 것을 바라보다가 그들을 따라 층계를 내려왔다. 그들이 집 앞에 대기하고 있던 차를 타고 빠른 속도로 떠나는 것이 보였다.

첫 번째 치료가 중단된 이후 다시 침발리스트 박사한테서 받아 온 치료는 그렇게 끝나고 말았다. 덧붙여 말하면, 그는 첫 번째의 기이한 경험과 마찬가지로 이 두 번째 사건의 내막에도 신경을 쓰지 않았다. 어째서 의사가 연행되었으며, 게다가 하필이면 그와 약속한 바로 그 시간에 연행되었는지, 거기에 대해 그는 신경을 쓰지 않았다. 그는 마치 겁에 질린 듯 다시는 치료를 받지 않았다. 다른 어떤 의사에게도 찾아가지 않았다. 더 이상 치료를 받지 않고도 문제의 풍토병은 저절로 금방 가라앉았다. 설령 전문가의 입장에서 의문을 제기한다 하더라도, 어떤 후유증도 없었기 때문에 그는 더더욱 치료를 받지 않았다고 단언할 수 있다. 그런데 단 한 번, 벤델 크레추마어의 집에서 막 작곡 수업을 받으려던 참에 그는 격렬한 현기증에 시달려서 비틀거리다가 드러누워야 했던 적이 있다. 하지만 그것은 이틀마다 찾아오는 편두통으로 전이되었고, 아무리봐도 그 불편한 정도가 더 심하다는 것 이외에는 전부터 있었던 이런 종류의 발작과 구분되지 않았다. 내가 군 복무를 마치고 나서 라이프치히에 갔을 때 내 친구는 행동거지로 보아서는 달라진 데가 없었다.

20

과연 아드리안은 변하지 않았을까? 우리가 헤어져 있는 동안 그는 딴사람이 되었다기보다는 본래의 자기 모습에 더욱 충실해졌다고 할 수 있다. 게다가 과거 그의 모습은 다소 기억에서 희미해졌기에 그의 변화된 모습은 그만큼 더 강렬한 인상을 주었다. 나는 앞에서 우리가 할레에서 작별할 때의 썰렁한 분위기를 묘사한 적이 있다. 내가 고대해 마지않던 재회의 순간 역시 작별할 때의 분위기 못지않게 썰렁했다. 그래서 나는 기쁘면서도 슬프고 막막한 심정으로 가슴속 깊이 요동치는 일체의 감정을 속으로 삭이고 억눌러야만 했다. 그가 정거장으로 나를 마중 나오리라는 기대 같은 것은 하지도 않았고, 내가 도착하는 정확한 시각을 미리 알리지도 않았다. 아직 거처도 정하지 않은 채 나는 그저 그의 하숙집을 찾아갔을 뿐이다. 그의 하숙집 아주머니가 그에게 내가 왔다고 알렸고, 나는 반갑게 그의 이름을 부르며 방에 들어섰다.

그는 책장이 딸려 있고 탁자보를 씌운 구식 책상 앞에 앉아서 악보를 쓰고 있었다.

"안녕! 조금만 기다려 주면 얘기할 수 있을 걸세."

나를 쳐다보지도 않고 그가 말했다.

그는 그러고도 이삼십 분 동안 작업을 계속했다. 서 있든 편히 앉든 내 맘대로 알아서 하라는 식이었다. 그렇다고 독자 여러분이 오해하지는 않기 바란다. 내가 오해하지 않았듯이. 그의 그런 태도는 오랫동안 서로 알고 지내 온 친밀감의 표시였으며, 이삼 년 동안 헤어져 있으면서도 전혀 손상되지 않은 친밀감의 증거였던 것이다. 마치 엊그제 헤어진 것 같았다. 그럼에도 나는, 물론 기쁘기도 했지만, 동시에 다소 실망하고 찬물을 덮어쓴 듯한 기분이었다. 나는 책상 옆에 놓인, 융단 덮개를 씌운 팔걸이 없는 안락의자에 앉아 있었다. 한참 후에야 그는 잉크병 마개를 닫고 나에게로 걸어왔다. 그러면서도 나를 바라보고 있지는 않았다.

"마침 잘 왔네."

그는 이렇게 말하면서 맞은편 의자에 앉았다.

"샤프고시 사중주단이 오늘 저녁에 작품 132번을 연주한다네. 함께 가지 않겠나?"

나는 그가 베토벤의 후기 작품인 「현악 사중주 가단조」를 말하고 있다는 것을 알았다.

"내가 여기 있는 이상은 함께 가야지. 리디아 악장이 묘사하는 「회복기 환자의 감사 기도」를 오랜만에 다시 들어보는 것도 좋겠지."

"나는 성찬 때마다 그 기도를 떠올린다네. 정말 눈이 번쩍

뜨이는 작품이야!"

그는 교회 음악과, 프톨레마이오스가 고안했던 '자연 그대로'의 음계에 관해 이야기하기 시작했다. 원래 여섯 개의 상이한 음조로 구성되었던 프톨레마이오스 음계가 나중에 잘못 조율되어 장조와 단조의 이원적 체계로 축소되어 그 성격이 변질되고 말았다는 것이다. 제대로 된 음계는 그렇게 잘못 조율된 음계보다 다양하게 조바꿈을 할 수 있다고 했다. 그는 그런 조율을 편의주의적 타협이라고 불렀다. 예컨대 평균율로 조율된 피아노곡은 그러한 편의주의적 타협의 표본으로서, 150년의 역사를 가졌다고는 하지만 사실은 일시적인 미봉책에 불과하다는 것이다. 그동안 그렇게 조율된 피아노곡이 매우 괄목할 만한 성과를 이룩했지만, 이러한 미봉책이 언제까지나 통할 수 있을 거라고 생각해서는 안 된다는 것이다. 그는 지금까지 알려진 모든 음계 가운데 자연스러우면서도 올바른 최고의 음계를 창안한 사람은 이집트 북부 알렉산드리아에 살았던 천문학자이자 수학자인 프톨레마이오스라고 하면서 굉장한 호감을 표했다. 그의 음계는 음악과 천문학의 친화성을 새로이 입증한 것으로, 이미 피타고라스의 우주 조화론에서 입증된 바 있다고 했다. 이야기 사이사이에 그는 베토벤의 사중주와 그 제3악장이 지닌 낯선 분위기, 달밤의 풍경 등을 다시 언급하면서, 이 작품의 연주가 굉장히 어렵다는 이야기를 했다.

"원칙적으로 네 명의 연주자 모두가 파가니니* 같은 최고의

---

* Niccolò Paganini(1782~1840). 이탈리아의 전설적인 바이올린 연주자이자 작곡가.

수준이 되어야 해. 자기 파트만 숙달해서는 안 되고 다른 세 사람의 파트도 숙달해야 하거든. 그렇지 않으면 성공적인 연주는 어림도 없어. 다행히 샤프고시 악단의 연주자들은 믿을 만해. 지금은 그나마 이 곡의 연주가 가능하긴 하지만, 여전히 연주 가능성의 한계를 시험하는 곡이라 할 수 있어. 베토벤의 시대에는 아예 연주도 할 수 없었다니까. 베토벤처럼 역경을 딛고 일어선 작곡가가 세속적 기교에 대해 단호하게 무관심했다는 사실이 무엇보다 반가운 일이지. 연주의 어려움을 호소하는 연주자에게 그는 '당신네들의 바이올린 따위가 나랑 무슨 상관이 있소!'라고 했다는 거야."

우리는 함께 웃음을 터트렸다. 그러면서도 정작 우리가 아직 인사도 제대로 나누지 않았다는 것이 좀 이상하긴 했다.

그가 말하길, 다음에 나오는 4악장은 멋진 피날레로서 행진곡풍의 짧은 도입부와 제1바이올린의 당당한 서창(敍唱)이 아주 적절하게 테마를 준비한다고 했다.

"다만 유감스러운 것은, 자네처럼 언어를 공부하는 사람이 달가워할 이야기는 아니지만, 음악에는 적어도 이 음악에서만큼은 어떤 언어로도 형언할 수 없는 특색이 있다는 사실이지. 이런저런 말을 꿰어 맞춰도 이 작품의 특색은 형언할 수 없다네. 요즘 며칠 동안 나는 이 문제로 골치를 앓고 있네. 이 곡의 주제가 표현하는 정신과 태도 및 표정을 설명해 줄 말은 자네라도 아마 찾지 못할 걸세. 이 작품에는 여러 가지 표정이 있네. 비장하고 대담한 것일까? 당당하고 힘찬 비상이라고 할까? 이 모든 말로도 제대로 설명할 수 없어. '근사하다.'라는 말도 유치한 수식어일 뿐이지. 결국에는 소박한 표현으로 귀착하게 되는데, '알레그로 아파시오나토'*라는 말이 최선의 것이지."

나는 그의 의견에 찬동했다. 어쩌면 오늘 저녁 중에 우리가 적절한 표현을 찾아낼지도 모르다고 내가 말했다.

"크레추마어를 곧 보게 될 걸세. 어디에 거처를 정했나?"

갑자기 생각난 듯이 그가 물었다.

오늘은 호텔 방에서 자고 내일 아침에 적당한 집을 찾아봐야겠다고 내가 말했다.

"알겠네. 자네가 방을 좀 구해 달라고 나한테 부탁하지는 않을 거라 생각했지. 그런 일을 남한테 맡길 수야 없지."

그러고는 덧붙여서 말했다.

"센트럴 카페에 모이는 사람들한테 자네에 대해서, 자네가 온다는 이야기를 했지. 조만간 자네를 그리로 안내하겠네."

그가 말한 '사람들'이란 젊은 지식인들의 모임을 가리켰다. 그는 크레추마어를 통해 그들을 알게 되었다. 그가 이 친구들을 대할 때는 아마 할레에서 '빈프리트' 모임의 동료들을 대할 때와 비슷한 태도를 취할 거라고 나는 확신했다. 이렇게 빨리 라이프치히에서 적절한 동료들을 발견했다니 정말 기쁘다고 내가 말했다. 그러자 그 역시 이렇게 대꾸했다.

"동료들이라, 듣기 괜찮은걸그래……."

그는 시인이자 번역가인 쉴트크납이 아직까지는 그중에 가장 나은 동료라고 덧붙였다. 그렇지만 그는 누군가가 자기한테 뭔가를 원하고 자기를 이용하려 하고 어떤 요구를 하려는 눈

---

* '빠르고 경쾌하게 정열적으로' 연주하라는 뜻.

치라도 보이면 늘 거부하는 버릇이 있는데, 그것은 그리 대단
치도 않은 자신감 때문인 것 같다고 했다. 독립심이 아주 강하
거나 어쩌면 약할지도 모를 그런 사람이라고 그는 말했다. 그
러면서도 동정심이 많고 이야기를 곧잘 하는데, 생활 형편이
빠듯해서 자기 스스로 생계를 책임져야 한다는 것이다.

　번역가로서 영어를 잘할 뿐 아니라 대체로 영국풍이면 무엇
이든 고분고분 숭배하는 쉴트크납에게서 아드리안이 무엇을
원했는지는 그날 저녁에 이야기를 더 계속하면서 밝혀졌다. 아
드리안은 오페라에 쓰일 제재를 찾고 있었는데, 나는 그가 진
지하게 이 과제에 접근하기 수년 전에 이미 그 대상으로 『사랑
의 헛수고』에 눈독을 들이고 있다는 것을 알게 되었다. 음악
도 약간 공부한 적이 있는 쉴트크납에게서 안드리안이 원했던
것은 작품 텍스트를 오페라에 맞게 각색하는 일이었다. 그런
데 쉴트크납은 그런 일에 관해서는 아는 것이 없다고 고집을
부리는 중이었다. 그 자신의 일거리 때문이기도 했지만, 아마
도 당분간은 아드리안이 보수를 지급할 능력이 없다고 생각했
기 때문이었을 것이다. 그러다가 나중에는 결국 내가 그 일로
친구를 돕게 되었는데, 우리가 이 작업 문제를 두고 처음 나누
었던 대화를 나는 즐겁게 회상한다. 벌써 그날 저녁에 우리는
원작에 관해 대화를 나누었다. 나는 음악을 언어와 결합하려
는 경향, 음악을 언어로 표현하려는 경향이 점차 안드리안을
압도하고 있다는 것을 알게 되었다. 이제 그는 거의 전적으로
가곡, 짧거나 긴 노래들, 서사시 소품을 작곡하는 데 전념했으
며, 그런 작업을 위해 지중해 연안 지역의 시가(詩歌) 모음집에
서 그 소재를 취했다. 독일어로 상당히 잘 번역된 그 책은 12세

기와 13세기의 프로방스 지방 서정시와 카탈로니아* 지방의 서정시, 그리고 『신곡』이 나오던 무렵 이탈리아 문화의 황금기에 불리던 가요, 나아가서 스페인과 포르투갈의 가요까지 망라한 것이었다. 작품의 곳곳에 구스타프 말러의 영향을 받은 흔적이 눈에 띄었는데, 음악사의 시기로 보나 아직은 젊은 작곡가의 연령으로 보나 그럴 만도 했다. 하지만 외롭게 방황하는 듯한 독특한 음과 정조와 시선은 낯설게 느껴질 정도로 엄격하게 자기 세계를 고집하고 있었다. 바로 그런 측면에서 오늘날의 청중은 훗날 이 거장이 작곡한 「묵시록」의 그로테스크한 면모를 미리 보게 되는 것이다.

『신곡』의 「연옥편」과 「천국편」에서 음악에 적합한 부분을 재치 있는 감각으로 선별하여 작곡한 일련의 노래에서 그런 면모가 가장 잘 드러났다. 이를테면 『신곡』의 시인이 샛별의 밝은 빛에서 흘러나오는 미광(微光)을 복자(福者)들의 혼령에 비유한 대목이 그러한데, 그 부분은 내 마음을 사로잡았고 크레추마어 역시 훌륭하다고 칭찬했다. 그 곡은 '복자들의 혼령이 하느님을 바라보는 방식에 따라' 혹은 빨리 혹은 천천히 원을 그리며 움직였다. 그것은 불꽃에 비유되어 '어떤 목소리가 다른 목소리를 휘감을 때면' 여러 개의 목소리라는 것을 구분할 수 있었다. 나는 서로 휘감기는 목소리들을 불꽃으로 재현하는 대목에 매료되어 경탄을 금하지 못했다. 그렇지만 빛 속에서 또 다른 빛을 보는 이런 환상적 장면들이 생생한 직관에서 나온 것이라기보다 치밀한 사고의 소산이라면, 과연 이런 사변

---

* 스페인 북동부의 지중해 연안 카탈루냐의 영어식 지명.

적인 작품이 직관에 의한 작품보다 더 우월하다고 해야 하는지에 대해선 뭐라고 판단할 수 없었다. 이런 작품에서는 작곡가 스스로 제기하는 어떤 의문도 결코 해결될 수 없으며, 작곡가의 시도는 결국 규명할 수 없는 것을 규명하려는 지난한 싸움이 되게 마련이다. 그리하여 '진리 속에서도 의혹의 싹이 자라나고' 하느님의 깊은 의중을 꿰뚫어 보는 케루빔*조차 아무리 결단을 거듭해도 끝내 명확한 결론을 얻을 수 없게 된다. 이 작품에서 아드리안은 아주 가혹한 어조의 시구(詩句)에 곡을 붙여서, 무지하다는 이유로 죄 없이 저주받는 문제를 다루었는데, 즉 아무 죄도 없고 순결한 사람이 단지 신앙의 세례를 받지 않았다는 이유로 지옥에 떨어지는 것은 납득할 수 없다고 하소연하고 있는 것이다. 아드리안은 뇌성벽력 같은 대답을 음향으로 만들어 냈다. 그것은 인간의 선함이 선(善) 그 자체 앞에서는 무기력하다는 것을 알리는 대답이었다. 정의의 근원인 선 자체는 인간이 판단하기에 부당하다고 생각되는 어떤 것을 가지고도 결코 그 정당성이 훼손될 수 없다는 것이었다. 이처럼 인간의 척도로는 결코 도달할 수 없는 절대 선을 미리 정해 놓고 인간적인 것을 부정하는 방식에 나는 분노가 치밀었다. 나는 대체로 단테의 시적인 위대함을 인정하기는 하지만, 잔혹한 취향과 인간을 학대하는 성향에 대해서는 항상 거부감을 느껴 왔다. 그래서 아드리안이 그런 감당하기 힘든 에피소드를 작곡하기로 결정했을 때 그를 힐책했던 기억이 난다. 그런 기회를 통해서 나는 그의 예사롭지 않은 눈길과 마주하

---

* 가톨릭에서 최고 천사 세라핌에 다음가는 서열의 천사.

게 되었다. 이전의 그에게서는 찾아볼 수 없었던 그 시선을 접하면서, 나는 일 년 동안 헤어져 있는 사이에도 그가 변하지 않았다고 생각한 것이 과연 올바른 판단이었는지 되새기게 되었다. 그때 이후 특별한 이유 없이도 간혹 마주친 그 특이한 시선은 사실 새로운 것이었다. 무표정하고 신비의 베일에 싸인 듯한 그의 시선은 모욕감을 느끼게 할 정도로 상대방을 경원시하면서, 동시에 곰곰이 어떤 생각에 잠겨 차가운 우수를 드러내고는 마침내 입을 다문 채 친밀감의 표시와는 무관하게 조롱하는 듯한 웃음을 보였다. 그러면서 그는 다시 옛날 버릇대로 몸을 돌렸다.

그런 인상은 상대방의 마음을 아프게 했으며, 당사자가 의도했든 하지 않았든 간에 자존심을 상하게 했다. 하지만 계속 이야기를 듣느라고 나는 금방 그 인상을 잊어버렸다. 나는 그가 「연옥편」에 나오는 어떤 인물의 우화를 음악적으로 표현하는 기법에 솔깃해서 귀를 기울이고 있었다. 그 인물은 밤이 되면 등불을 메고 다녔는데, 그것은 그의 길이 아니라 그의 뒤에 오는 사람들의 길을 비춰 준다는 것이었다. 나는 그 이야기를 들으면서 감동의 눈물을 흘렸다. 시인이 불과 아홉 줄의 운문으로 이 우화를 노래했다는 사실 때문에 나는 더욱 흥분했다. 그 노래는 힘에 겨운 듯한 어두운 음조로 구성되어 있는데, 아드리안은 보통의 독자들이 그 노래의 숨은 의미를 이해하기는 힘들다고 설명했다. 그래서 작곡자는 사람들이 이 노래의 깊이까지 이해하기는 힘들더라도 그 아름다움만큼은 느끼도록 작곡했다고 설명했다. 마치 듣는 이에게 "적어도 내가 얼마나 아름다운지, 그것만은 유의하라!"라고 하는 듯했다. 첫 번째 시구

의 난해함과 기교의 혼란과 색다른 시도를 거쳐서 노래는 이런
아름다움의 표현을 섬세한 빛을 향해 나아가는 과정으로 묘
사하고 있으며, 마침내 그 빛 속에 감동적으로 용해되었다. 그
것은 정말 경이로웠고, 나는 기쁨의 찬사를 금할 수가 없었다.

"기왕에 노래를 만들었으니 쓸모가 있다면 좋을 텐데."라고
그가 말했다. 여기서 '기왕에'라는 말을 어떤 뜻으로 사용한
것인지는 대화가 끝날 무렵에야 분명해졌다. 그것은 그의 청년
기 작품과는 무관한 말이었다. 노래의 작곡은, 비록 그가 하나
하나의 과제에는 아무리 전력을 기울였다 하더라도, 그가 구
상 중인 완벽한 언어 음악 작품을 위한 준비 연습에 불과하
다는 뜻으로 그 말을 했던 것이다. 그리고 그런 작품의 소재
는 셰익스피어의 희극에서 찾아내야만 할 것이라고 했다. 그는
자신이 시도하는 언어와 음악의 결합을 멋진 이론으로 뒷받침
할 생각이었다. 음악과 언어는 원래 한 묶음이고, 근본적으로
는 하나이며, 언어는 음악이고 음악은 언어라는 것, 언어와 음
악이 분리된 상태에서는 늘 서로 의존하고 서로를 모방하며,
서로의 수단이 되고 양자는 서로의 실체적 요소가 된다는 것
을 완강히 주장했다. 음악이 어떻게 처음에는 언어이며, 언어
로 미리 생각되고 구상될 수 있는가를 그는 다음 사실을 통해
나에게 보여 주겠다고 했다. 즉, 베토벤이 언어로 작곡하고 있
는 것을 사람들이 목격했다는 것이다. "그가 수첩에다 무엇을
적고 있지?" 하고 어떤 사람이 물었다. "작곡을 하고 있는 중
이지." 하고 다른 사람이 대답했다. "그런데 그가 적고 있는 것
은 음표가 아니라 단어라네." 사실 베토벤의 방식은 그랬다. 그
는 작곡의 아이디어를 단어로 적는 습관이 있었으며, 기껏해

야 한두 개의 음표를 그 사이에 끼워 넣었을 뿐이다. 아드리안은 이 이야기를 상세히 했다. 베토벤이 그랬다는 사실이 썩 마음에 드는 모양이었다. 예술적 착상은 원래 다른 것으로 옮기기 힘든 독자적이고 정신적인 범주에 속하는 것이어서 최초의 구상이 하나의 형상으로, 확고한 언어적 형상으로 만들어지기는 어렵다고 그는 말했다. 이런 사실은 음악과 언어가 원래 불가분의 관계에 있음을 입증한다는 것이다. 음악이 언어를 통해 촉발되고 음악에서 언어가 나온다는 것은 너무나 당연한데, 예컨대 베토벤 9번 교향곡의 마지막 부분에서 언어와 음악의 합일이 달성되었다는 것이다. 사실상 독일 음악은 궁극적으로 바그너의 언어 음악 오페라를 향해 발전해 왔고, 거기서 마침내 목표에 도달했다는 것이다.

나는 "하나의 목표는 이룬 셈이지."라고 말하면서 브람스의 경우를 예로 들었고, 아드리안이 「등 뒤의 불빛」 같은 작품에서 절대음악에 근접했다는 얘기를 했다. 그러자 아드리안은 자신도 일찍부터 가능하면 인간 본성의 마성(魔性)과 신비주의적 격정을 표현한 바그너 적인 특성을 최대한 멀리하고자 했다면서 나의 의견에 선뜻 동의했다. 그리고 인위적 기교를 비웃는 야유의 기교를 정신적 기조로 삼아 희가극(喜歌劇)을 혁신하고, 고도의 희극적 고상함을 추구하고, 고전 연구의 사회적 부산물인 과장된 금욕주의와 낙관주의 등을 극복해야 한다고 역설했다. 그는 자연 그대로의 투박한 것을 희극적 숭고미와 나란히 놓고, 후자를 통해 전자를 우스꽝스럽게 만드는 계기를 마련해 줄 작품에 관해 들떠서 말했다. 고대풍을 답습하는 영웅주의나 허장성세의 관습은 한동안 자취를 감추었다가 돈 아르마도*라는 인물을 통해 다시 살아났다고 단언했는데, 그러면서도 그는 그 인물이 오페라의 등장인물로는 완벽하다고 보았다. 그리고 그는 이 작품 중에서 깊이 새겨 두었던 구절을 영어로 나에게 읊어 주었다. 그것은 위트 넘치는 바이런이 여자를 가까이 하지 않겠다는 서약을 어기고 사랑에 빠져서 절망하는 심경을 노래한 것인데, 그가 사랑하는 여인 역시 완전히 애욕에 눈이 멀어 제정신이 아니다. 그는 '설령 아르고스**가 자신을 감시하는 환관이라 해도 그 짓을 하고 싶어하는' 그녀로 인해 애간장이 탄다. 그 결과 일 년간 이처럼 끙끙 앓는 여성의 침상을 찾아가 웃기는 재담을 들려주라는 벌을 받게 되자, 그는 이렇게 외친다. "말도 안 돼! 죽을 지경인 사람한테 농담을 들려준다고 마음이 진정되진 않아." 그는 이 구절을 거듭 읊으면서 언젠가는 꼭 이 구절에 곡을 붙이겠다고 밝혔다. 이 대목 외에도 제5막에 나오는 현자(賢者)의 어리석음에 관한 빼어난 대화, 즉 사랑에 현혹되어 어찌할 바를 모른 채 스스로의 품위를 떨어뜨리는 지성의 오용으로 웃음거리가 되는 장면 역시 아드리안이 작곡하려는 부분이었다. 어리석음에 빠진 신중한 사람이 젊은이보다 더 한심하게 정열을 불사르는 장면은 천재의 경지에 도달한 문학에서만 진가를 발휘한다고 했는데, 그가 말한 구절은 이렇다. "신중한 자의 반항이 도를 넘어 어리석음에 빠질 때 / 청춘의 혈기도 그렇게 불타오르진 못하리."

   나는 아드리안이 고른 소재가 아주 못마땅했고, 또 그가 과

---

* 셰익스피어의 『사랑의 헛수고』에 허풍선이로 등장하는 인물.
** 그리스 신화에 등장하는 눈이 많이 달린 거인.

도한 인문주의를 비웃으며 결국 인문주의 자체를 우스꽝스럽게 만드는 태도 역시 마음에 들지 않았다. 하지만 어떻든 그가 뭔가에 경탄하고 애정을 표현한다는 사실 자체는 반가운 것이었다. 소재가 못마땅하긴 했지만 결국 나는 그의 희가극 대본을 손질해 주었다. 그렇지만 전혀 현실성이 없는 그의 별난 구상은 무조건 말리고 싶었다. 즉, 그는 영어로 희가극을 작곡할 생각이었던 것이다. 그는 그렇게 하는 것이 유일하게 올바르고 품위 있고 참된 것이라 생각하고 있었는데, 특히 언어유희를 제대로 구사하고 옛날 영국의 민요 가락을 제대로 살리려면 그 길밖에 없다고 생각했다. 나는 대사를 외국어로 해서는 독일의 오페라 무대에서 먹혀들 가망이 없다는 것을 주된 이유로 내세워 반대했지만, 그는 내 말을 들으려 하지 않았다. 그는 자신의 배타적이고 편향적이고 기이한 몽상이 과연 동시대의 관객들에게 받아들여질 수 있을까 하는 의문 자체를 아예 거부했던 것이다. 그의 구상은 바로크적인 것이었다. 동시에 그런 구상은 세상을 멀리하려는 오기라든가 카이저스아셰른의 유서 깊은 지방주의, 단호한 세계시민주의적인 사고가 뭉뚱그려졌다는 점에서 그의 본성에 깊이 뿌리박은 것이기도 했다. 그가 오토 3세가 묻혀 있는 도시의 아들로 태어났다는 것은 빈말이 아니다. 자신에게 육화되어 있는 독일 정신에 대한 그의 반감은(그것은 그렇지 않아도 영문학자이며 영국 숭배자인 쉴트크납과 그를 뭉치게 한 반감이었다.) 두 가지 형태로 나타났다. 즉, 한편으로는 세상을 멀리하면서도 동시에 은밀하게 드넓은 세상을 갈망하는 형태로 나타난 것이다. 그래서 그는 황당하게도 독일의 연주회장에서 외국어로 된 노래를 들려주려고 고집하는 것이다. 아니, 정확히 말하면, 독일인들한테는 들려주지도 말아야 한다고 우기는 것이다. 사실 그는 내가 라이프치히에 있는 동안에도 베를렌*과, 특별히 그가 좋아한 윌리엄 블레이크**의 시를 소재로 작곡을 했다. 하지만 그 노래들은 수십 년 동안이나 불리지 않았다. 나는 훗날 베를렌의 시에 붙인 곡을 스위스에서 듣게 되었다. 그중 하나는 '지금은 황홀한 시간'이라는 결행(結行)으로 끝나는 빼어난 시였다. 또 다른 하나는 역시 신비로운 '가을의 상송'이었고, 세 번째 것은 환상적 애수를 띠고 있으며 멜로디가 너무 아름다운 세 연의 시였다. 그 곡은 '거대한 어두운 바다가 / 내 삶을 덮쳤으니'라는 행으로 시작되었다. 또한 「연인들의 축제」에 들어 있는 익살스럽고 분방한 분위기의 시 두어 편에도 곡을 붙였는데, '헤이, 달님이여 안녕!'이라든가, 무엇보다 '함께 죽지 않으련?'이라는 섬뜩한 제안에 킥킥거리며 답하는 구절 등이 포함되어 있다. 블레이크의 특이한 시에 관해 말하자면, 아드리안은 장미를 노래한 시에 곡을 붙였다. 그 시에서 장미의 진분홍색 침대로 기어 들어오는 벌레의 음침한 사랑이 장미의 생명을 파괴한다. 섬뜩한 분위기의 16행시 「독을 품은 나무」에도 곡을 붙였다. 시인은 그 시에서 원한에 사무쳐 눈물을 쏟지만, 이윽고 회심의 미소를 지으며 계략을 짜내는데, 나무에서는 유혹의 사과가 자라나 원수는 그 사과를 훔쳐 먹고 독살된다. 원한을 품은 자는 아침에 원수가 나무 아래 쓰러져 죽어 있는 것을 보고 기

---

* Paul Verlaine(1844~1896). 프랑스의 시인.
** William Blake(1757~1827). 영국의 시인이자 화가.

뻔한다. 이 시에서 묘사된 사악한 소박성은 아드리안의 음악에서 그대로 재현되었다. 그런데 블레이크의 시에 곡을 붙인 다른 어떤 노래를 듣고 나는 더 깊은 인상을 받았다. 그 시는 황금의 예배당에 관한 몽상을 다루고 있는데, 예배당 앞에는 슬피 우는 자들, 기도하는 자들이 서 있지만 감히 예배당 안으로 들어가지는 못한다. 이윽고 뱀 한 마리가 모습을 드러내고, 그 뱀은 간신히 예배당 안으로 들어갈 수 있었다. 보석이 박힌 바닥 위로 점액질의 길다란 몸뚱이를 이끌고 마침내 제단을 차지한 뱀은 빵과 포도주에 독이 묻은 침을 바른다. 드디어 시인은 피할 수 없는 결말을 절망적으로 노래하며 끝을 맺는다. '그리하여 나는 돼지우리로 들어가서 돼지들 사이에 몸을 뉘었다.' 이 몽환적 환상의 불안감과 점점 고조되는 경악, 타락의 두려움, 그리고 마침내는 그런 환영을 보는 것 자체로 타락하고 만 인간성에 대한 거친 경멸감이 아드리안의 음악에 섬뜩할 만큼 절박하게 재현되었다.

아드리안은 라이프치히에 머물던 시절에 이런 시의 작곡을 구상하긴 했지만, 실제로 작곡이 이루어진 것은 좀 더 나중이다. 내가 도착하던 날 저녁 우리는 샤프고시 사중주단의 연주를 들었고, 다음 날에는 벤델 크레추마어를 찾아갔다. 그는 나와 단둘이 있을 때 아드리안이 많이 발전했다는 이야기를 해주었고, 그래서 나는 기쁘고 자랑스러웠다. 아드리안이 음악쪽으로 진로를 바꾸도록 권유한 것을 후회할 우려는 조금도 없다고 크레추마어는 말했다. 물론 자기 통제가 심하고 저속한 취향을 참지 못하고 도무지 대중한테는 신경을 쓰지 않는 음악가는 실제로 정신적 어려움이나 외적 난관에 부닥치게 마련이지만, 아드리안에겐 그런 측면이 오히려 장점이라는 것이었다. 오직 예술만이 인생의 힘든 짐이 될 수 있으며, 힘들지 않고 그저 편안한 인생이 오히려 죽도록 지겨울 것이라는 이유 때문이었다. 어떻든 나는 라우텐자크 교수와 저명한 베르메터 교수의 강의를 수강하기로 했다. 그리고 이제는 아드리안 때문에 신학을 들을 필요가 없게 되어서 기뻤으며, 그의 안내로 '센트럴 카페' 모임에 참석하게 되었다. 일종의 보헤미안 클럽인 그 모임은 술집의 낡은 별실을 회합 장소로 이용하고 있었다. 모임은 음악 대학의 학생, 화가, 작가, 젊은 출판업자, 음악에 관심이 많은 법관 시보, 그리고 문학적 소양이 상당히 높은 '라이프치히 실내 극단'의 단원인 한 쌍의 배우 등으로 이루어져 있었다. 우리보다는 몇 년 연상인 삼십 대 초반의 번역가 쉴트크납 역시 이미 언급한 대로 그 무리에 속해 있었다. 그는 아드리안이 가까이 지낸 유일한 사람이었기 때문에 나도 그와 가까워졌으며, 많은 시간을 둘이서 보내기도 했다. 아드리안이 우정을 나눠 준 그 사내를 내가 비판적으로 지켜보았다는 것은 그 인물에 대한 짤막한 인상기로 알려지게 될 것이다. 하지만 나는 그를 공정하게 평가하도록 애쓸 것이고, 실제로 늘 그래 왔다.

쉴트크납은 슐레지엔의 중소 도시에서 우체국 직원의 아들로 태어났다. 그의 아버지는 말단직보다는 높았지만, 대학 출신들이 차지하게 마련인 관리직에는 이르지 못했다. 우체국 관리는 대학 졸업장이나 법학 교육 따위는 전혀 필요로 하지 않았던 것이다. 그는 몇 년 동안의 준비 끝에 국가 공무원 시험에 합격하여 우체국에서 수습 근무를 시작했다. 쉴트크납 아버지의 경력은 대강 그러했다. 그는 어느 정도 교육도 받고 예의범절도 아는 사람이었고 명예욕도 있었다. 하지만 프로이센의 신분 제도하에서 그는 도시의 상류 사회 모임에는 끼어들 수 없었다. 어쩌다가 상류 사회 모임에 출입할 기회가 허용되어도 매번 수모를 당하기 일쑤였다. 그래서 그는 성격이 삐뚤어졌고, 실패한 인생의 울분을 가족들한테 화풀이하며 신세를 한탄하는 불평꾼이 되었다. 아들 뤼디거 쉴트크납은 그런 가족 환경에 대해 아주 실감나게 들려주었다. 그는 아버지의 사회적인 실패가 어머니를 비롯한 형제 자매들의 인생과 그 자신의 인생을 어떻게 망쳐 놓았는가를 이야기해 주었는데, 마치 그 이야기가 우습다는 듯한 태도를 취했다. 그런데 아버지는 성격상 그런 울분을 거칠게 발산하지 못하고 미묘한 짜증과 과도한 자기 연민으로 드러냈던 까닭에 식구들은 더더욱 예민해지게 되었다고 한다. 가령 식사 자리에서 아버지가 과일 칵테일을 성급하게 퍼먹다가 버찌 씨를 깨물어서 치관(齒冠)을 다치는 일이 생긴 적이 있는데, 그러면 그는 어이없다는 표정으로 양팔을 벌리고 떨리는 목소리로 이렇게 말했다고 한다.

"이것 봐라! 그저 이렇다니까. 내가 하는 일은 이 모양이야. 이게 내 팔자지. 이럴 수밖에! 나는 즐거운 마음으로 식사 시간을 기다려 왔는데. 배도 좀 고팠지. 날씨도 따뜻하고. 시원한 과일로 기운을 좀 차렸으면 했는데, 이런 일이 터지다니. 좋아, 너희들이 보다시피 나는 기쁜 일과는 인연이 없구나. 그만 먹어야겠다. 내 방으로 돌아가야지. 너희들이나 맛있게 먹어라!"

그는 이렇게 낙담한 목소리로 말을 마치고는 식탁을 떠났다. 가족들이 입맛을 잃고 아주 우울한 기분이 되리라는 것을 잘 알면서 말이다.

쉴트크납이 청년다운 기분으로 그런 우울한 이야기를 재미있다는 듯 실감나게 묘사할 때 아드리안이 무척 들떠 있었다는 것은 충분히 상상할 수 있는 일이다. 그러면서도 우리는 언제나 웃음소리를 낮추고 그 친구를 아끼는 마음으로 그의 입장에서 이해하려는 태도를 보여야만 했다. 궁극적으로 문제 되고 있는 사람은 화자의 아버지였기 때문이다. 가장의 사회적 열등감이 가족 모두에게 전가되었다고 뤼디거는 확신하고 있었다. 그도 그런 열등감을 일종의 정신적인 상처로서 부모님한테서 물려받았다는 것이다. 하지만 아들을 통해 보상을 받으려는 아버지의 뜻을 혐오한 것이야말로 그가 아버지의 마음에 들지 않은 여러 이유 중의 하나인 듯했다. 그는 적어도 자기 아들은 참사관이 되게 해서 보상받겠다는 아버지의 소망을 좌절시켰던 것이다. 그는 아버지의 뜻에 따라 김나지움을 마치고 대학에 진학하긴 했지만, 단 한 번도 국가 고시에 응시하지 않았고 오히려 문학에만 빠져서 집안의 경제적인 형편에는 전혀 아랑곳하지 않았다. 명령은 받았지만 내키지는 않는 아버지의 소망을 들어줄 생각도 하지 않았던 것이다. 그는 자유로운 리듬으로 된 시를 쓰고, 비평문과 깔끔한 산문체의 짧은 이야기들을 쓰기도 했다. 하지만 창작 의욕이 샘솟지는 않았던 까닭에 주로 번역 일을 하게 되었고, 특히 그가 애호하는 영문학 작품의 번역에 전념했다. 그는 미국과 영국의 통속 문학을 독일어로 번역하는 여러 출판사와 관계했을 뿐 아니라, 오락 서적 및 진기한 작품들을 취급하는 뮌헨의 한 출판사와 영국의 고전들, 그러니까 스켈턴*의 도덕극, 플레처**와 웹스터***의 몇몇 작품들, 포프****의 교훈시 등을 번역하는 계약을 맺었고, 특히 스위프트*****와 리처드슨******의 독일어 번역을 주로 맡았다. 그는 그런 종류의 번역서에 잘 꾸민 서문을 썼고, 문체에 대한 나름의 감각을 가지고 번역의 정확성과 어휘 구사의 일치를 위해 고심하면서 대단히 양심적으로 번역을 했다. 그렇게 해서 그는 점차 번역 일에 매료되어 전력을 기울이게 되었다. 그런데 이런 번역 작업은 그의 아버지의 열등감과 유사한 심리 상태를 초래했는데, 물론 그 양상은 달랐다. 다시 말해 쉴트크납은 자기가 원래 작가가 되기 위해 태어났다는 소명감을 가지고 있었으며, 그럼에도 마지못해 다른 사람의 작품이나 번역하는 일에 정력을 소모하는 것이 괴롭다고 씁쓸하게 내뱉곤 했다. 그는 번역 작업이 자존심 상하는 일이라 생각하고 있었던 것이다. 그는 나름의 확신을 가지고 시인이 되고 싶어 했다. 그런데 구차하게 먹을 것을 벌기 위해 다른 사람의 작품을 옮기는 신세였기에 그는 다른 작가들의 작품을 고깝게 여기면서 매일 불평을 늘어놓았다. 그는 이렇게 말하곤 했다.

"내가 시간만 있다면, 그리고 돈 때문에 일하지 않고 창작을 할 수만 있다면, 그런 자들한테 뭔가 보여 줄 수 있을 텐데!"

---

* John Skelton(1460?~1529). 영국의 시인.
** John Fletcher(1579~1625). 영국의 극작가.
*** John Webster(1580?~1625?). 영국의 극작가.
**** Alexander Pope(1688~1744). 영국의 시인이자 비평가.
***** Jonathan Swift(1667~1745). 영국의 소설가.
****** Samuel Richardson(1689~1761). 영국의 소설가.

아드리안은 그가 하는 말을 믿는 편이었지만 나는, 너무 심한 평가일지도 모르지만, 속으로는 그가 창작을 못 하는 적절한 핑계로 번역을 하게 된 것을 무척 반기고 있을 거라고 생각했다. 그런 핑계를 내세워서 그는 자신에게 결정적인 창작 욕구와 독창성이 없다는 사실을 호도했던 것이다.

그렇다고 해서 쉴트크납이 침울한 불평분자라고 생각해서는 안 된다. 그 반대로 그는 멍청해 보일 만큼 쾌활했고, 앵글로색슨 특유의 대단한 유머 감각을 타고났다. 성격을 말하자면 영국인들이 '철부지'라고 부르는 그런 부류였다. 그는 라이프치히로 여행을 오거나 음악 공부를 하러 오는 영국인들과 금방 사귀었고, 아주 능숙하게 그들의 언어로 그들과 대화를 할 줄 알았다. 영국인들과 황당한 농담도 자유자재로 주고받았고, 그들이 독일어를 하려고 애쓰는 것을 그대로 흉내 낼 줄도 알았다. 영국인들이 독일어를 말하려다 흔히 범하게 마련인 악센트의 실수, 적절치 않은 구어(口語) 표현, 그리고 가령 문어(文語)에서 대명사로 쓰이는 '그 사람'이나 '그것'을 잘못 사용하는 약점 등을 곧잘 흉내 냈다. 이를테면 '저것 좀 보세요.'라고 하면 될 것을 외국인들은 '그것을 시찰하십시오.'라는 식으로 말하기 일쑤라는 것이다. 쉴트크납은 그런 외국인들을 똑같이 흉내 냈다. 그런데 나는 아직 그의 용모를 이야기하지 않았다. 그는 형편상 언제나 똑같은 남루한 복장을 하고 있었는데, 그 반면 외모는 제법 그럴듯하게 품위가 있고 신사다워 보였다. 얼굴 윤곽은 아주 잘 생겼는데, 다만 슐레지엔 사람들이 흔히 그렇듯 입술이 얇고 길쭉한 입 모양 때문에 품위가 다소 떨어지긴 했다. 그는 키가 컸고 어깨가 넓었으며 허리는 날씬

하고 다리는 길었다. 언제나 사각 무늬가 그려진 승마용 바지에 털로 짠 스타킹, 지저분한 노란색 구두를 신고 있었고 올이 성긴 리넨 셔츠의 깃은 풀어 헤치고 소매가 짧고 이미 색을 알아볼 수 없게 된 재킷을 걸치고 있었다. 그렇지만 손의 생김새는 돋보였다. 손가락이 길었고, 손톱은 예쁜 타원형이었다. 그의 전체적인 용모가 신사다웠다는 것은 부인할 수 없다. 그래서 그는 사교 모임에는 어울리지 않는 평상복을 입은 채 야회복이 판을 치는 사교 모임에 감히 나타나기도 했다. 그럼에도 그는 정장을 하고 있는 그의 연적들보다 오히려 더 여자들의 환심을 사곤 했다. 그가 솔직한 태도로 감탄해 마지않는 여자들에게 둘러싸여 환대를 받는 모습은 흔히 볼 수 있었다.

형편이 쪼들려 옷을 초라하게 입는다고 해서 쉴크트납의 기사도 정신이 손상되는 법은 없었다. 초라한 옷차림에도 그의 기사도 정신은 너무도 자연스러웠다. 그렇지만 석연치 않은 구석도 있었다. 즉, 사람들이 진실이라고 생각하는 것은 부분적으로는 착각이었으며, 이런 복합적인 의미에서 쉴크트납은 사람들을 현혹하는 존재였다. 그는 체격으로 보면 운동을 굉장히 잘할 것 같지만, 사실은 그렇지 않았다. 그는 겨울철에 작센의 알프스라 불리는 산지*에서 영국인들과 함께 스키를 조금 타는 것 말고는 어떤 스포츠도 할 줄 몰랐던 것이다. 그나마 스키를 타러 가자고 해도 걸핏하면 장염을 핑계로 빠지곤했는데, 내가 보기에는 실제로 장염이 없지는 않은 것 같았다. 얼굴색이 갈색인데도 어깨가 넓은 것은 건강이 그다지 좋지 않

---

* 라이프치히 동남부에서 체코로 넘어가는 국경 지대의 고산지를 가리킨다.

다는 징조였기 때문이다. 실제로 그는 성장기에 각혈을 한 적이 있고 폐결핵의 조짐을 보였던 것이다. 내가 관찰한 바로는 여성들이 그와 함께 있을 때 얻는 기쁨은 그가 여성들에게서 얻는 기쁨보다 못했다. 적어도 여성들 개개인의 입장에서 보면 그랬다. 그는 여성들을 막연히 집단으로만 숭배했고, 따라서 여성들은 집단적으로만 그의 숭배를 즐길 수 있었기 때문이다. 그는 그런 집단적 숭배 자체에서 성적인 만족과 세상에 둘도 없는 행복의 가능성을 찾은 반면, 여성과의 개별적인 관계에서는 무기력하고 수동적이고 의기소침했다. 그가 주장하듯 그토록 많은 연애 경험을 가질 수 있다는 것만으로도 만족하는 것처럼 보였다. 그는 어떤 형태로든 현실적인 문제에 얽매이는 것을 싫어하는 것 같았다. 현실적인 문제에 얽매이다 보면 잠재 능력을 깎아먹을 수 있다고 생각했던 것이다. 그는 잠재 능력을 무척 중시했고, 무한한 가능성이야말로 그의 왕국이었다. 그런 한도 내에서 그는 과연 시인이었다. 그는 자신의 이름에 대해 거론하면서 자기 조상이 귀족과 제후를 가까이서 모신 기사였다는 결론을 내렸다. 그는 이를테면 한 번도 말을 타 보지 않았고 타 볼 생각도 한 적이 없으면서도 자기는 기사가 되기 위해 태어난 것처럼 느꼈다. 그는 자기가 곧잘 말을 타는 기사를 꿈꾸는 것이 집안에서 핏줄로 전해 내려오는 격세유전의 충동 때문이라고 했다. 그는 자기가 왼손에 고삐를 잡고 오른손으로는 말의 목덜미를 두드리는 모습을 상상하면서, 그게 얼마나 자연스러우냐고 우리에게 너무나 자신 있게 말하곤 했다. 그의 입에서 가장 자주 나오는 말은 "의당 그래야겠지요."였다. 그런 말투는 정작 뭔가를 실행에 옮길 결단력은 없으면서도 우울한 심정으로 가능성을 재 보는 사람한테 딱 어울리는 표현이었다. 그의 말투는 의당 이런저런 일을 해야 하고, 의당 이런저런 것이 되어야 하며, 의당 이런저런 것을 가져야 한다는 식이었다. 가령 라이프치히를 배경으로 하는 사회 소설을 써야만 하고, 접시 닦기 노릇을 하면서라도 세계 일주를 해야 하고, 물리학이나 천문학을 공부해야 하고, 약간의 땅을 사서 흙을 일구면서 이마에 땀을 흘려 봐야 한다는 식이었다. 심지어 수입품 가게에 커피를 사러 가면 그는 잡화점을 나서면서 생각난 듯이 머리를 끄덕이며 "수입품 가게를 사야겠어!"라고 능히 말할 수 있는 사람이었다.

쉴트크납이 무엇에도 얽매이길 싫어한다는 것은 이미 말한 바 있다. 그가 관리가 되기를 거부하고 자유롭게 직업을 택한 사실에서도 그의 성격은 드러났다. 그렇지만 역시 그는 여러 주인을 모셔야 하는 하인의 신세여서 식객 티가 났다. 그러다 보니 형편도 넉넉하지 못한 처지에 근사한 외모와 사교장에서의 인기를 최대한 이용하려 들었다. 그는 여러 사람의 초대에 응해서 라이프치히의 이 집 저 집을 찾아다니며 점심 식사를 했는데, 그중에는 유대계 부호의 집도 있었다. 그 자신이 반유대주의적인 견해를 표명할 때도 있으면서 말이다. 자신이 업신여김을 당하고 있다고 느끼는 사람, 훌륭한 가문에서 태어나지는 않았지만 외모가 근사한 사람들은 흔히 인종적인 우월감에서 만족을 찾기도 한다. 그런데 그의 경우는 좀 특이해서 독일인도 좋아하지 않았는데, 독일인들의 종족적인 열등감에 사로잡힌 나머지 차라리 유대인들에게 동류의식을 느꼈던 것도 그런 이유에서였다. 한편 유대계 출판업자와 은행가의 부인들은 이 독일인의 신사적인 혈통에 감탄하듯 그를 바라보았고, 그와 친해졌으며, 그에게 선물도 곧잘 했다. 그가 걸치고 있는 운동 양말, 허리띠, 스웨터, 목도리 등은 대부분 선물로 받은 것들인데, 그것들 전부가 마음이 내켜서 준 선물이라고 보기는 어려웠다. 가령 어떤 부인이 쇼핑을 하는 데에 그가 함께 따라갔다고 하자. 그러면 그는 "에, 저 같으면 이런 물건을 돈 주고는 사지 않겠습니다. 혹시 누가 선물로 준다면 몰라도." 하고 말하는 것이다. 그러면 그는 그 물건을 선물로 받았다. 그런 물건에는 돈을 지불하지 않겠다고 말한 사람다운 표정을 지으면서. 다른 한편 그는 자신과 다른 사람들에게 자신의 자립성을 입증해 보이기 위해 다른 사람에게 호의를 베풀지 않는다는 신조를 지키고 있었다. 다시 말해 그의 도움이 필요할 때도 그는 결코 도와주지 않았던 것이다. 가령 테이블에 남자 한 사람이 모자라서 합석을 좀 해 달라고 하면 그는 어김없이 거절했다. 또한 누군가가 의사의 권유로 기분 전환을 위한 여행을 계획하면서 그에게 동행하여 말동무가 되어 달라고 부탁했다고 하자. 부탁하는 쪽에서 다른 사람이 아닌 쉴트크납을 말동무로 삼아야겠다는 생각이 확고할수록 쉴트크납은 더욱 단호하게 거절했다. 『사랑의 헛수고』 대본을 좀 정리해 달라는 아드리안의 부탁을 거절한 것도 그런 맥락이었다. 그러면서도 그는 아드리안을 무척 좋아했고, 거의 곁에 붙어 다녔다. 아드리안 역시 그의 거절을 나쁘게 여기지는 않았고, 대체로 쉴트크납 자신도 웃으면서 고백한 바 있는 약점들을 썩 잘 참아 냈으며, 그를 원망하기보다는 그의 아버지 이야기처럼 공감을 나눌 수 있는 대화라든가 영국 사람 같은 단순함 등에 대해 고맙게 생각하고 있었다. 아드리안이 쉴트크납과 함께 있을 때처럼 많이 웃고, 거의 눈물을 찔끔거릴 정도로 마음껏 웃는 것을 나는 본 적이 없다. 쉴트크납은 정말 유머의 도사였다. 그는 아주 하찮은 사실도 너무나 우스꽝스러운 것으로 만들어 낼 줄 알았다. 가령 비스킷을 먹는 사람은 깨물 때의 바삭거리는 소리 때문에 청각이 방해를 받고 주위의 소리를 제대로 듣지 못하게 마련이다. 쉴트크납은 차를 마시는 자리에서 과자를 먹고 있는 좌중이 어떻게 서로 전혀 말을 알아듣지 못하며, 그들의 대화가 "뭐라고요?", "당신이 말씀하셨나요?", "잠깐만요!" 하는 식으로 겉돌 수밖에 없는가를 몸으로 보여 주었다. 쉴트크납이 거울에 비친 자기의 모습을 상대로 그렇게 옥신각신하고 있는 것을 보고 어떻게 아드리안이 웃지 않고 배기겠는가! 말하자면 쉴트크납은 허영심에 들떠 있었다. 그렇지만 천박한 방식이 아니라, 시인의 관점에서 이 세상에는 무한한 행복의 잠재적 가능성이 있다는 것을 보여 주는 식으로 들떠 있었다. 물론 그에겐 그런 가능성을 실행으로 옮길 결단력은 없었다. 그럼에도 행복의 가능성을 위해 자신의 젊음과 외모를 유지하고자 했던 그는 너무 일찍 생긴 주름살과 일찍부터 세파에 시달린 얼굴 표정을 원망스러워했다. 뿐만 아니라 그의 입은 어딘지 모르게 노쇠한 기미를 보였고, 이어서 코 역시 다소 주저앉고 기울어지기 시작했는데, 그래도 아직은 고전적이라는 소리를 들을 만했다. 그는 자기 아버지가 늙었을 때의 인상을 닮아 가고 있었다. 게다가 이마 주름살, 코와 입 사이 주름살, 눈초리 주름살도 생겼다. 그는 미심쩍은 듯이 자기 얼굴을 거울 앞에 갖다 대 보았다. 그러고는 얼굴을 잔뜩 찡그린 채 엄지손가락과 집게손가락으로 턱을 잡고 두 볼을 아래로 쓸어내려 볼썽사나운 표정을 짓고는 거울 속에 비친 자기 모습을 향해 오른쪽 손으로 과장된 손짓을 보내자 마침내 우리 두 사람은, 즉 아드리안과 나는 한바탕 폭소를 터뜨렸다.

내가 아직 언급하지 않은 사실이 있는데, 그것은 쉴트크납과 아드리안의 눈 색깔이 완전히 똑같다는 것이다. 그것은 주목할 만한 공통점이었다. 회색과 파란색과 초록색이 혼합된 그의 눈 색깔은 아드리안의 눈에도 그대로 나타났던 것이다. 게다가 동공을 둘러싼 녹청색 테도 두 사람 모두에게서 확인되었다. 좀 이상하게 들릴지 모르지만, 나는 쉴트크납으로 인해 웃기 좋아하는 아드리안의 우정이 눈 색깔의 유사성과 관계가 있지 않을까 하는 생각을 늘 했었고, 그런 생각이 나로서는 다소 위안이 되었다. 또한 그들의 우정이 서로에 대한 깊은 무관심에 근거를 두고 있을 거라는 생각도 들었다. 그들은 그런 무관심을 유쾌하게 받아들였던 것이다. 그들이 서로를 늘 성으로 부르면서 존칭을 썼다는 것은 새삼스레 말할 필요도 없다. 비록 쉴트크납처럼 아드리안을 웃기는 재주는 없었지만, 나는 그 슐레지엔 친구가 나타나기 전에 이미 어린 시절부터 서로 말을 놓고 지내는 사이였다.

21

오늘 아침 나의 착한 아내 헬렌이 마실 것을 준비하고 오버바이에른의 상쾌한 가을 해가 자욱한 아침 안개를 헤치고 밝게 떠오르고 있을 때, 나는 독일 잠수 함대가 이번에도 운좋게 무사히 귀환했다는 신문 기사를 읽고 있었다. 독일 잠수함의 공격으로 불과 하루만에 적어도 열두 척의 선박이 희생되었다. 그중에는 두 척의 대형 증기 여객선도 있었는데, 한 척은 영국, 다른 한 척은 브라질 국적으로, 두 척의 배에 타고 있던 승객 500명이 희생되었다. 이 공격이 성공할 수 있었던 것은 독일이 다양한 성능을 가진 신종 어뢰를 개발한 덕분이었다. 나는 언제나 활기를 띤 우리의 발명 정신, 그리고 많은 타격에도 굴하지 않는 끈질긴 민족성에 일종의 자부심을 억누를 수 없었다. 당국에서는 우리의 끈질긴 민족성을 십분 활용해 우리 국민을 이 전쟁에 투입했고, 사실상 유럽 대륙을 제패했다. 그리하여 독일이 유럽의 한 구성원으로 자리 잡아야 한다는 지식인들의 꿈을 독일이 지배하는 유럽의 현실로 바꿔 놓았다. 물론 독일이 지배하는 유럽이라는 것은 불안정해서 언제 무너질지 모르고, 다른 나라들로서는 견디기 힘든 현실일 것이다. 그런데 나도 모르게 자부심을 느끼면서도 다른 생각도 하게 된다. 즉, 이번의 선박 격침 같은 우발적 승리라든가 축출된 이탈리아의 독재자를 빼돌리는 모험적 행동*은 허황된 희망을 불러일으키고, 합리적으로 판단하면 도저히 승산이 없는 전쟁을 더 연장하는 결과를 초래할 수 있다는 것이다. 내가 재직하고 있던 프라이징 신학 대학의 힌터푀르트너 총장 역시 그런 견해를 내놓았다. 그는 어느 날 저녁 간단한 술자리에서 나와 단둘이 이야기하면서 그런 생각을 털어놓았는데, 그날 그의 인상에서는 지난해 여름 뮌헨에서 발생한 유혈 학생 소요의 구심점이 되었던 당시의 정열적인 학자 모습은 전혀 찾아볼 수 없었다. 이제 그의 세계관은 허황된 환상을 용납하지 않았다. 요컨대 이번 전쟁에 승산이 없음에도 이대로 물러설 수는 없다는 논리에 매달려서 모든 것을 거는 환상은, 세계 정복의 기도에 실패하면 나라가 최악의 파국을 맞게 된다는 진실을 은폐한다고 보았던 것이다.

내가 이 모든 것을 말하는 이유는 어떤 시대적 상황에서 레버퀸의 인생사가 기록되고 있는가를 독자에게 상기시키고, 나의 작업에 늘 따라다니는 흥분 상태가 매일 같이 충격을 안겨

---

* 2차 세계 대전 당시 독일과 이탈리아의 패색이 짙어 가던 1943년 7월, 군부 쿠데타로 실각해 구금 상태에 있던 독재자 무솔리니를 그해 9월 독일군이 구출해 북이탈리아에 나치스 괴뢰 정부(이탈리아 사회 공화국)를 수립하게 한 사건을 가리킨다.

주는 불안한 정세와 불가분으로 얽혀 있다는 것을 알리기 위함이다. 그렇다고 불안한 정세가 나의 전기 집필 작업을 방해했다는 뜻은 아니다. 그런 사건들도 원칙적으로 나의 작업을 가로막지는 못했다. 비록 내가 안전한 곳에 있다고는 하나, 이 시대는 지금 내가 맡고 있는 일을 꾸준히 진행하기에는 불리할 수도 있다. 게다가 뮌헨에서 학생 소요 사태가 일어나고 주동자가 처형되던* 바로 그 무렵에 나는 오한을 동반한 독감 때문에 열흘씩이나 꼼짝 못하고 침대에 누워 있어야 했는데, 그 때문에 이미 예순 살인 나의 체력과 정신력은 상당 기간 동안 회복되지 못했다. 그러다 보니 내가 이 집필 작업에 착수한 이래 벌써 봄여름이 지나고 가을이 성큼 다가온 것도 무리가 아니다. 그사이에 우리는 조국의 유서 깊은 도시들이 폭격으로 파괴되는 것을 지켜보았다. 이런 수난을 겪는 우리가 죄인만 아니었어도 땅을 치며 통탄했을 일이다. 하지만 우리는 죄인이었기에 비탄의 절규를 삼켜야 했고, 클라우디우스** 황제의 기도처럼 '하늘을 찌를 듯' 울부짖을 수 없었다. 우리는 우리 스스로 자초한 범죄들에 대해 문화의 파탄이라고 비통해했다. 그런데 세상을 바꿔 보겠다고 극악무도한 야만을 획책하며 역사의 무대에 등장한 자들의 입에서도 그런 말이 나오다니 얼마나 해괴한 일인가! 나의 은거지(隱居地)도 금방 무너져 내릴 것

* 1943년 2월 18일 '백장미(Weiße Rose)'라는 반(反)나치 비밀 조직의 일원이던 뮌헨대 학생 한스 숄(Hans Scholl), 조피 숄(Sophie Scholl) 자매와 크리스토프 프로프스트(Christof Probst)가 체포되어 나흘 만에 처형된 사건. 그해 4월까지 팔십여 명이 추가로 체포되어 그중 두 명이 처형되었다.
** Tiberius Claudius(BC 10~AD 54). 고대 로마의 황제.

같은 숨 막히는 상황이 수시로 다가왔다. 뒤러와 빌리발트 피르크하이머*의 도시에 가해진 가공할 폭격은 이제 더 이상 강 건너 불구경이 아니었다. 최후의 심판이 뮌헨에까지 닥쳤을 때 나는 집의 벽과 문과 유리창처럼 벌벌 떨며 공포에 질린 채 내 방에 앉아 있었다. 그리고 떨리는 손으로 지나온 인생사를 써 나갔다. 그렇지 않아도 내가 쓰는 이야기의 주제 때문에 손이 떨렸다. 따라서 이 습관적인 현상이 외부적인 공포로 인해 약간 더 심해졌다고 해서 문제 될 것은 없었다.

우리는 독일의 힘이 펼쳐질 때 느끼는 일종의 희망과 자부심을 가지고, 우리 병력이 다시금 러시아 군대를 향해 진격하는 것을 지켜보았다. 러시아 군대는 불모의 땅이긴 하지만 그들이 끔찍이 사랑하는 조국을 방어하고 있었다. 그러나 이삼 주가 지나자 전세는 러시아의 공세로 바뀌었다. 그때부터 우리는 걷잡을 수 없이 주둔지를(주둔지만 따지자면) 잃기 시작했다. 미국과 캐나다의 군대가 시칠리아의 남동부 해안에 상륙했고, 시라쿠사와 카타니아, 메시나와 타오르미나가 함락됐다는 소식을 접하면서 우리는 깊은 절망감에 빠졌다. 그리고 우리 국민의 정서에 비추어 볼 때 다른 나라처럼 일련의 치욕스러운 패배와 손실을 겪고 나서 냉정한 해결책으로 국가 원수를 폐위시키고 전승국이 요구하는 대로 무조건 항복을 한다는 것은, 좋은 의미에서든 나쁜 의미에서든 우리가 감당할 수 없는 일이라는 것을 공포심과 부러움이 뒤섞인 착잡한 심정으로 통

---

* Willibald Pirckheimer(1470~1530). 독일의 인문주의자. 로이힐린, 뒤러와 연합해 종교개혁에 반대했다.

감했다. 지금 우리도 그처럼 무조건 항복을 요구받고 있지만, 거기에 선뜻 응했다가는 너무나 혹독한 대가를 치를 것이다. 사실 우리는 냉정한 평상심을 회복하기에는 너무 복잡한 민족이고, 우리 민족의 영혼은 일종의 강렬한 비극성에 이끌리는 성향이 있다. 우리 민족은 숙명을 사랑한다. 설령 우리가 믿는 신과 함께 우리 자신이 파멸하더라도 그것이 우리의 피할 수 없는 숙명이라면 말이다.

내가 이 글을 쓰는 동안 우리 독일이 미래의 곡창 지대로 점찍었던 우크라이나 지방으로 러시아 군대가 진격해 왔고, 독일군은 드니예프르 전선으로 신축성 있게 후퇴했다. 나는 이런 일련의 사태에 촉각을 곤두세우며 집필을 계속했다. 우리의 총통*은 서둘러 독일군의 후퇴에 강력한 제동을 걸고 독일군이 '스탈린그라드 증후군'**에 빠졌다고 일침을 놓았으며, 어떤 대가를 치르더라도 드니예프르 전선을 지키라고 명령했지만 소용이 없었다. 불과 이삼 일이 지나자 그 방어선을 지킬 수 없다는 것이 입증되었고, 모든 대가를 치러야 했다. 그리고 가뜩이나 모험적인 망상에 휘둘리던 우리 국민들은 신문에서 떠들어 대는 붉은 물결이 과연 어디로 어떻게 확산될 것인가 하는 상상으로 뒤숭숭해 있었다. 사실 모든 질서와 예상을 뒤엎고 다름 아닌 독일 땅이 우리가 일으킨 전쟁의 활극장이 될 거라는 추측이 이미 우리의 환상 속에 자리 잡고 있었던 것이

---

* 히틀러.
** 1943년 2월, 독일 6군단이 스탈린그라드(현재의 볼고그라드) 전투에서 항복한 후 독일군의 사기가 급격히 떨어지고 일반 국민들 사이에서도 패전 심리가 확산된 것.

다. 이십오 년 전에는 우리가 마지막 순간에 그런 사태를 막을 수 있었다.* 그러나 우리의 심리 상태는 점점 더 비극적 영웅주의로 기울었기 때문에, 당시처럼 상상조차 하기 싫은 최악의 사태를 맞기 전에 먼저 우리 스스로 패전을 자인하는 것을 용납할 것 같지 않았다. 동부 전선에서 심각한 패배를 거듭하고 있었지만 다행히 본토까지는 아직 상당한 거리가 있었다. 더구나 동부 전선에서는 당장은 굴욕을 감수하더라도 많은 것을 내줄 각오가 되어 있었다. 독일과 불구대천의 적대 관계에 있는 서방 세계로부터 우리 유럽의 생활 공간을 그만큼 더 완강하게 방어하기 위해서 말이다. 아름다운 시칠리아 섬이 공격을 받았다고 해서 적군이 이탈리아 본토에까지 발을 붙일 수 있다고는 생각하지 않았던 것이다. 그런데 불행히도 그런 우려는 현실로 나타났으며, 지난주에는 연합군에 동조하는 공산주의 봉기가 나폴리에서 발생했다. 그로 인해 나폴리는 더 이상 독일군이 주둔하기에는 적합하지 않다고 판단되었고, 그래서 거리낌 없이 도서관을 파괴하고 중앙 우체국에 시한폭탄을 매설해 둔 채 우리 군대는 의기양양하게 그 도시에서 철수했다. 그러는 사이에 독일 함대가 장악하고 있다고 알려진 영국 해협이 공격을 받을 거라는 풍문이 돌았다. 국민들은 유럽 요새는 끄떡없을 거라고 굳게 믿고 있었지만, 이탈리아에서 시작해 이탈리아 반도를 북상하면서 프랑스나 그 밖의 다른 곳에서 언제 터질지 모를 돌발 사태에 대해 수군거리고 있었다.

---

* 1차 세계 대전이 끝나던 1918년 독일이 무조건 항복함으로써 독일 땅의 초토화는 막을 수 있었다는 뜻.

힌터푀르트너 씨의 말은 과연 옳았다. 우리는 끝장났다. 전쟁에서 진 것이다. 그러나 그것은 전쟁에서 패배했다는 사실 이상의 어떤 것을 의미한다. 실제로 그것은 우리의 모든 것, 우리의 업적과 영혼, 우리의 믿음과 역사가 끝장났음을 의미하는 것이다. 이제 독일은 끝장났고, 앞으로도 그럴 것이다. 말로 표현할 수 없는 파멸, 정치와 경제, 도덕과 정신의 파멸, 요컨대 총체적인 파멸이 분명해졌다. 내가 원한 것은 이런 것이 아니었다. 우리가 맞이할 파멸은 우리를 끔찍한 절망에 빠뜨릴 것이다. 내가 이런 파국을 원하지 않았던 것은 이 불행한 민족에 대해 사무치는 연민과 깊은 동정심을 느끼기 때문이다. 우리 민족의 발흥과 맹목적인 열정, 상승과 고양, 몰락과 붕괴, 그리고 과거 청산을 시도한 새로운 출발*, 십 년 전의 민족 부흥**, 이 모든 과정을 돌이켜보면 황홀한 자기도취에 빠져들기 쉽다. 그렇지만 다른 한편 그러한 일련의 과정에는 잘못을 경고하는 징표로서 수많은 폭력과 야만적 공격성, 수치와 고통과 모멸을 자초한 불순한 충동이 뒤섞여 있었다. 그처럼 그릇된 자기도취가 이미 전쟁을 예고하고 있었다는 것을 알 만한 사람이 다 알고 있었다. 나 자신이 당시 득세하던 국민적 믿음과 열광, 역사적 자만심에 고스란히 휩쓸렸다는 사실에 가슴이 미어진다. 이제 그런 분위기는 처참하게 깨졌다. 내가 이런 결과를 원했던 것은 아니지만, 당시로서는 어쩔 수 없이 그런 분위기에 빠져들었다. 하지만 나는 이성에 대한 파렴치한 경멸

---

* 바이마르 공화국의 출범.
** 1933년 히틀러의 집권.

을 증오하고, 진리에 대한 불경스러운 모독을 증오하고, 음모적 술책에 대한 열광적 숭배를 증오하고, 예로부터 지켜 온 가치 기준의 격하와 혼동을 증오한다. 그리고 본래 우리 독일인의 오랜 미덕인 믿음과 지조를 엉뚱하게 남용하고 무참히 매도하는 것을 증오한다. 나는 예전이나 지금이나 그처럼 그릇된 것을 증오할 수 있기를 바랐다. 그럼에도 언제나 뭔가에 도취되기를 갈망하던 우리는 엄청난 도취에 마비되어 여러 해 동안 허황된 자만심에 빠져서 온갖 수치스러운 일을 저질러 왔다. 이제 우리는 그 대가를 치러야 할 것이다. 그렇다면 우리가 치러야 할 대가는 무엇인가? 이미 나는 그것을 말했다. '절망'이란 말로 나는 그것을 분명히 말했다. 이제 그 말을 되풀이하지는 않겠다. 이미 앞에서 그 말을 쓰면서 느꼈던 전율과 공포를 다시 감당할 수는 없을 것 같다.

*

단락을 구분하는 이 기호(*)가 독자의 시각과 감각에 기분 전환이 되기를 바란다. 새로 시작하는 부분에 늘 숫자만 붙여서 앞뒤의 차이를 너무 강조할 필요는 없을 것이다. 앞에서는 아드리안 레버퀸이 직접 겪지 못한 현재의 상황을 서술했는데, 물론 앞의 서술 내용이 그 자체로 독립된 성격을 띠고 있다는 것은 부인할 수 없다. 우선 이 단락에 별도의 기호를 붙인 이유를 해명한 후에 나는 아드리안의 라이프치히 시절에 대해 좀 더 보충 설명을 하는 것으로 이 장(章)을 마무리하고자 한다. 솔직히 말하면 지금부터 추가하는 내용은 하나의 장에 포함시키기에는 너무 통일성이 없고 이질적인 요소들로 이루어져 있는 것으로 보인다. 사실 앞의 내용 역시 그러했다. 앞에서 서술한 내용을 전부 다시 읽어 보면, 온갖 이야기가 뒤죽박죽으로 섞여 있어서 도대체 일관성 있는 하나의 장이 될 수 있을지 반문하지 않을 수 없다. 아드리안의 오페라 구상, 그의 첫 가곡들, 우리가 헤어져 있는 동안 고통스럽게 변모한 그의 시선, 셰익스피어 희극의 아름다움과 지적 매력, 외국 시에 곡을 붙인 작품과 세계시민주의, 센트럴 카페의 보헤미안 클럽, 그 모임과 관련해 너무 길게 서술한 뤼디거 쉴트크납의 초상, 이 모든 것이 뒤섞여 있는 것이다. 그렇지만 어차피 집필을 시작할 때부터 규칙적이고 능숙한 구성에는 실패했다고 자책해 온 터에 새삼스레 일관성이 없다고 하는 것도 우스운 노릇이다. 늘 똑같은 변명을 하고 있는 셈이다. 내가 써야 할 대상은 나한테 너무 밀접해 있다. 그 반대의 상황이 너무 아쉽다. 다시 말해 내가 다루는 소재와 나 자신을 최소한 분간할 수 있는 여지도 없는 것이다. 이미 말했다시피 이 글에서 다루는 친구의 삶은 오히려 나 자신의 삶보다 나에게 더 가깝고 소중하며 나를 흥분시킨다. 가장 가까이 있고 가장 흥분되고 가장 근본적인 것, 그것은 이미 '소재'라 할 수도 없다. 그것은 곧 한 사람의 '인격' 자체인 것이다. 예술가랍시고 한 사람의 인격을 어떤 틀에 맞추어 구성하는 것은 온당치 않다. 그렇다고 예술의 엄숙함을 부인하려는 것은 아니다. 그렇지만 엄숙해질수록 예술은 소홀해지고 불가능해진다. 거듭 말하지만 이 단락에 별도의 기호를 붙인 것은 독자의 눈으로 이런 사정을 직접 확인하라는 것 외에 다른 뜻은 없다. 그리고 가능하면 굳이 이야기의 맥락을 쪼개거나 바꾸지 않고 전체를 단숨에 써 나가기 위한 것일 따름이다. 하지만 나로서는 이처럼 가차없는 서술 내용을 과연 독자들에게 선보일 수 있을지 자신이 없다.

*

라이프치히에서 한 해 동안 아드리안과 함께 지내면서 나는 그가 나머지 사 년을 그곳에서 어떻게 보냈는지도 알게 되었다. 변화를 싫어하는 그의 생활 방식 덕분에 알게 된 것인데, 그것은 경직된 느낌이 들 정도로 나를 갑갑하게 했다. 앞에서 언급한 편지에서 그가 '주위 사정에 아랑곳하지 않고' 모험이라곤 모르는 쇼팽의 생활 방식에 공감했던 것도 그런 이유에서였다. 아드리안 역시 주위 사정에 아랑곳하지 않았고, 아무것도 보려고 하지 않았으며, 어떤 체험도 마다했다. 적어도 체험이라는 말이 분명하게 표현하는 의미에서는 그러했다. 그는 기분 전환이나 새로운 자극, 오락이나 휴양에 신경을 쓰지 않았다. 특히 휴양으로 말하자면, 그는 일광욕이나 체력 단련 등으로 쉴 새 없이 휴양을 추구하는 사람들을 모조리 비웃었다. 그는 도무지 이해할 수 없다는 태도로 "휴양이라는 것은 정작 그것을 전혀 필요로 하지 않는 사람들을 위해 있는 거야."라고 말했다. 그는 여행을 하더라도 뭔가를 관찰하고 자기 것으로 받아들여서 이른바 교양을 쌓는 데는 관심이 없었다. 그는 시각의 즐거움을 경멸했다. 그는 청각이 너무나 예민했던 것과는 딴판으로 조형 예술 작품을 통해 시각적 안목을 기르겠다는 충동은 전혀 느껴 본 적이 없다. 시각형 인간과 청각형 인간이 엄연히 다른 것은 너무 당연하며, 그 자신은 후자 쪽이라고 단언했다. 나로 말하면 결코 그런 구별이 완벽하게 적용될 수 있다고 보지 않았기에, 아드리안이 정말 시각에 막혀 있고 시각을 혐오한다고 생각하지는 않았다. 물론 괴테도 음악은 전적으로 천부적이고 내면적인 것이어서 어떤 외적 자양분이나 인생의 경험도 필요로 하지 않는다고 말하기는 했다. 하지만 내면의 눈, 비전이라는 것도 있지 않은가. 그것은 그냥 눈으로 보는 것과는 다르며 더 많은 것을 포괄하는 것이다. 뿐만 아니라 레버퀸이 주장하듯 단지 눈을 통해 이루어지는 시각적 감수성을 지녀야 한다고 하면서도 눈을 통한 세계의 지각 자체를 거부한다는 것도 심각한 모순이다. 마리 고도, 루디 슈베르트페거, 네포무크 슈나이데바인 등의 이름만 떠올려도 나는 아드리안이 검은색 눈이나 파란색 눈을 좋아한다는 것을 금방 알 수 있다. 말하자면 그는 눈의 매력에 약한 것이다. 이렇게 말하고 나니 실수를 한 듯하다. 훨씬 나중에 가서야 등장할 미지의 이름들을 마구 열거했으니 말이다. 이렇게 주저 없이 실수를 인정하면 내가 자유 의지로, 즉 고의로 실수했다고 생각할지도 모르겠다. 그런데 자유 의지란 또 무엇인가! 어떻든 나로서는 이 공허한 이름들이 어떤 불가항력에 의해 이 대목에서 너무 일찍 튀어나왔음을 잘 알고 있다.

여행 자체가 목적이 아니었던 아드리안의 그라츠 여행은 늘 변함없는 그의 삶에서 하나의 파격이었다. 또 하나의 파격적 사건은 쉴트크납과 함께 해안 지방으로 여행을 간 것이었는데, 이 여행의 성과로 우리가 익히 아는 제1악장 교향시가 작곡되었다. 이 예외적인 여행과 무관하지 않게 세 번째 여행이 이어졌다. 즉, 아드리안은 바로크 교회 음악 공연에 참가하기 위해서 스승인 크레추마어와 함께 바젤로 갔던 것이다. 바젤 합창단이 주관한 그 공연은 마르틴 교회에서 개최되었는데, 크레추마어가 오르간을 맡기로 되어 있었다. 공연된 작품은 몬테베르디*의 「성모 마리아 송가」, 프레스코발디**의 오르간 소품, 카리시미***의 오라토리오, 그리고 북스테후데의 칸타타 등이었다. 네덜란드의 구성주의 악파를 계승한 이 작품들은 성경의 말씀을 놀랍도록 자유롭게 인간적으로 해석해 대담한 낭송조로 표현하고, 대담하게 묘사하는 악기의 제스처로 장식한 효과 음악이었다. 음악의 정석에서 벗어난 이 독특한 곡들이 레버퀸에게 준 인상은 매우 강렬했고 오래 지속되었다. 당시 그는 몬테베르디가 개척한 표현 기법의 현대성에 관해 편지와 구두로 나에게 많은 이야기를 해 주었고, 그것을 연구하기 위해 라이프치히 도서관을 자주 찾아갔다. 그리고 카리시미의 「입다」****와 쉬츠*****의 「다윗의 시편」 악보를 초록하기도 했다. 어떤 비평가는 종교적 색채가 강한 아드리안의 후기 음악인 「묵시록」과 「파우스트 박사의 비탄」이 마드리갈****** 양식의 영향을 받았다고 하지만, 그것은 전혀 당치 않은 이야기다. 네덜란드 풍의 선형적(線形的) 양식과 엄격한 질서를 추구하는 지적 정열, 그와 동

---

* Claudio Monteverdi(1567~1643). 이탈리아의 작곡가.

** Girolamo Frescobaldi(1583~1643). 이탈리아의 작곡가이자 오르간 연주자.

*** Giacomo Carissimi(1605~1674). 이탈리아의 작곡가.

**** 자신의 서원 때문에 딸을 번제(燔祭)에 바친 이스라엘 판관. 구약 성경 「사사기」 11장 참고.

***** Heinrich Schütz(1585~1672). 바로크 음악의 기초를 닦은 독일 작곡가.

****** 목가적인 주제를 다룬 자유 형식의 무반주 합창곡.

시에 극단으로 치닫는 표현 의지는 늘 그의 음악에서 압도적인 요소였다. 바꾸어 말하면 뜨거운 열정과 냉철한 지성은 똑같이 그의 작품을 압도했고, 이따금 가장 독창적인 순간에는 양자가 서로 삼투해 들어갔다. 이를테면 열정적 표현주의가 엄격한 대위법에 스며들거나 객관주의가 감정으로 물들기도 해서 뜨거운 열정을 간직한 엄격한 구성의 인상을 주었다. 바로 이런 측면이 그의 음악에서 무엇보다도 마성(魔性)을 떠올리게 했으며, 아무개가 쾰른 대성당 축조 공사를 하는 어떤 겁쟁이 목수한테 모랫바닥에 불구덩이를 만들어 보여 주었다는 전설을 생각나게 했다.

아드리안 최초의 스위스 여행이 그전에 쥘트 섬*으로 갔던 여행과 어떤 관계가 있는지 이야기하겠다. 문화 활동이 매우 활발하고 구속이 없는 작은 나라 스위스에는 음악가 협회가 있었는데, 이 협회가 주관하는 행사들 중에는 이른바 오케스트라 시연회라는 것이 있었다. 다시 말해 협회 회장단의 위촉으로 심사 위원회가 구성되어 이 나라의 젊은 교향곡 작곡가와 그 지휘자에게 새 작품을 시연할 기회를 주었는데, 그 비공개 시연회에는 제한된 범위의 전문가들만 참석했다. 말하자면 신진 음악가들이 작품을 연주하고 경험을 쌓고 음악적 상상력을 수련할 기회를 제공하기 위한 것이었다. 바젤 음악회와 거의 같은 시기에 '스위스 로망드 오케스트라'가 발표하는 시연회가 제네바에서 열렸다. 마침 크레추마어의 섭외로 아드리안의 「바다의 불빛」도 이 프로그램에 포함되었는데, 젊은 독일

---

* 휴양지로 유명한 북해의 독일 섬.

음악가의 작품이 다루어지는 것은 이례적인 일이었다. 아드리안으로서는 정말 뜻밖의 소식이었다. 크레추마어가 장난을 치느라 아드리안에게 이 사실을 숨겨 왔기 때문에, 아드리안은 스승과 함께 바젤을 출발하여 제네바로 시연회를 보러 갈 때까지만 해도 전혀 아무것도 모르고 있었던 것이다. 그런데 앙세르메*의 지휘하에, 아드리안이 이른바 '치근 치료법'을 구사한 작품, 어둠 속에서 반짝이는 이 인상주의 작품이 연주되었다. 아드리안은 작곡하던 당시에도 이 작품을 대수롭지 않게 여겼기 때문에 시험 연주가 진행되는 동안 좌불안석의 심정이었다. 청중이 업적으로 인정해 주는 작품을 정작 작곡가 자신은 대수롭지 않은 장난 정도로 여기고 있다는 사실은 예술가에겐 떨떠름한 일이다. 다행히도 이 작품에 대한 찬반 토론은 생략되었다. 그는 다만 개별적으로 칭찬과 이견, 실수의 지적과 조언을 독일어와 프랑스어로 듣게 되었다. 그는 불만스러워하는 사람들에게는 물론 감격해하는 사람들에게도 아무런 대꾸도 하지 않았다. 또한 이들을 포함하여 그 밖에 누구의 의견에도 그는 동의하지 않았다. 그는 약 일주일, 혹은 열흘 동안 크레추마어와 함께 제네바, 바젤, 취리히에 체류하면서 이 도시들의 예술가들과 잠시 접촉할 기회를 갖게 되었다. 그는 사람들을 별로 즐겁게 해 주지 못했다. 그와 함께 있으면 별로 즐거울 일이 없었던 것이다. 적어도 사람들이 그에게서 선량함이나 개방성, 동료로서의 환대를 기대했다면 말이다. 간혹 그

---

* Ernest Ansermet(1883~1969). 스위스의 지휘자. 세련되고 화려한 연주 지휘로 유명하다.

의 수줍음, 그를 감싸고 있는 고독, 생활상의 어려움 등에 대해 이해심을 보이는 사람도 있기는 했다. 그런 경우도 있었다는 것은 시사하는 바가 많다. 내 경험에 따르면 스위스 사람들은 고통에 대해 잘 알고 또 잘 이해했다. 그런 이해심은 고도의 문화를 누리고 있는 다른 곳, 가령 파리의 지성계보다는 고풍스러운 도시의 시민 의식과 더 밀접한 관계가 있다. 스위스인들의 그러한 이해심과 아드리안의 처지 사이에는 눈에 띄지 않는 접점이 있었다. 내향적인 성격의 스위스인들이 독일 제국에 대해 불신을 갖고 있었다면, 특이하게도 아드리안 역시 넓은 세상에 대한 독일인 특유의 불신을 갖고 있었던 것이다. 물론 대도시들을 거느리고 있는 광대하고 막강한 독일 제국에 대립하고 있는 이 협소하고 작은 나라를 넓은 세계라고 하면 이상하게 들릴지도 모르겠다. 하지만 스위스를 그렇게 볼 수 있는 여지는 얼마든지 있다. 여러 나라의 언어를 사용하고, 중립국이고, 프랑스의 영향을 받고, 전 유럽의 조류가 두루 관통하는 나라가 스위스다. 스위스는 보잘것없는 외형에도 실제로는 북쪽의 정치 강국보다는 훨씬 더 '세계적'이고 유럽의 사교장다운 면모를 갖추고 있는 것이다. 그 반면 북쪽의 거대 국가에서는 이미 오래전부터 '국제적'이라는 말이 욕이 되어 버렸고, 음울한 지방주의가 분위기를 답답하게 만들어 왔다. 아드리안의 내면적 세계시민주의에 관해서는 이미 말한 바 있다. 그러나 독일 특유의 세계시민 정신은 언제나 세상과 어울리는 것과는 다른 어떤 것이었고, 아드리안의 영혼 역시 세상과 어울리지 못해 가슴 졸이며 세상에 의해 받아들여지지 않는다고 느끼고 있었다. 그는 크레추마어보다 며칠 먼저 라이프치히로 돌아왔다. 이 도시는 분명히 세계를 향해 개방된 도시이긴 하지만, 이곳에서 넓은 세상은 주인의 세계가 아니라 손님의 세계라는 느낌이 들었다. 사람들의 말투가 우스꽝스러운 이 도시에서 그는 처음으로 육체적 욕망이 자존심을 건드리는 일을 겪었다. 그 일은 깊은 충격을 안겨 준 의미심장한 체험이었다. 그가 세상에 마음을 터놓지 않았기에 더더욱 그러했다. 내 관찰이 맞다면 그 사건은 그로 하여금 세상을 기피하게 하는 데 적지 않게 기여했다.

아드리안은 라이프치히에서 보낸 사 년 반 동안 줄곧 법과 대학 근처의 페터 가에 있는 두 칸짜리 방에 그대로 눌러 있었다. 그는 이곳에서도 소형 피아노 위쪽에다 마방진을 붙여 놓고 있었다. 그는 철학과 음악사 강의를 들었고, 도서관의 책을 읽고 악보를 초록했다. 크레추마어는 그의 습작들을 비평해·주었다. 피아노곡, 현악 협주곡, 플루트와 클라리넷과 베이스 호른과 바순을 위한 사중주 등 내가 알고 있는 습작은 이런 것들인데, 이 습작들은 비록 공개된 적은 없지만 아직까지 유고로 보관되어 있다. 크레추마어가 한 일은 느슨한 부분을 지적해 주고, 템포를 정정하고, 경직된 리듬에 활력을 불어넣고, 주제를 좀 더 강하게 부각하라고 충고하는 일 등이었다. 그는 중간음이 흐지부지 희석되거나, 저음이 제대로 살아나지 못하는 등의 약점을 지적해 주었다. 외관상으로만 유지되어 유기적인 효과를 내지 못하고 작품의 자연스러운 흐름을 방해하는 경과음을 지적하기도 했다. 사실 제자가 자신의 예술 감각으로도 충분히 찾아낼 수 있었을 법한, 그리고 실제로 찾아낸 실수들만을 지적했을 뿐이다. 모름지기 스승이란 제자의 양심이 인격화된 존재로서, 제자는 절망 속에서도 그 양심에 의해 자신을 입증하고, 만족스럽지 못한 이유를 밝혀내며, 개선을 위한 자극을 얻게 마련이다. 하지만 아드리안 같은 제자는 근본적으로 어떤 교정자나 스승도 필요로 하지 않았다. 그 자신이 이미 알고 있는 것을 스승이 말하도록 하기 위해 일부러 미완성의 것을 내놓았을 뿐이다. 또한 스승의 예술관이 자신의 예술관과 완전히 일치한다는 것을 비웃기 위한 것이기도 했다. 이때 예술관이라는 말에서 주의할 것은 예술관*인데, 그것은 작품의 이념을 관장하는 역할을 한다. 어떤 개별 작품의 이념이 아니라 작품 자체의 이념, 완결되고 조화롭고 객관적 실체인 형상 일반의 이념을 관장한다는 것이다. 작품의 완결성과 통일성, 유기적 조화를 관장함으로써 틈새를 메우고 구멍을 막으며, 흔히 말하는 '자연스러운 흐름'을 가능케 하는 그런 감독자의 역할이 원래부터 존재했던 것은 아니다. 따라서 그런 역할은 자연스럽지 못한 인공의 산물이며, 요컨대 창작이 이루어진 연후에야 마치 작품 자체가 원래부터 유기적 통일성을 타고난 듯한 인상을 만들어 내는 것이다. 그렇지만 하나의 예술 작품도 다양한 가상(假像)을 취할 수 있다. 이 논리를 더 밀고 가면, 개별 작품은 물론 '작품' 자체가 가상이라 할 수 있을 것이다. 모름지기 예술 작품은 만들어지는 것이 아니라 창조된 것이라고 믿게 하려는 속성이 있다. 마치 아테네 여신이 제우

---

* 일반적으로 예술관이라는 의미로 쓰이는 Kunst*anschauung*이라는 말이 예술적 '직관'을 강조하는 것과 달리, 여기서 작가가 예술'관'이라고 꼬집어 말하는 Kunst*verstand*는 예술을 '머리로 이해'한다거나 '정신적' 구성물로 본다는 어감이 강하다.

스의 머리에서 완전 무장을 한 채 태어난 것처럼 말이다. 그러나 그것은 눈속임일 뿐이다. 어떤 예술 작품도 그런 식으로 탄생하지는 않는다. 사실 예술 작품을 만드는 일은 노동, 가상을 추구하는 예술적 노동일 뿐이다. 그렇다면 문제는 우리의 의식과 인식과 진리를 판별하는 감수성이 오늘날의 수준에 도달한 상황에서도 과연 그런 유희가 허용될 수 있는가 하는 것이다. 다시 말해 우리가 사는 사회 현실이 극도로 불안하고 문제투성이고 조화를 상실한 터에 과연 예술 작품이 그 자체로 자족성을 지니고 완결된 조화를 구현할 수 있다고 떳떳이 말할 수 있는가, 이런 정신적 가능성이 과연 진지하게 고려될 수 있겠는가 하는 것이다. 그리고 모든 가상은, 아무리 아름다운 가상이라 할지라도, 아니 바로 그 아름다운 가상이야말로 오늘날에는 '거짓'이 되지 않았는가 하는 것이다.

솔직히 말해 이런 의문이 생기는 것은 아드리안과 교류하다 보니 나도 모르게 이런 식으로 의문을 제기하는 법을 배우게 되었다는 뜻이기도 하다. 그의 예리한 안목 또는, 이런 표현도 가능하다면, 날카로운 감성은 이런 문제에 부닥치면 추호도 타협하지 않았다. 나는 워낙 좋은 게 좋다고 생각하는 사람이기 때문에, 그가 대화 중에 그저 무심코 내뱉은 말에서도 번득이는 통찰력은 나 같은 사람이 도저히 따라갈 수도 없다. 그런데 그의 그런 통찰력은 나를 슬프게 했다. 내 기분이 상했기 때문이 아니라, 그를 생각하면 마음이 아팠기 때문이다. 그의 그런 모습에 내가 마음이 아프고 힘들고 불안했던 것은, 그의 삶이 위태로울 만큼 버거운 짐을 지고 있어서 오히려 재능을 마음껏 펼치는 데 장애가 되는 강박 관념에 시달리고 있다고 보았기 때문이다. 그가 이렇게 말하는 것을 들은 기억이 난다.

"예술 작품이라! 그건 속임수야. 보통 사람들이 아직도 그런 게 있겠거니 하고 바라는 어떤 것일 뿐이지. 예술 작품은 엄숙한 진실과는 상반되는 것이라고. 오직 순간적으로만 고도의 일관성을 표현하는 음악만이 진실하고 엄숙한 것이지……."

이런 말을 듣고서 어떻게 내가 걱정하지 않을 수 있었겠는가! 정작 그 자신이 창작의 영감에 고무되어 오페라를 구상하고 있다는 것도 뻔히 알고 있었는데 말이다! 그런가 하면 다음과 같이 말하는 것도 들은 적이 있다.

"오늘날 가상과 유희라는 것은 이미 예술의 양심에 어긋나고 있어. 예술은 더 이상 가상과 유희가 되기를 거부하고, 인식이 되려 하지."

그렇다면 그가 내린 정의에 부합하지 않는 작품은 뭐란 말인가? 그런 작품은 모조리 사라져야 한다는 말인가? 어떻게 인식이 곧 예술의 생명이란 말인가? 그가 할레에 있던 당시 크레추마어에게 보낸 편지가 생각났다. 편지에서 그는 평범하고 진부한 것이 음악에서 점점 더 세력을 확장하는 현상에 대해 언급했다. 그래도 크레추마어는 조금도 동요하지 않고 제자의 예술적 사명감을 신뢰했다. 그러나 예술 본래의 가상과 유희에 대한 반론, 즉 형식 자체에 대한 이 새로운 반론은 예술에서 허용되지 않던 평범하고 진부한 것을 확장하는 것과 맞물려 있다고 해석될 여지가 있었다. 평범하고 진부한 것이 이제는 예술 전체를 질곡으로 몰아넣을 위기의 징조였던 것이다. 예술을 구제하려면 과연 얼마나 큰 긴장과 지적인 계략, 온갖 예술외적 수단과 아이러니가 필요한 것일까 하는 생각이 들자 걱정이 되었다. 설령 그렇게 해서 다시 예술의 본령을 되찾는다 하더라도 예술 본래의 순수성을 그런 식으로 희화하여 만들어진 작품은 결국 창작의 기본 전제가 되었던 인식, 즉 예술 본래의 순수성은 불가능하다는 인식의 재확인에 지나지 않을 것이기 때문이다.

나의 불쌍한 친구는 여기서 암시한 문제에 관해 어느 날 밤 누군가로부터 좀 더 자세한 설명을 들을 기회가 있었다고 했다. 그 소름 끼치는 조언자가 들려준 섬뜩한 이야기는 지금 기록으로 남아 있는데, 적당한 기회가 되면 그 기록을 공개할 생각이다.* 그 기록을 보면 내가 앞에서 아드리안의 말을 듣고 본능적으로 경악했던 이유가 분명히 밝혀질 것이다. 바로 앞에서 말한 '예술 본래의 순수성을 희화하는' 요소가 일찍부터 그의 작품에 얼마나 두드러지게 나타났던가! 음악의 최고 발전 수준에 도달한 그의 작품은 극도의 긴장을 거쳐 나온 것이면서도 '진부하고 평범한 것'을 전면에 부각하고 있었던 것이다. 물론 감상주의에 빠졌다거나 혹은 무작정 대중의 취향에 영합한다는 의미에서가 아니라 기교적인 원시주의를 추구한다는 의미에서 그렇다는 말이다. 혹은 소박성, 소박해 보이는 듯한 가상을 추구한다고도 할 수 있다. 스승인 크레추마어는 이 비범한 제자의 그런 성향을 그저 웃어 넘겼을 뿐이다. 확실히 크레추마어는 그런 성향을, 이런 표현을 써도 무방하다면, 일급의 소박성으로는 보지 않고 단순한 신기함이나 싸구려 취향에서 벗어나려는 도피의 시도로, 원시적인 것으로 되돌아가려는

---

* 25장에 삽입된 아드리안과 '그'의 대화를 말한다.

대담한 시도로 이해했던 것이다.

브렌타노의 시에 곡을 붙인 열세 편의 가곡 역시 그렇게 이해할 수 있다. 이 장을 끝내기 전에 나는 그 가곡들에 대해 한마디 언급해야겠다. 음악의 근본을 비웃는 동시에 예찬하는 듯한 그 곡들은 조성(調性)과 평균율 음계, 나아가 전통 음악 자체를 애도하는 동시에 비꼬는 듯한 효과를 자아낸다.

라이프치히에 머물던 시기에 아드리안이 가곡의 작곡에 열성을 쏟았던 것은, 음악과 언어의 서정적 결합이 곧 그가 마음먹고 있던 악극을 위한 준비 작업이라 여겼기 때문이다. 그것은 의심할 여지가 없는 사실이다. 그런 생각을 했던 것은 아마도 예술이 처해 있는 운명과 역사적 상황, 자율적인 예술 작품 등에 대해 그가 의구심을 품고 있었다는 사실과도 관계가 있는 듯했다. 그는 가상과 유희로서의 예술 형식에 회의를 느끼고 있었다. 그런 까닭에 가곡이라는 서정적 소품의 형식이 오히려 가장 승인할 만하고 진지하고 참된 것이라 생각했던 것이다. 가곡은 가능하면 짧은 형식을 요구하는 그의 이론에 아주 적절히 부합하는 듯했다. 그런 가곡은 상당수가 있는데, 최근의 것으로는 글자의 상징을 가진 「오, 귀여운 아가씨」, 좀 오래된 것으로는 「송가」, 「흥겨운 악사들」, 「목자와 사냥꾼」 등이 있고 그 밖에 제법 긴 것들도 있다. 아드리안은 언제나 그 가곡들 모두가 하나의 전체로, 즉 하나의 작품으로 간주되고 다루어지기를 원했다. 그 총체적 작품은 특정한 양식상의 구상과 단일한 기조를 바탕으로 매우 심오하고 숭고한 몽상을 담아내는 특정한 시 정신과 유기적으로 결합되어 형성된 것이었다. 또한 그는 결코 그 가곡들이 개별적으로 불리는 것을 용납하지 않았고 언제나 전체를 하나의 완결된 연작(連作)의 형태로 발표하기를 고집했다. 그 연작의 도입부는 다음과 같이 신비한 분위기를 자아내는 결행(結行)으로 끝나면서 이루 말할 수 없는 혼란을 유발한다.

오, 별과 꽃, 정신과 의상이여,
사랑이여, 고통과 시간과 영원이여!

그리고 그 연작의 다음과 같은 종결부는 음울한 분위기가 압도하면서 강렬한 인상을 준다.

내가 아는 단 하나의 인간,
그의 이름은 죽음이다.

아드리안은 이처럼 아주 엄격하게 연작 형태의 공연만 허용했기 때문에 그가 살아 있는 동안 그의 작품이 공연되기란 무척 힘들었다. 특히 이 가곡들 중의 하나인 「흥겨운 악사들」에는 다섯 명의 목소리가 등장하는데, 어머니와 딸, 두 형제, 그리고 '일찍이 다리를 다친' 꼬마 등이 각기 알토, 소프라노, 바리톤, 테너, 그리고 어린아이의 목소리를 내야 했다. 그래서 그들은 혹은 앙상블로 혹은 각자 따로 혹은 (두 형제의) 듀엣으로 전체 연작의 제4번에 해당되는 가곡을 불러야 했다. 이 가곡은 아드리안이 교향곡으로 편곡한 첫 번째 작품이었다. 더 정확히 말하면, 그는 이 가곡을 작곡하고 나서 얼마 되지 않아 현악기와 목관악기 및 타악기로 구성된 작은 교향곡으로 편곡했다. 실제로 이 가곡의 특이한 가사에는 피리, 탬버린, 종, 심벌즈, 그리고 바이올린의 흥겨운 트레몰로*가 숱하게 등장했다. 그런 악기들을 통해 슬픔에 잠긴 환상적인 한 무리의 악사들이 '아무도 우리를 보지 못하는' 밤중에 침실의 연인들, 술 취한 손님들, 외로운 소녀 등을 그들 나름의 방식으로 마술 속으로 끌어들이는 것이다. 이 작품의 정신과 분위기, 거리의 악사들이 벌이는 한바탕 소동, 사랑스럽고도 고뇌에 찬 분위기는 비할 데가 없는 것이었다. 그렇지만 열세 편의 가곡으로 구성된 연작 중에서 이 작품이 가장 빼어나다고 하기는 어렵다. 그 작품들 중 상당수는 음악에서 통용되는 의미에서 좀 더 내면적인 음악을 구현하고 있으며, 좀 더 심오한 경지를 구현하고 있는 것이다.

「뱀을 요리하는 할멈」**이라는 곡은 다른 노래들과는 사뭇 다르다. 이 곡에는 "마리아, 당신은 어느 방에 있었나요?"라는 구절이 나오고 "아, 슬퍼요! 너무나 슬퍼요, 성모 마리아여!"라는 구절이 일곱 번이나 되풀이되며, 도저히 믿을 수 없는 감정 이입의 기교로 독일 민요의 가장 친근하고도 불안하고 무시무시한 영역을 마법으로 불러낸다. 인식과 기지가 넘치고 진정성이 배어 있는 이 음악은 줄곧 고통스럽게 민속적인 분위기를 추구하고 있는 것이 사실이다. 하지만 그런 분위기는 여전히 구현되지 않고, 있는 듯하다가도 사라지는 식으로 산발적으로 나타나며, 정신적으로 그런 분위기와는 거리가 먼 음악

---

* 한 음 또는 화음을 떨듯이 빨리 반복하는 연주법 또는 그런 음.
** 원래는 브렌타노가 편찬한 독일 최초의 가요집 『소년의 마법 뿔피리』에 수록된 동요.

양식에 흡수되고 만다. 그러면서도 그런 낯선 양식 속에서 민속적 분위기를 연출하려고 애쓰는 것이다. 그것은 예술가다운 안목으로 매력을 선사한다. 단순한 것으로부터 세련된 정신으로 성장해 가는 자연스러운 발전 과정을 뒤집는 역설적 문화를 구현하고 있는 것이다. 다시 말해 이 곡에서 세련된 정신적 요소는 원초적인 것의 역할을 수행함으로써 원초적인 것으로부터 단순한 것이 힘겹게 형성되는 것이다.

> 별들의 거룩한
> 의미가 고요히
> 아득한 허공을 가로질러
> 내게로 나부껴 온다.

이것은 우주 공간 속으로 흩어져 사라진 듯한 소리이다. 또 다른 작품에서 신성한 기운으로 가득한 우주에서는 정령들이 황금의 조각배를 타고 하늘의 바다를 항해하면서 찬란한 노래를 부르는데, 그 곡조는 나직이 가라앉았다가 다시 솟구쳐 오르는 식으로 이어진다.

> 만물은 정다운 호감으로 서로 결합되어 있고,
> 서로 위로하며 슬픔을 나누는 손길을 건네니,
> 별빛은 밤의 어둠에 감싸여 있고,
> 만물은 영원히 내밀하게 연결되어 있네.

확실히 어떤 문학에서도 언어와 음악이 이처럼 절묘하게 어우러진 예는 드물다. 여기서 음악은 자기 자신에 주목하면서 자신의 본질을 직관하고 있다. 이처럼 소리들이 서로 슬픔을 나누며 위안의 손길을 건네는 것, 만물이 이처럼 서로 친근하게 얽히고 결합되는 것, 이것이 곧 음악이며 아드리안 레버퀸은 그런 음악의 젊은 대가인 것이다.

크레추마어는 라이프치히를 떠나 뤼베크 시립 악단의 수석 지휘자로 가기 전에 브렌타노 가곡의 악보 출판을 주선해 주었다. 마인츠의 쇼트 씨가 출판을 위탁받았다. 다시 말해 아드리안은 나와 크레추마어(우리는 함께 이 일에 가담했다.)의 도움으로 출판 비용을 부담하고, 판권을 갖게 되었고 위탁인에게는 판매 수익의 20퍼센트를 배당하기로 했다. 그는 피아노 발췌곡을 엄선하여 검토했고, 악보 용지로는 여백이 많은 무광택 4절판을 요구하여 음표들이 너무 다닥다닥 붙지 않게 했다. 또한 이 악보를 연주할 때는 반드시 작곡가의 동의하에 열세 곡 전체를 발표해야 한다는 규정을 악보에 기입할 것을 요구했다. 이 때문에 그는 요구가 너무 많다는 핀잔을 듣게 되었으며, 그렇지 않아도 음악의 대담성으로 인해 이 노래들의 공연이 쉽지 않은 터에 공연을 더욱 어렵게 하는 데 일조했다. 그 곡은 1922년에 취리히 음악당에서 초연되었다. 아드리안은 그 자리에 있지 않았지만 다행히 나는 참석했고, 지휘는 저명한 폴크마르 안드레이* 박사가 맡았다. 그 공연에서는 「흥겨운 악사들」 중에서 '일찍이 다리를 다친' 꼬마가 맡은 성부는 실제로 가엾게도 다리를 절며 목발에 의지해서 걷는 아이인 귀여운 야콥 네글리가

---

* Volkmar Andreae(1879~1962). 스위스의 작곡가이자 지휘자.

방울처럼 맑은 목소리로, 형언할 수 없이 심금을 울리는 목소리로 불렀다.

그 밖에 아주 부수적인 이야기를 하자면, 아드리안이 작곡의 기초 자료로 삼았던 클레멘스 브렌타노의 예쁜 초판 시집은 내가 선사한 것이다. 나는 이 멋진 책을 나움부르크에서 라이프치히로 그에게 가져다주었던 것이다. 물론 거기서 열세 편의 노래를 가려낸 것은 전적으로 그의 일이었으며, 나는 그 선별 작업에는 조금도 관여하지 않았다. 하지만 그가 뽑은 작품들 하나하나는 나의 소망과 기대에 부합했다고 말할 수 있다. 그러한 일치를 독자는 가당치 않는 선물이라고 생각할지도 모르겠다. 과연 나의 도덕성과 교양이 도대체 도처에서 유치한 민요 가락과 유령 같은 것이(낭만주의자들의 타락한 말장난은 아니더라도) 떠돌아다니는 이 작품들과 무슨 상관이 있단 말인가? 독자가 의문을 제기한다면 내가 그런 선물을 얻을 수 있었던 것은 음악 덕분이라고 대답할 수밖에 없다. 그 시들에는 능란한 손길로 살짝만 건드려도 금방 깨어날 것 같은 음악성이 깃들어 있었던 것이다.

22

1910년 가을, 그러니까 이미 내가 카이저스아셰른의 김나지움에서 학생들을 가르치기 시작하던 무렵, 라이프치히를 떠난 레버퀸은 역시 맨 먼저 고향인 부헬로 향했다. 곧 있을 누이동생의 결혼식에 참석하기 위해서였다. 결혼식에는 나의 부모님과 나도 초대를 받았다. 이제 스무 살인 우르줄라는 광학 기계 판매업자인 요하네스 슈나이데바인 폰 랑겐잘차와 결혼하게 되었다. 그녀는 에르푸르트 근방의 매력적인 소도시 잘차에 사는 한 여자 친구를 방문했을 때 이 훌륭한 남자를 알게 되었다. 신부보다 열두어 살 연상인 슈나이데바인은 스위스 태생으로, 베른 지방의 농사꾼 집안 출신이었다. 그는 고향에서 안경 연마술을 익혔지만 어떤 사정으로 독일 제국 영토 안으로 들어오게 되었고, 방금 말한 곳에서 안경알과 온갖 종류의 광학 기구를 취급하는 가게를 열어서 톡톡히 수입을 올리고 있었다. 그는 용모가 근사했고, 듣기 좋고 사려 깊으며 품위 있는, 본디 발음이 멋진 옛날식 독일어 표현이 남아 있는 스위스 말씨를 썼는데, 우르줄라 레버퀸은 벌써 그의 말투를 닮기 시작했다. 그녀 역시 그리 예쁘다고 할 수는 없어도 용모가 매력적이었다. 얼굴 생김새는 아버지를 닮았고, 몸가짐이나 그을린 피부색, 날씬한 몸매, 그리고 자연스러운 친절함 등은 어머니를 닮았다. 그리하여 두 사람은 한 쌍의 부부가 되었고, 사람들은 박수를 치며 이들에게서 시선을 뗄 줄 몰랐다. 1911년부터 1923년 사이에 그 부부는 네 자녀를 낳았다. 로자, 에체히엘, 라이문트, 네포무크, 네 명 모두 사랑스러운 아이들이었다. 그중에서도 특히 막내인 네포무크는 천사 같았다. 그 이야기는 나중에, 내 이야기의 거의 끝부분에 가서 다시 하기로 하겠다.

결혼식의 하객은 많지 않았다. 오버바일러의 성직자, 교사, 면장과 그들의 부인, 그리고 카이저스아셰른에서는 우리 차이트블롬 집안 사람들 외에는 아드리안의 숙부 니콜라우스만 참석했고, 엘스베트 부인의 친척으로 아폴다에서 온 부인, 아드리안과 친구 사이인 바이센펠스에서 온 친구 내외와 그 딸, 그밖에 농장주로 아드리안의 형인 게오르크와 루더 부인, 이들이 전부였다. 벤델 크레추마어는 뤼베크에서 축전을 보냈는데, 그 축전은 오찬이 진행되는 중에 부헬의 저택에 도착했다. 만찬까지 하는 잔치는 아니었고, 오전에 모여서 예식을 올릴 예정이었다. 마을의 교회에서 예식이 끝나자 아름다운 청동제 식기로 장식된 신부 집 식당에서 우리 모두를 위한 훌륭한 아침이 마련됐다. 그러고 나서 신혼부부는 곧장 토마스 영감을 따라 바이센펠스 정거장으로 갔다. 그곳에서 드레스덴으로 여행을 떠나기 위해서였다. 그러는 중에도 하객들은 루더 부인이 가져온 훌륭한 과일주를 즐기며 두어 시간을 더 머물렀다.

그날 오후에 아드리안과 나는 속칭 '쿠물데'라 불리는 연못 주변과 시온 동산으로 산책을 갔다. 우리는 내가 맡은 『사랑의 헛수고』의 대본을 정리하는 작업에 관해 의논할 것이 있었다. 이 문제에 대해서는 이미 대화와 편지를 통해 많은 이야기가 있어 온 터였다. 나는 아테네와 시라쿠스 등지에서 독일어로 번역된 각색 시나리오의 여러 부분을 그에게 보냈는데, 이 작업에서 나는 티크*와 헤르츠베르크**의 번역본을 참조했다. 그리고 간혹 축약이 필요한 경우에는 최대한 적절한 문체로 내 자신의 번역도 집어넣었다. 말하자면 나는 적어도 독일어로 된 오페라 각본이 나와야 한다는 입장을 굽히지 않았다. 그러나 아드리안은 여전히 영어로 된 오페라를 작곡하겠다는 고집을 버리지 않고 있었다.

아드리안은 결혼식 하객들을 피해서 야외로 나온 것을 기뻐하는 기색이 역력했다. 그늘진 눈매로 봐서 두통에 시달리고 있다는 것을 알 수 있었다. 특이하게도 교회와 식당에서 그의 아버지한테서도 같은 증세가 나타났다. 이 신경과민 증세는 축제 같은 때에, 다시 말해 감격하거나 흥분하는 상태에서 나타난다는 것을 알 수 있었다. 아버지의 경우도 마찬가지였다. 아들의 경우에는 다분히 심리적인 요인이 더 컸다. 즉, 그는 한 여성의 처녀성을 바치는 이 잔치에 거부감을 느끼며 마지못해 참석했던 것이다. 게다가 문제의 여인은 그의 누이동생이었다.

---

* Ludwig Tieck(1773~1853). 독일 낭만주의 작가.
** Wilhelm Hertzberg(1813~1879). 독일의 어문학자이자 번역가.

적어도 그는 이 잔치를 소박하고 고상하고 간소하게, 그의 표현을 빌리면 '무도회 같은 허례허식'을 생략하는 방식으로 치르는 데 동조하는 의사를 내비침으로써 불쾌감을 감췄다. 그는 모든 일이 해가 저물기 전에 끝났고, 나이 든 목사의 혼례 설교가 간단했으며, 식탁에서도 장황한 연설이 없었고, 아니 다행히도 연설 따위는 전혀 없었다는 것이 잘된 일이라고 했다. 면사포나, 순결을 상징하는 하얀 드레스, 공단으로 만들어진 예식용 신발도 없었더라면 더 좋았을 거라고 했다. 이제부터 누이동생 우르줄라의 남편이 될 결혼 상대의 인상에 대해서는 아주 좋게 말했다.

"눈매가 좋고, 혈통도 좋고, 당당하고, 말쑥하고, 흠잡을 데 없는 남자야. 그 애한테 구혼을 하고 그 애를 바라보면서 탐낼 만한 자격이 있어. 우리 신학생들이 말하듯이 기독교인의 아내로서 말이야. 기독교적인 결혼식의 성사(聖事)를 거행함으로써 악마한테서 육체적 결합의 권리를 빼앗았다는 것에 정당한 자부심을 갖고서 말이지. 본래는 죄악에 찬 행위를 '기독교적'이라는 말만 붙여서 신성불가침의 명목으로 만들 수 있다는 게 정말 우스꽝스러워. 그런다고 달라질 게 뭐야. 본래 사악한 행위를, 성적인 행위를, 기독교적인 결혼식을 통해 길들인다는 것은 약삭빠른 궁여지책이라고 해야겠지."

"그런 말은 듣기 거북해. 자네가 인간 본성을 사악한 것으로 몰아가다니. 인본주의 입장에서는 예나 지금이나 그런 것을 생명의 근원에 대한 모독이라고 보지."

내가 대꾸했다.

"이봐, 굳이 모독이라고 할 것도 없다니까."

내가 침착하게 대답했다.

"그렇게 되면 사람이 조물주의 창조물을 부정하는 결과가 돼. 허무를 변호하는 셈이 되지. 악마를 믿는 자는 이미 악마의 수중에 있는 법이야."

그는 짤막한 웃음을 터뜨렸다.

"이 사람아, 농담도 못 하나! 나는 신학도의 입장에서 말했을 뿐이야. 다시 말해 '신학도'처럼 말하지 않을 수 없었을 뿐이라고."

나 역시 웃으며 말했다.

"그만하면 됐네! 자네는 농담을 진담보다 더 진지하게 말하는군그래."

우리는 시온 동산 위의 은행나무 아래에 있는 벤치에 앉아서 가을날 오후의 햇살을 받으며 이런 대화를 나누었다. 사실 나 자신도 당시에 벌써 결혼 상대를 찾아 놓은 터였다. 물론 내 편에서 확실한 준비가 될 때까지는 결혼식이나 공개적인 약혼도 아직은 더 미루어야 했다. 나는 헬레네와 나의 결심에 관해 말하고 싶었다. 하지만 그의 생각은 나의 마음을 홀가분하게 해 주지 못했다. 그가 다시 이야기를 시작했다.

"그리고 한 몸이 되어야 한다는 것은 기이한 축복이 아닌가? 슈뢰더 목사님이 '몸을 섞는다.'라는 표현을 썼기에 인용하는 걸세. 신혼부부 앞에서 그런 말을 하니까 좀 듣기 거북하더군. 물론 분명히 선의에서 우러나온 말이었고, 내가 '길들인다.'라고 한 것과 같은 뜻이긴 했지만 말이야. 그렇게 해서 죄와 관능적 욕망과 사악한 쾌락의 요소가 결혼에서 말끔히 사라지길 바라는 것이지. 쾌락이란 두 몸뚱이에서 생기지, 한 몸뚱이에서 생기진 않아. 그렇게 생각하면 한 몸이 되어야 한다는 것은 듣기 좋은 난센스일 뿐이야. 다른 한편으로 생각하면 한 몸이 다른 몸을 탐낸다는 것은 정말 놀라운 일이지. 정말 굉장한 사건이야. 사랑에서 전적으로 예외적인 현상이지. 물론 관능과 사랑을 구분하는 것은 불가능해. 사람들은 거꾸로 관능에서 사랑의 요소를 발견함으로써 관능적 사랑이라는 비난을 가장 잘 막아 내지. 타인의 몸을 탐낸다는 것은 그렇지 않아도 원래 존재하는 거부감을 극복하기 위한 것이야. 너와 내가 서로 다르고 타인과 자신이 서로 다른 낯설음 때문에 생기는 거부감 말일세. 기독교적인 의미에서 육체라는 것은, 정상적인 상태에서는, 오직 자기 자신에 대해서만 거부감이 없는 법이지. 다른 사람의 육체와는 아무 관계도 맺으려 하지 않는 거야. 갑자기 다른 육체가 욕망과 쾌락의 대상으로 바뀌면 너와 나의 관계가 변하지. '관능'이 공허한 단어가 되는 방식으로 말이야. 사랑이라는 개념이 없으면 제대로 돌아갈 수 없는 거야. 정신적인 요소는 전혀 작용하지 않는데도 말일세. 물론 모든 관능적인 행위는 부드러움을 의미하고, 받으면서 주는 것이고, 기쁨을 줌으로써 얻는 것이며, 사랑을 입증하는 것이긴 하지. 하지만 사랑하는 사람들이 서로 '한 몸'이 된 적은 결코 없어. 한 몸이 되라는 처방은 결혼 생활에서 쾌락과 더불어 사랑마저 빼앗아 버릴 걸세."

이런 말을 듣고 나는 깜짝 놀라서 당황했다. 그리고 그를 똑바로 보지 않으려고 애썼지만 자꾸만 보고 싶은 유혹을 느꼈다. 그가 성적인 문제를 이야기할 때 내 느낌이 어떠했는가를 나는 앞에서 암시한 바 있다. 그러나 이 친구가 이렇게 정신없이 열변을 토한 적은 없었고, 그의 말투 속에는 그 자신과 듣는 사람한테 뭔가를 숨기는 듯한 어색한 기미가 느껴졌다. 그가 편두통 때문에 눈매가 흐린 상태에서 이 모든 이야기를 했다는 생각이 들자 나는 불안했다. 그러면서도 그가 한 말의 내용에는 전적으로 공감했다. 나는 되도록 쾌활하게 말했다.

"굉장한 웅변이야! 정말 너무나 당당하고 지당한 말이야. 그래, 자넨 악마와 아무 관계도 없어. 그런데 자넨 방금 신학도라기보다는 인본주의자의 입장에서 말했다는 걸 알고 있나?"

그가 대꾸했다.

"심리학자로서 말했다고 해 두지. 그쪽이 중립적인 위치에 있으니까. 그렇지만 심리학자들이야말로 누구보다 진리를 사랑하는 사람들이라고 믿네."

내가 다른 이야기를 꺼냈다.

"그럼 이러면 어떨까? 우리 어디 한번 아주 소박하게 평범한 개인사를 이야기해 볼까? 자네한테 알려 줄 말이 있어. 나는 결심을 했는데……."

나는 내가 마음먹고 있던 바를 그에게 말했다. 헬레네에 관해서, 내가 어떻게 그녀를 알게 되었으며, 우리가 어떻게 만나게 되었는가를 설명했다. 이 일로 내가 진심으로 그의 축하를 받을 수 있게 된다면 우선 내 결혼식에서 '무도회 같은 허례허식'에 참석하는 것은 면제해 주겠다고 말했다.

그러자 그는 무척 흥분했다.

"굉장해!" 그가 외쳤다. "이봐, 자네가 결혼을 할 생각이란 말이지! 너무 멋진 생각이야! 이런 일은 늘 사람을 놀라게 하거든. 따지고 보면 놀랄 일도 아닌데 말이야. 축하하네! 정말 결혼을 한다면, 만약 그때 팡파르가 울리지 않으면 내 목을 매달아도 좋아!"*

나는 친구가 인용한 것과 같은 장면의 대사를 인용해서 응수했다.

"어디 계속해 봐. 정말 느끼하게 말하는군. 만일 자네가 그 아가씨가 어떤 사람인지 알고 또한 우리가 어떤 마음으로 결합하는지 안다면 내 결혼에 대해 조금도 걱정할 필요가 없을 걸세. 오히려 그 반대로 모든 것은 안정과 평화, 흔들리지 않는 행복의 토대를 마련하기 위한 배려라는 것을 알게 될 거야."

"그 점은 염려하지 않네. 자네가 결혼해서 잘 살 거라는 것도 의심하지 않아."

한순간 그는 내 손을 잡고 싶은 충동을 느낀 듯했다. 그러나 멈칫하고 말았다. 잠시 대화가 중단되었다가 귀가하는 길에는 다시 원래 이야기하려던 중심 문제인 오페라의 계획으로 화제를 옮겼다. 그러니까 문제가 된 것은 우리가 바로 앞에서 농담으로 주고받았던 제4막의 그 장면이었는데, 그 부분은 내가 어떤 일이 있어도 삭제하자고 주장한 장면들 중의 하나였다. 그 장면을 달리 표현할 말을 찾는 일이 쉽지 않았던 데다가, 희곡 이론으로 따져 보아도 꼭 들어가야 할 장면은 아니었기 때문이다. 어쨌든 원작의 축약은 불가피했다. 한 편의 오페라가 네 시간이나 계속될 수는 없는 일이었다. 예나 지금이나 이것은 「명가수(名歌手)」**에 대한 주된 반론이다. 그러나 아

---

* 『사랑의 헛수고』에 나오는 대사.
** 바그너의 오페라 「뉘른베르크의 명가수」.

드리안은 바로 로절라인과 보예트*가 들려주는 '옛말', 즉 "그대는 알아맞히지 못해. 어디 맞혀 봐, 맞혀 보라고." 하는 등의 구절을 서곡의 대위법에 차용할 생각인 듯했고, 대체로 어떤 에피소드도 놓치지 않고 오페라에 포함하려고 했다. 내가 그를 보면 크레추마어가 말했던 바이셀처럼 온 세상의 절반을 음악에 편입시키려는 소박한 열성이 생각난다고 말하자, 그는 피식 웃고 말았다. 대체로 그는 자기가 누구와 비교되어서 난처한 입장이 되는 것을 싫어했다. 크레추마어가 음악의 새로운 영역을 개척한 괴짜 입법자라고 익살스럽게 높이 평가받는 것을 처음 듣자마자 아드리안은 그런 평판이 늘 마음에 걸렸다고 했다. 이상한 이야기 같지만 아드리안은 크레추마어를 생각에서 완전히 지울 수 없었고, 요즘에는 더 자주 생각하게 된다는 것이었다. 그가 말했다.

"한번 생각해 보게나. 주인 음과 하인 음을 설정한 그의 독단적이고 유치한 장난을 당시 내가 얼마나 옹호했던가. 자넨 머릿속에서 지어낸 황당한 발상이라고 비난했지. 그의 발상에서 본능적으로 내 마음에 들었던 것, 그것 자체가 본능적인 어떤 것, 즉 음악의 정신과 소박하게 부합하는 어떤 것이었어. 말하자면 그의 생각이 우스꽝스러운 방식으로 암시했던 것은 엄격한 악절을 구성하려는 의지였지. 좀 덜 유치하게 다른 차원에서 그런 생각에 접근했더라면 하는 아쉬움은 있지만, 오늘날에는 그런 생각을 하는 사람이 꼭 필요해. 당시 그를 추종한 어린 양들에게 그가 꼭 필요한 존재였던 것처럼. 우리는 어떤

*『사랑의 헛수고』에 나오는 인물들.

체계의 주인을, 객관성과 조직력을 갖춘 교사를 필요로 해. 옛것의 재현과 의고적인 것을 혁명적인 것과 결합할 만큼 독창적인 사람 말이야. 그래야만 하는데……." 그는 웃고 말았다.

"내가 어느새 쉴트크납처럼 말하다니. 그래야만 하다니! 까짓 거 못할 게 뭐가 있어!"

내가 그의 말에 끼어들었다.

"자네가 방금 말한 것, 의고적이면서도 혁명적인 것은 독일적인 냄새를 물씬 풍기는군."

그가 대꾸했다.

"내 생각에는 자네가 그런 말을 하는 것은 칭찬이 아니라 비판인 것 같아. 하지만 달리 보면 독일적이라는 말은 때때로 꼭 필요한 어떤 것을 표현할 수도 있을 거야. 그러니까 관습이 파괴되고 모든 객관적 구속력이 와해된 시대, 요컨대 자유의 시대에 치료를 약속해 주는 어떤 것을 표현할 수도 있지 않을까? 예술적 재능은 그런 자유를 단물처럼 빨아먹다가 결국 앙상한 불모성을 드러내고 말지."

나는 이 말에 깜짝 놀랐다. 뭐라고 꼬집어 말하기는 힘들었지만, 아무튼 그가 이런 말을 한다는 것은 그의 신상과 관련해 불길한 느낌이 들었다. 그에게 불안한 심정과 뭔가를 섬기는 듯한 태도가 독특하게 뒤섞여 있다는 느낌이 들었던 것이다. 그런 느낌이 들었던 까닭은 그가 창조성의 마비와 장애를 위협으로 느끼면서도 동시에 그런 상태를 오히려 긍정적이고 자랑스러운 것으로, 고매하고 순수한 정신성과 관련지어 생각할 수 있었기 때문이다.

내가 말했다.

"혹시라도 자유의 결과로 불모성이 초래되는 사태가 벌어진
다면, 그것은 비극적인 사태라 할 수 있네. 자유를 바탕으로
창조적인 힘을 마음껏 펼칠 희망도 있지 않은가!"

"맞는 말이야. 멋모르고 자유에 대한 기대에 들떠 있을 때
는 얼마 동안은 자유가 기대를 충족해 주지. 하지만 주관성이
문제 될 때 자유란 다른 말이 되지. 주관성은 어느 날 갑자기,
자기 자신을 더 이상 지탱하지 못할 때가 있으니까. 주관성은
언젠가는 스스로의 힘으로 창조적일 수 있는 가능성을 회의하
게 되고, 객관적인 것에서 보호와 안전을 찾게 되거든. 자유란
언제나 변증법적으로 역전되는 경향이 있어. 자유는 구속을
통해 오히려 자신을 인식하고, 법칙과 규칙, 강제와 체계에 종
속됨으로써 충족되지. 충족된다고 해서 자유의 상태가 종료된
다는 뜻은 아니야."

내가 웃으며 말했다.

"자네 생각대로라면, 스스로 자유롭다고 인식하는 만큼은
자유롭다는 뜻이겠군! 하지만 그렇게 되면 실제로는 더 이상
자유가 아니야. 혁명을 통해 탄생한 독재가 자유가 아닌 것과
같은 이치지."

"정말 그렇게 생각하나?"

그가 묻고는 말을 이었다.

"그렇지만 그건 정치에서나 통하는 말이지. 어떻든 예술에
서는 주관적인 것과 객관적인 것이 서로 불가분으로 얽혀 있
어. 전자는 후자에서 생겨나서 후자의 특성을 갖게 되지. 주관
적인 것이 객관적인 것으로 바뀌기도 하고, 독창성과 결합되면
다시 자발성을 일깨우기도 한단 말이야. 흔히 말하듯 '역동적

인' 관계지. 어느 순간 갑자기 주관적인 것이 제 목소리를 내거든. 오늘날에는 파괴되고 없는 음악적 관습이라는 것도 어느 시대에나 그렇게 객관적인 강제성을 지녔던 것은 아니야. 음악적 관습 역시 생생한 경험들이 고정된 것이고, 그런 형태로 오랫동안 매우 중요한 과제, 즉 조직화의 과제를 수행해 왔지. 조직화가 가장 중요해. 조직화가 없으면 아무것도 존재할 수 없어. 적어도 예술은 존재할 수 없지. 그런데 이 조직화의 과제를 맡은 것이 바로 미학적인 주관성이었어. 주관성은 스스로의 힘으로, 자유롭게, 작품을 조직하는 책임을 수행했지."

"자네는 베토벤을 염두에 두고 있군."

"그래, 베토벤이야. 그의 작곡 원리를 염두에 두고 있어. 당당한 주관성이 음악적 구성과 악상의 발전을 가능하게 해 주는 원리 말일세. 발전부는 원래 소나타의 작은 일부였어. 주관성을 역동적으로 발휘할 수 있는 작은 자유가 허용된 부분이었지. 발전부는 베토벤에 의해 비로소 보편적인 것으로, 형식 전체의 구심점이 되었지. 그 발전부의 형식은, 그것이 아직 관습으로 머물러 있는 경우에도, 주관적인 것에 흡수되어 자유의 형식으로 새롭게 태어나지. 그렇게 해서 고풍의 잔재도 새롭게 변주되어, 새로운 형식의 자생적 재창조 수단이 된단 말일세. 그런 변주를 통해 전개부가 소나타 전체로 확산되는 것이지. 브람스의 경우가 그렇지. 그의 작품에서 테마의 전개는 한층 더 전면적이고 포괄적으로 진행되지. 주관성이 객관성 안에서도 변질되지 않는 사례가 바로 그의 경우야! 그에게 음악은 모든 관습적인 장식과 공식, 온갖 잔재를 벗어 던지고 매 순간 소위 작품의 통일성을 새롭게, 자유롭게 조직하는 것이라네. 그러나 바로 그렇게 함으로써 자유는 모든 면에서 절제의 원칙이 되지. 이 절제의 원칙은 음악에서 그 어떤 우연도 허락하지 않으면서 동일한 소재들을 가지고 엄청난 다양성을 발전시킨다네. 언제나 똑같은 것으로부터 도출되지 않은 것이 없고 주제에서 벗어나는 것이 전혀 없기 때문에 자유로운 악곡이라 하기 힘들 정도지……."

"그렇다고 예전과 같은 의미로 엄격한 악곡이라 할 수도 없잖아."

"옛것이든 새것이든 간에 내가 이해하는 엄격한 악곡이 어떤 것인지 말해 보겠네. 내가 말하려는 것은 모든 차원의 음악을 완전히 통합하고 완벽하게 조직해서 상이한 차원들 사이의 차이가 느껴지지 않는 상태야."

"그런 상태를 어떻게 실현하지?"

그러자 그가 되물었다.

"자네는 내가 과연 어떤 작품에서 엄격한 악곡에 가장 근접했다고 생각하나?"

나는 대답하는 대신 그의 설명을 기다렸다.

그는 거의 알아듣기 힘들 정도로 나직하게, 머리가 아플 때의 버릇대로 이빨 사이로 새는 듯한 발음으로 말했다.

"브렌타노의 시에 곡을 붙인 돌림노래에서 한번 그랬던 적이 있지. 「오, 귀여운 아가씨」에서였어. 그 곡은 전적으로 하나의 기본 음상(音像)으로 이루어져 있지만, 일련의 음정들이 다양하게 변주되지. 기본이 되는 것은 다섯 개의 '나―마―가―마―올림마' 음이야. 선율과 화음은 이 기본음으로 제어되고 있어. 이렇게 제한된 숫자의 음으로 구성된 기본 동기에 의해 가능한 한도 내에서는. 그것은 마치 하나의 단어와도 같아. 암호로 이루어진 단어야. 그런 징표들은 노래의 도처에서 발견되기 때문에 전체적으로만 규정될 수 있어. 하지만 그 암호의 단어는 극히 짧아서 그 자체로는 거의 유동성이 없지. 그것이 제공하는 음역은 아주 협소해. 그것을 출발점으로 해서 반음으로 조율된 12음계로 더 큰 단어들을 만들어야 했는데, 열두 개의 알파벳으로 이뤄진 단어, 12음계의 반음들의 특정한 조합과 상호연관성을 통해 다시 소악절과 개별 악장, 혹은 여러 악장으로 구성된 작품 전체를 엄격하게 유도해야만 하지. 선율과 화음의 모든 측면에서 곡 전체에 등장하는 각각의 음들은 미리 규정된 일련의 동기와 관계를 맺고 있어야만 해. 다른 모든 음들이 나타나기 전에는 어떤 음도 반복되어서는 안 돼. 모든 음은 전체 구조 안에서 동기로서의 기능을 완수해야만 해. 자유로운 음이란 있을 수 없어. 그것이 내가 말하는 엄격한 양식이야."

"놀라운 생각이군. 그만하면 철저하게 합리적인 조직화라해도 무방하겠는걸. 그렇게 해서 비상한 완결성과 통일성, 일종의 천문학적인 법칙성과 엄밀성이 획득되는 것이군. 그런데 내 생각에는 그런 식으로 일련의 음정들이 변함없이 줄곧 전개되면, 아무리 리듬에 변화를 주고 위치를 바꾸더라도 불가피하게 음악이 궁핍해지고 정체 현상을 빚을 것 같네."

"그럴지도 모르지."

그는 그 정도는 이미 생각하고 있었다는 듯이 득의의 웃음을 지으며 대답했다. 그런 웃음은 그가 어머니를 닮았다는 인상을 강하게 주었지만, 내가 익히 보아 온 바로는 편두통의 압박에 시달리고 있다는 뜻이기도 했다.

"하지만 그렇게 간단한 것만도 아니야. 모든 변주의 기교들을, 인위적이라고 아주 나쁘게 평가받는 기교들까지도, 전체 체계 안에 수용해야만 해. 이를테면 한때는 소나타를 통제하기 위한 수단으로 유용했던 것까지도. 과연 무엇 때문에 내가 크레추마어 밑에서 그렇게 오랫동안 케케묵은 대위법이나 연습했는지, 또 그렇게 많은 오선지를 푸가의 전회형, 역행형, 전회형의 역행으로 가득 채웠는지 자문해 본다네. 그러니까 그 모든 연습이 이제 비로소 12음 언어를 풍성하게 변주하는 데 도움이 되는 것 같아. 음의 기본 배열을 달리하는 것 외에도 그런 연습은 쓸모가 있거든. 이를테면 각각의 음정을 역방향의 음정으로 대체하는 것이지. 마지막 음으로 첫 음정을 시작하고 첫 음으로 매듭을 짓고, 그렇게 하면 이 형식 자체 내에서 조바꿈을 하기란 훨씬 더 힘들게 되지. 이런 식으로 네 가지 선법(旋法)이 가능해. 그들 모두가 제각기 12반음 음계의 서로 다른 출발음을 바탕으로 음도(音度)를 옮길 수 있으므로 하나의 곡을 가지고 마흔여덟 가지의 다양한 음열이 가능한 셈이지. 그 밖에도 심심풀이로 얼마든지 다르게 변주할 수 있어. 이 중 혹은 삼중의 푸가 양식에 따라 하나의 곡에서 두 가지 혹은 그 이상의 음정이 출발 소재로 사용될 수 있어. 여기서 결정적으로 중요한 것은 어떤 음이든 예외 없이 원래의 음열 혹은 파생된 음열 안에서 독자적인 자릿값을 갖고 있다는 사실이야. 그것이야말로 내가 선율학과 화성학의 무차별성을 입증하는 것일세."

"그야말로 마방진인 셈이군. 그런데 사람들이 이 모든 것을 알아들을 수 있을 거라고 생각하나?"

"알아듣는다고? 복지 회관에서 있었던 강연을 기억하나? 당사 강연 중에 사람이 음악의 모든 것을 알아들을 수는 없다는 얘기가 나왔지? 만일 자네가 이해하고 있는 '듣는다.'라는 말이 가장 엄격한 질서, 천체도와 같은 우주적인 질서와 법칙성을 가능하게 하는 모든 수단들을 정확하게 낱낱이 듣는다는 뜻이라면, 당연히 그 모든 것을 들을 수는 없지. 하지만 전체적인 질서는 귀에 들어오겠지. 그건 가능해. 그 질서를 인지한다면 은근히 미적인 만족감을 누리게 되겠지."

"정말 이상하군. 자네의 설명을 듣다 보면 마치 작곡을 시작하기도 전에 이미 작곡이 진행되는 느낌이 들거든. 본격적인 작업이 시작될 즈음이면 이미 전체적인 소재의 배분과 구성은 끝난 셈이야. 다만 어떤 것이 본래적이냐가 문제지. 이처럼 소재를 준비하는 것은 변주를 통해 가능하고, 본래의 작곡이라 할 수 있는 변주 작업이 과연 독창적인가 하는 문제는 다시 소재의 문제로 소급될 수도 있으니까. 작곡가의 자유라는 것도 마찬가지의 문제겠지. 작곡가가 작품에 손을 대는 순간부터는 더 이상 자유롭지 못하게 된다는 말이군."

"하지만 스스로 만들어 낸 질서에 묶이는 셈이니까 자유롭다고 할 수 있지."

"물론 그래. 자유의 변증법이란 불가사의한 것이니까. 그렇지만 화음의 창조자인 작곡가는 더 이상 자유롭다고 할 수가 없을 걸세. 혹시 화음의 형성이 알 수 없는 우연에, 맹목적인 숙명에 내맡겨져 있지는 않을까?"

"차라리 별자리의 뜻에 맡겨져 있다는 표현이 낫겠어. 화음을 이루는 모든 음이 다성(多聲)으로 연출하는 품격은 별자리를 통해 보증될 거야. 불협화음이 해체의 위기를 극복한 역사적 성과들, 특히 후기 바그너에게서 이미 흔히 나타나는 불협화음의 절대화야말로 어떤 화음이든 정당화해 줄 걸세. 어떤 화음이든 체계의 구속을 벗어나 정당성을 가질 수 있다는 것이지."

"만일 뜻하지 않게 평범한 협화음, 이를테면 고리타분한 3도 화음이나 반음 낮춘 7도 화음이 만들어지면 어떻게 되지?"

"그렇게 되면 한때 폐기되었던 것을 되살리라는 것이 별자리의 뜻인 셈이지."

"그렇다면 자네가 구상하는 유토피아에는 과거의 것을 재현하는 요소가 있다는 말이군. 자네의 유토피아는 매우 급진적이긴 하지만 애초에 협화음을 써서는 안 된다는 금지 조항을 해제하는 셈이 아닌가. 과거의 형식을 변주한다는 것이 그런 징표야."

그러자 그가 대꾸했다.

"흥미진진한 삶의 현상들은 언제나 이처럼 과거와 미래의 이중 시각을 갖고 있어서, 미래를 향해 전진하는 동시에 과거를 불러내는 경향이 있지. 그렇게 해서 삶 자체의 양면성이 드러나는 거야."

"그건 지나친 일반화가 아닐까?"

"무엇을 일반화한다는 것이지?"

"우리 민족 특유의 친숙한 경험을 일반화하는 게 아닐까?"

"그런 엉뚱한 생각을 하다니! 자화자찬이라면 질색이네! 내가 말하고 싶은 것은 자네가 아무리 이의를 제기해도, 자네가 이의를 제기하는 뜻으로 그런 말을 했다면 말인데, 내가 일찍부터 품어 온 소망이 이루어지는 것을 막지는 못한다는 것일세. 내가 늘 하는 말이 있지 않은가. 질서를 부여하면서 파악하고 음악의 마적인 본성을 인간적 이성으로 용해하여 보자는 얘기 말이야."

"자네는 내가 인본주의자들을 존중한다는 사실을 물고 늘어지는군. 인간적 이성이라니! 게다가 자네는 툭 하면 '별자리'라는 말을 쓰는데, 미안하지만 그건 점성술에서나 쓰는 말이 아닌가. 자네가 추구하는 합리성에는 미신적인 요소가 많아. 이해할 수도 없고 마성적인 것, 운수 놀음, 카드놀이, 제비뽑기, 그리고 암호 해독에서나 쓰는 말이 아닌가. 오히려 그 반대로 자네가 말하는 체계라는 것은 인간적 이성을 마술 속으로 용해하기에 안성맞춤인 것 같네."

그는 손바닥을 머리의 관자놀이에 갖다 대면서 말했다.

"이성과 마술은 서로 상통하기도 하고, 사람들이 지혜니 비결이니 하는 것, 다시 말해 숫자나 별에 대한 믿음을 통해 하나가 되기도 하지."

나는 더 이상 대꾸하지 않았다. 그가 두통을 느끼고 있다는 것을 알았기 때문이다. 또한 그가 말한 모든 것은, 아무리 지혜롭고 고려할 만한 가치가 있는 말이라 해도, 그가 고통스러워하고 있다는 것을 은연중에 드러냈다. 그는 우리의 대화에 더 이상 몰입하는 것 같지 않았다. 계속 걸으면서 무심하게 한숨을 내쉬거나 콧노래를 부르는 모습이 그것을 말해 주고 있었다. 물론 나로서는 기분이 약간 상해서 속으로 이러면 안 되는데 하면서 조용히 생각에 잠겼다. 고통이 따르는 사고는 흔히 그 고통의 흔적을 드러낼 수 있지만, 그렇다고 그 가치가 손상되는 것은 아닐 것이라고 생각했다.

귀갓길에 우리는 별로 말이 없었다. 내가 기억하기에 우리는 '쿠물데'라 불리는 연못 근처에 잠시 머물렀던 것 같다. 우리는 숲길에서 한두 발자국 비켜서서 벌써 저물어 가는 햇살을 얼굴에 받으며 수면을 바라보았다. 물은 맑았다. 가장자리로 물이 얕은 곳은 바닥이 들여다보였다. 가장자리에서 조금만 더 들어가도 이미 바닥은 어둠 속으로 사라지고 말았다. 연못 한가운데는 수심이 매우 깊다는 것을 알 수 있었다.

"물이 차갑군."

머리를 내저으며 아드리안이 말했다.

"지금은 목욕을 하기에는 물이 너무 차가워."

잠시 후에도 그는 차갑다는 말을 되풀이했다. 이번에는 눈에 띌 정도로 몸을 움츠렸다. 그러고는 발길을 돌렸다.

나는 직업상의 의무 때문에 그날 저녁 때까지는 카이저스아셰른으로 돌아가야 했다. 아드리안은 새 거주지로 정한 뮌헨으로의 여행을 이삼 일 늦추었다. 그는 아버지와 작별의 악수를 했는데, 그것이 마지막 작별이 될 줄은 몰랐다. 또 그의 어머니가 그에게 키스를 하고, 그리고 언젠가 거실에서 크레추마어와 대화를 나눌 때처럼 그의 머리를 자신의 어깨에 기대게 했다. 그 모든 광경을 나는 지켜보았다. 그는 두 번 다시 어머니에게 돌아오지 못할 운명이었고, 훗날 그의 어머니가 그에게로 갔다.

23

"호두 알을 먹으려면 호두 껍데기를 깨야 하는 법." 그는 이런 식으로 쿰프 교수의 말투를 흉내 내는 구절이 적힌 편지를 나에게 보냈다. 여동생의 결혼식에서 만난 지 두 주 뒤에 바이에른의 주도(州都) 뮌헨에서 보낸 편지였다. 「사랑의 헛수고」의 작곡을 시작했다는 것을 알리며 나머지 원문의 각색을 서둘러 달라는 내용이었다. 그는 편지에서 전체 작품의 개관이 필요하고 다양한 음악적 맥락과 관련성을 파악하기 위해 이따금 작품의 뒷부분을 미리 보았으면 좋겠다고 알려 왔다.

그는 대학 근처의 람베르크 가에 살고 있었는데, 브레멘 출신인 시(市) 참의원 미망인 집에 하숙하고 있었다. 로데라는 이름의 여주인은 두 딸과 함께 새 집과 다름없는 단층집에 살고 있었다. 현관 바로 오른편에 있는 그의 방에서는 조용한 거리가 내다보였는데, 그는 깨끗하고 가정적인 분위기의 그 방을 마음에 들어했다. 그는 곧 책과 악보를 비롯한 짐을 정리했다.

왼쪽 벽에는 밤나무 액자에 끼운 동판화가 걸려 있었는데, 아무리 봐도 좀 황당한 느낌을 주는 장식품이었다. 한때 선풍적으로 유행했던 유파의 유물인 그 동판화는 피아노 앞에 앉은 자코모 마이에르베르*가 건반을 두드리며 영감이 가득한 눈빛으로 자기 오페라에 등장하는 인물들을 상상하는 광경을 묘사하고 있었다. 그럭저럭 지내는 동안에 이 그림은 젊은 하숙생의 눈에 과히 흉하지 않게 되었다. 게다가 파란색 단색으로 칠해졌고 여닫이 서랍이 달린 책상을 앞에 두고 등받이 의자에 앉아 있을 때는 그림을 등지고 있어 보이지도 않았기에 그는 그림을 그대로 두었다.

그의 방에는 지나간 날들을 떠올리게 하는 조그만 하모늄이 놓여 있어서 언제든지 사용할 수 있었다. 더구나 참의원 부인은 주로 정원 맞은편에 있는 후미진 방에 머물렀고, 두 딸 또한 오전에는 여간해서 모습을 드러내지 않았던 까닭에 아드리안은 응접실에 있는 그랜드피아노 역시 마음대로 쓸 수 있는 셈이었다. 그 피아노는 다소 낡긴 했지만 섬세한 음을 내는 베슈타인** 제품이었다. 누비천을 씌운 안락의자, 청동 촛대, 도금이 된 작은 격자 의자, 자수 비단을 덮개로 씌운 소파용 탁자, 갈라티아***가 바라다보이는 골든혼****을 묘사한, 호화로운 액자에 꽂힌 1850년대의 짙은 유화 등이 있었다. 요컨대 한때는

---

* Giacomo Myerbeer(1791~1864). 독일의 오페라 작곡가. 이탈리아 풍의 우아한 선율과 독일 화성법을 종합한 작품을 발표했다.
** 1853년 카를 베슈타인(Carl Bechstein)이 설립한 베를린의 피아노 명가.
*** 소아시아 중앙부를 차지하는 내륙 지방의 옛 이름.
**** 터키 보스포루스 해협에 위치한 만(灣).

풍족했던 중산층 집안의 유물임을 알 수 있는 물건들로 장식된 이 응접실은 가끔 저녁 때면 그리 많지 않은 사람들이 즐거운 모임을 갖는 장소였다. 아드리안도 처음에는 거부감을 느꼈지만 차츰 익숙하게 이 모임에 끼게 되었는데, 그러다가 급기야는 분위기에 따라 더러는 여주인의 아들 노릇도 겸하게 되었다. 거기에 모이는 사람들은 예술가나 예술가 지망생들이었다. 그들은 소위 점잖은 보헤미안들로서, 로데 부인의 기대를 충족할 만큼 예의범절을 알면서도 자유분방하고 흥겨운 사람들이었다. 부인이 브레멘에서 남독일의 이 도시로 이사한 데에는 그런 기대감도 작용했던 것이다.

그녀의 출신 배경은 용모에서 금방 드러났다. 검은 눈, 살짝 센 매력적인 갈색의 곱슬머리, 귀부인다운 태도, 상앗빛 피부, 선이 곱고 호감을 주는 얼굴의 그녀는 평생 동안 지체 높은 집안의 존경받는 일원으로 제 역할을 다했다. 또 일이 많고 책임이 무거운 주부의 역할도 해야 했다. 남편이 죽자(관복을 입은 그의 초상 역시 응접실을 장식하고 있었다.) 집안 형편이 몹시 기울었고, 지금까지 익숙했던 환경에서 누리던 지위를 지키기 힘들게 되었다. 그러자 지칠 줄 모르고 마냥 삶을 즐기고자 하는 내면의 욕구가 비로소 발산되기 시작했다. 사람들의 온기가 넘치는 곳에서 재미있게 여생을 보내고 싶었던 것이다. 그녀 스스로는 사교 모임을 주재하는 것이 딸들에게 득이 되게 하는 것이라고 생각하고 싶어 했다. 하지만 주된 목적은 자기 인생을 즐기고 모임에 오는 사람들이 자기를 받들어 주기를 바라는 데 있다는 사실은 금방 알아챌 수 있었다. 그녀는 도가 지나치지 않은 사소한 추문(醜聞)을 들려주면 가장 즐거워했다. 모임에 오는 사람들은 이 예술의 도시에서 통용되는 흥겨운 풍속과 술집 여자, 모델, 화가들에 관한 일화를 넌지시 들려주었던 것이다. 그러면 그녀는 입을 다문 채 매력적이고 관능적인 웃음을 큰 소리로 터뜨리곤 했다.

그녀의 딸인 이네스와 클라리사는 어머니의 그런 웃음이 못마땅해서 쌀쌀맞은 시선을 서로 주고받곤 했다. 장성한 자식들이 어머니의 본성에서 해소되지 못한 인간적 욕망에 대해 몹시 예민하게 반응하고 있다는 것을 알아차릴 수 있었다. 적어도 동생인 클라리사의 경우는 자기가 유복한 가정 환경에서 뿌리 뽑힌 존재라는 것을 의식하고 있었기 때문에 반발심을 공공연히 드러냈다. 그녀는 늘씬한 키에 금발이었고, 큰 얼굴은 하얗게 화장을 했으며, 아랫입술은 도톰했고 턱은 작은 편이었다. 그녀는 국립 궁정 극장의 감독 밑에서 연극배우 수업을 받고 있었다. 수레바퀴만 한 모자를 쓰고, 대담한 스타일로 금발을 길렀으며, 기이한 가죽 목도리를 두르는 것을 좋아했다. 이런 장신구들은 그녀의 당당한 외모와 잘 어울려서 현란해 보이지 않았다. 또 그녀는 황당하고 기괴한 장난을 즐겨해서 그녀를 아끼는 신사들의 흥을 돋우었다. 그녀는 이삭이라는 이름의 유황색 고양이를 기르고 있었는데, 교황이 서거하자 그 고양이의 꼬리에 검은 공단 리본을 묶어서 조의를 표하기도 했다. 그녀의 방에는 해골 그림이 곳곳에 널려 있었다. 정말로 하얀 치아가 박힌 실물 크기의 해골 표본도 있었고, 그런가 하면 무상함과 '치유'를 상징하는, 눈이 움푹 팬 청동제 서진(書鎭)이 2절판 책 위에 놓여 있기도 했다. 그 서진에는 그리스어로 히포크라테스라는 이름이 새겨져 있었다. 그 책은 속이 텅 비어 있었는데, 매끄러운 아랫면은 정교한 도구로 아주 조심스럽게 풀어야 하는 네 개의 작은 나사로 고정되어 있었다. 훗날 클라리사가 이 책 속에 숨겨 두었던 독약을 먹고 생을 마쳤을 때 로데 부인은 그 책을 유품으로 나에게 주었는데, 나는 아직도 그 책을 보관하고 있다.

언니인 이네스 역시 비극적인 행동으로 치닫게 될 성향이 농후했다. 그럼에도('그럼에도'라는 말이 과연 적절한지 모르겠지만) 그녀는 이 작은 가정을 지탱해 주는 어떤 요소를 대변하고 있었다. 그녀는 뿌리 뽑힌 상태, 남독일 특유의 분위기, 예술 도시, 보헤미안, 그리고 어머니가 주재하는 저녁 사교 모임 등에 저항하면서 살고 있었고, 옛것, 가부장적인 것, 엄격한 시민 정신, 품위를 강조하는 복고주의자였다. 그렇지만 이 보수주의는 그녀의 본성에 내재한 긴장과 위험을 억누르기 위한 방어 장치라는 인상을 주었다. 그러면서도 그녀는 내면의 긴장과 위험 요소가 지적 생활을 위해서는 중요하다고 여기고 있었다. 그녀는 클라리사보다 용모가 단아했는데, 조용하고도 단호한 태도로 어머니는 싫어하면서도 동생과는 사이좋게 지냈다. 갈색의 머리칼이 너무 치렁치렁해서 주체하기 힘들었던 탓인지 그녀는 머리를 비스듬히 앞으로 내민 자세로 목을 길게 빼고 입을 동그랗게 오므리며 미소를 짓곤 했다. 그녀의 콧등은 다소 휘었고 담청색 눈동자의 시선은 거의 눈꺼풀에 가려져 피곤하고 부드러우면서도 불안한 듯이 보였다. 총명함과 비애가 교차하는 시선이었지만, 장난기도 없지 않았다. 그녀는 정식 교육을 마치지 못했다. 궁정에서 관할하는 명문 학교인 카를스루에 여자 기숙 학교를 이 년 동안 다녔다. 그녀는 예술이나 학문에는 몰두하지 않았고, 오직 한 가정의 딸로서 마땅히 해야 할 일에 비중을 두었다. 그렇지만 독서를 많이 했고, 아주 공들인 필치의 편지도 곧잘 써서 '낙향'하여 집으로 돌아온 후에는 기숙 학교의 사감이나 옛 친구들한테 지난 시절을 회상하는 편지를 보내기도 했고, 남몰래 시를 쓰기도 했다. 어느 날 클라리사는 언니가 썼다는 시 한 편을 나에게 보여 주었다. 그것은 「광부」라는 제목의 시였다. 그 첫 연을 나는 지금도 생생하게 기억하고 있다. 바로 다음의 구절이다.

> 나는 영혼의 갱도에 들어간 광부
> 두려움 없이 조용히 어둠 속으로 내려가
> 고통으로 빚어진 보석이 수줍은 빛으로
> 밤의 어둠을 비추는 것을 본다네.

그다음부터는 잊어버렸다. 다만 마지막 행은 아직 내 기억에 남아 있다.

> 이제 다시는 행복을 향해 오르지 않으련다.

딸들에 대한 이야기는 이 정도로 해 두자. 어떻든 아드리안은 이들과 한 식구처럼 친한 사이가 되었다. 말하자면 그녀들은 모두 아드리안을 높이 평가했다. 그 영향으로 어머니도 그를 존중하긴 했지만 예술적 재능은 거의 알아보지 못했다. 이 집의 손님들 얘기를 하자면, 그들 중 몇 사람씩은 교대로 로데 부인의 저녁 식사에 초대되었는데, 식당에는 몇이서 앉기에는 너무 크고 근사한 참나무 식탁이 있었다. 여주인이 '우리 집 하숙생 레버퀸 박사'로 소개하여 아드리안도 그 자리에 합석했다. 또 다른 참석자로는 클라리사의 남녀 친구들이 있었는데, 9시나 그보다 늦게 와서 음악을 듣거나 차를 마시며 이런저런 이야기를 나누었다. 그중 한 남자 친구는 에르(R) 발음을 할 때 심하게 혀를 굴리는 버릇이 있는 팔팔한 젊은이였고, 아가씨 하나는 입심이 좋았다. 그 밖에 크뇌터리히 부부도 참석했다. 남편 콘라트 크뇌터리히는 용모로 보면 위로 땋아 올린 머리칼만 없을 뿐 수감비어 족이나 우비어 족 같은 고대 게르만 족을 연상케 하는 뮌헨 토박이였다. 그는 일정치 않은 예술 활동에 종사하고 있었다. 원래 화가였으나 악기를 좀 배운 풍월로 첼로 연주를 하곤 했는데, 솜씨가 매우 조잡하고 정확하지도 않았다. 그는 악기를 연주할 때면 매부리코를 실룩거리며 거칠게 숨을 쉬곤 했다. 그의 부인 나탈리아는 브루넷 혈통으로 귀고리를 하고 있었고, 짧게 땋은 고수머리가 뺨 위로 흘러내렸으며, 스페인 계의 이국적인 인상을 풍겼다. 그녀 역시 그림을 그렸다. 크라니히 박사라는 학자도 있었는데, 고전(古錢) 전문가로 조폐국 감사로 재직하고 있었다. 그는 말투가 명확하고 듣기 좋았지만, 목소리에 천식기가 있었다. 그 밖에도 분리파*에 속하는 화가가 둘 있었는데, 서로 친구 사이인 레오 칭크와 밥티스트 슈펭글러가 그들이었다. 레오 칭크는 오스트리아의 보첸 지방 출신으로 사교적인 재담에 능하고 다른 사람의 비위를 잘 맞추는 어릿광대였다. 가령 자기 코가 지나치게

---

* 바이에른 왕국이 독일 제국에서 분리, 독립해야 한다고 주장하는 집단.

길쭉하다는 것을 늘어지는 말투로 한참 동안 비꼬며 자기 자신을 웃음거리로 만들기도 했다. 다소 호색한 과인 그는 미간을 모으고 두 눈을 동그랗게 떠서 우스꽝스러운 눈길로 여성들을 쳐다보며 그네들을 웃기려 했는데, 이런 식으로 시작하면 언제나 여성들의 호감을 사는 데 성공했다. 중부 독일 출신의 슈펭글러는 금발의 콧수염을 덥수룩하게 길렀고, 매사에 회의적인 속물이었다. 재산이 넉넉해 무위도식하며 지내는 그는 우울증이 있고 독서를 많이 했으며, 대화를 할 때는 늘 미소를 지으며 줄곧 눈을 깜박거리는 버릇이 있었다. 이네스 로데는 그를 몹시 못마땅하게 여겼는데, 어느 정도로 싫어하는지 말은 하지 않았지만 아드리안한테는 그가 음흉하고 뒤가 구린 사람이라고 했다. 그러나 아드리안은 슈펭글러가 자신에게 정신적 위안이 된다고 고백하면서 즐겨 그와 대화를 나누곤 했다. 하지만 좀처럼 마음을 열어 보이지 않는 아드리안과 친해지려고 애쓰는 또 다른 손님한테는 시큰둥한 반응을 보였다.

그 손님이란 루돌프 슈베르트페거였다. 그는 재능 있는 젊은 바이올린 연주자로 차펜스퇴서 교향악단 단원이었다. 이 교향악단은 궁정 악단과 더불어 이 도시의 음악 활동에서 중요한 몫을 하고 있었는데, 그는 이 악단의 수석 바이올리니스트였다. 드레스덴 태생이긴 하지만 혈통상 북독일에 가까운 그는 금발에 용모가 단정하고 키가 중간 정도 되었으며 작센 문화의 매력적인 세련미를 갖추고 있었다. 그는 워낙 호인인 데다가 남의 환심을 사려는 욕심도 많았던 까닭에 열심히 살롱을 드나들었다. 즉, 그는 한가한 저녁마다 적어도 한 사람, 대개는 두세 사람과 한패가 되어 시간을 보냈고, 젊은 아가씨든 중년 부인이든 개의치 않고 여성들과 시시덕거렸다. 그는 레오 칭크와는 냉랭한 사이여서 이따금 난처한 상황이 벌어질 때도 있었다. 나는 인기 있는 사람들이 서로를 좋아하지 않는다는 것과, 그 점은 매력적인 남자들이나 아름다운 여자들이나 마찬가지라는 사실을 종종 느낄 수 있었다. 나는 슈베르트페거에게 어떤 반감도 갖고 있지 않았다. 오히려 그를 좋아하는 편이었다. 그의 비극적인 요절은 아직까지 소름이 끼칠 정도로 내 영혼을 깊이 뒤흔들어 놓았다. 마치 어린애 같은 태도로 한쪽 어깨를 들썩이며 옷매무새를 반듯하게 가다듬고 한쪽 입 언저리를 아래로 찡그리던 그의 모습이 아직도 눈에 선하다. 그 밖에도 그는 순진한 태도를 보여 주었다. 대화를 할 때는 격분한 듯이 긴장하면서 상대방을 빤히 쳐다보았고, 동시에 새파란 눈은 상대방의 눈을 번갈아 바라보면서 상대방의 얼굴을 문자 그대로 훑고 다녔다. 또한 그의 입술은 위로 치켜 올라가 있었다. 그는 재능이 있는 데다가 좋은 성품을 두루 갖추고 있었다. 사람들은 그의 재능 역시 그의 매력 가운데 하나로 여겼다. 호방하고 예의 바르고 편견이 없고, 예술가답게 금전 문제에 초연했다. 요컨대 그에게는 어떤 순수함이 있었다. 그것은 어쩐지 불도그나 몹스*처럼 생기긴 했지만 젊은이다운 매력을 지닌 얼굴에서, 거듭 말하지만 강철처럼 파란 아름다운 눈에서 뿜어내는 순수함이기도 했다. 그런 점에서 그는 개성 있는 인상을 주었다.

그는 종종 여주인과 함께 연주를 하기도 했는데, 그녀 역시

---

* 퍼그(pug)의 독일식 종명.

그런 대로 피아노를 칠 줄 알았던 것이다. 물론 이것은 크뇌터리히의 영역을 침범하는 행위였다. 그는 첼로를 연주하고 싶어했다. 그러나 좌중은 루돌프의 연주를 더 고대하고 있었다. 그의 연주는 깔끔하고 세련되었고 크게 울리는 대신 감미로운 소리를 냈으며, 연주 기교도 상당했다. 우리는 그가 비발디, 비외탕*과 슈포어**의 어떤 작품들, 그리그***의 다단조 소나타, 크로이처 소나타****, 그리고 세자르 프랑크*****의 작품들을 나무랄 데 없이 연주하는 것을 가끔 들었다. 그러면서도 그는 소박한 감수성을 지닌 사람으로 문학은 제대로 접해 보지 못한 처지였으나 높은 지적 수준에 도달한 사람들에게 호감을 사려고 애썼다. 허영심 때문이기도 했지만, 그는 그런 사람들과의 교제에 진정한 가치를 부여했고 그런 교제를 통해 자신을 향상하고 완성하기를 바랐기 때문이기도 하다. 그는 곧 아드리안에게 그런 기대를 갖게 되었고 그의 환심을 사려고 했다. 슈베르트페거는 그런 이유에서 여자들까지도 제쳐 두고 아드리안에게 평가와 지도를 받고 싶어 했다. 당시 아드리안은 언제나 그런 요청을 거절했지만 슈베르트페거는 음악이나 음악 외의 문제에 대해 아드리안과 대화를 나누고 싶다는 의사를 내비쳤다. 아드리안에 대한 각별한 충정의 표현이기도 했지만, 다른 한편

---

* Henri F. Vieuxtemps(1820~1881). 벨기에의 바이올린 연주자이자 작곡가.

** Louis Spohr(1784~1859). 독일의 바이올린 연주자이자 작곡가.

*** Edvard H. Grieg(1843~1907). 노르웨이의 작곡가.

**** 베토벤이 바이올린 연주자 크로이처에게 헌정한 바이올린과 피아노를 위한 악곡. 바이올린 소나타 제9번 가장조 작품 47번.

***** César Franck(1822~1890). 벨기에 태생의 프랑스 작곡가.

상대방의 의중에 아랑곳하지 않고 거리낌 없이 대하는 문화의 표시이기도 했다. 어떻든 그는 아드리안이 아무리 냉담하고 뜨악한 반응을 보여도 조금도 위축되거나 물러서지 않았다. 언젠가 아드리안이 머리가 아픈 데다 모임이 전혀 재미가 없어서 안주인에게 불참을 알리고는 자기 방에서 쉬고 있을 때였다. 그때 모닝코트를 입고 넓은 넥타이를 맨 슈베르트페거가 갑자기 그의 방에 나타났다. 좌중의 부탁을 받고 왔다는 핑계를 대며 함께 어울리자고 설득하러 온 것이었다. 그가 없으면 너무 지루하다고 했지만, 어쩐지 어색한 말이었다. 아드리안은 결코 좌중의 흥을 돋우는 사람이 아니었던 것이다. 아드리안이 과연 슈베르트페거의 말을 곧이들었는지는 모르겠지만, 슈베르트페거가 좌중의 뜻을 대변하여 왔다고 한 것은 아마 아드리안의 환심을 사기 위해서였을 것이다. 그렇지만 아드리안은 그의 대단한 붙임성에 놀란 듯 기쁨을 감추지 못했다.

이 정도면 로데 부인의 살롱에 출입하는 인물들의 전모가 그런대로 밝혀진 셈이다. 여기서는 순전히 피상적으로만 묘사했지만, 나 역시 뮌헨 사교 클럽의 다른 많은 사람들과 더불어 이들을 알게 되었다. 그것은 훗날 내가 프라이징 대학의 교수가 되고 난 다음의 일이었다. 뤼디거 쉴트크납 역시 금방 이 모임에 합류했다. 아드리안을 통해 라이프치히보다는 뮌헨이 더 넓은 세상이라는 것을 알게 된 그는 이 교훈을 실천에 옮겼던 것이다. 그의 영국 고전 번역서를 출간하는 출판사가 뮌헨에 있었는데, 그것 또한 뤼디거에게는 실질적인 도움이 되었다. 그렇지 않아도 쉴트크납은 아드리안과의 교제를 아쉬워하던 터였다. 그는 다시 자기 아버지 이야기와 '저것을 시찰하십시오.'라는 식의 말투로 아드리안을 웃기기 시작했다. 그는 아드리안이 사는 곳에서 멀지 않은 아말리아 가의 어느 집 4층에 방을 하나 얻어 놓았는데, 환기가 잘 되지 않는 까닭에 창문을 활짝 열어 놓은 채 외투와 모포를 뒤집어쓰고 책상머리에 앉아 온 겨울을 보냈다. 그리고 어려운 문제들과 씨름하느라 담배를 뻑뻑 피워 대면서, 영어 단어와 구절 그리고 리듬에 정확하게 들어맞는 독일어를 찾느라 안간힘을 썼다. 그는 대개 궁정 극장의 레스토랑이나 도심지의 식당에서 아드리안과 함께 점심 식사를 했다. 그러다가 금방 라이프치히에서 하던 버릇대로 남의 저택을 드나들게 되었는데, 저녁 식사에 초대를 받는 것 외에 점심 식사도 이 집 저 집에서 했다. 그러면서 이 가난한 신사에게 매료된 부인네들의 쇼핑에 동반하기 일쑤였다. 퓌르스텐 가에 있는 라트브루흐 출판사의 사장으로 그의 번역서를 내 주기로 한 출판업자, 또 재산이 상당하지만 자식이 없는 중년의 슐라긴하우펜 부부가 주로 그를 초대했다. 남편은 슈바벤 출신의 재야 학자이고 부인은 뮌헨 출신인 이 부부는 브리너 가에 있는 다소 음침하긴 하지만 화려한 저택에 살고 있었다. 둥근 기둥으로 장식된 그 저택의 살롱은 예술가와 귀족들이 만나는 장소였다. 플라우지히 가문 출신인 이 부인은 그곳에 자주 들르는 왕립 극장의 리데젤 총감독처럼 특히 귀족 출신이면서 예술가인 사람을 가장 좋아했다. 그 밖에도 쉴트크납은 사업가인 불링거 씨의 식객이기도 했다. 이 사람은 부유한 제지업자로 이자르 강에 인접한 비덴마이어 가에 그가 직접 설계해 지은 임대 건물 2층에 살고 있었다. 그는 그 밖에도 프쇼르브로이 맥주 회사 사장의 집을 비롯하여 여러 집에서 식객 노릇을 하고 있었다.

뤼디거는 아드리안까지 슐라긴하우펜 댁에 데리고 갔다. 그렇게 해서 과묵한 이방인인 아드리안은 그 집에서 예술계의 명사들과 잠시 스쳐 지나가는 피상적인 교제도 하게 되었다. 그들 중에는 바그너 오페라의 여주인공으로 곧잘 등장하는 타냐 오를란다, 펠릭스 모틀*, 바이에른 왕실의 귀부인들, '실러의 직계 후손'을 자처하는 인물로 문화사 저서들을 쓴 글라이헨 루스부름, 그리고 글은 한 줄도 발표하지 않고 말로만 글을 써서 좌중의 흥을 돋우는 자칭 작가들도 있었다. 어떻든 이 저택은 아드리안이 처음으로 자네 쉴을 알게 된 곳이기도 했다. 독특한 매력과 믿을 만한 인격의 소유자인 그녀는 지금은 세상을 하직한 바이에른의 정부 관리와 프랑스 파리 여인 사이에 태어났는데, 아드리안보다 족히 열 살은 많았다. 그녀의 어머니는 몸이 불편해서 늘 의자에 앉아 있었지만 정신적으로는 활달한 노부인이었고, 한 번도 독일어를 배우려고 노력한 적이 없었다. 다행히 프랑스어가 대접받던 시절이어서 유창한 프랑스어가 그녀에게는 돈과 지위를 보장해 주었던 것이다. 쉴 부인은 식물원 근처에서 맏딸인 자네를 비롯한 세 딸과 함께 살고 있었다. 그 집은 상당히 비좁은 아파트였다. 그 집에는 파리의 정취가 물씬 풍기는 작은 살롱이 있었고, 그녀는 거기서 음악을 들으며 차를 대접하는 것을 좋아했다. 남녀로 구성된 실내 합창단이 정식으로 노래라도 부르면 이 좁은 공간은 떠나

---

* Felix Mottl(1856~1911). 오스트리아의 작곡가이자 지휘자. 특히 바그너 음악의 지휘를 많이 했다.

갈 듯했다. 눈에 잘 띄지 않는 이 집 앞에는 이따금 파란색 궁정 마차가 머무르곤 했다.

자네로 말하면, 그녀는 소설을 쓰는 작가였다. 여러 언어의 영향을 받으며 성장한 그녀는 정확하지는 않지만 매력 있는 개성적인 문체로 여성미가 담긴 독창적인 사회 소설을 발표했다. 그녀의 소설은 심리학적인 매력과 음악적인 매력이 있는 수준 높은 문학이었다. 그녀는 금방 아드리안을 주목하고, 그에게 의지하게 되었다. 그 역시 그녀가 가까이 있거나 그녀와 이야기를 하면 마음이 편안해지는 것을 느꼈다. 그녀는 농부와 귀족의 혈통이 뒤섞인 것처럼 어찌 보면 못생겼고 어찌 보면 우아하고 양순한 용모의 여성이었다. 말투 역시 프랑스 말이 섞인 바이에른 사투리를 썼다. 그녀는 매우 지적인 여성이었는데, 그러면서도 노처녀답게 눈치 없이 이것저것 캐묻는 버릇이 있었다. 다소 경박스러운 데가 있어서 익살도 곧잘 부렸는데, 그럴 때면 그녀 자신도 우스운지 마구 웃어 댔다. 하지만 가령 레오 칭크가 자신을 웃음거리로 삼아서 다른 사람의 환심을 사려는 것과는 달리 그녀의 웃음은 기뻐할 줄 아는 순수한 마음에서 우러나오는 것이었다. 그녀는 음악에도 조예가 깊었다. 쇼팽에 열광하는 피아니스트이기도 했고 슈베르트를 소재로 소설을 쓰려고 했으며, 당대의 저명한 음악가 가운데 적어도 한 사람 이상이 그녀의 친구였다. 그녀와 아드리안의 교제는 모차르트의 다성(多聲) 음악, 바흐와 모차르트의 관계에 관해 많은 의견을 교환함으로써 시작되었다. 그는 여러 해 동안 그녀와 친하게 지냈다.

아드리안이 체류지로 정한 이 도시가 그 밖의 측면에서 실제로 편안한 분위기로 그를 감싸 주고 이 도시의 생활 방식에 젖어 들게 했다고 기대하기는 어렵다. 위로는 알프스의 파란 하늘이 건조하고 따스한 바람을 몰아오고 계곡의 물소리가 시원하게 들려오는 이 도시의 아름다운 경치가 보고 즐기기에는 좋았을지도 모른다. 또한 느긋한 생활 풍속, 언제까지고 가면을 쓰고 사는 듯한 자유로운 분위기 덕분에 생활이 좀 더 편해졌을지도 모른다. 하지만 이 도시의 정신, (이 표현을 써도 좋다면) 어이없을 만큼 천진난만한 생활 분위기, 자족감에 젖은 이 도시의 감각적이고 장식적이며 카니발처럼 자유분방한 예술 정신은 그처럼 깊고 강한 영혼을 가진 인간에겐 분명 낯설었을 것이다. 이 도시의 본성은 내가 일 년 전부터 그에게서 느껴 온 그런 시선, 즉 그늘지고 차갑고 뭔가를 생각하는 듯 먼 곳을 바라보는 그런 시선으로 바라보기에 딱 알맞은 대상이었다. 그는 그런 시선으로 자신을 감추면서 웃는 얼굴로 상대방을 외면하곤 했던 것이다.

지금 내가 말하고 있는 것은 독일 제국 말기의 뮌헨, 다시 말해 전쟁*을 사 년 앞두고 있는 시점의 뮌헨이다. 그 전쟁의 결과로 자유분방하던 분위기는 병적인 것으로 바뀌었고, 음울하고 기괴한 현상들이 속출했다. 전망이 아름다운 이 도시에서 정치적인 문제는 바이에른 분리주의를 지지하는 성향의 인민 가톨릭당과 독일 제국으로의 편입을 주장하는 정치 세력 사이의 변덕스러운 대립으로 압축되었다. 장군 회관 홀에서 열리는 위병 교대식 음악회, 예술품 가게, 장식용품 가게, 계절

---

* 1차 세계 대전.

별 전시회, 사육제에 참여한 농부들의 춤판과 배가 불룩하도록 이른 봄 맥주에 취한 분위기, 그리고 이미 오래전부터 현대적인 대규모 사업 전시회로 전락한 (쾌활하고 익살스러운 민중이 그들의 신 새턴*을 경배했던) 옥토버페스트**가 열리는 벌판 등 뮌헨에서는 이런 것들을 볼 수 있었다. 또한 바그너에 대한 열광이 아직 남아 있고, 개선문 뒤에서 황홀한 축제의 밤을 찬양하는 밀교도(密敎徒)들이 있으며, 사람들한테 환영받고 근본적으로 유쾌한 기질을 가진 보헤미안이 들끓는 도시, 이것이 바로 뮌헨이었다. 아드리안은 아홉 달 동안 뮌헨에 머무르면서 이 모든 것을 지켜보았고, 그 속에서 방랑하며 즐거움을 맛보았다. 이번에는 가을과 겨울, 그리고 이른 봄까지 줄곧 오버바이에른에 체류했던 것이다. 그는 쉴트크납과 함께 예술제가 열리는 무도회장을 방문한 적이 있다. 그곳은 다채로운 양식으로 장식되고 환상적인 조명을 갖춘 공간이었다. 그는 거기서 로데 부인의 모임에 속하는 사람들, 즉 두 사람의 젊은 배우와 크뇌터리히, 크라니히 박사, 칭크와 슈펭글러, 그리고 주인집의 두 딸과 만나게 되었다. 그는 클라리사와 이네스, 뤼디거, 슈펭글러와 크라니히, 그리고 자네 쉴과 함께 한 테이블에 모여 앉았다. 슈베르트페거는 농부의 차림새처럼 보이는 15세기 플로렌스 풍의 복장을 하고 있었다. 그런 옷차림은 그의 날씬한 다리에 어울렸을 뿐 아니라, 어찌 보면 빨간 모자의 청년을 그린 보티첼리***의 초상화와 닮은 것도 같았다. 슈베르트페거는 그 모

---

* 로마 신화에 나오는 농경과 계절의 신 사투르누스의 영어 이름.
** 독일 뮌헨에서 9월 말부터 10월 초까지 열리는 맥주 축제.
*** Sandro Botticelli(1445?~1510). 이탈리아 르네상스의 화가.

임에서 열심히 축제의 향락에 탐닉했고, 정신을 고양시켜야 한다는 평소의 지론은 까맣게 잊은 듯 로데의 두 딸을 '예의 바르게' 무도회에 초대했다. '예의'라는 말은 그의 상투어였다. 그는 매사에 '예의'를 차려야 하며 '예의'를 소홀히 해서는 안 된다고 주장하곤 했다. 그는 홀에서 무척 분주했고 여자들한테 집적대고 싶어서 안달이었다. 하지만 그와 남매 사이처럼 지내는 람베르크 가의 여성들을 소홀히 했다가는 도저히 '예의 바른' 사람이 되기는 어려울 것 같았다. 그리고 이처럼 '예의 바르게' 보이려는 그의 열성은 여성들에게 접근할 때마다 두드러졌다. 그러자 결국 클라리사가 오만한 태도로 다음과 같이 말했다.

"제발, 루돌프 씨, 그렇게 구세주 같은 표정 좀 짓지 마세요! 분명히 말하는데, 우린 이제 춤을 실컷 췄으니까 당신은 필요 없다고요."

"필요 없다니요? 그렇다면 도대체 저의 진실된 소망이 아무 소용도 없단 말입니까?"

그는 짐짓 격분한 듯이 걸걸한 목소리로 대꾸했다.

"쓸데없는 소리 그만하세요. 게다가 저는 당신에 비해 키가 너무 크거든요."

그러면서도 그녀는 그와 함께 춤을 추러 나갔다. 입술 아래 오목하게 들어가야 할 부분이 없는 볼품없는 턱을 오만하게 쳐들고서 말이다. 그가 춤을 추고자 청한 쪽이 이네스일 때도 있었다. 그녀도 별수 없이 시선을 내리깔고 입을 뾰로통하게 다문 채 그를 따라가곤 했다. 어쨌든 그가 이 자매에게만 싹싹했던 것은 아니다. 그는 다른 사람들도 잊지 않고 배려할

줄 알았다. 특히 그 자매가 춤추기를 거절할 때면 갑자기 생각
난 듯이 아드리안과 슈펭글러가 있는 테이블 쪽으로 와서 앉
곤 했다. 슈펭글러는 언제나 도미노 게임을 하거나 붉은 포도
주를 마시고 있었다. 그러면서 텁수룩한 콧수염 위쪽 뺨에 보
조개가 팬 얼굴에 눈을 깜박거리며 공쿠르 형제*의 일기나 혹
은 아베 갈리아니**의 편지를 인용하곤 했다. 그러면 루돌프 슈
베르트페거는 노골적으로 화가 난 표정으로 중얼거리는 사람
의 얼굴을 뚫어지게 쳐다보았다. 이어서 차펜스퇴서 악단의 다
음번 연주 계획에 관해 아드리안과 이야기를 나누고 나서, 마
치 더 이상 화급한 관심사와 의무는 없다는 듯이, 로데 부인
의 집에서 음악이나 오페라의 동정 등에 관해 아드리안이 짤
막하게 했던 이야기를 계속해서 더 설명해 달라고 물고 늘어
졌다. 그는 아드리안의 팔을 잡고 축제의 혼잡을 피해 홀의 가
장자리를 돌면서 거닐었다. 그러면서 그는 사육제의 관습에 따
라, 마치 친한 친구 사이인 양 아드리안에게 말을 놓았다. 그는
상대방이 자기에게 말을 놓지 않고 있다는 사실에 아랑곳하지
않았다. 나중에 자네 쵤은 나에게 이런 이야기를 들려주었다.
즉, 언젠가 아드리안이 그렇게 거닐다가 제자리에 돌아와 앉았
을 때 이네스 로데가 슈베르트페거를 가리키며 이런 말을 했
다는 것이다.

"저 사람한테 잘해 주지 마세요. 저자는 뭐든지 갖고 싶어
하니까요."

---

* Edmond de Goncourt(1822~1896), Jules de Goncourt(1830~1870). 프랑
  스의 소설가 형제.
** Abbé Galiani(1728~1787). 이탈리아 태생의 프랑스 경제학자이자 문필가.

"어쩌면 레버퀸 씨도 모든 것을 갖고 싶어 하는지 모르지."
손으로 턱을 괸 클라리사가 한마디 했다.

그러자 아드리안이 어깨를 으쓱하며 대꾸했다.

"그가 원하는 것은 자기가 연주할 바이올린곡을 내가 작곡해 주는 것입니다. 그 곡으로 순회공연을 하고 싶다는군요."

"들어주지 마세요. 만일 그자를 위해 작곡한다면 당신 머릿속에 떠오르는 착상이란 기껏해야 아부밖에 안 될 테니까요."
클라리사가 다시 말했다.

"저를 너무 만만하게 보시는군요."
아드리안이 응수했다. 옆에서는 슈펭글러의 얼빠진 웃음소리가 들렸다.

뮌헨에서 보낸 아드리안의 즐거운 생활은 이 정도로 해 두자. 겨울이 되자 그는 쉴트크납과 함께, 정확히 말하면 그의 채근에 못 이겨 몇 차례 여행을 했다. 그들이 여행한 뮌헨 주변은 관광객이 워낙 많아 다소 김이 새기는 했지만 절경으로 이름난 곳들이었다. 그들은 아직 눈이 얼어붙은 겨울철에 여행을 시작해서 에탈 지방, 오버아머가우 지방, 미텐발트 등지를 돌아다녔다. 봄이 되자 그런 소풍이 점점 잦아졌다. 이름난 호수들, 토속적인 정취가 넘치는 극장이 있는 성채 등도 행선지에 속했으며, 종종 자전거를 타고(아드리안은 번거롭지 않은 여행 수단으로 자전거를 좋아했다.) 정처 없이 푸른 시골로 접어들어서는, 시설이 좋든 나쁘든 가리지 않고 아무 데서나 숙박을 했다. 내가 이 여행을 굳이 상기하는 이유는 훗날 아드리안이 칩거 생활에 들어갈 운명적인 장소를 이런 식의 여행을 통해 이미 봐 두었던 까닭이다. 그 장소란 발츠후트 근처의 파이퍼링과 슈바이게슈틸 가(家)의 농장이었다.

매력도 없고 볼거리도 없는 소도시 발츠후트는 뮌헨에서 한 시간 거리에 있는 곳으로, 가르미슈파르텐키르헨으로 가는 철도가 그곳을 통과했다. 거기서 십 분만 더 가면 파이퍼링 혹은 페퍼링이라 불리는 다음 역이 나온다. 이곳에 급행 열차는 서지 않았다. 열차를 타고 지나가노라면 파이퍼링 교회의 둥근 탑이 보이는데, 이렇다 할 볼거리가 없는 곳에서 한층 돋보였다. 이번에 아드리안과 뤼디거가 이곳에 들른 것은 순전히 즉흥적인 선택이었고 아주 잠깐 동안이었다. 그들은 슈바이게슈틸 댁에서 단 하루도 묵지 않았다. 두 사람은 다음 날 아침에 할 일이 있었고, 저녁이 되기 전에 기차를 타고 발츠후트를 떠나 뮌헨으로 돌아갈 생각이었던 것이다. 그들은 이 소도시의 중앙 광장 근처에 있는 식당에서 점심을 먹었다. 그리고 아직 몇 시간의 여유가 있어서 가로수가 늘어선 지방 도로를 따라 파이퍼링으로 향했다. 자전거를 타고 마을을 가로지른 그들은 어떤 꼬마한테서 '클라머바이머'라고 불리는 호수의 이름을 알아냈고, 이어서 '롬뷔엘'이라는 언덕을 바라보면서 성직자 문장(紋章)이 붙어 있는 농가 문간에서 레몬수를 좀 달라고 부탁했다. 딱히 목이 말라서라기보다는 바로크 식으로 육중하고 특색 있게 지어진 농가가 눈에 쏙 들어왔기 때문이다. 말뚝에 매놓은 개가 짖어 대고 있었는데, 맨발의 하녀가 그 개를 '카슈펄'이라는 이름으로 불러들이고 있었다.

당시 아드리안이 그 집을 발견하고 과연 어느 정도나 '느낌'을 받았는지는 모르겠다. 과연 그 즉시 느낌이 왔는지 아니면 차츰 그랬는지, 다시 말해 나중에 다소 시각을 달리하여 그때

를 회상하면서 당시에 이미 어떤 느낌이 왔음을 재확인했는지
도 모르겠다. 내가 알기로는 그 집을 처음 발견할 당시에는 의
식되지 않다가 나중에 비로소, 아마도 꿈속에서처럼 갑자기
어떤 느낌이 떠올랐던 것 같다. 어쨌든 그는 쉴트크납에게 그
점에 대해 아무 말도 하지 않았다. 물론 나에게도 그 집이 묘
하게 그의 고향 집과 비슷하다는 느낌에 대해 언급하지 않았
다. 물론 내가 착각하고 있을 수도 있다. 연못과 언덕, 뜰에 있
는 커다란 느릅나무, 초록색으로 칠한 벤치, 그 밖에도 여러
가지 사소한 일치점들이 첫눈에 그를 놀라게 했을 것이다. 굳
이 꿈속에서가 아니더라도 그는 눈이 번쩍 뜨였을 것이다. 비
록 아무 말도 하지 않았지만 그런 사실을 몰랐을 리 없다.

  그 집 문간에서 이 방문객들을 늠름하게 맞이하며 친절하
게 이들의 이야기를 들어 주고, 긴 손잡이가 달린 스푼이 들
어 있는 큰 컵에 레몬수를 따라 준 사람은 엘제 슈바이게슈틸
부인이었다. 그녀는 마루청 왼편에 있는 훌륭한 방에서 그들에
게 마실 것을 권했다. 천장이 둥근 그 방은 홀처럼 널찍한 시
골식 응접실로, 튼튼한 책상이 있었고, 벽의 두께를 짐작게 하
는 창문이 있었으며, 화사하게 채색된 장롱 위에는 날개 달린
나이키* 여신의 석고상이 놓여 있었다. 또 홀에는 갈색 피아노
가 놓여 있었다. 슈바이게슈틸 부인은 손님들 곁으로 다가앉
으며 이 방은 식구들이 사용하지 않는다고 설명했다. 대각선
으로 마주 보이는 현관 옆의 조그만 방에서 저녁마다 식구들
이 모여 담소를 나눈다고 했다. 이 집에는 방이 남아돈다는 것

---

* 그리스 신화에 나오는 승리의 여신 니케의 영어 이름.

이었다. 그 방 바로 옆에는 소위 수도원장 방이라고 불리는 쓸 만한 방이 있는데, 그런 별명이 붙은 까닭은 한때 이 집에 산적이 있는 아우구스티누스 수도원의 수도원장이 그 방을 기도실로 사용했기 때문이라고 했다. 이로써 그녀는 이 저택이 한때 수도원의 재산이었다는 사실을 밝힌 셈이었다. 슈바이게슈틸 가의 사람들이 이 집에서 살기 시작한 것은 증조부 때부터라고 했다.

아드리안은 자기도 시골 출신인데 도시 생활을 시작한 지 오래되었다는 이야기를 하면서, 이 집 소유의 땅이 얼마나 되는지 물어보았다. 그리하여 40타크베르크* 가량의 농지와 목초지 외에 산림도 있다는 사실을 알게 되었다. 또한 저택 건너편의 공터에 면해 있는 낮은 집들과 그 앞에 있는 밤나무들도 이 집의 소유였다. 옛날에는 하인들이 살았음 직한 그 집들은 그러나 지금은 거의 빈 채로 방치되어 있어서 주거 설비도 제대로 되어 있지 않다고 했다. 재작년 여름에는 뮌헨에서 온 화가 한 사람이 거기에서 하숙을 했다고 했다. 그는 발츠후트의 소택지(沼澤地)를 비롯한 주변 경치를 그리고자 했으며, 실제로 여러 장의 아름다운 풍경화를 완성했다는 것이다. 그 그림들은 다소 침울한 회색 분위기가 감도는 것들이었다. 그중 세 점이 전시회에 출품되었는데 그녀 자신도 그 그림들을 보게 되었으며, 그중 한 점은 바이에른 증권 은행의 은행장인 슈티글마이어 씨가 구입했다고 한다. 그녀는 혹시 두 사람도 화가인지 물었다.

---

* 1타크베르크는 장정 한 사람이 하루 걸려 경작할 수 있는 정도의 면적.

그녀가 화가 하숙생 이야기를 꺼낸 까닭은 과연 두 사람이 어떤 사람인지 확인하고 이야기의 본론을 꺼내기 위해서였다. 문제의 두 사람이 한 사람은 음악가이고 한 사람은 작가라는 사실을 알게 되자, 그녀는 존경심으로 눈이 둥그레지더니 이런 흥미로운 경우는 드물다고 말했다. 사실 화가는 들국화만큼이나 흔하며, 두 신사분이 어쩐지 첫눈에 진지해 보이더라는 것이었다. 반면에 화가란 대개 칠칠하지 못하고 경솔한 사람들이며 인생의 진지함이 뭔지 잘 모르더라고 했다. 그녀가 말하는 진지함이란 돈벌이 같은 실생활의 문제와는 다르며 오히려 인생의 어려움이나 어두운 면을 뜻하는 것이라고 했다. 그렇다고 화가라는 직업을 부당하게 깎아내리려는 것은 아니며, 이를테면 당시의 그 하숙생만 해도 쾌락이나 즐기자는 축은 아니었고 조용하고 과묵한 데다가 어쩐지 우울해 보이는 사람이었다는 것, 게다가 소택지의 정취와 안개 낀 고적한 숲을 묘사한 그의 그림들 역시 그런 기미를 보였다는 것이었다. 그런데 놀랍게도 슈티글마이어 은행장이 그 그림 중 하나를, 그것도 가장 우울한 분위기를 풍기는 그림을 구입했으니, 비록 재계에 종사하는 사람일망정 그분 역시 우수(憂愁)가 뭔지 아는 사람일 것이라고 했다.

그녀는 두 사람 옆에 곧은 자세로 앉아 있었다. 약간 희끗희끗한 갈색 머리칼은 매끄럽고 반듯하게 가르마를 타서 하얀 머릿살이 들여다보였다. 둥글게 팬 목 언저리에는 오팔 브로치를 달고 있었고, 바둑판 무늬가 그려진 앞치마를 두르고 있었으며, 작고 예쁘면서도 야무져 보이는 양손은 깍지를 낀 채 탁자 위에 올려놓고 있었다. 오른손에는 반짝거리는 결혼반지를 끼고 있었다.

간혹 "잠깐만유!" "그래유?" "괜찮아유?" 같은 사투리가 튀어나오긴 했지만, 그녀는 사투리를 상당히 걸러 낸 말투로 예술가들을 좋아한다고 했다. 까닭인즉 예술가들은 이해심이 있고, 이해심이야말로 인생에서 가장 훌륭하고 소중한 것이고, 화가가 명랑한 것은 근본적으로 이해심의 종류에도 명랑한 이해심과 진지한 이해심이 있다는 사실에 기인하는 것으로 생각되지만, 어느 쪽이 더 우월한 것인지는 아직 모르겠다는 등의 이야기를 했다. 아마도 가장 합당한 것은 제3의 것, 즉 차분한 이해심일 것이라고 했다. 화가는 당연히 도시에 살아야 하는데, 그 까닭은 화가들이 관계하는 문화라는 것이 도시에서 발생하기 때문이고, 그렇지만 본시 그들은 농사꾼과 같은 부류의 사람들이었을 텐데, 왜냐하면 농부들은 자연에 더 가깝고 따라서 이해심이 더 많으며, 도회지 시민들의 이해심이란 찌그러졌거나 시민적인 질서 때문에 억눌려 있음에 틀림없으며, 그렇게 되면 결국은 위축되게 마련이라는 이야기도 했다. 그렇지만 도시인들한테 편견을 갖고 싶지는 않으며, 사실 언제든지 예외란 있을 수 있고, 아마도 눈에 잘 띄지 않는 예외일 것이라고 했다. 그리고 다시 슈티글마이어 은행장의 이름을 들먹이면서 그 사람이야말로 그 우울한 분위기의 그림을 구입함으로써 예술적인 이해심뿐 아니라 그 밖에도 많은 이해심을 가지고 있음을 입증한 것이라 했다.

그녀는 손님들에게 커피와 과자를 권했다. 아드리안과 쉴트크납은 남은 시간 동안 집과 뜰을 한번 둘러보고 싶다며, 그런 친절을 베풀어 주신다면 고맙겠다는 뜻을 표했다.

"기꺼이 보여 드리지요. 다만 바깥양반 막스가 게레온을 데리고 들판에 나가고 없어서 아쉽네요. 게레온은 제 아들놈이에요. 새로 나온 시비(施肥) 기계를 시험해 보겠다고 나갔어요. 게레온 녀석이 장만한 기계죠. 할 수 없죠, 아쉽지만 저와 동행을 하셔야겠군요."

두 사람은 천만의 말씀이라고 대답하고, 그녀와 더불어 이 나무랄 데 없는 집을 둘러보았다. 우선 식구들의 거실을 둘러보았는데, 곳곳에서 고급 담배의 독특한 향이 스며 나왔다. 그러고는 한때는 수도원장 방으로 쓰던 방에 들렀다. 그다지 크지 않은 아늑한 방이었다. 건축 양식으로 봐서 이 집의 외부 건축 양식보다는 좀 더 오래된 방으로, 1700년대보다는 1600년대에 더 가까워 보였다. 양탄자 없는 마루가 깔려 있었고, 대들보와 벽이 맞닿는 벽면 아래쪽으로 무늬를 눌러 박은 가죽 양탄자가 걸려 있었으며, 납작하고 둥근 창이 달린 벽감(壁龕)의 벽면에는 성화들이 걸려 있었고, 또한 납 창틀로 고정된 유리창의 네 모서리에도 성화들이 다채로운 스테인드글라스로 그려져 있었다. 그리고 한쪽 벽감에는 황동제 잔 위에 황동제 주전자가 놓여 있었고, 철제 자물쇠와 고리로 잠긴 벽장이 하나 있었다. 또한 가죽보를 씌운 구석의자가 하나, 무거운 참나무 책상이 하나 있었다. 창에서 멀리 떨어지지 않은 곳의 그 책상은 궤처럼 만들어졌으며, 반들거리는 윗면 아래에는 깊숙한 서랍이 달려 있고, 중간 부분은 쑥 들어가고 가장자리는 조금 튀어나왔으며, 책상 위에는 독서대가 놓여 있었다. 대들보에는 커다란 샹들리에가 흔들거리며 걸려 있었고, 그 안에는 타다 남은 양초들이 꽂혀 있었다. 그 샹들리에에는 르네상스 시대의 것으로 소뿔이나 사슴뿔 혹은 그 밖의 환상적인 모양의 크고 작은 장식물들이 사방에 부착되어 있었다.

방문객들은 수도원장 방을 칭찬해 마지않았다. 쉴트크납은 생각에 잠긴 채 머리를 끄덕이며 사람은 이런 데서 살아야 한다는 말까지 했지만, 슈바이게슈틸 부인은 작가가 쓰기에는 이 방이 너무 외롭고 문화생활로부터 동떨어져 있지 않으냐는 의구심을 표했다. 그리고 그녀는 계단을 따라 위층으로 올라가 많은 침실들 중에 하나를 구경시켜 주었다. 침실들은 눅눅한 냄새가 나는 흰 칠이 된 복도를 따라 나란히 붙어 있었다. 침실에는 화려한 침대와 장롱이 있었는데, 침구를 제대로 갖춘 방은 두셋뿐이었다. 침대는 농촌식으로 높은 편이었고, 털이 달린 가죽 이불이 깔려 있었다. "침실이 이렇게 많다니!" 하고 두 사람은 감탄했다. 대부분은 비어 있다고 여주인이 대꾸했다. 어쩌다 한두 방만 사용하는데, 지난 가을까지 이 년 동안 한트슈스하임에서 온 어떤 남작 부인이 이곳에 살면서 집 안을 배회하곤 했다는 것이다. 슈바이게슈틸 부인의 말에 따르면 그 남작 부인은 세상 사람들과는 다른 생각을 갖고 있었으며, 그런 불화 때문에 여기에 피신해 있었다고 했다. 그녀는 부인과 사이가 좋아서 이야기도 곧잘 했을 뿐 아니라, 이따금 그 부인의 외곬적인 생각 자체를 부인 스스로 비웃게 하는 데도 성공했지만, 유감스럽게도 결국 그런 생각을 막을 수도 없고 감시할 형편도 못 되었던 까닭에 마침내 이 사랑스러운 부인은 전문적인 치료를 받아야만 했다고 한다.

다시 계단을 내려와 마구간을 잠깐 들여다보기 위해 뜰로 향하는 동안에도 부인은 여전히 침실 이야기를 하고 있었다.

훨씬 전에 또 한번은 최상류 사회의 어떤 아가씨가 이 많은 침실들 가운데 하나를 사용한 적이 있는데, 아가씨는 그곳에서 아이를 낳았다고 했다. 예술가들과 이야기를 하고 있는 만큼, 그 여성의 이름까지는 말하지 못해도 상황만은 사실대로 털어놓을 수 있다고 했다. 그 아가씨의 아버지는 바이로이트에서 법조계의 고위 인사였는데, 전기 자동차를 한 대 갖고 있었다고 한다. 그런데 이 자동차가 불행의 화근이 되고 말았다. 즉, 그는 운전사를 고용했는데, 그를 관청까지 데려다 주는 임무를 맡은 운전사는 레이스 달린 제복을 입은 모습이 말쑥하다는 것 외에는 특별한 데가 없는 젊은이였건만 얼이 빠질 정도로 딸의 마음을 사로잡고 말았다는 것이다. 결국 그녀는 그의 아이를 배고 말았다. 그 사실이 명백해지자 양친은 상상할 수 없을 정도로 온갖 저주와 욕설을 퍼붓고 발을 동동 구르며 분노와 절망감을 터뜨렸다. 그들은 시골 사람이나 예술가처럼 이해심을 발휘할 줄 모르고 거친 도시의 시민답게 오직 사회적인 체통만 걱정할 뿐이었다. 아가씨는 당연히 양친 앞에 무릎을 꿇고 애원하고 흐느끼면서 그들이 휘두르는 저주의 주먹질을 감내해야만 했고, 그러다가 결국 어머니와 함께 기절하고 말았다. 그 법관이 어느 날 이곳을 찾아와 슈바이게슈틸 부인과 이야기를 했다. 희끗희끗한 뾰족 수염을 기르고 금테 안경을 쓴 그 작은 사내는 상심한 탓인지 아주 풀이 죽어 있었다. 그와 집주인은 처녀를 이곳으로 조용히 데려와서, 주위에는 빈혈 증세가 있다는 핑계를 대고 잠시 여기서 지내게 하기로 합의를 보았다. 그 키 작은 고위 관리는 돌아가려다 말고 갑자기 몸을 돌리더니 금테 안경 너머로 눈물을 흘리며 다시 여주인의 손을 잡고는 "존경하는 부인, 당신의 자비로운 이해심에 감사드립니다!" 하고 말했다. 하지만 기죽은 자신을 이해해 줘서 고맙다는 뜻이지 딸의 처지를 이해해 줘서 고맙다는 뜻은 아니었다.

이윽고 처녀가 이곳으로 왔다. 그 불쌍한 여성은 언제나 입을 멍하게 벌린 채 눈을 치뜨고 있었다. 출산을 기다리는 동안 슈바이게슈틸 부인을 믿고 따르게 되어 자신의 죄를 낱낱이 고백했는데, 자기가 유혹을 당했다는 핑계도 대지 않았다. 오히려 그 반대로 운전사 카를이 "이러면 좋지 않습니다, 아가씨. 차라리 그만둡시다."라는 말까지 했다는 것이다. 그러나 그녀의 충동은 그만두려는 의지보다 강했고, 그녀는 언제라도 죽음으로 속죄할 준비가 되어 있었고, 결국 그렇게 되었다고 했다. 그녀는 죽을 각오로 모든 것을 책임질 듯이 보였다. 그녀는 해산 때 이 지방 공의(公醫)인 마음씨 좋은 퀴르비스 박사의 도움으로 용케 기운을 차려서 여자아이를 낳았다. 복중의 아이가 옆으로 누워 있다거나 하는 특별한 문제만 없으면 출산은 그에게 아주 간단한 일이었다. 그러나 시골 공기와 훌륭한 간호에도 산모는 해산 후에 아주 허약해졌고, 여전히 입을 벌리고 눈을 치뜨고 있는 데다 얼굴은 더욱 수척해졌다. 얼마 안 있어 지위 높고 키 작은 그녀의 아버지가 그녀를 데리러 왔을 때, 그는 그녀를 보자 다시 금테 안경 너머로 눈물을 흘렸다. 갓난애는 밤베르크의 프란체스코 수녀원에 보내졌다. 그때부터 산모는 더욱 비탄에 잠기게 되었다. 양친이 가련히 여겨서 선물해 준 카나리아며 거북이와 함께 그녀는 자기 방에 갇힌 채 도대체 무엇 때문에 그 어린 씨앗을 여태껏 제 몸에 간

직해 왔는지 모르겠다고 자신을 원망하며 날로 수척해져 갔
다. 마침내 그녀는 휴양지 다보스로 보내졌지만, 그 조치는 그
녀에게 마지막 일격을 가한 셈이 되었다. 그녀는 그곳에 도착
하자마자 죽고 말았던 것이다. 자신의 소원대로 된 것이다. 죽
을 각오로 진작에 모든 것을 청산했다는 그녀의 생각이 옳았다
면, 그녀는 자유로워지고 원하던 바를 이룬 셈이었다.

　여주인이 자기 집에 묵었던 처녀에 대해 이야기하는 동안
두 사람은 외양간과 말, 돼지우리 등을 둘러보았다. 또한 닭장
과 집 뒤에 있는 벌통을 둘러본 두 친구는 신세를 졌으니 사
례를 하겠다고 했지만 주인은 아무것도 받지 않겠다고 했다.
그들은 모든 배려에 감사하다는 말을 하고 기차를 타기 위해
발츠후트를 향해 다시 자전거 페달을 밟았다. 두 사람은 그런
대로 보람 있게 하루를 보냈고 파이퍼링이 괜찮은 곳이라고 의
견을 모았다.

　아직 결심을 굳히지는 않았지만 아드리안은 이 지방의 경치
를 마음속에 간직해 두었다. 그는 가던 길을 계속 더 가 보려
고 했지만 철도로 한 시간 걸리는 거리를 산 쪽으로 더 갔을
뿐이다. 당시 그는 「사랑의 헛수고」 중에서 제시부의 피아노곡
을 대강 작곡해 놓은 상태였다. 그러나 작업은 중단되고 말았
다. 패러디 풍의 인위적 스타일을 일관되게 견지하기 힘들었고,
그런 스타일을 계속 유지하려면 끊임없이 변덕을 부려서 기이
한 변화를 주어야만 했던 것이다. 그러다 보니 좀 더 먼 곳으
로, 더 깊은 산속으로 들어가서 바람을 쐬고 싶은 충동을 느
꼈다. 그는 불안에 사로잡혀 있었다. 람베르크 가의 방에는 싫
증이 났다. 그 방은 그에게 불안한 고독감만 안겨 주었고, 언제

라도 갑자기 누군가가 들어와서 같이 놀자고 그를 불러낼 것만 같았다. 그는 나에게 보낸 편지에서 이렇게 썼다.

"나는 내면의 세계를 찾아 헤매고 있네. 특별히 마음이 끌리는 장소가 한 군데 있긴 있어. 그곳에서는 세상으로부터 나 자신을 감추고 방해받지 않으면서 나의 인생과 운명에 대해 둘만의 대화를 나눌 수 있을 것 같네……."

이 얼마나 기이하고 불길한 말인가! 둘만의 대화라니! 도대체 누구를 만나서 어떤 담판을 벌인단 말인가! 의식적이든 무의식적이든 그가 그 알 수 없는 대화의 무대를 찾고 있다는 생각이 들자 나는 간담이 서늘해지고 글씨를 쓰는 손이 떨리지 않을 수 없었다.

그가 여행의 목적지로 정한 곳은 이탈리아였다. 여행을 하기에는 썩 좋지 않은 계절인 초여름, 7월 말경에 그는 이탈리아로 출발했다. 그는 뤼디거 쉴트크납을 설득하여 함께 가기로 했다.

24

1912년 여름, 긴 방학 기간 중에 아직 카이저스아셰른에 머물고 있던 내가 젊은 아내와 함께 아드리안과 쉴트크납이 있는 사비느 산장을 찾아갔을 때 두 친구는 그곳에서 이미 두 번째 여름을 보내고 있었다. 그들은 겨울을 로마에서 보냈고, 5월이 되어 날이 풀리자 다시 산악 지대의 이 산장을 찾아왔던 것이다. 지난해에 석 달 동안 머무르면서 이미 친숙해진 곳이었다.

그곳은 팔레스트리나라는 곳으로, 지명과 같은 이름의 작곡가 팔레스트리나*가 태어난 곳이기도 했다. 고대 지명으로는 프라이네스테이며, 단테의 『신곡』 「지옥편」 제27곡(曲)에서는 콜로나 제후의 요새 궁성이 있는 페네스트리노라고 언급되는 곳이다. 아래쪽의 교회 광장에서부터 집들의 그림자가 드리

---

* Giovanni Pierluigi da Palestrina(1525?~1594). 이탈리아의 작곡가.

운 그다지 깨끗하지 않은 계단식 골목길을 따라가면, 그림처럼 산허리에 기대어 있는 산장이 나타난다. 까만 새끼 돼지 한 마리가 골목길을 따라 위로 달아나는 것이 보였다. 또한 짐을 많이 실은 당나귀가 지나갈 때면 오가는 행인은 담에 몸을 바짝 붙여야만 했다. 마을을 지나자 산길이 계속 이어졌고, 카푸친 교단 소속의 수도원을 지나 언덕 꼭대기를 향하노라면 잔해로 남아 있는 아크로폴리스가 보였다. 그 옆에는 고대 극장의 유적지도 자리 잡고 있었다. 잠깐 머무르는 동안 헬레네와 나는 이 위풍당당한 유적지를 보기 위해 여러 번 언덕을 오르곤 했다. 반면에 '아무것도 보고 싶지 않은' 아드리안은 여러 달 있으면서도 그가 좋아하는 카푸친 수도원의 그늘진 정원 바깥으로 벗어나 본 적이 없었다.

아드리안과 쉴트크납이 묵고 있는 마나르디 가(家)는 그곳에서 가장 큰 집으로 보였다. 그 집 식구만 여섯이나 됐지만 손님인 우리에게도 무리 없이 잠자리를 마련해 주었다. 경사진 골목길에 면한 그 집은 마치 궁전이나 성채처럼 웅장하고 견고해 보였는데, 내가 보기에는 17세기 중반에 지어진 것 같았다. 평평하고 거의 돌출되지 않은 판자 지붕 아래 소박한 모양의 돌림띠가 있었고 작은 창문들이 달려 있었으며, 초기 바로크 풍의 취향을 살린 판자 대문에는 초인종이 달린 작은 출입문이 따로 있었다. 우리의 두 친구는 1층에서 상당히 넓은 공간을 차지하고 있었다. 거의 홀만 한 방에는 창문이 두 개 있었고, 이 집의 다른 모든 방이 그렇듯 방바닥은 돌로 되어 있었으며, 세간이라고는 말 털을 채운 소파와 밀짚 의자만 있어서 매우 단조로웠다. 방은 시원하고 약간 어두운 편이었다. 그렇지만 두 사람이 멀찍이 떨어져서 서로 방해받지 않고 자기 일을 할 수 있을 만큼 상당히 널찍했다. 이어서 역시 매우 간소하면서도 넓은 침실들이 나타났다. 그중에서 역시 같은 구조의 세 번째 방이 우리 부부에게 제공되었다.

그 집 식구들이 쓰는 식당 바로 옆에는 그보다 훨씬 큰 부엌이 있었는데, 마을의 친구들을 접대하는 곳이었다. 거기에는 시커먼 연통과 동화에 나오는 거인이 사용함 직한 숟가락과 포크 및 나이프가 즐비하게 걸려 있었고, 찬장 위 칸에는 놋그릇, 냄비, 사발, 접시, 수프 그릇, 절구 등이 가득 들어 있었다. 마나르디 부인이 이 주방의 주인이었다. 식구들은 그녀를 넬라라고 불렀다. 그녀의 이름은 페로넬라였던 것 같다. 고대 로마의 귀부인 티가 나는 그 의젓한 부인은 윗입술이 둥글었고, 그렇게 심한 브루넷은 아니어서 피부색이 밤색이었는데, 매끄럽고 단정하게 가르마를 탄 은발의 머리칼과 아름다운 눈을 지녔으며, 시골 사람답게 외모가 소박하고 건강하고 풍만했다. 사람들은 종종 그녀가 앞치마 끈으로 단단하게 졸라맨 풍만한 허리에 작지만 일에 능숙한 양손을 짚고 서 있는 것을 볼 수 있었다. 오른손에는 미망인임을 표시하는 가락지를 끼고 있었다.

페로넬라 부인은 결혼 생활에서 딸 하나를 얻었다. 열너덧 살 가량의 소녀 아멜리아는 약간 모자라는 듯한 아이였다. 아이는 식탁에서 포크나 숟가락을 제 눈앞에다 대고 이리저리 흔들어 대는 버릇이 있었는데, 그러면서 뭔가를 묻는 듯이 알아들을 수 없는 말을 중얼거리곤 했다. 아마 머릿속에서 뱅뱅 도는 말인 듯했다. 그런데 한 해 전에 어느 훌륭한 러시아 가문의 일가족이 마나르디의 집에 묵은 적이 있었다. 백작인지

왕자인지 하는 그 집의 가장은 귀신을 보는 눈을 가졌다는 사람이었는데, 그 때문에 이따금 이 집 식구들의 잠자리를 불안하게 했다. 몰래 그의 침실에 들어오는 귀신들을 향해 그가 권총을 쏘아 대곤 했던 것이다. 이 생생한 기억의 후유증 때문인지 아멜리아는 종종 숟가락을 붙잡고는 "귀신이야? 귀신이야?" 하고 끈질기게 물어 대는 것이었다. 그렇지만 분명히 소녀는 그런 사건보다 하찮은 일까지도 곧잘 기억해 냈다. 가령 한번은 독일인 여행객이 이탈리아에서는 남성 명사인 '멜론'이라는 단어를 독일어 식으로 여성 명사로 발음한 적이 있는데, 그 후에 이 소녀가 식탁에 앉아 머리를 설레설레 흔들고 숟가락의 움직임에 따라 흐릿한 눈매를 굴리면서 "라 멜로나? 라 멜로나?"라고 중얼거리는 일도 있었다. 페로넬라 부인과 그녀의 형제들은 이런 행동에는 익숙하다는 듯 그저 흘려듣고 넘겼다. 만일 손님이 의아해하기라도 하면 그들은 사과를 한다기보다는 아이의 말에 감동한 듯이 부드럽게, 거의 기쁜 표정으로 손님에게 웃어 보였다. 마치 아이가 귀여운 짓이라도 한 것처럼 말이다. 어느새 아드리안과 쉴트크납은 그 애한테는 거의 신경도 쓰지 않게 되었다.

이 집 안주인에겐 남자 형제들이 있었는데, 그녀가 나이로 봐서 중간쯤 되었다. 그중 변호사 에르콜라노 마나르디 씨는 대개 이름을 생략하고 변호사로만 불리는 것에 만족했다. 그는 그렇지 않아도 교육 수준이 낮은 이 소박한 집안의 자랑거리였던 것이다. 예순 살의 이 노인은 하얗게 센 덥수룩한 콧수염을 기르고 있었고, 쉰 목청으로 마치 당나귀 울음처럼 힘을 들여 말을 했다. 동생 소르 알폰소는 사십 대 중반의 남자로 식구들끼리는 친밀하게 '알포'라고 불렀다. 우리가 캄파냐 평원으로 오후 산책을 나갔다가 돌아올 때면 일을 마치고 양산을 쓰고 파란 선글라스를 코에 걸친 채 발바닥이 거의 땅에 닿을 만큼 조그만 당나귀를 타고 집으로 돌아오는 이 농부를 마주치곤 했다. 변호사 영감은 아무리 봐도 직업 활동을 아직까지 계속하는 것 같지는 않았고, 노상 신문만 읽고 있었다. 더운 날에는 그의 방에서 창문을 열어 놓고 팬츠만 입고 있는 경우도 있었다. 소르 알포는 이것을 못마땅하게 여겼다. 그는 제대로 교육까지 받은 사람이(이럴 때는 늘 '그 사람'이라고 경원시했는데) 너무하다고 생각했던 것이다. 그는 형의 등에다 대고 그런 도발적인 특권적 행위를 큰 소리로 비난했다. 변호사 영감은 다혈질이기 때문에 열을 많이 받으면 뇌일혈 위험이 있으니 옷을 가볍게 입을 수밖에 없다는 말로 여주인이 달래도 막무가내였다. 정 그렇다면 '그 사람'은 그렇게 편리한 복장을 하고 식구들과 외국인들한테 자기 몸을 내보일 게 아니라 창문이라도 닫아야 할 게 아니냐고 알포가 반박했다. 많이 배웠다고 해서 그렇게 염치없는 짓을 하는 것은 옳지 않다는 것이었다. 비록 소르 알포 역시 마나르디 집안의 모든 사람들과 마찬가지로 어엿한 정치가나 다름없는 이 변호사 영감을 진심으로 존경해 마지않았지만, 바로 그렇기 때문에 대학 교육까지 받은 가족 구성원에 대한 농사꾼의 묘한 반감이 이런 일로 좋은 구실을 발견한 것이 분명했다. 뿐만 아니라 형제의 세계관 역시 여러 면에서 서로 대립했다. 즉, 변호사 영감은 비교적 보수적이고 권위를 존중하는 생각을 갖고 있었지만, 반면에 알폰소는 소위 자유롭고 비판적인 정신을 가진 사람으로 교회와 군

주제, 그리고 정부에 대해 적의를 품고 있었다. 그는 이들이 철저하게 파렴치한 타락에 물들었다고 몰아붙였다. 그는 "그놈들이 어떤 불한당들인지 이제 이해하시겠소?"라는 불평으로 말을 끝맺기 일쑤였다. 변호사보다도 오히려 훨씬 명료한 어조로 말했다. 변호사 영감은 쉰 소리로 몇 마디 항변을 늘어놓다가는 부아가 치미는지 신문으로 얼굴을 가리곤 했다.

이 세 남매에게는 친척이 또 한 사람 있었는데, 넬라 부인의 사별한 남편의 형제인 다리오 마나르디였다. 희끗희끗한 수염을 기르고 지팡이를 짚고 다녔으며 시골티가 나는 온유한 성품의 사람이었다. 병상에 누워 있어서 눈에 잘 띄지 않는 아내와 함께 이 집에 살고 있었는데, 이들은 식탁을 따로 썼다. 반면에 페로넬라 부인은 우리 일곱 사람에게는, 즉 두 형제, 아멜리아, 두 투숙객, 그리고 우리 부부에게 몇 푼 안 되는 하숙비와는 전혀 상관없이 아주 풍족하게, 거의 무한정으로 먹을거리를 제공해 주었다. 우리가 벌써 자양분이 많은 야채 수프, 작은 새 고기를 곁들인 옥수수 죽, 마르살라 산(産) 조가비, 양고기 요리, 달게 양념한 멧돼지 고기에 샐러드, 치즈, 과일 등을 실컷 먹고 진한 커피를 마시며 담뱃불을 붙일 즈음이면 그녀는 구미가 당기는 제안이며 훌륭한 착상이라는 듯한 어조로 "여러분, 이제 생선 좀 드시겠어요?"라고 물어 올 정도였던 것이다. 그런 다음에는 그 지역에서 생산되는 진홍색 포도주로 우리의 갈증을 달래 주곤 했다. 변호사 영감은 매일 두 번씩 식사 때마다 마치 물을 들이켜듯 포도주를 벌컥벌컥 마셔 댔다. 하지만 그렇게 마시기에는 너무 독했고, 그렇다고 물을 타서 마시기에는 너무 아까운 포도주였다. 부인은 "마셔요! 마시라고요! 포도주는 혈액 순환에 좋아요."라며 우리에게 권했다. 그렇지만 알폰소는 비과학적인 말이라고 비난했다.

우리는 오후가 되면 대개 멋진 산책에 나섰다. 그럴 때마다 뤼디거 쉴트크납은 앵글로색슨 족을 흉내 내는 농담으로 여러 번 배꼽을 쥐게 만들곤 했다. 우리는 뽕나무들이 군데군데 심어져 있는 길들을 따라 골짜기 아래쪽으로 내려갔다. 그리고 크고 근사한 입구가 있는 돌담으로 분할된 경작지와 잘 가꾸어진 포도밭과 올리브 나무들을 지나 이 고장의 내부로 조금씩 들어가곤 했다. 우리가 머물러 있는 몇 주일 동안 구름 한 점 없던 멋진 하늘과 이 고장의 대기 중에 떠돌다가 샘 가에서, 그림 같은 목동의 모습에서, 혹은 숫염소의 신비스러운 머리에서 수시로 환영처럼 나타나는 고대의 정취가 그렇지 않아도 아드리안과의 해후로 들떠 있던 나를 얼마나 기쁘게 했는지 굳이 말할 필요가 있을까? 물론 아드리안은 그저 웃음 띤 얼굴로 고개를 끄덕거리면서, 그리고 나의 감격을 비웃지 않는다고는 할 수 없는 태도로 나의 인문주의자다운 환희를 함께 나누었을 뿐이다. 두 예술가는 자신들의 작업 세계와 직접 관련이 없는 주위 환경에는 거의 주의를 기울이지 않았다. 두 사람에게 주위 환경이라는 것은 자신들의 창작에 다소 유리하다는 것 말고는 아무런 상관도 없었던 것이다. 우리가 마을로 돌아올 때면 저녁놀을 바라볼 수 있었다. 저녁 하늘의 장엄한 광경 역시 잊을 수 없는 추억이다. 기름처럼 번진 두터운 황금빛 저녁놀이 진홍빛에 싸여 서쪽 지평선 언저리에 떠돌고 있었다. 너무나 진기하고 아름다운 광경이어서 보고 있노라면 가슴이 터질 것 같은 벅찬 감정에 사로잡혔다. 하지만 은근히 기분이

상하는 일도 있었다. 즉, 쉴트크납이 이 경이로운 장관을 가리키면서 외국 사람들이 말하는 식으로 "저것을 시찰하십시오!"라고 소리쳐서 다시 아드리안을 웃겼던 것이다. 쉴트크납의 유머는 언제나 아드리안을 웃게 만들었다. 그 작자는 헬레네와 나의 감동, 그리고 자연 현상의 장엄함까지도 모조리 비웃어 넘길 기회를 포착한 것처럼 보였다.

나는 마을 위쪽에 있는 수도원 뜰에 생각이 미쳤다. 두 친구는 아침마다 가방을 들고 그곳으로 올라가서 각자 자리를 잡고 작업을 하곤 했다. 두 사람은 수도사들에게 그곳에 마음대로 출입할 수 있게 해 달라고 부탁했고, 수도사들은 순순히 부탁을 들어주었던 것이다. 정원이라기에는 거의 손질도 안 되고 벽돌 담장이 둘러져 있으며 나무뿌리투성이인 그늘진 장소로, 우리 부부도 종종 두 친구와 함께 그곳에 들어갔다. 우리는 그들이 작업할 수 있도록 그들이 보이지 않는 곳으로 갔고, 그들끼리도 서로 보이지 않게 떨어져 있었다. 우리는 서양협죽(夾竹)과 월계수 혹은 양골담초 덤불이 없는 데를 찾아서, 점점 더워지는 오전 시간을 보내곤 했다. 아내는 뜨개질을 했고, 나는 내 가까이에서 아드리안이 오페라를 작곡하고 있다는 사실에 만족과 긴장을 동시에 느끼면서 책을 읽었다.

그 집 거실에는 음이 제대로 맞지 않는 네모난 피아노가 있었는데, 아드리안은 우리가 머무는 동안 그 피아노를 한 번, 유감스럽게도 딱 한 번 연주했다. 그가 연주한 곡은 1598년 셰익스피어의 원작을 바탕으로 한 「유쾌한 랩소디 희가극 '사랑의 헛수고'」 중에서 오케스트라 편성을 염두에 두고 완성한 부분들, 특히 특색 있는 소절들과 두어 군데의 완결된 장면이었다. 즉, 아르마도의 집에서 벌어지는 장면을 다룬 제1악장과 부분적으로 완성된 나중의 여러 장면들, 특히 그가 일찍부터 유심히 보아 둔 비론의 독백 부분이었다. 3막의 마지막 부분에 나오는 운문들과 자유 리듬으로 구성된 4막의 일부도 포함되어 있었다. 가령 "그자들이 올가미를 씌웠다네. 나는 말 못 할 곤경에 빠졌다네."라는 구절은 이 기사가 미지의 흑인 미녀에게 홀려서 언제나 우스꽝스럽고 기괴한 모습을 보이면서도 실로 깊은 절망에 빠진 상태를 묘사하고 있었다. 이를테면 기사는 분을 못 이겨서 "하느님께 맹세하건대 이 사랑은 아약스*만큼이나 미친 짓이로다. 이 사랑이 양처럼 순한 나를 죽이는구나."라며 자조적인 심정을 분출하고 있는 것이다. 이런 대목은 제2악장보다 음악적으로 더 성공을 거두고 있다. 그것은 부분적으로, 아드리안이 온갖 말장난으로 가득 찬 황당하고 지리멸렬한 짧은 산문을 개작해 아주 우스꽝스러운 효과를 내는 장면을 연출하겠다는 착상을 얻었기 때문이다. 한편으로는 음악에서 중요하게 반복되는 친숙한 것, 재치 있거나 의미심장한 경고가 언제나 대화체로 아주 깊은 인상을 심어 주며, 또한 두 번째 독백이 첫 번째 독백에서 나왔던 요소들을 다시 절묘하게 상기시켜 주기 때문이다. 이것은 무엇보다도 '눈썹이 벨벳처럼 예쁘고 흑진주처럼 검은 눈을 가진 요정'한테 홀린 죄 때문에 비통한 심정으로 자신을 욕하는 대목에 해당한다. 특히 저주받은 사랑의 감정을 불러일으킨 검은 눈을 묘사한 음악

---

* 트로이 전쟁에서 아킬레스의 갑옷이 오디세이에게 선사된 것을 보고 격분해서 싸우다가 패해 자살한 그리스 신화의 영웅 아이아스의 라틴어 이름.

적 형상은 첼로와 플루트 연주에 사람 목소리가 혼합되어 암흑 속의 섬광 같은 느낌을 주는데, 그것은 서정적이고 정열적인 요소와 그로테스크한 요소가 뒤섞인 장식음의 선율로 이루어져 있다. 이것은 "오, 그녀의 눈, 이렇게 빛나다니. 하나 그녀의 눈 때문에 그녀를 사랑하지는 않겠다."라는 산문에서 거칠게 희화적으로 반복되며, 그와 동시에 까만 눈은 낮은 음역을 통해 더욱 심화되지만, 그 눈에 스쳐 가는 섬광을 이번에는 피콜로가 묘사하고 있다.

원작에서 로절라인은 정조 관념이 없는 음탕하고 위험한 여자로 묘사되고 있다. 사실 그녀는 그저 재치 있는 말괄량이 역할을 맡고 있을 뿐인데, 비론의 말을 통해 이상한 인물로 부각되고 있는 것이다. 극작술에 비추어 보더라도 그처럼 불필요하게 인물의 성격을 왜곡하는 것은 온당치 않다. 그런 문제점은 예술적 결함 따위는 개의치 않는 시인이 개인적 경험을 끌어들여 작품으로 어떻게든 복수를 하겠다는 충동을 억누르지 못한 탓이 분명하다. 애인이 지칠 줄 모르고 묘사하는 로절라인은 두 번째 소네트에서 미지의 여인으로 등장하지만, 사실은 엘리자베스 여왕의 궁녀이자 셰익스피어 자신의 연인인 것이다. 그녀는 멋진 청년과 어울려서 셰익스피어를 속였던 것이다. 그리고 비론이 "아니, 그녀는 벌써 알고 있구나, 나의 소네트를." 이라는 산문조의 독백을 늘어놓으며 등장하고 나서 나오는 우울한 졸작의 시구는 사실은 셰익스피어가 이 검은 눈의 미인에게 바친 시들 중의 하나다. 또한 로절라인은 쾌활한 독설가인 극 중의 비론에게 다음과 같이 그녀의 지혜를 보여 준다.

청년의 피가 저리도 뜨겁게 달아올라
진실하던 마음도 애욕으로 끓어오르지 않는가?

실제로 비론은 젊기는 하지만 전혀 '진실하다.'라고는 할 수
없다. 그는 원래 현명하던 사람도 허튼 애욕에 눈이 멀면 비참
한 꼴이 될 수 있다는 것을 까맣게 모르는 사람인 것이다. 그
래서 로절라인과 그녀의 친구들은 그를 완전히 정신 나간 사
람이라고 비난한다. 그런데 실은 그는 더 이상 작중 인물 비론
이 아니라 미지의 여인을 짝사랑하는 셰익스피어 자신이다. 아
드리안은 시인과 친구, 애인이 기묘한 트리오를 이루는 이 소
네트의 주머니 크기 영어 원서를 늘 갖고 다녔다. 그는 자신이
중시하는 대화 부분에 맞춰서 비론을 전체의 희화적인 스타일
과 어느 정도 일치시키면서, 진지한 지성의 소유자이면서 수치
스러운 애욕에 희생된 인물로 각색했다.

그 곡은 훌륭했고, 나는 칭찬을 아끼지 않았다. 그가 우리
를 위해 연주를 해 준 것에 대해 칭찬하고 감탄할 이유야 그
밖에도 얼마든지 있었다. 아는 게 많고 꼬치꼬치 따지기를 좋
아하는 홀로페르네스가 다음과 같이 자기 자신에 대해 하는
말 역시 멋지게 작곡되었다.

"이것은 나만의 재능이야! 아주 간단하지! 기상천외한 착상
들이 온갖 형식과 비유, 인물과 대상, 이념과 현상, 자극과 변
화로 가득 차 있어. 이들은 기억의 자궁에서 잉태되어 어머니
의 경건한 몸에서 자양분을 공급받다가 드디어 때가 무르익으
면 탄생하지." 이것은 홀로페르네스가 '때가 무르익는 것에 대
한 성찰'로 했던 말이다.

얼마나 멋진 말인가! 여기서 시인은 대수롭지 않게 농담처럼 예술 정신에 대해 완벽하게 서술하고 있는 것이다. 이런 생각은 셰익스피어의 초기 희극을 음악화하려고 골몰하고 있는 아드리안의 창작 정신과도 일맥상통하는 것이다.

그런데 아드리안의 작품에서는 고전어 문학 연구를 금욕적인 가식이라고 은근히 비웃는 대목이 나오는데, 그런 조롱 때문에 내가 받은 고통이나 인격적인 모욕감을 과연 덮어 두어야 할까? 하지만 인문주의를 비웃은 잘못은 아드리안이 아니라 셰익스피어에게 있다. 셰익스피어는 '교양'과 '야만'의 개념을 기묘하게 왜곡하는 생각을 표방하기도 했다. 그에 따르면 '교양'이라는 것은 생명과 자연을 가장 깊이 경멸하는 정신적 금욕주의로서, 학식으로 인해 지나치게 나약해진 그런 정신은 다름 아닌 생명과 자연, 직접적인 체험과 인간적 감정을 '야만'이라고 본다는 것이다. 학문의 전당에 모인 잘난 체하는 동료들 틈에서 인간의 자연적 본성에 대해 일장 연설을 늘어놓는 비론 역시 자기는 "지혜의 천사보다는 야만을 옹호해 왔다."라고 시인하는 것이다. 이런 식으로 천사가 웃음거리가 되긴 하지만, 그것을 대체하는 것들 역시 우스꽝스럽기는 마찬가지다. 왜냐하면 그의 동맹자들이 빠져든 '야만', 다시 말해 그릇된 동맹에 대한 벌로 그들이 빠져든 사랑, 소네트로 축복받는 듯한 그 사랑 역시 재치 있게 희화된 사랑이요 사랑에 대한 야유인 것이다. 결국 감정이란 결코 믿을 게 못 된다는 것을 아드리안의 음악은 너무나 잘 표현하고 있다. 나는 음악이야말로 내적 본질상 불합리한 인위성을 극복하고 자유의 세계로, 자연과 인간적인 세계로 인간을 인도할 수 있을 거라는 의견을 말했다. 하지만 아드리안의 작품에서 음악은 그런 역할을 하지 못했다. 기사 비론이 '야만'이라고 했던 자발성과 자연성은 그의 음악에서 전혀 성공적으로 표현되지 못했다.

아드리안이 만들어 낸 곡은 그 예술성으로 보면 감탄할 만한 작품이었다. 그는 애초부터 많은 악기를 동원할 생각은 하지 않고 베토벤의 음악 같은 고전적 오케스트라만 염두에 두고 곡을 쓰려고 했다. 우스꽝스러운 허풍선이로 등장하는 스페인 사람 아르마도라는 인물을 묘사할 때만 한 쌍의 호른과 세 개의 트롬본, 그리고 베이스 튜바 하나를 오케스트라에 편입할 생각이었다. 하지만 전체적으로 보면 작품은 실내악의 양식에 엄격히 부합했고, 마치 보석 세공처럼 정교하게 구성되었다. 음들은 재치 있게 그로테스크한 분위기를 표현했고, 서로 유기적 짜임새로 연결되어 있으면서도 유머가 넘쳤으며, 섬세한 정감이 실린 착상들로 가득했다. 낭만적 민주주의나 도덕적 설교에 싫증이 나고 예술 자체를 위한 예술을 원하는 애호가들, 다른 야심이 없는 예술 애호가들, 혹은 모름지기 예술이 예술가와 예술 전문가를 위한 것이어야 한다는 의미에서만 야심을 지닌 예술 애호가들이라면 예술 이외의 문제에는 철저하게 냉담하고 자기 중심적인 아드리안의 이 작품이 표현하는 비의적(秘儀的)인 분위기에서 황홀감을 맛보았을 것이다. 그런데 이 비의적인 음악은 그 기조 면에서 보면 온갖 방법으로 스스로를 희화하고 비꼼으로써, 그런 황홀감에 다시 일종의 비애와 절망감을 끼얹는다.

그렇다. 이 곡을 가만히 들어 보면 감탄과 비애의 감정이 묘하게 교차된다. 가슴속에서 '얼마나 아름다운가!'라는 감탄과

422

'얼마나 비장한가!'라는 탄식이 동시에 느껴지는 것이다. 적어도 나는 그렇게 느꼈다. 기지가 넘치면서도 비애의 분위기가 느껴지는 이 작품은 쾌활한 트라베스티*처럼 보이지만 실은 가히 영웅적이라 할 만큼 절박한 곤경에서 길어 올린 지적인 성과인 것이다. 나는 그것을 불가능의 한계에 도전해 끊임없는 긴장 속에 온갖 모험을 감수하는 예술적 유희라고 일컬을 수밖에 없다. 이런 사태가 나를 슬프게 했다. 하지만 감탄과 비애, 감탄과 근심이 동시에 느껴지는 것은 그에 대한 사랑의 증거가 아닌가. 그와 그의 작품에 대한 고통스러울 만큼 긴장된 사랑, 나는 이 사랑의 감정으로 아드리안의 연주에 귀를 기울였던 것이다. 나는 많은 말을 할 처지가 못 되었다. 언제나 환영받는 훌륭한 청취자인 쉴트크납은 완벽한 연주 기법과 지성을 보여 주었다고 나보다 더한 찬사를 아끼지 않았다. 우리가 들었던 그 작품과 완벽한 교감을 하면서 감동에 젖어 든 나는 한참 후에 저녁 식탁에서도 거의 감각이 마비된 듯한 기분이었다. 그러자 여주인이 "마셔요, 마셔."라며 나에게 잔을 권했다. 그리고 아멜리아는 스푼을 눈앞에 대고 이리저리 흔들어 대며 "유령? 유령?"이라고 중얼거리는 것이었다.

그날 저녁은 어느덧 아내와 내가 두 친구의 독특한 생활 환경에서 함께 보낸 마지막 저녁들 중의 하나였다. 며칠 후면 우리는 삼 주 동안의 휴가를 마치고 다시 독일로 돌아가야만 했다. 반면에 두 친구는 수도원의 뜰, 그 집 식구들과 함께 하는 식탁, 황금빛으로 물드는 비옥한 평원, 그리고 등불 아래서 독

---

* 원작을 우스꽝스럽게 희화한 모방작.

서로 저녁 시간을 보내는 석조 거실 등을 오가며 전원적인 생활을 가을이 다 갈 때까지 아직 몇 달은 더 즐길 수 있었다. 이미 그들은 작년 여름 내내 그런 생활을 했으며, 또한 겨울 동안 머무는 도시에서의 생활 방식도 근본적으로는 이곳 생활과 다를 바 없었다. 도시에 머물 때면 두 사람은 코스탄치 극장과 판테온 신전 부근의 토레 아르겐티나 가(街)에 있는 3층 집에 하숙했다. 여주인은 아침과 간식을 제공했는데, 두 사람은 인근 식당에서 저녁을 먹고 매월 한 달치 식사 대금을 한꺼번에 계산했다. 그들은 따뜻한 봄날이나 가을날이면 그곳의 아름다운 샘물 주변에서 작업에 전념했다. 이따금 소나 방목된 말이 한 마리씩 물을 마시러 오기도 하는 곳이었다. 아드리안은 콜로나 광장에서 오후마다 열리는 시립 교향악단의 연주회에 거의 빠지지 않고 참석했다. 이따금 오페라의 밤이 열리기도 했다. 그런 밤이면 대개는 조용한 카페의 구석에서 뜨거운 오렌지 펀치를 한 잔 주문하고는 도미노 놀이를 즐겼다.

그들은 더 이상 다른 사람들과 어울리지 않았다. 거의 교제가 없는 것이나 다름없었다. 시골에서와 마찬가지로 로마에서도 거의 완벽하게 침묵을 지켰다. 그들은 독일적인 것이라면 무조건 피했다. 특히 쉴트크납은 모국어로 말하는 소리가 들리면 어김없이 그 자리를 피해 달아나곤 했다. 심지어 버스나 전차 안에서도 독일 사람만 눈에 띄면 다시 내릴 정도였다. 그런데 두 사람은 워낙 고독한 생활, 엄격히 말해 '둘이서' 즐기는 고독한 생활을 하다 보니 이탈리아 사람들과 사귈 기회마저 좀처럼 없었다. 겨울을 나는 동안 그들은 예술과 예술가를 아끼는, 출신이 분명치 않은 어느 부인의 초대를 두 번 받았을 뿐이다. 뤼디거 쉴트크납이 뮌헨에서 마담 드 코냐르 앞으로 쓴 추천장을 받은 일이 있었던 것이다. 코르소에 있는 그녀의 집 안에는 플러시와 은으로 된 액자에 끼워 넣은 헌증 사진들이 장식되어 있었는데, 이 집에서 두 사람은 폴란드, 헝가리, 프랑스, 이탈리아 등지에서 온 연극인, 화가, 음악가들과 마주쳤다. 하지만 한 사람 한 사람의 얼굴은 금방 잊어버렸다. 간혹 쉴트크납은 아드리안과 떨어져 공감의 표시로 자기를 포옹해 준 젊은 영국인과 함께 포도주를 마시러 가거나 티볼리로 소풍을 가거나, 혹은 콰트로 폰타네의 트라피스트 회(會) 수도사들의 집에서 유칼리 열매로 담근 브랜디를 마시거나, 아니면 힘든 번역 작업에서 잠시 벗어나 그들과 실없는 잡담을 지껄이기도 했다.

　요컨대 도시에서건 외진 산간 마을에서건 두 사람은 세상과 사람들을 피했고, 오로지 자신들의 작업에만 매달리는 생활을 했다. 적어도 내가 보기에는 그런 생활을 하고 있었다. 나는 언제나 그렇듯 서운한 마음으로 마나르디 가(家)와 아드리안의 곁을 떠났다. 하지만 동시에 나도 모르게 마음이 홀가분해진 것도 사실이었다. 이왕 말이 나왔으니 어째서 홀가분한 느낌이 들었는지 해명해야겠다. 굳이 이런 해명을 하면 우스꽝스럽게 들릴지 모르겠지만, 그럼에도 진실을 말하면 이렇다. 즉, 어느 특정한 시점부터, 젊은이들이 즐겨 쓰는 표현으로 '딱 어느 시점부터' 나는 마나르디 집안 식구들 사이에서 우스꽝스러운 예외적 존재가 되기 시작했는데, 이른바 괄호 밖의 인물이 되었다고 할 수 있다. 그것은 내가 결혼한 몸으로 영위해야 하는 남다른 생활 방식 때문이었다. 결혼한 남자란 쑥스러움과 자부심이 뒤섞인 뜻으로 말하는 '본능'의 요구를 따라야 하게 마련이다. 그런데 이 집의 다른 식구들 중에는 아무도 그런 사람이 없었다. 우리의 훌륭한 여주인 페로넬라 부인은 벌써 오래전에 남편과 사별했고, 딸 아멜리아는 다소 모자라는 아이였다. 마나르디 형제는, 변호사나 농부나 할 것 없이 젊을 때부터 이미 그런 본능이 퇴화한 사람들로 보였다. 두 사람을 보면 여자 근처에도 가 본 적이 없을 것 같은 느낌이 들었다. 물론 머리가 희끗희끗하고 성품이 온유한 친척 다리오 씨와 체구가 작고 시름시름 앓는 그의 부인이 있긴 했지만, 이들 부부는 이웃을 사랑한다는 정도의 의미로만 서로를 사랑하고 있음이 분명했다. 이제 마지막으로 아드리안과 쉴트크납이 남았다. 이들 역시 우리가 익히 알고 있는 이 평화롭고도 엄격한 생활권에서 몇 달씩을 배겨 내면서 마을 위쪽 수도원에 있는 수도승들과 다름없는 생활을 하고 있었다. 그러니 나처럼 세속 생활을 누리는 입장에서는 어떤 부끄러움이나 압박감을 느낄 수밖에 없었던 것이다.

이미 언급했듯이 쉴트크납은 그런 종류의 행운을 즐길 기회가 널린 넓은 세상과 특이한 관계를 맺고 있었는데, 그는 그런 진귀한 기회들을 아껴 두면서 남에게 쉽게 마음을 주지 않는 성향의 인물이었다. 나는 바로 그런 성향이 그의 독특한 생활 방식을 이해하는 실마리라는 것을 알게 되었다. 또한 그런 성향은, 나로서는 납득하기 어려웠지만 그가 그런 생활 방식을 실현하고 있었다는 사실을 이해하는 데도 도움이 되었다. 아드리안의 경우는 사정이 달랐다. 물론 두 사람에게 공통된 순결 의식이, 그들의 우정까지는 아니어도 공동 생활의 토대가 되었다는 것은 분명했다. 나는 이 슐레지엔 친구와 아드리안의 관계에 대해 일종의 질투를 느끼고 있었음을 독자에게 숨기지 못한 것 같다. 그렇다면 독자의 입장에서는 두 사람의 금욕적인 성향을 결합해 주는 그런 공통점에 내가 질투를 느꼈다고 이해해도 무방하리라.

이렇게 말하면 어떨지 모르지만, 쉴트크납은 언제 다시 바람을 피울지 모르는 상태였다. 반면에 아드리안은 전에도 그랬지만 특히 그라츠와 프레스부르크로 여행을 다녀온 이후로는 수도사처럼 살고 있었다. 그것은 의심할 수 없는 사실이었다. 하지만 그가 여자와 동침한 이래로 일시적으로 병을 얻고, 같은 무렵 그의 의사들을 차례로 잃은 이후로 그의 순결 의식은 더 이상 순수한 윤리 의식의 소산이 아니라 불순한 격정의 소산으로 바뀌었다. 그런 생각이 들자 나는 전율하지 않을 수 없었다.

아드리안에게는 마치 '날 건드리지 마라.' 하고 경고하는 듯한 그 무엇이 언제나 도사리고 있었다. 나는 그것을 잘 알고 있었다. 그는 다른 사람의 몸과 너무 가까이 접촉하는 것을 싫어했다. '서로 입김이 닿도록' 가까이 있는 것을 싫어했고, 일체의 신체 접촉을 싫어했다. 나는 그것을 익히 알고 있었다. 그는 진정한 의미에서 '혐오'가 몸에 밴 인간, 자꾸만 무엇을 기피하고 마음을 닫은 채 고립되어 가는 그런 인간이었다. 그에게는 몸으로 진심을 표현하는 것이 천성에 맞지 않는 것 같았다. 확실히 그는 악수를 하는 경우조차 드물었고, 설령 악수를 한다고 해도 후딱 해 버리는 게 보통이었다. 우리가 다시 함께 있는 동안 이 모든 특성은 예전보다 더 두드러지게 나타났다. 또한 까닭은 알 수 없지만 '날 건드리지 마라!' 혹은 '내 몸에서 세 발자국 떨어져 있어!'라고 하는 듯한 경고가 예전과는 사뭇 다른 느낌을 주었다. 즉, 상대방이 그에게 접근해도 괜찮지 않을까 하는 기대감이 퇴짜를 맞았다기보다는 그 자신이 다른 사람에게 접근하는 것을 기피하는 것처럼 보였다. 이런 태도는 분명히 그가 여자를 멀리하는 것과 관계가 있었다.

오직 나처럼 절실한 우정으로 친구를 관찰하는 사람만이 그런 느낌의 변화를 읽어 낼 수 있었다. 하지만 내가 그런 변화를 감지했다고 해서 아드리안 가까이에 있는 기쁨이 손상되었을 거라고 생각한다면 당치도 않다. 그의 신상에 일어난 변화에 충격을 받은 것이 사실이지만, 그렇다고 나를 그에게서 떼어 놓을 수는 없었다. 함께 살기가 쉽지 않지만, 그렇다고 떠나 보낼 수도 없는 그런 사람들이 있는 법이다.

25

이 글에서 여러 번 언급되었던 문서, 아드리안과 사별한 이래 내가 보관하고 있는 소중하고도 소름 끼치는 보물, 즉 그의 비밀 수기가 있다. 이제 나는 그 문서를 공개하고자 한다. 이제 이 전기에 그 문서를 끼워 넣을 때가 된 것이다. 그가 자신의 뜻에 따라 선택해 슐레지엔 친구와 함께 지냈던 그 피난처, 내가 찾아간 적이 있는 그 피난처를 나는 정신적으로도 떠나왔기에 여기서 내 이야기를 중단하기로 하겠다. 이제 이 25장에서 독자는 아드리안의 목소리를 직접 듣게 될 것이다.

그런데 아드리안의 목소리뿐일까? 사실 여기에 공개하려는 것은 둘의 대화이다. 게다가 대화를 주도하는 쪽은 다른 어떤 존재, 완전히 다른 존재, 엄청나게 다른 존재이며 대화의 기록자인 아드리안은 그 다른 존재로부터 들은 것을 자신의 석실에서 받아 적었을 뿐이다. 그런데 대화라니? 정말 그것을 대화라고 할 수 있을까? 내가 미치지 않은 이상 그것을 대화라고 할 수는 없다. 같은 이유에서 나는 또한 그가 보고 들은 것을, 그가 그것을 보고 듣는 동안이나 나중에 기록을 하면서 진심으로 실제 사실이라고 믿었다고 생각하지 않는다. 비록 대화 상대가 자신의 객관적인 실재를 확신시키기 위해 냉소적인 태도를 동원했지만 말이다. 아드리안 자신이 상대방이 실재하는 존재라는 것을, 조건부의 가능성이긴 하지만 문서에서 인정하는 것을 보고 나는 경악하지 않을 수 없었다. 하지만 그 방문객이 실재하는 존재가 아니었다면, 아드리안이 기록한 상대방의 냉소적 태도와 비웃음과 속임수까지도 시련을 겪고 있는 당사자인 아드리안 자신의 영혼에서 비롯되었을 거라고 생각하니 끔찍한 심정이다…….

나는 당연히 아드리안의 수기를 출판사에 넘겨줄 생각이 없다. 그는 내가 훨씬 앞부분에서 설명한 바 있는 작고 둥근 옛 서체, 수도승의 글씨체라 해도 좋을 나선형의 서체로 수기를 써 놓았다. 나는 그가 오선지에 적은 수기를 한 글자 한 글자씩 나의 노트에 옮겨 적었다. 그가 오선지를 사용한 것은 틀림없이 당장에 다른 종이가 없었거나, 아니면 그 아래 성(聖) 아가피토 교회 옆에 있는 작은 문방구에 마음에 드는 노트가 없었기 때문일 것이다. 어떻든 그의 수기는 높은 성부를 나타내는 오선지에 두 줄, 낮은 성부 오선지에 두 줄, 그리고 그 사이의 여백에 두 줄씩 기록되어 있었다.

그 문서에는 날짜가 표시되어 있지 않아서 기록된 시점을 정확히 알 수는 없다. 내 확신이 맞다면 우리 부부가 그 산동네를 방문한 기간이나 그 이후에 작성된 것 같지는 않다. 우리 부부가 두 친구와 함께 세 주를 보낸 그해 초여름이거나, 아니면 두 사람이 마나르디 집에서 하숙을 시작한 첫해 여름에 기록되었을 것이다. 그러니까 이 수기에 서술된 체험은 우리 부부가 그곳에 머물던 시기보다는 앞서 있고, 우리가 찾아갔을 당시 아드리안은 이미 여기서 공개할 대화의 체험을 겪은 후였다고 나는 확신한다. 또한 그 사건이 있은 직후에, 아마도 바로 다음 날 이 문서가 작성되었으리라는 것도 나는 확신한다.

그러면 이제 나는 그 문서를 그대로 여기에 옮겨 적기로 하겠다. 굳이 멀리서 폭탄 터지는 소리가 나의 은거지를 흔들지 않더라도 문서를 옮겨 적는 동안 손이 떨리고 글씨가 삐뚤어지지 않을까 두렵다…….

결코 발설해서는 안 된다.* 창피해서라도, 사람들 감정을 상하게 하지 않기 위해서라도. 그래, 사회적인 고려 때문에라도 발설해서는 안 될 것이다. 이성적으로 품위를 지키고 끝까지 긴장을 늦추지 않겠다고 굳게 마음먹고 있는데, 그런데 마침내, 마침내 '그'를 보게 되었다. 그가 이 방으로 나를 찾아온 것이다. 뜻밖이었지만 실은 오래전부터 고대해 온 순간이다. '그'와 정말 많은 대화를 나누었다. 그러나 한 가지 아직도 화가 나는 것은 내가 무엇 때문에 줄곧 떨고 있었을까 하는 것이다. 그냥 날씨가 추워서였는지 아니면 '그' 때문이었는지, 그것을 확실히 알 수 없어서 화가 난다. 아니면 내가 춥다고 착각했던 것일까? 아니면 '그'가 춥다고 나를 속였던 것일까? 나를 떨게 하려고, 그래서 '그'가 정말 존재한다는 확신을 심어

---

* 중세본 『파우스트』에 나오는 말로, 위험한 비밀을 발설해서는 안 된다는 뜻.

주기 위해서? 나도 명색이 사내이고 바보가 아닌 이상 자신의 공상으로 불러낸 유령 때문에 떠는 사람은 없다는 것쯤은 알고 있다. 그런 유령이라면 기분 좋게 대할 수 있다. 당황하거나 떨지 않고서도 얼마든지 그런 유령과는 교제할 수 있다. 그런데 '그'는 정말 나를 바보 취급한 것일까? '그'는 그 빌어먹을 추위로, 내가 바보가 아니며 자기는 공상 속의 유령이 아니라고 나를 속인 것일까? 어쨌든 나는 '그' 앞에서 한심하게 겁이 나서 벌벌 떨었으니까. '그'는 정말 교활한 놈이다.

결코 발설해서는 안 된다. 나만 알고 있어야 한다. 내가 이 모든 것을 여기 오선지에 말없이 옮겨 적는 동안, 나와 함께 웃고 떠들던 친구는 이 은신처의 방에서, 나한테서 멀찌감치 떨어져 앉아 그 멋진 외국어를 빌어먹을 모국어로 번역하느라 고생하고 있다. 그 친구는 내가 작곡을 하고 있는 줄 알 것이다. 설령 내가 글을 쓰는 걸 보더라도 베토벤도 글로 작곡을 했으니 그러려니 여길 것이다.

나는 지긋지긋한 두통과 싸우며 온종일 어두운 방 안에 누워 있었다. 두통이 심하면 늘 그렇듯이, 목이 갑갑하고 토할 것만 같았다. 그런데 저녁 무렵이 되자 뜻밖에 갑자기 통증이 가라앉기 시작했다. 집주인 아주머니가 자상하게도 "딱해서 어쩌나!" 하면서 가져다주는 수프를 먹을 수 있었고, 아주머니가 "마셔 보세요!" 하며 권하는 붉은 포도주를 기분 좋게 마실 수도 있었다. 그러고서 담배까지 피웠을 정도로 갑자기 정신이 맑아졌다. 어제 약속한 대로 외출도 할 수 있을 것 같았다. 다리오 씨가 아랫마을로 우리를 안내해서 훌륭한 사람들이 모이는 클럽을 소개시켜 주고, 또 당구장과 독서실 등을 보여 주고 싶다고 했다. 우리는 그 선량한 양반의 자존심이 상하게 않게 그 제안에 동의했다. 그런데 쉴트크납 혼자만 그 약속을 지키게 되었다. 나는 두통 때문에 양해를 구했다. 내가 빠지자 그는 잔뜩 부은 표정으로 다리오 씨와 나란히 터벅터벅 골목길을 따라 농사꾼들과 속물들이 있는 곳을 향해 걸어갔고, 나는 혼자 남게 되었다.

나는 차양이 내려진 창가에 혼자 앉아 길다란 공간을 앞에 두고 등불 아래서 키르케고르가 모차르트의 가극 「돈 후안」에 관해 쓴 글을 읽고 있었다.

그때 갑자기 섬뜩한 냉기가 엄습해 왔다. 마치 냉방에 앉아 있는 듯한 기분이었고, 창문이 열려서 추운 바깥바람이 들이치는 것 같았다. 그런데 냉기는 창문이 있는 뒤쪽이 아니라 앞쪽으로부터 몰려왔다. 나는 책에서 눈을 떼고 방 안을 둘러보았다. 쉴트크납이 벌써 돌아온 것일까? 방 안에는 나말고도 누군가가 있었다. 누군가가 소파에 앉아 있는 것이 어렴풋이 보였다. 탁자와 의자가 딸린 그 소파는 방의 중간쯤에 출입문 가까이 놓여 있었는데, 우리는 거기서 아침 식사를 하곤 했다. 그는 다리를 꼬고 소파의 구석 자리에 앉아 있었다. 그런데 쉴트크납이 아니라 다른 사람이었다. 쉴트크납처럼 키가 크고 당당한 자세가 아닐 뿐더러, 도대체 신사답지도 않았다. 그런데 냉기는 끊임없이 엄습해 오고 있다.

"키 에 코스타!"*

나는 다소 잠긴 목소리로 그렇게 외쳤다. 그러면서 양손으

---

* Chi è costà. 이탈리아어로 '거기 누구요?'라는 뜻.

로 의자의 팔걸이를 짚고 일어서는 바람에 무릎에 올려놓고 보던 책이 방바닥으로 떨어졌다. 그는 저음으로 느릿하게 대답했다. 비음이 듣기 좋은, 잘 훈련된 듯한 목소리였다.

"독일어로 말하게! 가식이나 과장이 없는 멋진 옛날식 독일어로! 나는 알아들으니까. 사실 바로 그게 내가 좋아하는 말이거든. 이따금 나는 독일어밖에 알아듣지 못할 때가 있지. 그건 그렇고 외투를 꺼내 입게나. 모자도 쓰고 모포도 두르게. 자네한테는 춥겠어. 감기가 걸릴 정도는 아니어도 아마 이가 덜덜 떨릴 거야."

"도대체 누군데 나한테 말을 놓는 거요?"

나는 화가 나서 되물었다.

"나야, 나라고. 호의의 표시로 말을 놓았다니까. 아, 무슨 뜻인지 알겠군! 자넨 아무한테도 말을 놓지 않지. 그 유머러스한 친구한테도 말을 놓지 않더군. 어릴 적부터 친구인 한 사람만 빼놓곤 말이야. 그는 자네를 성이 아니라 이름으로 부르더군. 그렇지만 자넨 그 친구를 그렇게 부르지 않지? 그건 아무래도 상관없어. 이미 우리는 서로 말을 놓는 사이잖아. 이제 됐나? 따뜻한 걸 좀 꺼내 입지그래."

나는 희미한 빛 속을 뚫어지게 바라보았다. 화가 나서 그를 응시했다. 그 사내는 좀 마른 편이었다. 쉴트크납보다 키가 작을 뿐 아니라 나보다도 작았다. 운동모자를 한쪽으로 삐딱하게 썼고, 다른 쪽 관자놀이에서는 불그스레한 머리칼이 모자 아래로 삐져 나와 있었다. 눈에는 핏발이 서 있는데, 눈썹 역시 불그스레하고 안색은 푸르스름하며, 코끝은 약간 비스듬히 휘어져 있었다. 빗금 무늬가 있는 트리코 천으로 된 셔츠 위에 소매가 짧은 바둑판 무늬 재킷을 입었으며, 소매 밖으로 손가락이 뭉툭한 손이 보였다. 보기 역겨울 정도로 몸에 착 달라붙는 바지를 입고, 더 이상 광택을 낼 수 없을 정도로 낡아 보이는 노란 구두를 신고 있었다. 뚜쟁이, 기둥서방처럼 보이는데 발음과 목소리는 배우 같았다.

"이제 됐나?"

그가 다시 물었다.

나는 오싹한 한기를 견디지 못하면서 말했다.

"무엇보다 내가 알고 싶은 것은 감히 이 방에 쳐들어와서 내 옆에 앉은 자가 대체 누구냐 하는 거요."

"무엇보다."

그는 내가 한 말을 반복했다.

"무엇보다 궁금할 테지. 하지만 자넨 예고 없이 찾아오는 불청객한테는 지나치게 예민해. 물론 내가 친구 노릇이나 하려고 온 것은 아니야. 자네가 음악계에서 성공할 거라고 아부나 하러 온 것은 아니란 말일세. 자네와 담판할 용건이 있어서 왔지. 옷이라도 두껍게 입는 게 어떤가? 그렇게 이가 떨려서야 어디 이야기를 할 수 있겠나."

나는 몇 초 동안 더 그에게서 눈을 떼지 않고 앉아 있었다. 내게로 엄습해 오는 냉기가 살을 에는 듯했다. 가벼운 옷차림을 하고 있어서 냉기를 막을 도리가 없었고, 마치 벌거벗고 있는 듯한 느낌이었다. 그래서 나는 그 자리를 떴다. 일어서서 그 다음 출입문을 지나 왼쪽으로, 내 침실이 있는 곳으로 갔다. (내 친구가 쓰는 침실은 같은 방향으로 더 가야 있었다.) 옷장에서 겨울 외투를 꺼냈다. 로마에 있을 적에 북풍이 부는 날이면

입곤 하던 것인데, 마땅히 둘 데가 없어서 여기까지 가져온 것이었다. 또한 모자도 쓰고 여행용 모포를 챙겨서, 말하자면 완전 무장을 하고서 내 자리로 돌아왔다.

그는 그 자리에 그대로 앉아 있었다.

"당신 아직 거기 있소?"

외투의 깃을 세우고 모포로 무릎을 감싸면서 내가 말했다.

"내가 나갔다가 왔는데도 말이오? 알 수 없는 일이군. 내 추측대로라면 당신은 여기 없어야 하는데."

"없어야 한다고? 도대체 어째서?"

잘 훈련된 비음으로 그가 물었다.

나 : "어떤 사람이 이곳에서 저녁에 내 옆에 앉아 독일어로 말하고 냉기를 풍기면서 나한테 용건이 있다고 하는데, 나는 그 사람을 전혀 모를뿐더러 알고 싶지도 않으니, 이런 일은 있을 법한 일이 아니기 때문이오. 차라리 이렇게 생각하는 편이 훨씬 더 신빙성이 있소. 즉, 내가 어떤 병에 걸려 혼수상태에서 소름 끼치는 오한을 당신에게 옮기면서도, 오히려 당신한테서 냉기가 나온다고 착각을 하는 것이오."

그 : (마치 배우처럼 차분하고 자신 있게 웃으면서) "말도 안 돼! 무슨 헛소리를 지껄이는 거야! 옛날식으로 말하면, 귀신 씨나락 까먹는 소리야. 그것도 교묘하게! 마치 자네의 ·오페라에서 인용한 것처럼 교묘하군! 하지만 이 순간만은 우리가 음악을 하고 있는 게 아냐. 그런 말은 기가 허한 우울증 환자나 하는 소리지. 제발 마음 약한 생각일랑 집어치우게! 좀 당당하게 굴어 봐. 정신을 바짝 차리라고! 자넨 어떤 병에도 걸리지 않았어. 약간의 발작 상태가 지나가면, 자넨 가장 건강한 젊은

이가 되지. 미안하네, 내가 좀 서툰 소릴 했어. 건강이란 말이 튀어나오다니. 어떻든 자네의 병이 돌발하지는 않을 걸세. 열병의 조짐은 전혀 없어. 자네가 그런 병에 걸릴 까닭이 없지."

나 : "게다가 당신이 하는 말에서 세 마디 중 하나는 당신이 아무것도 아니라는 것을 드러내고 있소. 당신은 순전히 내 안에 들어 있고 나한테서 나온 것들만 말하고 있고, 당신 자신한테서 우러나온 것은 한 마디도 하지 않았소. 당신이 쿰프 교수의 말투를 흉내 내고는 있지만, 그렇다고 한때 대학이나 김나지움을 다닌 적이 있다거나, 내 옆에 붙어 앉아서 원숭이처럼 흉내를 낸 적이 있는 것 같지는 않소. 그런데 당신은 나의 불쌍한 친구와 내가 말을 놓고 지내는 친구, 게다가 나에게 말을 놓고 지내는 사람들에 대해서도 말하고 있소. 나는 전혀 아무것도 말해 주지 않았는데도 말이오. 그리고 당신은 오페라에 대해서도 말했지 않소. 당신은 도대체 이 모든 것을 어디서 알아냈소?"

그 : (별 유치한 말을 다 듣겠다는 듯 역시 고개를 설레설레 흔들고 웃으며) "어디서 알아냈냐고? 어떻든 내가 그런 것을 알고 있다는 사실을 자네는 두 눈으로 똑똑히 보고 있잖아. 그렇다고 자네가 잘못 보고 있다고, 자존심 상하는 결론을 내릴 셈인가? 그거야말로 상급 학교에서 가르치는 모든 논리를 뒤죽박죽으로 만드는 짓이야. 내가 정보를 알고 있다는 사실로부터 내몸뚱이가 없다는 결론을 추론해 낼 것이 아니라, 오히려 나는 육체를 가진 존재일 뿐 아니라 자네가 이미 줄곧 생각해 온 바로 그런 존재이기도 하다는 결론을 추론하는 편이 나을 걸세."

나 : "그러면 내가 당신을 누구로 생각하고 있단 말이오?"

그: (정중하게 나무라듯이) "그만하게. 자넨 알고 있잖아! 오래전부터 내가 나타나길 기다려 왔으면서 그렇게 시치미를 떼면 안 되지. 우리 사이에 언젠가는 토론이 벌어질 거라는 사실을 자네도 나만큼 잘 알고 있지 않았는가. 내가 존재한다면, 이제는 자네가 이 사실을 시인하리라 생각하네만, 나는 오로지 하나의 존재일 수밖에 없어. 자네는 내가 누구라고 생각하나? 내 이름이 뭐냐고? 자네는 아직 신학교에 다니기 전인 김나지움 시절, 자네가 처음으로 공부를 시작했던 그 시절의 모든 우스꽝스러운 별명들을 기억하고 있을 테지. 자네는 정확히 기억해 낼 수 있을 거야. 자네는 그중에서 고르기만 하면 돼. 그래, 나한테는 그런 이름밖에, 하찮은 별명밖에 없어. 사람들이 나를 비난하면서 붙인 별명들 말일세. 어떻든 그런 별명들이 붙은 것은 내가 독일 토종들한테 인기가 좋다는 뜻이지. 인기는 좋은 거야, 그렇잖아? 비록 인기를 추구한 적도 없고 또 근본적으로 인기라는 게 오해에서 기인한다고 확신하는 사람도 인기를 좋아하지. 인기가 있으면 듣기 좋은 소리를 들을 때처럼 기분이 좋으니까. 그럼 어디 골라 보게나. 정 그렇게 내 이름을 알고 싶다면 말일세. 비록 자네는 사람들을 이름으로 부르는 경우가 드물지만. 자넨 무관심한 까닭에 사람들의 이름을 모르거든. 그 촌티 나는 이름들 가운데 내키는 대로 어디 하나만 골라 보시지! 하지만 듣고 싶지 않은 이름이 딱 하나 있어. 왜냐고? 들으나마나 험담일 테고, 또 나한테 맞지 않는 이름일 테니까. 나를 무능한 뚜쟁이라고 욕하는 자는 완전히 헛짚은 거야. 물론 장난으로 그렇게 말하는 건지도 모르지만, 그건 나에 대한 모독이야. 난 한다면 하는 성미거든. 일단 약속한 것

은 털끝만큼 사소한 일도 지킨다네. 그게 내 사업 원칙이지. 이를테면 유대인들이 가장 신뢰할 만한 장사꾼인 것처럼 말이야. 사기 사건이 터졌다 하면 당하는 쪽은 어김없이 나야. 나는 정직과 신용을 믿으니까……."

나 : "무능한 뚜쟁이라. 당신 정말 거기 내 앞에 놓인 소파에 앉아서 쿰프 교수의 흉내나 제법 내면서 실없이 겉도는 얘기만 할 작정이오? 왜 하필이면 여기 남쪽 나라로 날 찾아왔소? 여기는 당신의 관할 구역도 아닌 데다 전혀 인기가 없지 않소? 이 무슨 당치 않은 법석이란 말이오! 카이저스아셰른에서라면 내가 당신을 환영했을지도 모르지만. 여기가 비텐베르크, 아니면 바르트부르크, 라이프치히만 되었어도 당신은 나한테 신용을 얻었을 텐데. 그러나 여기선 어림도 없소. 여긴 외국 땅인 데다 가톨릭의 본고장이란 말이오!"

그 : (머리를 설레설레 흔들고 걱정된다는 듯 혀를 차면서) "쯧쯧. 언제나 이 모양으로 의혹거리만 찾고, 노상 그 모양으로 자신이 없어서야, 원! 만일 자네가 '내가 있는 곳이 곧 카이저스아셰른이다!'라고 자신 있게 말할 용기만 낸다면 만사형통이라니까! 그런 용기만 있으면 예술가 나리도 격식을 차리지 않았다고 개탄할 필요가 없을 텐데. 제기랄! 자넨 얼마든지 그렇게 말할 권리가 있는데도 단지 그럴 용기가 없거나, 아니면 짐짓 용기가 없는 체할 뿐이지. 이 친구야, 그건 자기 비하야. 게다가 자넨 나를 얕잡아 보고 있어. 그런 식으로 나를 옹졸하게 보고 순전히 독일 촌놈이라고 생각하다니. 물론 나는 독일 놈이지. 독일 토종이야. 하지만 고전적이고 훌륭한 의미에서 그렇지. 내 마음은 세계주의자처럼 탁 트여 있단 말일세. 자넨 여기서

나를 부인하려 들고, 아름다운 나라 이탈리아를 핑계로 옛 독일식의 동경심과 낭만적인 방랑벽을 완전히 외면하는군! 나는 당연히 독일인이지. 그런데 내가 갑자기 뒤러처럼 오들오들 떨면서 남쪽의 태양을 그리워한다면, 자네도 그런 꼴은 못마땅하겠지. 나는 사실 태양에는 아무 관심도 없고, 어떤 귀여운 녀석 때문에 급한 볼일이 생겨서 이곳에 오긴 했지만 말이야……."

이 말을 듣는 순간 나는 말할 수 없이 역겨운 기분이 들면서 온몸이 오싹했다. 하지만 내가 떨리는 까닭을 제대로 알아차릴 수 없었다. 어쩌면 추위 때문일 수도 있었다. 그자에게서 나오는 차가운 냉기는 갈수록 심해져서, 내 외투 자락을 뚫고 뼛속까지 스며들었던 것이다. 나는 언짢아하며 물었다.

"도대체 이 허튼짓 좀 그만둘 수 없소? 이 차가운 냉기 말이오!"

그: "유감스럽지만 안 되겠는걸. 이런 분위기가 마음에 들지 않는다니 유감스럽군. 나는 원래 이렇게 차갑거든. 그렇지 않다면 난들 어떻게 배겨 낼 것이며, 내가 사는 곳이 살 만하다고 생각하겠나?"

나: (나도 모르게) "당신이 산다는 곳은 허접스러운 지옥 구덩이 아니오?"

그: (간지럼을 타듯 키득거리며) "멋진 말이야! 독일식으로 웃기는 표현을 썼군! 그 밖에도 멋진 명칭들이 있지. 유식해 보이고 격정적인 명칭들 말이야. 자네도 한때는 신학을 공부했으니 감옥이니 황무지니 나락이니 재앙이니 저주니 하는 말들을 라틴어로 모두 알고 있겠지. 하지만 친근하고 익살스러운 독일어가 제일 마음에 들어. 그야 당연하지. 우선 그 장소가 어디고

어떤 곳인지 하는 이야기는 나중으로 미루세! 자네 얼굴을 보니 그걸 물을 작정이었다는 것은 알겠네. 하지만 거기까지는 아직 한참 멀었고 화급한 문제도 아니야. 화급하지 않다는 말은 농담일세, 용서하게. 때가 되면 알게 될 걸세. 시간은 얼마든지 있어. 시간은 우리가 주는 최고의 선물, 우리만이 줄 수 있는 것이지. 모래시계도 우리의 선물인데, 정말 섬세한 물건이야. 빨간 모래가 흘러내리는 좁은 관. 머리카락처럼 가늘게 흘러내리지. 위쪽 구멍에서는 거의 아무런 변화도 눈에 띄지 않아. 끝부분을 보아야만 점점 속도가 붙어서 빨리 흘러내리는 걸 알 수 있지. 하지만 이미 오래전에 그 좁은 곳에 들어섰기 때문에 이제 와서 새삼스레 이러쿵저러쿵 따져 봐야 아무 소용이 없다고. 여보게, 다만 이미 모래시계는 설치되어 있고, 모래가 흘러내리기 시작했다는 사실만큼은 알아주었으면 하네."

나 : (아주 경멸조로) "정말 뒤러 풍을 즐기는군. 처음에는 오싹한 냉기로 햇살이 그리워지게 하더니, 이제는 「멜랑콜리아」* 의 모래시계라. 다음에는 마방진을 들먹일 차례요? 이젠 어떤 말을 해도 각오가 되어 있소. 적응이 된다는 말이오. 나한테 말을 놓고 '여보게'라느니 하는 어투를 쓰는 뻔뻔스러움에도 적응했단 뜻이오. 물론 아주 불쾌하긴 하지만. 이제 드디어 나는 나 자신에게까지도 '자네'라고 부르게 되었소.** 그러면 아마 당신이 그런 어투로 말하는 이유도 밝혀지겠지. 당신 주장대로

---

* 뒤러의 유명한 판화 「멜랑콜리아」에 '모래시계'와 '마방진'이 묘사되어 있다.
** '그'의 악마적 실체를 인정하지 않고 단지 '나'의 환영일 뿐이라고 격하하는 태도를 표명하고 있다. 다시 말해 '나'의 환영을 향해 '너'라고 비하하는 호칭을 써서 상대를 무시하겠다는 것이다.

라면 나는 유령과 대화를 하고 있는 셈인데, 그 유령이 곧 악마일 테니, 따라서 악마와 사미엘*은 결국 같은 존재로군."

그: "자네 또 시작인가?"

나: "사미엘이라, 그것 참 웃기는군! 네가 작곡했다는 현악 트레몰로 '다단조—포르티시모'는 도대체 어디에 있는 거야? 그 곡은 목관악기와 트럼본으로 낭만적인 청중들을 깜짝 놀라게 할 정도로 기발했다면서? 그 곡에서 심연을 울리는 바단조가 나오잖아. 네가 심연에서 나왔듯이 말이야. 거참, 이상하군. 내가 그 곡을 듣지 못하다니!"

그: "그렇다고 해 두지. 우린 훨씬 훌륭한 악기를 갖고 있지. 머잖아 자네한테 들려주겠네. 자네가 그걸 들을 수 있을 정도로 성숙하기만 하면 틀림없이 연주해 주겠어. 문제는 성숙이고, 적당한 시기야. 바로 이 점에 관해 자네와 얘기하고 싶다네. 하지만 사미엘이라, 그건 한심해. 내가 토속적인 것을 좋아하기는 하지만 사미엘은 너무 한심하다고. 그래서 뤼베크의 요한 발호른**이 사마엘로 고쳤지. 그런데 사마엘이 무슨 뜻인지아나?"

나: (말을 하지 않고 버틴다.)

그: "갑자기 벙어리가 됐나? 아무튼 독일어 뜻풀이를 나한테 맡기다니, 그 신중한 태도가 마음에 드는군. 사마엘은 '죽

---

* 사탄과 함께 하느님에게 대항한 타락한 천사 사마엘(Sammael)의 속칭.

** Johann Balhorn(1575?~1604?). 중세 자유 도시 뤼베크의 인쇄업자. 350년이나 된 뤼베크 시의 법령 '개정판'을 냈으나 임의로 고친 부분이 너무 많아서 숱한 논란을 불러일으켰다. '개악·날조하다.'라는 뜻의 verballhorn이라는 말이 그의 이름에서 유래된 것으로 추정된다.

음의 독을 선사하는 천사'라는 뜻이야."

나 : (제대로 맞물리지 않은 잇새로 바람이 새는 듯한 소리로) "그래, 바로 그거야! 당신한테 딱 어울려! 천사가 따로 없어! 당신 꼴이 어떤지 아시오? 상스럽다는 말도 과분해. 뻔뻔스러운 인간 쓰레기, 말종, 흡혈귀, 이게 당신의 꼬락서니요. 이런 꼬락서니를 하고도 넉살 좋게 날 찾아오다니. 천사라니, 당치도 않아!"

그 : (머쓱하다는 듯 양팔을 벌리고 자기 몸을 내려다보며) "아니 뭐라고? 도대체 내 꼴이 어떻다고? 그래, 내 꼴이 어떤지 물어 줘서 고마워. 사실 난 그런 건 모르거든. 아니, 예전에는 미처 몰랐지. 그런데 자네가 이제야 나한테 일러 준 셈이야. 분명히 말하지만 나는 외모에는 전혀 신경 쓰지 않아. 될 대로 되라는 식으로 내버려 두지. 내가 어떻게 보이는가 하는 것은 순전히 우연이란 말이야. 내가 굳이 신경을 쓰지 않아도 그때그때 형편에 따라 적당히 모양이 만들어진단 말씀이야. 나의 적응력과 모방 실력은 자네도 알고 있겠지. 게다가 수시로 표정을 바꾸는, 어머니 자연의 힘으로 가장무도회 같은 온갖 요술도 가능하지. 하지만 여보게, 나야 나방 정도의 변장술은 알고 있지만, 그렇다고 내 문제를 자네 자신한테 결부하지는 말게. 나를 나쁘게 생각하지도 말았으면 하네. 다른 측면에서 보면 이런 능력도 쓸모가 있다는 것을 자네도 인정할 걸세. 자네 역시 그런 능력을 이용하지 않나. 경고까지 받고서 말이야. 문자 상징이 들어 있는 자네의 멋진 노래를 말하는 걸세. 그 곡은 정말 영감을 얻은 듯 풍부한 감수성을 표현하고 있지.

그대는 어느 날 밤
상쾌한 음료수를 내게 주면서
내 삶에 독을 흘려 넣었네……*

아주 근사해.

그 상처 난 곳을
뱀이 물고 빨았네……

정말 재능이 엿보이는군. 우리는 때를 놓치지 않고 바로 그 장면을 포착했지. 그래서 일찍부터 자네를 주목해 왔다네. 자네 정도면 확실히 공을 들일 만한 가치가 있다는 걸 알았지. 이 정도의 자질을 갖추고 있으니 우리의 불꽃을 조금만 옮겨 주면, 조금만 데워 주고 날개를 달아 주고 취하게 만든다면 뭔가 빛나는 것을 만들어 낼 수 있다는 걸 알았어. 비스마르크가 이런 말을 하지 않았던가? 독일 사람이 타고난 기질을 발휘하려면 샴페인 반병은 마셔야 한다고. 분명히 그 비슷한 이야기를 했을 거야. 지당한 말씀이지. 재능이 있어도 마비되어 있는 게 독일인이지. 자신의 마비 상태를 못 견뎌서, 기발한 자극을 이용해서라도 극복할 정도의 재능은 있다는 말이야. 여보게, 자네한테 뭐가 부족한지 자넨 잘 알고 있었던 거야. 자네가 여행을 하면서, 실례되는 말이지만, 매독에 걸린 것은 정말이

---

* 이 구절은 아드리안의 노래 가사를 패러디로 변조한 것으로, 아드리안이 매춘부 여성과 잠자리를 함께 해서 성병에 걸린 것을 빗대고 있다.

지 제대로 한 거야."

"닥쳐!"

"닥치라고? 이것 보게, 그 덕분에 자네는 한 단계 발전한 거야. 자네도 따뜻한 사람이 될 수 있다는 말이지. 드디어 나한 테도 존칭을 생략하고 편하게 말을 놓는군. 기한이 정해져 있는, 아니 무기한이라 해도 좋은 협정을 맺고 있는 계약 당사자들 사이에는 서로 편하게 말을 놓는 편이 어울리지."

"닥치시오!"

"닥치라고? 우린 벌써 다섯 해 동안이나 침묵해 왔어. 그렇지만 언젠가는 자네가 처한 흥미로운 상황과 모든 문제에 대해 서로 얘기를 나누고 의논해야만 해. 물론 다른 사람들한테 발설해서는 안 되지. 하지만 당분간은, 모래시계가 설치되어 있는 동안은*, 우리끼리는 굳이 숨길 필요가 없다네. 미세한 좁은 관(管)을 따라 붉은 모래가 흘러내리기 시작했다고. 이제 겨우 시작일 뿐이야! 위쪽에 담겨 있는 모래 분량에 비하면 아래쪽에 흘러내린 모래는 아직 거의 없는 셈이니까. 우리는 시간을 제공하지. 끝도 없는 무진장의 시간을. 그 시간의 종말은 생각할 필요도 없어. 아직 한참 동안은. 어쩌면 사람들이 종말을 생각할지도 모르지만, '종말에 대비하라.'라는 말이 나돌지도 모를 그런 시점 때문에 미리부터 지레 걱정할 필요는 없다는 거지. 게다가 종말이라는 것은 변덕과 기분 여하에 따라 유동적인 시점이거든. 그 시점이 과연 언제가 될지, 종말까지 얼마나 걸릴지는 아무도 몰라. 이것은 기발한 착상이고 멋진 계획이야. 종말

---

* '나'와 '그' 사이에 일종의 계약이 성립되었음을 암시.

을 생각해야 하는 때가 다가올 그 순간이 불확실하고 변덕스럽기 때문에 얄궂게도 이미 정해져 있는 종말을 내다볼 수 없는 거지."

"헛소리 마시오!"

"그만하게. 자넨 정말 구제불능이군. 감히 나의 심리학까지도 함부로 매도하다니. 자네는 언젠가 고향의 시온 동산에서 심리학이 중용을 취하는 근사한 학문이라고 자네 입으로 말하지 않았던가. 심리학자들이야말로 진리를 가장 사랑하는 사람들이라고 했잖아. 나는 정해진 시간과 종말을 논할 때는 결코 허튼소리는 하지 않아. 곧이곧대로 말할 뿐이지. 모래시계가 설치되어 있는 곳, 비록 예측할 수는 없지만 기한이 정해져 있고 종말이 예정된 곳이면 어디서나 우리는 이미 어떤 계획을 세우고 있는 중이지. 우리가 뿌린 씨앗이 활짝 꽃피고 있다고. 우리는 시간을 팔지. 이십사 년 정도면 어때? 그 정도면 예측이 되나? 그 정도면 적당한 분량의 시간인가? 그 기한 동안은 옛날 황제처럼 멋대로 살아 볼 수도 있을 테고, 강력한 강신술(降神術)로 온갖 재주를 부려서 세상을 깜짝 놀라게 할 수도 있겠지. 점점 시간이 흐를수록 모든 불구 증세를 잊어버릴 테고, 자기 자신으로부터 낯설게 멀어지기는커녕 오히려 자기 자신으로 머물러 있으면서도 많은 것을 깨우치고 자신을 초월하여 고양될 수 있지. 샴페인 반병만 마셔도 자연스럽게 절정의 쾌감을 맛볼 수 있고, 얼근하게 자신을 즐기는 가운데 감당하기 힘들 정도로 미칠 듯한 도취의 희열을 맛볼 수 있을 거야. 이런 도취의 희열은 수천 년 동안 아무도 맛보지 못한 것이라고 확신하게 될 걸세. 그런 확신은 어느 정도는 타당한 것이기도 하지. 그렇게 뿌듯함을 만끽하는 순간에는 좋든 싫든 자신이 신이라고 생각하게 될 걸세. 그런 사람이 어떻게 쩨쩨하게 언제쯤 종말을 생각할 때가 닥쳐올까 하는 따위의 문제로 고민할 수 있단 말인가! 종말은 반드시 우리가 차지해. 결국 우리 것이 되고 말 거야. 확실히 보장하지. 단지 침묵으로써만이 아니라, 굳이 말로 확인하지 않아도 상관은 없지만 사나이 대 사나이로서 분명히 말하지."

나 : "그러면 나한테 시간을 팔겠다는 거요?"

그 : "시간이라고? 그냥 시간만? 이봐, 그게 아니야. 우리가 무슨 몹쓸 물건을 거래하는 게 아니라니까. 종말을 우리 것으로 만들기 위한 노고의 보상이 겨우 그냥 시간뿐이라면 애쓸 가치도 없겠지. 문제는 어떤 종류의 시간이냐 하는 것이지! 위대한 시간, 굉장한 시간, 온갖 일을 성사시킬 수 있는 신들린 시간이지. 물론 때로는 약간 비참해지기도 하지. 아니, 아주 비참할 수도 있어. 나는 그 점을 인정할 뿐 아니라 당당하게 강조하겠네. 그래야 정정당당하니까. 그게 예술가의 방식이고 기질이지. 알다시피 예술가란 늘 양극단으로 치우치는 경향이 있지. 어느 정도 궤도를 이탈해야 정상이잖아. 언제나 쾌활함과 우울증 사이를 오락가락하면서 말이야. 그게 정상이야. 그런 기질도 우리가 만들어 내는 것에 비하면 중용을 벗어나지 않는 시민 정신에 지나지 않아. 가령 뉘른베르크 방식이지. 우리는 이런 방면에서 가장 극단적인 것을 제공하거든. 비약과 깨달음을 가능케 하고, 해방감과 자유, 자신감과 경쾌함, 권력과 승리감을 체험하게 해 주지. 자신의 감각으로 해냈다는 것을 믿기 힘들걸. 결과물이 너무나 놀라워서 남이야 감탄하든 말

든 신경 쓸 필요도 없어. 자기 자신이 두려울 정도로 자기 숭배의 전율을 느끼게 되지. 자신이 신의 권능과 은총을 입은 행운아처럼 느껴지지. 하지만 황홀감이 큰 만큼 그에 상응해서 때로는 깊이, 경외감을 불러일으킬 만큼 아주 깊이 추락하기도 하지. 그리하여 공허함과 황량함, 불능의 비애뿐만 아니라 고통과 불쾌함을 맛보기도 하는 거야. 예술가 기질은 원래 그런 고통에 익숙한 법이지. 다만 깨우침과 의식적인 도취를 통해 고통이 더욱 심해질 뿐이야. 그것이 예술가에겐 최고의 영예지. 사람들이 엄청난 쾌락의 대가로 기꺼이 감수하는 것, 그게 고통이니까. 동화로도 익히 알려진 고통이지. 가령 물고기의 꼬리 대신 인간의 아름다운 다리를 갖고 싶은 인어 아가씨의 고통이 그런 거야. 자네, 안데르센의 「인어 아가씨」는 알고 있겠지? 그 애야말로 자네한테 딱 어울리는 보물인지도 몰라! 한마디만 하면 그 애를 침대까지 데려다 주지."

나 : "제발 터무니없는 소리 좀 작작 해!"

그 : "이런, 또 거칠게 나오는군. 자네는 노상 입을 다물라고 하는데, 나야 뭐 슈바이게슈틸* 집안 사람도 아니잖아. 그 집 안주인 엘제 슈바이게슈틸 여사도 딴에는 아주 사려 깊고 분별이 있었지만 오다가다 들르는 손님들한테도 이야기를 곧잘 떠벌리곤 했잖아. 내가 이 외국 땅까지 자네를 찾아온 것은 입 다물고 잠자코 있으려는 게 아니라, 우리 둘이서 머리를 맞대고 앞으로의 성과와 대가에 대해 확실한 협정을 맺기 위해서야. 분명히 말하지만 우린 이미 사 년 이상이나 침묵해 왔어.

---

* '슈바이게슈틸(Schweigestill)'은 원래 '고요한 침묵'이라는 뜻.

그러는 사이에 일이 척척 들어맞아서 절호의 기회가 온 거야. 이미 주사위는 던져진 거야. 지금 상황이 어떻게 돌아가는지 꼭 말을 해야겠나?"

나 : "그래, 꼭 들어 봐야겠어."

그 : "내 이야기를 들어 보면 반갑고 만족할 걸세. 보아하니 자넨 얘기를 들으려는 마음의 준비가 되어 있어. 내가 말을 해 주지 않으면 안달복달할걸. 그럴 만도 하지. 자네와 나, 우리가 함께 있는 세계는 정말 아늑하고 고향 같은 세계야. 우리 둘 다 정말 친숙한 세계지. 순수한 카이저스아셰른의 세계, 15세기 무렵 옛 독일의 멋진 분위기가 고스란히 살아 있는 세계지. 때는 바야흐로 루터 박사가 등장하기 직전이었지. 그 양반은 나하고는 허물없이 지내는 사이여서 내 등에다 대고 밀가루 빵을, 아니 잉크병을 던지기도 했지. 그러니까 삼십 년 동안 신바람 나던 시절*보다는 훨씬 이전이지. 생각해 보게. 중부 독일과 라인 강 연안, 그리고 도처에서 민중들이 들썩거렸지. 세상이 바뀔 것 같은 흥분과 불안으로 뒤숭숭했어. 타우버 골짜기의 니콜라스하우젠으로 성전(聖戰)을 위한 군대가 모여들었고, 소년 십자군이 소집되었지. 피 흘리는 성체(聖體), 기근, 농민 봉기, 전쟁, 쾰른에서 발생한 페스트 등으로 어수선한 가운데 혜성이 날아오고 유성이 떨어지는 등 심상치 않은 조짐이 나타났지. 수녀들의 몸에 성흔(聖痕)이 나타나고, 사람들의 의복에 십자가가 나타나기도 했지. 기이한 모양의 십자가를 그려 넣은 처녀들 내의를 군기(軍旗)랍시고 휘날리며 터키군에 대항하기도

---

* 30년 전쟁(1618~1648) 당시.

했지. 좋은 시절이었어. 끝내주는 독일의 시대였어! 돌이켜 보면 정말 흐뭇하지 않은가? 그때 전갈자리 성좌 한가운데로 혹성들이 모여들었지. 거장 뒤러는 그것을 의학 연구 노트에 멋지게 그려 두었어. 그 무렵 깜찍한 무리들이 찾아왔네. 나사처럼 파고드는 족속, 서인도에서 온 그 귀여운 손님들이 독일 땅까지 흘러 들어왔어. 채찍질에 탐닉하는 무리들이었지. 좋아, 이제야 귀가 솔깃해지나? 그런데 자네는 내가 자기 자신과 만인의 죄를 사하기 위해 자신의 등을 채찍으로 후려쳤던 참회 수도승 무리나 편타 도착증 환자들에 대해 이야기하고 있는 줄 아는 모양인데, 사실 내가 말하려는 것은 편모충(鞭毛蟲)이야. 마치 우리의 창백한 비너스*처럼 섬세한 털을 가진 미생물이지. 스피로헤타**, 바로 그놈이 흘러 들어온 거야. 자네가 옳아. 전성기의 중세와 유전성 편타 도착증 이야기가 나오면 어쩐지 서글퍼지지. 그래, 자네 같은 임자를 만났더라면 채찍질에 열광하던 무리도 아마 자신들이 옳다는 것을 입증할 수 있었을지도 모르지. 그런데 그 무리는 이미 오래전부터 길들여지고 풍속에 적응했지. 수백 년 동안 제집처럼 지내 온 나라에서 이제는 옛날과 달리 페스트나 나병처럼 그렇게 설쳐 대지는 않거든. 화가 슈펭글러 역시 온몸에 그 털을 뒤집어쓰고 있지만*** 굳이 가는 곳마다 경고의 방울 소리를 울릴 필요는 없지 않은가."

나 : "슈펭글러가 그, 그렇게 되었단 말이오?"

---

* 성병 내지 매독균을 암시.

** 매독균.

*** 매독에 걸렸음을 암시.

그 : "물론이지. 자네만 걸리란 법이 있나? 물론 자네가 신상의 일을 혼자만의 비밀로 숨기고, 다른 사람과 비교되는 것을 좋아하지 않는다는 것쯤은 나도 아네. 하지만 언제나 동지들은 널려 있지! 물론 슈펭글러는 남색가야. 그 친구는 노상 수줍은 듯이 눈치를 보며 눈을 흘기는데, 괜히 그러는 게 아니라고. 이네스 로데가 괜히 그 친구를 베일에 싸인 자라고 하는 줄 아나? 자, 어떤 형편인고 하니, 음흉한 호색한인 레오 칭크는 아직까지 용케 피했는데, 오히려 몸 관리를 잘하던 영리한 슈펭글러가 일찌감치 걸려들었지. 어떻든 마음을 차분히 가라앉히고, 그 친구를 부러워하지는 말게나. 그 친구의 경우는 지겨울 정도로 흔해 빠진 사례라서 전혀 건질 게 없어. 세상을 깜짝 놀라게 할 퓌톤*은 못 되지. 물론 슈펭글러가 매독에 걸린 덕분에 약간은 영리해지고 정신력이 조금 향상되었는지는 모르지. 그 친구가 높은 존재와 결탁해 비법을 전수받지 않았다면 공쿠르 형제의 일기와 아베 갈리아니를 그렇게 흔쾌히 읽지는 않았을 걸세. 심리학이란 바로 그런 거야. 사람들에게 내보이기를 꺼려 하는 추잡하고 은밀한 병이야말로 세상과 평범한 삶에 비판적으로 맞설 수 있게 해 주고, 시민적 질서에 아이러니의 정신으로 반항하게 하며, 자유로운 정신과 책과 사색에서 피난처를 찾게 하지. 하지만 슈펭글러는 이제 별 볼일 없어. 그 친구가 앞으로도 책이나 읽고 남의 글이나 인용하고 붉은 포도주나 마시며 빈둥거리고 보낼 여생의 시간은 우리가 제공한 시간이 아니야. 전혀 독창적인 시간이 아니지. 그 친구는

---

* 그리스 신화에서 아폴로가 죽인 거대한 뱀.

닳아 빠지고 진이 빠졌어. 매사에 적당히 관심을 보이는 세속적인 인간에 불과해. 그의 간장과 신장, 위장, 심장, 창자는 어느 날 갑자기 완전히 무기력해지고, 목이 쉬거나 귀머거리가 될 거야. 그래서 냉소적인 농담이나 지껄이다가 몇 년 지나지 않아서 소리도 없이 사라질걸. 그다음에는 어떻게 되냐고? 그건 우리가 알 바 아니지. 그 친구는 애초부터 전혀 깨우침이나 고양, 열광을 체험하지 못했으니까. 그 친구의 경우에는 뇌수까지 침투하지 못했거든. 다시 말해 정신적인 차원으로 전이되지 못한 거라고. 알아듣겠나? 우리의 미생물들이 고상한 것, 높은 경지에까지는 신경을 쓰지 않았어. 그런 유혹을 느끼지 못한 게 분명해. 단순히 성병이나 전염병 수준을 넘어서 형이상학적인 차원으로 전이되지 않았단 말이야……"

나 : (화를 내며) "도대체 언제까지 당신의 역겨운 헛소리를 들어주느라 벌벌 떨고 앉아 있어야 한단 말이오?"

그 : "헛소리라고? 내 얘기를 들어주어야 한다고? 자네, 웃기는 싸구려 유행가 가사 같은 소릴 지껄이는군. 내가 보기에 자넨 너무나 주의 깊게 귀를 기울여 왔고, 다만 한꺼번에 전모를 파악하지 못해서 안달하는 것 같은데. 바로 조금 전까지만 해도 자넨 뮌헨 친구 슈펭글러의 소식을 알고 싶어 하지 않았나. 내가 말을 가로막지만 않았어도 자넨 끈덕지게 지옥의 불구덩이에 대해 물었을 게 아닌가. 제발 잘난 체하지 말라고! 나도 자존심이 있고, 불청객이 아니라는 것도 알아. 간단히 말하면 매독이 어떻게 전이되느냐 하는 것인데, 뇌막염 과정을 거친다는 것이지. 이 미생물들 중에 어떤 무리들은 높은 곳을 좋아해서 머리 쪽을 선호하거든. 뇌의 연한 실질 조직을 보호하는

연뇌막(軟腦膜), 경뇌막(硬腦膜) 등의 뇌막을 각별히 선호해서 처음 감염되는 순간부터 정열적으로 쇄도하지."

나 : "말은 그럴듯하군. 불한당이 언제 의학까지 공부하셨나."

그 : "자네가 신학을 공부한 정도는 했지. 그러니까 특정 분야에 대한 단편적인 지식 정도지. 자네가 모든 예술과 학문 중에서도 최고의 분야를 그저 어느 한 분야만 아는 애호가 수준으로 공부했다는 사실을 부인할 텐가? 자네가 보여 준 정도의 관심은 나한테도 있단 말씀이야. 난 자네와 아주 닮았어. 에스메랄다의 친구이자 포주인 내가 외설과 관계 있는 영역인 의학에 어찌 특별한 관심을 갖지 않겠나. 의학 중에서도 어떤 분야는 특히 잘 알지. 사실 나는 이 분야에 끊임없이 면밀한 주의를 기울여서 최근까지의 연구 성과를 추적하고 있다네. 이 미생물들 중에는 뇌를 좋아하는 뇌 전문가, 요컨대 신경성 바이러스가 있을 거라고 굳게 믿고 있는 의사도 더러 있지. 그런데 그런 의사들도 익히 알려진 사실을 답습하고 있을 뿐이야. 사실은 그 반대거든. 그 미생물들이 찾아오기를 애타게 기다리고 기대에 들떠서 선망하는 쪽은 바로 뇌야. 마치 자네가 나를 애타게 기다리듯이. 어떤 철학자*가 『영혼론』에서 말한 구절 생각나나? '행위는 이미 시련을 겪도록 타고난 사람들에게서 일어난다.' 이제 알겠지? 그러니까 타고난 성향과 마음의 준비, 상대를 받아들일 태세가 가장 중요하다는 거지. 어떤 사람은 다른 사람에 비해 유달리 더 마녀 놀음에 끌린다는 거야. 우리가 그런 사람들을 제대로 알아본다는 사실을 『마녀재판』

* 아리스토텔레스.

의 저자*들은 이미 간파하고 있었던 거지."

나 : "이 모략꾼아, 나는 네놈과는 일면식도 없어. 너 같은 놈을 끌어들인 적이 없단 말이야."

그 : "이런, 뭘 몰라도 한참 모르는군! 내 고객들 중에서도 견문이 넓다는 사람이 어쩌다가 주의하라는 경고도 알아차리지 못했나? 게다가 자네는 본능적인 확신을 갖고 의사들을 고르지 않았던가?"

나 : "주소록을 뒤져서 찾았소. 달리 내가 누구한테 물을 수 있었겠소? 그리고 그 의사들이 나를 수렁에 빠뜨릴 거라고 조언해 줄 만한 사람이 또 누가 있었겠소? 당신은 그 두 의사를 어떻게 했소?"

그 : "없애 버렸지. 제거했어. 물론 자네가 잘 되라고 해치운 거야. 그것도 너무 늦지도 않고 이르지도 않은 딱 알맞은 순간에. 그자들이 수은** 따위의 엉터리 의술로 적당히 길을 닦아 놓은 셈이지. 그자들을 그대로 내버려 두었더라면 우리의 멋진 일을 망쳤을 거야. 우리는 그자들에게 도전을 허용했어. 하지만 그들은 그걸로 끝장이 났지. 그 의사들은 피부를 상하게 하는 초기 침윤(浸潤) 증세를 나름의 요법으로 적절히 막아 냈고, 그럼으로써 오히려 위쪽으로 향하려는 전이 충동을 자극한 셈이지. 바로 거기서 그들의 임무는 끝났고, 그래서 그들은 제거되었어. 말하자면 그 얼간이들은 일반 요법으로는 뇌에서 일어나는 매독의 진행 과정이 강력하게 가속화된다는 사실을 모르거

---

* 13장 204쪽의 첫 번째 주석 참고.
** 현대 의학이 발달하기 전에는 성병 치료에 수은을 사용했다.

든. 설령 안다고 해도 그 멍청이들이 어떻게 해 볼 도리는 없지. 물론 뇌에서 진행되는 과정은 이런 일차 치료를 거치지 않고서도 촉진되는 경우가 허다하지. 요컨대 일반 요법은 틀린 거야. 우리는 수은과 엉터리 요법으로 도전해 오는 것을 도저히 그냥 두고 볼 수 없었지. 일반적인 침윤 증세는 저절로 가라앉도록 내버려 둬야 해. 그래야만 뇌에서의 증세가 멋지게 천천히 진행될 수 있고, 또 자네가 망령을 불러낼 수 있는 시간을 수십 년 더 연장시킬 수 있거든. 그렇게 해야 우리의 모래시계를 악마의 독창적인 시간으로 꽉 채울 수 있지. 자네가 병을 얻은 지 사 년이 되는 지금은 아직도 환부가 작아서 뇌의 미세한 부위에 국한되어 있어. 그렇다고 아주 없어진 것은 아니야. 이른바 수로(水路)라 할 수 있는 뇌척수액에 도달한 조무래기들이 작업을 벌이는 작은 방, 그 아궁이에서 초기 환각 증세가 발생하니까."

나 : "멍청한 놈, 네 정체를 알아맞혀 볼까? 너의 환영을 나타나게 하고 너를 있게 만드는 그 뜨거운 아궁이가 나의 뇌 속에 있다는 것을 밝힘으로써 너의 정체는 폭로된 거야! 내가 흥분한 탓에 마치 네가 실제로 존재하는 것처럼 보고 듣고 하는 것 같지만, 사실은 네가 환영에 불과하다는 것을 실토하는군."

그 : "멋진 논리야! 그런데 좀 어설프군. 한 가지 잘못짚은 게 있어. 내가 자네의 연뇌막에 있는 아궁이의 산물이 아니라, 거꾸로 그 아궁이가 자네한테 나를 볼 수 있는 능력을 주고 있다고. 알아듣겠나? 그게 없으면 자네가 나를 보지도 못하는 것은 당연하지. 그러니까 내가 눈에 보이는 것은 자네의 초기 환각 증세 때문이란 말이지? 그래서 내가 자네의 주관에 속한

단 말이지? 제발, 인내심을 가지게. 거기서 진행되고 있는 것은 앞으로도 자네한테 전혀 새로운 능력을 선사할 걸세. 어떤 장애도 물리치고 마비와 질곡을 떨치고 훨훨 날도록 해 줄 걸세. 성(聖)금요일을 기다리게. 그러면 곧 부활절이 되겠지! 일 년, 아니 십 년, 십이 년을 기다려. 마비 증세로 인한 온갖 의혹과 의구심이 부스럼처럼 말끔히 떨어져 나가고 환각이 고조될 때까지! 그러면 알게 될 걸세. 자네가 과연 무엇을 위해 대가를 지불하는지, 무엇 때문에 자네가 우리에게 육체와 영혼을 넘겨주는지. 약방에서 싹을 틔운 삼투성 생물들이 부끄러운 줄도 모르고 자네 몸에서 자라날 테니까…."

나: (격분하여) "그만, 더러운 주둥이 닥쳐! 부친 이야기는 꺼내지 마!"

그: "어허, 내 주둥이로 자네 부친 얘기를 한다고 해서 그렇게 번지수가 틀린 건 아닐 텐데. 그 양반은 이런 얘기는 흘려듣는 척하면서도 언제나 원소들에 관한 사색을 즐기곤 했으니까. 일찍이 '인어 아가씨'가 맛보았던 쓰라린 고통의 발단이 자네의 두통인데, 그 두통은 부친한테서 물려받은 거잖아……. 어떻든 나는 아주 바른 말을 한 거야. 이 모든 불가사의한 일은 뇌척수액이 삼투 현상을 통해 온몸으로 퍼지는 진행 과정과 관계가 있으니까. 자네와 부친의 몸속에는 요추 낭종(腰椎囊腫)이 생겨서 감염된 체액을 펌프질하고 있는데, 그것은 뇌막까지 퍼져 나가서 뇌조직에서 매독성 뇌막염이 소리 없이 진행 중이란 말일세. 하지만 우리의 조무래기들은 그 안쪽의 유조직(柔組織)까지는 뚫고 들어가지 못할 거야. 유조직이 이놈들을 아무리 끌어당기고 흡인하더라도 그건 어렵지. 연뇌막의 세포액

을 묽게 하는 삼투압과 뇌척수액의 확산이 조직을 허물어서 편 모들이 내부로 침투할 길을 터 주지 않는 이상은 말이야. 그런 데 이 모든 것은 삼투 현상에 기인하지. 자넨 아주 어렸을 적 에 삼투 현상의 기이한 결과를 보고 그렇게 재미있어했잖아."

나 : "한심한 헛소리로 날 웃기는군. 쉴트크납도 와서 함께 웃으면 좋겠는걸. 그 친구한테 아버지 얘기를 해 주고 싶은데. '이제 이것들은 죽었다!'라고 말씀하실 때 아버지의 눈에 고인 눈물에 관해서도 이야기해 주고 싶단 말이오."

그 : "저런! 그때 자네가 슬퍼하는 부친의 눈물을 보고 웃은 것은 잘 한 일이야. 자네는 천성적으로 유혹자와 관계가 있고, 언제나 청개구리처럼 남이 울면 웃고 싶고 남이 웃으면 울고 싶은 유혹을 느끼니까. 플로라*가 아직도 이렇게 화사하고 다 채롭게 만발해 있고, 게다가 햇볕 보기를 갈망하고 있는데도 '죽었다.'라니 무슨 소린가? 액체 방울들이 아직도 이처럼 식욕 이 왕성한데 '죽었다.'라니 무슨 소리야? 병이란 무엇이고 건강 이란 뭐란 말인가! 그런 문제의 최종적 결론을 속물들한테 맡 겨선 안 돼. 그런 작자들이 과연 생명의 의미를 알기나 하는지 의심스러워. 생명은 죽음과 질병의 체험을 거듭 달게 받아들 이면서 더 멀리, 더 높이 고양되었어. 자넨 대학에서 배운 것을 잊어버렸나? 하느님은 악에서 선을 만들어 낼 수 있고, 그런 기회는 결코 저지될 수 없다는 것을? 어떤 사람이 늘 병마에 시달리며 미쳐 있다면 그만큼 다른 사람들의 고통을 덜어 주 는 것이지. 그리고 과연 어느 대목에서 광기가 병으로 바뀔는지

---

* 꽃의 여신. 여기서는 매독균을 의미한다.

는 아무도 단언할 수 없지. 만일 어떤 사람이 황홀경에 취해 노트 여백에 이렇게 썼다고 가정하세. '날 듯이 기쁘다! 내 정신이 아닌 것 같다! 이 새로운 희열! 착상의 환희! 용광로처럼 달아오르는 내 뺨! 미칠 듯이 기쁘다. 이 기쁨이 너희에게 옮겨져서 너희도 미칠 듯이 날뛰리라! 너희 가련한 영혼에 하느님의 가호가 있기를!' 이런 상태가 미칠 듯한 건강일까, 정상적인 광분일까? 혹은 뇌막염 때문일까? 속물은 죽었다가 깨어나도 이 문제의 확답을 얻지 못해. 어쨌든 그의 머릿속에선 오래도록 아무 생각도 떠오르지 않을 걸세. 예술가는 괴짜니까 이해가 안 되겠지. 그런데 같은 친구가 다음 날엔 반대로 이렇게 절규했다고 가정해 보세. '오, 처량한지고! 아무것도 할 수 없으니, 개 같은 신세로다! 차라리 바깥에서 전쟁이나 터졌으면! 어떤 일이든 벌어졌으면! 아주 멋지게 죽어 버릴 수만 있다면! 지옥이여, 나를 불쌍히 여기소서, 나는 지옥의 자식이니!' 도대체 이런 말을 진지하게 받아들일 수 있을까? 지옥 운운하는 것이 문자 그대로 진실일까? 아니면 비교적 정상적인 뒤러 식 우울증의 비유일 뿐일까? 요컨대 고전주의의 가장 위대한 시인*도 신들에게 진심으로 감사하는 마음을 숨김없이 털어놓았지.

> 신들은 모든 것을 주신다, 무한한 존재인 신들은,
> 그들의 총아들에겐 온전히 모든 것을.
> 온갖 끝없는 기쁨을,
> 온갖 끝없는 고통을, 온전히 주신다.

---

* 괴테.

라고."

나 : "이 비열한 사기꾼아! 마귀가 사기꾼과 살인자가 아니
랄까 봐! 내가 이왕에 네 이야기를 들어야 한다면, 적어도 신
성의 위대함과 천연 황금* 얘기는 꺼내지 마라! 태양열이 아닌
불로 만들어진 황금은 진짜가 아니란 걸 난 알고 있다."

그 : "어떤 작자가 그러던가? 아궁이 불보다 태양열이 더 낫
단 말인가? 게다가 신성의 위대함이라니! 그게 어떤 것인지 나
도 들어보고 싶은걸! 자넨 지옥과 관계를 맺지 않은 천재가
있다고 믿나? 천만에! 예술가는 범법자와 광인의 형제야. 범법
자와 미치광이의 생태를 이해하지 못하고서 일찍이 그럴싸한
예술 작품이 나온 적이 있다고 생각하나? 병적인 것은 무엇이
고 건강하다는 것은 무엇인가! 병적인 것이 없으면 생명을 부
지할 수 없어! 진짜는 뭐고 가짜는 또 뭐야! 우리가 사기꾼이
라고? 좋은 물건이 우리 맘대로 하늘에서 떨어지고 땅에서 솟
기라도 한다던가? 아무것도 존재하지 않는 곳에서는 악마도
맥을 못 춘단 말이야. 그런 곳에서는 창백한 비너스도 어쩔 도
리가 없어. 우리가 창조하는 건 새로운 게 아니야. 그런 일은
다른 자들의 소관이지. 우리는 그저 속박을 풀어 주고 자유롭
게 해 줄 뿐이야. 우리는 절름발이와 소심한 자들을, 순진하게
주저하는 자들과 의심하는 자들을 악마한테 찾아가도록 인도
해 줄 따름이지. 우리는 펌프질만 해 주고, 약간의 충혈 자극
을 통해 권태를 제거하는 거야. 크고 작은 권태, 사적인 권태,
그리고 시간의 권태를. 그게 비결이야. 그런데 자네 입장에서

---

* 여기서는 위대한 예술 작품을 가리킨다.

는, 어떤 예술가들은 우리의 모래시계와도 무관하고 어떤 대가
도 치르지 않았는데도 완벽한 재능을 소유하고 무한한 기쁨과
고통을 맛보지 않았냐고 불평할지도 모르겠어. 하지만 그렇게
생각하면 자네는 세상 돌아가는 이치나 역사를 모르는 거야.
고전주의 시절에는 예술가가 우리의 힘을 빌리지 않아도 가
질 수 있었던 것을 오늘날에는 우리가 제공해야 하거든. 우리
는 더 나은 것, 정당한 것, 참된 것을 제공하네. 우리가 제공하
는 경험은 진작에 고전주의 차원을 넘어섰어. 이미 오래전부터
써먹지 않았던 것, 태고의 것, 원초적인 것이지. 오늘날 영감이
무엇이고, 아득한 옛적의 진짜 원초적인 열광이 무엇인지, 또
비판과 마비된 사고와 질식할 듯한 오성의 통제에 시달리지 않
는 그런 열광이 어떤 것인지, 신성한 환희가 어떤 것인지 제대
로 아는 예술가는 없어. 고전주의 시대에도 그런 것을 깨우친
예술가가 있었는 줄 아나? 악마가 파괴적인 비판을 일삼는 자
라고 생각하나? 거듭 말하지만 그건 중상모략이야. 빌어먹을!
악마가 싫어하고 세상에서 가장 반대하는 것이 바로 파괴적인
비판이지. 악마가 정작 원하고 베풀고자 하는 것, 그것은 바로
그런 비판을 당당하게 초월하려는 욕구요, 아무런 주저 없이
발산하고 싶은 욕구지!"

나: "야바위꾼이로군."

그: "그렇다마다! 자기 자신에 대한 사랑보다 진리에 대한
사랑이 더 큰 나머지 자신을 터무니없이 오해하고 있다면, 그
게 바로 야바위꾼이지. 자네가 불쾌한 수치심을 느끼더라도 말
을 계속하겠네. 나는 자네가 단지 감정을 숨기고 있을 뿐이지
실은 예배당에서 유혹자의 은밀한 속삭임에 솔깃한 처녀처럼

아주 기쁜 마음으로 내 말에 귀를 기울이고 있다는 것도 알고 있어……. 착상이란 것을 예로 들어 보지. 자네 같은 예술가들은 일이백 년 전부터 착상이라는 말을 써 왔지. 그전에는 음악의 독자적 권리 따위가 무시되었으니 착상이라는 범주 자체도 없었지. 그런데 착상이란 것도 따지고 보면 3박자냐 4박자냐 하는 문제 아니야? 그 이상 아무것도 아니지. 나머지는 어떻게 정교하게 다듬고 빛느냐 하는 문제일 뿐이지. 그렇지 않은가? 좋아, 문헌을 제대로 꿰고 있는 전문가라면 그런 착상은 전혀 새로운 게 아니고 이미 림스키코르사코프* 혹은 브람스의 작품이 보여 주는 변화에서 발상의 전환을 알아차릴 수 있지. 어떻게 된 거냐고? 착상이 바뀐 것뿐이야. 그런데 착상의 변화도 또 하나의 새로운 착상이라 할 수 있을까? 베토벤의 작곡 노트를 보게나! 하늘이 내린 착상이라 할 만한 주제는 하나도 없어. 베토벤은 기존의 모델을 변형해서 '최고의 것'이라고 했을 뿐이야! 전혀 열광적 도취와는 거리가 먼 그 '최고의 것'에는 신적인 영감의 낌새나 그런 것에 대한 존경심은 거의 없다고! 기쁨과 매혹을 선사하고 확실히 믿을 만한 영감, 더 이상 선택과 개선의 여지가 없는 영감, 모든 것이 행복하게 받아 적은 느낌을 주어서 악상의 전개가 막히는 듯하다가도 거침없이 뚫리고, 곡을 듣는 사람은 머리에서 발끝까지 숭고한 전율에 휩싸이게 되는 영감이지. 환희의 눈물을 쏟게 만드는 그런 영감의 표현이야. 이런 영감은 이성을 중시하는 하느님과는 전혀 무관해. 오로지 열광의 진정한 주인인 악마와 손을 잡을 때만 가능하단

---

* Nikolai A. Rimskii-Korsakov(1844~1908). 러시아의 작곡가.

말일세."

이자가 거침없이 이야기를 하는 동안에 어떤 변화가 생겼다. 그는 확실히 처음과는 다르게 보였다. 이제는 싸움꾼이나 불한당이 아니라 분명히 더 훌륭한 모습을 하고 앉아 있었다. 복장도 하얀 옷깃이 달린 셔츠로 갈아입고 나비넥타이를 매고 있었다. 매부리코에 안경을 썼고, 안경 너머 침울하면서도 약간 충혈된 듯한 눈은 광채를 발하고 있었다. 예리함과 부드러움이 섞여 있는 얼굴이었다. 코와 입술은 날카로웠지만 보조개가 팬 턱은 부드러웠는데, 뺨에도 보조개가 있었다. 이마는 둥글고 창백했으며, 머리카락은 잘 빗어 뒤로 넘기고 있었다. 이마 옆으로는 숱이 많은 검은 머리칼이 양털처럼 나 있었다. 정규 신문에 예술과 음악에 관한 글을 기고하는 지식인, 혹은 사고가 닿는 범위 안에서는 직접 작곡도 하는 이론가나 비평가처럼 보였다. 게다가 양손은 가냘프고 부드러웠는데, 어색한 듯하면서도 우아한 손동작을 써 가며 말을 거들었다. 그리고 이따금 관자놀이와 뒷덜미의 머리칼을 쓰다듬기도 했다. 소파 구석에 앉아 있는 방문객은 이제 이런 모습으로 둔갑했다. 키는 더 커지지 않았다. 그리고 무엇보다 콧소리가 섞이고 또렷하며, 배운 사람 티가 나게 듣기 좋은 목소리를 한결같이 유지하고 있었다. 전혀 알아차리지 못하는 사이에 외모가 변하는 중에도 목소리만은 변하지 않았다. 나는 그가 하는 말을 계속 듣고 있었다. 그는 대강 면도를 한 콧수염 아래로, 길쭉한 입 양쪽 끝을 실룩거리며 또렷한 발음으로 말을 계속했다.

"오늘날 예술이란 무엇인가? 마치 완두콩을 타고 순례해야 하는 격이지.* 오늘날에는 빨간 구두만 신고 춤을 출 수는 없어. 악마한테 시달리는 사람은 자네 혼자만이 아냐. 동료들을 한번 둘러보라고. 자넨 동료들한테는 눈길도 주지 않으면서 유아독존식으로 환상을 일삼고 모든 것을, 이 시대의 온갖 저주를 혼자서 감당하려고 하지. 나도 잘 알아. 하지만 동료들을 관찰해 보면 위안이 될 걸세. 새로운 음악에 동참한 동료들을 보게. 내가 말하는 사람들은 지금의 상황에 정면으로 대응하는 정직하고 진지한 예술가들이야. 어설프게 민속 음악이나 신고전주의 따위로 도피하는 부류가 아니란 말일세. 그런 자들이 내세우는 현대성이라는 것은 샘솟듯이 분출하는 음악을 삼가고 다소 품위를 유지하면서 개인주의 시대 이전의 양식을 다시 우려먹는 수준이지. 흥미롭던 것이 지루해지기 시작했으니 이젠 거꾸로 지루하던 것이 흥미롭게 되었다고 어거지를 쓰는 격이지."

나도 모르게 웃음이 나왔다. 비록 찬바람은 여전히 몰려오고 있었지만, 그가 변신한 후로는 함께 있기가 편해졌다는 사실을 고백하지 않을 수 없다. 굳게 다문 입 언저리의 근육을 더욱 팽팽히 조인 채 지그시 눈을 감으면서 그도 함께 미소를 지었다.

"자네 동료들 역시 무기력하긴 마찬가지야."

그는 말을 계속했다.

"자네와 나는 차라리 품위 있는 무기력함을 더 선호하지.

---

* 독일 작가 그리멜스하우젠(Grimmelshausen, 1622?~1676)의 민중소설 『짐플리치시무스의 모험』에 나오는 구절. 여기서는 현대 예술이 누구의 도움도 받지 못한 채 고난의 모험을 감수해야 한다는 뜻으로 쓰이고 있다.

이 시대에 만연한 질환을 그럴싸한 가장무도회 따위로 은폐하는 것을 수치스럽게 여긴다는 뜻이니까. 이 시대가 앓고 있는 병은 누구한테도 예외가 아니야. 정직한 사람들은 옛것을 답습하는 자들과 마찬가지로 그들 자신도 앓고 있는 병의 증세를 잘 알지. 바야흐로 새로운 것의 창작이 종언을 고할 위기에 처하지 않았는가? 진지하게 창작된 예술 작품에서 우리가 확인할 수 있는 것은 피로와 권태뿐이야. 외부적인 요인, 사회적인 이유 때문일까? 수요의 부족? 자유주의 시대 이전과 마찬가지로 창작의 가능성이 대개는 예술 애호가들의 의중에 달려 있기 때문일까? 그것도 맞는 말이긴 하지만, 충분한 설명은 아니야. 작곡 자체가 너무 어려워진 거야. 절망적일 만큼. 작품이 진정성을 확보할 수 없는 터에 도대체 어떻게 창작 의욕이 생긴단 말인가? 사정이 바뀐 거야. 현실과 무관하게 작품 자체로 완결된 걸작은 전통 예술에 속하는 것이지. 하지만 전통적 규범에서 해방된 현대 예술은 그런 완결성을 부정해. 자네들은 과거에 사용된 모든 음의 조합 방식을 마음대로 사용할 권리가 없어. 그게 문제의 발단이지. 반음 낮춘 7도 음정은 이제 불가능해. 반음의 경과음 같은 것도 불가능하지. 하지만 그래도 낫다는 작품은 이제는 사용할 수 없는 과거의 규범에서 차용한 요소들을 포함하고 있어. 스스로 금지한 것을 다시 차용하는 거야. 규범이라는 것은 따지고 보면 조성(調性)의 수단, 즉 전통 음악의 모든 표현 수단을 포함하고 있거든. 무엇이 틀렸고 무엇이 낡은 상투적 표현인가를 결정하는 것은 바로 규범이야. 오늘날의 기법을 충족시키는 작품이라면 3화음 같은 화성으로는 어떤 불협화음도 만들어 낼 수 없지. 물론 그런 요소들을 사용할 수는 있지만, 부득이한 경우에만 신중하게 사용해야지. 잘못 사용했다가는 예전보다 훨씬 더 고약한 충격을 안겨 줄 테니까. 모든 것은 기법을 어떻게 보는가 하는 문제에 달려 있어. 베토벤의 작품 111번 첫 부분에서는 반음 낮춘 7도 음정이 제대로 들어맞을 뿐 아니라 아주 인상적이지. 그런 부분은 베토벤 기법이 도달한 전반적인 수준에 비추어 볼 때 맥락에 닿는단 말일세. 그렇지 않은가? 베토벤이 구사할 수 있는 가장 극단적인 불협화음과 협화음 사이의 긴장이 제대로 살아 있어. 조성 원칙과 그 역동성이 화음에 독특한 무게를 부여하지. 그런데 그런 화음은 불가역의 역사를 거쳐 오는 사이에 이제는 그 효력을 상실하고 말았지. 그런 식으로 사멸한 화음을 한번 들어 보게나. 비록 사멸했지만 그런 화음과는 모순되는 현대적 기법 전반에 대해 시사하는 바가 있지. 모든 음은 다른 모든 음을, 모든 음의 역사를 내포하고 있는 셈이야. 그런데 바로 그렇기 때문에 우리의 귀가 무엇이 옳고 그른지 판단하는 인식은 그 자체로는 틀리지 않은 이 특정한 화음에 불가피하게 얽매이게 되는 거야. 현대의 기법이 발전한 수준과 추상적으로 관련짓지 않더라도 곧바로 얽매이는 것이지. 그렇게 되면 예술가는 그런 화음의 사용이 과연 허용될 수 있는가를 따지게 되지. 지나치게 엄격한 요구일까? 자네 생각은 어떤가? 그런 금지 사항을 창작의 객관적인 제약으로 준수한다면 머지 않아 예술 창작은 고갈되지 않을까? 그런 상태에서는 예술가가 어떤 시도를 하더라도 현대 기법의 전반적 수준을 고려하지 않을 수 없을 걸세. 매 순간 전체 기법과 관련지어서 과연 타당한 것인지 따져 봐야 하고, 매 순간 허용되는 유일한 정답을 찾아야 하지. 그렇게 되면 결국 작곡이란 그런 식의 해답 이상의 아무것도 아니고, 기법의 암호 풀이에 불과한 것이 되지. 예술은 비평이 되는 거야. 이런 측면이 예술의 영예가 될 수도 있지. 그건 부인할 수 없는 사실이야. 규칙을 엄격히 따르면서도 과감히 위반해야 하고, 그러기 위해서는 상당한 자주성과 용기가 필요하니까. 하지만 창의성을 상실할 위험이 따르지. 어떻게 생각하나? 아직은 위험한 것일 뿐일까, 아니면 이미 어쩔 도리가 없는 기정사실일까?”

그는 잠시 얘기를 중단했다. 안경 너머 침침하고 충혈된 눈으로 나를 바라보며, 부드러운 동작으로 한 손을 들어 올려 가운데 두 손가락으로 머리칼을 쓰다듬었다. 내가 말했다.

“어떤 대답을 기대하시오? 당신의 조소에 감탄이라도 할까? 내가 알고 있는 바를 당신도 나한테 이야기해 줄 수 있다는 것은 의심해 본 적이 없소이다. 당신이 그런 이야기를 꺼내는 방식은 정말 의도적이군. 당신이 하는 모든 이야기는 나의 구상과 작품을 위해서는 악마의 도움 말고는 다른 어느 누구의 도움도 필요 없다는 것을 납득시키는 데 초점이 맞춰져 있소. 하지만 예술가의 독자적인 창작 욕구와 ‘올바른’ 순간적 선택을 자연스럽게 조화시킬 수 있는 이론적 가능성도 배제할 수는 없소. 규칙의 제약과 사변적 판단에 얽매이지 않는 자연스러운 조화의 가능성 말이오.”

그: (웃으면서) “다분히 이론적인 가능성일 뿐이지! 정말이야! 그런데 그런 가능성을 무비판적으로 받아들이기에는 너무나 절박한 위기 상황이 아닌가! 내가 치우친 시각으로 사태를 보고 있다고 비난한다면 결코 수긍할 수 없네. 어떻든 자네를

위해서도 사변적인 논쟁에 휘말릴 생각은 없어. 오늘날 '예술 작품'이 처한 전반적인 상황이 나로서는 만족스럽다는 것만은 부인하지 않겠네. 나는 예술 작품이라 일컬어지는 것들이 도대체 못마땅해. 오늘날 음악 작품의 이념은 곤경에 처했는데, 그런 사태를 즐기지 말라는 법이 어디 있나! 그런 곤경을 사회 상황 탓으로 돌리진 말게! 자넨 그렇게 생각하는 경향이 있어. 오늘날의 사회 상황에서는 예술 작품의 자족적인 조화를 보장해 주는 어떤 타당한 규범도 찾을 수 없다고 말하곤 하지. 자네 생각도 알겠어. 딴에는 일리가 있는 말이지만, 그런 것은 부차적인 문제에 불과해. 예술 작품이 금지의 제약 때문에 처한 곤경은 작품 자체의 본질에서 비롯된 거야. 음악의 표현 수단은 역사적으로 볼 때 완결된 작품에 불리한 방향으로 발전해 왔어. 음악의 표현 수단은 시간이라는 제약으로 위축되었고, 음악 작품이 펼쳐지는 공간에 해당되는 시간 속에서 확장되는 것을 경멸하고, 시간을 텅 빈 채로 내버려 두지. 단지 새로운 형식을 만들 능력이 없다거나 무기력하기 때문만은 아냐. 밀도를 유지해야 한다는 철칙 때문이지. 이 철칙은 잉여를 금하고, 군더더기를 부정하고, 장식적 요소를 해체하고, 음악 작품의 생존 양식인 시간적 확장을 배격하는 거야. 음악 작품과 시간과 가상은 하나야. 그래서 한꺼번에 비판의 도마 위에 오른 것이지. 비판적 정신은 더 이상 가상과 유희를 용납하지 않아. 인간적 정열과 고뇌를 검열해서 이런저런 역할로 분할하고 비유로 전이시키는 허구와 자족적 형식을 더 이상 용납하지 않는단 말이야. 그나마 유일하게 허용되는 것은 고뇌의 순간적 체험을 허구적이지 않고 유희적이지 않게 표현하는 것, 가식과 미화를 배제한 고뇌의 표현 뿐이야. 그런 체험은 너무나 무기력한 절망의 체험이기 때문에 그 어떤 가상적 유희도 용납하지 않아."

나: (몹시 비꼬는 어조로) "정말 감동적이야. 악마가 고뇌를 이해하다니. 어쩌다가 악마가 도덕 설교까지 하시는군. 인간의 고통에 가슴이 아픈 모양이지. 고상한 체하면서 예술을 물먹이는군. 예술 작품에 대한 반감은 차라리 말하지 않는 편이 나을 뻔했소이다. 나는 당신의 궤변이 예술 작품을 욕하고 더럽히려는 악마의 고약한 심술이라는 것쯤은 금방 알아차리니까."

그: (개의치 않는 태도로) "거기까지는 좋아. 하지만 근본적으로는 자네도 내 생각에 공감할 거야. 이 세계 안에서 체험하는 시간의 진상을 파악하는 것은 감상적인 것도 아니고 악의적인 것도 아니야. 어떤 것들은 이제 불가능해졌어. 음악 작품에 감정의 가상을 부여하는 것, 음악의 자족적인 가상 자체가 이제 불가능하고 더 이상 유지될 수 없단 말일세. 예로부터 그런 가상의 본질은 공식처럼 미리 정해진 요소들을 마치 절대불변의 필연인 듯이 끌어들이는 데 있지. 혹은 그 반대일 수도 있어. 즉, 특수한 사례를 기존의 친숙한 공식과 동일시하는 거야. 지난 400년 동안 모든 위대한 음악 작품은 마치 이러한 통일성이 끊임없이 관철되어 온 것처럼 현혹하는 것을 낙으로 삼았지. 관습으로 받아들인 보편 법칙을 마치 가장 독창적인 구상인 양 혼동하게 하는 데서 재미를 본 거라고. 하지만 더 이상은 통하지 않아. 장식적 기교, 관습, 그리고 추상적 보편성에 대한 비판은 모두 같은 거야. 비판의 표적이 되는 것은 부르주아 예술 작품의 가상적 성격이지. 음악 역시 그런 비판을 면

할 수 없어. 비록 음악이 대상을 생생하게 재현하는 예술은 아니지만 말이야. 확실히 음악은 다른 예술에 비하면 대상을 생생하게 재현하지는 않는다는 장점을 갖고 있긴 하지. 그러나 음악은 그 고유의 특수한 관심사와 관습의 지배를 줄곧 절충함으로써, 고도의 현혹에 적극 가담해 온 셈이야. 표현을 보편 법칙에 편입하는 것이 음악적 가상이 가진 가장 내적인 원칙이니까. 그런 것은 더 이상 통할 수 없어. 보편적인 것이 특수한 것에 조화롭게 포함되어야 한다는 요구는 자가당착이야. 한때 유희의 자유를 보장했던 관습, 무조건 옳다고 따라야 했던 관습은 이제 끝장났어."

나 : "예술가들은 그런 문제점을 알아차릴 테고, 일체의 비판을 면하게 해 줄 유희의 자유를 다시 발견하게 될 거요. 삶의 내용이 사라져 버린 형식들을 가지고 유희를 함으로써 유희를 강화할 수도 있을 테니까."

그 : "물론 잘 알지. 그게 패러디지. 귀족적인 허무주의에 빠져서 침울해지지만 않는다면, 그런 것도 나름대로 재미가 있지. 그런 술책으로 성공해 볼 생각은 없나?"

나 : (화가 나서 쏘아붙인다.) "없소."

그 : "쌀쌀맞고 퉁명스럽기는! 어째서 그렇게 퉁명스럽게 구는 거야? 친구 사이에 노골적으로 양심에 찔리는 제안을 했다고 그러나? 자네의 절망적인 심정을 드러냈다고? 오늘날 작곡이 처한 극복하기 힘든 난관을 내가 전문가의 통찰력으로 설명했다고? 어떻든 그래도 내가 전문가라는 것은 인정하는군. 악마라면 당연히 음악에 대해서도 좀 알아야 하지 않겠나. 내가 제대로 봤다면, 자넨 내가 오기 전까지 미학에 탐닉한 어느

기독교도의 책을 들여다보고 있었지? 그자는 음악과 나 사이의 각별한 관계를 소상히 알고 있더군. 그자가 제대로 파악했다시피 음악은 다른 어떤 예술보다도 기독교적인 예술이지. 물론 기독교 입장에서는 음악이 달갑지만은 않았어. 음악이 기독교를 통해 도입되고 발전되긴 했지만, 결국 악마적인 영역이라고 부정되고 배척되었으니까. 자네도 잘 알잖아. 음악은 신학과 아주 밀접한 분야지. 죄가 그렇고, 내가 그렇듯이 말이야. 음악에 대한 기독교도의 정열이야말로 참된 정열이라 할 수 있지. 참된 정열의 표현이라는 점에서 보면 인식과 타락은 동일한 거야. 참된 정열은 오직 애매성에만 있고, 아이러니로서만 존재하는 법이야. 절대적 회의(懷疑)의 대상이야말로 최고의 정열을 쏟을 가치가 있지……. 아니, 나는 확실히 음악적이야. 그런 문제는 내버려 두자고. 오늘날 다른 모든 것이 그렇듯 음악이 처해 있는 역경을 생각하다 보니 자네한테 한심한 유다 역할을 했던 셈이야. 그러지 말았어야 옳단 말인가? 하지만 자네가 이 역경을 타개해야 한다는 점을 역설하고 싶어서 그런 악역을 했던 거야. 자네 스스로도 깜짝 놀랄 만큼 멋지게 지금의 역경을 극복해서 기필코 신성한 전율을 불러일으킬 정도의 작품을 만들어 내야 한다고."

나: "아예 계약이 성립되었다는 논조로군. 내가 삼투성 미생물을 기르게 된다는 거로군."

그: "뒤집으나 엎으나 그게 그거지! 성에라는 것을 예로 들어 보자고. 가령 녹말과 설탕과 셀룰로오스로 만든 성에가 있다고 치면 그것도 자연의 산물이야. 다만 자연의 어떤 측면을 주로 부각하느냐 하는 차이가 있을 뿐이지. 이봐, 이른바 객관

적 진리라는 것을 탐구한답시고 주관적인 것, 순수한 체험을 무가치하다고 의심하는 자네 버릇이야말로 마땅히 극복해야 할 속물근성이야. 나는 자네 눈에 보이는 대로 존재한단 말일세. 내가 정말 존재하는지 따지는 게 무슨 소용이 있나? 일단 그 효과를 확인할 수 있는 것이면 곧 존재하는 것이 아닐까? 진리란 결국 체험과 느낌 아니야? 자네를 고무해 악마에게로 인도하는 것, 자네가 느끼는 감정의 힘과 권능과 지배력을 증가시켜서 악마에게로 인도하는 것, 그게 바로 진리야. 물론 도덕적인 관점에서 보자면 영락없이 거짓이겠지. 내가 말하고자 하는 것은 힘을 증대시켜 주는 비(非)진리는 불모성의 어떤 도덕적 진리보다 낫다는 거야. 천재성을 발휘하게 하는 창조적인 병, 모든 장애를 당당히 뛰어넘어 대담한 도취 상태에서 종횡무진 활약하는 이 병이야말로 좀스럽게 꼼지락거리는 건강보다 백 배 천 배 더 멋진 인생을 보장한다 이 말이야. 병적인 것에서는 병적인 것밖에 나올 수 없다는 말은 정말 멍청한 소리지. 삶이란 그렇게 까다로운 게 아냐. 도덕 따위는 아무래도 좋다고. 병이 선사하는 대담한 산물이야말로 인생의 흥미를 돋우는 것이지. 그런 것을 씹고 소화시켜서 자기 나름대로 섭취하면 그게 곧 건강의 비결이야. 생의 활력이라는 원칙을 기준으로 보면 병과 건강의 구별은 무의미해. 건강을 앞세우는 족속들은 병든 덕분에 독창성을 얻은 병적인 천재의 작품 앞에서 맥을 못 추지. 그런 무리들은 오히려 병적인 천재의 작품에 감탄하고, 찬양하고, 높이 받들고, 받아들이고 변화시켜서 문화유산으로 전승하지. 문화라는 것은 집에서 구운 빵만 먹고 사는 게 아냐. 그런 것 못지 않게 이를테면 '복된 사도' 약방에서 제조한 약과 독을 먹고 살지. 나 사마엘은 자네한테 솔직히 말하고 있는 거야. 자네의 모래시계가 약속한 기한이 끝날 무렵, 권력과 영광을 얻은 자네의 감정은 어린 인어 아가씨의 고통을 점차 능가해서 마침내는 벅찬 승리의 행복감과 건강을 얻고 신의 경지에 접어들게 될 거야. 장담하지. 이것은 다만 사태의 주관적인 측면일 뿐이야. 이런 정도로는 자네가 만족하지도 않고 탐탁하게 여기지도 않으리라는 것을 알고 있어. 그러면 이런 사실도 알아 두게. 즉, 우리의 도움으로 자네가 이룩할 성과는 삶의 활력을 가져온다는 것을 보증하지. 자네는 미래를 향해 개선 행진을 하는 거야. 자네의 광기 덕분에 더 이상 광기를 부릴 필요가 없어진 자들은 자네의 이름을 받들고 자네를 따르겠다고 맹세할 걸세. 그들은 건강한 상태에서 자네의 광기를 자양분으로 흡수하고, 자네는 그들을 통해 건강을 누리게 되는 거라고. 무슨 말인지 알겠지? 창작을 마비시키는 이 시대의 역경을 타개하는 것만으로는 충분치 않아. 자네는 이 시대 자체, 문화의 시대, 문화를 숭배하는 시대 자체를 허물어뜨리고 야만을 감행하는 거야. 이중의 야만이지. 왜냐하면 그것은 휴머니티가 종언을 고한 후에, 생각할 수 있는 모든 근본적인 치료를 거친 후에, 시민적 세련미가 거덜난 후에 도래하는 것이니까. 내 말을 믿으라고! 야만은 예배 의식의 잔재에 지나지 않는 문화에 비하면 신학에 더 정통해 있어. 신학은 종교적인 것에서 역시 문화만을, 휴머니티만을 볼 줄 알지. 역설, 신비적 정열, 방종, 전적으로 비시민적인 모험은 간파하지 못해. 마귀인 주제에 종교 이야기를 한다고 해서 놀라지 말기 바라네. 빌어먹을! 도대체 오늘날 나 말고 또 누가 자네한테 이런 이야기를 해 줄 수 있겠나? 그 진보적인 신학자가? 결국 이런 얘기를 할 수 있는 것은 나밖에 없어! 자네가 신학적인 실존의 고민을 털어놓을 수 있는 상대가 나 말고 또 누가 있단 말인가? 그리고 내가 거들어 주지 않으면 감히 누가 신학적인 실존을 영위할 수 있겠나? 종교 문제는 시민 문화의 영역이 아니라 전적으로 내 전문 영역이야. 문화라는 것은 예배 의식이 퇴락해서 생겨난 것인데, 다시 스스로 일종의 예배 의식을 만들어 낸 이래 문화라는 것은 퇴물 이상의 아무것도 아냐. 이제 겨우 500년밖에 지나지 않았는데, 그사이에 온갖 것을 다 맛보아서 이제는 문화라는 것에 신물이 난다고."

이 대목에서, 아니 조금 전에 그가 신앙 생활을 유지하게 해 주는 존재임을 자처하고 또 신학이 존재하기 위해 악마가 반드시 있어야 한다고 설교라도 하듯이 유창하게 떠벌릴 때 이미 나는 내 앞 소파에 앉아 있는 그자가 다시 다른 모습으로 바뀌었다는 걸 알아차렸다. 그는 얼마 동안 마치 음악계의 지식인처럼 보였지만, 이젠 그렇게 보이지 않았다. 그는 이제 소파의 한쪽 구석에 앉아 있는 것이 아니라, 편안한 자세로 소파의 둥근 팔걸이에 절반쯤 걸터앉아 있었는데, 엄지손가락을 쭉 편 채 양손을 무릎에 대고 깍지를 끼고 있었다. 이야기를 하는 동안 갈라진 턱수염은 위아래로 움찔거렸고, 작고 날카로운 치아가 드러나 보이는 입 위쪽의 콧수염은 뻣뻣하게 말려 올라가 있었다.

나는 꽁꽁 얼어붙을 듯이 추웠으면서도, 그가 아주 친숙한 모습으로 둔갑했기 때문에 웃지 않을 수 없었다.

"새로 인사를 올려야겠군!"

내가 말했다.

"알아 모셔야겠는걸. 이 방에서 나한테 개인 교수를 하니까 제법 점잖아 보이는군요. 이제 당신이 흉내 낸 모습을 보니까, 이미 내가 알고 있는 것만 강의하지 말고 이제는 내가 알고 싶은 것도 강의해서 나의 지적 욕구를 해소해 줄 수 있길 바라오. 그렇게 해서 당신의 자유자재한 변신을 설득력 있게 입증하란 말이오. 당신은 당신이 취급하는 모래시계에 관해 또한 고양된 삶을 위해 때로는 치러야 하는 고통에 대해서도 많은 이야기를 해 주었소. 그렇지만 그런 것보다 더 나중에 맞이할 종말, 영원한 파멸에 관해서는 이야기하지 않았소. 나는 그게 궁금하단 말이오. 당신은 거기에 웅크리고 있는 동안 당신의 강연 내내 그 문제는 언급하지 않았소. 이 고난의 보상이 무엇인지 내가 알아선 안 되는 것이오? 대답해 주시오. 악마의 소굴에서 지내는 생활은 어떤 거요? 당신을 섬기는 무리들은 그 소굴에서 어떤 일을 겪게 되는 거요?"

그 : (큰 소리로 자지러지게 웃으며) "파멸과 보상에 관해 알고 싶은가? 그 호기심과 청년 학도다운 용기가 가상하군! 끝이 보이지 않는 엄청난 시간이 있어. 종말을 생각할 겨를도 없이, 그 전에 엄청난 일들이 속출할 걸세. 종말을 생각할 때가 닥치는 그 순간에조차 신경 쓸 겨를이 없을 거야. 그렇지만 나는 알려 주기를 주저하지도 않을 것이고, 또한 미화할 필요도 없지. 아직 요원한 먼 훗날의 일을 가지고 자네가 심각하게 걱정할 필요가 뭐 있겠어? 그런데 종말에 관한 이야기를 제대로 하기는 쉽지 않아. 본래 전혀 불가능한 이야기란 말일세. 본질적인 것은 말로 다 표현할 수 없으니까. 많은 단어를 사용

해 말을 만들어 낼 수는 있을지도 모르지. 하지만 그 모든 단어들을 동원해도 우회적인 설명밖에 못 해. 실제로 존재하지도 않는 이름들을 대신할 뿐이지. 뭐라 규정할 수 없고 말로 전달할 수 없는 것을 뭐라고 지칭할 수는 없단 말일세. 지옥은 말로 표현될 수 없고, 존재하기는 하되 신문에 보도하듯이 알릴 수 없고, 대중에게 알릴 수 없어. 요컨대 어떤 말로도 드러낼 수 없고 따라서 비난할 수 없다는 것이야말로 지옥의 은밀한 쾌감과 확실성이지. 다만 '지하 세계', '지하실', '철옹성', '아무 소리도 들리지 않는 곳', '망각의 세계', '구제불능' 등의 빈약한 상징어로 표현될 수 있을 뿐이지. 지옥에 관한 이야기는 상징적인 표현에 만족해야 하네. 거기서는 모든 것이 중단되니까. 대상을 지시하는 단어뿐 아니라 모든 것이 중단되지. 이런 것이 지옥의 주된 특징이라 할 수 있어. 이처럼 지옥에 관한 가장 보편적인 서술이 곧 신출내기가 거기서 최초로 경험하게 될 것이기도 해. 처음에는 이른바 건강한 감각으로 이해할 수도 없고, 이해하려고도 하지 않는 그런 것이지. 이해심이 없는 편협한 이성이 자꾸만 방해를 하니까. 요컨대 아무리 애를 써도 도저히 믿을 수 없으니까 그런 것이지. '지옥에서는 모든 것이 중단된다.'라는 사실, 그 어떤 자비나 은총 혹은 보살핌도 효력을 잃는다는 사실을 믿지 못하는 거야. 지옥과 첫 대면을 하는 그 순간부터 '모든 것이 중단된다.'라는 사실이 너무나 분명히 드러나는데도 말이야. 지옥의 존재를 믿지 않으려고 안간힘을 쓰면서 '인간의 영혼을 가지고 그럴 수는 없다.'라고 항변하고 싶은 마지막 의욕마저 사라져 버리지. 그렇게 될 거야. 아니, 이미 그렇게 되고 있어. 정적에 휩싸인 지하 세계에서, 하느님의 음성이 들리지 않는 저 깊은 곳에서. 그것도 영원히. 아니, 이렇게 말하는 것도 잘못이야. 그 세계는 말이 닿지 않는 곳에서 펼쳐지고, 언어와는 아무 상관도 없으니까. 그러니까 지옥의 세계에 과연 어떤 시제를 적용해야 할지도 알 수 없지. 궁여지책으로 흔히 말하듯 '그곳에서는 아비규환의 소리가 들릴 것이고 온몸이 떨릴 것이다.'라고 미래 시제를 끌어 댈 수도 있겠지. 좋아. 그런 표현은 상당히 극단적인 영역의 언어에서 골라낸 말이긴 해. 그럼에도 여전히 빈약한 상징에 불과해. 설명할 수도 기억할 수도 없는 비밀의 베일에 싸여 있는 그 세계가 '아마도 도래할 것'이라는 짐작조차도 그 정도의 말로는 제대로 표현할 수 없어. 아닌 게 아니라 쥐 죽은 듯한 정적 속에서 비명과 하소연, 사나운 포효나 신음 소리, 으르렁거리는 소리, 쉰 소리, 쉿소리, 호통, 불평, 고문의 신음과 애원하는 소리 등이 귀청이 떨어질듯 크게 울리겠지. 그러니까 아무도 자기 자신의 노래 소리는 들을 수 없을 거야. 자신의 목소리는 그곳에 꽉 찬 절규와 치욕에 떠는 울부짖음 속에 파묻혀 버리고, 믿어지지 않을 정도로 끝없이 이어지는, 누구의 소리인지도 알 수 없는 절규에 끌려가는 거야. 자꾸만 들려오는 엄청난 환락의 신음 소리는 결코 잊지 못할 거야. 왜냐하면 한없는 수난과 좌절과 무기력을 맛보는 끝없는 고통이 오히려 치욕스럽게도 만족감으로 변하기 때문이야. 이런 사정을 대충 직감으로 눈치챈 자들이 '지옥의 환락'에 관해 말하는 것도 그 때문이야. 하지만 지옥의 환락은 극단적 모멸감을 안겨 주는 요소와 관련되어 있고, 고통과 결부되어 있다. 지옥의 환락을 맛보려면 견디기 힘든 수난도 하찮게 여겨야 하고, 손가락질과 야유도 감수해야 하니까. 그래서 저주받은 자들은 고통뿐 아니라 비웃음과 치욕도 견뎌야 한다는 설이 생겨난 거야. 지옥이라는 것은 견딜 수 없는 것을 견뎌야 하는 고통과 치욕의 끔찍한 결합이라는 것이지. 저주받은 자들은 고통이 너무 커서 혀를 깨물어야 하지만, 그렇다고 그들이 그에 맞서 공동체 의식을 갖는 것도 아니야. 오히려 서로 오로지 경멸하고 조소하며 떨리는 소리로 신음하면서도 온갖 더러운 욕설을 퍼붓지. 결코 상스러운 말은 입에 담지 않던 가장 고상하고 자존심 강한 자들조차도 결국은 갖은 욕설을 내뱉지 않을 수 없게 돼. 더할 수 없이 추잡한 상념이 뇌리를 떠나지 않는다는 것이 곧 그들이 겪는 고통과 치욕스러운 환락의 일부지."

나 : "잠깐. 당신이 저주받은 자들이 감내해야 할 고통의 종류에 관해 말한 것은 지금이 처음이오. 이제까지 지옥의 느낌에 대해서만 말했지, 정작 저주받은 자들이 실제로 어떤 일을 당하는지는 언급하지 않았다는 것을 명심하시오."

그 : "자네의 호기심은 유치하고 경솔해. 내가 그런 이야기를 전면에 내세우고 있긴 하지만, 그 이면에 무엇이 숨어 있는지도 잘 알고 있어. 자네는 꼬치꼬치 캐물으며 결과적으로 지옥에 대한 불안감을 스스로 조장하고 있을 뿐이야. 왜냐하면 자네가 그렇게 질문하는 저의는 참회를 통해 구원받을 수는 없을까 하는 생각, 이른바 영혼의 치유를 기대할 수 없을까 하는 생각, 요컨대 우리와의 계약을 취소할 수는 없을까 하는 생각이기 때문이지. 그리고 자넨 지옥에 대해 진정한 불안과 갈등을 조성할 궁리를 하고 있어. 그런 불안을 느낄 줄 알면 이른바 복을 얻을 수 있다는 얘기는 들었을 테니까. 하지만 굳이 따지자면

그런 얘기는 케케묵은 신학에서나 하는 소리야. 그런 갈등설은 학문적으로 시대에 뒤졌단 말일세. 구원의 필수 요건으로 입증된 것은 참회야. 개신교에서 말하는 대로 죄를 진심으로 뉘우치는 참회 말일세. 그것은 단지 교회의 질서를 어겼다는 두려움만 갖고 되는 게 아니라, 마음에서 우러나오는 종교적인 회심(回心)을 의미하지. 자네가 과연 그런 것을 실행할 수 있을지 어디스스로에게 물어보게나. 그래도 자네는 자존심이 강하니까 굳이 대답할 의무를 느끼지 않을 테지. 그 유예 기간이 길어질수록 자네가 참회할 수 있는 능력과 의지는 그만큼 더 희박해지게 마련이야. 게다가 자네가 장차 영위하게 될 극단적인 삶으로 인해 그런 상태는 고질화될 걸세. 그렇게 되면 자네한테서나 나한테서나 다시는 그 어떤 치유제도 발견할 수 없게 되지. 위안삼아 말하면 자네한테는 지옥이 전혀 생소한 게 아니야. 오히려 어느 정도 친숙한 것을 경험하는 것일 뿐이야. 그것도 자랑스럽게 말이야. 근본적으로 보면 극단적인 삶의 연장일 뿐이지. 단 두 마디로 말하자면 지옥의 본질 혹은 핵심이란, 그곳의 거주자들에게 오직 극단적인 냉기 아니면 화강암을 녹일 정도의 열기 중에서 양자택일하는 것만이 허용된다는 사실이야. 그들은 이 두 가지 상황 사이에서 울부짖으며 이리저리 도망 다니지. 어느 한쪽에만 있으면 다른 한쪽은 언제나 천국의 위안처럼 보이니까. 그렇지만 견디기 힘들게 지독하기는 마찬가지야. 이러한 극단의 상태가 틀림없이 자네 마음에 들 거야."

나 : "마음에 들었소. 그렇다고 나를 너무 만만하게 보지는 않는 게 좋을 거요. 당신의 신학이 천박해서 그런 잘못된 판단을 할 수도 있으니까. 당신은 자존심이 구원의 필수 요건인

참회를 방해할 거라고 장담하고 있지만, 당당한 참회도 있다는 사실을 고려하지 않고 있소. 카인*의 참회가 그렇소. 그는 용서를 받기에는 자기 죄가 너무 크다고 확신했소. 어떤 희망도 바라지 않는 참회, 은총과 용서의 가능성을 전혀 믿지 않는 참회, 아무리 엄청난 선행을 하더라도 자신의 죄가 용서받을 수 없다고 확신하는 참회, 이것이 바로 진정한 참회요. 이런 참회야말로 구원의 가능성에 가장 근접해 있고, 어떤 선행도 거기에는 미치지 못한다는 사실을 명심하시오. 흔히 보는 평범한 죄인만이 오직 은총에 관심을 갖는다는 사실을 당신은 시인하게 될 거요. 그런 경우 은총의 행위는 강한 힘을 발휘하지 못하고 그저 맥빠진 활동에 지나지 않는 것이오. 도대체 어정쩡한 상태로는 신학적인 삶을 영위할 수가 없단 말이오. 죄인이 근본적으로 치유 가능성을 단념할 정도로 구제불능으로 보이는 죄야말로 참된 신학적인 길을 열어 줄 것이오."

그 : "역시 머리가 잘 돌아가는군! 자네 같은 친구가 어떻게 그런 단순한 발상을 하게 되었지? 앞뒤 재지 않는 순수한 절망이 곧 구원에 이르는 절망적인 길을 열어 준다고 믿나? 커다란 죄가 오히려 선(善)을 유도하는 자극이 될 거라는 사변적 계산 자체가 이미 은총의 가능성을 완전히 차단할 거라는 사실을 이해하지 못한단 말인가?"

나 : "그렇지만 이런 극단을 통해 극적이고 신학적인 삶은 최고조로 고양되는 것이오. 다시 말해 극단적인 저주를 받는 죄에 도달함으로써 선의 무한한 가능성에 도전한단 말이오."

---

* 구약 성경 「창세기」에 나오는 인류 최초의 살인자.

그 : "그것도 나쁘지 않은 생각이야. 나름대로는 독창적이야. 내가 말하려는 것은 바로 자네 같은 두뇌를 가진 자들이야말로 지옥에 거주할 자격이 있다는 거야. 지옥에 들어가는 게 어디 그렇게 쉬운 일인 줄 아나? 어중이떠중이 다 들어오겠다고 했으면 우린 벌써 오래전부터 주거 공간이 모자라서 애를 먹었겠지. 자넨 정말 영리하고 신학을 제대로 아는 친구야. 자넨 사색에 사색을 거듭하는군. 사색하는 천성을 이미 아버지한테서 유전으로 물려받았으니까. 자네 같은 친구가 악마와 어울리지 못한다면 정말 곤란하지."

이야기를 하는 사이에, 이미 조금 전부터 다시 그자는 마치 구름처럼 변신하고 있었다. 어찌된 영문인지 알 수 없었다. 그는 내 앞에 놓인 소파 팔걸이에 걸터앉은 것이 아니라 다시 구석 자리에 앉아 있었다. 눈은 충혈되고 살갗은 푸르죽죽했는데, 베레모를 쓴 폼이 영락없는 불한당이나 건달의 모습이었다. 그러고는 콧소리가 섞인 느릿느릿한 배우의 목소리로 말을 계속했다.

"이제 최종 담판을 지을 때가 되었으니 기뻐하게. 이 협상을 위해 나는 자네한테 많은 시간을 바친 셈이야. 그 점을 인정해 주었으면 해. 어떻든 자네는 정말 매력적인 친구야. 물론 우리가 일찍부터 자네에게 눈독을 들여 왔다는 것은 인정하겠네. 자네는 일찍이 영리하고 오만한 두뇌, 뛰어난 독창성과 기억력, 자존심 덕분에 신학을 공부하게 되었어. 그러나 자넨 더 이상 학문의 길을 가지 않고 성경책을 내려놓았을 뿐 아니라, 음악의 기호와 마술을 가지고 신학을 아예 밀쳐 냈지. 그 점이 우리의 마음에 쏙 들었어. 자네의 자존심은 원초적인 것을 요구했고, 자신에게 가장 어울리는 형식에서 원초적인 것을 추구하려 했지. 즉, 수학적인 마법으로 적절히 계산되고 채색되면서도 동시에 무미건조한 이성은 늘 과감하게 배격하는 그런 영역에서 원초적인 것을 찾으려 했지. 그렇지만 자네는 그런 원초적인 요소에만 만족하기에는 너무나 영리하고 냉정하고 정결하지. 우리가 그것도 모를 줄 알았나? 게다가 자네는 자기가 영리하다는 것이 부끄러워서 가련하게도 자신을 괴롭히고 자신의 그런 모습에 염증을 느꼈지. 그것도 모를 줄 알았나? 그리하여 우리는 부지런히 작업을 해서 자네가 우리의 품으로, 즉 나의 귀여운 에스메랄다의 품으로 달려들게 했지. 자네의 육체와 영혼과 정신이 그토록 절망적으로 갈구하던 환각 상태, 두뇌의 취음 상태를 만들어 준 것일세. 요컨대 우리 사이에는 더 이상 슈페서발트 숲*의 네 갈래 길이나 마법의 동그라미 따위는 필요 없어. 우리 사이에는 이미 계약이 성립되었고 거래를 하는 중이라고. 자네는 그것을 피로써 증언했고, 우리에게 약속을 했고, 우리한테 세례를 받았어. 이번 나의 방문은 순전히 확인 절차에 불과해. 자네는 우리한테서 시간을 얻었어. 독창적인 시간, 고귀한 시간을. 우리는 이십사 년이라는 시간을 자네한테 전적으로 제공한 거야. 자네가 목적지에 도달하는 시간인 셈이지. 이 시간이 만료되면, 물론 그게 언제가 될지는 예측할 수 없고, 따라서 그런 시간은 곧 영원이라 할 수도 있지만, 우리는 자네를 데려가겠네. 그때까지는 우리가 모

---

* 중세 파우스트 전설에서 파우스트 박사가 악마를 불러내기 위해 마법의 동그라미를 그린 곳.

든 일에서 자네의 시중을 들고 복종하겠네. 만일 자네가 모든 천상의 무리와 인간들을 포기하기만 하면 지옥이 자네를 축복해 줄 걸세. 그럴 수밖에 없겠지만."

나 : (된서리를 맞은 듯이) "뭐라고? 그건 새로운 소리인데. 도대체 그런 제한 조건이 무슨 뜻이오?"

그 : "그냥 관계를 끊으란 말이야. 아니면 뭐겠어? 지상에 사는 존재만 질투를 알고 지하의 존재는 질투를 모른다고 생각하나? 자, 이제 우리와 굳게 약속하고 우리와 맺어진 것으로 알겠네. 그러니까 자넨 사랑을 해선 안 돼."

나 : (가소롭다는 듯이) "사랑을 해서는 안 된다고? 한심한 악마로구나! 사랑이라는 허약하고 유혹적인 개념을 담보로 거래를 하고 약속을 하다니. 제 목에 방울을 매다는 고양이처럼 어리석음을 과시하려느냐? 악마가 쾌락을 금지하겠다? 만일 사랑이라는 게 없다면 틀림없이 동정심은 물론이고 자선까지도 들먹이겠군. 책에 쓰여 있듯이. 그렇지 않으면 자기가 속을 테니까 말이야. 비록 하느님의 허락하에 너에 의해 독으로 오염되긴 했지만 내가 받아들인 것, 그리고 내가 약속했다고 네가 우기는 것의 근원이야말로 사랑이 아니고 대체 뭐란 말이냐? 네 주장대로 우리가 인연을 맺었다면 그런 결합 자체도 사랑과 관계가 있다는 말이다. 이 멍청한 놈아! 내가 원해서 방황하다가 길을 잘못 든 것이 작품을 위해서라고 너는 우기지만, 사람들은 작품 자체가 사랑과 관계 있다고 말하고 있어."

그 : (코웃음을 치며) "얼씨구! 분명히 말하지만, 자네가 아무리 심리전을 펴도 신학적인 논리만큼이나 나한테는 효과가 없다니까! 아직도 심리학을 들먹이는 건가? 정말이지 그건 시

민적인 시대였던 19세기의 저급한 잔재야! 우리 시대는 심리학에 신물이 나서 이제 곧 울분을 터뜨릴 거야. 심리학 따위로 인생을 방해하면 틀림없이 크게 당할 걸세. 우리는 심리학 가지고는 제어되지 않는 그런 시대를 헤집고 살아야 해…… 그 얘긴 그만하자고. 내가 내세운 조건은 명확하고 공정했어. 지옥의 당연한 질투에 의해 정해진 조건이지. 사랑이라는 게 따뜻한 인간미를 지닌 것인 이상 자넨 사랑을 해선 안 돼. 자네의 삶은 냉정해야 하니까. 그래서 자넨 누구도 사랑해선 안 돼. 무슨 딴생각을 하는 거야? 환각은 최후의 순간까지도 자네의 정신력을 건드리지 않고, 정신력을 시시각각으로 고조시켜서 마침내 찬란한 황홀경에 이르게 하지. 그런 상태를 방해하는 게 결국 뭐겠어? 사랑스러운 영혼과 애지중지하는 감정 생활이 아니고 뭐겠어? 자네의 삶과 타인과의 관계가 완전히 냉정해야 한다는 것은 당연한 거라고. 게다가 자네의 천성 자체가 그렇지 않은가. 전혀 새로운 의무를 부과하는 것이 아니야. 우리의 조무래기들이 자네한테 새롭고 생소한 일을 벌이는 게 아니라, 현재의 자네를 이루는 모든 것들을 한층 더 풍성하게 강화하고 더 많이 가동할 뿐이야. 일찍이 자네 부친의 두통이 결국 어린 인어 아가씨의 고통을 야기했듯이, 차가운 냉정함 역시 이미 자네의 뇌리에 일찌감치 자리 잡고 있었잖아? 창작의 불꽃이 아무리 뜨겁더라도 자네를 따뜻하게 만들 수는 없을 정도로 자네가 냉정해지기를 바라네. 어쩌면 자네가 차가운 삶으로부터 달아나 그 불꽃 속으로 도망칠지도 모르니까……"

나 : "그러면 다시 불꽃으로부터 달아나 얼음 속으로 도망칠 거란 말씀이군. 이미 너희들이 나를 위해 지상에 마련한 지옥

이 벌써부터 눈에 선하군."

그 : "극단적인 삶이지. 오만한 지성을 만족시키는 유일한 삶이야. 자네는 워낙 교만하니까 그 극단적인 삶을 미적지근한 삶과 바꾸지 않을 거야. 어때, 내 말이 맞지? 인간의 삶이라는 작품으로 채워진 영원의 시간 동안 자넨 그 극단을 맛보고 즐길 거야. 그리하여 모래시계가 남김없이 흘러내리면 나는 이 우아하고 멋진 피조물을 내 멋대로 꾸짖고 통치하고 이끌고 지배할 권력을 갖게 되는 거지. 모든 것을 갖는 거야. 육체든 영혼이든 살이든 피든 재산이든 모조리. 영원히⋯⋯."

이때 나는 다시 참기 힘든 역겨움에 몸을 떨었으며, 동시에 꽉 끼는 바지를 입은 이 불한당의 몸에서 마치 빙하처럼 막강한 냉기가 몰려왔다. 나는 혐오감을 견딜 수 없어서 완전히 제정신이 아니었고, 기절할 것만 같았다. 바로 그때 쉴트크납의 목소리가 들려왔다. 그는 소파 구석에 앉아서 유쾌하게 말하고 있었다.

"함께 가지 못했다고 아쉬워할 일은 아무것도 없었어요. 신문을 읽고, 당구를 두 게임 치고, 마르살라 산 백포도주를 한 순배 돌렸지요. 우직한 이 고장 사람들은 정부를 욕했고요."

그런데 내가 여름옷을 입은 채 무릎에는 성경책을 올려놓고 등불 가에 앉아 있는 게 아닌가! 쉴트크납이 들어오기 전에 나는 흥분해서 그 불한당을 쫓아내고 외투와 모포를 다시 옆방에 갖다 놓았음에 틀림없다.

(2권에서 계속)

세계문학전집 **244**

파우스트 박사 1

1판 1쇄 펴냄 2010년 4월 16일
1판 17쇄 펴냄 2023년 5월 30일

지은이 토마스 만
옮긴이 임홍배, 박병덕
발행인 박근섭, 박상준
펴낸곳 (주)민음사

출판등록 1966. 5. 19. (제 16-490호)
서울특별시 강남구 도산대로1길 62(신사동) 강남출판문화센터 5층 (우편번호 06027)
대표전화 02-515-2000 팩시밀리 02-515-2007
www.minumsa.com

ISBN 978-89-374-6244-3 04800
ISBN 978-89-374-6000-5 (세트)

세계문학전집 목록

세계문학전집은 계속 간행됩니다.